KARANLIK
LİSE 2

KARANLIK LİSE 2

Yazarı: Alya Öztanyel
Genel Yayın Yönetmeni: Meltem Erkmen
Kapak Tasarım: Pusula Reklamevi
Kapak Uygulama: Berna Özbek Keleş

9. Baskı: Nisan 2017

ISBN: 978-605-173-010-3

YAYINEVİ SERTİFİKA NO: 12280 ·

Basım ve Cilt: GD Ofset Matbaacılık ve Tic. San. A.Ş
Atatürk Bulvarı, Deposite İş Merkezi,
A5 Blok, 4. Kat, No: 407
İkitelli OSB, Başakşehir / İstanbul
Tel: (0212) 671 91 00 Faks: (0212) 671 91 90
Sertifika No: 32211

Yayımlayan:
Epsilon Yayınevi Ticaret ve Sanayi A.Ş.
Osmanlı Sk. Osmanlı İş Merkezi No: 18 / 4-5 Taksim / İstanbul
Tel: (0212) 252 38 21 Faks: 252 63 98
İnternet adresi: www.epsilonyayinevi.com
e-mail: epsilon@epsilonyayinevi.com

KARANLIK
LİSE 2

Alya Öztanyel

Asla kaçırılmayacak fırsatlara...

Teşekkür

Daha önce hiç "Gölge Ailesi"ni duydunuz mu?

Gölge Ailesi, Karanlık Lise serisini okuyan ve bu özel dünyaya dahil olduğunu hisseden okuyucularıma verdiğim isimdir. Atagül Lisesi, sahip olduğu öğrencileri ve yaşanan olaylarıyla karanlık bir okul. Her okuyucumun orada geçen olayları okurken bir bakıma orada bulunduklarını ve kitaba dahil edildiklerini hissediyorum. Kitaptaki karakterlerimin duygularını anlayabiliyorlar ve kendilerini onlarla özdeşleştirebiliyorlar. İşte bu yüzden her biri orada bulunmasa da birer 'Gölge' oluşturuyorlar.

Karanlık Lise, hayatına internet üzerinden başlayan küçük bir hikâyeydi. Bugün elimizde bu kitabı tutabiliyor, tanıdık ve o çok sevdiğimiz kitap kokusunu içimize çekerken bu satırları okuyabiliyorsak hepsi siz Gölge Ailesi sayesinde... Sizin desteğiniz ve üzerimde bıraktığınız güven duygusu her zaman ilerlememi, hiçbir zaman pes etmememi sağladı. Aramızdaki bağ asla kopmayacak.

Gözlerinizdeki ışıltıdan ve o hep gülen yüzlerinizden asla taviz vermeyin. Hangi engelle karşılaşırsanız karşılaşın, gülümseyin ve onu geçmeye çalışın. Denemekten asla vazgeçmeyin ve sonradan 'keşke' demeyeceğiniz bir şekilde yaşayın. Fırsatları kaçırmayın.

Tüm bu sihirli yolculukta beni asla yalnız bırakmayan Gölge Ailesi'ne çok teşekkür ediyorum.

Yayınevim ve avukatlarıma bu yaşımda ve tecrübesizliğimde bana hep doğru yolu gösterdikleri, önümü açtıkları ve beni bilgilendirdikleri için teşekkür ediyorum.

Ailemden bana en çok destek olan ve belki de Gölge Ailesi'nin başkanlığını yapabilecek potansiyele sahip olan babaanneme sonsuz desteği için teşekkür ediyorum. İyi ki varsın.

En yakın arkadaşlarım Denizali, Ali, Elif, Mert, Hemraz, Şevval, Tuna, Eda ve Çağlar Abime beni her zaman takip ettikleri ve benimle gurur duydukları için teşekkür ediyorum.

Ve son olarak sen, benim dostum, ilk okuyucum... Beni Wattpad ile tanıştırdığın gün acaba hayatımı değiştirdiğinin farkında mıydın? Kitap işlerinde ve hayatımın her bir noktasında hiçbir zaman yanımdan ayrılmadın ve beni hep dinledin. Bana gerçek bir arkadaşın nasıl olması gerektiğini öğrettin ve olduğum insan üzerindeki etkin gerçekten tartışılamaz. Yaren Sezen'e, bana kitaptaki Esma, Helin ve Arda'nın Güneş'e ettikleri arkadaşlığın toplamından daha fazla arkadaşlık ettiği, hiçbir zaman beni bırakmadığı ve hayatımı değiştirdiği için teşekkür ediyorum. Dostluğumuz asla bozulmayacak.

1. Bölüm

"Ee beğendiniz mi?"

Helin'in sesiyle kulaklıklarımı çıkarttım ve ipod'umla beraber çantama koydum. Arabadan indim.

Burak "Bodrum'un merkezine de çok yakınız. Sahil buradan bile görünüyor. Harika," dedi ve kolunu Esma'nın omzuna attı.

Helin "Hayır, evden bahsediyorum," derken bir yandan da eliyle büyük, üç katlı beyaz yazlık evi gösteriyordu.

Esma "Helin, evin büyük olduğunu söylemiştin ama üç katlı olduğunu niye söylemedin? Her katta başka bir komşu falan mı kalıyor?" diye sordu.

"Hayır. Komple bizim. Teyzem geçen sene işinden emekli olunca, İstanbul'daki evini, arabasını, her şeyini sattı ve bu evi aldı. Artık burada yaşamak istiyormuş. Tabii evi bize verince şimdi annemlerde kalıyor, yani İstanbul'da."

Burak "Teyzeni nasıl ikna ettin?" diye sorduğunda, Helin "Açıkçası ben bir şey yapmadım, kendisi önerdi. İşte şimdi son sınıf olacakmışız, dersler ağır gelecekmiş, sınava girecekmişiz falan... Kısacası iyi bir tatil geçirmemizi istedi," diyerek cevapladı.

Esma beni konuşmaya katmak için çabalayan insan görevini bir kez daha üstlenmişti.

"Güneş, sen beğendin mi?"

"Evet, evet, çok güzel," dediğimde, dudaklarımın kurumuş olduğunu fark ettim. Saatler süren araba yolculuğumuzda onların sohbetlerine, sadece iki kez katılmış olduğumu varsayarsak, sanırım bugün pek konuşmamıştım.

Burak bagajı açıp bavullarımızı indirirken, Helin de çantasından evin anahtarını çıkarmıştı. Burak'ın yanına gidip kendi bavulumu aldım.

Evin içine girdiğimiz anda Esma ıslık çaldı. "Vay be, şu teyzenle bir de biz tanışsak," dedi.

Giriş kapısının ilerisinde salon başlıyordu. Salonla mutfak birleşikti. Evin duvarlarının hep beyaz olmasına karşın mutfak tezgâhları koyu kahverengiydi.

Televizyonun karşısındaki duvarla bütünleşen bir köşe koltuk, diğer tekli koltuklarla takım halindeydi.

Burak "İyi yayılacağız anlaşılan," dedi.

"Ben yukarı çıkıyorum, odalara bakacağım," dedikten sonra bavulumu tuttuğum gibi merdivenlere yöneldim.

Burak "Güneş, bavulunu ben çıkarırım, saçmalama, taşımana gerek yok," dediğinde gülümsedim ve teşekkür ettim. Merdivenlerden yukarı çıkarken, Esma "Biz de yukarı çıkalım, oda dağılımını yapalım," diye teklif edince diğerleri de arkamdan gelmeye başladılar.

İkinci katta üç yatak odası ve bir de banyo vardı.

Helin "Veee karşınızda orta katımız..." dedi. Esma hemen merdivenlerin karşısındaki odaya koşup iki kişilik yatağın üstüne atladı. "Burası bizim!" dedi.

Helin de "Yayılmayı severim, bilirsiniz," diyerek Esma'ların yan odasına geçip iki kişilik yatağın üstüne oturdu. Orta katta tek boş kalan oda, merdivenlerin sağındaki odaydı. Odanın kapısını itip içeriye baktığımda, diğer iki odadan daha küçük olduğunu ve içinde tek kişilik bir yatak olduğunu gördüm.

"Sorun değil, ben burada kalırım," dediğimde, Helin "Güneş, istiyorsan çatı katına bak. Orada iki tane iki kişilik yatak var," diye önerdi.

"Ve bana bunu şimdi söylüyorsunuz," deyip gülümsedikten sonra çatı katına çıktım. Her yer parkeydi ve çatı katı, o iki büyük odanın toplamı kadar bir alana sahipti.

Esma aşağıdan "Ben de bakacağım!" diye seslendikten sonra Burak'la birlikte yukarı çıktı.

Beğendiklerini anladığımda "Çok aceleci davrandınız galiba," dedim. Ardından, eğer isterlerse yerleri değişebileceğimizi de söyledim.

Esma "Hayır! Bizim odada küçük bir televizyon var. Sevgilimle keyif yapacağım," dedi.

Burak da "Hadi seni rahat bırakalım da yerleş Güneş. Bavulunu da çıkardım," diye ekledi.

İkisi de indikten sonra, bavulumu odanın köşesinde açtım. Sol taraftaki yataktan sonra, arada iki küçük merdiven vardı ve büyük kıyafet dolabı geliyordu. Ardında da diğer yatak vardı. Terlediğimi ancak soldaki yatağın yanındaki vantilatörü gördüğümde fark ettim. Burası gerçekten çok sıcaktı. Karşılıklı duran iki pencereyi de açtım. Yeterli gelmeyince vantilatörü de çalıştırdım.

Bavulumdaki kıyafetleri dolaptaki askılara yerleştirdikten sonra, ayakkabılarımı ve terliğimi de dolabın altındaki bölmeye koydum. Yanıma normalde okumak için sadece altı kitap alacaktım -sonuçta üç ay boyunca burada kalacaktık- ama önceki gün bavulumu hazırlanken olan depresif halimden sonra, bu yaz sosyalleşmek yerine daha fazla kitap okumak istediğimde karar kılmıştım ve yanıma on kitap daha almıştım. Kısacası bavulumun ağırlığının sebebi kıyafetlerim değildi.

Kitaplarımı dolabın karşısında, merdivenin yanındaki raflara dizdim. Diğer ıvır zıvırları da yerleştirdikten sonra tam yatağa uzanacaktım ki, Helin "Güneş, biz alışverişe gidiyoruz, geliyor musun?" diye seslendi.

Aslında sadece yatağa uzanıp, telefonuma önceden yüklediğim 'Merlin' bölümlerini bitirmek istiyordum ama aklıma tüm bir yaz onlarla dışarıda gezmeyeceğim, evde televizyonun karşısında yatacağım gelince, tüketeceğin abur cuburları seçmem gerektiğini kendime hatırlattım.

"Evet! Bir dakika üstümü değiştirip geliyorum," diye aşağıya bağırdım. Ayağa kalktım ve üstümdeki kısa kollu tişörtü çıkardım. Gerçekten çok sıcaktı. Açık mavi renkteki sutyenimin askılarına uyan, askılı bir bluz seçtim ve yatağın üstüne attım. Ardından vantilatörü kapattım. Elime tekrar giyeceğim bluzu aldığımda, camda gözüme bir şey çarptı. Biraz daha yaklaşıp baktığımda, karşıdaki evin çatı katının penceresinden yakışıklı bir çocuğun beni izlediğini gördüm.

Beni izlediğini fark ettiğimi görünce bana el salladı. Ona el hareketi çektim ve perdeyi kapattım. Bir de röntgenci eksikti başıma zaten.

Bluzumu giydim ve saçlarımı topladım. Güneş gözlüğümü de aldıktan sonra aşağı indim.

Helin, evi kilitledikten sonra Burak'a "Bırak bu sefer ben kullanayım, saatlerdir sen kullanıyordun, özledim bebeğimi," dedi. Burak da anahtarları Helin'e verdi.

Tam arabanın kapısını açıyordum ki arkamdan birinin "Selam," dediğini duydum. Arkamı döndüğümde, bunun az önce el hareketi çektiğim çocuk olduğunu gördüm.

"Ben Emre. Sanırım yeni komşunuz oluyorum."

Helin "Ben Helin. Arkadaşlarım Esma, Burak ve Güneş," dedi.

"Güneş demek... Mavi rengi severim," dedi ve göğüslerime baktı.

Mavi rengi eskisi kadar sevmiyordum artık.

"Evet, onu fark ettim zaten," diye cevapladım.

Emre "Birileri çok huysuz sanırım," dediğinde, Esma "Güneş'e bu aralar bulaşmasan iyi olur. Ciddiyim," dedi.

Evet, Esma haklıydı. Demir hakkındaki gerçekleri daha cuma günü, yani iki gün önce öğrenmiştim. Öğrendiklerimin etkisi uzun bir süre daha geçmeyecek gibi görünüyordu.

Yola çıktığımızda güneş gözlüğümü indirdim ve ellerimle gözyaşlarımı sildim. Ardından gözlüğümü yeniden taktım.

Helin "Ben... Güneş, ben çok üzgünüm," dedi.

Esma "Hepimiz öyleyiz," diye ekledi.

Ben de kızlar... Ben de...

Alışverişi bitirip de eve geri döndüğümüzde onlara, biraz yürüyüşe çıkmak istediğimi söyledim. Burak "Seninle gelmemizi ister misin?" diye sorduğunda, biraz yalnız kalmanın bana iyi geleceğini söyledim ve sahile doğru yürümeye başladım.

Güneş batmak üzereydi ve havayı kara bulutlar kaplamıştı. Hava da esiyordu. Normalde bu saatte insanlar burada hâlâ yüzüyor olurlardı ama yağmurun yağacağını görüp evlerine gitmiş olmalıydılar.

Saçlarımı açtım. Ayakkabılarımı çıkardım ve elime alıp kumda yürümeye başladım. İskeleye geldiğimde gidip en ucuna oturdum. Ayaklarımı aşağıya doğru sallandırdım.

Bir şeylere yakın olmak ama ne kadar uğraşırsan uğraş, çabalarsan çabala o şeylere dokunamamak, onlara sahip olamamak...

Zaten hayat bundan ibaretti.

Mutluluğu yakalamak üzereydim. Onu seviyordum. Hem de her şeyden çok. Beni tamamladığını hissediyordum. Hiç kimse onun birine değer verebileceğini düşünmemişti ama sonunda o herkesi şaşırtmıştı ve bana değer vermişti. Hiçbir zaman sesli söylememişti ama beni sevmişti. Bunu biliyordum, hissedebiliyordum, görebiliyordum. Her dokunuşunda, her nefesinde ve her bakışında... O gözlerin anlattıklarında bizi duyabiliyordum.

Artık hiç kimseden veya hiçbir şeyden saklanmak zorunda değildi. Ben onun yanındaydım ve bana sahipti. İçini bana açabilirdi ve rahatlayabilirdi. Ben hariç herkes ona yabancıydı.

Gülümsedim.

Hayatta çok kişiyi sevmemiştim ben. Başlarda hep saftım, hiçbir şey bilmiyordum ama zaman bana artık sert olmam gerektiğini öğretmişti. Yıkılmamayı ve ne olursa olsun ben olmayı öğretmişti. Evet, dediğim gibi çok kişiyi sevmemiştim, zaten bir daha kimseyi o kadar çok sevebileceğimi düşünmüyordum. Kimi sevsem kaybediyordum.

Annem, babam, kardeşim ve Demir...

Demir; hayatımda tanıdığım en güçlü insandı. Kazadan sonra ben hiç gözümü kapatamamıştım, kimseye o kadar güvenememiştim. Ama Demir'in yanında kendimi ona bırakabiliyordum.

Bitti mi yani? Bu muydu?

Ne hakla güvenmiştim ki ona? O, Demir Erkan'dı. Mutlaka bir şeyler saklıyordu. O karanlık olandı. İnsanlar onun gölgesinden bile korkardı. Kendimi o gölgede güvende hissederken ne düşünüyordum? Mutlu olacağımı mı sanmıştım? Ha, evet olmuştum da, ama sonuç neydi?

Hayal kırıklığı mı? Nefret mi? Öfke mi? Aşk mı?

Hiçbiri değildi. Onun hakkında hissettiklerimin hepsinin yalan olduğunu, ben o gün o gazete haberini okurken anlamıştım. Ona çok sinirliydim. Ailemi öldürmüştü... Bir hiç uğruna üç insanın hayatına kıymıştı.

Ama asıl olay bu da değildi.

Yağmur yağmaya başladığında bacaklarımı kendime çektim ve

sarıldım. Üşümeye başlamıştım ama aldırmadım. Nasılsa onun yokluğunda daha çok üşüyecektim. Yağmur yağmış, rüzgâr esmiş... Ne ki?

Ağlamaya başladığımda kendimi tutmadım. Sonunda, iki gündür içimde tuttuğum o fırtınayı serbest bırakıyordum. Evet, Demir, ailemi öldürmüştü. Ne kadar üzgün ve kızgın olduğumu kelimelerle ifade edemezdim ama şu anda ağlamamın nedeni bu değildi.

Benimle mezarlığa geldi. Bana destek oldu. Yanımda durdu. Biliyordu ama hiçbir şey söylemedi. Onların isimlerini gördü, benim soyadımı da biliyordu. Başından beri biliyordu.

Beni kullandı. Duygularımla oynadı. Belki gerçekten beni sevmişti ama benden böyle bir şeyi sakladıysa eğer...

Ne düşüneceğimi bilemiyordum. Ağlamaya devam ettim.

Karne günü gazete haberini okuduktan sonra, o kâğıdı dosyaya geri koymamıştım. O şokun etkisiyle kâğıdı katlayıp cebime koyduğum gibi ofisten çıkmıştım. Akşam eve gittiğimde elimde telefonumu tutuyordum. Demir zaten benimle konuşmak istemediğini yeterli derecede dile getirmişti. Sadece son bir mesaj demiştim kendime ve ezberlediğim numarasını mesaj yerine girmiştim.

Gönderilen: Demir
Haklısın. Birbirimize göre değiliz.

Şimdi ondan kilometrelerce uzaktaydım. Sonunda kendimi özgür hissetmem gerekiyordu. Böyle hissedebilmek için de yapmam gereken tek bir şey vardı.

Şortumun cebinden o katlanmış, cuma gününden sonra defalarca okuduğum gazete haberini çıkardım. Son bir kez daha okudum; okumayı bitirdiğimde çoktan ıslanmış ve kelimeler birbirlerine karışmaya başlamıştı. Derin bir nefes aldım. Bu kâğıt parçasını ıslatan yağmur damlaları, aslında gözyaşlarımdı. Buna inanıyordum.

Dizlerimi öne uzattım ve tekrar bacaklarımı aşağı sallandırdım. Denize doğru eğildim ve kâğıt parçasını serbest bıraktım.

Şimşek çaktığında başımı yukarı kaldırdım ve yağmur beni ıslatmaya devam etti. Artık olmuş olanları veya olacak olanları düşünmek istemiyordum... Onu düşünmek istemiyordum.

Onu düşünmenin bana acı vereceğini biliyordum, çünkü onu seviyordum.

2. Bölüm

"Sen delirdin mi?!!"

Arkamdan gelen erkek sesini duyunca, iskelenin başından bana bağıran kapüşonlu birini gördüm. Sesi tanıdık değildi. Bu sabah gelince tanıştığımız Emre'nin sesine de benzemiyordu.

Cevap verme gereği duymadan tekrar önüme döndüm.

"Hey! Sana söylüyorum, duymuyor musun?!"

Bu tanımadığım erkeğin sesini büyük bir gök gürültüsü bastırdı.

"Fırtına geliyor, denizin yükseldiğini görmüyor musun? Hemen kapalı bir yere gitmeliyiz!"

İskelede oturduğum yerden aşağı baktığımda, gerçekten deniz seviyesinin çok yükselmiş olduğunu, hatta dizime yaklaşmış olduğunu gördüm. Ne kadar zamandır denize değiyordum?

Sakin bir sesle "Sana burada benimle kal diyen olmadı," dedim.

Bu tanımadığım erkek kapüşonunu indirdi ve yanıma geldi. Anlaşılan kapüşon saçlarının ıslanmasını pek de engelleyememişti.

Beni kolumdan tuttu.

"Bırak beni!" diye bağırıp ayağa kalktım.

"Ölmek mi istiyorsun? Buradaki fırtınaları bilmezsin sen! Birazdan dalgalar iskeleye vuracak!" dediğinde denize baktım. Çakan şimşeğin ışığıyla gözlerim kamaştı ve ardından da büyük bir gök gürültüsü duydum.

"Haklısın. Hadi gidelim," dedim ve iskeleden koşarak uzaklaştık. Sahilde bizden başka hiç kimse kalmamıştı. Öyle yağmur yağıyordu ki, duşta en şiddetli şekilde akan suyun gerçekte üstümüze yağması gibiydi.

İskeleden inip sahile vardığımızda, hemen sahilin büfesinin şemsiyelerinden birinin altına girdik.

"Bu yağmur değil başka bir şey olmalı," dediğimde, esen rüzgâr birden şiddetlenip üstümüzdeki şemsiyeyi devirdi.

Yanımdaki, benden yaklaşık on beş santimetre daha uzun olan çocuk "Harika. Umarım anahtarlar yanımdadır," dedi.

"Nerenin anahtarı?" diye sorduğumda, cebinden bir anahtarlık çıkardı ve anahtarlardan bir tanesini seçtikten sonra büfenin kapısına doğru gitti. Anahtar kapıyı açtığında içeri girdi. Benim onun arkasından gitmediğimi görünce geri döndü ve "Daha iyi bir fikrin var mı?" diye sordu.

Sanırım yoktu. Hızlıca kapıdan girdim ve kapıyı arkamdan kapattım. Pencereden iskeleye doğru baktığımda gelen büyük bir dalganın iskeleyi aşıp geçtiğini gördüm. Ucuz atlatmışım. Ben aptal gibi orada oturmaya devam ederdim çünkü.

Ben daha, "Buranın anahtarlarını nasıl..?" diye sormaya başlamadan "Şu gördüğün sörf tahtaları var ya? İşte ben ve arkadaşlarım burada sörf yapıyoruz ve tahtaları da burada tutuyoruz. Büfenin sahibi olan kişi bizim aile dostumuz, bu yüzden sorun çıkmıyor," diye açıkladı.

"Ben Kayhan," diye ekledi ve büfenin camlarını kapattı, ardından da tezgâhın hemen yanında duran sandalyeye oturdu.

Ona cevap vermediğimi ve ayakta dikilmeye devam ettiğimi görünce "Merak etme, seri katil falan değilim. Olmak gibi bir niyetim de yok, en azından henüz..." dedi ve gülümsedi.

Aklıma, 'The Fault In Our Stars' referansı geldi ve cevap olarak ona "Bu tam da bir seri katilin söyleyeceği bir şeydi," dedim. Ardından da hemen kapının yanındaki sandalyeye oturdum.

"Şimdi sırada ne var? 'Pain demands to be felt' falan mı? Yoksa metaforlardan mı konuşacağız?" deyip gülümsediğinde ben de gülümsedim.

"Sadece filmini mi izledin, yoksa kitabını da okudun mu?" diye sordum.

"Kitaplar her zaman filmlerinden daha iyi oluyor," dedi ve camdan dışarı baktı. Sessiz geçen birkaç dakikanın ardından bana dönüp "Gay olduğumu düşünmüyorsun değil mi?" diye sordu.

Ellerimi iki yana kaldırıp "Aklımdan geçmedi değil," dedim gülümseyerek.

"Neden herkes böyle olmak zorunda ki? Her seferinde! Böyle kitaplar okuduğum ve ardından filmlerine falan gittiğim için illa gay mi olmak zorundayım? Güzel ve okudum tamam mı? Üstelik gay falan da değilim," dedi.

"Bir şey demedim, sadece... ne bileyim, hiç o filmi izleyen ve kitabını okuyan bir erkek arkadaşım olmadı. Arkadaşım Burak bile Esma'nın zoruyla izlemişti," dedim.

Islanınca rengi koyulaşmış olan saçları kurumaya başladıkça sarıya dönüyordu.

"Bak şimdi sana bir sır vereceğim.. aa... adın ne demiştin?"

"Güneş; ve adımı söylememiştim."

"Sana vereceğim sır şu: Tüm o 'bu kız filmi, ben bunu izlemem' veya 'bu kız kitabını okumam' diyenler var ya... Hepsi yalan. O az önce bahsettiğin Burak da, bahse varım izledikten sonra sevmiştir. Yani filmden çıkınca 'İşte bunların hepsi kız filmi. Tam bir zaman kaybıydı' tarzı şeyler söylememiştir," dedi.

O filme, Demir benimle gelmeyince Esma ve Burak'la gitmiştim. Helin o gün Doğukan'laydı. Biz orada Esma'yla hüngür hüngür ağlarken, Burak'a pek dikkat edememiştim ama çıktığımızda Burak'ın da kahkaha attığını görmemiştim doğrusu. Kötü bir yorum da yapmamıştı. Kayhan haklı olabilirdi.

Kayhan'a cevap verme gereği duymadım. Her ne kadar şu son beş dakikadır eğlenceli bir konuşma geçiriyormuş gibi davranıyor olsam da, aslında rol yapıyordum. Hâlâ on dakika öncesini, gazete kâğıdını, yaşadıklarımı ve Demir'i düşünüyordum. Açıkçası bunlar, etkisinden hemen çıkabileceğim şeyler de değildi.

"Yağmur sakinleşiyor gibi. Buranın bir özelliği de bu tip fırtınaların ara sıra olması ama ardından o eski cehennem sıcağının hiçbir şey olmamış gibi geri dönmesi," dediğinde konuşma açma denemelerinde bulunduğunu anladım ama sadece başımı sallamakla yetindim.

"Buraya yeni mi taşındın? Yani... demeye çalıştığım.. seni burada ilk defa görüyorum ve açıkçası burayı bilen herkes şu bulutlar görüldüğünde kapalı bir yere girilmesi gerektiğini.. ya da.. ne saçmalıyorum. Buraya hoş geldin Güneş," dedi. Benden hoşlanmıştı.

"Sadece yaz için buradayım, üç arkadaşımla beraber. Sen hep burada mı yaşıyorsun?" diye sorduğumda "Evet. Doğduğumdan beri buradayım," diye cevapladı.

Pencereden dışarıyı izlemeye devam ettiğimde, bulutların dağılmaya başladığını ve yağmurun da durmak üzere olduğunu gördüm. Ayağa kalktım.

"Sanırım gitsem iyi olur. Yağmur da durdu..." dediğimde dışarıdan sesler gelmeye başladı.

"Güneş!"

"Güneş neredesin?!"

Helin ve Burak'ın seslerini tanıdıktan sonra "Bunlar bakıcılarım. Pardon, arkadaşlarım," diye açıkladım ve kapıyı açtım. Beni görünce büfeye yanaştılar.

Helin "Nerdeydin? Evden iskele görünüyordu ve dalgaları görür görmez hemen seni aramaya çıktık! Ödümüz patladı Güneş," dedi.

"İyiyim," dedim ve Helin'in bana sarılmasına izin verdim.

Burak "Bu kim?" diye sorduğunda, tam arkamda Kayhan'ın durduğunu gördüm.

"Kayhan. Beni iskelede gördü ve fırtına geçene kadar burada durmama izin verdi," dedim, ardından da Kayhan'a dönerek "Helin ve Burak," diye ekledim.

Burak'a "Esma nerede?" diye sordum

"Evde. Hemen yemek yapacağım diye mutfağa girişti."

"Biz de gitsek iyi olur," dediğimde, Kayhan "Evet, benden çok ıslandın. Hemen üstünü değiştirmelisin," dedi.

Sadece beş dakika önce tanışmıştık, neydi bu tavsiyeler?

"Sağ ol, aklıma bile gelmemişti," deyip el salladıktan sonra, Helin'le Burak'ın arasından geçip yürümeye başladım.

Eve geldiğimizde Helin "Çocuk sana fırtına geçene kadar sığınabilecek bir yer veriyor, sen teşekkür bile etmiyorsun," diye çıkıştı.

"Cidden Helin, hiç havamda değilim. Ben yıkanacağım. Sonra aşağı inerim," dedim ve yukarı çıktım.

Yemekte Burak "Sevgilim yine döktürmüş," dediğinde, Esma "Tatlı olarak da tiramisu yaptım. Asıl onu yiyene kadar bekleyin," dedi.

Helin "Evet, Esma'nın yaptığı tiramisu gibi tatlı hayatımda yemedim. Kız doğuştan yetenekli," dedi.

"Güneş, sen beğenmedin mi?"

Esma'nın sesini duyar duymaz başımı kaldırdım.

"Efendim?"

"Yemeği diyorum. Hiç yememişsin neredeyse."

"Hayır, hayır. Gerçekten çok güzel. Sadece iştahım yok. Tokum galiba," dedim.

Burak "Yemeyene tatlı yok," deyip güldüğünde, "Ben de kilo vermeye çalışıyordum zaten, sorun olmaz," diye karşılık verdim.

Helin "Zaten inceciksin, hele hele şu iki günde sanki on kilo verdin," dediğinde tabağımdaki büyük tavuk parçasını ağzıma tıktım.

"Eline sağlık Esma. Ben biraz yorgunum, sanırım yatacağım. Afiyet olsun," dedim ve üç ay boyunca inim olacak çatı katına çıktım.

Kendimi yatağa attım ve tavana bakıp düşünmeye başladım.

Dünyada milyarlarca insan vardı ama o olmak zorundaydı değil mi? Of! Of! Of!

Çantamdan iPod'umu aldım ve tekrar yatağa oturdum. Yastıklardan birine sarıldım ve tekrar yattım. Hangi şarkıyı dinleyeceğimi biliyordum. Say Something'in daha sadece ilk notasını duymuş olmama rağmen ağlamaya başladım. Sesi sonuna kadar açtım ve bizim için en anlamlı olan şarkıda kendimi kaybetmeye başladım. Şarkıya eşlik etmek istiyordum ama onsuzken bunu yapmak istemiyordum.

İnsanlar bu şarkının 'alt tarafı aptal bir şarkı' olduğunu düşünebilirler. Belki de bunu dinleyip 'ağlanacak ne var' da diyebilirler. Ama umrumda değil. Bu şarkı bir şarkıdan daha fazla. Her sözünde Demir var.

Ve her notasında...

Omzuma bir el değdiğini hissederek gözlerimi açtım ve kulaklıklarımı çıkarıp yanıma gelmiş olan Esma'ya sarıldım. Ağlamaya devam ediyordum. Hıçkıra hıçkıra... Umrumda değildi. İnsanların benim hakkımda neler düşüneceği umrumda değildi. Ağlamak istiyordum ve kendimi bıraktım.

"Eğer içinden geliyorsa sabaha kadar ağlayabilirsin Güneş. Ben buradayım," dediğinde ona daha sıkı sarıldım.

"Destek güç lazım mı?" diye Helin'in sesini duyduğumda, Burak'la beraber merdivenden bize baktıklarını gördüm.

Başımı evet anlamında salladığımda, gelip onlar da bana sarıldılar.

"Ben, ne yapacağımı bilmiyorum. Sonunda ona tam anlamıyla güvenebiliyordum ve... Böyle bir şeyi tahmin bile edemedim. İnanın bana, aklımın ucundan bile geçmedi. Sadece..." diye sözüme başladığımda, Burak aşağıdan getirmiş olduğu peçete kutusunu bana uzattı. Helin de Esma'nın yaptığı tiramisudan iki dilim koymuş olduğu tabağı bana uzattı.

"Bak Güneş, bunu ye, kesinlikle kendini daha iyi hissedeceksin," deyip gülümsediğinde, çatalımla tatlının tadına baktım.

Ağzım doluyken "Sanırım üçüncü bir dilim daha gerekecek," dediğimde hepsi gülümsedi.

Yanımdaydılar. Zor anlarımda da yanımdaydılar ve onlar hakkında en sevdiğim özellik buydu.

Burak "Peki şimdi ne yapacaksın? Amacım seni üzmek falan değil, sakın yanlış anlama. Sadece demeye çalıştığım, artık nasıl bir yol izleyeceksin? Onunla aynı okula gidiyorsun. Tamam, belki okula zar zor geliyor, dersleri falan atlıyor olabilir ama sonuçta onu eninde sonunda göreceksin. O zaman ne olacak?" diye sorarak haklı bir noktaya değindi.

"Bilmiyorum. Bu üç ay sanırım bunu anlamama yardımcı olacak. Yani... umarım olur," dedim.

Esma "Böyle bir şeyi bilip de senden sakladığına inanamıyorum. Hadi bunu da geçtim... Seninle çıktı. Sevgiliydiniz. Onu bilmiyorum, belki senden gerçekten de hoşlanıyordu ama senin ona âşık olmanı sağladı. Böyle bir şeyi bile bile senin ona bağlanmanı sağladı. Bu, bencillikten başka bir şey değil," dedi.

Helin "Sana umut verdi Güneş. Tamam bu kişi Demir olabilir ama sonuçta sana kimseye bakmadığı gibi baktı ve beraber birçok şey paylaştınız," dedi.

Burak "Yani neler atlatmadınız ki! Cansu ve Cenk'in başınıza açtıkları... Tüm o anlarda bile devam ettiniz," diye ekledi.

Hepsi haklıydı ve en kötüsü bunları benim de biliyor olmamdı. Şu an bana o kadar zor geliyordu ki... Demir'i hatırlamak istiyordum ama bir yandan da verdiği acıdan kurtulmak istiyordum. İkisinin aynı anda olamayacağını anlıyordum artık.

"Biz iyiydik. Her yönüyle biz imkânsızı başarmıştık. Sanırım fazla iyiydik ve bu yüzden mutlaka arkasından bir şeyler çıkacaktı. Ne zaman mutlu olsam, bir gün bozulacağını biliyordum. Ailemi kaybettikten sonra bunu öğrenmiştim fakat Demir, bana bu tespitimin yanlış olduğunu her geçen gün kanıtlamıştı. Demek buraya kadarmış..." dedim ve gözlerimi sildim. Ağlamak iyi gelmişti.

Helin "Belki de başkalarıyla görüşmelisin. Bugün fırtına sayesinde tanıştığımız Kayhan aşırı yakışıklıydı... Kabul et," dediğinde Kayhan'ın sarı saçları ve ela gözleri aklıma geldi. Evet, uzun boyluydu, sörf yaptığından falan bahsetmişti ve ortak ilgi alanlarımız vardı ama yapamazdım.

"Şimdilik istemiyorum Helin. Sanırım biraz zamana ihtiyacım var," diye cevapladım.

Esma "Sabah tanıştığımız Emre isimli çocuk da tatlıydı. Kim bilir burada daha ne iyi tipler vardır Güneş..." dediğinde, Burak "Öhöm öhöm!" diye ses çıkardı.

Esma, "Burak gibisini bulamayız ama, idare edeceksin artık güzelim," diye sözünü tamamladığında, gülümsedim.

Burak "Hemen bunu yap demiyoruz. Üç ay uzun bir süre. Bakalım neler olacak. Belki de barışırsınız, kim bilir," dedi.

Demir'le tekrar birlikte olmayı ister miydim? Sanırım asıl cevaplamam gereken soru buydu ve bu da şak diye anında verebileceğim bir cevap değildi. İyice düşünmem ve sonuçları değerlendirmem gerekirdi. Bu tatil boyunca yatıp dizi izleme ve kitap okumanın yanında bunu da çözmem gerekiyordu ve çözmediğim sürece içim rahat etmeyecekti.

Ama zaten o benimle bir daha birlikte olmak isteyecek miydi ki? Daha en başından arayıp, beni bir daha görmek istemediğini o söylemişti. Onun evine gidip yüzleştiğimdeyse, gözlerinin bambaşka anlamlar taşıdığını görmüştüm ki bu da bana söylediklerinin o kadar da içinden gelmediğini gösteriyordu.

Kafayı yiyecektim.

"Haklısın Burak... Kim bilir?" diye cevaplamaktan başka seçeneğim yoktu.

3. Bölüm

1 Hafta Sonra

Kapının açılıp kapandığını duyduğumda, kimin geldiğini görmek için yerimden bile kıpırdamadım. Bir elimde kumanda, diğer elimde ikinci paketini daha yeni açtığım 'Damak' çikolatam vardı. Köşe koltukta, yayılmış bir şekilde televizyon izliyordum.

"Güneş, sen şaka mı yapıyorsun?"

Esma'nın sesini duyduğumda, Burak ve Helin'le birlikte sahilden döndüklerini anladım.

Helin "Saatin kaç olduğundan haberin var mı?" diye sorunca "Hayır. Neden?" dedim.

"Saat altı buçuk oldu ve sen hâlâ aynı pozisyonda, aynı noktada, aynı kıyafetlerle ve aynen seni saatler önce burada bıraktığımız gibi duruyorsun!"

"Ne ara altı buçuk olmuş, fark etmedim bile," diye cevap verdiğimde, bir kare çikolatayı daha ısırdım.

Burak "Güneş, doğru düzgün yemek yemiyorsun ve sehpanın üzerindeki abur cubur çöpleri... hepsini bugün mü yedin?" diye sorduğunda, başımı evet anlamında salladım.

Helin "Gerçekten bir çözüm bulma zamanı geldi. Bak bir hafta geçti, tamam yas tuttun, ne bileyim işte duyguların karışıktı falan... Hâlâ da olabilir. Ama bu kendini harcaman gerektiği anlamına gelmiyor ki. Tam bir haftadır evden bir adım dışarı çıkmadın. Bahçede bizimle bile oturmadın. Hemen ayağa kalk ve yukarı çık. Üstünü değiştiriyorsun," dedi ve annelik görevini üstlendi.

"Helin, ben iyiyim. Ne güzel dinleniyorum işte. Yaz tatilinin anlamı, saatlerce boş boş yatıp abur cubur yemektir," dediğimde, Esma "Ama bak şu an İstanbul'da değilsin. Bodrum'dayız ve en güzel sahillerden birinin hemen yanındaki evlerden birinde kalıyoruz. Böyle bir tatili bir daha nerede bulacaksın? Üstelik yanında biz de varız... Zamanını boşuna harcıyorsun," dedi.

Burak "Evet Güneş, kızlar haklılar bu sefer. Bir hafta sana dokunmadık ama artık yeter," diyerek onlara katıldı.

Bu da neydi böyle? Kendimi, 'How I Met Your Mother'daki müdahale toplantılarından birinde gibi hissediyordum. Kötüydüm ve evden çıkmak, gezmek gibi bir niyetim de yoktu.

Uzandığım yerde doğruldum ve elimdeki çikolatadan bir kare daha ısırdım. Isırdığım anda, Burak elimden çikolata paketini aldı.

"Hey! O benim!" dediğimde Esma "Ben göstereceğim sana... Benim yemeklerimi yememek neymiş göreceksin küçük sarışın!" diye bağırıp elindeki plaj çantasını bıraktıktan hemen sonra üstüme atladı ve beni gıdıklamaya başladı.

"Hey.... Kes şunu! Esma! Hayır!" derken, Helin de "Hak ettin Güneş. Ben de geliyorum!" diye bağırıp o da koltuğa atladı ve ikisi de beni gıdıklamaya başladılar.

Burak "Aaa.. Bu beni aşıyor. Ben yukarı çıkıp duşa giriyorum," dedi. Ardından gülmekten başka bir şey yapamadım zaten.

"Yeter! Helin.... Esma... Hayır! Kesin şunu! Hahahahah! Ya! Kesin!"

Esma "Bir daha yemeklerimi yememezlik yapacak mısın ha?" diye sorup kahkaha attığında "Hepsini yiyeceğim, söz veriyorum, lütfen... bırakın beni!! Helin!" diye bağırmaya başladım.

Helin "Ben yıkanıp hazırlanana kadar sen de giyinmiş olacaksın. Anlaşıldı mı?" diye bağırdı.

"Hayır evden... çıkmayacağım.... Helin! Bırak beni! Üstümden... kalkın!" Bir yandan konuşmaya öbür yandan da gülmeye çalışıyordum. Kelimeler çıkabildikleri kadar çıkıyorlardı.

Bir an durdular ama üstümden hâlâ kalkmamışlardı.

Helin "Sanırım birileri dersini almamış Esma. İkinci raunda hazırlansan iyi olur Güneş ışığım!" der demez "Tamam! Tamam!" deyip aralarından çıktım ve ayağa kalktım. En son ne zaman bu kadar gülmüştüm?

Her ne kadar dışarı çıkma taraftarı olmasam da, eğer bunu yapmazsam sürekli bana kızacaklarını biliyordum; bu yüzden bir gün de olsa razı oldum ve merdivenleri çıkmaya başladım.

Helin aşağıdan "Hoş şeyler giy! Tahmin et kim kiminle en yakın arkadaş?" diye seslendiğinde Esma onun cümlesini tamamlayıp "Emre ve Kayhan. Sürekli beraberler ve takıldıkları büyük bir arkadaş grupları da var," dedi.

Çatı katına, yani odama ulaştığımda hâlâ Helin'in sesini duyabiliyordum.

"Kayhan'ı bir de mayoyla görmelisin! Bakalım kimi o zaman eve zar zor sokabileceğiz?" diyordu.

Ha ha. Çok komik.

Dolabıma ilerledim ve kıyafetlerimi gözden geçirdim. Beyaz kısa şortum ve hemen karnımda biten, siyah, üzerinde "Normal people scare me"* yazan American Horror Story tişörtümde karar kıldım. Kıyafetleri yatağımın üstüne attıktan sonra pencereye gidip perdeyi kapattım. Artık fazlasıyla akıllanmıştım.

Evde duruyor olabilirdim ama en azından pis pis de oturmuyordum. Bu sabah yıkanmıştım ve şimdi işime yarıyordu. Saçlarım temizdi. Topuz yaptığım saçlarımı açtım ve başımı öne eğip taradım.

Saçlarım kıvırcık değildi, çok düz de değildi. Hafif dalgalıydı. Bir kere taradıktan sonra güzel görünüyordu ve ayrıca uğraşmam gerekmiyordu. Tabii temizken... Öbür türlü tam bir felaketti.

Sahilde yürüyeceğimiz için, elime siyah parmak arası terliklerimi aldım ve aşağı indim. Kapının hemen önünde Helin'i hazır bir şekilde görünce şaşırdım.

"Sen ne ara..?"

"Güneş, ne kadar yavaş giyindiğinin farkında değilsin. Ben hızlı değilim yani," dedi.

Helin mutfağa bakıp Esma'ya "Yine daldın mutfağa. Her gün sen yemek yapmak zorunda değilsin biliyorsun di mi? Günleri bölüşelim," dedi.

Esma "Dün sen yaptın. Bugün de ben yapayım. Hem sorun etmene gerek yok. Ben çok seviyorum," diye cevap verdi.

---

*American Horror Story isimli bir Amerikan dizisinde geçen ve "Normal insanlar beni korkutur" anlamına gelen slogandır

Helin "Neyse bunu konuşalım ama, her gün her gün sen yoruluyorsun," dediğinde, Esma "Siz gitmiyor muydunuz? Hani sevgilimle biraz baş başa kalsak... Hadi... Yürüyün..." diye söylendi. Helin'le aynı anda kahkahayı bastık. Helin "Bizim Esma bir anda süper aşçı/sevgili rolüne girdi. Hemen kaçmalıyız Güneş," dedi.

"Aynen, yoksa birazdan ketçaplarla ateş etmeye başlayacak," dedim.

Evden çıktık ve doğruca sahile indik. Yürüyüşe başladığımızda, bir yandan çevreyi inceliyordum, bir yandan da Helin'i dinliyordum.

"Öğle saatlerinden bu saatlere kadar çok dolu oluyor. Bayağı eğlenceli burası. İşte yediden sonra da insanlar evlerine dönüyorlar. Tabii... gelseydin bilirdin. Bir kez bile bizimle gelmedin," diye bana yeniden kızdığında, nasıl cevap vereceğimi bilemedim.

"Güneş, sorun vücudun falansa... Ne bileyim... bikini giymekten falan çekiniyorsan sana bir çift lafım olacak: Harika bir vücudun var. Lezbiyen olsam seni ölümüne keserdim, bak ciddi söylüyorum!" dediğinde gülmeye başladım. "... Hey gülme! Ciddiyim! Bunları kullanman lazım güzelim," dedi ve eliyle benim vücudumu gösterdi.

"Helin, vücudumla ilgili bir sorunum yok. Sadece... pek insan içine çıkmak istemiyorum. İçimden gelmiyor," dedim.

Helin'le iskeleyi de geçtiğimizde bana "Güneş, üç dakikalığına bencil olmama izin verir misin?" diye sordu.

Anlamayan gözlerle "Ee.. evet?" dediğimde hemen konuşmaya başladı.

"Bak, bir haftadır sen evden çıkmıyorsun, biz üç kişi sürekli dolaşıyoruz. Esma ve Burak'a üçüncü tekerlek olmaktan nefret ediyorum tamam mı! Onlar çiftler ve böylesine romantik bir yere tatil yapmaya geldik... Yani... Bak; onlar da ben yalnız kalmayayım diye nereye giderlerse beni de çağırıyorlar. Esma'nın nasıl iyilik meleği olduğunu bilirsin. Az önce evde bize ilk defa, Burak'la yalnız kalmak istediğini söyledi. Şu ana kadar hiç böyle açık açık söylememişti, bu demek oluyor ki..."

"Özür dilerim Helin. Hiç farkında bile değildim ve senin bu konu hakkında neler hissettiğini anlayabiliyorum. Gerçekten özür dilerim. Dikkat edeceğim. Keşke önceden söyleseydin," dediğimde bu sefer o benim sözümü kesti. Durdu ve karşıma geçti.

"Güneş, ne kadar zor günler geçirdiğini biliyorum. Hepimiz biliyoruz ve senin yanındayız. Sana destek oluyoruz. Sana doğruca böyle bir şeyi söyleyemezdim. Öyle üzgündün ki... Hâlâ da içten içe öylesin aslında biliyorum. Neyse.. Konuyu kapatabiliriz. Üç dakika bitti," dedi ve bana sarıldı.

Tekrar yürümeye başladığımızda "Aramıza döndüğüne sevindim," dedi.

"Çok alışmasanız iyi olur. Parti havamda değilim," dedim.

"Şu an yaz tatilindeyiz Güneş! Gez, toz ve eğlen! Yeni insanlarla tanış. Demir'le ayrıldınız, üstünden sadece bir hafta geçti. Hemen bir sevgili bul demiyorum tabii ki ama en azından birileriyle tanışabilirsin. Arkadaş ol. İlla bir çocuğun dudaklarına yapışacaksın diye bir şey yok," dediğinde "Bir de yapışsaydım zaten!" diyerek karşılık verdim.

Helin "Sadece... açıl. İçine kapanık yaşayamazsın. Zor biliyorum ama Demir'in bu durumunu ne kadar erken kabullenirsen o kadar iyi," dedi.

Bu sefer durma sırası bendeydi. Durduğumu fark ettiğinde o da durdu ve yanıma geldi.

İçimi dökmek istiyordum.

"Başka birini istemiyorum Helin! Onu istiyorum! Bana küfür etmesini, emir vermesini, kıyafetlerimle ve görünüşümle dalga geçmesini, aptal aptal yorumlar yapmasını, ona sorduğum sorulara verdiği o tek kelimelik cevapları istiyorum. Bana sarılmasını, beni öpmesini istiyorum. O gece benim evime gelip Cansu'yla yatmadığını itiraf ettiğindeki Demir olmasını istiyorum. Ailemi... ailemi öldüren ve bunu benden bir yıl boyunca saklayan birini istemiyorum Helin! Lanet olsun! Onu çok seviyorum, tamam mı?! Ve bundan nefret ediyorum!" deyip ağlamaya başladığımda bana sarıldı ve hemen dik durmamı söyledi. Elleriyle gözyaşlarımı sildi.

"Güneş, bir sorun mu var?"

Kayhan'ın sesini duyduğumda hemen gözlerimi açtım ve Helin'e sarılmayı bıraktım. Kayhan'ın yanında Emre vardı. İkisi de mayo giyiyorlardı ve üstlerinde mayo şortlarından başka bir şey yoktu. Kızların dedikleri kadar varlardı.

Bir Demir değiller, önüne bak.

"Sorun.. sorun mu? Sorun yok. Nereden çıkardınız?"

Helin durumu toparlamaya çalıştı ama işe yaramamıştı. Emre "Güneş ağlıyor musun?" diye sorduğunda "Hayır. Ağlamıyorum. Alerjim var da..." dedim. Sesim tahmin ettiğimden daha normal çıkmıştı. Sanırım bu işte gittikçe ustalaşıyordum.

Evet, Güneş, ağladıktan sonra üzgün olduğunu çaktırmamak konusunda ustalaştın. Aferin sana. Tam da ustalaşılması gereken bir konuydu zaten.

Emre "Öyle mi? Neye alerjin var?" diye sorduğunda ben bir cevap uydurana kadar Helin "Yeni insanlarla tanışmaya," dedi.

Helin'e dirseğimi geçirdim.

Emre "Hmm... Kötü bir hastalık. Neyse, size geçen hafta soracaktım ama fırsatım olmadı. Sevgiliniz var mı?" diye sorduğunda Helin "Benim var, ama onun yok," dedi ve beni onlara doğru arkamdan itti. Ne yapıyordu bu?

Helin "Neyse, ben bir eve gideyim, Esma'nın yardıma ihtiyacı vardır," diye sözünü tamamladığında "Hani üçüncü tekerlek olayı falandı... Ne oldu onlara?" diye arkasından seslendim

"İyi eğlenceler!" diye bağırdı.

El sallayıp gittiğinde, tekrar Kayhan'la Emre'ye döndüm.

"Benim de sevgilim var. Aslında yok. Vardı, yani sanırım... ama sonra bir şeyler oldu ve... neyse..." derken, Emre sözümü kesip "Kahretsin, alınma Güneş ama ben sadece esmerlerden hoşlanırım. Yani.. prensip gibi bir şey. O gün çatı katı olayı için de özür dilerim," dedi.

Kayhan "Çatı katı olayı?" diye sorduğunda hemen ona dönüp "Uzun hikâye," dedim. Bir kez daha rezil olamazdım.

Emre "Neyse. Ben bizim kızların yanlarına döneyim. Ah Helin... ah..." diyerek uzaklaştı ve Kayhan'la yalnız kaldık.

Kusura bakma Emre ama Doğukan'ın gazabına uğramanı tavsiye etmezdim.

Garip ve sessiz geçen birkaç saniyenin sonunda Kayhan "Yürüyelim mi?" diye teklif etti.

"Aslında.. ben... Eve..." diye sözüme başladığımda, "Alerjin epey kötü bir durumda sanırım. Yıllardır bu hastalıkla savaşıyor olmalısın. Hadi, benimle yürü. Belki açılırsın," deyip gülümsedi.

Kabul etmek beni öldürmezdi değil mi? Sonuçta günün sonunda kendimi Kayhan'ın kollarında bulmayacaktım.

Kalbinde, kanında, damarlarında Demir varken, bayağı zor olurdu Güneş.

Beraber yürüyüşe devam ettik. Böylelikle eve gidince, Helin bir günlüğüne beni rahat bırakabilirdi.

Kayhan benim konuşmadığımı görünce aynen o gün fırtına geçene kadar büfede durduğumuzda yaptığı gibi konuşmaya başladı.

"Şey.. kesinlikle sizi takip ettiğimi falan düşünme ama bir haftadır arkadaşlarını sahilde görüyordum ama sen yoktun. Yaşadığın şehre mi döndün?" diye sordu.

"Hayır, İstanbul'a dönmedim. Burada, evdeydim," diye cevapladım.

Karşımızdan gelen kızlı erkekli bir arkadaş grubu Kayhan'ın adını söylediklerinde, Kayhan onlara kibar bir şekilde selam verdi. Kızlar bikinilerinin üstüne sadece bir şort giymişlerdi, erkeklerse aynen Kayhan gibi sadece mayoyla geziyorlardı ve bu sayede 'Ben spor yapıyorum kızlar!' diye bağırmalarına gerek kalmıyordu. Vücutları mankenleri aratmayan bu kızlardan kumral saçlı, elinde voleybol topu tutan biri öne çıktı.

"Kayhan, bizim sahaya gidiyoruz. Katılacak mısın?" diye sorduğunda, Kayhan onların yanlarına sonra gideceğini söyledi.

Kız "İstiyorsa arkadaşın da gelsin. Kişi eksiğimiz yok, Melisa ve Irmak'ların ekip de oradaymış, az önce Emre aradı ama yine de gelebilir. Arada oyuncu değiştiririz," dediğinde, kızın beni de oyunlarına davet etme nezaketi göstermiş olmasını takdir ettim.

Kayhan bana dönüp "İstiyorsan..?" diye sormaya başlarken hemen bahanemi bulup "Ben bacağımdan ameliyat olmuştum da... Yani.. bir süre daha zorlamasam iyi olur," dedim.

Ameliyat olalı bir yılı geçmişti ve doktorum en az altı ay önce bana istediğim gibi spor yapabileceğimi söylemişti ama yine de oynamak istemiyordum. Burada durmak bile istemiyordum ki!

Kız "Aaa geçmiş olsun. Spor yaparken sakatlandın mı? Nasıl oldu?" diye sorduğunda hemen evet deyip konuşmadan kurtulabileceğimi düşünmüştüm ama kızın fiziğine ve elinde tuttuğu topa bakılırsa kendisi voleybolcuydu ve sporla ilgili herhangi bir soru sorsaydı cevaplayamayacağımı biliyordum. Bu yüzden "Trafik kazası," dedim.

"Çok geçmiş olsun. Ama yine de gelip izleyebilirsin. Emin ol sıkılmazsın, Kayhan iyi bir sörfçü olabilir ama çok komik voleybol oynar... bana güven," dediğinde, Kayhan da, oradaki kızlar ve oğlanlar da gülmeye başladılar.

"Belki başka sefere," deyip gülümsediğimde, Kayhan'a döndüm ve "İstiyorsan arkadaşlarınla gidebilirsin. Sahilden çok uzaklaşmadık, hemen eve dönebilirim," dedim.

Kayhan "Ben size sonra katılırım. Güneş'e buraları gezdiriyordum. Bodrum'a ilk gelişiymiş," dedi.

Kızın arkasındaki gruptakiler yürümeye çoktan başlamışlardı ve tahminime göre, bizim arkamızda kalan voleybol sahasına doğru gidiyorlardı. Şimdi sadece bizimle konuşan kız ve iki arkadaşı kalmıştı.

"Güneş demek... Ben Damla," dedi.

Yanındaki diğer iki kızdan uzun, kumral, dalgalı saçlarıyla denizkızlarına benzeyen ela gözlü olan, "Ben Hemraz. Kayhan'ın kardeşiyim," dedi. Bir Kayhan'a bir de Hemraz'a baktım.

"Çok benziyorsunuz. Özellikle... gözleriniz," dediğimde, Hemraz "Evet. Herkes öyle diyor. Neyse işte, aramızda iki yaş var. Tanıştığıma memnun oldum," dedi ve diğerlerinin gittiği tarafa doğru gitmek için bir adım attı. "Şevval, geliyor musun?" diye sorduğunda, Hemraz ve Damla'dan biraz daha kısa, yaklaşık benim boyumda olan siyah saçlı, siyah bikinili ve şortlu kız "Ben de Şevval. Duydun zaten, neyse görüşürüz!" dedi. Bana gülümsedi ve ardından da Damla'yı çekerek arkamızdan, diğer tarafa doğru yürümeye başladılar.

Tekrar yalnız kaldığımızda Kayhan'a "Benimle gelmek zorunda değilsin, bunu biliyorsun. Ben de eve dönmek için fırsat arıyordum zaten," dedim.

"Demek benimle yürümek bu kadar kötüydü ha? Yüzümüze vurmasaydın daha iyi olurdu."

Gülerek "Hayır, çok kötü değildi ama idare ederdi işte," dedim.

Biraz daha ilerledikten sonra geri dönüş için yönümüzü değiştirdik.

"Sana iğrenç bir espri yapayım mı?" diye sorduğunda, "Hadi yap bakalım," dedim.

"Güneş! Batıyorsun!" dediğinde sahile baktım. Güneş batmak üzereydi ve gökyüzünde turuncu ve sarı izler bırakıyordu. Çok güzeldi. Tekrar önüme döndüğümde "Ne yani, ne kadar iğrenç olduğu hakkında yorum yapmayacak mısın?" diye sordu.

"İyi denemeydi ama yeterince iğrenç değildi. Deli gibi saçma espriler yapan bir arkadaşım var zaten, ondan alışkınım."

Arda şu sıralarda İstanbul'da Semih Amca'yla, yani babasıyla kafeyi idare ediyordu. Normalde yazın İstanbul'da kalıp ona yardım etmem gerekiyordu ama karne gününde öğrendiklerimden sonra, o da tatile gidip oralardan uzaklaşmamın iyi olacağını düşünmüştü. Bu yüzden sorun olmadı.

Asıl sorun olan, halam ve eniştemden, üç koca ay boyunca Bodrum'da arkadaşlarımla bir evde kalmak için izin almaktı. Onlara bunu ilk olarak sorduğumda 'bakarız bakarız' diye geçiştirmişlerdi ve ne olursa olsun izin vermeyeceklerini biliyordum. Fakat o lanet cuma günü, Demir hakkındaki gerçekleri öğrenip eve gitmemle beraber, halamın da eniştemin de başından beri Demir'in kazayla olan ilgisini bildiklerini öğrendim. Eniştem bana birkaç açıklama yapmaya çalışmışsa da o hızla bavulumu toplamıştım.

Onlara o kadar kızmıştım ki, bana izin vermek zorunda kalmışlardı.

"Güneş?"

Kayhan'ın sesini duyduğumda daldığımı fark ettim.

"Efendim?" diye cevap verdiğimde "O saçma esprileri yapan arkadaşın... bugünkü ağlama sebebin miydi?" diye sordu.

Ağlama meselesini çoktan şakayla da olsa kapattığımızı düşünüyordum.

"... Sevgilin miydi? Ayrıldınız mı?" diye devam ettirdiğinde, "Hayır! Arda'ydı. Benim çok yakın bir arkadaşım. On yıldır arkadaşız... Hatta.. iki ay sonra on bir yıl olacak. Vay be," dedim.

"Ben de Emre'yle öyleyim. O da burada büyüdü. Daha doğrusu beraber büyüdük," dedi.

Sahilde Helin'le ilk yürümeye başladığımız noktaya, yani bizim evin sokağının başladığı yere döndüğümüzde, ben eve dönecektim, Kayhan yoluna biraz daha devam edip voleybol sahasına gidecekti.

Bizimkilerin soru yağmurunun kurbanı olacaktım.

"Şey.. o gün fırtınada beni ölüme terk etmediğin için teşekkür ederim," dedim. En azından bunu borçluydum.

"Gerçekten aklından neler geçiyordu? Denize bakıyordun ama sanki o dalgaları görmüyordun," dedi.

"Aklım başka yerlerdeydi, neyse. Ben seni daha fazla bekletmeyeyim. Çoktan oyuna başlamışlardır," dediğimde, "Şaka mı yapıyorsun, ben geç kaldığım için mutlu bile olabilirler. Gerçekten çok kötü voleybol oynarım... hem de çok kötü," deyip üzülmüş gibi suratını düşürdüğünde gülümsedim.

Eğer farklı zamanlarda olsaydık ve aklım da bu kadar karışıklık olmasaydı, Demir olmasaydı eğer, belki bir ihtimalle Kayhan'dan hoşlanabilirdim. Ama şu anda bu olamazdı. Kalbim, bedenim... Bundan ne kadar çok nefret etsem de, her şeyimle Demir'e aittim. Bu durumu çözene kadar o işlerden uzak durmalıydım. Suratımdaki gülümsemeyi sildim.

"Neyse, ben eve dönsem iyi olur, sen de Damla'ların yanına..." dedim.

"Damla'yla sevgili değiliz. Bilgin olsun," dediğinde "Bilmem, aranızda bir çekim vardı sanki, yani en azından bana öyle geldi," dedim ve bir adım geri gittim. Bir an önce konuşmanın bitmesini istiyordum.

"Neyse..." dediğinde ben de bir adım daha geriye gidip "Neyse..." dedim.

"İyi akşamlar," deyip arkamı döndüğümde, Kayhan "Güneş!" diye seslendi. Yanıma geldiğinde "Bana söylemedin," dedi.

"Neyi söylemedim?"

"Gerçek ağlama sebebini."

"Alerjim var işte. Sosyalleşmek konusunda biraz takıntılı davranıyorum, bilirsin, konuşmuyorum, evden dışarı çık..." diye tam senaryo yazmaya başlarken, bana yaklaşıp "Güneş, gerçeği söyleyebilirsin," dedi.

"Eski erkek arkadaş meseleleri. Klasik ergen konusu işte. Bilmek istemezsin. Anlatmaya başlarsam daha ilk kelimeden uyuyakalırsın. Ciddiyim..." derken, birbiri ardına yalan söylüyordum.

Demir'le yaşadıklarımızdan dört sezonluk dizi çıkacağını biliyordum ama Kayhan'a ne diyecektim ki? 'Âşık oldum, bir sürü zorluk atlattık; bıçaklanma olsun, müzikaldeki sabotaj olsun, mezarlık maceraları olsun... Sonra bir baktım ki ailemi öldüren kişi aslında sevdiğim adammış! Çok sıkıcı değil mi? Sıkıcı olduğunu söylemiştim,' mi diyecektim?

"Anlatmak istemiyorsun. Bunu anlamak zor değil. Sadece.. eğer biriyle konuşmak istersen..." dedi ve kollarını iki yana açtı. Evet, kaslarını daha çok ilgi odağı yap Kayhan, çok iyi gidiyorsun.

"... Ben buradayım. Yerimi biliyorsun," diyerek cümlesini tamamladı.

Kayhan'ın tüm bu yakışıklı görünüşünün ve tatlı konuşmalarının altında kötü bir niyet olmadığını biliyordum ve ses tonu bile ona güvenmenizi sağlıyordu ama şu an bunları düşünemezdim. Düşünecek ne halim ne de kafamda boş yer vardı.

"Belki sonra. Aklımda bulunduracağım."

"Görüşürüz."

Attığı birkaç adımdan sonra arkasını döndü ve bana el salladı. Gülümseyip elimi hafifçe kaldırdım ve ardından ben de sola dönüp sahilden çıktım.

Kapıyı çalmadan önce bir an bekledim. Yine Esma'nın muhteşem yemek kokuları geliyordu.

Kendimi toplamalıydım. Derin bir nefes aldım ve bugünlük son kez Demir'in yüzünü, gökyüzünü aratmayan gözlerini aklıma getirdim. Kimi kandırıyordum ki, aklımdan hiç çıkmıyordu!

Gözlerimi kapattım ve tekrar nefes aldım.

Ağlama Güneş. Artık yeter.

Kapıyı çaldım. Çoğu zaman işe yarayan ve beni yarıyolda bırakmayan sahte gülümsememle beraber kapının açılmasını bekledim. İçeri adımı attığımda artık gelecek tüm soru yağmurlarına hazırdım.

4. Bölüm

2 Ay Sonra

"Güneş, yine mi dışarı çıkıyorsun?"

Burak'ın sorusuna karşılık olarak, elimi kapının kolundan çekip ona döndüm ve "Evet," dedim. Üstünde pijamaları vardı ve yeni uyanmıştı. Diğer herkes uyuyordu.

"Saat kaç?" diye sorduğunda, telefonumdan saate baktım.

"Ona çeyrek var," dedim.

"Kahvaltıyı yine Kayhan'larla mı edeceksin?"

"Evet."

"Biliyorsun değil mi, gerçekten mutluyuz. Geldiğimiz ilk haftadan bu yana gerçekten iyileştin. Bazı günler neredeyse hiç eve gelmiyorsun. Ancak akşam yakalayabiliyoruz seni," dediğinde elinde tuttuğu bardaktan bir yudum daha su içti.

"Yeni arkadaşlar edinmem konusunda ısrar eden siz..." diye sözüme başlarken, Burak "Hayır, hayır! Yanlış anladın. Biz gerçekten sorun falan etmiyoruz Güneş, aksine mutluyuz. Sonunda birtakım kötü olayları arkanda bırakabildin. Çoğu kişi yapamaz," dediğinde, gerçekten bunu anlatmak istediğini anlamıştım. Benim için seviniyorlardı. Keşke ben de onlar kadar kendim hakkında mutlu olabilseydim.

Tekrar gülümseyip kapıyı açtığımda "Öğlen yemeğinde geleceğim. Umarım Şevval'ler onlarla yemem için ısrar etmezler," dedim. Ardından da "Sahilde olmayız yine... Geziyoruz hep, neyse... Ben kaçtım!" dedim ve evden çıkıp ardımdan kapıyı kapattım.

Derin bir nefes alıp verdim ve bileğimdeki tokayla saçımı at kuyruğu yaptım. Elimde tuttuğum şapkayı başıma geçirdim. Soldaki plaja doğru baktığımda Emre, Şevval ve Damla'nın omuzlarında havlularıyla denize gittiklerini gördüm. Muhtemelen her günkü gibi Kayhan ve diğerleriyle buluşacaklar, önce beraber kahvaltı edecekler ardından denize girip sörf yapacaklardı.

Kayhan, kız kardeşi Hemraz'la beraber en iyileriydi. Ardından Emre ve Damla geliyordu. Şevval diğer kızlarla voleybol oynarken, bir yandan da Kayhan büfeye gidip öğle yemeklerini söyleyecekti. Yemekten sonra, gölgede sohbet edip güneş geçince de tekrar sörf yapacaklardı. Akşam olduğunda hepsi birinin evinde toplanacak ve yemek yiyeceklerdi. Gece tekrar plaja çıkıp ateş yakacaklardı, ardından şişe çevirmece, bilmem ne... oyunlar oynayacaktı veya yan sitedeki partilerden birine katılacaklardı. Gece 2-3 civarında herkes evlerine dağılırken, Kayhan, Emre ve birkaç kişi daha birazcık da olsa bu saati uzatacaklardı. Çok içmiyorlardı, Bazen belki bir-iki bira ve ardından onlar için gün biterdi. Sabah tekrar aynı şeyler...

Bunların hiçbirine katılıyor muydum?

Hayır. Hepsini yalnızca bir kenarda gözlemlemiştim.

Zamanlamamdan nefret ediyordum. Geç kalmıştım. Hemen arkamı onlara doğru dönüp sağ tarafa hızlı adımlarla yürümeye başladım. Konuştuklarını duyabiliyordum.

"Hey... o Güneş miydi?"

Emre'nin bu söylediğini duyar duymaz daha da hızlandım ve sokaklardan birine daldım. Biraz daha ilerledikten sonra sağdaki dar sokağa saptım. Ardından sola ve biraz yokuş çıktım. Yolu yeterince ezberlemiştim artık. Bahçesindeki bitkilerin, bakımsızlıktan ağaçlarla birleşip büyük otlara dönüşmüş olduğu büyük, görkemli ve eski, rengi solmuş pembe evi görünce şapkamı çıkardım.

Evin arka tarafına dolaştıktan sonra bahçedeki bitkilerin en seyrek olduğu yerdeki tel duvarın ufak aralığını gördüm ve bir elimle kaldırdım. Altından geçtikten sonra teli tekrar eski haline getirdim ve bahçeye baktım. Evim evim güzel evim...

Bahçenin önündeki posta kutusuna gidip içindeki kitapları çıkardım.

Tüm yaz boyunca hem dizi izleyip hem de hedeflediğim kitapları okumak istemiştim ama bu aralar diziden çok kitaplar çekiyordu beni. Başka insanlar olmak istiyordum. Yeni bir dünyada yeni bir insan olup farklı şeyler yapmak, yeni insanlarla tanışmak istiyordum. Diziler de bunu sağlayabiliyordu bazen, ama kitaplar kadar seni içlerine almıyorlardı. Okuduğun karakter sen oluyordun orada ve birkaç saatliğine de olsa kendi hayatını unutabiliyordun. Geçmişini unutabiliyordun. Tam da ihtiyacım olan şeydi.

Getirdiğim tüm kitapları bitirmiş, üstüne her geçen gün yeni kitaplar almıştım. Şu an buraya saklamış olduğum dört yeni kitap vardı. İçlerinden ilk elime geleni aldım ve posta kutusunu geri kapattım.

Evin arka bahçesinde, arka kapının duvarına yaslanmış, beyaz boyası akmış olan iki kişilik salıncağa oturdum. Buraya geldiğimiz ikinci haftada, Esma ile yürüyüş yaparken burayı görmüştüm, bir sonraki gün de yalnız gelip telin açık kalan yerinden bahçeye girmiştim.

Burası yalnız kalabildiğim ve kimseye hesap vermek zorunda olmadığım bir yerdi.

Evin ve bahçenin görünüşüyle pencerelerdeki satılık yazısını birleştirdiğimde, bu evin uzun yıllardır satılamadığını anlamıştım. Buradaki en büyük evdi ve en büyük bahçeye sahipti, bu yüzden çok pahalı olmalıydı.

Cebimden iPod'umu çıkardım ve çalma listesini başlatıp, yeni kitabımın kapağını açtım.

Kısacası şu iki ay şöyle geçmişti:

Esma, Helin ve Burak, benim sahildeki Bodrum gençleriyle -yani Kayhan, Emre ve diğerleri ile- çok iyi arkadaş olduğumu, günlerimin çoğunu onlarla eğlenerek geçirdiğimi düşünüyorlardı. Bizimkiler her gün aynı saatte denize gidiyorlardı ve şansıma, o saatlerde Kayhan'lar yan sitenin plajındakilerle voleybol maçı yapıyor oluyorlardı. Bizimkiler Kayhan'ları, Kayhan'lar da bizimkileri görmüyorlardı. Birbirlerini görseler benim sürekli kaybolduğumu anlarlardı.

Helin hakkında başlarda kendimi kötü hissediyordum ama Doğukan sıklıkla buraya gelip bizimle kalıyordu, bu yüzden Helin üçüncü tekerlek olmaktan kurtuluyordu. Bazı hafta sonları Doğukan cumadan gelip pazartesi sabahları geri dönüyordu. Helin gerçekten çok mutlu oluyordu. Onun adına seviniyordum.

Doğukan'ı ilk kez Bodrum'a geldiği akşam, yemeğe otururken gördüğümde ister istemez yanında Demir'in de olabileceğini düşünmüştüm ama olmamıştı. O yoktu. Bir yanım rahatlarken diğer yanım da burada olmasını istemişti. İki koca ay geçmişti ve ben hâlâ bir çıkış yolu bulamamıştım.

Öğlenleri bizim sahilden, evden ve büfeden uzaktaki, diğer siteye yakın yerlerde yemek yiyordum. Bazı günler hiç acıkmıyordum, bazen de bakkaldan birkaç şeyle geçiştiriyordum. Şimdiden üç kilo vermiştim.

Güneş batmaya başladığında dönme zamanımın geldiğini anladım, posta kutusuna kitabımı koyduktan sonra tellerin arasından geçip yola koyuldum. Saatlerce hiç sıkılmadan kitap okumuştum. Evin kapısının önüne geldiğimde 'Bir gün daha bitti' diye düşündüm.

Bir günü daha kurtarmıştım.

"Selam!" diyerek içeri girdiğimde salonun boş olduğunu gördüm. Yukarıdan da ses gelmiyordu. Salondan geçip camdan bahçeye baktığımda, üçünün de çimlerin üstüne kurulmuş kahverengi masada oturduklarını gördüm. Bir şey konuşuyorlardı.

Kapıyı açtım ve yanlarına gidip oturdum. "Gününüz nasıl geçti? Benim güzeldi. Önce yine her zamanki gibi kahvaltı ettik, daha sonra da Kayhan bana sörf yapmayı öğretti. Aslında... öğretmeye çalıştı diyebiliriz çünkü hiç beceremedim! Her seferinde düştüm ve...."

"Güneş, bize yalan söylediğini biliyoruz."

Helin'in söylediğiyle arkama yaslandım.

"Bugün Emre'lerle mi karşılaştınız? Evet, bir ara onların yanından uzaklaştım. Sahil çok sıcaktı ve gölgede biraz oturdum. Ama sonra yanlarına döndüm. Herhalde o sırada onları görmüş olmalısınız, öyle değil mi?"

Durumu kurtarmak için yalan üstüne yalan söylemeye devam ediyordum. En azından, o eski evde her günümü kitap okuyarak geçirirken birkaç yalan da düşünmüştüm. Yoksa hemen bir anda böyle detaylı yalanlar uydurabilecek yeteneğe sahip değildim.

Esma "Hayır. Başından beri bize yalan söylüyordun. Onlarla hiç buluşmadın, bir kere bile... Değil mi Güneş?" diye sorduğunda ne diyeceğimi bilemedim.

Burak "Bugün Esma biraz halsizdi ve öğlen sahilde bayıldı. Gerçekten bayıldı Güneş. Bu ciddi bir olay. Seni bulmak için diğer sitenin plajında voleybol oynayanlara baktım. Emre'yi gördüğüm anda hemen yanına gidip seni sordum. Bana ne dedi biliyor musun?"

Sanırım artık pes etme zamanım gelmişti. Kaybetmiştim.

En azından iki ayı çoktan kurtarmıştım.

Helin "Onlarla sadece bir kez konuşmuşsun. O da benim seninle beraber sahilde yürüdüğüm gün," dedi.

"Esma... bayıldın mı? Şimdi iyi misin?" diye sorduğumda, Esma "Güneş, ben iyiyim, ciddi bir şey değildi. Gerçekten çok sıcaktı ve fazla güneşte kalmıştım. Yanımda sen de olsaydın mutlu olurdum ama yoktun. Söylesene Güneş... İki aydır sen neredeydin? Her gün sabah erkenden evden çıkıyordun, bazen öğlen yemeğine geliyordun ve bazen de hiç gelmiyordun. Seni ancak akşam yemeğinde görebiliyorduk," dedi.

Burak "Nerelerde saklandığından çok, kimlerle saklandığın önemli. Güneş, başına bela açmadın değil mi?" diye sorduğunda "Hayır! Hayır. Gerçekten yanımda kimse yoktu. Hep yalnızdım. Size yemin ediyorum ki başıma bela da açmadım. Aslında hiçbir şey yapmadım. Bu iki aydır tek yaptığım şey kitap okuyup kafamı dinlemekti. Gerçekten..." diye kendimi savundum.

"Ya daha önemli bir şey olsaydı? Esma'ya veya aramızdan birine daha kötü bir şey olsaydı ve seni arasaydık? Her gün telefonunu evde bırakıyorsun! Nerede olduğunu bilmemiz senin için önemsiz gibi geliyor olabilir ama önemli Güneş! Kendinde değildin! Ya kendine zarar verseydin? Kendimizi suçlu hissetmeyeceğimizi mi sanıyordun?!"

Helin'in söyledikleri karşısında verecek bir cevap yoktu. Haklıydı, her zamanki gibi hepsi yine haklıydı.

Burak "Bu böyle olmaz. Bundan sonra senin yanından bir dakika bile ayrılmıyoruz Güneş. En azından senin iyi olduğundan emin olana kadar..." dediğinde ayağa kalktım.

"Siz annem değilsiniz, babam da değilsiniz! Biliyorum iyiliğimi düşünüyorsunuz ama beni sıkıyorsunuz. Kimseyle konuşmak istemediğim gerçeğini neden göremiyorsunuz? Haklısınız evet, ama ben iyi değilim ve yeni insanlarla arkadaşlık etmenin beni iyi yapacağını da düşünmüyorum. Garantisi yok, tamam mı? Artık kimsenin garantisi yok. Kayhan, bir bakmışım uzaktan bir amcamın katili çıkar, Şevval de torunlarımın katili olur, Hemraz bizi bir yere götürürken kaza yapar... Bilmiyorum tamam mı! Bilmiyorum!"

Çatı katına çıkıp yatağıma uzandım. Bahçeden çıkmadan önce en son duyduğum şey, Burak'ın kızlara bir şeyler mırıldandığıydı. Takmadım. Yatağa yatar yatmaz gözlerimi kapattım. Demir'i iki aydır hiç görmemiştim ve sadece fotoğraflarına bakabiliyordum. Zaten ikimizin bulunduğu fotoğraf sayısı da sadece birdi. O da müzikalde, sahnede sonuçları beklerken tam arkamda durduğu fotoğraftı.

Gözlerimi açtım ve telefonumu elime aldım. Halam iki kez, Arda da bir kez aramıştı. Onları sonra arayacağımı aklıma yazıp fotoğraflarıma girdim.

Bu fotoğrafta, sahnede benim elimi tutuyordu. Buradan belki görülmüyordu ama gerçek buydu.

Sanırım ilişkimizin özeti de buydu. İyi şeyler hep az yaşanırdı aramızda ve çoğu görülmezdi. Sadece ikimiz biliyorduk, sadece ikimiz hissediyorduk.

Telefonumu kapattıktan sonra uykuya dalmak için gözlerimi kapattım.

Sabah uyandığımda aşağı indim ve çoktan bahçede kahvaltıya oturmuş olduklarını gördüm. Yanlarına gittim ve masadaki dördüncü sandalyeye geçtim.

"Dün söylediklerim için özür dilerim," dedim.

Burak "Hmm... Bu da bir gelişme," deyip gülümsediğinde diğerleri de gülümsedi.

Esma "Hadi yemeye başla," dedi.

Kahvaltı bittiğinde Helin "Saat kaç?" diye sordu. Tam o sırada kapı çaldı.

Esma "Sanırım sürprizi sürpriz geçiyor," dedi.

"Kim geldi?" diye sorduğumda Burak "Neden gidip kapıya bakmıyorsun?" diye karşılık verdi.

Ayağa kalktım ve salondan geçerek kapıya ilerledim. Kalbim atmaya başlamıştı. Demir miydi? Olamazdı. Ama ya o gelmişse? Kapıyı açtığımda, siyah kalın çerçeveli gözlüklerinin arkasındaki yeşil gözlerle bana bakan Arda'yı gördüm.

"Arda?"

"Sürpriz! Civcivim beni özlemiştir diye düşündüm," dediğinde boynuna atladım. Arda'yla en son ne zaman konuşmuştum? Sanırım iki hafta önceydi.

Arda, elindeki bavulu bıraktı ve o da bana sarıldı. Onu bu kadar özlediğime inanamıyordum. Yeni insanlar tanımak ve onlar tarafından hayal kırıklığına uğramak istemiyor olabilirdim ama beni asla bırakmayacak ve hayal kırıklığına uğratmayacak eski dostlarımı da kendimden uzaklaştırdığımı fark etmemiştim. Bu, gerçekten iyi gelmişti.

Arda beni yere indirdiğinde "Senin boyun mu uzadı?" diye sordum.

"Evet, değil mi? Sanırım ergenlik bende biraz garip işliyor. Aslında bu iki ayda sabahları spora gidip öğleden sonra da kafede çalışmaya başladım. Önce biraz dövüş sanatları, detayına girmeyeceğim çünkü senin ilgini çekmeyeceğini adım gibi iyi biliyorum, ardından da yüzmeye katıldım. Sonra da babamın yanına dönüyordum işte," dedi.

"Eee muhteşem odamı gösterin bakalım," diye eklemeyi unutmadı. Sırayla Helin ve Esma'ya sarıldı, ardından da Burak'ın elini sıktı ve omzuna vurdu.

'Erkekler ve selamlaşma şekilleri' diye düşündüm.

Esma "Kahvaltı ettin mi? Biz de bahçede yiyorduk..?" diye sorduğunda, Arda "Otobüste yedim biraz ama açım... hem de bayağı. Bavulu yukarı çıkarayım, geleceğim," dedi.

"Tamam siz bahçeye dönün, ben Arda'ya yukarıyı gösteririm," dedim.

"Civciv gönüllü oldu."

Arda bizimkilere gülümserken Helin "İşe yaramaya başladı bile," dedi.

"Siz mi çağırdınız?" diye sorduğumda, Burak "Evet. Bir süredir aslında aklımızdaydı ama dün gece artık aramamız gerektiğini anladık. Açıkçası hemen bu gece yola çıkacağını söyleyen mesajını bu kadar çabuk beklememiştik ama..." dediğinde, Arda "Civcivim bana ihtiyaç duymuş. Her ne kadar şimdi yüksek sesle bunu itiraf etmeyecek olsa da, içten içe o da biliyor," dedi.

"Evet, itirafı çok beklersin canım," diye ona karşılık verdim ve dil çıkardım.

İlk kata çıktığımızda "Burada bir oda boş, şurada Esma ve Burak kalıyor, yanlarında da Helin. Bazen Doğukan gelebiliyor, o zaman da Helin'le beraber kalıyorlar tabii ki," dedim.

Arda "Oldu. Tabii. Esma ve Burak her zaman, Doğukan'la Helin de bazen bu katta kalacaklar ve ben de onlarla dip dibe yatacağım öyle mi? Güneş, geceleri uyumak istiyorum," dediğinde kahkaha attım.

"Saçmalama Arda," diye gülmeye devam ettiğimde "Ben ciddiyim. Hem Burak'la aramızda gizli bir sözleşme gibi bir şey var. Aslında her erkekle erkeğin arasında vardır ve bu olay..." derken yan yana olan odaları gösteriyordu. "... o sözleşmeye hiç uygun değil. Zorunda kalınmadığı sürece uygun olmaz," dedi.

"Tamam. Sizin bu görünmez sözleşmeniz hakkında daha fazla detaya ihtiyacım olursa emin ol sorarım ama şimdilik yeterli."

"Bu merdivenler... evet doğru. Bir kat daha var. Dışarıdan bakılınca normal bir kattan biraz daha küçük görünüyor ve sadece pencere görünüyor," deyip merdivenleri çıkmaya başladığında, "Çatıda ben kalıyorum. Tabii bir tane daha çift kişilik yatak var," dedim.

Yukarı çıktığımızda, Arda bavulunu boş olan yatağın yanına koydu ve "Güneş... bana bunlarla gel. Burası çok güzel. Üstelik en azından uyuyabileceğim. Tabii sen burada yeni muhteşem arkadaşlıklar kurmamışsan?" dediğinde gülmeye başladı.

"Evet, çok beklersin Arda," deyip yatağımın üstüne oturdum.

Sessiz geçen birkaç dakikanın ardından o da kendi yatağına oturdu. "Anlatmak ister misin?" diye sorduğunda ona baktım.

"Neyi?"

"Hadi ama Güneş!" dediğinde "Hayır," dedim.

"Peki. Hadi aşağı inelim. Bir an önce kahvaltı etmek istiyorum."

Arda hakkındaki en sevdiğim şeylerden biriydi bu. Eğer bir şeyi o anda anlatmak istemiyorsam zorlamazdı, ardından istediğim ve kendimi daha iyi hissettiğim bir zamanda gelip onunla paylaşacağımı bilirdi.

Aşağı indiğimizde, kahvaltımıza Arda'yla devam ettik. Bizimkiler Arda'yla, müzikal için Ankara'ya giderken tanışmışlardı ve o günden beri çok olmasa da birkaç kez görüşmüşlerdi, ama yine de sanki Arda onların benden daha eski arkadaşlarıymış gibi sohbet ediyorlardı.

Kahvaltıdan sonra hep beraber sahile indik ve denize girdik. Geldiğimizden beri ilk defa denize giriyordum. Sanırım yaz şimdi başlamıştı.

Evet, Demir yanımda değildi, onu yanımda isteyip istemediğimden de emin değildim. Boş geçirdiğim iki ay bana bu konuda hiç yardımcı olmamıştı. Sanırım bunun üstünde sürekli düşünüp kendimi depresif hallere sokmak da çözüm üretmiyordu.

İyi olansa arkadaşlarımın yanımda olmasıydı. Helin, Esma, burak ve Arda. Bana bu yolda yardımcı olmak istiyorlardı. Sanırım onlara izin vermeliydim. Demir sorunumu çözmek için ne kadar zamanım vardı bilmiyordum ama emin olduğum tek bir şey vardı: Onu delicesine seviyordum ve asıl sorun da buydu.

5. Bölüm

Arda'yı Kayhan'larla tanıştırdık ve tüm günümüzü sahilde geçirdik.

Kayhan, benim İstanbul'a döndüğümü sanmıştı. Haklıydı tabii. Burak, ona ve diğerlerine benim yerimi sorduğunda bilmediğini söyleyince o da endişelenmişti. Açıklama yapıp özür dileyene kadar o ve diğerleriyle aram biraz garipti.

Hepsi her gün oradalardı. Kayhan, Emre, Damla, Şevval, Hemraz ve diğer adını bilmediğim en az altı kişi daha.

Arda geldikten iki gün sonra, kendimi az da olsa daha iyi hissediyordum. Bir parçam rahatlamıştı. Artık geceleri daha rahat uyuyabiliyordum. Bu, Demir'i aştığım anlamına gelmiyordu. Sadece biraz daha iyiydim o kadar. Onu unutabilmek mümkün değildi, en azından yanımda aklımı dağıtan arkadaşlarım vardı. Arda da hemen her zamanki gibi ortama karışmıştı.

Akşam, Arda'yla iki gece önce başlayıp gelenekselleştirdiğimiz 'gece çatı sohbetimiz'i de bitirdikten sonra uykuya daldım.

Sesler duyup gözlerimi açtığımda Arda'nın yatağında olmadığını gördüm. Gözlerimi ovuşturduktan sonra yatağımın yanındaki küçük sehpanın üzerinden telefonuma uzandım ve saate bakmak istedim.

Telefonumun tuşuna bastığım anda çıkan ışık gözlerimi yaktı. Hemen parlaklığı azalttım ve sonrasında saate baktım.

03.17

Arda ya tuvalettedir ya da su içmek için aşağı inmiştir diye düşünüp telefonumu tekrar sehpanın üstüne bıraktım ve ardından uzandım. Gözlerimi kapattığım anda tekrar az önce duyup uyandığım sesleri duydum ve ayağa kalktım.

Konuşma sesleri geliyordu ama çok kısıktı. Duymak neredeyse imkânsızdı. Fısıltı gibilerdi. Normalde uykum bayağı ağırdı ama şu son iki ayda o kadar az uyuyabiliyordum ki, en ufak bir şeye bile kalkabiliyordum.

Merdivenlerin başına gidip aşağı doğru baktığımda, banyonun ışığının kapalı olduğunu gördüm. Helin'in odasını da buradan görebiliyordum ve Helin uyuyordu. Onu uyandırmamak için sessizce merdivenleri indiğimde Esma ve Burak'ın da uyuduklarını gördüm.

Arda telefonla mı konuşuyordu? Gecenin üçünde?

En alt kata da inebilmek için merdivenlerin başına geldiğimde duyduğum sesle irkildim.

"... Arda, anlamıyorsun. Onu görmem gerek."

Demir'in sesiydi! Eğer şu an rüya görmüyorsam, veya kâbus, bu Demir'in sesiydi.

Kendi kulaklarıma inanamayarak en yukarıdaki merdivene oturdum ve başımla aşağı doğru eğilip kapıyı izlemeye başladım.

"Demir, gitmelisin."

Arda kapıyı aralık tutuyordu. Demir karşısında duruyordu. Kapının hemen dışındaydı.

O buradaydı.

Gözlerime inanamıyordum. Onu en son iki ay önce görmüştüm ve...

Ah... onu o kadar özlemiştim ki!

"İçeri, gireceğim," deyip Arda'yı itmeye kalktığında, Arda Demir'in onu itmesine izin vermedi ve Demir'in elini havada yakaladı.

"Çok şey değişti. Artık sana ihtiyacı yok."

Arda bunu nasıl söyleyebilirdi? Demir'e ihtiyacım vardı, hem de kimseye ihtiyacım olmadığı kadar. Ben ve o... biz özel bir şeyi paylaşıyorduk. Bunu kimsenin anlamasını bekleyemezdim çünkü bir tek biz anlayabilirdik. Yaşadıklarımı düşünürsem, Demir başıma gelen hem en iyi hem de en kötü şeydi. Ama tüm benliğimle onu istemekten vazgeçemiyordum.

"Ama... ama ya benim ona ihtiyacım varsa?"

Demir'in kelimeleri kalbimi parçaladı. Sadece kalbimi değil, beni de parçaladı. Gözümden düşen damlalara hâkim olamadım.

Arda "Git. Seni istemiyor. Seni görmek yine sorunlara yol açacak. Ona iyi gelmiyorsun Demir, kimseye iyi gelmiyorsun. Nereye gitsen orada bela oluyor ve yaptıkların... Lütfen. Daha fazla ısrar etme. Kapıyı kapatacağım," dediğinde ayağa kalktım. Hemen aşağı inip Arda'yı kapının önünden iterek Demir'in karşısında durabilirdim.

Onu bir kez daha yakından görmek, gözlerine bakmak istiyordum. İki aydır uzaktık. Şu anda aramızda belki birkaç merdiven vardı ama hâlâ kavuşamayacak kadar uzaktık.

Bir sonraki merdivene ayağımı koyup aşağı inmeye çalıştım ama yapamadım. Onu şu anda görebiliyordum ama o beni göremiyordu. Ağzımdan çıkacak tek bir kelimeyle bütün her şeyi şu anda değiştirebilirdim. Herhangi bir kelime... bir fısıltı... Duyardı ve o da beni görürdü.

Sonrasında ne olacaktı peki?

"Bunu söyledi mi? Beni istemediğini söyledi mi?"

Demir'in soruları karşısında Arda durakladı. Ben de öyle. Onu isteyip istemediğim konusu iki aydır kafamı yiyordu ama hiçbir zaman bunu sesli söylememiştim. Bir karar verip de arkadaşlarıma, Arda'ya söylememiştim.

"Evet."

Arda, Demir'e onu istemediğimi söylemişti. Demir geriye doğru bir adım attı.

Arda "Seni istemediğini ve ailesine yaptıkların yüzünden bir daha seninle olmak istemediğini söyledi," dediğinde, bir gözyaşım daha yanağımdan süzüldü.

Ben böyle bir şey söylememiştim.

Peki böyle bir şeyi düşünmüş müydüm? İşte bu konu hakkında kendime yalan söyleyemezdim. Hâlâ kararımı vermemişken aşağı inip onunla yüzleşmem doğru olur muydu? Söyleyecek ne kadar çok şey varsa bir o kadar da kelime eksikti dünyada.

Demir "Arda, onunla sadece bir dakika konuşmama izin ver. Onu ikna et. Bir şekilde yap bunu. Lütfen, ona söylemem gereken şeyler var..." diye başladığında, Arda "Hayır Demir! Onunla konuşmayacaksın, onu bir daha görmeyeceksin. Okulda ne olur bilmiyorum ama şimdilik onun yakınında dolaşmayacaksın. Ben de istemiyorum, o da istemiyor. Şimdi git. Burada işin yok. Bitti artık," diyerek Demir'in sözünü kesti.

Demir, kapıdan daha da uzaklaştı ve arkasını dönüp arabasının yanına gitti. Arda hâlâ kapıyı kapatmamıştı. Demir'in gittiğinden emin olmak istiyordu. Görebilmek için iki basamak daha inmem gerekmişti.

Onu izliyordum. Gitmesini izliyordum, benden uzaklaşmasını... belki de kaçıncı kez...

Demir arabasının kapısını açtı ve binmeden önce Arda'ya baktı. Sinirliydi. Arabasına bindi ve kapıyı sertçe kapattı. Sessiz olan sokağı siyah, büyük arabasının kapısının kapanma sesiyle doldurdu ve gaza basıp gitti.

Arda'nın da kapıyı kapattığı ve kilitlediği anda hemen basamaklardan yukarı çıktım ve tekrar öbür merdivenlerden de çıkarak çatıya ulaştım. Kendimi yatağa atar atmaz gözlerimi kısık bir şekilde tuttum ve Arda'nın ayak seslerini takip ettim.

Yukarı çıktığında yatağının kenarına oturdu ve biraz bekledi. Dirseklerini dizlerine dayadı ve başını avuçlarının arasına aldı. Biraz öyle durduktan sonra derin bir nefes alıp verdi ve ellerini, saçlarından yüzünün altına kadar indirdi. Ardından yatağa uzandı ve bana arkasını döndü.

İstanbul'dan Bodrum'a gelmişti. Demir bunu yapmıştı.

Neden iki ay beklemişti? Ya da böylesi daha mı iyiydi? Onun hakkındaki gerçekleri öğrendikten hemen sonra yüzleşseydik ne olurdu? Veya yarın gelse ne olurdu? Beş dakika önce aşağı inseydim ve onun karşısına çıksaydım..?

Cevaplarını bilmediğim ve öğrenmek isteyip istemediğimden de hâlâ emin olamadığım bu soruları erteledim ve gözlerimi kapattım.

Sabah uyandığımda Arda hâlâ uyuyordu. Dolaptan bikinimi ve plaj kıyafetlerimi aldıktan sonra aşağı indim ve banyoda giyindim. Ardından salona indim. Burak ve Helin çoktan uyanmışlardı. Televizyonun üstündeki saatten, saatin 10.22 olduğunu gördüm.

"Günaydın. Esma Hanım hâlâ rüyalarda demek..." dediğimde Helin dirseğiyle Burak'ı dürttü ve "Çok yordun kızı galiba..." dedi. Ben de güldüğümde Burak da dayanamayıp gülümsedi ve ardından bir anda yüzünü ciddileştirdi.

"Yeterli," dedi.

Bu hareketi Helin'in esprisinden on kat daha komik olduğundan dolayı yine Helin'le gülmeye başladık.

Esma merdivenlerden inerken "Neye gülüyorsunuz? Bir tek ben mi kaçırdım yaa? Neyse, Arda da hâlâ uyuyormuş," dediğinde aklıma dün gece geldi.

"Hadi Arda'nın kafasından aşağı buzlu su döküp onu uyandıralım," dediğimde, Esma gülümsedi.

"Bana bunlarla geleceksiniz işte..." dedi ve hemen mutfağa girdi. Biz de onu takip ettik.

Orta boydaki bir tencereye buz gibi suyu doldurup içine de birkaç buz attıktan sonra, Burak tencereyi eline aldı ve sırayla onu takip ederek yukarı çıktık.

Helin telefonunu eline aldı ve videoyu başlattı, ardından "Ice bucket challenge'a hazır bir Arda görüyorum..." dediğinde, Burak'a dönüp "Burak, tencereyi bana ver. Bu hak benimdir," dedim.

"Hay hay hanımefendi," diye cevap verdiğinde tencereyi elime aldım ve yatağın başına geçtim. Tencereyi kafasının üstünde tutarken, dün gecenin hesabını alacağım senden, diye içimden geçirdim ve tencereyi boşalttım.

Biz kahkahalara boğulurken Arda yatakta yerinden fırladı ve hemen ayağa kalktı. Bir yandan bağırırken bir yandan da tişörtünü çıkartıyordu.

"Bunu hak etmedim! Her zaman iyi bir çocuk olmuşumdur!" diye bağırdığında, Helin videoyu durdurdu ve telefonunu cebine koydu.

"Belki de hak etmişsindir, belki de gelecekte hak edeceksin... Bilemeyiz," dediğimde, Burak "Evet, önceden tedbirimizi alalım da," diyerek bana katıldı.

Esma, Arda'nın yatağının yanında duran sehpadan gözlüğünü alıp Arda'ya uzattı.

Arda "Sağ ol ama hemen denize gidiyorum, deniz bile daha sıcaktır," dedi.

Helin "Evet ben de geliyorum, sonra büfeden tost alırız. Değişiklik olur," dediğinde, ben de "Ben çoktan mayomu bile giydim. En iyisi ben yer kapmaya gideyim," dedim ve aşağı indim.

Terliklerimi giyip kapıdan dışarı çıktım. Sadece birkaç saat önce

Demir tam burada duruyordu. Onun tanıdık kokusunu duyabilmek için derin bir nefes aldım ama boşaydı. Çoktan uçup gitmişti. İşte bazı şeyler hiç de kalıcı değillerdi, aynı fırsatlar gibi. Bulduğun veya karşına çıktığı anda yakalayacaktın onları. Elinden kaçmalarına izin vermeyecektin.

Ama ya çoktan o fırsatlar, sahip oldukların elinden düşmüşlerse?

Ön bahçede dünden kuruyan havlularımızı topladım ve plaj çantamın içine koydum. Tam plaja doğru yürümeye başlıyordum ki bizim kapının açıldığını duydum. Arda, ben havluları toplayana kadar mayosunu giymiş, aşağı inmişti.

"Ne çabuk hazırlandın," dediğimde "Sağ olun siz olmadan bunu başaramazdım. Ödülümü, buz gibi soğuk suyla pijama altımı ve tişörtümü ıslatıp beni derin uykularımdan uyandıran, bir an önce o ıslak kıyafetlerden kurtulup muhteşem kurulukta olan mayomu giymeye teşvik eden harika arkadaşlarıma ithaf etmek istiyorum," dedi.

Cümleyi beynimde idrak etmeye çalıştıktan ve başarılı olduktan sonra "Ha ha. Yine formundasın," dedim.

"Her zaman civciv."

Bir anlığına da olsa ona olan kızgınlığımı unutmuştum ama unutmamalıydım. Bana hâlâ dün Demir'in geldiğini söylememişti ve gülümseyişinden, espriler yapmasından da henüz söylemek gibi bir niyeti olmadığını belli ediyordu. Demir'e yalan söylemişti ve dün bana onun geldiğini söylemeyerek yalanlarına devam ediyordu.

"Günaydın!"

Emre'nin sesini duyduğumuzda ikimiz de arkamızı dönüp ona baktık.

Arda "Selam," diye cevapladığında, Emre'ye "Her sabah yan sokaktaki Şevval'leri alıp plaja iniyorsun değil mi?" diye sordum.

Emre sorumu garip bulduğunu belli eden bir ses tonuyla "Evet..?" diye cevap verdi.

Hemen çantamı açıp havluları Arda'ya verdim ve tutmasını beklemeden Emre'nin yanına gittim. Arda'ya "Biz Şevval ve Hemraz'ı almaya gidiyoruz. Sen havluları koyup yer tutarsın olur mu?" dedim.

Arda "Emre'yle mi gidiyorsun?" diye sorarken şaşkınlığı belliydi. Amacım da onu şaşırtmaktı zaten.

"Evet," diye yanıtladığımda, Arda bir anlığına duraklasa da ardından "Peki. Emre; biliyorsun. Gizli gizli evlere gidip iki ay boyunca yalnız başına kitap okuyup kafayı yemesin olur mu?" dediğinde, Emre "Baş üstüne komutanım," diyerek cevapladı ve arkamızı Arda'ya dönüp diğer sokağa doğru yürümeye başladık.

Sokağın başına geldiğimizde Emre "Kayhan da hâlâ inmemiş. Hayret. Normalde bizden bir saat önce kalkar ve sörfe başlar. Ardından da sahilde bizim gelmemizi beklerdi," dedi.

"Henüz gitmediğini nereden biliyorsun?" diye sorduğumda, Emre "Terlikleri burada," dedi ve Kayhan'ın evinin kapısını gösterdi.

"Sen şu yandaki evin kapısını çal, ben de Kayhan'la Hemraz'ı alayım."

Dediğini yaptım ve yandaki evin kapısını çaldım. İçeriden siyah saçları ve çenesindeki piercing'ler ile Şevval çıktığında "Hey! Yeni piercing!" dedim.

"Evet, beğendin mi?" diye sorduğunda, çenesinin iki yanından çıkan çivi şeklindeki piercing'lere baktım.

"Pek benim tarzım değil ama sende hoş duruyor. Özel bir adı var mı?" diye sorduğumda Kayhan'ın "Günaydın. Güneş de buradaymış. Kayıp kız..." dediğini duyduk.

Kayhan'ın arkasından Hemraz da evden çıktı. Şevval'le beraber Hemraz'a selam verdiğimizde, o da bize gülümsedi.

Beş kişi Şevval'in evinin önünde dururken, Hemraz ve Şevval '30 Seconds To Mars' grubu ile ilgili bir konuşmaya daldılar. Kayhan, Emre'ye bakıyordu. Konuşmuyorlardı ama Kayhan, Emre'ye kaş göz işaretleri yapıyordu.

Emre "Tamam, hanımlar... Yani Şevval ve Hemraz.... Güneş, sana hanım dememek için şey yapmadım tabii, yanlış anlaşılmasın da... şey... bizim gidip... yer kapmamız gerekiyor. Hadi gidelim," dediğinde, Hemraz, Kayhan'la bana döndü ve "Siz gelmiyor musunuz?" diye sordu.

Kayhan "Güneş, evinde güneş kremini unutmuş da onu alıp geleceğiz," dedi.

Hemraz "Toplamda konuştuğunuz cümle sayısı yüzü geçmemiştir ama şimdiden telepatik yolla anlaşabiliyorsunuz, neyse... Tebrikler," dedi ve bana gülümseyip Şevval'le Emre'ye katıldı.

Onlar giderken Kayhan'a döndüm ve "Adımı bir cümlede iki kere duymanın bana bu kadar garip geleceğini hiç tahmin etmemiştim," dedim.

"Hadi ama... ilk defa duyuyor olamazsın. Mutlaka önceden yaşamışsındır. Güneş gözlüğü, güneş kremi, güneşlik, güneş yanığı..." diye devam ederken ona olan bakışımı fark etti ve "... Başına güneş geçmesi... Ve... sanırım burası kesmem gereken an... şey.. özür dilerim," diyerek tatlı gülümsemesini yüzüne yerleştirdi. Elini saçının arkasına götürdü.

"Ee, evde kremimi falan da unutmadığıma göre sahile gidiyor muyuz?" diye sorduğumda, elini başının arkasından indirdi ve tekrar gülümsedi. "Evet, evet... hadi gidelim," dedi.

Sahile vardığımızda Esma, Burak ve Arda yan yana şezlonglarda oturuyorlardı; Arda'nın yanında da sırasıyla bir tane boş şezlong, Hemraz, Şevval, Damla, Emre ve adını bilmediğim ama çok tanıdık gelen bir kız oturuyordu. Herhalde iki ay önce Kayhan'la sahilde yürüyüş yaparken Damla'yla tanıştığımda duran ekipten biri olmalıydı.

Emre ayağa kalktı ve birkaç şezlong daha çekmeye başladı. İkiden fazla çektiğini görünce ekiplerinin tam olmadığını hatırladım.

Kayhan "Sanırım şimdi arkadaşlarının yanına dönmek istersin..?" dediğinde, Arda'ya baktım. Benim havlumu kendisiyle Hemraz'ın arasında boş duran şezlonga yaymıştı ve bana el sallıyordu.

Kayhan'a "Aslında iki aydır yaptığım, daha doğrusu yapmadığım şeyi yapıp sizinle, yani seninle oturabilirim. Kendimi affetirmek istiyorum. Sonuçta bir bakıma sizi kullandım ve arkadaşlarıma yalan söyledim," dedim.

Kayhan "Olur, tamam. Sen bizimkilerin orda bir yer seç, ben havlunu alıp yanına gelirim o zaman," dedi ve Arda'nın oturduğu yere doğru gitti.

Helin, benim Emre'lerin oraya oturmaya gittiğimi görünce, Esma ve Burak'a da bakmalarını söyledi. Arda'yla beraber dördü de beni izlerlerken, Esma kendi telefonunu işaret ederek benim telefonuma bakmamı söylüyordu.

Çantamdan mesaj sesi gelince telefonumu aldım ve Esma'dan gelen mesaja baktım.

Gülümsedim ve onlara baktım. Helin bana öpücük gönderdi.
Kayhan çoktan havlumu alıp Emre'nin bir arkasındaki şezlong-
da oturduğumu görmüştü. Yanıma geldi ve havluyu bana uzattı.

Plaj için giydiğim şortumu ve askılı bluzumu çıkardıktan sonra,
üstünde mavi ve yeşilin tonları olan bikinimle uyumlu açık mavi
havlumu şezlonga serdim. Uzandığımda Kayhan, onun şezlon-
guyla benim şezlongumun arasındaki şemsiyeyi açtı ve ardından
kendi şezlonguna uzandı.

Bana baktığını görmüyordum ama hissedebiliyordum. Soluma
dönüp ona baktım.

"Gözlerin havlunla aynı renk," dediğinde mavi havluma bak-
tım. Evet, başıma en çok iş açan rengin farklı bir tonu... Ama Kay-
han'la işler karışık olmak zorunda değildi sanırım.

"Evet, sanırım öyle. Fark etmemiştim."

"Çok güzel," dediğinde ona gülümsedim ve tekrar denize bak-
mak için başımı çevirdim. Arda'nın bana baktığını gördüm. Tanı-
dığım Arda, şu anda onu sattığımı düşünürdü. Kayhan'la oturuyor
olmam hakkında hiçbir şey demezdi, yüzüme vurmazdı ama içten
içe kırılmış olurdu. Bunu biliyordum, çünkü onu iyi tanıyordum.

Arda, Hemraz'la arasında boş duran şezlongu aradan çekti ve
kendi şezlongunu Hemraz'ınkine yaklaştırdı. Hemraz'a gülümse-
diğini görebiliyordum. Arkasına yaslandı ve onunla sohbet etmeye
başladı.

Amacım belki de Arda'yı kıskandırmak, dünkü davranışı için
ondan intikam almak istemem gibi görünüyor olabilirdi ama aslın-
da şu anda Kayhan'la takılıyor olmamın bu olayla o kadar da ilgisi
yoktu.

Belki de daha başından ona haksızlık etmiştim. Onunla arkadaş
olmak istiyordum. Kızlar ve Burak haklıydı. Aklımı sadece De-
mir'e takıp, diğer herkesi kendimden uzaklaştıramazdım. Tabii ki
onu unutmayacaktım ve bir yandan da onu ve getirdiği sorunları
düşünmeye devam edecektim.

Ama bu Kayhan'la arkadaş olmamı engelleyecek değildi.

Kayhan'ın benden hoşlandığını anlamıştım. Anlamamak elde değildi zaten. Niyeti iyiydi ama onunla böyle takılıp, onu boş yere umutlandırmak istemiyordum. Sonuçta başımda ve kalbimde mavi gözlü büyük bir problem vardı.

"Kayhan..." dediğimde bana döndü.

"... Bak. Sana karşı dürüst olmak istiyorum. Ben şu anda bir sevgili aramıyorum. Yani yanlış anlamanı istemiyorum. Seninle arkadaş olmak güzel. Gerçekten öyle, diğerleriyle de... Sadece eğer öyle bir şey varsa karşılık alamayacağını söylemek istedim. Seni üzmek istemiyorum. Sonradan üzülmeni de..."

"Hiç sorun değil. Önce arkadaş oluruz. Sonrasında bir bakmışız el eleyiz ve bu anı hatırlayıp gülüyoruz... Hiç problem olmaz. Ben buradayım. Beklerim," dedi ve gülümsedi.

Ben de ona gülümsedim ve ardından gözlerimi kapattım. Sahildeki dalga ve ufak kahkaha seslerine odaklandım. Sahilin sakinliği beni de sakinleştirirken, dün geceyi düşünmeye başladım. Arda, Demir'e böyle bir konu hakkında nasıl yalan söyleyebiliyordu? Demir'in geleceğini önceden biliyor muydu?

"... Ama... ama ya benim ona ihtiyacım varsa?"

Demir'in sesi kulaklarımdaydı. Unutulmaz sesi dün gece tekrar kalbimi hızlandırmıştı.

Elimi göğsümün üstüne koydum ve kalbimi hissetmeye çalıştım. Şu anda, dün onun sesini duyduğum ve onu kapıda gördüğüm anki gibi atıyordu.

Bana bunu nasıl yapabiliyordu?

O, ailemi öldüren adamdı. Onu sevemezdim. Ailemi öldürmüştü ve onu sevmeme izin vermişti. Bana umut vermişti. Beni kendine âşık etmişti.

"Güneş, iyi misin?"

Kayhan'ın sorusunu duyduğumda gözlerimi açtım ve yanaklarımdaki ıslaklığı fark ettim. Yerimde doğruldum ve ellerimle gözlerimi sildim.

"Yine alerji mi?" diye sorduğunda güldüm. O günü hatırlıyordu demek.

"İşte hep böyle gül. Gülmek sana çok yakışıyor," dedi.

Kayhan'ın gözlerine baktım. "Teşekkürler," dedim.

Keşke Demir de bana o kadar yakışabilseydi, birbirimize uyabilseydik.

6. Bölüm

Arda ile arama olabildiğince mesafe koymaya çalışıyordum. Demir'in o gece Bodrum'a geldiğinden beri bir hafta geçmişti ve Arda hâlâ en ufak bir şey bile söylememişti. Bana bunu nasıl yapardı? Üstelik okulun açılmasına tam iki hafta kalmıştı ve tatil bitmek üzereydi. Okulda yine onu görecektim.

Ya o gece uyanıp onun geldiğini hiç görmemiş olsaydım?

"... Güneş! Sana diyorum."

Emre'nin sesini duyduğumda ona baktım. "Pardon, dalmışım."

"Bakalım Kayhan sana bu bir haftada ne kadar sörf yapmayı öğretti," dediğinde, Kayhan "Daha doğrusu ne kadar sörf yapamamayı... Alınma Güneş ama ben elimden geleni yaptım," dedi ve gülmeye başladı. Hafifçe dudaklarımı yukarı kıvırdım ve gülümsemeye çalıştım.

Bu bir haftada Bodrum ekibiyle (çoğunlukla Kayhan-Emre-Şevval) bayağı yakınlaşmıştım. Hemraz ve Damla da vardı ama o ikisi daha çok beraber takılıyorlardı. Arada Arda'yı onlarla görüyordum. Sanırım Damla, Kayhan'dan hoşlanıyordu ama bir türlü açılamıyordu. Ona göre, işin içine bir de ben girince işler iyice zorlaşmış olmalıydı.

Emre üzülerek "Hey, Helin'in o sevgilisi yine gelmiş," dediğinde başımı kaldırıp sahilin öbür tarafına baktım. "Gidip merhaba desem iyi olacak. Sonra size yetişirim," deyip Doğukan, Esma, Burak ve Helin'in yanına gittim. Arda da Hemraz'ların yanından dönüyordu. Sanırım o da Doğukan'ı yeni görmüştü.

"Hoş geldin. Ne ara geldin?" diye sorduğumda "Selam Güneş. Daha şimdi geldim. Beş dakika olmadı," diye cevapladı.

Arda bizim yanımıza ulaştığında "Hey. N'aber? Her hafta sonu İstanbul'dan buraya gelmek zor olmuyor mu?" diye sordu.

Doğukan kolunu Helin'in beline sardı ve onu kendine çekti.

"Sevgilimle zaman geçirmeye geliyorum," dedi. Helin "Uuu.. Doğukan'dan böyle romantik kelimeler her zaman duyamazsınız. Sanırım bu sefer gerçekten özlemişsin," diyerek Doğukan'a sarıldı.

Esma atıldı. "Of saat altı olmuş, hemen eve gidip mangala başlamalıyım."

Burak "Hop hop, ben buradayken mangalı sen mi yapacaksın?" diye sordu. Esma "Beraber yaparız çok dert değil birtanem. Hadi, iş başına!" dedi ve çantasını eline aldı. Burak'ın elini tuttu ve onu sürüklemeye başladı.

Burak bize dönüp "Seviyoruz işte... ne yapalım?" dedi ve bizi güldürdü.

Helin "Doğukan, gel sana sahilde yeni keşfettiğim yeri göstereyim. İki gün önce Güneş'le yürüyüş yaparken gördük ve harika bir manzarası var," dediğinde, Arda "Tamam. Sanırım fazlalık oluyoruz biz. Ben gidiyorum," dedi ve arkasını dönüp yürümeye başladı.

Doğukan'a "Yine hoş geldin" dedikten sonra, yürüyerek Arda'ya yetiştim.

"Arda..." diye seslendiğimde durdu ve bana yaklaştı.

"... Biraz konuşabilir miyiz?"

Demir geldiğinden beri bir hafta geçmişti ve bu bir hafta içinde sürekli bana onun geldiğinden bahsetmesini beklemiştim fakat o neredeyse sanki o gece hiç yaşanmamış gibi davranıyordu. Ben Arda'yı yıllardır tanıyordum ve benden bir şey sakladığı zamanlarda anında anlardım. Fakat bu sefer öyle de değildi. Bu sefer gerçekten yüzünden bile anlaşılmıyordu, gayet iyi saklıyordu.

"Sonunda Güneş! Bir haftadır benimle toplamda belki on cümle konuşmuşsundur. Şüphelenmeye başlamıştım..." dediğinde hemen söze girip "Arda bana söylemek istediğin bir şey var mı?" diye sordum.

"Ne gibi?" dediğinde derin bir nefes alıp verdim ve sinirlenmemeye çalıştım.

"Herhangi bir şey... Bana anlatmak istediğin herhangi bir şey var mı Arda?" deyip ciddileştiğimde, Arda bana yaklaştı.

"Tamam!Tamam! Anlamışsın. Daha kendimi bile inandıramıyorken sen nasıl anladın?"

"Anlamak zor değildi. Gördüm Arda... Her şeyi gördüm," dediğimde bana "Neden bu kadar sinirlisin? Yoksa kıskandın mı?" deyip gülümsedi. Artık yetmişti.

"Böyle ciddi bir konuda nasıl bu kadar alaycı konuşabilirsin?!"

"Ya Güneş bir sakin ol. Tamam, Hemraz'dan çok hoşlanıyorum ama o da benden hoşlanıyor mu bilmiyorum. Değişik bir şey. Tatil bitmek üzere ve o ailesiyle beraber burada yaşıyor. Sonunda benimle konuştuğuna o kadar sevindim ki Güneş. Onu ve ona karşı hissettiklerim hakkında biriyle konuşmak istiyordum ama Burak hep Esma ve Helin'le birlikteydi ve buradaki hiç kimseyle seninle olduğum kadar yakın değil..." diye anlatmaya başladığında sözünü kesip "Hemraz mı?!" diye bağırdım.

"Evet. Çok güzel kız değil mi? Çizim yaptığını biliyor muydun? Bana birkaç resmini gösterdi ve sanat okuluna gittiğini söyledi. O resimleri görmelisin, harikalar. Hele hele bir resminde iki tane melek va..."

"Arda! Kapat çeneni! Bana neden söylemedin? Bana Demir'in geldiğini neden söylemedin?!!"

Sesim o kadar yüksek çıkmıştı ki, sahilde çevremizdekilerin hepsi bize dönüp bakmıştı ama o anda hiçbiri umrumda değildi.

"Güneş, sakin ol."

"Sakin mi? Nasıl sakin olabilirim Arda?! Bana yalan söyledin. Tüm bir hafta boyunca bana anlatmanı bekledim ama konusunu bile açmadın ya! Ona ihtiyacım olduğunu biliyorsun! Bana bunu nasıl söylemezsin?"

"Ona ihtiyacın mı var?! Yok Güneş! Senin kimseye ihtiyacın yok. Sen hayatımda tanıdığım en güçlü kızsın ve yaşamak için kimseye muhtaç değilsin. O adam senin aileni öldüren kişi! Bir katile ne kadar ihtiyaç duyabilirsin?" diye cevap verdiğinde ona bir adım yaklaştım.

"Onu seviyorum," dedim.

"O lanet olası pis karanlık herifi herkesten ve her şeyden çok sevdiğini bilmediğimi mi sanıyorsun? Biliyorum Güneş. Herkes biliyor. İşte bu yüzden ondan uzak durmalısın," dediğinde "Bana ne yapıp yapmayacağımı söyleyemezsin!" dedim.

"Evet Güneş! Söyleyebilirim! Sen daha onun hakkında ne yapacağını, ne düşüneceğini, ne hissedeceğini bile bilmezken ve üstelik okulun açılmasına da iki hafta kalmışken yapabileceğimin en iyisi bu! Elimden başka bir şey gelmiyor, tamam mı? Gelmiyor."

Cümlesinin sonuna doğru sesi o kadar alçalmıştı ki son kelimesini fısıldayarak söylemişti.

"... Seni korumaya çalışıyorum. Hepimiz son üç aydır bunun için çalışıyoruz. Esma, Burak, Helin ve ben... Elimden gelen bu, tamam mı? Keşke daha iyisini yapabilseydim ama yapamıyorum. Onun karşısında neyim ben? Bir dakikalığına ciddi şekilde düşün. Geçen haftaki gece hiçbir şeydi. Onun karşısına gerçekten çıksam sence ne olur Güneş? Kim kazanır ha? Söylesene?"

Arda artık bağırmıyordu. Sinirli de değildi. Üzgündü. Elinden gelen her şeyi tüketmiş biri gibiydi.

"... Seni korumaya çalışıyorum ama karşılığında aldığım şey bu. Evet Güneş... bence de bir süreliğine konuşmasak iyi olur," dedi ve Hemraz'la Damla'nın yanına gitti. O, onlara ulaştığında hâlâ durduğum yerdeydim. Arda'yı izliyordum.

"Güneş, ne oldu?"

Kayhan'ın sesini duyduğumda, arkamda olduğunu anladım ve ona döndüm.

"Sanırım... sanırım vermem gereken kararlar var," dedim.

"Yardım edebilmek için..."

"Üzgünüm Kayhan ama hiçbir şey yapamazsın. Bu konuda olmaz. Kimse bana yardım edemez. Yardım etmeye çalışanlar da... " derken Arda'ya baktım. O da bana bakıyordu. Göz teması kurduğumuzda kafasını çevirip tekrar kızlarla olan konuşmasına döndü.

"Hadi, sana neyin iyi geleceğini biliyorum."

Kayhan'a soran gözlerle baktığımda "... Yarın bizim Emre'nin doğum günü. Bizim ekipten doğum günü yaza denk gelen bir tek o var..." diye anlatmaya başladığında onu durdurup "İyi de yaklaşık yirmi kişi falansınız, nasıl bir tek onunki denk gelebilir?" diye sordum.

Kayhan "Bir de Selen diye bir kızınki denk geliyor. O da bizim ekiple takılıyor ama çok da yakın değiliz. Bu yüzden Emre'nin doğum gününü her yaz geleneksel üç gecelik bir partiye dönüştürüyoruz," dedi.

"Üç gece mi?"

"Evet. İlginç, değil mi? Öncelikle yarın, yani ilk gün, onun evinde parti vereceğiz. Yaklaşık saat dokuz civarında başlar. Ertesi gün tüm gün boyunca aramızda sörf ve voleybol turnuvaları yaparız. Kaybeden bira ısmarlar..."

"Ne yani, o kadar turnuva yapacaksınız ve kaybeden sadece bira mı ısmarlıyor?" diye sorduğumda, Kayhan "Sadece bir bira değil... Hepimize ve bu üç gecelik partilerimize gelen herkese. Geçen yıllardan tecrübelerime göre en az 60 kişi oluyoruz."

"Ne? 60 mı? Tüm Bodrum deseydin?"

"Sadece plajın bu tarafının gençleri. Neyse, en son gün yani üçüncü günde de, gece tam 12'de kamp ateşini yakıyoruz ve geleneksel şişe çevirmecemizi oynuyoruz. Masum göründüğüne bakma. Hiç değildir. Oynarken anlayacaksın," dedi ve gülümsedi.

"Kayhan, katılmak isterdim ama şu sıralar pek parti havamda olduğumu sanmıyorum," deyip plajın çıkışına doğru yürümeye başladım. Yanıma geldi ve "Hadi ama Güneş... ne zaman öylesin ki zaten? Yazın başından beri hep böyleydin -tabii senin boş bir evin bahçesinde geçirdiğin iki ayı bilemem- ama hep öyleydin! Esma, Helin ve Burak'ı da çağır. Helin'in sevgilisi de yarın burada olursa gelir. Senin o gözlüklü olan öbür arkadaşını Hemraz çoktan çağırmış bile," diye ısrar ettiğinde "Bizimkilere soracağım ama bilmiyorum, pek gelmek istemiyorum," dedim.

Emre "Kayhan! Hadi abicim ama tahtaları kaldırıyoruz!" diye seslendiğinde, Kayhan benden uzaklaşarak geri geri yürümeye başladı. "Yarın partide görüşürüz Güneş. Hediye almana gerek yok. Biz hallettik," dedi ve arkasını dönüp Emre'lerin bulunduğu yere doğru koşmaya başladı.

Ben eve döndükten yarım saat sonra Arda geldi ve toplamda altı kişi olduk. Akşam yemeği için masaya oturduğumuzda, Doğukan bu bir hafta neler yaptığını Burak'a anlatıyordu. Arda, Esma ile yemek hakkında bir şeyler tartışırken Helin de bana Kayhan'la nasıl gittiğini sordu.

"... Aa.. aklıma gelmişken... yarın akşam Emre'lerin evinde parti varmış," dediğimde herkes bana döndü.

Doğukan "Ooo.. Bodrum partileri. Fena fikir olmayabilir. Davetli miyiz ki?" diye sordu.

Doğukan konuşurken onu izledim. Bana Demir'i andırıyordu. Giyim tarzından hareketlerine kadar ona benziyordu.

Burak "Sanki davetli olup olmamak seni engelleyecekmiş gibi..." dediğinde güldüm.

Esma "Doğum günü falan mı var?" diye sordu.

"Emre'nin doğum günüymüş. Üç gece parti yapıyorlarmış ama yarınkine herkes davetliymiş," dedim.

Helin "Eee hediye falan hemen nasıl bulacağız? Ne alalım Güneş, onu en iyi sen tanırsın aramızdan?"

"Valla şaşırtıcı olabilir ama onlarla samimiyim, evet fakat Kayhan dışında diğerlerini pek de iyi tanımıyorum. Hem Kayhan hediye almak gerekmediğini söyledi."

Arda "Sörf yapıyorlar. Yeni bir sörf tahtası alalım, ya da sörfle ilgili bir şey," diye atladığında refleks olarak ona döndüm ama bir saat önceki konuşmamızı hatırladığım anda başımı çevirdim.

Burak "Esma, bana geçen hafta alışveriş merkezinde denettiği mayonun üstünde sörf yapan insan şeyleri vardı..." dediğinde, Esma "Evet! Üstünde sörf yapan sporcu deseni vardı! Harika bir hediye. Yarın gidip alırız biz. Hediye almamıza gerek yok demiş olabilirler ama ufak bir şey ve hepimiz adına veririz, olur biter," dedi.

İçimdeki tüm meraka yenildim ve "Demir nasıl?" diye sordum. Asıl merak ettiğim başka bir kızla birlikte olup olmadığıydı - ya da birden çok kızla- ama bunu hemen soramazdım.

Doğukan hariç masadaki herkes şaşkındı. Doğukan bu sorumu bekliyor olmalıydı. Neredeyse her hafta sonu gelip üç gün kalıyordu ve eninde sonunda ona bunu soracağımı biliyordu.

"İdare ediyor," diye cevapladığında, Arda ayağa kalktı, kendi tabağını ve bardağını eline aldıktan sonra "Afiyet olsun. Ben çıkıyorum," dedi. Elindekileri mutfağa bıraktıktan sonra kapıyı çekti ve çıktı.

Burak "Bunun nesi var böyle?" diye sorduğunda, Demir'in geldiğinden diğerlerinin haberinin olmadığını hatırladım.

"Doğukan, Demir nasıl?" diye sorumu tekrar ettim.

Doğukan "İdare ettiğini söyledim," diyerek cevabını tekrarladığında "Hayır.. gerçekten.. sormaya çalıştığım şey... neler hissediyor?" dedim.

"Emin değil. Kendinden ve düşündüklerinden... onu hiç bu kadar kararsız görmemiştim."

Sanırım kendinden emin olmayan bir tek ben değildim. Ama, o emin olmalıydı, yani geçen hafta geldiğinde öyle görünüyordu. Hatta öyle duyuluyordu.

"Geçen hafta buraya geldiğinde gayet emin görünüyordu."

Cümlemi bitirir bitirmez Esma öksürmeye başladı ve Helin ona bir bardak su uzattı. Öksürmesi bitince "Ne?! Demir buraya mı geldi?" diye sordu.

Helin ve Burak da şaşkındı.

Burak "Ama ne ara? Onunla ne konuştun Güneş?" diye sorduğunda "Hiçbir şey! Sorun da orada zaten, hiçbir şey söyleyemedim! Onun karşısına bile çıkamadım. Gecenin bir vakti sesler duyup kalktım ve aşağı indiğimde Arda, Demir'le kapıda konuşuyordu. Arda, Demir'in gitmesini sağladı ama... bana onun geldiğinden bir hafta boyunca hiç bahsetmedi. O gece ben o kadar şaşırmıştım ki! Onu öylece gördüm ama hiçbir şey diyemedim. Hareket bile edemedim," dedim.

Doğukan "Demek işim var deyip gittiğinde buraya gelmişti. Bana tek kelime bile söylemedi. Ben de önemli olsaydı bana söylerdi diye düşünüp kurcalamamıştım," dedi.

Helin "Güneş, aranızdakileri bir an önce çözmelisiniz. Okul açılacak ve üniversite sınavına gireceğiz. Okulda bizden başka hiç kimse o sınavları takmıyor belki ama biz birer gelecek istiyoruz, bunu biliyorsun ve Demir, başlı başına bir problemken sen hiçbir şeye odaklanamazsın," dediğinde "Biliyorum... Ama şimdilik düşünmekten başka yapabileceğim bir şey yok. Okul açılana kadar bir yolunu bulacağım," diye cevap verdim ve tabağımı kaldırdıktan sonra çatı katına çıktım.

Ertesi sabah uyandığımda Arda'nın yatağı topluydu ve bavulu da yerinde değildi. Aşağı indiğimde Arda'nın kapıdan çıkıyor olduğunu gördüm. Sadece Burak uyanıktı ve Arda'ylaydı.

"Gidiyor musun?"

Sorduğum soru karşısında Burak, Arda'yla yalnız konuşalım diye yukarı çıktı. Arda kapıyı kapattı ve bavulunu yere koydu. Benimle konuşmak istiyordu.

"Kalamam Güneş. Ben tatil için veya arkadaşlarımla iyi vakit geçirmek için burada değilim. Senin için buradayım. Babamı kafede yalnız bıraktım ve İstanbul'dan bir gecede otobüse atlayıp buraya geldim. Kimin için olduğunu sanıyorsun?" diye konuşmaya başladığında cevap vermeden onun sözlerini bitirmesine izin verdim.

"... Senin için Güneş. Yıllardır her gün olduğum gibi sana iyi bir arkadaş olmaya çalıştım. Ve ne yaptıysam tersine işledi. Onu sevdiğini biliyorum ama burada yapman gereken en doğru şey arkadaşlarının tavsiyelerine kulak vermekti. Senin iyiliğini istedim. Başka bir şey istememiştim," dedi ve kapıyı açtı. Bavulunu tekrar eline aldı ve dışarıya doğru bir adım attı. Evin önünde Doğukan'ın arabası duruyordu ve Doğukan arabanın içindeydi. Arda'yı otogara o bırakacaktı.

"Haklı olup olmadığın konusunda karar veremiyorum Arda. Daha kendim hakkında kararlar alamazken başkaları hakkında düşünemiyorum. İyi değilim... Hem de hiç iyi değilim. Her geçen dakika sanki batan bir gemideyim ve..." derken sesim alçalmaya başlamıştı. Arda cümlemi yarıda kesti.

"Beni çok kırdın Güneş. Belki daha sonra..." dedi ve Doğukan'ın arabasına bindi.

Araba uzaklaşıp yoldan kaybolunca kapıyı kapattım.

7. Bölüm

Sabahtan Kayhan'ların yanına, Emre'nin evine gittiğimde, partiye hazırlanmalarına yardım ettim. Ekiplerinin içinden evde partiye hazırlık yapan altı kişi vardı. Emre'yi Damla ve Hemraz sahilde oyalarken, Kayhan, Şevval, ben ve diğer üç kişiyle beraber evi akşama hazır hale getiriyorduk.

Emre tabii ki evi hazırladığımızı biliyordu ama yine de kendi partisini ona hazırlatamazdık. Kayhan içecekleri poşetlerden buzdolabına koyarken ben de geniş mutfak masasının üstüne kırmızı plastik parti bardaklarını diziyordum.

Kayhan'a "Bu kadar kola ve meyve suyunun yeteceğini sanmıyorum, tabii parti bahsettiğiniz kadar büyük olacaksa..." dediğimde bana "Emin ol bu ev tıklım tıklım olacak. Her sene olur. Yürüyecek yer bulamayacaksın. İçecek konusuna gelince de, gelenlerin yüzde doksanı alkollü bir şeyler içecek. Onları akşam tamamlayacağız. Bunlar alkolsüz içmek isteyenler için," diye cevapladı.

Yaklaşık yetmiş tane bardağı, geniş olan masaya dizdikten sonra "Şimdi ne yapıyoruz?" diye sordum.

"Güneş, biliyorsun değil mi, yardım etmene gerek yok. Biz halledebiliriz," dediğinde "Hayır. Bir şeylerle meşgul olmam gerek, yoksa kafayı yiyeceğim," diyerek cevapladım ve yardım etmeye devam ettim.

"Yine alerji durumları ha?" diye sorup gülümsediğinde "Sorma," dedim ve ben de gülmeye başladım.

"Sence de bana anlatmanın zamanı gelmedi mi? Yani... ne bileyim. İlk tanıştığımız günlerden beri çok yakınlaştık," dedi ve bana yaklaştı.

"Evet Kayhan, arkadaş olarak, arkadaşlık anlamında yaklaştık," dedim ve bir adım geri gittim.

"Kaçmana gerek yok, biliyorsun. Bir adım geriye gitmiş olup bana 'arkadaş' olduğumuzu kanıtlamaya çalışabilirsin ama bu senden her geçen saniye daha da çok hoşlanmamı engellemiyor Güneş."

Elimi tuttuğunda geri çekmedim. Ondan o şekilde hoşlanmıyordum, yani... aşırı tatlı ve yakışıklıydı... boyu uzundu ve fiziği de iyiydi. Eğer aklım ve kalbim Demir'de olmasaydı, şu an büyük ihtimalle onunla çıkıyor olurdum. Bunu itiraf ediyordum. Ama başımda bir ton problem vardı ve bir tanesine daha gerçekten ihtiyacım yoktu. Elimi birkaç saniye daha tutmasına izin verdim. Ona o gözle bakmadığımı biliyordu ama benden hoşlanmaya devam ediyordu. Elimi geri çekseydim kırılabilirdi ve ben hayatımda beni defalarca üzen insanlara karşın kimseyi üzmek istemiyordum.

Kayhan gülümsememe gülümsemesiyle karşılık verdikten sonra bana "Hadi gel. Bizim çocuklar müzik sistemini getirmişler. Onu kurmalıyız," dedi. Elimi bırakmadan beni kapıya götürdü. Kapıyı açtığımızda karşımızda Emre vardı. Şaşırdım.

"Hey! Senin burada ne işin var? Burada olmaman lazım doğum günü çocuğu!"

Emre, Kayhan'ın elimi tuttuğunu görünce "Evet... kesinlikle burada benim olmamam, hatta yalnız ikinizin olması lazımmış," deyip sırıttığında, ben daha elimi çekmeden Kayhan elimi serbest bıraktı.

Kayhan, Emre'ye "Saçmalama. Hadi söyle, ne işin var burda?" diye sordu.

"Müzik sistemini kurdunuz mu diye bakmak için gelmiştim ama hâlâ salonun ortasında duruyor," dedi.

"Biz onu hallederiz," dediğimde "Hey! Benim partim, benim müziklerim," dedi ve içeri girdi.

Kayhan "Ipod'un odanda, masanın altındaki çekmecede değil mi?" diye sorunca Emre "Evet," dedi.

Kayhan "Tamam işte, oradan aldıktan sonra şarkı listelerini sisteme aktaracağız," dedi.

Konuşmaya dahil olmak için "Ben de bir şeyler eklerim işte, oldu bitti! Hadi çık artık!" dedim ve onu ittim. Şevval de hemen yanımıza gelip kapıyı kapattı.

Diğerleri parti için mobilyaları kenarlara iterken, Kayhan ve Şevval'le birlikte müzik sistemini kurduk. Tam Ipod'u takacaktık ki ara kablonun olmadığını fark ettim. "Eee kablosu nerede?" diye sorduğumda Kayhan "Odasında aradım ama bulamadım. Çekmecelerde falan yoktu," diyerek bulamadığını söyledi.

"Benimkinin kablosu da var ama bizim evde. Aynı model Ipod var bende de. Gidip getireyim mi?" diye sorduğumda Şevval "Evet bende de var. Ben de alabilirim," diye önerdi.

Kayhan "Benim de biraz hava almaya ihtiyacım var. Cidden bu ev çok sıcak. Hadi Güneş, alıp gelelim biz," dedi ve bizim eve yürüdük.

Anahtarla kapıyı açtım ve girdikten sonra arkamızdan kapattım. Merdivenlerin ilk basamağına bastığımda Kayhan beni kolumdan tutup durdurdu ve gülmeye başladı.

"Komik olan ne var?" diye sorduğumda eliyle beni susturdu ve "Sşş. Duymuyor musun?" diye sordu ve bu sefer kendi, kahkahasını bastırmak için kendi ağzını kapattı.

Dinlemeye çalıştığımda yukarıdan birtakım sesler geldiğini duydum. Esma ve Burak, Emre'nin hediyesini almak için alışveriş merkezine gitmişlerdi. Ben de sabahtan beri Emre'lerin evindeydim. Burada sadece Doğukan ve Helin...

"Hmmm..." diye fısıldadım ve merdivende olan ayağımı geri çektim.

Kayhan "Sanırım Şevval kabloyu getirebilir. Bilirsin, bir şeyleri bölmek istemeyiz," dedi ve bu sefer ben de gülmeye başladım. Sessizce evden çıkıp kapıyı kapattık.

Vay, vay Helin Hanım... bize nasıl anlatmazsın...

Akşam partiye gelmeden önce hazırlanmak için eve gittim. Akşam yemeğimizi yedikten sonra giyinme faslı başlamıştı.

Helin siyah ve dar olan, dizinin bir karış üstünde biten elbiseyi ve siyah topuklularını giydi. İlk hazırlanan oydu. Doğukan'la beraber salona indiklerinde, Burak "Doğukan, valla sevgiline dikkat et, çok ilgi çekici görünüyor," dedi ve göz kırptı. Helin teşekkür ettikten sonra Doğukan "Ben onun yanından bir saniye bile ayrılmayacağım için sorun olmayacak tabii ki. Hele bir yanına gelsinler..." diyerek cevap verdi ve Helin'i belinden tuttu.

Esma, beyaz üstüne mavi çiçekli elbisesi ve beyaz babetleriyle merdivenlerden indiğinde giyinme sırasının bana geldiğini anladım. Gitmek zorunda kalmadan hemen önce son bir kez şansımı deneyip "Gitmesem olur mu?" diye sorduğumda, Esma da Helin de aynı anda "Hayır!" diye bağırdılar. Oflayarak merdivenleri çıkarken, Esma "Dolabında bir tane bile güzel elbise yoktu, ben de benimkilerden bir tanesini yatağına bıraktım. Ayakkabılarımdan da istediğini alabilirsin," diye seslendi.

Elbisemi önceden hazırladığı için, ufak bir şeye çok fazla önem verdiğini düşünüyordum ve sıkılarak "Teşekkürler, sen olmasan ne yapardım!" diye cevapladıktan sonra, yatağımdaki elbiseye baktım. Gece mavisi, mini, straples bir elbiseydi. Dizimin biraz üstünde bitiyordu. Giydikten sonra Esma'nın odasına indim ve elbiseye uygun bir tonda babet aradım. Bulmak zor değildi çünkü Esma babetlere bayılırdı. Neredeyse her renkte babete sahipti ve Bodrum'a gelirken birkaç tanesini getirmeyi ihmal etmemişti.

Ayakkabıyı bulduktan sonra Esma'nın makyaj çantasından eyeliner alıp mavi gözlerimi ortaya çıkardım. Saçlarımı bir kez tarayıp havalandırdıktan sonra, dalgalar güzel hale geldi ve gümüş rengindeki nokta küpeleri taktım.

Aşağı indiğimde Esma " Yakışacağını biliyordum," dedi.

Helin "Biraz ruj verebiliri..." diye teklif etmeye çalıştığında "Hayır, hayır. Gerek yok. Hadi bir an önce gidelim de hemen bitsin şu iş," dedim ve Burak hediyeyi yanımıza aldığımızdan emin olunca kapıyı kilitleyip karşı sokağa geçtik.

"Ses sistemi gayet iyi anlaşılan. Ne kadar yüksek!"

Doğukan'ın söylediğine karşılık olarak Esma "Şikâyetçi falan olmazlar mı çevredekiler?" diye sordu.

"Bu plajda pek böyle şeyler olmuyormuş. Bir kere olunca da bir şey demiyorlardır heralde," dedim ve açık olan kapıdan içeri girdik.

Çalma listesine sabah eklediğim 'Really Don't Care' şarkısı yüksek bir şekilde kulaklarımı doldururken, kalabalığı inceliyordum. Kayhan haklıydı, saat daha erkendi ama ev şimdiden dolmuştu.

Burak hediye paketini bana verdikten sonra Esma'yla mutfağa, beraber içecek almaya girdiler. Doğukan'la Helin çoktan gözden kaybolmuşlardı.

Aklıma sabah Kayhan'la bizim eve girdiğimizde duyduklarımız geldi ve gülümsedim. Helin'le Doğukan ne zamandır beraber oluyorlardı? Kesinlikle yargılamıyordum, sadece bize, yani Esma ve bana anlatmasını beklerdim o kadar. O bize anlatmadığı sürece bugün aslında duymamam gerekenleri duymamış gibi yapacaktım. Bize söylemek istediği zaman söylerdi tabii ki.

Evin içindeki merdivenlerin ikincisine oturdum ve elimdeki hediyeyi bir alt basamağa koydum. Yüksek sesli müzikte dans edenleri, içenleri ve öpüşenleri izlemeye başladım.

"Beğendin mi?"

Kayhan'ı yanımda otururken görünce irkildim.

"Ne zamandır buradasın?" diye sorunca kulağıma eğildi ve "Yaklaşık beş kere sana buradan seslendim ama duymadın," dedi. Müzik o kadar yüksekti ki duymak zor oluyordu ve zaten partiyi izlemeye dalmıştım.

Partinin ikinci günü düzenlenen sörf turnuvasında Emre birinci, Kayhan ikinci, Hemraz da üçüncü olmuştu.

Üçüncü gece, şişe çevirmecenin olduğu geceydi ve sadece on kişi davet ediliyordu. Bu sayı önemli miymiş neymiş... Kayhan mutlaka benim de gelmem gerektiğini söyledi ve Emre de ısrar edince, gece saat on bir buçuk civarında sahile indim.

Yakılan ateşin etrafında birkaç kişi oturuyordu, birkaç kişi de ayaktaydı. Rüzgâr estiğinde, sabahki Bodrum sıcağına kanıp askılı bluz ve şortla çıkmak yerine, yanıma hırka almış olmam gerekirdi diye düşündüm. Ama çoktan ateşin yanına yaklaşmıştım ve nasılsa orada oturunca ısınırım diyerek oturacağım yere doğru ilerledim.

Damla "Evet, geleneksel oyunumuza hazır mıyız?" diye sorduğunda, benim de orada olduğumu gördü ve "Kayhan mı davet etti?" diye sordu.

"Ve Şevval'le Emre," diye cevapladığımda bana gülümsedi ve "Hadi otur. Gelmek üzerelerdir," dedi.

Damla'nın Kayhan'ı sevdiğini biliyordum ve bu yüzden bana kötü davranması gerekir diye düşünüyordum. Fakat kız tam aksini yapıyordu.

Aynı Cansu (!)

"Güneş! Geldiğine sevindim."

Kayhan da çemberde yerini alınca tam dokuz kişi olduğumuzu gördüm. Herkes oturduğunda ben de onlara uydum. Emre elinde bir şişe ve tahtayla geldiğinde, o da çemberin boş kalan kısmına oturdu ve tahtayı yanan ateşle oturduğu yerin arasına, şişeyi de üstüne yan şekilde koydu.

"Kayhan, shot'lar hazır mı?" diye sorduğunda anlamadığımı gösteren bakışlarımı fark etti. Bana arkamda duran masayı gösterdi.

Kayhan "Evet. Tam on tane bardak var ve şişelerde de yaklaşık kişi başı sekiz on shot'lık içkimiz var. Başlayabiliriz," dediğinde "Bir dakika bir dakika.. Bugünkü sahil partisinde içtiklerimiz yetmedi mi?" diye sordum.

Emre "Sen hiç içmedin mesela Güneş. Ne zaman baksam, ya Kayhan'la muhabbet içindeydin ya da buzdolabından kola alıyordun. Kandırma," dedi.

"Kendim için demiyorum, sizin için diyorum..." diye devam ettiğimde, Şevval "Hadi ama Güneş, oyunbozanlık yapma. Böyle şeyleri çok sık yapmıyoruz, sadece yılda üç gün... Sen de ona denk geldin işte, tadını çıkar," dedi.

"Tamam, tamam... Ama kurallar ne? Yani ne olunca içiyoruz?" diye sorduğumda Kayhan "İhtiyacın olunca," dedi. Ateş beni yeterince ısıtmıyordu, bu yüzden kollarımı, ısınmak için ovuşturmaya başladım. Kayhan bana isteyip istemediğimi bile sormadan gri hırkasını çıkardı ve bana uzattı. Gülümsedim, giydikten sonra teşekkür ettim.

Emre "Başlıyorum," dedi ve şişeyi çevirdi. Şişenin bir ucu yine Emre'de, diğer ucu da kahverengi, dalgalı saçlı bir kızın önünde durunca "Elif... doğruluk mu cesaret mi?" diye sordu.

Bu kız bana o gün sahilde de tanıdık gelmişti ama kim olduğunu çıkaramamıştım. Şimdi adının Elif olduğunu duyduğumda "Bir dakika bir dakika... Elif? Elif beni tanıdın mı? Ben Güneş. İlkokuldan," dedim.

Elif gülümsemeye başladı. "Ya ben de diyorum bu kız bana nereden tanıdık geliyor... Tabii ki tanıdım şimdi sen söyleyince!" dedi ve ayağa kalktı. Ben de kalktım, sonra sarıldık.

"Saçların hâlâ sapsarı ama yüzün değişmiş. Arda'yla hâlâ yakın mısınız?" diye sorduğunda "O da buradaydı. Daha yeni gitti," dedim.

"O gözlüklü olan Arda mıydı? Vay be! Ne kadar tatlı, yakışıklı bir şey olmuş. Onu hele hiç tanımadım, evrim geçirmiş," dedi.

Hemraz "Öhöm öhöm. Oyuna devam edebilir miyiz?" diye sorduğunda, onunla Arda'nın arasında bir şeylerin olduğunu hatırladım ve Elif'e, sonra arayı kapatma sözü verdikten sonra oyuna devam ettik.

Elif "Doğrulukla başlayalım bu yıl," dedi. Ardından eski yerine oturdu. Ben de öyle yaptım.

Emre "Şu an Taner'le çıkmıyor olsaydın... " dedi ve Elif'in sağında oturan, adının Taner olduğunu ilk günkü partide öğrendiğim kumral çocuğa baktı.

"...Lütfen yanlış anlama dostum..." dedi, ardından Elif'e tekrar dönüp "... benimle yatar mıydın?" diye sordu.

Elif ve diğer kızlar kahkaha atarken ben ne olduğunu anlamamıştım, arada sanırım kaçırdığım bir espri vardı ama yine de Kayhan'ı gülerken izlemek hoşuma gitmişti.

Elif biraz düşündü ve ardından "Sanırım evet," dedi.

Taner hemen "Sanırım shot'a burada benim ihtiyacım var," dedi ve masadan bir bardak alıp kafasına dikti.

Tanımadığım diğer birkaç insan birbirlerine sorularını sorarken, aralarında espriler yapıyorlardı ve ardından da içiyorlardı. Çok uzun zamandır arkadaş oldukları için ben neredeyse hiçbir detayı anlamamıştım ama şu ana kadar iki shot atmıştım -ki bu bana göre aşırı fazlaydı- ama yine de aklım yerindeydi. Bardakların ufak boyutuna borçluydum. Diğer herkes en az altı kez içmişti. Arada çok zaman bırakmadan içtikleri için etkileri yavaş yavaş görülmeye başlamıştı. Kahkahalar gittikçe yükseliyordu.

En son Şevval ona gelen soruyu cevapladıktan sonra şişeyi çevirdi ve şişe bir bende bir de Emre'de durdu. Emre bana soracaktı.

"Doğruluk mu cesaret mi?"

Tek isteğim sorunsuz bir şekilde bu geceyi de atlatıp eve gitmekti ama sanırım biraz eğlence benim de işime gelebilirdi.

"Doğruluk," dediğimde herkes bir anda beni yuhlamaya başladı ve Emre de "Hadi ama Güneş!" deyince "Tamam! Tamam. Cesaret," diye cevabımı değiştirdim.

Emre "Peki... İşte şimdi geliyor," deyip gülümsediğinde bana ne yaptıracağını tahmin etmeye başladım fakat söylediği şey, hiçbir tahminime uymamıştı.

"... Kayhan'la tam yirmi saniye öpüşmenizi istiyorum."

Oturanlardan büyük bir alkış koptuğunda "Hayır. Bence gerek yok," dedim.

Emre, "Hadi ama Güneş alt tarafı öpeceksin işte," dediğinde, Kayhan da "Tabii daha sonrasında devamını da istersen sana karşı çıkmayacağım Güneş," deyip sırıttı.

Damla'ya baktığımda o da herkes gibi gülümsüyordu ama başı öne eğikti.

"Yok... ben... başka bir soru sor... Başka bir şey iste," dediğimde Taner "Değiştiremezsin!" dedi.

Şevval ve diğerleri de gaz vermeye başlayınca Kayhan'a baktım.

"Hadi, alt tarafı bir öpücük," dedi.

Masadan şişeyi alıp elimde tuttuğum küçük bardağı doldurdum ve başıma diktikten sonra "Peki," dedim.

Hayatım boyunca her şeyi kontrolüm altına almak istemiştim. Bir kez olsun istediğimi yapamaz mıydım? Demir, unutulabilecek biri miydi ki? Hiç sanmıyordum ama eğer unutulamayacak biriyse bir öpücükle hemen silinmezdi. Bunu anlamak içinse şimdi Kayhan'ı öpmeyi deneyebilirdim.

Şu an belki de Kayhan'la öpüşmek en çok istediğim şeylerden biri değildi, hatta ben ona onun bana baktığı gözle bakmıyordum ve bu olayla beraber bambaşka umutlara kapılabilirdi.

Ya yeni umutlara, hayallere kapılması gereken asıl kişi bensem? Kayhan'a doğru dönüp yaklaştığımda beni kendine çekti. O beni tam öpecekken "Ben... ben bunun iyi bir fikir olduğunu sanmıyorum," dedim.

Emre ve diğerleri hep beraber "Kayhan! Güneş! Kayhan! Güneş!" diye tezahürat yapmaya başladıklarında Kayhan "Seyirciler bekliyor," dedi.

Derin bir nefes aldım ve ona biraz daha yaklaştım. Aramızda sadece birkaç santimetre kalmıştı. Gerçekten çok yakışıklıydı. İçtiğim shot'ların etkisi miydi yoksa kendi düşüncelerimin etkisinde miydim bilmiyordum ama bu işte ters giden bir şeyler vardı.

Tam onu öpecekken duyduğum sesle irkildim. Duyduğum cümle dışındaki tüm sesler etkisiz kalmıştı.

"Boş yer var mı?"

Kendimi Kayhan'dan uzaklaştırıp arkamı döndüğümde gecenin karanlığında sadece yanan ateşin ışığıyla görülen, elinde tuttuğu çakmağıyla dudaklarının arasındaki sigarasını yakan onu gördüm.

Her zamanki tanıdık siyah tişörtüyle karşımdaydı. Sigarasını yakmak için bir elini rüzgârı önleyecek şekilde tuttu, diğer eliyle de çakmağı yaktı.

Sigaranın ucu, saniyelik de olsa ateşin sıcak rengini aldığında, çakmağı cebine geri koydu ve ardından sigarayı dudaklarından aldı. İçine çektiği dumanı dışarı verirken gözlerini benden ayırmıyordu.

Sormak istediğim onca soru, hissettiğim tüm o duygular, karışıklıklar... Hepsi bir anda uçmuştu. Doğru cümleleri kuracak yeterli kelime yoktu dünyada. O anda aklımda, kalbimde olan tek bir kelime, tek bir isim vardı. Ve o isim tüm karanlığıyla karşımda duruyordu.

Demir.

8. Bölüm

Gözlerimi Demir'in bana bakan mavi gözlerinden ayıramaz-ken, Emre'nin söylediklerini duydum.

"Kızların hepsinin dibi düştü şu an abicim. Kıskansak da neyse, bir şey diyemeyiz artık. Geç otur. Bir bardak da al."

Demir, gözlerini benden ayırdı ve masadaki bardaklara yöneldi. Çemberde oturan herkesin sesi birden kesilmişti. Kızlar birbirlerinin kulaklarına bir şeyler fısıldıyordu, Damla bile gözlerini kırpmadan onu izliyordu.

Demir bardak yerine yarısı dolu olan şişeyi aldı ve bu tarafa döndü. Bir yere geçecekti.

"Benim yanıma oturabilir bence."

"Burası da boş."

"Aramıza gelebilirsin... Merak etme, ısırmayız," diyerek kızlar onun ilgisini çekmek istediler ama Demir her zamanki ciddi ve sert ifadesini bozmadan benimle Kayhan'ın tam karşısına oturdu. Oturduğu zaman bir elindeki şişeyi kuma sabitledi, diğer elinde parmaklarının arasında tuttuğu sigarayı dudaklarının arasına koydu.

Elif'in sevgilisi Taner, Demir'e "Hoop hop. O şişeyi hemen içmeyi düşünmüyorsun herhalde..." dediğinde Demir ona bakıp cevap verme zahmetine bile girmedi. Gözlerimiz buluştuğunda içimdeki duygular sel olmuştu. Dalgalar iç organlarımın içinde dolaşıyor ve beni boğmadan sürekli bir yerlere çarpıyor gibi hissediyordum. Beni boğsa da kurtulsam diye yalvaracağım duyguların güçlenmemesi için dua ediyor ve kendimi kontrol etmeye çalışıyordum.

Demir, Taner ve adını bilmediğim sarışın bir kızın arasına oturmuştu. Yanındaki kız ona yaklaştı ve kulağına bir şeyler fısıldadı. Demir, başta hiç oralı olmadı fakat daha sonra başını kıza doğru çevirip dumanı onun yüzüne üfledi.

Kayhan "Zeynep, eğer yeni gelen arkadaşla flörtleşmen bittiyse oyuna devam edebilir miyiz?" diye sorduğunda, hâlâ gözlerimi Demir'den ayıramıyordum.

Zeynep isimli kızı uzun sarı saçlarından tutup denizde boğmak istiyordum ama yine de bu sonraya kalabilirdi çünkü sigara üfleme işlemi tamamlandıktan sonra Demir tekrar önüne döndü ve mavi gözlerini bana sabitledi.

Emre "Evet, nerede kalmıştık! Ha! Unutmak mümkün mü? Güneş'le Kayhan öpüşüyordu! Nasıl atlayabildik?" dedi ve gülmeye başladı. Kayhan yanımdan "Vazgeçmedin değil mi? Hadi Güneş!" derken bir yandan da çemberde oturanlar tekrar tezahürata başlamışlardı.

Gözlerimi Demir'in gözlerinden ayırmayı denedim ve Zeynep'in yanında oturan diğer kızın, Demir'in ilgisini çekebilmek için hırkasının fermuarını indirerek göğüs dekoltesini ortaya çıkardığını gördüm. Zeynep bir yandan kaçamak bakışlar atarken bir yandan da yanındaki kıza bir şeyler fısıldıyordu.

Gözlerimi Demir'in ilgisini çekmek için yırtınan kızlardan ayırdığımda, dayanamayıp tekrar karşıma baktım. Demir içki şişesini eline aldı ve birkaç büyük yudum içtikten sonra şişeyi tekrar kuma sabitledi. Bunu yaparken gözlerini bir saniye bile üstümden ayırmamıştı.

Neden bu kadar ilgi çekiciydi?

Burada oturan, bu tatil boyunca, hatta belki de hayatım boyunca karşılaştığım en seksi erkekti. Bu bir gerçekti. Koyu renk kıyafetler insanları gizler gerçekte, ama burada durum farklıydı. Onu daha da ön plana çıkarıyorlardı çünkü bembeyaz olan teni ve yoğun, hiç görmediğim tondaki mavi gözleri onu daha fark edilebilir kılıyordu.

Ama onun ilgi çekmek için tüm bu dış görünüşe veya kıyafetlere ihtiyacı yoktu. O Demir Erkan'dı. Davranışları ile korkulurdu, görünüşü ile arzulanırdı.

"Güneş!"

Kayhan'ın adımı söylediğini duyduğumda yanıma baktım.

"Pardon, dalmışım."

"Onu tanıyor musun?" diye sorarken bir Kayhan'a, bir de Demir'e baktım.

"Ben.. ben..." derken, Demir bitmek üzere olan sigarasını son kez dudaklarına götürdü. Ne ara o kadar zaman geçmişti?

O dudaklara en son ne zaman dokunmuştum? Ne zaman onları kendi vücudumda hissetmiştim? En son ne zaman bu kadar yakından görmüştüm?

Demir, biten sigarasını denize doğru attı ve eline şişeyi aldı. Bir yudum daha içtikten sonra geri koydu. Hâlâ bana bakıyordu. Bu bakışları tanıyor muydum? Benim tanıdığım Demir, duyguları olan fakat bu yüzden savunmasız olduğunu düşünen, kendini zayıf düşürecek hislerini, düşüncelerini ve sözlerini kimseye belli etmek istemeyen Demir'di. İnsanlardan saygı görmeye alışmıştı ve aksi olduğu takdirde durumu hemen çözerdi. Tek kelimesi yeterliydi. Sorunlarını çözebilmek için o iki dudağının arasından çıkan her bir kelime değerliydi konuştuğu kişi açısından.

İster kötü bir şey, ister iyi bir şey söylüyor olsun... İnsan onun tarafından kendisine hitap edildiğini duyunca bile kendini üstün hissediyordu. Ayrıcaklı ve özel, tıpkı benim de bir zamanlar hissettiğim gibi.

Ama hissettiklerim sadece bunlarla da sınırlı değildi. Onun yanında farklı olmamın beni değerli yapacağını bilememiştim. Ya da başka bir şey... Onun benim hakkımda neler düşündüğünü, neler hissettiğini bile tam olarak hiç bilememiştim. Bir ara bildiğimi sanmıştım ama anlaşılan o ki yanılmıştım. Onun hakkında artık en ufak bir şeyi bile bilmiyordum ben. O ya başka biriydi, ya da tam da herkesin adını duyduğu "Demir Erkan" dı artık benim için.

Onu tanımak için ölecek, kendini boş hırslara adayabilecek insanlar vardı. O öyle biriydi. Herkesi kendine çekiyordu ama kendisi kimseye çekilmemeyi başarabiliyordu. Silahı buydu. O silah bir tek benim yanımdayken etkisiz haldeydi ama yaklaşık üç ay önce her şey değişmişti.

Ben kim olduğumu biliyordum, ama onun kim olduğunu bilmiyordum. En azından artık...

"Hayır. Onu tanımıyorum," diye cevapladığımda, Demir yüzündeki ifadeyi yine değiştirmedi.

Kayhan, Demir'e bakıp "Peki sen Güneş'i tanıyor musun?" diye sorduğunda Demir düz ve sakin bir sesle "O beni tanımıyorsa, ben onu hiç tanımıyorum," dedi.

Gururunun beni katletmesi, içten içe çürütmesi mi gerekiyordu? O anda o kadar çok duyguyu bir anda hissedebiliyordum ki, sanki kalbim kulaklarımın dibinde atıyordu.

Kayhan, benim Demir'le olan bakışmamızdan hoşlanmamış olacaktı ki beni yanağımdan tutup kendine çevirdi.

"Oyuna gereğinden fazla ara verdik, sence de öyle değil mi Güneş?" diye sordu ve beni kendine çekti.

Beni öpecekken onu geri ittim ve "Hayır Kayhan. Seninle öpüşmeyeceğim. Sana o gözle bakmadığımı biliyorsun, daha kaç kere söylemem gerekiyor?" diye çıkıştım ve Kayhan'ın ayağa kalkmasını izledim.

Sarhoştu. Tek açıklaması buydu. Onun kaç shot attığını saymamıştım ama sporculardı ve pek içki içmiyorlardı, dolayısıyla Demir veya Doğukan gibi alışkın değillerdi. Alkol onlarda daha farklı ve hızlı etki gösterebilirdi.

Ben hâlâ yerde oturuyordum ama Kayhan ayaktaydı ve bana bağırmaya başlamıştı. Kendinde değildi.

"Neden Güneş? Söylesene, neden? Alt tarafı aptal bir öpücük ve tüm yaz bunu beklediğimi biliyorsun! Senden hoşlandığımı ve sana değer verdiğimi de biliyorsun. Beraber o kadar zaman geçirdik ama sen hep geri adım attın. Sana ne zaman yaklaşmaya çalışsam beni geri ittin Güneş... Neden? Alt tarafı aptal, masum bir öpücük istedim!" derken arkasını dönüp bu sefer Demir'e bağırmaya başladı.

"Sen! Adını ve nereden geldiğini bilmiyorum ama sen gelene kadar her şey iyiydi! Oyunu, her şeyi bozdun..." diye sesini yükseltmeye başladığında, Kayhan bana "Bu herif yüzünden mi az önce benimle öpüşmekten vazgeçtin Güneş? Ben bütün bir yaz boyunca senin yanındaydım, bana bir kere bile yüz vermedin ama bu gizemli orospu çocuğu on saniyede senin fikrini değiştirmeni sağladı, öyle mi?!" diye çıkışırken, Demir ayağa kalktı ve Kayhan'a yaklaştı.

"Yerinde olsam söylediğim kelimelere dikkat ederdim."

Demir'in sesi şaşırtıcı derecede sakindi ama ben içten içe onun şu anda aklından nelerin geçtiğini tahmin edebiliyordum. Bir dakika, onu tanıyor muydum?

Kayhan da Demir'e yaklaştı ve Demir'i omzundan ittirdi. "Ya! Demek artık senin dediklerini yapacakmışız, öyle mi?!" dediği anda, Demir, Kayhan'ı kolundan yakaladı ve arkasına doğru çevirip kolunu döndürdü.

Kayhan acıyla bağırdığında çemberdekiler ayaklandı. Demir'in Kayhan'ı tuttuğu yere elimi koyup "Demir! Elini çek, kolunu kıracaksın!" diye bağırdığımda, Demir bir kaç saniye daha durdu, gözlerime baktı ve ardından Kayhan'ı bıraktı.

Kayhan iki adım gerileyip kolunu tutunca, Demir ona "Ne güzel sörfçü arkadaşların varmış, sadece durup izlediler," diye laf attı.

Oradaki çoğu kişinin kafası güzeldi ve Demir bunu bile bile onlara sataşıyordu.

Kayhan yanıma geldi ve beni kolumdan kendine çekti. "Şimdi de izleme sırası sende," dedi ve beni dudaklarımdan öpmeye başladı. Beni geri çekilmemem için o kadar sert tutuyor ve o kadar sert öpüyordu ki canım yanıyordu.

Bir anda dudaklarımdaki ve kollarımdaki baskı ortadan kalkınca Kayhan'ı yerde gördüm. Demir bir elini az önce görmediğim darbenin ardından salladı ve ardından tekrar yumruk yaptı. Kayhan'ı tek eliyle ayağa kaldırdı ve ardından diğer yumruğuyla onun yüzüne vurdu.

Emre, Demir'i kolundan tutup geri çekmeyi denedi, Demir, Emre'yi arkasında fark ettiği anda dirseğini onun gözüne geçirdi. Taner ve Elif, Emre'nin yanına gittiler. Kayhan yerinden doğrulmaya çalışırken, Demir yumruğunu bu sefer onun karnına geçirdi.

"Demir! Dur!" diye ona bağırırken bu sefer Taner ve bir diğer erkek arkadaşı Demir'i omuzlarından tutup geri çektiler. Hemraz ve Şevval'le beraber Kayhan'ın yanına eğildiğimizde Kayhan'ın gözünü açamadığını gördük.

Demir'i birkaç adım uzaklaştırdıktan sonra bıraktılar ve onu bıraktıkları anda Demir arkasını dönüp birini yakasından yakaladı. Tam ona vuracakken "Demir dur artık!" diye bağırdım ve koşarak yanına gittim.

Vurmamıştı ama durmuştu. "Ne yapmam gerekiyor? Öylece

gitmelerine izin vereceğimi mi sanıyorsun!?" diye bana bağırdığında "Senin sorunun ne? Kayhan'ı ne hale getirdiğinden haberin var mı?!" diyerek ben de ona çıkıştım.

Demir, sonunda gözlerini dövüştüğü çocuktan ayırıp bana baktığında, ellerini gevşetti ve aşağı indirdi. İki çocuk, Kayhan ve Emre'nin yanlarına koştular. Demir bana yaklaştı. "Seni öptü Güneş! Seni kendine çekti ve öptü! Canını yaktı! Gördüm!" derken yanan alevin mavi gözlerindeki yansımasını görebiliyordum.

"Demir, seni tanıdığımı sanmıyorum... bu sen değilsin," dediğim zaman sesimi sakinleştirdim ve aynı şekilde onun da sakinleşmesini istedim.

"Bu burada bitmedi," deyip yumruklarını yine sıktığında, kalabalığa doğru gitmeye başlayacağını anladım. Tam o tarafa yönelirken onu kolundan tuttum ve durdurdum.

"Daha yapılacak ne var ki Demir? Söylesene! Daha yapabileceğin ne kaldı? Çevrendekilere... bana...?" derken sesim çatlamıştı. Ağladığımı görmemesi için arkamı döndüm ve sahilde yürümeye başladım. Onu böylesine acı içinde geçirdiğim haftaların ardından karşımda görmenin etkisini hâlâ yaşıyordum.

Kamp ateşinden ve kalabalıktan uzaklaştım. Ay ışığıyla aydınlanan sahilde gözlerimi sile sile ilerledim.

Ağlama Güneş, ağlama.. Zayıf olduğunu görecek. Sen de onun gibi duygularını saklamalısın. Zayıf olduğunu görmemeli. Bir zamanlar seni güçlü yapanın kendisi olduğunu anlamamalı...

"Güneş..."

Durdum ve arkamdan gelen ve her duyduğumda içimde farklı bir his yaratan sese doğru döndüm.

"Demir, eğer o kalabalığın içine girip Kayhan'ı daha da incitmek istiyorsan zaten seni artık tanıdığımı sanmıyorum ama eğer... Eğer oraya dönüp birilerine yok yere zarar verirsen... İşte o zaman seni bir daha tanıyabileceğimi sanmıyorum."

Kelimelerimin arasında durmasaydım onun karşısında ağlayacağımı biliyordum. Elimden geleni yapıyordum.

Bana biraz daha yaklaştı. Aramızda yaklaşık bir metre gibi bir mesafe vardı. "Gidiyorlar," dediğinde, Demir'in arkasından ateşin olduğu yere doğru baktım. Kayhan'ın koluna, kim olduğunu seçemediğim biri girmişti ve plajın çıkışına doğru ilerliyorlardı.

Geride en son bir kişi kalmıştı ve o kişi de ateşi söndürdükten sonra plajdan çıktı. Artık yalnız Demir ve ben vardık. Gece yarısında, karanlıkta... sadece Demir'in yavaş yavaş düzene giren nefesini ve dalgaların sesini duyabiliyordum. Başka hiçbir şey yoktu sanki. Bir zamanlar, böyle bir an için nelerimi vermezdim.

Denize bakıp aklıma gazete haberini iskeleden attığım günü getirdim. Cesaretimi topladıktan sonra ona döndüm ve gözlerine bakarak "Neden buradasın?" diye sordum.

"Seninle konuşmam gerekiyor."

"Anlatacağın şeyler daha neyi değiştirebilir ki?" diye sorduğumda, aynen böyle hissediyordum. Onu birkaç aydır görmemiştim ve bu birkaç ay, onu görmek isteyip istemediğimi anlamaya çalışarak geçirmiştim. Sonuç kocaman bir sıfırdı. Beynim ve kalbim apayrı şeyler söylüyorlardı ama beynim bağırırken, kalbimse adeta çığlık atıyordu.

"Her şeyi, belki de hiçbir şeyi. Bilemem," dediğinde rüzgâr esmeye başladı. Üstümdeki hırkaya daha sıkı sarındım.

"Seni dinlemek istediğimden emin değilim," dediğimde adımı söyledi ve ardından derin bir nefes alıp bıraktı. "... sana anlatmam gereken önemli şeyler var," diyerek cümlesini tamamladı.

"Bana garantisini verebilir misin?" diye sorduğumda şaşırdı.

"Neyin?"

"Konuşmamızın sonunda kesin bir sonuç alacağımın..."

"Bu sadece bana bağlı olan bir şey değil," diye cevapladı.

"Ben uzun zamandır hiçbir şeyden emin olamıyorum. Bir sabah kalkıyorum, yaşamak istemediğimi düşünüyorum. Hayatta kaybettiklerin, kazandıklarından fazlaysa yaşamanın ne anlamı var ki? En son ne zaman bir şeyi kazandığımı, en son ne zaman mutlu olduğumu hatırlamaya çalıştığım anda da... " derken gözlerim yine dolmuştu.

"... Cevap hep sen oluyorsun," dedim ve gülümsemeye çalıştım. Yanaklarımın üstünden süzülen gözyaşlarımı hissedince silmek için elimi kaldırdım. Tam yanağıma götürecekken, Demir benden önce davrandı ve başparmağını yanağımda ve gözümün altında gezdirerek gözyaşlarımı sildi. Avucunu açtı ve başımı onun avucuna yaslamama izin verdi.

Bu an üç ay öncesindeki herhangi bir saatte, günde, ayda, mevsimde, yılda olamaz mıydı?

Başımı onun elinden uzaklaştırınca o da kolunu indirdi.

"Güneş, anlatmama izin verecek misin?" diye sorduğunda yapabileceğim bir şey kalmamıştı.

"Lütfen daha fazla acı çekmeme sebep olma."

"O gün bizim bardan çıktığımda sarhoştum. Normalde çok çabuk sarhoş olmazdım ama o gün olmuştum. Kendimce sebeplerim vardı. Bardan çıktığım gibi arabama atladım ve otoyola çıktım. Nereye gittiğimi bilmiyordum, belki eve, belki başka bir yere... umrumda değildi. Hız yaptım ve iki yüze çıktığımda durmadım, basmaya devam ettim..."

"Demir, bana bunu neden..."

"Güneş sadece dinle, olur mu?" dedikten sonra başımı salladım ve devam etmesine izin verdim.

Bana bu detayları neden anlatıyordu? Daha fazla acı çekeyim diye mi? Beni daha ne kadar üzmek zorundaydı?

"... Polis devriyesine yakalanacağımı bilmiyordum. Yakalandım ve alkol oranım da bayağı yüksekti. Beni karakola götürdüler. Reşit olmama rağmen ailemi aradılar çünkü dosyam her zamanki gibi kabarıktı ve babam da her defasında onlara bilgi vermeleri için memurları tembihlemişti."

Demir devriyeye yakalanıp karakola gittiyse o zaman kazayı kim yaptı? "Demir... ben anlamı..." diye sözünü kesmeye çalışırken izin vermedi ve durmadan anlatmaya devam etti.

"... Annem ve babam beni almaya geldiler. Arabaya binip eve doğru gitmeye başladık. Ben arkada oturuyordum ve arabayı babam sürüyordu. Babam da annem de sürekli onların ünlerine zarar vereceğimi, isimlerini kirleteceğimi söylüyorlardı. Babam sürekli arkaya dönüp bana laf yetiştiriyordu. Babamla annemin o sırada herhangi bir turnede değil de İstanbul'da olma nedenleri, son Almanya konserinden paralarını hâlâ alamamış olmalarıydı. Buradaki bankalardan biriyle uğraşıyorlardı ve babam oldukça kızmıştı. Sinirini benden çıkarmaya başladı. Bana o ana kadar hiç söylemediği sözler söyledi. Kazandığı paranın yarısının kumara gideceğini sanki bilmiyormuşum gibi bana nutuk çekiyordu. En sonunda yola bakmayı kesti, bir yandan arkaya dönmüş bana küfür ederken bir yandan da arabayı sürmeye devam ediyordu. İşte o zaman oldu. Kazayı yaptık; arabadan çıktığımda annemle babam bizim arabanın plakasını söküyorlardı..."

Duyduklarım karşısında şoke olmuştum.

Demek kazayı Demir yapmamıştı. Arabayı babası, Gökhan Erkan kullanıyordu. Bunun beni rahatlatması mı gerekiyordu bilmiyordum ama o anda hiç de rahatlamış gibi hissetmiyordum kendimi.

"... Başım kanıyordu ve kolumda morluklar vardı. Babam bir yandan topallayarak yürüyordu bir yandan da annemle bana bağırıyordu. Bize ne söyledi biliyor musun? Kanıt kalmasın diye arabayı yakmamızı ve ardından kaçmamızı... Diğer arabayı ve içindekileri bırakıp kaçmamızı söyledi. Ben ne yapacağımı bilmiyordum. Sizin arabanıza doğru yürüdüm. Arabanız yan yatmıştı ve içeride dört kişi vardı. Hepiniz kanlar içindeydiniz..."

Demir anlatırken sanki olayı tekrar yaşıyormuş gibi hissediyordum. Annemi, kardeşimi ve babamı bıraktığım o günü hissediyordum ve ömrüm boyunca bu yükü taşımak zorunda kalacaktım. Belki de, asıl onlar beni bıraktılar diye düşünmem daha doğruydu fakat onlar hayatlarını kaybetmişken benim hâlâ burada nefes alıp gülmem bana yanlış geliyordu. Bu his gün geçtikçe hafiflemişti ama tamamen kurtulmak hep imkânsız kalacaktı.

Çarpmanın etkisiyle yana kayıp bariyerlere çarpmıştık ve araba yan dönmüştü. Aklıma ön camdan gördüğüm gözlerimi yakan ışık geldi. Demek ki o fardan çıkan ışık Demir ve ailesine aitti.

"Sizin arabanıza yaklaşıp anneme bağırdım ve ambulansı araması gerektiğini söyledim. Bizim arabayı ateşe verdikten sonra babamla beraber çoktan yolda ilerlemeye başlamışlardı bile. Yürüyorlardı Güneş... Oradan uzaklaşıyorlardı. Kaçıyorlardı. Ne yapacağımı bilemiyordum. Babam onların arkasından gitmediğimi fark ettiğinde bana bağırdı ve onlarla beraber gitmemi emretti. Tam arabalardan uzaklaşacaktım ki bir ses duydum. Öksürük veya sayıklama gibiydi, tam anlayamamıştım. Sesin geldiği yer arabanın içiydi ve başımı uzattım. Arabadaki dört kişiden arkada oturan sarışın kız dudaklarını oynattı..."

O bendim.

Demir beni görmüştü. Oradaydı. Ağlamaya başladım. Kendimi

durduramıyordum. Bu sefer engellemeye çalışmayacaktım. Ağlarken bir yandan da Demir'i dinliyordum.

"Anneme 'Biri yaşıyor! Burada biri yaşıyor! Ambulansı arayın!' diye bağırdım ama onlar çoktan uzaklaşmışlardı bile. Nasılsa onları takip edeceğimi biliyorlardı. Öyle de yapacaktım. Ama henüz yapamazdım. Yan yatmış arabanın kapısını dikkatlice açtım ve seni tuttum. En azından bunu yapabilirdim. Bacağın koltuğun altına sıkışmıştı. Arabadaki yaylardan biri bacağına saplanmıştı. Çıkarmak için elimden geleni yaptım ama başaramadım. Ya mutlaka bir yerlerin kırılacaktı ve öyle çıkarabilecektim, ya da orada kalıp ölecektin. Diğer üç kişiye baktım fakat üçü de çoktan..." derken artık hıçkırarak ağlıyordum. Demir anlatmayı durdurdu. Bana sarıldı. Kollarımı ve başımı onun göğsüne koydum ve beni sarmasına izin verdim.

Başımı öptü.

"Özür dilerim Güneş. Daha fazla anlatmayabilirim. Eğer dinlemek istemediğini söylersen gerçekten susacağım ve eğer gitmemi istersen de.. . bu sefer tamamen gideceğim," dediğinde başımı göğsünden kaldırdım.

Belki de hayatımda o zamana kadar aldığım en zor ve en güçlü kararı aldım ve iki kelime söyledim:

"Devam et."

"... Seni arabadan çıkardım ve üstündeki tişörtün yarısını kesip bacağına bağladım. Anne babam belki de ambulansı aramayacaklardı ama en yakın zamanda ben bir şekilde herhangi bir yetkilinin oraya ulaşmasını sağlayacaktım . O zamana kadar belki... Belki yaşarsın diye düşünmüştüm. Belki hayatımda bir kez olsun iyi bir şey yaparım, bir hayatı mahvetmek yerine kurtarırım diye düşünmüştüm. Çok ümitli değildim ama yine de denedim. Arabanın biraz uzağına seni yatırdıktan sonra saçlarını yüzünden çektim. Hem hava karanlıktı, hem de yüzün kan içindeydi. Ölmek üzereydin ve hepsi benim yüzümdendi. Kazadan sonra ailem ne kadar çabalarsa çabalasın yine de kazayı bizim yaptığımız anlaşıldı ve babam hayatında ödemediği kadar büyük paralar ödedi. Polis, avukat, hakim... o kadar çok tanıdıkları vardı ki olayları gizlemek onun için bir alışkanlık haline gelmişti artık. Olayları gizledi ama suç benim üstüme kaldı. Gökhan Erkan'ın adına bir şey olmasındansa, hiçbir şey olamayan oğlunun adının kirlenmesi daha uygun görüldü. Babam polislerle ve diğer tanıdıklarıyla işbirliği yaptı. Zor oldu ama yine de başardı. Kazayı ben yapmıştım artık. Bunun üstümde yaratabileceği etkileri bir kez olsun bile düşünmediler. Sicilim de önceden pek temiz olmayınca işler kendiliğinden devam etti işte.

"O lanet okula başladığımda kazadakilerin ölüm haberleri çoktan gazetelerde, televizyonlarda gösterilmişti. Bir kişinin kurtulduğu yazıyordu. O kızı kurtarmıştım ama adını bilmiyordum. Babam kıza ve kalan ailesine büyük paralar ödediğini, sessiz kalmalarını sağladığını söyledi. Babamın dediğine göre eniştem ve halanın çok paraya ihtiyacı varmış. Kazadan önce evlerine haciz gelmiş ve halanı işten çıkarmışlar. Hiçbir medyada sizin isminiz ve soyadınız geçmeyecekti. Ne bir fotoğraf, ne bir detay. Sadece ad ve soyad baş harfleri olabilirdi. Anlaşma böyleydi. Ben kazadan sonra o gün arabadan çıkardığım kızı bulmayı düşünmüş müydüm? Evet. Ama tüm Türkiye o kazayı benim yaptığımı sanıyordu. Yalnızca sanmıyorlardı... Kayıtlar da öyleydi artık. O kızla yüzleşirsem ne olurdu? İşlemediğim bir suç için masum bir kızın ağlamasını izlemeyi kabul edemezdim. Bu yüzden hiç o kızın peşine düşmedim. Ne onu ne de kazayı araştırdım. Tam da babamın istediği gibi olmuştu, dosya kapanmıştı.

"Okula yeni başladığında, bana o tam olarak kandan dolayı yüzünü göremediğim ama yanan arabamızın alevlerinin saçlarını görebilmem için ışık sağladığı kızı hatırlattığın için, yanımda oturmana, evime gelmene izin verdim ben. Adını okulda bir kaç kez duymuştum, ailenin öldüğü dedikoduları falan da Cansu ve Masal'dan duyulmuştu. Kazayla bağlantın olduğuna ihtimal vermedim. O gün kanlar içinde yerde yatan kızın karşımda gördüğüm kız olabileceği aklımın ucundan geçmedi benim Güneş. Onun sen olabileceğin aklıma gelmedi benim, beni anla..."

Bir şeyler söylemek için ağzımı araladığımda tek bir kelime bile çıkmadı. Sesim yok olmuştu. Hafızam beni yarı yolda bırakıyordu. Cümle kuramıyordum ama fark ettiğim bir şey vardı:

Ağlamıyordum.

"... Ailesinin ölümüne sebep olduğum kızın melek gibi sesiyle beni kendine âşık edeceğini bilemezdim ben Güneş," derken bir adım geri gitti.

"Mezarlığa gittiğimiz gün her şey yerine oturdu. İşte o zaman anladım. Senin yanındayken seni mutlu edebiliyordum, kendini güvende hissetmeni sağlayabiliyordum ama benim yanında olmadığım zamanlarda, o gece kazada onlarla birlikte ölmüş olman gerektiğini, hayatta olduğun her saniye onları hayal kırıklığına uğratıyormuşsun gibi düşündüğünü de biliyordum. Ben seni kendimden iyi tanıyorum Güneş. Sen bana artık beni tanıyamadığını söylüyorsun ama ben seni çok iyi tanıyorum," dediğinde ona sarılmak için yaklaştım. Beni kollarımdan tutup nazikçe geri itti.

"... Seni o kadar iyi tanıyorum ki artık bana ihtiyacın olmadığını da biliyorum," dediğinde "Hayır," diyerek cevap verebildim.

"Ama Arda..?"

"Hayır. O beni korumak için söyledi. Belki haklıydı, belki de değildi. Ama beni korumak için söylüyordu. O kelimeler bana ait değildi. Bak Demir, ben bunu çok düşündüm ve ben..."

"Benim çok düşünmediğimi mi sanıyorsun?!" diyerek sözümü kesti. "... Güneş benim sana karanlığımdan başka verebileceğim, sunabileceğim hiçbir şeyim yok. Başın beladan kurtulmayacaktır. Doğukan'ın Helin'i bir süre saklamasının bir sebebi vardı. Benim de sebeplerim var. Yaptığım her şeyin bir sebebi vardır Güneş. Şimdi bu anlattıklarımdan sonra da artık gerçekleri öğrendin. Benden uzak durmak isteyeceksin," deyip bir adım gerilediğinde bu sefer ben ona yaklaştım.

"Hayır, istediğim bu değil."

"Ama ihtiyacın olan bu. Gelmem bile hataydı," dedikten sonra arkasını döndü ve hızlı hızlı yürümeye başladı. Ona yetiştim ve önüne geçtim.

"Demir..." dediğimde durdu ve "Güneş anlamıyor musun?! O gün eğer alkollüyken o kadar hız yapıp karakola gitmeseydim bunların hiçbiri olmayacaktı! Babamlar beni almaya gelmeyeceklerdi! Ailen ölmeyecekti! Benim yüzümden Güneş!" dediğinde, parmak ucuna kalkıp onu öptüm.

Bu masum ve saniyelik öpücükten sonra aramızdaki mesafeyi açmadım ve yakınlığımızı korudum. Beni belimden tuttu ve kendine daha da yaklaştırdı. Gözlerime baktı ve eliyle rüzgârdan dolayı dağılan, yüzüme gelen saçlarımı çekip kulağımın arkasına koydu.

Yüzüme iyice yaklaştığında burnu burnuma değdi ve ardından

büyük bir sıcak hava dalgası beni sardı. Artık hava soğuk gelmiyordu.

O az önceki bir saniyelik öpücükle kendini hatırlatan özlem, artık bitmeyi bekliyordu. Elini yanağıma koydu ve beni öpmeye başladı. Onu o kadar özlemiştim ki! Demir'i, öpüşünü, bana dokunuşunu... Her şeyini...

Aradaki boy farkından dolayı parmak ucunda durmakta zorlandığımı anladığında, beni kalçamdan ve belimden tutup havaya kaldırdı. Bacaklarımı beline doladıktan sonra bir kolumla ona tutunuyordum, diğer yandan da elimi saçlarında gezdiriyordum.

Beni hâlâ o şekilde taşırken yere oturdu ve beni kumların üstüne yatırdı. Ardından üstüme çıktı ve beni öpmeye devam etti. Boynumu öperken bir eli sağ bacağımı, diğer eliyse belimi okşuyordu. Boynumun diğer tarafını da öptüğünde o kadar hoşuma gidiyordu ki başımı biraz daha geriye yatırdım.

Dudakları tekrar dudaklarımı bulduğunda, kolunu belimin arkasından geçirdi ve dik oturmamı sağladı. Ardından o da yanıma oturdu. Nefes nefeseydik ve denize karşı oturuyorduk.

Bu kadar zamandır onu düşünmediğim tek bir saniye bile olmamıştı. Hep onun hakkında nasıl kararlar almam gerektiğini düşünüyordum. Beni çok yoruyordu. O kadar yoruyordu ki, aramızdaki bu çekimi hissetmeyi ne kadar özlediğimi fark etmemiştim. "Neden durdun?" diye sorduğumda bana baktı.

"Seninleyken durmak kolay bir şey değil, istediğim bir şey de değil. Ama olması gereken bir şey," dedi.

O gün seks hakkında konuştuklarımızı hatırlıyordu. O gece barda herkesin ortasında "Güneş benim," deyip beni öpmüştü ve ardından onlarda kalmıştım. O gece de böyle olmuştuk. Daha fazlasını istiyorduk ama ben ona hazır olmadığımı söylemiştim. Bana saygı duyuyor olması gerçekten çok güzeldi.

"... Ama bir gün duramayacağım ve hepsi senin güzelliğinin suçu olacak," deyip gülümsedi ve dudaklarını dudaklarımla bir kez daha buluşturdu.

Eve doğru yürürken başım kaşınınca "Saçlarımın arasında kumlar var," dedim.

"Benimle öpüşürken Kayhan'ın hırkasını giyiyor olmanın cezası," diyerek cevap verdi. Elini tuttum.

9. Bölüm

"Öhöm öhöm!"

Helin'in sahte öksürme sesiyle gözlerimi açtığımda yavaş yavaş netleşen dört kişi gördüm. Helin, Doğukan, Esma ve Burak yatağımın etrafında bana bakıyorlardı.

"Günaydın," dediğimde, bu sefer Esma "Öhöm öhöm!" dedi ve eliyle yanımda uyurken bir yandan da kolunu bana sarmış olan Demir'i gösterdi. İstemeden de olsa gülümsedim.

"Demir geldi," dedim. Burak "Onu biz de görebiliyoruz Güneş! Bir açıklama yapacak mısın?!" derken sesini ciddileştirdi. Doğukan hâlâ aynı yüz ifadesiyle,'benim için fark etmez' bakışıyla bakıyordu ama kızlar ve Burak çok ciddiydi.

Doğrulabilmek için Demir'in kolunu karnımdan çekmem gerekiyordu. Güçlü kolunu karnımdan itmeyi denediğim anda kolunu daha çok sıktı, kasları kasıldı. Beni tekrar eski halime getirdi ve daha çok kendine çekti. Uyanık olmadığından yüzde yüz emindim, bunu refleks olarak yapmış olmalıydı.

Refleks veya değil... Hoşuma gitmişti. Yalan söyleyemezdim.

"Demir..." diye fısıldadığımda Esma, "Güneş, onun burada ne işi var?! Onunla nasıl barışabilirsin?!" diye bana kızmaya başlamıştı.

Helin araya girip "Sabah sen neden hâlâ uyanmadın diye sana bakmaya geliyoruz ve Demir'le beraber uyuyorsunuz! Güneş! Hemen şimdi uyandır onu! Burada işi yok!" diye bağırdığında, Demir biraz kıpırdandı ama yine uyanmadı.

"Helin, hiçbir şey bildiğimiz gibi değilmiş, Demir ailemi..." diyerek açıklama yapmaya çalıştığımda Burak sözümü kesip "Bu kadarı yeter artık," dedi ve Demir'in yattığı tarafa yaklaşıp onu omuzlarından tuttuğu gibi kaldırdı.

Onun kolundan kurtulduğum anda, Demir uyandı. Refleks olarak onu uyandıran kişiyi daha görmeden yakasından tutup yumruğunu havaya kaldırdı. Esma hemen Burak'ın adını söylerek bir adım ileri attı. Demir'in yumruğu Burak'ın yüzünün hemen önünde duruyordu. Demir, çevresine bakıp önce Esma'yı, sonra Helin'i ve Doğukan'ı görünce yumruğunu indirdi.

"Ben daha önce uyandırılmamıştım," dedi ve gözlerini benimle buluşturdu.

Helin "Ve bir daha da seni uyandırmayı düşünmüyoruz zaten Demir. Emin olabilirsin,' dediğinde Doğukan "Ne zaman geldin?" diye sordu.

Demir, yeni uyandığını hiç belli etmeyen, normal, kalın ve beni her seferinde ona çeken sesiyle "Dün gece," diyerek cevapladı.

Doğukan "Kavga kiminleydi?" diye sorduğunda dün gece nelerin yaşandığını nereden anladığını merak ettim. Demir elini yumruk yaptı ve kemiklerinin hemen üstündeki kurumuş kan izlerine baktı.

"Önemi yok," dediğinde, Doğukan onaylar şekilde başını salladı.

Esma "Güneş!" diye bağırıp, eliyle Demir'i gösterirken "Bunun burada ne işi var? Artık bir açıklama yapacak mısın yoksa bizi de katletmesini mi bekleyelim?" diye sorduğunda, Demir kendini savunmak için hiçbir şey yapmadı. "Ben aşağı iniyorum," dedi ve merdivenlerden indi. Gözden kaybolana kadar, çatı katından ayrılmasını izledik.

"Hepsini açıklayacağım Esma. Demir ailemi öldürmedi," diye açıkladığımda, Doğukan Helin'e dönerek "Ben de iniyorum. Bahçede seni bekliyor olacağım," dedi. Helin'i yanağından öptükten sonra merdivene yöneldi.

Helin "Ne yani, ne olduğunu merak etmiyor musun?" diye sorduğunda, Doğukan "Güneş az önce söylediği üç kelimeyle bilmem gereken her şeyi söyledi. Demir böyle bir şeyi yapmadığını söylüyorsa yapmamıştır ve mantıklı bir açıklaması da vardır. Ama itiraf ediyorum ki... Rahatladım," dedi ve hafifçe gülümsedi.

Doğukan indiğinde Esma ve Helin yatağa oturdular. Burak da bizi dinliyordu.

Helin ilk cevaplamam gereken soruyu sordu.

"Ne demek öldürmedi? Kazayı o yapmamış mı?"

"Arabada o da varmış ama babası sürüyormuş. Babası çok sinirliymiş ve sürekli arkaya dönüp Demir'e küfür ediyormuş..." dedim.

Esma, "Demir'in babası senin aileni öldürdüyse o zaman neden suç ona kalmış ki? Ne yani, bu okulda okumasının nedeni bu muymuş?" diye sordu.

Helin "İmkânsız. Demir ondan önceki yıl da Atagül Lisesi'ndeydi. Gelir gelmez o çeteyi oluşturmadı tabii," dedi.

"Babası eğer oğlunun üstüne böyle bir suçu atabilmişse kim bilir daha ne suçları, kural ihlallerini onun üstüne yıkmıştır. Bence bu kaza onun üstüne kalan ilk suç değildi," derken, Esma'nın sorusunu yanıtlamış oldum.

Demir'in dün gece anlattıklarını kendi ağzımdan duydukça daha da rahatlıyordum.

Helin "İşte şimdi yerine oturdu her şey," dedi.

Burak "İşlediği tüm suçları oğlunun üstüne atan bir baba... Demir'in böyle olmasına şaşırmamak gerekir. Ona bakış açım şu an tamamen değişti," dediğinde, Helin "Babası kesin kendi adına zarar gelmesin diye suçlarını ona atıyordur," diye ekledi.

"Evet, annesi biraz daha düşünceli olsa da, eşine söz gerçirememiş hiçbir zaman. Sonuçta Erkan ailesi... Dünyaca tanınan çok Türk müzisyen yok. Ama yaptıkları yanlış. Demir'in karşı çıkması gerekirdi. Hâlâ da karşı çıkması gerekiyor, susarak ve babasının ona inşa ettiği felaket hayatı yaşamaya devam edemez," dedim.

Esma "Sanırım bu bizim yorum yapabileceğimiz bir şey değil. Her ne kadar ona yardım etmek istesek de, sonuçta Demir'in aile olaylarına, hatta hiçbir olayına karışamayız," dedi.

Derin bir nefes alıp verdiğimde üçü de bana bakıyorlardı.

"Ona karşı çok sert olmayın tamam mı? Biliyorum, o hiç kimseye karşı çok iyi biri olmadı ama unutmayın ki çevresine ne kadar zarar vermişse kendi onun iki katı kadar zarar görmüş ve belki de inanmayacaksınız ama ben onu bu haliyle seviyorum. Olduğu haliyle bile sevebiliyorsam eğer, olabileceği kişiyi tahmin bile edemiyorum. Sanırım onu kurtarabilirim ve bunu istiyorum da... Her şeyden çok," derken gülümsüyordum.

Gözlerim dolmuştu ama fark edilmediğinden emindim.

Belki de uzun zamandır hiç olamadığım kadar iyiydim.

Helin ve Esma bana sarıldığında, yatakta onlara yaklaştım ve ben de onlara sarıldım. Gözlerimi sımsıkı kapattım ve sonra tekrar açtım.

Burak da yatağa oturdu.

"Şimdi bizimle burada tatil bitene kadar kalacak mı?" diye sorduğunda, sorunun yanıtını gerçekten bilmediğimi fark ettim.

"Hiçbir fikrim yok. Hadi gidip öğrenelim," dedim ve ayağa kalktık. Onlar merdivene doğru ilerlerken üstümde önceki gece giydiğim kıyafetlerin olduğunu fark ettim. Dolabıma gittim ve beyaz, dar askılı bluzumu ve kot şortumu elime aldım.

Esma merdivenden inerken kafasını uzattı ve "Güneş, biliyorsun değil mi, ona hemen yumuşak ve arkadaşça davranmamızı bekleyemezsin. Sonuçta... O Demir Erkan. Bizim aklımızda şu ana kadar hep 'Demir Erkan' olarak vardı. Hiç 'Güneş'in sevgilisi Demir' olamadı. Biraz zaman alacak ama elimizden geleni yapacağız," dediğinde gülümseyerek başımı salladım.

"Teşekkür ederim."

Esma ve iyi niyeti, beni yine gülümsetmeye yetmişti.

Giyinip saçlarımı at kuyruğu yaptıktan sonra aşağı indim. Sağıma baktığımda salonun büyük camlarından Esma, Helin ve Burak'ın bahçede kahvaltı ettiklerini gördüm. Oraya doğru döneceken sol tarafımdan evin kapısı açıldı ve Doğukan içeri girdi.

"Orada mı?" diye sorduğumda Doğukan konuşmadan başını salladı. Önümden geçip bahçeye çıkmak için salona gidecekken bıraktığı sigara kokusundan sonra "Yanına gitmeli miyim?" diye sordum.

Bana döndü ve ellerini havaya kaldırarak "Sevgilisi sensin, karışmıyorum," dedi.

"Ne yani, benden bahsederken 'sevgilim' mi diyor?" derken dişlerim görünecek şekilde gülümsüyordum.

Doğukan gülüp "Öyle bir şey demedim..." derken sözünü kesip "Yakalandın! İnkâr etme," dedim.

"Tamam, tamam. Ne evet diyorum ne de hayır. Hadi şimdi git yanına. Sonra da onu kulağından tutup kahvaltı masasına getir. Tabii son kısım biraz zorlayabilir. Her neyse, sana güvenimiz tam," dedi ve bizimkilerin yanına, bahçeye çıktı.

Kapının önünde durdum, derin bir nefes alıp bıraktıktan sonra, saçımın düzgün olup olmadığını elimle kontrol ettim. Ardından kapıyı açtım.

Demir , doğukan'ın arabasının kaputunun üstüne yaslanmış, sigara içiyordu. Yanına gidip ben de arabaya yaslandım.

"Sabah sabah nasıl sigara içebiliyorsun?" diye sorduğumda bana dönmeden karşıya, sahilin az da olsa göründüğü tarafa doğru bakmaya devam ediyordu.

"On ikiye çeyrek var," diye cevapladığında "O kadar uyuduk mu ya?" dedim şaşırarak.

"Dün gece biraz geç gelmişiz eve," dedi ve biten sigarasını yere atıp bana baktı.

Merakıma yenilip "Neden kızlara anlatmam gerekenleri anlatırken çatıdan indin?" diye sordum.

"Kazanın olduğu gece; ne tekrar yaşamak ne de tekrar dinlemek istediğim bir geceydi."

Demir'e olabildiğim kadar yakın olmak, onu kendimden daha çok tanımak istiyordum fakat o gizemli olmaya devam ediyordu. Onun hakkında ne öğrendiğinizi düşünürseniz size aksini göstererek şaşırtabiliyordu. Onu asla tanıyamayacağınızı, denemelerinizin hep başarısız olacağını hareketlerinden, görünüşünden ve davranışından çıkarabiliyordunuz ama yine de denemek istiyordunuz.

Ben deniyordum. Cansu da zamanında çok denemişti. Belki de benden daha çok denemişti o ama başaramamıştı.

Bu beni korkutuyordu. Onun gibi bir kız bile onu bir geceden fazla yanında tutamamışsa, ya ben hayatımın geri kalanında onu yanımda tutmak istersem? İşte o zaman ne yapacaktım?

Dün gece pek çok şey değişmişti. Aklıma bile gelmeyecek şeyler yaşanmıştı, aynı zamanda konuşulmuştu da. Belki de bu yanlıştı ama Demir'i hiç bu kadar kendime yakın hissetmemiştim. Ya şimdi ona nasıl davranmam gerekiyordu? Onu yakınımda tutmak, bana veya en azından birilerine güvenebilmesini sağlamak için neler yapmam, neler söylemem gerekiyordu benim?

"Saçlarında hâlâ kum var," dedi ve elini saçlarıma götürüp birkaç saniyede gördüğü kum tanelerini aldı.

Ona dünden sonra, tüm yaşadıklarımızdan sonra, yaşayacaklarımızdan önce, yani şu anda ne demeliydim? Sanırım öğrenmenin tek bir yolu vardı.

"Demir, biz... Yani ben, artık nasıl..." diyerek uygun kelimeleri bulmaya çalışırken sözümü kesti

"Ben cevabı biliyorum sanırım. Bir önerim olabilir."

Sorumu daha ilk kelimelerinden anlamasına şaşırmamıştım, Demir böyleydi. Belki anlaşılamaz biri olabilirdi ama onun herkesi anladığından emindim. Özellikle de beni.

"Hayır Demir, dün gece söylediğin gibi uzaklaşmayacağız. Bunu asla yapamam..." diyerek sözüme başladığımda karşıma geçti, beni belimden kavrayıp kendine çekti.

"Peki bu nasıl?"

Beni öpmeye başladığında o günü hatırladım. Sahildeydik ve ben ağlıyordum. Cenk'ten uzaklaşabilmek için onu aramıştım. Yapmamalıydım ama yapmıştım. Onu aramıştım ve beni almıştı. Aynen şu anda öpüştüğümüz gibi öpmüştü. Öylesine yumuşak bir öpücük Demir'den beklenemezdi ama olmuştu. Tıpkı bugünkü gibi...

Kollarımı onun boynuna sarıp beni arabaya doğru biraz daha eğmesine izin verdim. Belimdeki koluyla bana destek oluyordu.

Bir an durduğu zaman gözlerimi açtım ve bana baktığını gördüm. Ona gülümsedim. O da bana gülümsedi. O da benim gibi üç ayın stresinden kurtulmuştu.

O kadar hafif gülümsemişti ki, benden başka kimse dudağının kenarının bir santimetre de olsa yukarı kıvrıldığını anlayamazdı. Ama ben görmüştüm. Gülümserken dudağımı ısırdım ve beni hemen tekrar öpmeye başladığında dişimi dudağımdan ayırdım.

İyi ki o gün seni aramışım Demir.

Demir'in Ağzından

"O gece ne tekrar yaşamak, ne de tekrar dinlemek isteyeceğim bir geceydi," diyerek Güneş'in sorusunu cevapladığımda bana anlayışla baktı.

Gözlerimi uzun zamandır göremediğim yüzünde dolaştırırken, sonunda güzel, her zaman aynada gördüğümden daha açık bir mavinin gri ile birleşmesini gözlerinde izledim.

O utandığı ve ne diyeceğini düşündüğü için gözlerini benden kaçırmışken ben onu izlemeye devam ediyordum. Saçlarına baktım. Dün gece o uyurken elimi saçlarının arasında gezdirmiştim. Böyle bir şeyi hayatımda ilk defa yapmıştım. Nedenini bilmiyordum. Sadece içimden gelmişti.

'Onun saçları dışında başka saçlarda bir daha elini gezdirmek istemeyeceğinden korkuyorsun!'

Duymak istemiyor olsam da doğruları yansıtan iç sesimi bu sefer arka plana attım ve yumuşak saçlarına tekrar dokunabilmek için dünden kalan ufak kum tanelerini bahane ettim.

"Saçında hâlâ kum var."

Güneş "Demir... Biz, yani ben... Artık nasıl..." diyerek bir şeyler gevelemeye başladığında, onun sözünü kesmem gerektiğini anladım. Soracağı soruyu bildiğim gibi vereceğim cevabı da biliyordum.

"Ben cevabı biliyorum sanırım. Bir önerim olabilir."

Güneş yüzünü biraz bozdu ve bir şeylere anlam veremediğinde, bir şeyleri doğru bulmadığında yaptığı tanıdık mimikleriyle "Hayır Demir, dün gece söylediğin gibi uzaklaşmayacağız. Bunu asla yapamam," dedi. Gözlerini benim gözlerimden düşürdü ve önüne dönüp yere bakmaya başladı. İşte şimdi asıl önerimi sunma zamanıydı.

"Peki bu nasıl?"

10. Bölüm

Demir'i elinden tutup eve doğru çekmeye çalıştığımda sadece bir adım bana doğru geldi. Gülümsedi.

"Şimdi ne var?" diye sorarken gülümsüyordu.

"Bahçede kahvaltı yapacağız, hadi gel," dediğimde elimi bıraktı ve olduğu yerde durdu. Gülümsemesi silinmişti.

"Neden gelmiyorsun?"

"Güneş, sen git. Ben aç değilim."

"Demir, saçmalama, hadi gel," deyip kapıyı açtığımda durdum ve arkama baktım. Demir hâlâ olduğu yerde bekliyordu.

"Orada sizinle oturmamın iyi bir fikir olacağını sanmıyorum. Ben böyle 'arkadaş' olaylarına pek girmem. Birileriyle zaman geçirmem ben. Sen... farklısın. Alışkın değilim," dediğinde, kapıyı kapatıp Demir'in yanına gittim.

"Doğukan da orada, rahat ol.. hadi ama kırma beni. Alt tarafı kahvaltı edeceğiz," dediğimde, Demir "Sen git, Güneş. Ben bir sigara daha içeceğim," dedi ve cebinden sigara paketini çıkardı. İçinden bir dal alıp dudaklarının arasına koydu. Paketi cebine geri yerleştirirken diğer cebinden de çakmağını çıkardı.

"Hayır," dedim ve çakmağı tuttuğu elini tuttum. Onu durdurdum.

"Hayır Demir. Bir sigara daha içmeyeceksin. Gelip bizimle oturacaksın ve kahvaltı edeceksin. Hiçbir konuşmaya katılmak zorunda değilsin, söylenenlere gülmek veya tepki vermek zorunda değilsin. Yani kısaca her zaman olduğun gibi olman yeterli. Sadece kahvaltı et. Orada istenmediğini düşündüğünü biliyorum ve dürüst olacağım, kızlar ve Burak seni benim veya Doğukan'ın tanıdığı gibi tanımıyorlar. Ama ben tanımalarını istiyorum, tamam mı?" dediğimde, şaşırmış bir şekilde beni dinlemeye devam ediyordu. Onun bu dikkatini bir daha uzun bir süre yakalayamayacağımı düşünerek sözüme devam ettim.

"Sen istenmediğin ortamlarda bulunmaktan korkan biri değilsin Demir. Belki de bir şeylerden, birilerinden çekinebilecek en son kişisin. Şimdi..." derken elindeki çakmağı aldım ve cebine geri yerleştirdim. Ağzındaki sigarayı da aldım.

"... Benimle o eve geliyor ve o masaya oturuyorsun."

Vereceği tepkiyi çok merak ediyordum. Kızmasını ve 'bana istediğini yaptıramazsın' bakışlarını bekliyordum ama onların aksine "Bugün dua et ki iyi günümdeyim Güneş," dedi ve tuttuğum sigarayı elimden aldı. Ona ilk defa ne yapması gerektiğini söylemiştim ve şaşkınlığı sesinden de belli olmuştu.

Sanırım ona alışkın olmadığı şeyleri yapmaya devam ediyordum.

Gülümsedim ve Demir'in önünden eve yürüdüm.

Bahçeye çıktığımızda Esma, Burak, Helin ve Doğukan kahvaltı ediyorlardı. Bizi gördükleri anda sesler kesildi.

Esma "Aaa Güneş..." dediğinde Helin de yandan ".. Ve Demir," diye ekledi.

Kızlara 'ben size ne demiştim' bakışlarımı gönderdikten sonra, Esma "Neyse, Doğukan en son ne anlatıyordun?" diyerek biz gelmeden önce başlamış olan konuşmayı devam ettirdi. Oturmadan önce Demir arkamdan yaklaştı ve kulağıma "Bunların karşılığını en yakın zamanda alacağımı unutma sarışın kız," diye fısıldadı ve ardından yanıma oturdu.

Bir anlık şaşkınlıktan sonra ben de yerime oturdum. Demir'in son söylediği istemsiz olarak vücudumda yine o garip etkiyi bırakmıştı.

Kimsenin kimseyi yumruklamadığı, yani Demir'in bulunduğu bir ortama göre iyi geçen beş dakikanın ardından Esma, Demir'e dönüp "Eeee Demir, Bodrum'a hangi rüzgâr attı?" diye sordu.

Bu sorunun cevabını masadaki herkes biliyordu ama sanırım

Esma, sonunda Demir'i konuşmaya katmak istiyordu. Bu iyi bir şey miydi? Bence iyiydi ama nedense içimde bu işin sonunun böyle iyi bitmeyeceğine dair bir his vardı.

Helin "Kayhan'ları ölene kadar dövmek için olabilir mi acab..." derken masanın altından Helin'in bacağına tekme attım. Bana bakarak "Ahh!.... Sanırım.. böcek ısırdı," dedi.

Esma dikkatleri tekrar Demir'e yönelterek "Evet Demir, ne diyordun?" diye sordu.

Demir "Niye insanlar cevaplarını bildikleri soruları sorarlar ki?" dedi kimseyle göz teması kurmadan.

Esma bana baktı ve derin bir nefes aldı. Ardından tekrar "Doğukan'la uzun zamandır tanışıyorsunuz, öyle değil mi Demir?" diyerek tekrar şansını denemek istedi.

Demir "Evet," dedi ve tekrar kahvaltısına geri döndü. Esma bana baktı ve ellerini havaya kaldırdı. Dudaklarını oynatarak "Daha ne yapabilirim?" diye sorduğunda bir şey diyemedim.

Burak, "Üç yaşından beri piyano çaldığın doğru mu?" diye sorduğunda, Demir başını kaldırıp ona baktı.

"Ben de bu his neden tanıdık geliyor diyordum, kendimi karakolda sorgulanıyormuş gibi hissediyorum," dedi.

"Demir, sadece seni tanımaya çalışıyorlar," deyip araya girdiğimde, bana döndü ve sinirli bir şekilde "Çocuk adımı Google'da aratmış! Beni burada daha ne kadar iyi tanıyabilir ki?" dedi. Şaka yapmıyordu.

Burak ona "Sadece Güneş'i kırmamak için seninle konuşmaya çalışıyoruz Demir, bu kadar kaba olmana gerek yok," dedi. Sesler yükselmeye başlamıştı.

Herkes birbiriyle yüksek sesli konuşurken, bense Demir'i sakinleştirmeye çalışıyordum. Demir de bana burada oturup insanlarla kahvaltı etmenin ne kadar saçma bir şey olduğunu söylüyordu, ayağa kalktı.

Tam pes edecekken Doğukan araya girdi ve "Hey!" dedi.

"... Herkes çenesini kapatsın! Demir, sen de yerine otur. Herkes bir dakika sussun."

Herkes susmuştu ve Demir'e bakıyordu. Demir bir bana bir de Doğukan'a baktı. Ardından yavaşça sandalyesine oturdu. Yumruklarını gevşetti.

Her şeyi yapabilen bir insan için, bir arkadaş ortamında bulunmak ne kadar zor olabilirdi?

Doğukan "Güzel, şimdi... İnsanların konuşmak istemediği şeylerden değil de konuşmak istedikleri şeylerden bahsedelim. Mesela..." derken Burak, Doğukan'ın yapmaya çalıştığı şeyi anladı ve Esma'ya "Mesela dün akşam yaptığın lazanya harikaydı. Yapmayı nereden öğrendin?" diye sordu.

Doğukan da Burak'a katılıp "Aynen, harikaydı," tarzında şeyler söyledi. Esma biraz garipseyerek anlatmaya başladı ama anlattıkça ortam normale döndü.

"Aslında.. aa.. annemden öğrenmiştim. İlk yapmayı öğrendiğim yemek oldu..."

Esma'nın yemek tarifi bittikten sonra ben Helin'e onun ruh halini anında iyileştirebilecek en iyi soruyu sordum. "Helin, bu aralar Beşiktaş neler yapıyor? Maçlar nasıl gidiyor?" diye sorduğumda, Helin hemen bana baktı ve sanki dün akşamdan bu soruya çalışmış gibi cevap vermeye başladı.

"Sonunda birileri sordu! Şampiyonlar liginde ön elemede Arsenal'le oynadı, onların sahasında bile Arsenal'in özelliği olan topla fazla oynamayı ikinci plana attı. Her ne kadar yenilsek de oynadığımız en iyi oyunlardan biri oldu. Çok beğenmiştim o maçı..."

Doğukan, Helin'e dönerek "Futbol konuşurken o kadar seksi oluyorsun ki," dedi.

Helin'i dudağından öpmeye başladığında yanımdan ufak bir gülme sesi duydum. Ama saniyelikti. Demir'e dönüp baktığında yine o çok belli olmayan gülümsemesini gördüm. Gözleri hâlâ tabağında ve yediklerindeydi ama konuşulanları dinliyordu ve gülmüştü. Az da olsa gülmüştü ve onun o ufak gülme sesini duyduğum için kendimi çok şanslı hissediyordum. Acaba nasıl kahkaha atıyordu? Hiç görmemiştim ama açıkçası Demir'i kahkaha atarken görmek muhteşem olacaktı.

Tabii önce onu güldürmen gerek Güneş.

Kahvaltıdan sonra her gün yaptığımız gibi denize gitmek için hazırlanmaya başladık. Demir benimle çatıya çıktığında ona "Denize gireceksin, değil mi?" diye sordum.

"Açıkçası tatil için gelmemiştim, mayo getirmedim."

"Eminim Doğukan veya Burak sana bir şeyler ayarlayabilir..." derken merdivenlerin ordan yükselen mayo ve düz, beyaz bir tişört Demir'in kucağına düştü. Doğukan aşağıdan "Bir şey değil," diye seslendi.

Mayo griydi, tişört ise beyazdı.

Demir, tişörtün rengini sevmeyince aşağıya "Bunun siyahı yok mu?" diye seslendi.

Doğukan'ın Helin'le kaldığı odadan geldiğini tahmin ettiğim ses, "Giy ve sadece teşekkür et," dedi.

"Doğukan gibi bir arkadaşa sahip olduğun için şanslısın," dedim gülerek.

Demir, "Hayır, bence birazdan sen önümde mayo giyeceğin için şanslıyım," deyip Arda'nın burada kaldığı zamanda uyuduğu yatağa oturdu.

"Ha ha ha. Arkanızı döneceksiniz Demir Bey," dedikten sonra dolabıma ilerleyip siyah bikinimi aldım.

Demir "Hayır, onu giyme," dedi.

"Bodrum'dayız, bir tatil yeri... Sahil... Denize gireceğiz..?"

"Ondan demiyorum, siyah bikini ile seni hayal edince, ne bileyim... Fazla seksi."

Eğer gerçekten giymek isteseydim, Demir'le bikini konusunda kapışmaya devam edebilirdim ama benim için fark etmezdi. Siyah bikinimi bırakıp mavi olanı elime aldığımda gülümsememek için kendimi zor tutuyordum. Yanaklarımın kızardığından emindim.

Telefonu çalmaya başladığında Demir "Beş dakika sonra çalsa ne olurdu..." diye söylenerek telefonunu açtı.

"Evet, iki mi? Bir saniye bekle..." dedikten sonra merdivenlerden aşağı indi ve beni yalnız bıraktı.

Kimin aradığını bilmiyordum ama giyinmek için bana zaman kazandırmıştı. Mayomu ve üstüne de ince, beyaz elbisemi giydikten sonra aşağı indim. Hepimiz salonda toplandığımızda "Demir nerede?" diye sordum.

Burak "Kıyafetlerini değiştirdi, sonra dışarıya çıktı. Sanırım hâlâ telefonla konuşuyor," diye cevapladı.

Hep beraber sahile inmek için dışarı çıktığımızda Demir'i gördüm. Dizinin biraz üstünde biten gri mayoyu ve temiz tişörtü giymişti. Onu ilk defa siyah haricinde bir renk giyerken görüyordum.

Bizi görünce telefona birkaç kelime daha söy
kapattı.

"Kim aradı?" diye sorduğumda "Önemli bi
dim," diyerek cevapladı.

Şunu da biliyordum ki önemsiz biri olsaydı beni giyinirken bırakıp aşağı inmezdi.

Burak "Şimdi, asıl sorun etmemiz gereken şey Kayhan'ların da muhtemelen sahilde olduğu," dediğinde, herkes Demir'in tepkisini görebilmek için ona baktı. Kayhan'ın adını duyduğumda önceki gece beni zorla çekip öptüğünü hatırladım. Canımı yakmıştı. Sarhoştu. Kayhan eğer sarhoş olmasaydı böyle bir şeyi asla yapmazdı, bundan emindim ama olan olmuştu. Önceki gece Demir'in orada olması şans mıydı bilmiyordum ama Kayhan'ı engellemişti.

Doğukan "Bir sorun çıkacağını sanmıyorum. Zaten herif kendi kaşınmış," dedi. Az da olsa olanları onlara kahvaltıda anlatmıştık.

Sahilde yer bulduğumuzda şezlonglara yerleştik. Burak "Al işte, başlıyoruz," dediğinde, başımı kaldırıp büfenin olduğu tarafa baktım. Kayhan aralarında yoktu ama Emre, ekiplerindeki herkesi toplamıştı.

Demir hiç rahatını bozmadan oturmaya devam ediyordu. Ona "Demir lütfen, muhtemelen gelip sana laf atacaklar ama bundan başka bir şey yapmazlar. Bunlar öyle çocuklar değil. Sizin bardakilerle alakaları yok," dediğimde bana bakıp "Sen bunlarla çok zaman geçirmişsin bu yaz," dedi.

Emre gelip "Merhaba Güneş. Dün gece tanımadığını söylediğin adamla yan yana oturuyorsunuz şu an demek," dediğinde, ona cevap vermek istedim.

Demir bana baktı ve bakışından susmamı istediğini anladım. Bir şey demedim. Böyle konuşmalarda daha tecrübeli olduğunu tahmin etmek zor değildi.

Elif'in sevgilisi Taner, gözüyle yanağı arasında kalan büyük morluğu gösterirken "İçimden bir ses onu önceden tanıdığını söylüyor ama..." dedi.

Taner'le Emre'nin arasında duran, dün akşam bizimle sahilde olan ama adını hatırlayamadığım uzun boylu çocuk, bileğini sarmıştı. Bileğini gösterdikten sonra "Senin neyin bu kadar özelmiş anlayalım," deyip bana yaklaştığında, Demir ayağa kalktı ve onu durdurdu.

Demir'in ayağa kalkmasıyla Doğukan da ayaklandı. Burak da uzandığı şezlongda oturur pozisyona geçti. Doğukan, Demir'in yanına geldi ve onun yüzüne baktı. Ondan gelecek herhangi bir işareti bekliyor gibiydi.

Taner "Ooo demek kavgacı çocuğumuzun arkadaşı çoktandır buradaydı. Dün gece az kişiydik. Şimdi fazlayız. Şansınızı deneyin istiyorsanız," dedi.

Objektif olarak duruma baktım. Dün gece Demir, onlara karşı tek başınaydı ve sonuçlar ortadaydı. O zaman bu çocuk neyin kafasındaydı?

"Berkay, Taner.. Bırakın artık!"

Önümüzde duran topluluğun dikkati arkaya çekilmişti. Aralarından Kayhan çıktığında elinde bir buz torbası vardı. Buz torbasını sol gözünün üstünde tutarken Demir'in karşısına geçtiğinde torbayı indirdi. Gözünü zar zor açabiliyordu. Dudağı da patlamıştı. Demir'in dün gece çevirdiği -ve neredeyse kırma noktasına getirdiği- kolu baştan aşağı sargılıydı. Tanınmayacak halde değildi ama gerçekten kötü görünüyordu.

"Benim adım Kayhan ve dün gece sarhoştum. Eğer aklım başımda olsaydı kız arkadaşına hiçbir şekilde öyle davranmazdım. Güneş'in bir sevgilisi olduğunu bile bilmiyordum ki. Her sorduğumda geçiştirmekten başka bir şey yapmıyordu..." deyip bana baktığında gözlerimi ondan ayırdım. Onunla göz teması kuramazdım. Utançtan mıydı, sinirden miydi, kırgınlıktan mıydı, canımı yakmasından dolayı mıydı emin olamıyordum ama bakamazdım.

Ben, Kayhan'ın bakışlarını hâlâ üzerimde hissedebiliyorken Demir, Kayhan'ın başını çenesinden tutup kendine doğru çevirdi.

Kayhan ses çıkartmadı ama boynundaki kızarıklıklardan dolayı Demir'in bu hareketiyle canının yandığından emindim.

Demir onu bıraktığında Kayhan konuşmaya devam etti ve "Özür dilerim. Kendimde değildim," deyip tekrar bana baktı.

"... Özellikle senden Güneş , sonra da..." derken, Demir yine aynı şekilde Kayhan'ı çenesinden kendine doğru çevirdi ve "Demir," dedi.

"... Ve Demir'den," dedi Kayhan.

Kayhan iki adım geri gitti ve son bir kez bana baktıktan sonra arkasını döndü. "Burada işimiz bitti," dedikten sonra, kalabalık dağılmaya başladı. Kayhan da büfeye doğru ilerledi.

Kayhan'ın aklı başında ve saygılı biri olduğunu biliyordum ama dün gecenin ardından özür dilemeye gelmiş olması, gerçekten onun tahmin ettiğimden daha onurlu olduğunu göstermişti.

Esma "Ucuz atlattık," derken Helin de "Endişelendim. Çok kalabalıklardı," dedi.

Hepimiz az önceki gerilim dolu konuşmanın şokunu atlatıp yerlerimize geçtiğimizde Demir, Doğukan'ın ona verdiği tişörtü çıkardı ve düzeltmeden çantama tıktı.

Vücuduna bakmamak elde değildi. Onu görmediğim bu üç ayda biraz daha kas yapmış olmalıydı. Hani bazı erkekler vardır ve artık iğrenç denecek kadar kas yığınına dönerler ya... Onlarla yakından uzaktan alakası yoktu. Daha çok, kolları ve omuzlarının genişliği ön plandaydı. Karnındaki kaslar six pack gibi fazlasıyla belirgin değildi. Hafif çizgilerle görülüyordu.

"İlgini mi çektim yeni kız?" dedi.

Gözlerimi vücudundan ayırıp gözlerine baktım.

İlk tanıştığımız gün bana bunu sormuştu. Yanımda oturuyordu.

Demir gülümsediğinde ben de ona gülümsedim. Bana söylediği ilk şeyleri hatırlıyor olması içimi ısıttı. Detaylara önem vermeyen biri gibi görünüyor olabilirdi ama bu sabah Doğukan'ın arabasına yaslanırken beni öpmüştü ve tıpkı ilk öpüşmemiz gibi olmuştu. Her şeyi aynı yapmıştı. "Peki bu nasıl?" diye bile sormuştu.

Şimdi de bunu söylüyordu. Bana o gün, yaklaşık bir yıl önce yanında oturduğum, biyoloji ödevi için partnerim olan bu kaba, sert, umursamaz, sürekli siyah giyinen ve aynı onun gibi ruhsuz olan çetesiyle takılan, adından korkulan mavi gözlü çocukla, bugün burada böylesine güzel bir yerde tatil yapacağımı, sevgili olacağımızı ve onun bana değer vereceğini söyleselerdi herhalde sadece gülerdim. İnanmak için elimde tek bir kanıt bile yoktu.

Ya şimdi? Her şey farklıydı. Neler atlatmıştık... Ama eğer sevdiğiniz kişi Demir Erkan'sa ve o da size geri dönmüşse işte o zaman farklı bir şey beklemek imkânsızdı.

Ayağa kalkıp beyaz deniz elbisemi çıkardım. Havlumu çantamdan alıp şezlonga yaydım ve sonunda oturup uzandım. Krem almak için çantama uzandığımda Demir'in beni süzdüğünü gördüm.

"Asıl ben senin ilgini çektim galiba..." dediğimde "Yok, ondan değil..." deyip tekrar önüne dönerek denize bakmaya başladı. "... Sadece seni daha önce hiç bikiniyle görmemiştim," dedi.

"Dua et ki son olmasın," deyip güldüğümde bana baktı ve "Sen bu bikiniyle böyle görünüyorsan o siyah bikiniyi giyince... Onu böyle çok kalabalık yerde giymeni istemiyorum, hatta bir daha hiç giymesen de olur. Tabii, baş başayken istediğin zaman giyebilirsin. Hiç sorun olmaz," dedi.

"Uuuu, Demir Erkan birilerini kıskanıyor. Bugünleri de mi görecektik?" dediğimde, çantamda duran güneş gözlüğümü çıkardı ve kendi taktı.

"Alakası yok," dedi.

"Evet Demir, eminim alakası yoktur..."

Konuşma bitmişti, ama gülümsememi hâlâ durduramamıştım.

11. Bölüm

"Hadi denize girelim."

Helin, Doğukan'ı elinden tutmuş zorla iskeleye götürürken, Esma'lar da ayağa kalkmışlardı.

Demir'in gözünden gözlüklerimi aldım ve "Yeter bu kadar yattığın," dedim.

"Ne kadar hareketli arkadaşların var," diyerek bana karşılık verdi.

Aklıma Cansu, Masal, Cenk ve diğerleri gelince "Neden? Seninkiler birbirlerini bıçaklıyor," dedim.

"Okulda veya barda gördüklerinden bahsediyorsan eğer, onların hiçbiri benim arkadaşım değil," dedi ve ayağa kalktı.

Geri geri iskeleye doğru yürürken bir yandan da onunla konuşuyordum. "Bak Demir, iletişim kuruyoruz. Güzel bir şey. Seni tanımaya başlıyorum. Peki... Tek arkadaşın Doğukan'sa eğer..." derken ayağım iskelenin girişindeki merdivene takıldı. Düşeceğim anda Demir beni kolumdan tuttu ve düşmemi engelledi.

"İletişim kuracağım diye düz yolda yürüyemiyorsun."

Burak, Esma, Helin ve Doğukan çoktan suya atlamışlardı. Esma "Çok soğuk!" derken, Burak gülüyordu.

Arkasına iyice yaklaştım ve bir anda Demir'i denize ittim. Aşağıya, suya baktığımda, Demir sudan çıktı ve saçlarını yüzünden çekti.

"Sen şimdi görürsün," dedi ve iskelenin merdivenlerine yöneldi. Ben kahkaha atıyordum. Demir'i öyle görmek o kadar güzeldi ki!

Demir, iskeleye ıslak bir şekilde çıktığında "Şimdi kim suya gidecek tahmin et bakalım," dedi ve bana doğru yaklaştı. Kahkaha atmaktan konuşamıyordum.

...ndan tuttuğunda "Çok soğuksun! Demir! Su buz gi-
...ı...bırak beni!" Bir yandan gülerken bir yandan da ondan
...maya çalışıyordum. O da gülmeye başladığında sonunda pes
ettim ve bana sarılmasına izin verdim.

Üstündeki tüm ıslaklık bana da geçmişti ve su gerçekten buz
gibiydi. Beni kucağına aldı ve iskelenin ucuna yürüdü. "Asıl şimdi
güleceğim," dedi ve beraber atladık. Sadece beni denize atmasını
beklemiştim ama beraber atlamıştık.

Sudan çıktığımda saçımı düzelttim ve Demir'e doğru ilerle-
dim. Sağıma baktığımda Esma ve Burak, onların yanında Helin ve
Doğukan, karşımda da Demir vardı. İskelenin hemen altındaydık
ve su göğsümün hemen üstündeydi. Demir'in ise karnının biraz
yukarısına geliyordu.

Ona sarıldım ve gözlerimi sımsıkı kapattım. Önce bana karşılık
vermedi, tekrar sarılmadı ama birkaç saniye sonra o da bana sarıldı.
Şu anı hiçbir şeye değişmezdim. Dostlarım ve Demir'le beraber,
böylesine güzel bir yerde tatil yapıyorduk ve sorun yoktu. En son
ne zaman bu kadar huzurlu olduğumu hatırlamıyordum. Belki de
ailemi kaybetmeden önceydi...

Gözlerimi açmak istemiyordum. Bu anı içime çekmek, olabil-
diğince uzun sürdürmek istiyordum.

"Güneş, arkadaşların bize bakıyor."

Demir'in sesiyle gözlerimi açtım ve ondan ayrıldım. Sahilde ve
denizde tabii ki yalnız değildik.

Başımı kaldırdım ve Demir'in gözlerine baktım. Deniz onun
gözlerine yansıyordu. Demir'e bakıp denizin dalgalarını görebili-
yordum. "Ne yani, sevgilime sarılamaz mıyım?" diye sorduğum-
da, Burak arkadan "Bir koala bile tutunduğu dala daha az sarılır,"
dedi. Yaptığı espriye sadece kendisi gülmüştü. Esma ona dönüp
"Ne yani, Arda gitmeden önce bütün espri hünerlerini sana mı
bıraktı?" diye sordu.

Arda.

"Arda'yla konuşmam gerekiyor," dediğimde, Demir beni ken-
disinden ayırdı. "Neden? Bana senin hakkında yalan söyleyen o
değil miydi?" diye sordu.

"Evet ama..." derken bir anda cümlemi nasıl devam ettirmem
gerektiğini bilmediğimi fark ettim.

Arda'nın Demir'i geri göndermesinin sebebi beni korumaktı. Her ne kadar bu açıdan doğru olduğunu düşünsem de, şu an Demir'e baktığımda ne kadar büyük bir hata olduğunu görüyordum.

Bu konuyu sonra düşünülmesi gerekenler rafına kaldırdım. "Daha önce hiç yüzdüğünü görmedim," dediğimde, Doğukan Demir'e seslendi.

"Şu boş sörfçülere nasıl yüzüldüğünü mü göstersek?" dediğinde, Demir bana "Sanırım şimdi göreceksin," diyerek cevap verdi. Doğukan'ın yanına gitti. Onlara Burak da katıldı ve geniş, mavi dubaya kadar yarış yaptılar.

Sanırım kazananın kim olduğunu söylememe gerek yok, öyle değil mi?

Başta Demir olmak üzere sırayla Burak ve Doğukan da dubaya çıktıklarında, önceden orada oturan kızların bizimkileri kestiğini gördük. Helin "Sanırım duruma..." diye başladığında cümlesini tamamlayıp "...El atmamız gerekiyor," dedim ve biz üçümüz de onların yanına yüzdük. Helin dubaya çıktığında hiç çekinmeden Doğukan'ın kucağına oturdu ve ayaklarını denize doğru sallandırdı. Bir yandan da bir koluyla ona tutunuyordu. Esma da Burak'ın yanına gidip oturduğunda, Burak Esma'nın elini tuttu ve onu yanağından öptü.

Demir'in hiç alışkın olmadığı ve yapmak istemeyeceği şeylerle dolu olan iki muhteşem çift görüyordum... Çok güzel...

Akşam olduğunda ikinci deniz faslımızı da bitirmiştik. Duş sırası olacağı için eve on dakika aralıklarla çift çift gidiyorduk. Demir "Biz biraz daha buradayız," dediği için en son biz gidecektik. Sanırım sahili sevmişti.

Akşam olduğu için sahil yavaş yavaş boşalmaya başlamıştı. Hava az da olsa serinlemişti. Demir giydiği mayonun üstüne tekrar, sabah çıkardığı beyaz tişörtü giyerken, ben de ince elbisemi giymiştim. Güneş birazdan batacaktı ve tahminlerime göre saat 19.20 falan olmalıydı. Demir'i biraz yürüyüş yapma konusunda ikna ettim. Kayhan'ların bu saatlerde içlerinden birinin evinde yemek yediklerini biliyordum bu yüzden sıkıntı çıkmayacağından emindim.

"Sandığın kadar kötü olmadı, değil mi?" diye sorduğumda bana "En son tam üç buçuk saat önce sigara içtim Güneş," diye cevapladı.

"Sanırım bu... iyi?"

"Sağlığım için iyi, benim için kötü."

Elini tuttuğumda o gün okulda, koridorda tuttuğum ilk andaki gibi yine tereddüt etti. Sonra o da elimi kavradı. Tıpkı o günkü gibi. Yavaş yavaş...

"Okul açılana kadar bizimle burada kalacak mısın?" diye sorduğumda "Zaten kaç gün kaldı ki? Beş mi?" diye sordu.

"Sanırım bu bir cevap değildi."

"Belli değil."

Yürümeye devam ettik.

"... Vee burası da diğer sitenin iskelesi oluyor. Şimdi geri yürüyelim, acıkmaya başladım," dediğimde, "Ben de öyle," dedi ve önüme geçip beni durdurdu. Ardından öpmeye başladı.

Eve döndüğümüzde çatıya çıktık. Ben yeni giyeceğim kıyafetlerimi elime aldıktan sonra duşa girmek için bir kat aşağı indim. Tam banyoya girecekken, Demir "Dua et ki yapmam gereken bir telefon görüşmesi var. Yoksa bugün duşta yalnız olmazdın," dedi ve aşağı indi.

Bana söylediklerinin üstümde bıraktığı etkiye mi odaklansaydım yoksa bu telefon konuşmasının yapacağı ikinci 'gizemli telefon' olduğuna mı?

Duştan sonra saçımı taradım ve kuruması için açık bıraktım. Aşağı indiğimde Demir hâlâ ön bahçede telefonla konuşuyor olmalıydı ki ortalıkta yoktu. Onu gizlice dinlemek için kapıya yaklaştığımda Esma mutfaktan "Güneş!" diye seslendi.

Elinde hem bir tencere, hem iki bardak, hem de bir şişe kola vardı.

"Esma bunları..." derken elinden bardakları ve kola şişesini aldım. "... Nasıl taşımayı düşündün ki?" dedim. Bana "Helin ve Burak bahçedeki hortumu tamir ediyorlar ve Doğukan'ı da görmedim. Sanırım dışarı çıktı," dedi.

Esma'ya yardım edip her şeyi arka bahçedeki masaya taşıdıktan sonra oturduk. Helin "Doğukan nerede?" diye sorduğunda ben "Demir ön bahçede yarım saattir telefonda konuşuyor ve kiminle ne hakkında konuştuğu hakkında en ufak bir fikrim yok, Doğukan da belki onun yanındadır..?" dedim.

Esma "Hayır. Burak'la onu arabaya binerken gördük. Belki

Bodrum'un merkezine falan gitmiştir, bir şeyler alacaktır," dediğinde hepimiz Helin'e bakıyorduk.

"Belki de oradadır, evet. Sigara almak için çıkmış olabilir. Gelir herhalde," dedi ve yemeğe başladı. Esma onu durdurup "Demir'i beklememiz gerekmez mi?" diye sorduğunda Demir, evin kapısını açtı ve salona girdi. Ardından arka bahçenin sinekliğini de açıp tekrar kapattıktan sonra yanımıza oturdu.

Helin "Doğukan markete mi gitti?" diye sorduğunda, Demir sorunun kendine yöneltildiğini anladı ve "Evet," dedi.

Yemeğe başladığımızda Demir'e "Sabah konuştuğun kişiyle mi konuşuyordun?" diye sordum.

"Hayır," diye cevap verip yemeğini yemeye devam ettiğinde "Benimle paylaşmak ister misin?" diye sordum.

Merak ediyordum ve sanırım sevgilisi olarak bunu bilmek istemem hakkımdı.

"Seni ilgilendirseydi sana anlatırdım Güneş," diyerek bana aynı cevabı verdi. Demir'e tekrar bir soru soracakken Helin "Ben Doğukan'ı arıyorum. Neredeyse yarım saattir yok," diyerek konuyu değiştirdi.

Burak "Evet bence de arayalım. Orası o kadar da uzak değil," dedi.

Demir, Burak'a "Neden bu kadar meraklısınız ki? Sigara almaya çıkmıştır ya da bira falan alacaktır. İnsanlara azıcık rahat verin," dediğinde, ona döndüm.

"Demir lütfen biraz daha kibar konuşabilir misi..." derken Burak sözümü kesip Demir'e "Dün gece yediğin halt yüzünden, yani Kayhan'ı ve onun arkadaşlarını dövmenden bahsediyorum, belki Doğukan'ın başı belaya girmiş olabilir Demir, hiç düşündün mü?" diye sordu ve endişesinin nedenini belirtti.

Esma da Helin'in yanına, salona gitmek üzere ayağa kalktığında, Demir'e "Onun senin arkadaşın olduğunu biliyorlar ve tek yakalamış olabilirler. Sen millete rahatsızlık veriyor olduğumuzu düşünebilirsin ama tek yaptığımız şey onların arkasında durmak," dedi. Ardından masadan kalkıp eve, salona geçti.

Demir bana dönüp "Ben şimdi ne dedim?!" diye sorduğunda "Sanırım katetmemiz gereken uzun bir yol var," dedim ve Helin'lerin yanına geçtim.

Esma bana dönüp "Telefonu meşgulmüş," dediğinde Helin koltuğa oturdu.

Bir buçuk saat sonra, Esma on dakikada bir Doğukan'ı aramaya devam ediyordu. Hepimiz salonda oturuyorduk. Ben Helin'in yanındaydım ve ona önemli bir şeyin olmadığını, Doğukan'ın birazdan gelebileceğini anlatmaya çalışıyordum.

Esma "Yine meşgul..." dediğinde Burak "Anlamıyorum, telefonu kapalı da değil... Yani birileriyle tam iki saattir telefonda konuşuyor," dedi.

Helin ayağa kalkıp Demir'in karşısına geçti.

"Bugün sen de birileriyle uzun uzun konuşuyordun. Doğukan da aynı kişiyle mi konuşuyor?" diye sorduğunda, Demir ona cevap vermedi.

Helin bu sefer kesin bir şekilde "Doğukan nerede Demir?" diye sorduğunda, Demir ayağa kalkıp kendi yerine Helin'i oturttu ve "O iyi. Burada. Yakınlarda. Endişelenecek bir şey yok," dedi.

"Demir, Doğukan'la ne işler çeviriyorsunuz?" diye sordum. Bana baktı. Cevap vermeyişinden ve bakışlarından bilmek istemeyeceğim bir şey olduğunu anlamıştım.

Tam o sırada anahtar sesini duyduk ve ardından da kapıyı. Doğukan koşarak içeri girdi.

"Demir... bir tane daha," dediğinde, Demir'in yüzündeki ifade anında değişti ve hemen televizyonun önündeki ufak masadan arabasının anahtarlarını, cüzdanını ve telefonunu aldı. Bana yaklaştı, beni alnımdan öptükten sonra "Üzgünüm. Okulda görüşürüz," dedi, ardından kapıdan çıktı. Aynı şekilde Doğukan da çıkacakken Helin onu durdurdu ve nereye gittiklerini sordu.

Doğukan "İstanbul'a dönüyoruz," dedi.

Helin "Ama neden..? İki saattir kiminle..." demeye çalışırken, Doğukan onu dudağından öperek susturdu ve ardından o da kapıdan çıktı. Kapıyı geri kapatamayacak kadar aceleleri vardı.

Arkalarından ön bahçeye çıktığımızda iki siyah arabanın farlarının sokağı aydınlattığını gördüm. Demir'in camı açıldı ve gaza basmadan önce son bir defa bana baktı.

Onu hiç böyle endişeli görmemiştim.

12. Bölüm

Esma "Ne oldu şimdi?" diye sorduğunda, ona dönüp "Bilmiyorum," dedim. Helin hâlâ arabaların gözden kaybolduğu sokağa bakıyordu.

Burak "Cevap da vermezler ki şimdi arasak..." dediğinde, Helin bize dönüp "Doğukan'ı da geçtim, Demir bile bu kadar endişeli göründüyse nereye gittiklerini bilmeye korkuyorum," dedi.

Bir cevap almak için bana baktıklarında "Dediğim gibi... Bana öyle bakmayın, ben de bir şey bilmiyorum. Tek bildiğim Demir'in birkaç kez telefonla konuştuğu," diyerek açıklamamı yaptım.

Eve geri girip kapıyı kapattığımızda hâlâ şaşkındık. Salondaki koltuklara oturduk. Helin "Okulda görüşürüz dediğine göre pazartesiye kadar geri gelmeyecekler demektir," dedi.

Burak "Zaten bugün de bitti. Dört gün kaldı. Cumartesi günü İstanbul'a geri döneceğimize göre iki gün sonra onları bulup sorarız. Bu kadar endişelenmenize gerek yok," diyerek bizi rahatlatmaya çalıştı.

Esma "Aynen, burada Demir ve Doğukan'dan bahsediyoruz. Başları ne kadar belaya girebilir ki?" deyince, Esma'ya hak verdim. Onların başları belaya girmezdi, onlar başkalarını belaya sokarlardı.

Ne yani, bunun beni rahatlatması mı gerekiyordu? Arda burada olsaydı 'Mafya babasıyla çıkarsan tabii ki en azından bu cümlenin seni rahatlatması gerekir civciv,' derdi.

İstemeden de olsa bu cümleyi aklımdan geçirdiğimde gülümsedim. Helin bana dönüp "Sen gülümsediğine göre benim kadar endişelenmiyorsun? Güneş bir şey biliyorsan söyle. Meraktan ölürüm," dedi.

"Hayır, hayır bilmiyorum. Sadece aklıma Arda geldi," dedim.

Burak "Evet, çocuk ancak Demir gidince aklına geldi tabii," diye söylendi. Ona anlam veremediğimi anlatan gözlerle baktığımda, bana "Ne? Onu kırdın Güneş. Geri dönünce bir yolunu bulup nasılsa barışırsınız diye düşünüyorsan eğer, sana kolay gelsin derim," dedi.

Aslında bir bakıma barışacağımızı düşünüyordum, çünkü Arda'yla olan kavgalarımız en fazla bir gün sürerdi ve günün sonunda bir şekilde eski halimize dönerdik. O buradan gitmişti ve aramıza mesafe girdiği için hâlâ eski halimize dönememiştik. Hatta konuşmamıştık bile.

Burak doğruyu söylüyordu. Ama İstanbul'a dönünce Arda'yla bahsettiği kadar zor olmazdı, değil mi?

Gece yatağıma yattığımda elime telefonumu alıp Demir'i aradım. Açıp bir açıklama yapacağını falan mı düşünmüştüm acaba bilmiyordum ama yine de şansımı denemek istedim. Telefonu çaldı ama ikinci çalıştan sonra meşgule aldı.

Şu an yolda olduğunu biliyordum ve bir an önce bulunmak istediği yere gidebilmek için arabayı oldukça hızlı kullandığından emindim. Endişelenmemek elde değildi. Helin'i anlayabiliyordum çünkü ben de onun gibi neden apar topar gittiklerini merak ediyordum.

Önceki geceye kadar hep, acaba ona güvendiğim için aptallık mı ettim, diye düşünüyordum. Bu düşünce aylarca aklımdan çıkmamıştı. Sonunda bir şeylere inanmaya başlayıp bize inanmıştım fakat her şey tekrar tüm renkliliğini yitirmişti.

Birilerine güvenmenin hata olduğunu ben, Demir'in kazayı yapan kişi olduğunu sandığım zamanlarda düşünüyordum fakat geri gelip olanları açığa kavuşturması her şeyi değiştirmişti. Yeniden güvenimi kazanmıştı.

Peki şimdi ne oluyordu? Nereye ve neden gitmişti?

Tekrar güvenime ihanet edip beni üzebilir miydi? Sahilde bana kalbini açan Demir bunu yapmazdı.

Umarım yanılmazdım.

Mesaj bölümünü açıp Demir'in ezberimdeki numarasını rehbere gerek kalmadan tuşladıktan sonra mesajı yazdım ve ardından gönderdim.

Gönderilen: Demir
Nereye ve neden gittiğini bilmiyorum ama lütfen dikkatli git.

Mesajı gönderdikten sonra gözüm eski konuşmalara takıldı. Arda'yla olan konuşmamı açtım.

Onunla en son buradan giderken konuşmuştuk ve bir daha ne ben onu aramıştım, ne de o beni. En son on iki dakika önce çevrimiçi olduğunu gördüğümde, ona yazmaya karar verdim.

Gönderilen: Arda
Nasılsın?

On iki dakikadır çevrimiçi olmamasına rağmen mesaj sesini duyunca hemen telefonuna bakacağını biliyordum çünkü büyük ihtimalle odasında gitar çalıyordu.

Telefonumun tuş kilidini kapatıp yatağıma bıraktım. Birkaç dakika aradan sonra neden hâlâ cevap gelmediğini anlamak için mesajlara baktım ve Arda'nın mesajımı okuduğunu ama cevap vermemiş olduğunu gördüm.

Sabah onu aramayı aklıma koydum ve telefonumu şarja taktım. Tam tekrar yatağa yatacaktım ki "Hâlâ uyumadın mı?" diye soran Helin'in sesini duydum.

Merdivenleri çıktıktan sonra yanıma geldi ve yatakta yanıma yatıp bana sarıldı.

"Sence ne olmuş olabilir?" dediğinde "Bilmiyorum ama önemli olmasa bu şekilde çıkmazlardı," diye cevapladım.

"Doğukan'ı on kere, Demir'i de iki kere aradım. Doğukan her seferinde ya biriyle konuşuyordu ya da direkt meşgule aldı..." dediğinde kollarımdan ayrılıp yatağımda oturur pozisyona geçti.

"... Sen nasıl bu kadar sakin durabiliyorsun?" diye sordu.

"Ben de en az senin kadar nereye gittiklerini ve 'bir tane daha'nın ne anlama geldiğini öğrenmek istiyorum. Sakin değilim. Sadece öyle görünüyorum. Sen benden daha uzun süredir onları tanıyorsun, bunu biliyorum ama sanırım artık Demir'in bir açıklama yapmadan gitmesine alıştım," dedim.

"Sana da en ufak bir şey söylemedi değil mi? Yani, ne bileyim... Telefonla konuştuğunu söyledin. Bir kelime bile duymadın mı?"

"Eğer beni ilgilendirseymiş söylermiş... Tek kelime bile alamadım."

"Off..." deyip nefesini verdikten sonra daha sakin bir sesle "Belki de gerçekten bizi ilgilendirmiyordur," dedi.

"Demir benim sevgilim ve onun başına gelen her şey,onun her problemi, üzüntüsü, neşesi, her söylediği beni de ilgilendirir. Birini böyle bir bağ ile hayatına alıyorsan eğer, ona olabildiğince yakın olmaya çalışırsın. İşe yaramazsa yaramaz. Yoktur o bağ... Ama onun hakkındaki en saçma şeyleri bile öğrenmek istiyorsan öğrenmelisin. Sevgili olarak bu senin hakkındır," dediğimde Helin "Evet," diye cevapladı.

Bir an önce İstanbul'a dönmek istiyordum ve bunun iki nedeni vardı. İlk olarak Arda'ya o gittikten sonra burada olan her şeyi anlatmak istiyordum. Her ne kadar Demir'den nefret ediyor olsa da gerçekleri o da öğrenmeliydi.

Emindim. Ona gerçekleri; yani ailemi Demir'in öldürmediğini anlattığım zaman beni anlayacaktı ve tekrar eskisi gibi olacaktık. Bana gitar çaldığı zamanları özlemiştim. O, şarkıyı gitarda çalarken sadece benim söylememi tercih ediyordu. Kendisi her seferinde "Ben okulda İstiklal Marşı'nı söylerken bile yanımdan kaçıyorlar," diyerek benim ısrar etmemi engelliyordu.

Arda'yı hiç şarkı söylerken duymamıştım. Şu anda fark ediyordum. Bu kadar yıldır arkadaştık fakat onun gitar çalmadığı, benim şarkıyı söylemediğim günler sayılıydı. Tüm bunlara rağmen onu bir kez bile söylerken görmemiştim. Sanırım gerçekten sesi kötüydü. Ama o kadar güzel gitar çalan bir insanın sesi, bahsettiği kadar kötü olamazdı.

Helin aşağı indikten sonra yatağımda uzandım.

Yatağın içine girip gözlerimi kapattım ve İstanbul'a dönmek istememin ikinci sebebi olan mavi gözleri düşündüm. Ses tonuyla her konuştuğunda bir duygu fırtınasına kapılmamı, kokusunu her duyduğumda gözlerimi kapatıp sadece o kokuya odaklanmayı istememi, sert de olsa davranışlarıyla ona çekilmemi sağlayan siyahlar içindeki Demir'i düşündüm ve uykuya daldım.

Cumartesi günü bavullarımızı arabaya yerleştirirken Arda'yla ilkokuldan arkadaşımız olan Elif'i gördüm. Bana yaklaştı ve "O berbat geceden beri seni arıyordum. Öğle saatlerinden akşam sekize kadar hep şehirdeydim. Sadece sabah erkenden denize girebiliyorum, yurtdışı üniversite başvurularımla uğraşıyordum..." dediğinde ona gülümsedim.

"Biz de hep öğlen ve akşama doğru sahilde oluyorduk. Sahile hep bakındım ama yoktun. Kayhan'lara da soramazdım işte, biliyorsun."

Elif sırıtarak "O gizemli çocuk senin harbiden sevgilindi! Kavgayı sarhoştur ya da kafası güzeldir diye başlattığını düşünmüştük kızlarla. Kayhan, Emre ve diğerleri o geceden sonra sizin hakkınızda tek kelime etmediler. Evini sormayı denediğimde net bir şekilde Kayhan bana 'Onlarla uğraşma,' dedi. Tek dilediğim eski arkadaşımı görmekti..." dediğinde ona sarıldım.

"İstanbul'a dönüyoruz bugün, hatta birazdan yola..." derken Elif sözümü kesti.

"Sabah bu kadar erken kalkmasaydınız dönüş yolu için karşılaşamayacaktık bile! İnanamıyorum Güneş. Bağlantımız bir anda kopmuştu ve burada karşılaşmamız bir işaret. Beni ara olur mu? Konuşalım, senin şu dev gibi olan çocuğu anlatırsın..." deyip göz kırptığında derin bir nefes alıp bıraktım.

"Onu ne sen sor ne de ben söyleyeyim."

Elif'i bizimkilerle tanıştırdıktan sonra Elif "... Ben sizi bekletmeyeyim. Zaten yirmi dakika içinde benim bir öğretmenle buluşmam gerekiyor," dedi. Helin ve Burak da Elif'e selam verdikten sonra Elif bana sarıldı. "Arda Bey'e selam söyle, olur mu? O da senin gibi... Unuttunuz gittiniz beni, Bodrum'a taşındık alt tarafı... Yüzde yüz eminim ki hâlâ gitar çalıyordur. Tekrar görüşmezsek o gitarı kafasında kırarım," derken bana kızgınmış gibi baktı.

İstanbul yolunda geçen her saatle eve daha da yaklaşıyorduk. Yolculuğun sonlarına doğru sıcaklık farkı kendini hissettirmeye başlamıştı. Bodrum sıcağından sonra buralar cennet gibi geliyordu. Tabii birkaç gün sonra okul açılıyordu ve tüm cennet hayalleri suya düşecekti.

Arabayı Helin sürüyordu. Bir önceki molada yerleri değiştirmiştik ve Burak'la Esma arkaya geçmişlerdi. Esma yine uyuyordu ama biraz sonra uyandırmamız gerekecekti, çünkü neredeyse onun evine gelmiştik.

"Esma uzun yollarda hep uyuyor," dediğimde Burak "Evet, sevmiyor. Sanırım ona sıkıcı geliyor," diye cevap verdi.

Esma'yı uyandırdığımızda onun evinin önünde duruyorduk. Arabadan inmeden önce "Güzel bir tatildi," dedi. Ben de hemen "Helin, teyzene gerçekten çok teşekkür ettiğimizi söyle," dedim unutmadan.

Burak da "Evet, o teyzeyle ben de tanışmak istiyorum. Beni evlat bile edinebilir. Hiç sorun olmaz," diye ekledi. Güldük.

Esma "Neden biri ne zaman komik bir şey söylese aklıma Arda geliyor?" diye sorduğunda, ona "Merak etme, yalnız değilsin," dedim.

Elimdeki bavul ve sırtımdaki çantamla eve girdiğimde halam ve minik kuzenim Mert, beni kapıda karşıladılar. Eniştem sanırım yine karakoldaydı.

Onlara gülümsedim. Aynen akşam eniştem işten geldiğinde de gülümseyeceğim gibi...

Demir'in ailesinin ailemle olan ilgisini biliyorlardı ve bana yalan söylemişlerdi. Evde, odamda, yatağımda Bodrum'a gitmeden önce ağlamaktan kendimi yitirdiğim iki gece geçirmiştim ve gözümün içine baka baka bana hiçbir açıklamada bulunmamışlardı.

Biliyorlardı, tüm o zaman boyunca biliyorlardı fakat bana söyleme gereği duymamışlar mıydı?

O gün bana "Eğer Demir'i gerçekten seviyorsan onunla beraber olmana izin veriyoruz," derlerken akıllarından ne geçiyordu? Tamam, Demir'in dışarıdan bakılınca ve siciline göz gezdirilince -ki belki de yarısı babasının hatasıydı- pek de iyi biri gibi durduğu söylenemezdi. Halamlar başlarda onunla görüşmemem gerektiğini söylerlerken sadece bu aklımdan geçiyordu. Sadece onun iyi biri olduğunu bilmedikleri için ondan uzak durmamı söylediklerini sanıyordum.

Demir'i benim tanıdığımdan daha iyi ve gerçekçi şekilde tanıyorlardı fakat beni acıdan kıvranırken kendimle ve sandığım şeylerle bırakmakta sakınca görmemişlerdi.

Ama onlar ne olursa olsun bana kimsesiz olmadığımı kanıtlamışlardı. Yaşayacak bir ev vermişlerdi. Ailemin yokluğunda onları aratmamak için ellerinden geleni yapmışlardı. Bundan emindim işte. Bu yüzden onlara ne kadar istesem de kızgın kalamazdım.

Gülümsedim.

Artık yeniden başlayacaktım. Hepsi geride kalıyordu benim için. Kayhan, Emre, Bodrum, gizlice geçirdiğim iki ay, saatlerce durmadan ağladığım günler, geceler... Cenk, Cansu'nun yaptıkları, okuldan atılmam ve ailem...

Hepsini artık geçmeye hazırdım. Yeni bir ben olacaktım. Yeni bir Güneş. Güneş'in yaptığı da bu değil midir? Her sabah aynı yerden, doğudan doğar ve her akşam batıdan batar. O gün başına gelenler önemli değildir. Her ne kadar kötü bir şey başına gelmiş olsa da o yine aynı zamanda, aynı şekilde, aynı görkemiyle her sabah doğmaya devam eder...

Aldırmaz; yaşadıklarına, yaşayacaklarına.

13. Bölüm

Pazartesi günü okula gitmek için evden çıkıp Helin'in arabasına bindiğimde ikimizin de suratı düşüktü.

Helin "Neden okul var ki?" diye sordu.

"Eğitim için."

Verdiğim cevaptan sonra arabayı sağa çekip bana vurmaya başladı.

Bir yandan gülerken bir yandan da ona durmasını söylüyordum. En son o da gülerek bana vurmayı bıraktığında tekrar yola koyulduk.

Helin "Hak ettin," dediğinde "Özür dilerim. İlk gün psikolojisi..." diyerek kendimi savundum.

Okulun otoparkına girdiğimiz anda ilk yaptığım şey Demir'in her zaman arabasını veya motorunu park ettiği yere bakmaktı.

Helin'e "Demir'in arabası yok, Doğukan'ınki...." diye soracakken bana "Hayır, o da gelmemiş," dedi.

Arabayı park ettiğimizde Helin arka koltuktan çantasını aldı ve kucağına koydu. Ben de inmek için hazırlandım.

"Yeni bir okul yılına hazır mısınız Helin Hanım?" diye sorduğumda "Yaa yaa... Ne demezsin," dedi ve arabadan çıktı.

Okulun başlama saatine yaklaşık on dakika vardı ve neredeyse herkes gelmişti. Okul kalabalık görünüyordu. Çeteden birkaç kişiyi de gözüme kestirmiştim, ama ne Demir'den, ne Doğukan'dan, ne Cansu'dan, ne de Cenk'ten bir iz vardı.

Normal bir okulun ilk gününün nasıl olduğunu bilirsiniz. Birbirine sarılan arkadaşlar, yazın tanıştığı yakışıklı çocuğu anlatan kızlar, uzattığı saçını göstermek için bugüne kadar bekleyen erkekler... İşte bunların hiçbiri Atagül Lisesi'nde yoktu. Herkes zorla sırada duruyordu ve bir düzen yoktu. Herkes aynen bıraktığımız haliyle aynıydı.

Helin'e "Hey, şu çaylaklara bak," deyip yeni gelenleri gösterince bana güldü ve 'Ben hangi cehenneme düştüm' diye düşündüklerinden yüzde yüz eminim," dedi.

"Bensiz yeni çocukları mı kesiyorsunuz?"

Esma'nın sesini duyduğumuzda arkamızı dönüp gülümsedik. Burak da hemen "Günaydın," diyerek konuşmamıza katıldı.

Daha konuşma fırsatı bulamadan müdür eline mikrofonu alınca Burak "... Günaydın tabii de, Çağatay Abi yine başlıyor konuşmaya. Neyse, herkes maksimum beş dakika durur," dedi.

Her ne kadar ona 'Abi' demek hâlâ garip geliyor olsa da okulda bunu garipseyen tek benmiş gibi görünüyordum. Gözlerimi kürsüden çekip etrafıma baktığımda, insanların bana bakıyor olduklarını gördüm. Kimi kızlar süzerek ve birbirlerine bir şeyler anlatarak bakıyorlardı, kimi erkeklerse onlarla göz göze geldiğimde hemen gözlerini kaçırıyorlardı.

Çağatay Abi "Gençler yine buradayız. Biliyorum, istemiyorsunuz. Emin olun, ben de istemiyorum..." diyerek söze başladığında, Helin "Ben bizim sınıfın yanına gidiyorum, sonra görüşürüz," dedi ve beni Esma, Burak ve diğer bizim sınıftakilerle bıraktı. Demir hâlâ yoktu.

"Geçen dönem mezun ettiğimiz öğrenci sayısı yine iyiydi, öbür yıllara bakacak olursak tabii... Yalan yok, rezaletiz..." diye Çağatay Abi konuşmasına devam ederken, Esma "Bu adamın neyi var?" diye sordu. Burak "Kafası iyidir yine. Haline baksana," diyerek cevapladı ve güldü.

"... Zamanla öğrenirsiniz. Başkalarına çok bulaşmayın yeter. İyi dersler," dedi ve konuşmasını bitirdi.

Bahçedeki sıranın sonlarına doğru durduğumuzdan, biz yeni sınıfımıza girene kadar arka sıralar hep kapılmıştı. Bir tek geçen sene Demir'le oturduğum sıra gibi en arka, en köşe boştu. Hemen oraya gidip oturduğumda Esma ve Burak da yanıma geldiler. Yine bir önümdeki sırada oturmak istiyorlardı ama doluydu.

Esma "Yaa..." dediğinde "Keşke daha önce gelseydik," dedim.

Önümde oturan, geçen seneden adının Utku olduğunu bildiğim bir çocuk bana dönüp "Buraya oturmalarını mı istiyorsun?" diye sordu.

Garipseyerek "Evet..?" diye yanıt verdiğimde, çocuk çantasını eline aldığı gibi ayağa kalktı. Esma sevinerek Burak'la beraber hemen oturduğunda Utku'ya "Ne yani, izin mi veriyorsun?" diye sordum.

"Demir'in sevgilisisin. Açıkçası şu şehirde sorunumun olmasını isteyeceğim en son kişi odur."

Burak arkasını dönüp "Sonunda korkutucu sevgilin bir işe yaradı," dediğinde, Esma ona dirseğini geçirdi.

"Ne konuştuk biz? Deniyoruz, Güneş'e söz verdik," dedi.

Burak "Sen ve Helin söz verdiniz. Ben Demir'e karşı iyi olacağım hakkında hiçbir söz vermedim," dedi.

O sırada bir öğretmen içeri girdi ve kapıyı kapattı. Herkesin ayağa kalkması için yaklaşık beş dakika geçmesi gerekti. Öğretmen yoklama aldı; "Demir Erkan?" diye sorduğunda sınıftaki bütün kafalar bana doğru çevrildi.

"Nerede olduğunu bilmiyorum," dediğimde herkes yavaşça tekrar önüne döndü.

Demir'siz geçen bir günün sonunda okul bittiğinde Esma, Helin ve Burak'la beraber dağıtılan kitapları dolaplarımıza koyuyorduk. Kitapları dolaplarımıza yerleştirme işlemi bittiğinde otoparkta buluştuk.

Çantamdan telefonumu çıkarıp Demir'i üçüncü defa ararken, Helin yanıma gelip "Açmıyor değil mi?! Kafayı yemek üzereyim! Tüm gün boyunca Doğukan'ı aradım ama hiç açmadı! Bodrum'dayken bana okulda görüşürüz demişti ama gelmedi," dedi.

"Aynen! Ben de Demir'i defalarca aradım,birkaç kez mesaj gönderdim ama hiçbirine geri dönmedi," dedim ve otoparktaki banklardan birine oturdum. Helin de yanıma oturdu. "Bodrum'dayken pek endişeli görünmüyordum ama bugün okula gelmemiş olmaları beni de korkuttu," diye itiraf ettim.

Esma yanımıza gelip "Burak servise kaydımızı yapıyor şu an, buraya gelirken Masal'la karşılaştım. Giydiği şeyi görmeniz gerekirdi..." derken ayağa kalktım ve "Evet! Belki de Masal'a sormalıyız, o bizimkilerin nerede olduklarını biliyor olabilir," dedim.

Helin "Valla Masal kaşarıyla konuşacaksan bensiz yapmak zorundasın güzelim. O salağın değil suratını görmek, yanından bile geçmek istemiyorum. Tabii Doğukan gelince, onun o güzel gözlerine soka soka önünde el ele yürümek konusu güzel olabilir ama..." diye konuşurken çoktan ben otoparkın girişine doğru yürümeye başlamıştım. Tam çıkıştan dönerken Masal'a çarptım.

"Dikkat et sarı, saçımı bozacaksın."

"Merhaba. Demir ve Doğukan'ın nerede olduklarını acaba..." diye sözüme başlamıştım ki, işaret parmağını benim dudaklarıma götürdü, susmamı sağladı.

"Hayır," deyip otoparka yürümeye başladığında ona yetişip "Nasıl hayır? Peki Cenk falan nerede? Sizin çeteden herhangi biri..?" diye sordum. Durma zahmeti bile göstermeden "Cenk ailesiyle beraber yurtdışına taşındı," dedi.

Bugün okulda onu görmediğimiz ve tüm yaz da onun güzel hapishane hikâyelerini duymadığımız için Masal'ın bu söylediği mantıklı geldi.

"Peki Cansu?" diye sordum.

"Birazdan buraya gelir, geç kalmasının iyi bir nedeni var."

Bizimkilerin yanına döndüm. Helin'e "Cevap alamadım ama Cenk yurtdışına taşınmış biliyor muydunuz?" diye sorduğumda Burak "Evet, ben bugün bizim çocuklardan duydum," dedi.

Helin "Eee Cansu neredeymiş peki? Ona soralım," diye önerdi.

Esma, otoparkın girişine doğru bakıyordu. Gözlerini ayırmadan "Sanırım Cansu'yu buldum," dediğinde hepimiz o tarafa baktık.

Cansu, siyah dar kot pantolonu ve bordo deri ceketiyle, dalgalı uzun, kahverengi saçlarıyla güzel ve çekici görünüyordu. Her zamanki gibiydi kısacası. Etrafımızdakilerin de ona baktıklarını düşünürken asıl baktıkları kişinin sadece Cansu olmadığını anladım. Yanında uzun boylu, sarışın, yapılı, daha önce bu okulda veya bir yerde hiç görmediğim bir erkekle yürüyordu.

Helin "Yeni sevgili mi yapmış?" diye sorduğunda, Esma "Hem de nasıl sevgili..." dedi. Ardından Burak'a baktı ve onu yanağından öptü. "Kimse bir Burak olamaz. Biz servise gidiyoruz. Hadi görüşürüz!" dedi ve Burak da vedalaştıktan sonra gözden kayboldular.

Helin "Taş... değil mi? Sanırım bizimkilere büyük bir rakip çıktı. Adı Ateş. Bizim sınıfta, bu sene başka okuldan gelmiş," dedi.

"Neden gelmiş?" diye sorduğumda "Sormadım, sürekli Cansu'yla. Açıkçası sormaya kalksam neler olur tahmin bile edemiyorum. Cansu'nun bizi pek sevdiğini..." derken Cansu bize doğru el salladı.

Ben Helin'e "Bize mi bakıyor?" diye sorduğumda Helin arkasına baktı,"Arkada kimse yok," dedi ve Cansu'ya doğru zorla gülümsedi. Bize el salladığını kesin olarak anladığımda ben de el salladım.

Helin "Buraya mı geliyor?" dediğinde, Cansu çoktan bize yaklaşmıştı. Adının Ateş olduğunu öğrendiğim çocuk, otoparkta arabaların arasına doğru ilerlerken, Cansu bizimle konuşmaya başladı.

"Selam."

Helin ona cevap vermeyince konuşma görevini ben üstlendim ve "Selam," dedim.

Cansu "Tatiliniz nasıldı?" diye sorduğunda bir an Helin'le birbirimize baktık ve ardından tekrar Cansu'ya döndük. Cansu "Alt tarafı tatilinizi sordum... Merak etmeyin size komplo falan kurmayacağım. Bu tatil bana da çok iyi geldi, güvenebilirsiniz," dedi ve gülümsedi.

Cansu'ya "Demir'le Doğukan'ın nereye kaybolduklarını biliyor musun?" diye sordum.

Cansu "Onlar bize nerede olduklarını söylemezler, Demir bize nerede olacağımızı veya olmayacağımızı söyler. Genelde böyledir, yani kısacası bilmiyorum," diyerek cevap verdi.

Helin "Offff!" dediğinde Cansu "Bir sorun mu var, ne oldu?" diye sordu.

"İşte onu öğrenmeye çalışıyoruz."

Cansu "Hmm... Ben bizimkilere bir sorarım. Eğer öğrenirsem sana yazarım, olur mu Güneş?" diye sorduğunda, Cansu'nun bu yeni iyi hali karşısındaki şaşkınlığımı gizleyemedim.

"E—evet, sağ ol. Teşekkürler."

Cansu'nun arabası olduğunu bildiğim kırmızı araba bize yaklaştığında camı açıldı ve Ateş'i gördüm.

Cansu'ya "Arkadaşların da mı geliyor? Yalnız oluruz sanmıştım," deyip gülümsediğinde, Cansu'nun kızardığını gördüm.

Cansu utanmış mıydı? Bu yakışıklı çocuğa âşık mı olmuştu? Bizim Cansu, mutlu muydu?

Helin "Yok, bizim gitmemiz gereken çok önemli bir yer var," diyerek bizi kurtardı.

Cansu arabaya yaklaştı ve Ateş'i dudaklarından öptü. Ardından "Tanıştırayım; Güneş ve Helin... bu da Ateş," dedi sanki on yıl üstünde çalıştığı sanat eserini tanıtırmış gibi.

Ateş, Helin'i göstererek "Aynı sınıftayız galiba," dediğinde Helin hafifçe başını salladı.

Cansu "Neyse kızlar, sonra görüşürüz," dedi ve arabaya atladığı gibi otoparktan çıktılar.

Helin "Az önce Cansu bizi sevgilisiyle mi tanıştırdı?" diye sordu.

"Az önce Cansu bizimle kibarca mı konuştu?" dediğimde, Helin "Bu yıl gerçekten değişik olacak," diyerek düşüncelerimi dile dökmüş oldu.

Arabaya binip okuldan çıktığımızda, Helin bana "Sence Ateş'i çeteye alırlar mı?" diye sordu.

"Asıl sana sormalı, sen çetedekileri benden daha uzun zamandır tanıyorsun," dediğimde, Helin "Ama sen de başındaki elemanla çıkıyorsun..?" diyerek lafı yapıştırdı.

"Evet, sorma. Bugün yeterince hatırlattılar."

"Ne demeye çalışıyorsun?" dedi.

"Yok yani kimse bana laf attığından falan değil, sadece... İnsanlar bana baktılar. Normal bir bakış değildi, biraz garipti. İlgi odağı olmayı sahnede olmadığım sürece sevmem, alışkın da değilim. Şimdi Demir'le çıktığım için bana böyle bakıyorlar. Bunun farkındayım ama fazla farklı geldi."

Helin ciddi bir şekilde "Kızlar sana sanki en sevdikleri eyeliner'ın üretimini durdurmuşsun gibi bakıyorlardı değil mi? Küçümseyici ve tiksinerek?" diye sorduğunda elimde olmadan gülümsedim ve "Evet! Tam da öyle bakıyorlar," diyerek onu onayladım.

"Bana da aynısı oldu. Doğukan'ın duvara adımızı yazdığı gün başladı. Hâlâ da devam ediyor, kıskanıyorlar ve boş konuşuyorlar ama bana hava hoş," deyip güneş gözlüklerini taktı.

Telefonumu tekrar elime aldım ve mesaj kutusunu açtım. Cevap yoktu.

Gönderilen: Demir
Demir sana son kez yazıyorum. Elinde olunca bana cevap vereceğini biliyorum. Neredesin?

"Hangisini düşünsem bilemiyorum. Bu sene üniversite sınavına gireceğimizi mi? Böyle kötü bir okulda nasıl başarılı olabileceğimizi mi? Doğukan'la olan geleceğimizi mi? Cansu ve Masal'ın bu sene başımıza neler açacaklarını mı,yoksa Demir'le Doğukan'ın başına çoktan açılmış olan şeyleri mi?" dedi Helin.

"Sanırım bu sorular uzun zamandır aklındaydı."

"Evet, canımı sıkıyorlar."

"Diğerleri hakkında bir şey söyleyemem ama Cansu'nun kendi güzel meseleleri varmış gibi görünüyor," dediğimde Ateş'i kastettiğimi anlamıştı.

"O çocuğu hangi barda buldu acaba?"

"Neden öyle diyorsun, belki gerçekten iyi biridir? Hem.. açıkçası Cansu'nun o kadar da kötü biri olduğunu artık düşünmüyorum," dediğimde, gözlerini yoldan bir saniyeliğine ayırdı ve bana şaşırmış şekilde baktı, ardından tekrar yola döndü.

"O kız sadece sana saçma bir dejavu ve okulumuza hoş geldin hediyesi yaşatmak için senin dolabına sınav sorularını koydu. Ardından seni başrolden uzak tutabilmek için müzikal seçmelerine katıldı ki... gerçekten komikti," dedi Helin ve beni güldürmeyi başardı.

"... Cansu Ankara'ya giderken otobüste senin üstüne milkshake döktü ve molada seni unutup yola devam etmemize neden oldu," dediğinde "Evet ama bu sayede Demir'le..." şeklinde cevap verecektim ki, Helin "Evet! Evet! Romantik öpüşmeniz! Tüm okul gördü vesaire vesaire... Ama unutma, bunların dışında daha pek çok şey var ve sen de bunları iyi biliyorsun," dedi.

"Bu okulda sorunsuz tek bir insan yok. Aslında şöyle bir bakarsan her insanın mutlaka en az bir sorunu vardır. Hiç kimse yaşadığı iyi şeylerle dolu değildir ki. Sadece kötü olanları atlatmak için hepimiz farklı yollara başvururuz ve..." derken, Helin tekrar sözümü kesip "Evet Güneş onları atlatmak için kesinlikle diğer insanların hayatlarını mahvetmeye çalışırız. Çok haklısın. Bravo," dedi.

"Özellikle Cenk olayı bittikten sonra onun iyi biri olabileceğini düşündüm. O, bebeğini kaybetti. İlla ki üstünde bir etki bırakmış olmalı."

"Bak orada haklı olabilirsin."

"Ateş kim ve nereden geliyor bilmiyoruz ama on beş dakika önce Cansu'yla yaptığımız konuşmadan yola çıkarak, onu daha iyi birine dönüştürdüğünü söyleyebilirim," dedim.

Evimin sokağına girmeden hemen önce, Helin'e "Bekle! Diğer sokaktan gir. Kafeye gideceğim," dedim.

Kafenin önünde durduğumuzda bana "Az önce Cansu'yu savunduğuna inanamıyorum," dedi gülerek.

"Ben de inanamıyorum," dedim.

"Gerçekten çok ama çok ilginç bir yıl olacak."

"Lütfen olumlu açıdan ilginç olsun. Sevgilimin üstüne bıçakla saldıran psikopatlar istemiyorum."

Camdan "Arda'ya selam söyle!" diye seslendikten sonra Helin'e gülümsedim ve kafeye doğru ilerledim.

14. Bölüm

"Semih Amca!" deyip Arda'nın babasına sarıldığımda "Hoş geldin kızım, bronzlaşmışsın, artık daha az vampire benziyorsun," dedi gülümseyerek. Ona sarılırken mutfaktan çıkan, bizim üniformayı giymiş bir kadını gördüm.

Arda'nın babası Semih Amca ile ailem eskiden çok yakınlardı. Ailemi kaybettiğimde bana halamlar kadar Semih Amca da bakmıştı. O ve Arda'nın desteği olmasaydı şu anda durumum ne olurdu bilemiyordum.

"Yeni garson işe almışız... Arda yok mu?" diye sorduğumda "Antrenmanda olsa gerek," deyip tekrar kasanın arka tarafına geçti.

"Antrenman mı?"

"Evet. Hatta bugün..." deyip duvardaki takvime baktıktan sonra "... bugün pazartesi. Fitness var. Ancak iki saate döner," dedi.

Fitness? Arda? Bizim Arda... Girdiği her yabancı ortamda bile iki dakikada insanlarla arkadaş olabilen, ama gitardan başka sosyal bir etkinliğe katılmaktan çekinen Arda, spor mu yapıyordu?

"Çok komikti Semih Amca. O mu sana bunu söyletiyor?" deyip kahkaha attığımda, bana "Arda'nın spora başladığından haberin yok muydu?" diye sordu.

Ondaki ciddiyeti gördüğümde duvardaki takvime bir de ben baktım. Haftada dört güne 'özel antrenman' iki güne de 'fitness' yazıyordu.

"Özel antrenman derken?"

"MMA."

Anlamayarak "MMA..?" diye sorduğumda bana "Sana şöyle açıklayayım, karışık dövüş sanatları gibi diyebiliriz. Her türden dövüş sanatı tekniğini kullanarak üstünlük sağlamaya çalışıyorsun, ben de gençken yapardım," dedi.

Semih Amca'nın şaka yapmadığına artık iyice ikna olmuştum. "Arda'nın böyle tehlikeli bir spora başlamasına izin mi verdiniz?" diye sordum

"Daha bu yazın başında başladı. Benim kardeşlerim ve amcalarım da uğraşıyorlardı. Hatta amcalarımın bazıları da hakem. Arda'yı hiçbir zaman istemediği bir şeyle uğraşması için zorlamadım. O gitarı kendine yakın hissetti ve saygı duydum..." dediğinde "N'olur bana gitarı bıraktığını falan söylemeyin. Arda gitar çalmak için doğmuş," dedim.

Semih Amca "Yok, bırakmadı tabii. Demeye çalıştığım; birden fazla sosyal aktiviteyle uğraşacak olması hoşuma gitti. Mahallede futbol oynamakla, MMA gibi dalda çalışmak tabii ki farklı şeyler ama... O kendisi istedi. Ben de elimden geldiğince ona destek olacağım," dedi.

Arda'yı ne zamandır görmemiştim? İki buçuk hafta..? Ama aklıma onun Bodrum'a geldiği günü getirince vücudundaki değişiklikleri hatırladım. Hatta "Senin boyun mu uzadı?" diye de sormuştum. Demek ayrı geçirdiğimiz o iki ayda spor yapmıştı, bu yüzden bana farklı gelmişti.

"Ben daha sonra yine uğrarım. Onunla konuşmam gerekiyor," deyip Semih Amca'ya veda ettim. Kapıya doğru ilerlerken bana seslendi.

"Sizin aranız kötü, değil mi?"

"Biraz öyle ama bunu bir an önce düzeltmek istiyorum."

"Sana çok değer veriyor. Senin de onu çok sevdiğini biliyorum. Siz ilkokuldan beri her gün birliktesiniz. O benim ne kadar oğlumsa, sen de benim o kadar kızımsın. Aranızı düzeltin de arkadaşlığınız bozulmasın. Bu zamanda böyle arkadaşlıklar bulmak çok zor kızım," dedi.

"Elimden geleni yapacağım."

Ertesi gün Helin'le okula geldiğimizde ikimiz de hâlâ ne Demir'den ne de Doğukan'dan haber almıştık. Helin okulun otoparkına arabayı park ederken, Demir'in park yerinde bir araba gördüm.

"Bu Doğukan'ın arabası değil mi?" diye sorduğumda Helin arabadan çıktı ve kapısını bile kapatmadan yürümeye başladı. Arabadan çıktım, sürücü koltuğunun tarafına geçip Helin'in dalgınlıktan dolayı almayı unuttuğu anahtarı çıkardıktan sonra kapıyı kapattım ve arabayı kilitledim. Ardından ben de Helin'in gittiği yere doğru yürümeye başladım.

Okulun bahçesinde çetenin her zaman oturduğu yer, tıpkı ilk geldiğimde benim de ilgimi çektiği gibi. yeni gelen öğrencilerin ilgisini çekiyordu. Siyah-kırmızı-lacivert-gri kıyafetlerin arasından o tanıdığım mavi gözleri aradım ama bulamadım. Gözlerim Doğukan'a sarılan Helin'i gördüğünde içimde az da olsa bir rahatlama hissettim. Onların yanına gittim.

Helin, Doğukan'ın boynundan çekildiği zaman gülümsemesini durdurdu ve "Neredeydiniz? Korkudan kaç gecedir uyuyamıyorum senin haberin var mı?" diye sordu. Doğukan, Helin'e ve bana gözleriyle spor salonunun orayı işaret ettiğinde, sessizce oraya doğru yürümeye başladık. Çetenin ve kalabalığın yanında bizimle konuşmak istemiyordu.

Spor salonunun binasının önünde durduğumuzda Doğukan'a "Demir neden hâlâ gelmedi?" diye sordum.

"Bugün okula gelmeyecek ama gün içinde sana ulaşacağını söyledi."

"Peki başka ne dedi?" diye soru sormaya devam ettiğimde "Bir şey söylemedi. Sadece sana ulaşacağını söylememi istedi, o kadar. Ama bugün nereye gittiğini gerçekten bilmiyorum," dedi.

Onsuz, merakla ve korkuyla geçen onca gün... ama tek söylediği şey 'ona ulaşacağım,' demek, öyle mi?

Yeni bir soru daha soracaktım ki, Helin "Neredeydiniz ve ne yaptınız? Bir mesaj bile çok muydu ya? Öldük meraktan! Güneş de ben de günlerdir sizi merak ediyoruz. Cansu ve Masal'la bile konuştuk," dedi.

Doğukan "Özür dilerim ama hiç boş vaktim olmadı. Size, nerede ve ne yaptığımız hakkında bir şey söyleyemem ama..." diye sözüne başladığında, Helin onun sözünü kesip "Ne yani, yine Demir'den aldığın emirle bana bir şey anlatmayacak mısın? Güneş alınma ama bu cidden saçmalık..." derken, Doğukan da onu susturdu.

"Hayır! Öyle değil. Evet, orada haklı olabilirsin ama olay tamamen onunla da bitmiyor. Ben de söylemek istemiyorum ve söylemeyeceğim de. O kadar da büyük bir olay değil. Bir kaç sorun vardı,onları halletmemiz gerekiyordu. Bu kadar."

Helin "Bodrum'da o gece, saniyede fırlayıp gittiniz, tek bir açıklama bile..." diye Doğukan'a soru sormaya ve kızmaya başladığında, onları yalnız bırakmam gerektiğini anladım ve yanlarından ayrılıp okulun giriş kapısına doğru yürümeye başladım.

İlk zil çaldığında bahçedekiler yavaş yavaş içeri girmeye başlamışlardı. İkinci zilin çalmasına daha iki dakika vardı ve ben bu iki dakikamı olabildiğince gelme olasılığı olan Demir'i bekleyerek geçirmek istiyordum. Giriş kapısının merdivenleri iyice boşaldığında, gidip en yukarısındakine oturdum ve bahçenin girişini izlemeye başladım. Her an siyah ceketi, siyah kot pantolonu ve elinde sigarasıyla oradan adımı atacak, o büyük, metreler ötesinden fark edilebilen mavi gözlerini bana dikecek ve yanıma gelecekmiş gibi hissediyordum... Saatime bakıp saniyelerin hızla geçtiğini gördüğümde hissetmekten çok umduğumu anladım.

Cansu ve Ateş oturduğum merdivenlere geldiklerinde, Cansu bana "Günaydın Güneş, Demir'i bulamadım. Bizimkilere ve bardakilere sordum ama kimse nerede olduğunu bilmiyor. Ama sabah Doğukan'ı gördüm, belki o nerede olduğunu biliyordur," dedi. "Hayır, konuştum. O da bilmiyor ama teşekkür ederim," dedim.

Cansu "Lanet olsun! Offf... parlatıcım arabadaki diğer çantamda kaldı!" dedi.

Ateş "Gidip alırım, sen Güneş'le yukarı çık," dediğinde, Cansu "O çantada dört tane parlatıcı var ve hangisinden bahsettiğim hakkında en ufak bir fikrin yok. Ben gidip alayım, sen burada bekle. Hemen geliyorum," dedi ve otoparka doğru hızla ilerledi.

Ateş "Siz kızlar..." deyip yanıma, merdivenlere oturduğunda cevap vermedim ama gülümsedim.

Hâlâ kapıyı izlediğimi fark ettiğimde "Birini mi bekliyorsun? Az önce Cansu'nun bahsettiği Demir'i..?" diye sordu.

"Beklemek demeyelim... Sanırım... hayal kuruyorum," diye itiraf ettim.

"Hayal kurmanın kötü yanı nedir bilir misin?" diye sorduğunda Ateş'e döndüm ve "Hayal kurmanın nasıl kötü bir yanı olabilir?" dedim.

"Sen ne kadar hayal kurarsan kur, gerçekleşmeyeceğini bilirsin. Ümitlisindir ve olacağına inanırsın... ama gerçek hayatta aslında kendini kandırmaktan başka bir şey yapmıyorsundur," dedi.

"Hayalleri hiç gerçekleşmeyen biri gibi konuştun," dediğimde Cansu bu tarafa doğru geliyordu ve ikinci zil çalmaya başladı.

Ateş bana cevap vermedi ve beraber Cansu'nun gelmesini bekledik.

Sınıfların olduğu kata çıkana kadar Ateş'in söylediklerini düşündüm.Çıktığımızda Cansu'yla Ateş'i koridorda kaybetmeden önce "Hey..." dedim.

İkisi de bana döndü. "Haklısın..." dedim. "Ne kadar çok istersen o kadar olmaz bu hayatta. Çok ama çok haklısın." Hafifçe gülümsedikten sonra kendi sınıfıma girdim.

Sıramın boş olması da sanırım son düşüncelerimin ne kadar doğru olduklarını bana kanıtlıyordu.

Öğlen teneffüsünde Esma, Burak, Helin ve ben, çetenin masasının hemen yanındaki masada yemeğimizi yiyorduk. Doğukan da bizimle oturuyordu. Helin'in karşısındaydı. Her ne kadar çete bu olaydan pek hoşlanamasa da, okul bizim onların yakınında olmamızı garipsese de kimse bir şey söyleyemiyordu.

Yemekhanede bize bakan gözlerin ve sessizliğin sonucunda, Burak "Ben asıl Demir gelince neler olacak onu çok merak ediyorum," dedi ve güldü.

Doğukan bize gün boyunca ne nerede olduklarını, ne uğraştıkları sorunları, ne de Demir'in şu anda nerede olduğunu söyledi. Her ne kadar bu durum hem Helin için hem de benim için çok sinir bozucu olsa da içimiz rahattı. Daha doğrusu.. Helin'in içi rahatlamıştı. Benim değil.. ve sanırım Demir'i görmeden de rahatlamayacaktı.

Sohbetimizin konusu Cansu'nun yeni kişiliğine geldiğinde, onlara Cansu'yla bugün yaptığım konuşmadan bahsettim. Cansu her ne kadar iki masa yanımızda oturuyor olsa da kendi sohbetine gömülmüştü. Bizi duyması imkânsızdı.

Esma "Ne yani, sana günaydın mı dedi!! Evet arkadaşlar... sanırım dünya gerçekten iki gündür tersinden dönüyor," dedi.

"Sanırım Ateş iyi biri ve onu değiştirmiş olabilir," dediğimde, Doğukan "Belki de iyi biriydi ama biz tanımıyorduk... daha doğrusu yanlış tanıyorduk," dedi.

Helin, Doğukan'a "Senin bugün konuşma hakkın yok. Çok sinirliyim," dediğinde, Doğukan "Bir daha düşün," dedi ve onu kendine çektiği gibi öpmeye başladı.

Esma alkışlamaya başladığında, Burak "Sanırım Helin'in ağzındaki kek, soluk borusuna kaçtı," dedi.

"Merak etmeyin ilkyardım eğitim sertifikam var, ben onu kurtarırım," dedim ve ben de gülümsedim.

Eski okulumda ilkyardım eğitimi almıştım ve sertifikam da vardı. Şu ana kadar hiç kullanmam gerekmemişti ama Doğukan, Helin'i öyle öpüyordu ki sanırım kullanmam gerekebilirdi.

Helin kendini Doğukan'dan ayırdığında "Tamam.. bu.. güzeldi. Ama hâlâ seni affetmiş değilim Doğukan," deyip önüne döndü.

Esma "Masal'a baksanıza," dediğinde Doğukan hariç hepimiz yan masaya baktık.

Esma "Neden kime 'şuraya baksana,' desem öküz gibi belli ederek bakıyor? İçine girseydiniz kızın!" diye bize kızdı. Masal, az önce masamızda yaşanan ateşli öpüşmeye tanık olmuş olmalıydı ki, yüzü asıktı.

Helin "Kendimi iyi hissetmem çok mu bencilce?" diye sorduğunda omuzlarımı silkerek "Bence hayır," diye cevap verdim.

Masadan "Ooooooo Güneşş!!" diye sesler yükseldiğinde, gülerek onları susturdum. "Ne?! Geçen dönem Helin'in hissettiklerini düşünüyordum.. Çok kötüydü," dediğimde, Doğukan "Bence bu konuyu kapatalım," dedi. Hemen ardından "Evet... bence de," dedim ve Burak'ın "Şaka maka bizim altıncı yıldönümümüz yaklaşıyor..." diye atlamasıyla konu değişti.

Okul çıkışında Helin yanıma gelip "Bugün Doğukan'la gidiyorum. Eve yalnız dönebilir misin?" diye sordu. Eğer araba kullanmayı bilseydim Helin'in arabasını ben alıp dönebilirdim... Ya da ucuz, külüstür, her Amerikan ailesinin çocuğuna 16 yaşındayken aldığı hurda ama çalışan bir araba alabilirdim... Öğrenmek istiyordum ama bir süre daha kullanmasam pek sorun yaratmazdı. Sadece... araba kullanmam için biraz daha zamana ihtiyaç duyuyordum. Düşüncesi bile beni az da olsa etkiliyordu.

"Dönerim, sorun değil," deyip sırıttığımda, Helin bana baktı ve o da sırıtmaya başladı. "Ne oldu Güneş?" diye sorarken, ben de bir yandan "Hiiiç, hiçbir şey. İyi eğlenceler size... Çok çok eğlenin," dedim ve gülmeye devam ettim ve göz kırptım. Doğukan bana "Hâlâ aramadı mı?" diye sorduğunda, elimde hazır tuttuğum telefonu havaya kaldırdım ve salladım. "Hayır," dedim.

"Demir sözünü tutar. Beklemeye devam et, görüşürüz," dedi ve gittiler. Esma ve Burak da servise bindiklerinde otobüs durağına doğru yürümek için okuldan çıktım.

Yürürken, bir yandan da Demir'i bir dakika da olsa düşünmemeye çalışıyordum. O gece Bodrum'dan apar topar gittikleri dakikadan beri meraktan içim içimi yiyordu. Onu o kadar aceleye getirecek, endişelendirecek ne olabilirdi? Günlerce telefonuna bakmamasını, beni aramamasına neden olan şey ne kadar büyüktü? Doğukan işin ne kadar içindeydi? Neden bize ne yaptıklarını söylememişti? Bugün de dediğim gibi. Demir'in gelmesini şu an o kadar çok istiyordum ki gerçek olmuyordu. Biraz aklımı dağıtıp başka şeyler düşünmeliydim.

Sanırım okulun açılmasına karşı tesellim havaların soğumaya başlamış olmasıydı. Adım her ne kadar Güneş olsa da, kışı ve sonbaharı daha çok severdim. Kazak ve botlarımdan asla vazgeçemezdim. Bir an önce yağmur yağmalıydı ve botlarımı...

"Arabaya bin."

Sesini duyduğum anda tanıdım ve yanıma, caddeye baktım. Siyah arabasının açık olan camından bana bakıyordu. Ben de ona baktığımda bitmiş olduğunu anladığım sigarasını yere attı ve arabaya binmem gerektiğini hatırlatırmış gibi bana baktı. Merakla geçen günlerin ardından ona kızgındım, evet... Bana bir açıklama yapmamış olmasından dolayı ona çok kızgındım ama ona olan özlemimin daha baskın geldiğini, gözlerine bakınca anladım.

Yanındaki koltuğa oturup kapıyı kapattıktan sonra kemerimi bağladım ve ona baktım. Koltuklarımızın arasında duran vitesin üstüne elini koyup ileriye aldıktan sonra tekrar direksiyonu tuttu. Kolundaki damarların hareketini izledim.

Belki biraz saçma gelebilirdi ama bir arabanın vitesinin hiç otomatik değil de normal olmasını dilediniz mi? Yanınızda oturan kişinin çekiminde nefes almaya devam ederken, onun elinin size daha yakın olmasını istediniz mi? Dokunmasına gerek yoktu sanki.. Birazcık daha yakın olsaydı bile mutlu olurdunuz.

Belki mantıksız, anlamsızdı bu söylediğim. Ama onun yanındayken işte tam da böyle hissediyordum.

15. Bölüm

Arabada sessizce geçen işkence dolu dakikaların ardından, Demir hâlâ hiçbir açıklama yapmamak konusunda ısrarlı gibiydi.

En sonunda "Okula, bizim ekibe katılabilecek potansiyele sahip yeni bir çocuk gelmiş.. Ateş mi ne... gördün mü?" diye sorduğunda ellerimi havaya kaldırıp "Gerçekten mi Demir?! Şu an bana sorabildiğin tek şey bu mu? Kaç gündür kayıpsın ve tek bir aramama bile cevap vermedin! On saniyeni almazdı belki de.. Yaşadığını bilsem yeterliydi... Helin'le ondan bile şüphe ettik!" diye çıkıştım.

Demir sadece dudağının bir kenarını yukarı kaldırdı ve "Birileri çok özlemiş," dedi.

Ona şaşkın bir şekilde bakmaya devam ederken cümlesini "... Merak etme, benim eve gidiyoruz," diyerek tamamladı.

Hâlâ günlerdir nerede olduğuna dair bir açıklama yapmazken hemen onunla iyi olmamı, hatta evine gidip -eminim gayet güzel olurdu ama- onunla yiyişmemi beklediğine inanamıyordum!

"Hayır!" diye ona karşı çıktığımda bana baktı ve ardından tekrar yola döndü. Gülümsediğini görebiliyordum. Onun o muhteşem gülümsemesinin karşısında ciddiyetimi korumak ne kadar zor olsa da, elimden geleni yapıyordum. Gülümseyerek "Tamam, açım zaten. Önce yemek yiyelim," dedi.

"Neye gülüyorsun?!!" diye sorduğumda "Yok bir şey," dedi. Gözlerini hâlâ yoldan ayırmıyordu, ama gülümsemesini de durduramamıştı.

"Komik olan... ne var..?" diye sorarken ben de elimde olmadan gülümsemeye başlamıştım.

O kadar nazikti ki. Gülüşü... hayatımda gördüğüm en kibar, en samimi, en içten gülümsemeydi. Yakalamak zordu. Demir neredeyse hiç gülmezdi. Gülmek de değil, duygularını ifade edecek her türlü mimikten kaçınırdı. Kendi neşesini de, hüznünü de saklardı.. Ama bu.. Onu gülümserken, mutluyken görmek..

İşte bu paha biçilemezdi.

"Senin bu saçma atarlarını özlemiş olduğuma inanamıyorum," dediğinde arkama yaslandım ve onu izlemeye devam ettim.

Tahmin ettiğimden daha yumuşak bir sesle "Bana beni özlediğini ilk defa söylüyorsun," dedim.

Yüzündeki gülümsemeyi silip "Hayır, öyle mi dedim..? Hiç hatırlamıyorum," dediğinde, "O bile seni kurtaramayacak. Senin evine gelirim ama benden hiç ateşli şeyler bekleme. Sana çok kızgınım," diye kendimi açıkça ifade ettim.

Kalbim deli gibi 'NE YAPIYORSUN SEN?! HEMEN O HARİKA DUDAKLARA YAPIŞACAKSIN!' diye bağırırken, bunu söylemek zor olmuştu ama kararımı vermiştim. Cevaplarımı almadan onun suyuna gidemezdim." Senden kesin yanıtlar alana kadar öpüşmek yok!" deyip kollarımı kucağımda bağladığımda, Demir "Ne?!" dedi ve kırmızı ışıkta durduk. Bana döndü ve "Söylediğinin ne kadar saçma olduğu hakkında en ufak bir fikrin bile yok sarı," dedi.

"Belki de haklısın, ne dediğimi bilmiyorum... Ama sanırım birilerinin ilgisini çekmiş gibi görünüyorum..." dediğimde tekrar önüne döndü. Yeşil ışık yandığında araba harekete geçti.

Başka bir şey söylememişti. Birkaç dakikanın ardından "Ne yani, bu kadar kolay mı vazgeçtin?" diye sorduğumda bana "Rahatım. Nasılsa kendin isteyeceksin," dedi ve tanıdığım eski, manipüle edici, kaba, sert, baştan aşağı ego ile dolu, herkesin çekici bulduğu Demir'i geri getirdi.

Yemek yiyeceğimizi söylemişti ama arabayı fazlasıyla büyük ve lüks bir otelin önünde durdurduğunda ona "Yemek yiyeceğimizi sanıyordum...?" demeden edemedim.

"Onun için geldik," dediğinde ikimizin de kapısı aynı anda açıldı.

"Hoş geldiniz Demir Bey. Oda mı restoran mı?" diye soran

üniformalı genci gördüğümde şaşırdım. Aslında şaşırmamam gerekirdi. Demir hakkında bilmediğim çok şey vardı. Hepsini teker teker öğrenecektim,ve öğrenmeden de vazgeçmeyecektim.

Günlerdir nerede olduğunu öğrenerek bu işe başlayabilirdim mesela.

Otele girdiğimiz zaman Demir'in yanında yürüyordum fakat aslında yaptığım tek şey onu takip etmekti. Resepsiyonun yanından geçerken orada duran iki kadın ve bir de erkek vardı. Hepsi aynı anda "Hoş geldiniz Demir Bey," diye gülümsediklerinde, Demir onlara bakmadı bile. Bense hafifçe gülümsüyor ve başımı sallıyordum.

"Seni nereden tanıyorlar?" diye sorduğumda, bana "Babam bu otel zincirini satın aldı," diye cevap verdi.

"Ne?!" diye karşılık verdiğimde fısıldamıştım. Demir "Adam sanki gece rüyasında ne görse sabah uyanınca 'Evet, onu da yapmalıyım, evet, onu da almalıyım,' diye düşünüyor. Çok saçma," dedi.

"Tıpkı bizim eğitim sistemimiz gibi," diye ona cevap verdim.

Asansöre binerken, Demir "Okul açılalı iki gün oldu ve sen çoktan moda girmişsin bile," diye bana laf attı.

"Alakası yok. Bu yıl son sınıfız ve üniversite sınavı var.Bence tepkilerim gayet normal," dediğimde asansörün birkaç saniye sonra açılacağını bildiren sesi duydum.

Demir "Sana bir tavsiye vereyim mi? O mod var ya; ondan çık," dedi ve beni beklemeden boş, içi bordo ve koyu kahverengiyle kaplı asansöre bindi. Kapısı kapanmadan hemen hızlıca onun yanına gittim ve kapıların kapanmasını izledim. Demir, duvarda bulunan tuşlardan üstünde 'R' yazan tuşa bastı ve ardından karşıma geçti.

Bana yaklaştığında karşıma geçti ve yakınlığından beni öpmek üzere olduğunu anladım.

"Demir... arabada sana dediğim gibi.. aynen.. kuralım.. geçerli..." dememe bırakmadan beni öpmeye başladı.

Dudaklarımız ilk buluştuğu anda ikimiz de derin birer nefes aldık. Bu hisse, üzerimde bıraktığı etkiye bayılıyordum ve onun da hoşuna gittiğini biliyordum. Elimi Demir'in yanağına koyup onu biraz daha kendime yaklaştırdığım sırada asansör durdu. Demir benden ayrıldı ve kapıya yaklaştı.

"Gördün mü? İsteyeceğini söylemiştim," dedi ve açılan kapıların ardından asansörden çıktı.

Bu raundu kazanmış olabilirdi, ama bu yemekte Doğukan'la neler karıştırdıklarını öğrenecektim.

Asansörden çıktığımız anda karşımda devasa büyüklükte bir restoran duruyordu. İçeriye yürümeye başladığımızda, esmer ve oldukça güzel bir kız bize yaklaşıp gülümsedi.

"Yine terasta mı yemeyi arzu edersiniz Demir Bey?" diye sorduğunda Demir hiç düşünmeden "İçeride, 51. masa," dedi ve restoranın en köşesine,cam kenarındaki masaya gidip oturduk.

Biz oturur oturmaz masamızın başına iki garson ve bir de şef olduğunu tahmin ettiğim, farklı üniformalı bir adam geldi.

"İyi akşamlar Demir Bey. Size nasıl yardımcı olabiliriz?" diye sorduğunda, iki garsondan biri Demir'in ve benim önüme mönü koydu.

Ben tam mönüyü açıp içindekilere bakacakken, Demir "Mönüye gerek yok. Mantar ve krema soslu biftek ve her zamanki kırmızı şarap..." dedi ve bana baktı. Ben tam, daha mönüye bakmadığımı söyleyecekken "Güneş de aynısından alacak. Ama kırmızı şarap değil, kola içecek," diyerek cümlesini bitirdiğinde, elimdeki mönü çoktan garsonlar tarafından alınmıştı. Başımızdan gittikleri zaman yalnız kaldığımızda, Demir'e "Kendim de karar verebilirdim," dedim.

"Kelime anlamıyla 'babamın, yani benim' oteli ve restoranında en iyi neyin olduğunu senden daha iyi bildiğimi düşünüyorum," diyerek cevap verdi ve konuşmayı bitirdi.

Demir'e "Hazır mısın?" diye sorduğumda bana baktı ve açıklamamı beklediğini gösterecek şekilde bakışlarını değiştirdi.

"Şu bir haftadır hangi cehennemde olduğunu, kiminle telefonda gizli gizli konuştuğunu ve seni bu kadar endişelendiren şeyin ne olduğunu açıklamaya..?" dediğimde, bir tartışmanın geleceğinden emindim. Ama eğer bu tartışma yanında cevaplarımı da getirecekse, razıydım.

Demir hafifçe gülümsedi ve "Beni endişelendiren bir şey olduğunu nereden çıkardın?" diye alayla yanıt verdi.

"Endişelendirmemiş bile olsa önemli olduğunu biliyorum,

çünkü Bodrum'da Doğukan'ın bir kelimesiyle hemen arabaya atladınız... ve..." derken bakışlarımı ondan kaçırdım.

Bana "Ve?" diye sorduğunda pes ettim. "...ve ben çatıda giyinirken, duşa girerken beni kolay kolay yalnız bırakmayacağını da biliyordum. Ama bıraktın," diye itiraf ederken utanmıştım.

"Bak orada haklı olabilirsin..." diye karşılık verirken, masaya gelen şaraptan biraz içti. Ardından "İster misin?" diye sorarak kadehi bana uzattığında "Demir! Konuyu değiştirme!" diye onu azarladım.

"Hangi konu?" diye sorup şarap kadehini masaya geri koyduğunda, derin bir nefes aldım ve kendimi sakinleştirdim. Demir'den cevap almak çaba isteyen bir işti... hem de oldukça fazla..

"Demir, beş dakikalığına ciddi olup sorularıma yanıt verir misin? Aynı şeyi ben yapsam... bir anda Helin'le veya bir başkasıyla ortadan kaybolsam, aramalarına hiç yanıt vermesem günlerce... Beni merak etmez miydin?" diye sorarak onu empati yapmaya zorladım.

Demir biraz düşündükten sonra bakışlarını değiştirdi ve bana "Sana söylemeyeceğim şeyler çoğunlukta," dedi ve ardından pencereden deniz manzarasına baktı.

Sessiz geçen birkaç dakikanın ardından ona "Bana bak," dedim. Hareket bile etmediğini fark edince "Bana bak Demir," diye tekrarladım. Gözlerimiz buluştuğunda ona "Ne kadar kötü?" diye sordum.

Cevap vermek için dudaklarını araladığında "Afiyet olsun," cümlesiyle garsonlar masamızı doldurmaya başlamışlardı. Yemeklerin tamamını masaya koyma işleri bittiğinde uzaklaştılar. O sırada Demir'in ilgisini tekrar çekmek için ona "Demir, hâlâ bir cevap bekliyorum," dediğimde bana yaklaştı ve ciddi bir şekilde "İnan bana Güneş. Ben de cevaplar bekliyorum. Tamam mı? Geçmişte yaptığım, şu an yapıyor olduğum ve gelecekte yapacağım o kadar çok şey varki. Bunların tamamını merak ettiğini biliyorum. Ama gerçekten...gerçekten kaçını öğrenmek istiyorsun? Tüm yaşadıklarımı sana anlatsam geceleri uyuyabileceğini mi sanıyorsun? Benim gibi altından kalkabileceğini mi sanıyorsun? İnan bana Güneş. Kolay değil... Başımda bir ton iş var ve üstüne sen de bir problem oluyorsun," dedi, ardından doğruldu ve çatalla bıçağını eline aldı.

Arkama yaslanıp ona baktığımda düşünmeye başladım. Haklıydı. Demir'in haklı olduğu pek çok konu vardı, bir o kadar da yeterince düşünmediği ve haksız olduğu... Ama bu konuda gerçekten haklıydı. Gerçekten bilmek istiyor muydum? Gerçekten... öğrendikten sonra gece uyuyamayacağım şeyler yapmış olabilir miydi? Bu yaptıkları ve başına gelenler ona olan bakış açımı değiştirir miydi? Bir haftadır nerede olduğunu öğrenmek isteme sebebim, gerçekten bilmek istemem miydi, yoksa sadece merak mıydı?

Demir "Soğuyunca o kadar da güzel olmuyor. Denedim," dediğinde tabağımdaki koca bifteğe baktım.

"Ben bunu hayatta bitiremem," diye itiraf ettiğimde, Demir "Biliyorum. Ben normalde iki tane istiyorum zaten," diye cevapladı. Demek benimkini de yiyeceğini önceden hesaplamıştı.

"Tüm bu hesap kitap zekânı matematiğe de yansıtsan okul birincisi olursun, biliyorsun değil mi?" dediğimde, Demir "Dersler ve şu son beş gün hakkında tek kelime daha edersen o asansöre geri döneriz ve uzun bir süre daha çıkamazsın," dedi.

Kendimi susturabilmek için hemen kolamdan içmeye başladım. Asansör fikri oldukça cazip geliyordu aslında... NE DİYORDUM BEN?!

Yemeğe başladığımda ne kadar aç olduğumu fark etmemiştim. Hızlıca yememe rağmen, Demir yine haklı çıktı ve yarısını ona vermek zorunda kaldım.

Demir'in evine vardığımızda günlerce Doğukan'la nerede olduklarını ve nelerle uğraştıklarını öğrenme konusunu arka plana atmıştım. Evet, merak ediyordum ve bir gün Demir'in tüm gerçeklerine karşı dayanıklı olabileceğime inanıyordum fakat şu anda onları öğrenmek istemediğimde karar kıldım. Yemekte çok mutluydum. Okula yeni gelen Ateş'ten konuyu açıp müziğe kadar gelmiştik. Demir'le ilk defa bu kadar uzun sohbet etmiştim. Uzun derken, tabii yine kısa ve tek kelimelik cevaplar veriyordu ama yine de artık yavaş yavaş konuşmaya başlamıştı. Aradaki farkı görebiliyordum.

Evin kapısını açmadan önce Demir'in söylediği tek şey "Işık neden açık?" oldu.

Kapıyı açıp salona girdiğimizde Demir'in gelişiyle ayaklanan iki silueti gördüm. Bu iki siluetin görünüşleri tanıdıktı, kim olduklarını biliyordum. İsim söyleyebilirdim ama içimi kaplayan duygu fırtınası karşısında bize doğru gelen bu tanıdık yüzlere nasıl bakacağımı bilemedim.

Demir "Baba?" dediğinde Gökhan Erkan eşi Dilan Erkan'ın hemen arkasından bize doğru geliyordu.

Annesi ona sarıldığında, Demir başta hiç tepki vermedi. Birkaç saniye sonra şaşkınlığı geçip kendine geldiğinde annesinin kollarından ayrıldı ve babasının yanına gitti.

"Burada ne işiniz var?" diye sordu.

Babası "Burası benim evim. Evime gelemez miyim?" diye gereksiz yere sert çıktığında, Demir "En son kaç ay önce geldiğinizi unuttum da.. yedi miydi yoksa sekiz mi?" diye kinayeli bir cümle kurdu.

Topuklu ayakkabılarının üstünde, uzun, dalgalı ve kumral saçları ve Demir'inkiler kadar koyu olmayan mavi gözleriyle annesi Dilan Erkan "Bizi bu güzel kız arkadaşınla tanıştırmayacak mısın?" diye sorduğunda, başımı kaldırıp beni inceleyen gözlere birer birer baktım. Annesinin yüzünde, oğlunun "evine getirecek kadar yakın" olduğu bu arkadaşıyla tanışma isteğinden fazla bir şey yoktu. Demir'in gözlerinde, ailesini evde görmenin şokuyla onları benimle tanıştırdığı bir dakika içinde olacakları deli gibi merak eden, ve endişelenen ifadelerle karşılaştım. Babası Gökhan Erkan'a gelince... Demir'in saçlarıyla aynı,simsiyah saçları vardı ve o da açık tenliydi. Ela gözleri vardı. Giyilmekten asla yıpranmamış, lacivert takım elbisesiyle karşımda duruyordu. Göz göze geldiğimizde surat ifadesi az da olsa değişti. Beni tanıyor gibi olmuştu.

Ailemi öldüren gözler bu gözlerdi. Şu an ağlamam mı gerekiyordu, aslında, tam karar veremiyordum ama uzun zamandır hiç olmadığım kadar ağlamaktan uzaktaydım. İçim nefretle kaplıydı. İlk defa birine karşı bu kadar nefret hissediyordum. Daha önce hiç tanımadığım birine nasıl böylesine kızgın olabilirdim? Sanırım sorumun cevabı açıkça ortadaydı.

Yutkundum ve sesimi biraz sonra söyleyeceklerim için hazırladım. Söyleyeceğim cümlelerin hepsi önceden bir bir seçilmiş, uzun zamandır düşünülen kelimelerden oluşacaktı. Şu ana kadar fark etmemiştim ama sanırım uzun zamandır bugünü bekliyordum.

Gökhan Erkan "Demir... acaba arkadaşınla daha önceden tanış..." derken ona doğru bir adım attım ve sözünü keserek "Adım Güneş Sedef, ve beni eminim çok iyi tanıyorsunuz," dedim. Geri adım atmayacaktım.

16. Bölüm

"Adım Güneş Sedef ve beni eminim çok iyi tanıyorsunuz."

Gökhan Erkan karşımdaki duruşunu değiştirdi ve şaşkın gözlerle önce eşine, sonra da Demir'e baktı. Demir'in arkası bana dönüktü, babasının karşısında duruyordu.

Demir'in annesi "Sedef," deyip kocasına döndüğünde ise birazdan olacakları tahmin etmekte güçlük çekiyordum.

Gökhan Erkan bana bakıp "İsim tanıdık gelmedi. Biriyle karıştırıyor olmalısın..." dediğinde, sırtımı dikleştirdim. Yüzümdeki ifadenin değiştiğinden emindim. Evden çıkıp gitmek için arkamı dönüp kapıya uzandığımda durdum ve aldığım kararı, 'geri adım atmayacağımı' kendime hatırlattım. Yüzümü tekrar onlara döndüm. Konuştuğumda sesim normalden daha kısık bir şekilde çıkmıştı ama eğer aynı cümleyi yüksek sesle söyleseydim belki de bu etkiyi bırakmazdı.

"Öldürdüğünüz aileyi hatırlamıyor numarası yapacak kadar yüzsüz müsünüz?"

Demir'in babası cevap vermek üzere dudaklarını araladı ama tek bir kelime bile söyleyemedi. Aynı şekilde annesi de ne yapacağını şaşırmıştı. Babası boğazını temizledi. Konuşmak üzere olduğunu anlamıştım.

"İftira atmadan önce elinde iyi kanıtlar olmalı Güneş," dediğinde "Ne kanıtından bahsediyorsunuz?!" diye, hem ona hem de Demir'in annesine bağırdım.

"... Size kazanın olduğu geceyi hatırlatmam mı gerekiyor?! Tarih mi söyleyeyim? O geceden itibaren her gün içinde yaşadığım cehennemi mi anlatayım?! Ne yapmalıyım?!!..." derken Gökhan Erkan "Bana karşı sesinizi yükseltmemelisiniz küçük hanım," diye karşılık verdi. İşte o anda tüm öfkemi, nefretimi dökmem gerektiğini hissettim.

Bir Gökhan Erkan'a bir de karısına bakarken ikisine de bağırmaya başladım:

"Sadece adınız çıkmasın diye oğlunuza laf yetiştirirken yaptığınız kaza sonucu üç kişi ölüyor! Annem, babam ve kardeşim! Ve siz... sanki hiçbir şey olmamış gibi bana sesimi yükseltmemem gerektiğini söylüyorsunuz?! Ailemi kaybettim ve Demir beni kurtarmasaydı ben de ölecektim..." derken gözlerimin dolmaması için dua ediyordum.

Babası Demir'e yaklaşıp "Demir bu ne demek?" diye sorduğunda, Demir yanıt vermedi. Ardından Gökhan Erkan, sesini daha da sertleştirip, "Demir bana cevap ver!Onu kazadan kurtardığın doğru mu?!" dediğinde Demir bir kez bana baktı ve ardından tekrar babasına dönüp "Evet," dedi.

Gökhan Erkan "Lanet olsun! Ailemize verdiğin onca zarar,- yaptığın kaza yetmiyormuş gibi bir de bu kızın hayatta kalmasını sağlıyor, hem de onu eve getiriyorsun! Lanet olsun!" diyle bağırdı.

Demir "Aile mi? Ne ailesinden bahsediyorsun sen?!" derken, onun konuşmasını kesip Gökhan Erkan'a "Senin yaptığın kaza! Sen yaptın! Her şeyi sen yaptın! Annemi.. babamı ve kardeşimi sen öldürdün! Üstüne de sırf adın kirlenmesin diye her şeyi kendi oğlunun üstüne yıktın! Sahip olduğun hiçbir şeyi hak etmiyorsun! Siz..." derken, bir ona bir de Demir'in annesine bakıyordum. "... siz hiçbir şeyi hak etmiyorsunuz. Bugüne kadar tam olarak ne yapmam gerektiğine karar verememiştim ama artık biliyorum. Bakalım enişteme gerçekte kazayı kimin yaptığını anlattığımda ne diyecek?"

Gökhan Erkan bana yaklaşıp beni kolumdan sertçe tuttu.

"Polislere gidip ötmeyeceksin. Beni anladın mı?"

"Bırak kolumu!" diye bağırdım.

Demir'in babası kolumu tutmaya devam ederken "Eniştenin bilmediğini mi sanıyorsun? Onlara bu kadar zaman boyunca ağızlarını kapalı tutmaları için kim para ödedi sence?" diye sorduğunda, eniştemle halamın tüm gerçekleri aylardır bildiklerini hatırladım. Ama.. onlar kazayı yapanın Demir olduğunu sanıyorlardı ve 'Demir'in kimliğinin gizli tutulması için' bazı polis ve avukatların para aldığını biliyorlardı. Para alanlardan biri de eniştemdi. Durumları o zaman o kadar kötüydü ki, böyle bir şey için Demir'in babasının verdiği parayı kabul etmişlerdi.

Ben tatilden döndüğümde halamla enişteme gerçekleri, yani kazayı yapanın Demir olmadığını, babası olduğunu anlattığımda onlar çoktan biliyorlardı. Gökhan Erkan haklıydı. Bunu çoktan biliyorlardı ve yapabileceğim hiçbir şey yoktu. Şu an içinde bulunduğum adrenalin yüzünden, bu tamamen aklımdan çıkmıştı.

Dilan Erkan "Gökhan... Güneş'i bırak..." derken, Gökhan Erkan kolumu biraz daha sıktı. Cevap veremediğimi görünce kendine gelmişti artık. Bana "İstediğin paraysa alabilirsin. Gidip ortalıkta konuşma yeter," dediğinde, Demir, babasıyla benim arama girip onun kolumu bırakmasını sağladı.

Gökhan Erkan'a "Siz.. nasıl bir insansınız?" dediğimde, gözlerimde dolan yaşlar görüşümü bozmaya başlamıştı.

Demir'in annesi "Demir," deyip kapıyı gösterdiğinde, Demir beni tuttu ve kapıya doğru yönlendirdi. Bana "Hadi buradan gidelim," dediğinde, babası "Demir, sen kal," dedi.

Demir bana döndü, kapıyı açtı. Cebinden arabasının anahtarlarını çıkardı ve bana uzattı. "Beni arabada bekle," dedi ve kapıdan çıktım. Kapı kapandığı zaman babasının sesi o kadar yüksekti ki kapı bile engel olamamıştı.

Babası Demir'e "Sen ne halt yediğini sanıyorsun?!" diye bağırdı.

Kapının hemen önünde yere çöktüm ve merdivenlere oturdum. Onları dinlememek elimde değildi. İçeri girip Gökhan Erkan'a ne kadar pislik bir herif olduğunu tekrar söylemek istiyordum, karısına da böyle bir adama neden hiç cevap vermediğinin hesabını sormak istiyordum. Ama gözlerim doluyken bunu yapamazdım.

İçeriden gelen sesleri duymak için çaba sarf etmeme gerek yoktu.

"Sedef'lerin kızıyla ne yaptığını sanıyorsun? Amacın gönül eğlendirmekse sokağa çık... barlara git! Paran da var! Dünyada onca kız varken başımıza en çok iş açabilecek kızla ne bok yediğini sanıyorsun sen?!!"

Demir'in verdiği cevaplar daha kısık bir seste, normal şekilde olduğundan hiç duyamadım. Ama babası ona bağırdığı zaman kelime kelime duyabiliyordum.

"Yine ne yaptın! Sürekli senin arkanı mı toplamak zorundayız!? Kaç tane işle uğraştığımızın farkında değil misin sen?!" dediğinde, bu sefer Demir'in verdiği yanıtı da duyabilmiştim.

"Sen mi benim arkamı topluyorsun, yoksa ben mi senin?! Aldığın oteli batmaktan kurtardım! Madem o kadar paran var..." derken ses biraz alçaldı, ardından tekrar yükseldi. "...bıktım! İşlediğin her bir suçu benim üstüme yükleyemezsin! Benim adımı kullanarak o tür hesaplar... kaza..." derken birden Gökhan'ın sesi Demir'inkini bastırmaya başladı.

"Her şeyi bildiğini sanıyorsun ama bilmediğin çok şey var! İlk olarak o kızdan kurtulacaksın! Konuşmaması için ne yapman gerektiğine sen karar ver. Eğer üstesinden gelemeyeceksen ben halledeceğim..."

Demir "Sen bu işe karışma! Kızın hayatını mahvedebileceğin kadar ettin! Gidip bir yerlerde konuşsa ne fark eder artık? Sen yine paranla, konumunla halledersin nasılsa, öyle değil mi?! Her zamanki gibi! Ya da suçu oğluna atarsın!" derken, bir kırılma sesi duydum ve ardından sessizlik oldu.

Kırılma sesiyle yerimden sıçradığımda iki üç merdiven aşağı inip kapıdan biraz daha uzaklaştım. Saniyeler geçiyordu ama hâlâ içeriden ses gelmiyordu. O anda Gökhan veya Dilan Erkan'a olan nefretim gitmişti, sadece Demir'e odaklanmıştım. Ona bir şey olmamıştır diyerek kendimi avutuyordum ama meraktan ve endişeden içim içimi yiyordu.

Sonunda kapı açıldı ve Demir dışarı çıktı. Kapıyı kapatmadan hızla bana doğru, merdivenlere geldi, tam yanımdan geçerken "Sana arabada beklemeni söylemiştim," dedi ve ardından arabaya yürümeye başladı. Ben de arkasından onu takip ediyordum. Arabaya bindiğimizde yüzüne baktım. Kırılmış mıydı, üzgün müydü, kızgın mıydı? Hiç belli etmiyordu. Yine... Normal görünüyordu. Az önce ben evden çıktıktan sonra, ailesiyle oldukça sert geçen bir tartışma yaşamıştı, fakat şu an yüzündeki ifadede bundan tek bir iz bile yoktu. Aynıydı. Her zamanki Demir gibi görünüyordu.

Arabayı çalıştırdığında, biraz hava almak için camımı açtım. Camdan dışarı bakarken evin kapısında Demir'in annesini gördüm. Bize bakıyordu. "Demir..." deyip elimle kapıyı gösterdiğimde, Demir de annesini gördü ve ardından elini kaldırdı. Endişeli olan anne, Demir'in el kaldırdığını görünce selam verdi ve ardından kapıyı kapattı. Demir de sonra gaza bastı.

Birkaç dakika sonra Demir'e "İyi misin?" diye sorduğumda, şaşırarak bana baktı ve ardından tekrar yola döndü. "Bazen beni ölümüne şaşırtıyorsun Güneş," dediğinde tebessüm ederek "Ne yaptım şimdi?" diye sordum. Demir cevap vermeyip başını salladığında ısrar edip "Hadi söyle. Bilmek istiyorum. Seni şaşırtmak... biraz nadir bir şey," dediğimde, bana "Az önce sevgilinin ailesiyle tanıştın, üstelik bu aile senin kendi aileni kaybetmene neden olan, üstüne de bunu kapatan insanlar. Onlara karşı geldin... Babamın ne kadar güçlü biri olduğunu biliyordun ve onu ilk defa görmene rağmen... kendini savundun. Sadece kendini de değil. Beni de savundun..." dedi. Sesinden asıl neden etkilendiğini şimdi söyleyeceğini anladım.

"...ve tüm bunlara rağmen, şimdi sen bana iyi olup olmadığımı sordun," diyerek konuşmasını bitirdi.

Demir'in ne demeye çalıştığını anlamıştım. Ama yine de ona "Ben çıktıktan sonra içeride babanın sana söylediklerini duydum.. Bu yüzden nasılsın diye sor..." derken sözümü kesti ve "Güneş..." dedi. "... Kendin henüz anlamadıysan bile az önce yaptığın fazlasıyla cesur ve ağır bir şeydi. Kazaya neden olan asıl kişiyle, babamla yüzleştin. Asıl benim sana nasıl olduğunu sormam gerekir."

Koltukta iyice arkama yaslandım ve biraz aşağı kaydım. En rahat açıda durduktan sonra dışarıyı izlemeye başladım. "Bilmiyorum," diye cevapladım.

Evime vardığımızda onu yukarı davet ettim.

"Gelmesem daha iyi olur..." dediğinde "Bir akşam da bara gidip çeteyle buluşmasan bir şey kaybetmezsin. İşin falan da varsa zaten bir haftadır o işlerle yeterince uğraştığını düşünüyorum..." diye onu ikna ettim.

Asansörle yukarı çıktık ve tam bizim evin kapısının önünde, ben kapıyı çalmadan önce Demir beni durdurdu. "Biraz nostalji yapsak fena olmaz," deyip beni kendine çektiğinde, o gün buraya gelip Cansu'nun anlattıklarının yalan olduğunu açıkladığı geceyi düşünerek onu öptüm.

Asansörün bizim kattan uzaklaştığını bildiren sesi duyduğumuzda birbirimizden ayrıldık. Kaç dakikadır öpüşüyorduk bilmiyordum ama en son sırtımın duvara dayandığını hissetmiştim. Kapıyı çaldığımda halamın açacağını biliyordum. Halam kapıyı açmadan önce Demir'e dönüp "Ev... pek beklediğin gibi olmayabilir... yani... ne biliyim... mesela... televizyon küçük... ve... benim odam çok da büyük sayılmaz..." derken, Demir "Saçmalamayı kes Güneş," dedi ve kapı açıldı.

Halam, Demir'i görünce bir anda şaşırdı ve gözleri büyüdü fakat ardından kocaman gülümsemesini takındı ve "Hoş geldiniz. Güneş, keşke arkadaşını getireceğini önceden söyleseydin... bir şeyler hazırlardım," dedi. Eve girdik ve "Yok hâlâ biz yemek yedik zaten," dedim. Demir de "Zaten artık ne kadar iştah kaldıysa..." diye mırıldandığında, dirseğimi hafifçe ona geçirdim.

Odama girdiğimizde yatağımın üstüne oturdum ve "Ne aileli bir gündü ama!" dedim. Ardından Demir'in odamı incelemesini izledim.

Bana verdiği, aslında annesine ait olan tokayı çalışma masamın üstünde gördüğünde "Bunu takıyor musun?" diye sordu. "Fazlasıyla sık," dediğimde yanıma oturdu ve odama bakmaya devam etti.

"Odana bakan biri, hakkında pek çok şey öğrenebilir," dediğinde "Senin odana bakan biri de hakkında hiçbir şeyi öğrenemez. Cidden... ne bir poster ne bir fotoğraf, hiçbir şey yok," diye karşılık verdim.

"Evet. Asıl amacım da buydu zaten. Mesela.. biri şuraya bakınca..." derken, duvarımı tamamen kaplayan posterlerimi gösterdi "... çok fazla dizi izlediğini, özellikle de şu mavi telefon kulübesi olanı sevdiğini, hatta masandaki maketinden ve okulda kullandığın defterlerin kapaklarından, en çok onun manyağı olduğunu anlayabilir," dediğinde "Dizinin adı 'Doctor Who.' Hiç izlememiş olmana inanamıyorum," dedim.

"Dizi izlemek için zamanım yok," dediğinde, yavaş yavaş dedim içimden. Seni de Whovian yapacağım Demir..

Gece olduğunda Demir'e bizde kalabileceğini söyledim.

"Eve gitmek zorunda değilsin, burada kalabilirsin. Sonuçta.. eve gitmek istediğini de düşünmüyorum," diye teklif ettiğimde, Demir "Açıkçası eniştenin beni vurmasını istemiyorum," dedi ve salona doğru ilerledi. Ona "Bugün gelmeyecek. Görevde," deyip hemen halamın yanına gittim ve Demir'in bizde kalması için izin istedim. Başta hayır dese de ardından eniştemle konuşacağını söyledi.

Geri geldiğinde "Tamam, kalabilirsin Demir. Ama aynı zamanda kocam sana evde bir silah olduğunu ve benim de yerini bildiğimi iletmemi istedi. Yani... umarım mesaj alınmıştır," dedi ve tekrar minik kuzenimin yanına döndü.

Halam, Demir'e oturma odasındaki çekyatı hazırlarken, Demir'in yanına gidip "İstiyorsan otelde de kalabilirsin. Ben... sadece senin burada kalmanı istediğim için söyledim yani... eğer istemiyorsan kalmak zorunda değilsin," dedim.

"Güneş, emin ol. Yanında kalmak istemeseydim iki saat önce seni buraya bırakırdım ve ardından başka yere giderdim," diye bana cevap verdi.

En son yatmadan önce ona "Halam on beş dakikada uyur," diye fısıldadım.

Demir gece yanıma gelip yattığında istemeden gülümsüyordum.

"En son ne zaman beraber uyuduk?" diye sordu. "Sadece iki kere uyuduk. Çok sık yaptığımız bir şey değil," dedim ve ona arkamı döndüm. Arkamdan sarılıp beni kendine çekti. "Ama daha sık yapmamız gereken bir şey," dedi ve beni boynumdan öptü.

Oldukça ağır geçen günün sonunda, Demir yanımdaydı ve onun kolları arasındaydım. Belki de benim için burada kalmıştı, babasıyla olan kavgamdan sonra kendimi iyi hissetmemi sağlamak için. Ama bence kendisi için kalmak istemişti. Ben ne kadar kırıldıysam, belki o da o kadar kırılmıştı. Kendi babasından öyle hakaretleri duymak, Demir bile olsanız ağır gelirdi. Herkes Demir olmak istiyordu fakat Demir olmak... herhalde çok zor olurdu.

17. Bölüm

Gözlerimi açtığımda aklıma ilk gelen şey, gece Demir'le uyuduğumdu. Bunu hatırladığım anın dudaklarıma yansıdığını bilerek arkamı döndüm ve ona bakmak istedim. Ama yoktu. Yatakta ve odada yalnızdım. Ayağa kalkıp oturma odasına, 'halamın onun uyuduğunu sandığı yere' baktım. Orada da yoktu. Çekyat toplanmış ve eski haline getirilmişti.

"Bir saat önce gitti."

Halamın sesini duyduğumda arkamda olduğunu anladım. Ona döndüm ve onunla beraber mutfağa girdim. "Nereye gittiğini söyledi mi acaba?" diye sordum. 'Evet Güneş, zaten Demir diğer insanlara sürekli hesap veren biri. Özellikle de daha yeni tanıştığı halama.

Halam "Hayır," dediğinde, bir kez daha içgüdülerimin doğru olduğunu kendime kanıtlamış oldum.

"Hayır... ama sana bir not bıraktığını söyledi. Odandaymış," dediğinde hem şaşırmış, hem de mutlu olmuştum.

Koşarak odama ulaştığımda, halamın "Ev yanıyor desem bu kadar hızlı koşmazdın Güneş!" diye seslendiğini ve güldüğünü duydum.

Yatağa, ardından da çalışma masama baktığımda Demir'in annesinin tokasının altında bir kâğıt olduğunu gördüm. Tokayı üstünden kaldırıp kâğıdı açtığımda, Demir'in ilk defa kendisinden başka birine rapor verdiğini biliyordum. Ve açıkçası... sanırım gelişme gösteriyorduk.

Doğukan ve Savaş'la buluşmam gerekti. Okulda görüşürüz.

Savaş'ın çeteden biri olduğunu biliyordum. Hatta Cenk gidince Doğukan'dan sonraki kişi o olmuştu sanki.

Demir'in mesajında "Günaydın sevgilim. Doğukan'larla buluşmam gerekti, okulda sonra görüşürüz. Seni seviyorum," gibi bir şey zaten olamazdı. Bu tip beklentilerimi daha onunla tanıştığım gün bırakmıştım. Ama yine de bana bir not bırakmış olması beni sevindirmeye yetmişti.

Kahvaltı faslı bitip, giyinip hazırlandıktan sonra daha Helin'in gelmesine on beş dakika vardı. Bu fırsattan yararlanıp biraz müzik dinlemek için salona geçtim ve televizyonun karşısındaki koltuğa oturdum. Dream TV ve Number 1 arasında sürekli gidip gelirken, halam geldi ve kumandayı elimden alıp televizyonu kapattı.

"Konuşacağız. Kaçışın yok," dediğinde, konuşmamızın Demir hakkında olacağı gerçeğini hemen anlamıştım.

Halam, elindeki çay fincanı ile karşımdaki koltuğa oturduğunda önce bir yudum içti, daha sonra da bana "Seninki evden çıkmadan önce çekyatı bile düzeltmiş..." dediğinde, aslında pek de kullanmadı sayılır diye içimden geçirdim.

"Aslında pek düzenli biri olduğu söylenemez ama sanırım dünkü 'silah' sohbeti onu derinden korkutmuş olmalı," dedim.

"Yani... gece hep orada kaldı, öyle mi?" diye sorduğunda, bakışlarımı kapalı olan televizyona diktim, ardından halama tekrar baktım. Gülümsüyordu. Ben de gülümsemeye başladım.

Bana "Hakkını vermek lazım. Gerçekten bana yakalanmadınız. Sadece... sabah bir kez kontrol etmek istedim, onda da Demir çoktan kalkmıştı ve salonda çok ses çıkarmadan telefonla konuşuyordu," dedi.

Ah şu telefon görüşmeleri...

"Madem Demir sana yakalanmadı... nereden biliyorsun beraber uyuduğumuzu?" diye sorduğumda, bana "Biz bu yaşta mı doğduk sence Güneş? Tabii genç olduk. Sen dua et, açık görüşlü bir halan var. Yoksa bu sevgili olayları falan başına çok dert olurdu. Hele de eniştenle," dedi.

Eniştem daha katı biriydi. Sanırım polis olmasından kaynaklanıyordu bu.

Eniştem daha kuralcı ve katı bir yapıya sahip olduğu için, halam hep onu yumuşatıyordu. Demir konusunda da aynısının olduğunu söyleyebilirdim. Halam her zaman bana daha yakın taraf olmuştu.

Belki de annemin eksikliğinden dolayı halamı öyle görüyordum... bilmiyordum.

Halam, "Peki... söyle bakalım. Ne kadar ciddisiniz?" diye sorduğunda, bakışlarından ve elinde tuttuğu fincanı sehpaya koymasından asıl merak ettiği sorunun bu olduğunu anladım.

Aslında sorunun cevabını ben de bilmiyordum. Halam "... Demir sence sadece bir lise aşkı mı, yoksa onunla bir gelecek görüyor musun?" diye sorduğunda, bileğimde sanki saat varmış gibi yapıp "Of! Saate bak. Helin gelmiştir belki!" dedim ve ayağa kalktım. Cevabını bilmediğim sorulardan nefret ediyordum. Aslında tam olarak bilmemek değil de emin olamamak diyelim..

Demir'le bu kadar şey atlatmıştık. Ailemin öldüğü kazanın onun yüzünden yaşandığını sandığım zamanlarda bile ondan başka bir şey düşünmüyor, neden sürekli onu sevmeye devam ettiğimi kendime soruyordum. İşte bu yüzden bence... bence Demir...

"Bence sıradan bir lise aşkından daha büyük bir şey," diyen halama baktım.

"Hala, düşüncelerimi ne zamandan beri okuyabiliyorsun?" diye sordum.

Kapıya ilerlerken, yerde duran çantamı aldım ve sırtıma taktım. "Peki.. ne kadar ileri gittiniz?" diye sorduğunda, ona verebildiğim tek yanıt "Hala!!" oldu. Kapıyı açtım. Bir an önce arabaya atlayıp bu sorulardan kurtulmak istiyordum.

Kendinizi ona ne kadar yakın hissederseniz hissedin, herhangi bir akrabanızla bu konuları konuşmak rahatsız ediciydi.

Asansörü çağırmak için düğmesine bastığımda, iki kat yukarıda olduğunu gördüm. En azından sadece birkaç saniye daha halamın süper utanç verici sorularına katlanmak zorundayım, diye düşündüm.

Asansör geldiğinde içeri girdim ve kapı tam kapanırken halam bana "Benden kaçamazsın Güneş. Akşam devam edeceğiz," dedi. Ben de ona el salladım ve kapı kapandığı anda büyük bir oh çektim.

Helin'in arabasına bindiğimde "Tam altı dakikadır seni bekliyorum güzelim," diye beni karşıladı.

"Sorma. Halamın Demir'le ilgili sorularına maruz kaldım. Dün gece bizde kaldı da..." dediğimde, Helin "Şaka yapıyorsun! Demir sizde mi kaldı? Yani.. bir apartman dairesinde, çıktığı kızın ailesinin de olduğu bir evde...?" diye şaşırdı.

"Ben de aynısını düşünmüştüm, ama tahmin ettiğim kadar kötü gitmedi. Hatta... çok güzeldi," dediğimde, Helin arabaya çalıştırdı ve bana "Uuuu... Ekşın vardı diyorsun yani?" diyerek gülümsedi.

"Bugün herkes neden sapık tarafından kalktı?!" diye sorduğumda, Helin "Yoksa sen de mi bizden bir şeyler gizledikleri için şimdilik çok yüz vermiyorsun?" dedi.

"Evet," dediğimde, Helin "Aynen, ben de öyle yapıyorum," diye bana katıldı.

"Eminim uzak duruyorsundur Helin," diye düşünüp gülümsediğimde, Helin "Bu ne demek şimdi?" diyerek bana baktı.

"Az öncekini sesli mi söyledim?" diye sordum.

"Evet. Hem de fazlasıyla," diye cevapladı.

"Yok bir şey. Hiiç, yine saçma sapan dizilere gitti aklım herhalde," deyip radyoyu açtım ve kıvırmaya çalıştım.

Helin "Evet. Günde en az dört saat izliyorsun. Yine harikasın," dediğinde, durumu kurtardığımı anladım. Hemen ardından "Asıl bugünün olayı.. Esma sabah beni aradı ve bugün bize çok önemli bir şey söyleyeceğini söyledi," dedi.

"Bunu mutlu bir şekilde mi söyledi yoksa üzgün mü?" diye sordum.

"Aslında... heyecanlı gibiydi. Parti falan olmasın?"

"Bilmem. Belki Burak'la ilgilidir. Ya da cidden.. şöyle etkinlikli bir şeyler olabilir. Hatırlamıyor musun, geçen sene müzikal olacak diye havalarda uçuyordu," dedim.

Helin "Açıkçası Ankara'ya olan yolculukta falan.. hangimiz uçmuyorduk ki? Çok heyecanlıydık," dediğinde "Bir de sonu güzel bitseydi," dedim ve konu orada kapandı.

Ankara yolculuğu deyince aklıma Arda geldi ve telefonumu çıkarıp onun numarasını buldum.

Helin "Arda'yı mı arayacaksın?" dediğinde, arama tuşuna basıp kulağıma götürürken 'evet' anlamında başımı salladım.

"Benim de aklıma yolculuk deyince o geldi. Bir ay, belki daha fazla zamandır göremedik onu," dediğinde, telefon çalmaya başlamıştı.

Meşgule aldığında yine beni görmezden geldiğini fark ettim. Tekrar aradığımda telefonunu kapatmıştı. 'Sinyal sesinden sonra mesajınızı bırakabilirsiniz.' cümlesini bekledim ve sesi duyduktan sonra, Arda'nın telefonunu açınca dinlemesini umarak mesajımı kaydetmeye başladım.

"Arda. Beni daha ne kadar görmezden geleceksin? Kafeye geldim, yoktun. Baban, MMA mı MNA mı, bir spora başladığını..." derken Helin yandan "Ne?! Arda MMA'ya mı başlamış?! Tahmin etmiştim. Doğukan'la hangi spora başladığı konusunda iddiaya girmiştik. Hahaha. Ben kazandım!" dedi.

Mesaja devam ederek "..seni özledim. Hepimiz özledik. Lütfen şu saçmalığa bir son verip konuşalım. Akşam kafeye uğrayacağım. Lütfen benden kaçma," dedim ve telefonu kapattım.

Helin'e "Arda'nın spora başladığını nasıl siz fark ettiniz de ben fark edemedim? Bir de onu on yıldır tanıyan benim," dediğimde, Helin "Nasıl fark etmezsin? Sahilde falan.. vücudu hiç mi gözüne çarpmadı? Müzikale giderken hiç öyle değildi. Yaz tatilinde bayağı ağırlık vermiş olmalı. Bodrum'a geldiğinde de Doğukan'la fark ettik. Ama sormadık spora başladın mı diye, hep ya unuttuk ya da geçti işte. Arda zaten Hemraz'la takılıyordu, ben de Doğukan'la. Çok fazla beraber değildik," dedi.

"Sanırım aklımda çok fazla şey vardı ve ona dikkat edemedim," dedim. Oysa bana kendisi söylemişti.

Okula vardığımızda Demir'in çoktan geldiğini, otoparkta arabasının yanında Doğukan, Savaş ve çeteden iki kişiyle konuştuğunu gördüm. Helin'le arabadan indiğimizde onların yanına gittik. Helin çeteye hemen uyum sağlamıştı. Kıyafetleri, görünüşü ve hareketleriyle hemen onlara ayak uydurmuştu ama ben hâlâ aynı bendim. Onların yanında asla kasıntı durmaktan kurtulamayacaktım galiba.

Helin, Doğukan'ın yanına, ben de Demir'in yanına geçtiğimizde, Demir'lerin arasındaki sohbet durdu. Helin "Ne konuşuyordunuz?" diye sorduğunda, Doğukan "Ateş'i. Bugün Demir'le tanışacak," dedi.

Helin "Eee sizce çeteye girer mi?" dediğinde, Savaş "Hem Cansu'nun sevgilisi, hem de benim kardeşim. Bilmem, bir engel yok aslında," diye karşılık verdi.

Savaş'a "Ateş'in senin kardeşin olduğunu bilmiyordum," dediğimde Demir "Ben de bilmiyordum," diyerek bana katıldı.

Helin "Güneş, Esma bizi çağırıyor," dediğinde, otoparkın girişinde bana el salladığını gördüm. Demir'e döndüm. "Sonra görüşürüz. Bu arada..." dedim ve kulağına yaklaşıp "..notun için teşekkür ederim," diye ekledim ve onu yanağından öptüm. Arkamı dönüp gidecekken beni kolumdan tuttu ve kendisine doğru çevirdi. Dudaklarımdan öptüğünde gözlerim otomatik olarak kapandı. Ayrıldığımızda, çevremizdekilerin bakışlarından kaçabilmek için aptal gülümsememle beraber başımı yere doğru eğdim ve Helin'le beraber Esma'nın yanına yürüdük.

Helin "Evet.. dans partisi nerede?" diye sorduğunda Esma "Dans partisi mi var? Neden davetli değiliz?" dedi.

"Dans partisi yok. Bize ne söyleyeceğin konusunda bir tahminde bulundu sevgili arkadaşımız," dediğimde, Esma "Her neyse. Size çok önemli bir şey söyleyeceğim. Çok çok çok çok önemli," diye karşılık verdi.

Helin "Ne oldu?" diye sordu Esma'ya.

"Epey önemli," dedi gülümseyerek.

Ben de gülerek "Kızım bizi meraklandırmaktan zevk mi alıyorsun? Söylesene!" dediğimde, Esma "Öğle teneffüsünde kızlar tuvaletinde söyleyeceğim," dedi.

Helin "Neden şimdi söylemiyorsun?"diye sordu.

Esma, "Azıcık heyecanlanın, renksiz hayatlarınız renklensin," dedi.

"Şimdi söyleyebilirsin. Hayatımız oldukça hareketli ve renkli. Baksana bana! Önce kazayı Demir'in yaptığını sanıyorum, ardından aslında babasının yaptığını ve her şeyi Demir'in üstüne yıktığını öğreniyorum.. Sonra da dün gece gidip onlarla tanışıyorum. Babası beni iliklerime kadar korkutuyor ve gece eve gelip kaçak bir şekilde sevgilimle uyuyorum. Harika!" dedim.

Esma "Demir'in ailesiyle mi tanıştın!?" dediğinde, Helin "Adam seni korkuttu mu? Ne yaptı? Tehdit mi etti?" diye sordu.

Esma "Bize bunu nasıl söylemezsin?!" diye atıldı.

"Hey hey hey! Daha dün gece oldu bunlar ve açıkçası çok da konuşmak istediğim bir konu değil. Bir iki gün daha geçsin anlatırım. Ama şu an Gökhan Erkan'ı hatırlamak, istediğim son şey," dedim.

Demir ilk dört derse basketbol seçmeleri bahanesiyle girmedi. Ama aslında bahane derken.. nedeniyle diyelim. Çünkü gerçekten seçmeler vardı ve Demir takım kaptanı, aynı zamanda antrenörü olduğu için spor salonundaydı.

Öğlen teneffüsünden bir önceki derste Esma, Burak'ın yanından kalkıp benim yanıma oturdu. Demir olmadığı için üç derstir boş olan yanım, heyecanlı ve bugün diğer günlerden daha da fazla gülümseyen Esma ile doldu.

Dersin ortasında bacağını o kadar hızlı sallıyordu ki en sonunda "Esma! Kızım sakin olsana! Söyleyeceğin şey için amacın bizi heyecanlandırmaktı ama anlaşılan..." dediğimde, Esma "Son bir dakika kaldı," diye fısıldadı.

Zil çaldığında beni kolumdan tuttuğu gibi ayağa kaldırdı ve sınıfın çıkışına doğru ilerlemeye başladık. Sınıftan çıkmadan önce Esma, Burak'a öpücük gönderdi ve "Kız toplantısı!!" dedi.

Helin'le kızlar tuvaletinde buluştuğumuzda Esma birazcık sakinleşmişti. Helin "Evet, hadi güzelim. Dökül bakalım," dediğinde Esma tuvalette olan diğer kızları gösterdi.

"Ne yani, burada yalnız kalana kadar anlatmayacak mısın? Biliyorsun değil mi, şu an öğle teneffüsüne girdik. Yemekhaneden önce bütün kızlar buraya gelip kendine badana yapıyor. Asla yalnız kalamayacağız," dediğimde, Helin "Aynen! Bence şimdi söyle bize," diye bana destek çıktı.

Esma "Hayatta olmaz. Çok önemli. Size yalnızken söylemem lazım," dedi.

Helin cevap olarak "E o zaman bahçeye falan çıkalım... ne bileyim teneffüs diye sınıflar boşalmıştır zaten şimdi. Onlardan birine gidelim..." derken, Esma "Hayır! Yıllardır bunu tam burada, kızların dedikodu yaptığı, hayaller kurduğu, önemli haberleri birbirlerine ilettiği kutsal mekânda söylemeyi planlıyordum!" dedi.

Helin "Eğer Burak burada olsaydı 'Ne tuvaletmiş be.' derdi," dediğinde, Esma'ya "İyi, tamam hoş,burada söyleyeceğini söyle-mek istiyorsun ama...." derken, tuvalet tıklım tıklım dolmuştu bile. Hem beş kabin doluydu,hem de tüm aynalar. "... ama burası doldu bile. Bir yeri dilediğimiz zaman boşaltmak için, insanların çıkmalarını sağlamak için Demir gibi birinin 'Çıkın.' demesi gere-kir," dediğimde, Helin ve Esma bana baktılar. Aynı anda bana bak-maya devam ediyorlardı. "Ne?" diye sorduğumda, Helin "Demir yok..." dedi, Esma da "...ama sevgilisi burada," diyerek onun sözü-nü tamamladı. İkisi de aynı anda gülümsemeye başladıklarında ben de gülümsedim.

"Yok artık... yapamam," dediğimde, Esma "Ama sıra kaparken işe yaramıştı!! Lütfen lütfen lütfen lütfen!! Benim için!!" diye ısrar etti. Helin "Şimdi güçlü ol, dik dur..." derken, omuzlarımın önün-den düşen saçlarımı geriye attı ve tişörtümün yakasını düzeltti "... en ciddi ve net sesini kullan. Sonra da sihrin, gücünü göstersin!" dedi ve iki adım geriye attı. Esma da onun gibi geriye gittiğinde, kollarını kucağında birleştirip gülümseyen yüzünü bir anda cid-dileştirdi. Helin de aynısını yaptığında, kaybedecek hiçbir şeyimin olmadığını düşünüp tuvaletteki diğer kızlara döndüm.

"Kızlar..." dediğimde gürültüden dolayı sesim duyulmamıştı. Boğazımı temizleyip tekrar "Kızlar!" dediğimde hepsi bir anda su-sup bana baktılar.

Geçen sene müzikalle kazandığım bütün tiyatro yeteneğimi kullanarak olabilecek en sert şekilde "Arkadaşım Esma bana özel bir şey anlatmak istiyormuş," dedim ve kızların aralarında yürü-meye başladım. Hepsiyle tek tek göz kontağı kuruyordum. İçle-rinde 9'lardan 12'lere kadar karışık olarak herkes vardı. Bazılarını görmüşlüğüm vardı, bazılarınıysa ilk defa görüyordum.

"... Yani anlayacağınız..." dedim ve tuvaletin kapısından en uzak köşede durdum. Esma ve Helin de benim geçtiğim gibi kızların aralarından geçtiler ve yanıma geldiler. "... Daha sakin bir ortama ihtiyacım var. Anladınız sanırım," dedim ve tuvaletin çıkış kapısı-nın açılma sesini duydum. Kızlar birer birer çıkmaya başladıkların-da, kabinlerdekiler de aynı şeyi yaptılar.

Esma ve Helin rolü bozmadan sert bakışlarla tek tek kabinleri kontrol ettikten ve tuvaletin tam olarak bize ait olduğunu onayla-dıktan sonra yüzümüzü değiştirip kahkaha atmaya başladık.

147

Kaç dakika güldüğümüzü bilmiyordum ama Helin "Sanırım bu haftanın olayı bu oldu. Harikasın Güneş! Bu sene tiyatro kulübü seni bekler artık..." dediğinde, Esma "Haksızsın!" diye atıldı.

Anlamayarak Esma'ya döndüğümüzde "Evet Güneş on numaraydın, ama haftanın olayı bu değil," dedim.

"Ne o zaman?" diye sordum. Helin de "Söyle artık şunu!" dedi.

Esma "Sonunda Burak'la birlikte olmaya karar verdik!" dediğinde, Helin alkışlamaya başladı."Bugün gerçekten herkes sapık tarafından kalkmış," deyip gülümsedim, Esma'ya sarıldım.

Helin alkışlarken "Açıkçası altı yıllık beraberlikten sonra, Burak'ın gay olduğundan şüphelenmeye başlamıştım," dedi Esma bize "Emin olun, değil," dedi ve gülümsedi.

Esma'ya "Eee, yapmak istediğine nasıl karar verdin?" diye sordum.

Esma "Bilmem. Bir şekilde.. aklımda oluştu işte. Ama üstünde çok kafa yordum. Yani kesinlikle, yüzde yüz eminim," diye cevapladı.

Esma kendinden emin konuşuyordu. Benim aksime bu tür konularda kesin bir karar verebildiğine sevinmiştim.

Esma "Öyle durmasanıza!! Bir şeyler söyleyin! Güneş, Demir'le o tür olaylar nasıl gidiyor?" diye sorduğunda "Hop hop! Benden önce Helin ablamıza soracağız bunları. Ne de olsa tecrübeli olan o. Öyle değil mi Helin'ciğim?" diye sırıtıp Helin'e baktım. Helin gözlerini kocaman açarak "Hey! Sen nereden biliyorsun bunu?!!?" dedi.

Esma "Ne yani Doğukan'la...? Oha! Benim neden haberim yok! Güneş, bunu biliyordun ve bana söylemedin mi yani?! Asıl sana inanamıyorum..." dediğinde, kızlara gülümseyerek "Sanırım tuvaletin bu öğlen teneffüsü boyunca bize ait olması işimize yarayacak. Çünkü konuşacak epey şey var," dedim.

18. Bölüm

Helin "Eee kararını ne değiştirdi?" diye Esma'ya sorduğunda, Esma "Uzun zamandır düşünüyordum aslında," diye cevap verdi.

Esma'ya "Hiç de bile. En son 'evlenmeden olmaz diyenlerdenim' demiştin. Hatta çok iyi hatırlıyorum, bizim evde kalıyordunuz o gün," dedim.

Helin bana dönüp "Uuuu, birileri epey dikkatli dinlemiş anlaşılan," deyip sırıttığında, Esma, Helin'e yumruğunu geçirdi ve "Helin sen hiç konuşma bile. Bana nasıl söylemezsiniz anlamıyorum? Sonunda Doğukan'la olanlar olmuş ve ben en son öğreniyorum," diyerek üzüldüğünü belirtti.

Helin bana tekrar dönüp "Harbiden Güneş... nasıl öğrendin?" diye sordu.

"Aslında.. Kayhan'la beraber evde olmamamız gerekiyordu. Emre'nin partisini hazırlıyorduk fakat ipod'umun kablosunu almak için bizim eve girmemiz gerekti... ardından da işte..." derken, Helin kıpkırmızı oldu ve "Parti günü... tabii ya..." dedi.

Esma ile aynı anda gülmeye başladığımızda, Helin "Oturup da sonuna kadar dinlemediniz heralde?!' diye kızdı bana.

"Hayır.. hayır," derken gülüşümü durdurdum ve "...Kayhan duydu, ardından bana sessiz olmamı söyledi. Sonra da evden hemen çıktık. Merak etme yani," dedim.

Esma "Eeeee nasıldı kızım anlatsana!! Sırada ben varım ve edinebildiğim kadar bilgi edinmek istiyorum.. Tabii..." derken bana döndü ve gülümseyerek "...Güneş benden de aceleci çıkmazsa," dedi.

"Lütfen, önden buyur. Demir'le Doğukan'ın geçen haftaki kayboluşlarından sonra o süreyi biraz daha uzatmaya çalışıyorum," dediğimde, Esma "Demir Erkan'ı kendinden mahrum bırakarak intikam alıyorsun ha? İyiymiş," dedi ve güldü. Ardından Helin'e döndüğümüzde Helin ellerini havaya kaldırıp "Tamam, tamam anlatacağım. Ama çok detay veremem. N'olur... samimiyiz falan,en yakınımsınız ama her şey bir yere kadar. İğrençleşmeyelim," dedi.

Esma ile beraber Helin'e bakıp anlatmasını beklerken Helin "Aslında bir anda çok aç olduğumu fark ettim ve..." dedi ve kapıya doğru yöneldi. Esma, Helin'i kolundan tuttuğu gibi geri çekti ve önceki konumuna geçirdi.

"Kaçışın yok canım," dediğimde, Helin "Orasını fark ettim zaten. Ama şöyle bir düşününce çok da anlatacak bir şey yok gibi," dedi.

Esma "İllaki vardır Helin. Oldukça özel bir şey ve ilkler sadece bir kez yaşanır. Nasıldı?" diye sorduğunda, ben "Canın çok acıdı mı?" dedim.

Esma: "Neredeydiniz?"

Ben: "O sırada biz neredeydik?"

Esma: "Ne kadar sürdü?"

Esma ile ardı ardına sorularımızı sıralarken Helin bizi susturdu. "Öncelikle bu olay çok büyütülüyor. Tamam,tabii ki özel bir şey; ama çevrenizdekilerin baskıları ve söyledikleri yüzünden korkuyorsunuz. Hatta kelimeyi söylemeye bile çekiniyorsunuz ama bence bu yanlış," dediğinde, Helin'i ikimiz de dikkatle dinliyorduk. Araştırmasını iyi yapmıştı anlaşılan ve kendi düşüncelerini savunuyordu. Esma "Bu da bir bakış açısı tabii..." dedi ve ardından Helin konuşmaya devam etti.

"Benim seçtiğim kişi Doğukan'dı ve kararımdan asla pişman değilim. Zaten eğer ertesi sabah uyandığında pişmanlık duymak istemiyorsan, o kişiden adın gibi emin olmalısın. Zaman olarak da kendini hazır hissettiğin zamanı beklemelisin. O kadar. Bunun ötesi berisi yok. Senin için doğru olan kişinin Burak olduğunu hepimiz biliyoruz, ve kendini de hazır hissettiğini söylüyorsun... o zaman önünde hiçbir engel yok. Arkandayız güzelim," dedi Helin ve Esma'ya sarıldı.

Esma "Helin, sen sanırım uzun zamandır bunları içinde tutuyordun," dediğinde, Helin "Evet, iyi konuştum değil mi?" dedi ve gülümsedi.

"Helin, kendi düşüncelerini savunma konusunda özgüveni senden daha yüksek olan kimseyle tanışmadım," dedim.

Helin "Bir gün önemli bir devlet kadını olursam, oylarınız bana," dedi.

Esma "Tamam, tamam, konuyu saptırmayalım," dediğinde, kapı açıldı ve içeriye 9.sınıf olduğunu tahmin ettiğim bir kız girdi. Üçümüz aynı anda "Dışarı!" diye bağırdığımızda, kız arkasını bile dönemeden dışarı çıktı, kapıyı arkasından kapattı. Gülerken bir yandan da Helin'e "Hadi devam et," diyordum.

Helin "Bodrum'a gitmeden önceydi, sanırım bir buçuk hafta falan önce... Son sınavlar da bitmişti. Esma, sen yine Burak'la takılıyordun. Demir felaketi daha patlak vermemişti tabii ki ama Güneş.. sen Demir'in senden gittikçe uzaklaştığını söylüyordun, Arda'yla kafedeydin hep. Ben de Doğukan'la beraber vakit geçiriyordum. Okulun duvarına adımızı yazdığından beri aramız çok iyi, biliyorsunuz işte. O gün orada onun doğru kişi olduğu konusunda ikna olmuştum. Geriye sadece doğru zamanı yakalamak kalmıştı..." derken belini lavabonun kenarına yasladı ve konuşmaya devam etti.

"...Bana akşam yemeği ısmarlayacağını söylediğinde yine bizim hamburgerci Kızılkayalar'a götüreceğini falan sanmıştım. Oraya ikimiz de bayılıyorduk. Ona göre giyindim işte, siyah deri pantolonumu, yaz sıcağında bile giydiğim siyah botlarımı giydim ve güzel bir bluzla deri ceketimi de giydikten sonra hazırdım. Sadece eyeliner'ın yettiğini düşünüp hemen evden çıktım ve arabasına atladım."

Esma "Şu an sırıtıyorsun Helin. Sırıtmaya devam edebilirsin ama detaylarıyla anlatmayı unutma sakın. İyi gidiyorsun," dediğinde, Helin "Arabaya bindim ve yola çıktık. Başka bir yola girdiğinde ona nereye gittiğimizi sordum. Bana "Sevgilim Bodrum'a tatile gidecek ve ben onu sadece hafta sonları görebileceğim. Seni güzel bir yemeğe çıkartsam çok mu kötü olur?" diye yanıt verdi. Tabii beni Mid Point'e götüreceğini tahmin etmemiştim. Park ettiğimizde "Doğukan, burası biraz pahalı kaçmaz mı?" diye sordum. Bana "Merak etme, bu akşam istediğini yiyebilirsin. Üstelik buranın suflelerini ne kadar sevdiğini çok iyi biliyorum," dedi. Bu tür detayları hatırlıyor olması beni çok mutlu etmişti...."

Keşke Demir de benimle ilgili böyle detayları hatırlasa.. Belki de hatırlıyordur, ama hatırladığını çaktırmamaya çalışıyordur. Evet evet böyle olmalıydı. Çünkü bana ne zaman iltifat etse veya birine güzel bir şey söylese kendinden bir şey eksiliyormuş gibi hissediyordu. Bunu anlayabiliyordum. Her kelimesini dikkatlice seçiyordu çünkü eğer seçmezse, o zamana kadar çizmiş olduğu 'Demir Erkan' profilinin değişebileceğini biliyordu.

Aklımı Demir'den alıp Helin'e tekrar odaklandım.

"Yemekten sonra arabaya bindiğimizde Doğukan telefonla konuşuyordu. Sanırım Demir'le, ya da Savaş. İkisinden biriydi. O sırada park ettiğimiz yere para ödememiz gerekiyordu. Ben çantamı açtığımda Doğukan telefonu kulağından uzaklaştırıp "Bu akşam bendensin, unutma. Cüzdanımı al," dedi ve ardından telefonla konuşmaya devam etti. Doğukan'ın cebinden cüzdanını çıkardım ve açıp içinden 5 TL aldıktan sonra geri kapatacaktım ki en ön bölmesinde bir fotoğraf olduğunu gördüm. Daha iyi görebilmek için ışığı yaktığımda gülümsedim. İkimizin fotoğrafıydı. Daha önce Doğukan'ın cüzdanını falan hiç karıştırmamıştım, ya da gerek olmamıştı. Bu yüzden o fotoğrafın orada durduğunu bilemezdim tabii ki. Fakat fotoğraf bizim ilk tanıştığımız ayda çekilmişti, yani iki yaz önce. İlk tanıştığımız zamanlardan beri o fotoğraf orada duruyordu demek ki..." dediğinde Esma, "Sizin hikâyeleriniz beni benden alacak. Aşk filmi gibisiniz ya!" dedi.

Helin "Yok ya, çok da abartmayın..." dediğinde, ben de Esma'ya katıldım. "Evet Helin, abartmıyoruz, öylesiniz. İlk tanıştığınızdaki o araba hikâyesi, Doğukan'la aylarca gizli gizli buluştuktan sonra sen tepkini gösterince okulun duvarına adınızı yazması... çok güzeldi. Hepsi tek tek çok güzeller."

Demir'den romantik beklentilerimi minimuma düşürmüş olmam, çevremde yaşanan olaylara olan tepkimi değiştirdiğim anlamına gelmiyordu. Hâlâ ilgim vardı. Özellikle de dinlediklerimi en yakın arkadaşlarım anlatıyorsa..

Esma "Tamam tamam hadi!! Devam et!" dediğinde, Helin devam etti. "Tamam, ediyorum. Doğukan telefonu kapattığında fotoğrafımıza baktığımı görmüştü. Ona 'Ne zamandır cüzdanında saklıyorsun?' diye sorduğumda "Çektirdiğimiz günden beri," diye cevap verdi. Doğukan, onun dudaklarına baktığımı anladığında, eliyle çenemi yukarı kaldırdı ve beni öpmeye başladı. Cüzdanı tuttuğum elimle yukarıda yanan ışığı kapatırken cüzdanı yere düşürdüm, ama ışığı kapatmayı başarmıştım.

"Yola çıktığımızda Doğukan'ın cüzdanını yerden almak için eğildiğimde elime başka bir şey çarptı. Onu da aldım. Elimde tuttuğum prezervatifi Doğukan gördüğünde, bana sanki yanlış anlamışım gibi açıklamaya başladı. Onu hiç bu kadar tatlı gördüğümü hatırlamıyordum. Bana sürekli "Düşündüğün gibi değil! Sadece sen ne zaman istersen o zamana hazırlıklı olmak için yanımda taşıyorum. Sakın başka bir şey anlama. Seni çok seviyorum... Kendini baskı altında falan da hissetmeni istemem, sadece senin için yanımda hep bir tane taşıyorum..." diyordu. Bu açıklamaları yaparken ona sorduğum soruyla bir anda sustu ve şaşırdı. Ona 'Doğukan, hani sana her zaman bir otel fantezim olduğundan bahsetmiştim değil mi?' diye sormuştum."

Esma "Evet o fanteziyi biz de biliyoruz," derken bana baktı.

"Bordo çarşaflar, bordo sarı renkli duvarlar... sonrasında odaya sipariş edilen kırmızı şarap...Hatta bu tariflere uyan oteli araştırıp bulmuştun. Adı neydi?" diye sorduğumda Helin "Tamam!! Yüzüme vurmayın! Evet, Doğukan da haliyle biliyordu ve ona bu soruyu sorar sormaz bakışları değişti. Gülümsedi ve ardından, 'Helin sen emin misin?' diye sordu. Onu ne kadar emin olduğum konusunda araba yoldayken nasıl ikna ettiğimi size anlatmayacağım ama ikna oldu diyelim.. Ve sonrasını artık bilirsiniz. Her şey tam da hayal ettiğim gibi oldu," dedi ve son on dakikadır suratında olan sırıtışla konuşmayı bıraktı.

Helin'e sarılıp "Awwww" tarzı sesler çıkarırken, Esma bir yandan da "Detay!!" diye bağırıyordu. Helin bize "Başta acıyor, evet. Ama asla asla asla katlanılamayacak kadar değil. Tüm o okuduğunuz kitaplar falan var ya... Yalan.Kişiden kişiye göre değişir bu. Senin canın az yanar, onun canı çok yanar; ya da aynı derecede acı hissedersiniz fakat senin acı kapasiten daha az olduğu için..." derken, Esma "Acı kapasitesi mi?" diye sordu. Ben de Helin'e "Birileri işkence sahneleri içeren polisiye filmler izlemiş..." dedim.

"Aynenn... ve bence gayet de yerinde bir terim oldu. Her neyse, öyle yani. Zaten birkaç dakikanın ardından yaşadığın duygu seliyle beraber o acı, kontrol düzeyine iniyor. Tabii ilişki bittikten birkaç saat sonra ve ertesi gün sizde ağrımaya devam eder mi bilemeyeceğim. Bu tür şeylerin kişiden kişiye değiştiğini söylemiştim," dedi Helin.

Esma cevap vermeyince ona dönüp "Heyecanlı mısın?" diye sordum. Esma "Evet, evet! Burak'la konuştuk bile. Benim tarih belirlememi bekliyor," dedi.

Helin "Öncesinde randevu falan olacak mı? Ne giyeceksin? Asıl, iç çamaşırı olarak ne giyeceksin?" derken pis pis sırıtmaya başlamıştı. Ben de Helin'in sorularını devam ettirip "Nerede olacak? Sizin evde mi, Burak'larda mı, yoksa Helin gibi özel bir fantezin var mı?" diye sorduğumda, Esma "Bilmiyorum!! Ama sizinle konuşunca rahatladım kızlar," dedi.

Helin "Sorulara boğulma sırası sende güzelim. Sıra Güneş'e gelene kadar çekeceksin bizi," dediğinde, ikisi de bana döndüler.

Esma "Sahiden, Demir nasıl duruyor?" diye sordu.

Ona sanki ne dediğini anlamamış gibi yaparak "Ne demek nasıl duruyor?" diye sordum.

Helin "Alınma ama Demir'in, eskiden gecelerini nasıl geçirdiğini biliyoruz..." deyip, elini kolumun üstüne koyduğunda "Evet.. ve kimlerle..." dedim.

Esma "Onu hâlâ elinde tutuyorsan demek ki gerçekten seni seviyor. Ama bu senin hemen onunla sevişmen gerektiği anlamına da gelmez. Aynen Helin'in dediği gibi. Sen istediğin zaman karar verirsin. Onun sana baskı uygulamasına izin verme," dedi.

Demir bana bu konu hakkında baskı uyguluyor muydu? Hayır, ben... onun böyle bir konuyu kendi kendine açtığını bile hatırlamıyordum. Biz yatmıyorduk, fakat benden önce o, sürekli kızlarla beraberdi. Her gece farklı bir kız.. Kızlar onu tatmin edebilmek için önünde sıraya diziliyorlardı. Her gecesi öyle geçiyordu ve ben bu okula gelmeden önce de böyleymiş. O zaman.. ya ben onunla yatmıyorum diye hâlâ başkalarıyla yatmaya devam ediyorsa? Bu yüzden mi konuyu açma gereği duymuyordu, benimle bu konu hakkında konuşmuyordu? Nasılsa ihtiyaçları karşılanıyordu ve bu yüzden mi... Ben onunla yatmadığım için sorun etmiyordu?

Helin "Güneş, iyi misin?" diye sorduğunda "Efendim?" diye karşılık verdim. Esma "Yüzün düştü..." dediğinde "Yok, aklıma bir şey geldi de... Neyse. Kim acıktı?" diye sorup hemen kapıya yöneldim.

Demir hakkında düşünecektim. Eğer öyle bir şey yapıyorsa, benim haberim olmadan, ben onunla yatmıyorum diye başkalarıyla yatıyorsa.. Daha yeni düzelmiş olan kalbim parçalara ayrılırdı. Aslında şu anda böyle bir şeyden şüphe duyduğum için kendime daha çok kızıyordum. Demir'den nasıl emin olamazdım? Sanırım bu konu diğer konulardan daha hassas ve hiç ciddi ciddi düşünmemiştim.

Helin "Ben!" dediğinde, arkamdan geldiklerini anladım ve kapıdan çıktım. Tuvaletin kapısının önünde bizim yaklaşık on beş belki yirmi dakika önce dışarı attığımız kızlardan bazıları vardı. Bir de az önce attığımız 9.sınıf olan kız.

Kapıdan çıktığımızda anında sustular. Sanki bir şey bekliyor gibiydiler. Esma dirseğiyle beni dürttüğünde, sesimi yine teneffüsün başındaki gibi ciddileştirip "İşimiz bitti. Girebilirsiniz," dedim ve onlara bakmadan koridorda yürümeye başladım. Helin'le Esma da yanımda yürüyorlardı. Biraz uzaklaştıktan sonra üçümüz de gülmeye başladık.

Esma "Bu yıl çok eğleneceğiz..." dedi.

Umarım.. diye geçirdim içimden.

19. Bölüm

Esma, "Burak, Alperen'lerle beraber yemekhanede. Onların yanına gidiyorum, geliyor musunuz?" diye sorduğunda aklım Demir'den başkasında değildi.

"Aslında... Helin! Doğukan da basketbol antrenmanında değil mi?" diye sordum.

Helin "Evet?" dediğinde "Şaka maka Demir'le Doğukan'ı hiç basketbol oynarlarken görmedim. Çok merak ediyorum," dedim.

Helin "Özel antrenman falan değil midir? Ya içeri almazlarsa?" dediğinde, Esma "Özeli mözeli yok! Saçmalamayın. Okulun tüm kızları onları izliyor sabahtan akşama kadar," diye atladı.

Helin'le birbirimize baktığımızda Esma "Bilmiyor muydunuz?" diye sordu.

Helin "Güneş... teklifini kabul ediyorum. Esma, sonra görüşürüz!" dedi ve beni kolumdan tuttuğu gibi spor salonuna götürmeye başladı.

Salona girdiğimizde on kişi aralarında maç yapıyorlardı. Yedek köşesinde oturan on iki kişi saydım. Doğukan bir kenarda, Demir bir kenarda ayakta duruyorlardı ve oynayanları izliyorlardı. Demir'in üstünde siyah basketbol şortu ve aslında bol olan ama onun üzerindeyken yapılı olmasından dolayı normal duran siyah, kısa kollu tişört vardı. Ayakkabıları Nike'tı ve siyah-beyazdı.

Helin "Şuraya bak!" dediğinde, hemen başımı tribüne doğru çevirdim ve amaçları, sadece bizimkileri kesmek olan kızları gördüm.

"Geçen sene yoktu bunlar!" dediğimde, Helin "Sanırım müzikal başarısından sonra okulun nüfusu arttı. Ama... bu kadar kız gelmese de olurdu bence,"dedi.

"Hadi gel, oturalım," diye tribüne çıkmaya başladığımda, Helin "Zaten iştahımı şu kızları görünce fazlasıyla kaybettim," dedi.

"Güneş! Helin! Hey!"

Adımızla bize seslenen kişiyi görmek için tribünün en üst tarafındaki koltuklara baktığımda, Cansu ve Ateş'i gördüm. Cansu el sallıyordu.

Helin "Bu bizi mi çağırıyor? Yoksa bana mı öyle geldi?" diye sordu.

Cansu "Burada yer var! Yanımıza gelin!" dediğinde, Helin'e "Sanırım evet," diye cevap verdim. Tribündeki kızların bize bakışlarını gördükten sonra tekrar Cansu'ya baktım.

Helin "Sence gidip oturmalı mıyız? Yani.. ne bileyim mikrop falan bulaşmasın sonra..." dediğinde, Helin'e "Of Helin. Kıza bir şans daha versen ölür müsün sanki? Hem Ateş'le resmi olarak tanışmadın sen. İyi birine benziyor," dedim ve onların yanına doğru çıkmaya başladım. Helin arkamdan gelirken "Kız, geçen sene senin hayatını cehenneme çevirmek dışında hiçbir şey yapmadı, ama ondan tiksinen benim. Aferin Güneş. Harikasın," diye söylendi.

Cansu "Selam. Buralara uğramazdınız?" diye sorduğunda, onların tam önlerine oturduk. Kızların hepsi sahadakilere daha da yakın olmak için en önlerde oturuyorlardı. Biz, en üst ve arka sırada, dört kişi oturuyorduk.

"Uğramazdık ama sanırım daha sık uğramalıyız. Yeselermiş bizimkileri... Oha! O kız az önce... tahmin ettiğim şeyi mi söyledi?" dediğimde... Cansu kahkaha attı ve "Aynen öyle dedi," dedi.

Helin dirseğiyle beni dürtüp dudaklarını oynatarak "Şu. Kıza. İyi. Davranma!" dedi.

Aklıma Ateş'le konuşmadığımız geldi ve "Nasılsın Ateş? Sanırım Helin'le sadece bir kere konuşmuştunuz?" diye sordum.

Helin istemeye istemeye arkasını döndü ve gülümseyerek "Merhaba. Sen takıma girmeyi düşünmedin mi?" dedi.

Ateş "Düşünürdüm.. ama ben eskiden tenis oynuyordum ve geçirdiğim sakatlıktan dolayı sporu bırakmak zorunda kaldım," diye karşılık verdi.

"Geçmiş olsun," dediğimde, Helin "Bir daha hiç spor yapamayacak mısın? Yoksa sadece şimdilik mi bıraktın?" diye sordu.

Ateş "Maalesef hiç yapamayacağım," diye cevap verdiğinde, Cansu dudaklarını bükerek 'üzgün surat' yaptı ve ardından Ateş'e belinden sarıldı. Ateş gülümsedi ve kolunu kaldırıp onun daha rahat sarılmasını sağladı. Ardından o da kolunu Cansu'ya attı.

Helin "Oha! İnanmıyorum! Basketi gördün mü?" diye sorduğunda, tribündeki kızların alkışladığını fark ettim.Ardından bir sessizlik oldu ve Demir'in sesini duydum. Savaş oyundaydı ve sanırım basketi o atmıştı. Demir "Savaş! İzin ver de yeni çocuklar oynasın!" dediğinde, Savaş anladığını belirtecek şekilde başını salladı ve ardından oyuna devam etti. Arkamı dönüp Ateş'e bakarak "Kardeşini izlemek için mi buradasınız?" diye sorarken, cümlemin sonuna doğru Cansu'ya da baktım.

Ateş "Evet. Savaş'la aramızda bir yaş var. Neredeyse yaşıtız,bu yüzden onu bir kardeşten çok arkadaş olarak görüyorum..." dedi. Cansu "Yalan söylüyor. Asıl amacımız..." diye cümlesine başladığında, aşağıdaki tribünlerde oturan bir kız "Demir! Sen de oyuna gir!" diye bağırdı. Ardından Cansu sözüne devam etti ve gülerek "...tam da bunun için buradayız. Kızlar bazen delirecek düzeye geliyorlar! O kadar komikler ki! Al patlamış mısırı, buraya otur ve izle yani!" dedi.

Ateş "Evet ya. Doğukan'la Demir, yani sizinkiler kızların favorileri. Sanırım... okulun da öyle. Her neyse işte. Antrenmanın başında onlar da oynuyorlardı da... işte o zaman burada olmanız gerekirdi," dedi.

Cansu "Kesinlikle," dedi ve kahkaha attı. "Kızın biri 'Ye beni Demir!' diye bağırdı! İnanabiliyor musunuz?! Bunu söyledi ve seninki," derken, bana bakıyordu. "... smaç bastığında kız, Demir'in ilgisini çekebilmek için tişörtünü çıkarttı. Yerinde olsam antrenman bitiminde sahaya atlar ve şu kızlara iyi bir ders verirdim," dedi ve göz kırptı.

Helin "Sanki sen onun ilgisini çekebilmek için başka bir şey yaptın, kaşar!" diye kısık sesle konuştuğunda, gürültüden Cansu'nun duymadığına emindim ama ben duymuştum. Helin'e doğru yaklaşıp "Kız tam arkamızda oturuyor!" dediğimde, Helin "Bana ne!" dedi.

Doğukan düdük çalıp Demir'e zamanın bittiğini işaret ettiğinde, Demir oyunu durdurup yedektekileri de karşısına çağırdı. Demir'in sesini duyabilmek için tüm salon anında sessizliğe büründü. Kızların, tıpkı benim gibi Demir'in hangi harfi o harika dudaklarından çıkaracağını beklediklerini fark ettiğimde, o tanıdık kıskançlık duygusu içimde kabardı.

"Ben bunları öldürürüm ama," dediğimde Helin "Al benden de o kadar. Masal bitti, bunlar başladı. Valla hiç acımam. Dalarım. Aynen.... bunun gibi..." derken ayağa kalkmıştı.

"Ne yapıyorsun?" diye sorduğumda, Helin "Baksana!Antrenman bitti. Demir yeni çocuklara takımda kalıp kalamayacaklarını söylüyor şu anda ve... altı tanesi gidiyor. Onlar giremeyenler. Geriye kalanlarsa... Evet. Evet, onları bir sonraki atrenmana çağırdı ve... bitti! İzle ve öğren güzelim," dedi ve aşağı doğru büyük bir hızla inmeye başladı.

Cansu "Offff... eğlence bitti," dedi. Ateş de "Hadi bahçeye çıkalım," diye ona destek oldu ve bana "Güneş bizimle gelmek ister misin?" diye sordular. Cansu'nun bu hali beni hâlâ şaşırtmaya devam ediyordu. "Yok... teşekkürler. Sanırım, aynen senin dediğin gibi. Şu kızlara bir ders vermeliyim," dedim ve derin bir nefes alıp verdim. Cansu "Sadece bir tavsiye... Daha çok ruj sür. İşe yarıyor," dedi, gülümsedi ve ardından Ateş'le tribünden çıktılar.Aşağı doğru inmeye başladım. Helin türibünün kenarından atlayıp sahaya inmişti ve Doğukan'ı çektiği gibi öpmeye başlamıştı.

Sanırım sahip olmak istediğim özgüven buydu ve Demir'i elimde tutmaya devam etmek istiyorsam eğer, aynı zamanda sahip olmam gereken de buydu. Ama ne yapabilirdim... bu öylece gelebilecek bir şey değildi. Ben bu kadar... nasıl desem.. Helin kadar 'yüksek sesli' biri değildim. Ama olabilmeyi dilerdim.

Sahada Doğukan ve Helin öpüşüyorlardı, Savaş çantasına ulaşmış, içinden telefonunu almıştı. Üç oyuncu su içiyordu... Bir de Demir vardı. Diğer herkes soyunma odasına gitmişti. Sanırım o giden çocukları izleyen kızlar ve 'Doğukan'cı olan kızlar gitmeye başlamışlardı. Helin'in planı işe yaramış gibi görünüyordu.

Fakat sanırım bir planı daha olması gereken bendim çünkü kızların çoğu hâlâ tribündelerdi ve Demir'e bakıyorlardı. Demir yerde duran kâğıtları aldı ve cebinden çıkardığı kalemle birkaç not aldı.

Demir hakkında yeni bir şey daha öğrenmiştim. Basketbolu sevdiğini biliyordum ama bu kadar ciddiye aldığını bilmiyordum. Hoşuma gitmişti. Beni görmesi için herhangi bir şekilde el sallamayı veya bağırmayı düşündüm ama kızlar hâlâ saçma sapan gürültü yapıyorlardı ve Demir tribüne bakmıyordu.

Demir tribüne bakmamıştı. Buraya geldiğimden beri bir kez bile dönüp onun adını bağıran, ona seslenen, onunla konuşmaya çalışan, onun ilgisini çekmeye çalışan bir kıza bile bakmamıştı. Benim geldiğimi bile görmemiş olabilirdi. Bu hareketini ne kadar takdir etmiş olsam da onun hep böyle olduğunu hatırladım. Yani benim yüzümden başka kızlara bakmamazlık etmiyordu. O zaten kızlara bakmazdı. Başından beri böyleydi. Onu tanıdığım ilk günden beri kimseyi etkileme gereği duymamıştı. Zaten ihtiyacı da yoktu. Kokusu... kokusu bile onun yerine bu işi yapabiliyordu. Her şeyiyle mükemmeldi. Tabii bu insanların onun hakkında bildiği şeydi. Benim bildiğim şeyse kimsenin mükemmel olmadığıydı. Dışarıdan her ne kadar harika görünürse görünsün, o kişi Demir Erkan bile olsa, içeride bir yerlerde mutlaka, küçük de olsa bir nokta oluyordu. Önemli olan o eksiklerini tamamlayacak insanla beraber olmaktı.

Helin'in salona atladığı yerin önünde durdum ve sonra öyle bir şey yapamayacağımı bildiğim için tribünün normal çıkışına gittim ve oradan sahaya girdim. Demir beni gördüğünde dudaklarını araladı, beni süzdü, ardından elindeki kâğıtlara tekrar baktı.

"Hiç gelip bana laf atmayacaksın diye düşünmeye başlamıştım..." dediğinde, şaşırıp ona "Bir kere bile arkana dönüp bakmamışken beni nasıl görebildin?" diye sordum.

"Ben seni hep görüyorum Güneş," dediğinde, gülümsemek için dudaklarımı birbirine bastırdım. Ardından ona asıl sormak istediğim şey aklıma geldi ve az önce bastırdığım gülümsememi artık bastırmama gerek kalmadı. Gitmişti.

Ellerimi havaya kaldırıp "Üzgünüm.. oradan atlayamazdım," dediğimde "İşte buna katılıyorum. Kesin ambulans çağırmak zorunda kalırdım. Hiç uğraşamazdım bir de senle," dedi ve elindeki kâğıtları katladı, yerden aldığı siyah spor çantasına koydu.

Çantasını omzuna astığında ona yaklaşıp "Çıkışta... seninle konuşabilir miyiz?" diye sordum. "Bugün olmaz. Şimdi okuldan çıkacağım. İşim var. Ama yarın okulu kıralım dersen...?" dedi. Evet demeyi çok isterdim ama ne işi olduğunu ölesiye merak ediyordum ve bana asla söylemeyeceğini de adım gibi iyi biliyordum. Bu yüzden ona biraz kırılmıştım, hem de hâlâ bir haftalığına kayıplara karıştığı için sinirliydim. Bu sırada spor salonunun çıkışına doğru yürüyorduk. "Normalde olur derdim ama bu sene sınava gireceğimiz için sınava bir ay kala başlaması gereken korku bende şimdiden başladı bile," diye uydurdum.

Demir "Yarın görüşürüz o zaman," deyip soyunma odasının kapısına doğru gitmeye başladı.

Ne yapıyordum ben? Onu aklımca cezalandırmaya falan mı çalışıyordum? Bunu yaptıkça ya benden uzaklaşmaya başlarsa? Hatta.. ya çoktan başladıysa ve bugün kızlarla konuşurken aklıma gelen şeyler gerçekten yaşanıyorsa..?

O tam arkasını dönüp soyunma odasının kapısına uzandığında "Demir," dedim ve onun durmasını sağladım.

En azından bugün nereye kaybolacağını sorabilirdim... değil mi? Şu işe bak, sevgilimin nereye gideceğini öğrenmek için bile cesaret toplamam gerekiyor...

Bana, soran gözlerle baktığında "Bugün... bugün nereye gideceksin? Yani işin ne?" diye sordum.

Yüzünde sinirlenmişten çok şaşırmış ve memnun olmuş bir bakış vardı. Bana yaklaştı ve "Yarın çıkışta buluştuğumuzda beni bir şekilde şaşırtacağına söz ver... ben de söyleyeyim," dedi.

Demir Erkan'ı şaşırtmak... Sanırım bu sadece benim yapabildiğim bir şeydi. Ne zaman dudakları aralansa, mavi gözleriyle bana tanıdığım o ifadeyle baksa, ya verdiğim cevapla ya da yaptığım bir şeyle onu etkilediğimi anlayabiliyordum ve bu bana zevk veriyordu. En şaşırtılamayanı şaşırtmanın verdiği zevk...

"Sanırım birileri sürpriz istiyor... Şimdi bir tane ile başlasam olur mu?" diye sordum.

Yarın akşam konuşacağımız konudan sonra onun, ben onunla beraber olmazken başka kızlarla beraber olup olmadığını öğrenecektim. Cevap ne olursa olsun, ona bir kez sarılmadan önce bunu duymak istemiyordum. Demir'in önceden nasıl biri olduğunu biliyordum ve aynen kızların da dediği gibi... böyle bir şeyin olma ihtimalı oldukça yüksekti. Ondan şüphe etmek beni çok üzüyordu. İçimi yiyordu, ama şüphe etmemek elde değildi. İhtiyaçları vardı anlaşılan.. ve onları düzenli bir şekilde karşılayabiliyordu. Bana kadar.

"...Derken?" diye sorduğunda "Sana sarılabilir miyim?" dedim.

İşte. Ağzımdan çıkmıştı işte. Pişman da değildim. Demir'in tepkisini görmek için yüzüne bakmak istemedim. Onun için ne kadar çocukça, saçma bir şey olduğunu tahmin edebiliyordum ve bana aşağılayan gözlerle baktığını görmek istemiyordum. Soluma baktım. Spor salonu çoktan boşaltılmıştı. Kızlar doğruca bahçeye çıkan kapıdan çıkmış olmalılardı. Bu kapı soyunma odalarına gidiyordu...

"Gel buraya sarışın," deyip bir koluyla beni omuzlarımın hizasından kavrayarak kendine çekti ve ona sarılmamı sağladı. Kollarımı onun beline sardığımda tişörtündeki ter izi umrumda değildi. Bence kokusu bile hâlâ aynı muhteşemlikteydi.

Gözlerimi sımsıkı kapattım ve bu anı aklıma ve kalbime kazıdım. Yarın alacağım cevap hakkında en ufak bir fikrim yoktu ama...

Demir beni başımdan öptü ve saçlarımı kokladı. Düşüncelerimi durduran iki şey buydu. Hayatımda o andaki gibi hissettiğim tek bir an vardı, o da Demir'le sahilde ilk kez öpüştüğümdeydi. İşte o his var ya.. Tüm dünya gereksiz gelmeli gözünüze. Sanki bir tek siz renklisiniz bu siyah beyaz filmde.. O yaşadığınız anın gerçek olamayacak kadar güzel olduğunu bildiğiniz için 'film' olduğunu düşünüyorsunuz. Ama işin gerçeği o anda onunla oradayken ne izleyici sizi ilgilendiriyor, ne de geçmişiniz. Unutturmalı. Zaman kavramını unutturmalı size o an... Eğer bunları yaşar ve hissederseniz benim şu an Demir'le ne hissettiğimi anlayabilirsiniz.

"Güneş.. Üstümü değiştirmem gerek," dediğinde ondan ayrıldım ve kollarımdaki hafifliği hissettim. Onu ne kadar sıkı tutmuş olduğum hakkında bana mesaj veriyordu bu hafifleme. Beni belimden çekti ve öptü. Öpüşürken omzunda asılı olan çantayı yere attığı gibi öbür kolunu da bana sardı ve beni itti. Geriye gitmemi sağladığında yaklaştı ve beni duvara yasladı. Saçlarımın hepsini sağ tarafıma attı ve açıkta kalan boynumu öpmeye başladı.

Boynumu ve kulağımın tam altını öptüğünde, hızlanan nefesim yavaşlamadı. Demir boynumdan biraz daha aşağı, köprücük kemiğime doğru yaklaştığında aramızdaki boy farkından dolayı zorlandı. O... cidden uzundu. Benden... fazla uzun.

"Bu böyle olmayacak..." deyip beni kalçam ve belimden tutup havaya kaldırdı, duvara yasladı. Bacaklarımı ona doladım. Düşmemem için bir eliyle bacağımdan tutuyordu, diğer eliyle de kalçamdan. Ama asıl desteği, karnının altını bana olabildiğince yaslayarak sağlıyordu. Onu az da olsa hissettiğim zaman, elimle saçlarını kavradım ve biraz çektim. Bunu yaptığım anda dudaklarıma yapıştı ve daha hızlı öpmeye başladı. Hoşuna gitmişti.

Kaldığı yerden boynumu öpmeye devam ettiğinde, yavaş yavaş bluzumun üstünde kalan köprücük kemiğime indi. Dudakları her tenime değdiğinde aldığım nefeslerin yetmediğini düşündüm. Beni ölesiye heyecanlandırıyordu ve bana yabancı olan ne kadar his varsa yaşatıyordu.

Öpücükleri sol göğsüme yaklaştığında "Güneş..." diye fısıldadı. Gözlerimi açıp mavi gözlerine kilitlendiğimde "Kalbin... fazla hızlı..." diye fısıldadı ve beni indirdi.

Nefesimi eski haline getirmeye çalışırken, Demir'e "Yarın çıkışta... konuşacağız. Öptüm! Aaa...dur. Zaten yaptım az önce," dedim gülümseyerek ve arkamı dönüp yürümeye başladım. Şaşırtılmak mı istiyorsunuz Demir Bey..? Az önce konuşabileceğim en cool şekilde konuştum. Haa... bir de...

Ona son bir şey söylemek için arkamı döndüğümde tahmin ettiğim gibi beni izliyor olduğunu gördüm.

"Bir de... Soyunma odasında giyinirken bol şans," dedim. Demir hafifçe gülümserken çantasını yerden aldığı gibi karnıyla bacaklarının arasında tuttu.

Arkamı döndüm ve spor salonundan çıktım. Bahçede esen rüzgâr yüzüme çarptığında, rüyadan uyanıp gerçek hayata döndüğümü hatırladım. Zilin sesini duyduğumda aklıma bu teneffüs öğlen yemeği yemeyi unuttuğum geldi. 'Demir'i yemişsin işte daha ne?' diye bağıran kalbimi göz ardı ettim ve bu sefer gerçekliğe ciddi bir dönüş yaptım. Yarın çıkışta Demir'e sorumu soracaktım.

Bunu bilmem gerekiyordu. Bana böylesine duygular yaşatan birinin beni aldatıp aldatmadığını bilmem gerekiyordu. Sanırım... cevaptan korktuğum için şu ana kadar sormaktan hep kaçmıştım.

20. Bölüm

Günün kalanında Demir yoktu. İşi olduğunu söyleyip çıkmıştı okuldan. Nereye, ne için gittiğini bilmiyordum... Her zamanki gibi...

Son dersteyken bir an önce bitmesini istediğim dakikaları sayıyordum.

İngilizce öğretmenimiz "Tamam. Yeter artık inanın ben de sıkılıyorum. On dakika serbestsiniz," dediğinde, Esma ve Burak anında arkalarını döndüler. Esma sessizce "Bu adamın İngilizcesi benimkinden bile kötü.. Benimkinden bile! Buna inanamıyorum," dedi.

Burak "Aynen. Geçen seneki ingilizceci daha iyiydi.Bizi yine iyi çalıştırdın Güneş. Bu sene ihtiyaç bile olmayacak çalışmamıza. Adam kendisi de bilmiyor," diyerek, Esma'ya destek oldu.

"Onu bırakın, aklım Arda'da. Kaç haftadır aramalarıma yanıt vermiyor..." diyerek Arda konusunu açtım.

Esma "Kafeye gittin mi?" diye sorduğunda "Evet! MMA diye bir spora mı ne başlamış, bir ton antrenmana gidiyormuş... Babası söyledi. Arda'yı yakalayamadım," diye cevapladım.

Burak ıslık çalarak önüne döndüğünde, Esma ile birbirimize baktık.

Esma "Burak," dediğinde ben de "Burak, bir şey biliyorsan söyle," diyerek, onun tekrar bize dönmesini sağladım.

Burak "Söylenecek bir şey yok ki Güneş. Hepsi ortada. Tabii ki telefonlarına çıkmayacak," dedi.

"Ne demek istiyorsun? Biz onunla çok uzun zamandır arkadaşız ve hiçbir zaman aramız bu kadar açılmadı. Hep bir yolunu bulup barıştık. Konuşmadığımız maksimum iki gün olurdu. Şimdi onunla tekrar konuşabilmeyi istiyorum. Onu özledim," dedim.

"Bunları ona söylemeyi denedin mi?"

"Yakalayabilsem söyleyeceğim de işte yok ortada! Çıkışta yine kafeye gideceğim. Burak, ne demek istediğini biraz daha açıklayabilir misin?"

Burak "O kadar uzun zamandır arkadaşsınız ki, dışarıdan birinin sizin işinize karışması doğru olmaz, yani bir yorum yapamam. Ama onu çok kırdığın konusu gerçek," dedi.

Hâlâ anlayamadığım için Esma'ya baktım. Esma "Haklı. Dediğin gibi.. yakındınız ama aranıza Demir'in girmesine izin verdin," dedi.

Demek konu hâlâ buydu. Demir'in aramıza girmesine izin mi verdim? Öyle bir şey yaptığımın farkında bile değildim. Demir benim için bomboş bir bulmaca gibiydi yaz tatilinde. Bana ipucu verecek tek bir kutu bile dolu değildi. Onsuzluktan ve cevabını bilmediğim sorulardan dolayı kafayı yerken o Bodrum'a, evimize kadar gelmişti ama Arda o geldiğinde beni uyandırmayı, hatta söylemeyi bile çok görmüştü.

Tamam beni korumak istemesi güzeldi. Kesinlikle Arda'dan bunu yapmasını beklerdim... yani beni korumasını. Daha fazlasını değil! Demir'in oraya geldiğini gizlemesinin nedenini hâlâ çözememiştim. Bu, onun dediği gibi 'korumak' olamazdı. Kıskançlık da değildi. Arda beni Demir'den... bir dakika...

"Arda beni kıskanmıyordur, değil mi?" diye sordum.

Burak "İşte bu benim katılmak istemediğim bir konuşma. Üzgünüm Güneş. Bu konuda Arda'nın arkasındayım," deyip omuz silkti ve önüne döndü.

Esma'ya "Ne ara 'Arda'nın tarafı' ve 'benim tarafım' oldu? Her neyse... sence Demir yüzünden kıskançlık duyuyor olabilir mi?" diye sordum.

Esma "Ben bunu bilemem... sanırım bunu anlayabilecek olan tek kişi sensin. Anlamak için de onunla buluşmalısın. Fakat benim kendi düşüncelerimi duymak istiyorsan..?" dedi. Onaylarak başımı salladım.

"Arda eğer kıskanıyorsa bunu dışarıdan göstermeyecek kadar gururlu biri. Hepimiz onu 'samimi, içten, her ortama uyan, harika bir arkadaş' olarak görüyoruz ama aslında zeki de. Ve eğer seni Demir'le paylaşmak istemiyorsa; senin veya herhangi birimizin bunu anlamamasını rahatlıkla sağlayabilir. Hadi bizi geçtim... sen nasıl anlamazsın? Yazın Bodrum'da bizimle o kadar kaldı, hiç mi ipucu görmedin?" diye sordu Esma.

Yazın Arda Bodrum'dayken aklımın hâlâ Demir'le meşgul olduğu bir gerçekti fakat eğer böyle bir durum olduysa anlamam gerekirdi. Onun bir bakışından, bir kelimesinden anlardım ben ne düşündüğünü. O da aynı şekilde beni anlardı.

Arda en sonunda bana patlamıştı. Ona, neden bana Demir'in geldiğini söylemediğini sorduğumda, beni korumaya çalıştığını fakat benim hâlâ saçma sapan düşünceler içinde olduğumu söylemişti. Ama artık doğruları öğrenmiştik ve Demir'in ailemi öldürmediği ortaya çıkmıştı. Asıl bunları yapan babasıydı ve tüm suçu, Demir'in sicilindeki diğer suçlar gibi oğlunun üstüne atmıştı.

Zil çaldığında herkes ayağa kalktı ve sırayla kapıdan çıkmaya başladı. Esma'ya "Hayır, o gidene kadar Demir'i kıskandığını anlamamıştım. Ama anlamam gerekirdi," dedim.

Sınıftan çıktığımızda Burak, "Sonunda doğru bir şey söyledin Güneş," dedi.

"Sanırım gidip onunla konuşmalıyım. Hem de bir an önce. Burak, başka bilmem gereken bir şey var mı? Ne konuştunuz en son?" diye sorduğumda Esma da "Gerçekten Demir'i mi kıskanıyor?" dedi. Burak "Erkeklerin o kadar da detaylı konuşmadığını ne zaman anlayacaksınız? Bilmiyorum ama gidip gönlünü alman gerekiyor," diye cevap verdi.

Bahçeye indiğimizde Helin ve Doğukan'la buluştuk. Otoparka doğru hep beraber yürümeye başladık.

Doğukan "Güneş ne bu acele?" diye sorduğunda, Burak benim yerime cevap verip "Kafeye gidecek," dedi.

Doğukan "Hmm.. şu Arda meselesi," dediğinde, Helin "Ne yani sen de mi biliyorsun?" diye sordu. Esma bir yandan "Hani erkekler bizim kadar çok konuşmazdı?" diye Burak'a laf atıyordu.

Burak 'Çok detaylı konuşmayız' demiştim hayatım," dedi ve Esma'yı yanağından öptü.

Doğukan, Helin'le bana cevap olarak "Arda sizin olduğu kadar bizim de arkadaşımız. Haberimiz var," dedi.

O sırada Arda'nın bizimkilerle ne ara bu kadar yakınlaştığını düşündüm. Ankara'ya müzikal için giderken bu kadar kaynaşmış olamazlardı. Tamam Burak'la belki ama Doğukan o zaman bizimle takılmıyordu. Demek ki..

"Bodrum'da senin aklın iki karış havada uçarken Arda bizimleydi," dedi Helin sanki aklımı okumuş gibi.

"Bilmem... bana daha çok Şevval, Berke ve diğer Bodrum tayfasıylaymış gibi gelmişti. Özellikle de Hemraz'la..." dediğimde, Esma "Bak! Asıl sen kıskanmışsın işte. Her ne kadar arkadaşın olsa da insan paylaşmayı sevmiyor," dedi. Burak da "Bir de Arda'yı sorguluyoruz burada. Çocuk tabii ki haklı," diyerek tekrar Esma'ya katıldı. Ardından veda ettiler ve servislere doğru gittiler.

"Sanırım bu sefer ben de katılıyorum. Arda haklı olabilir, belki beni kıskanmıştır ya da kıskanmamıştır... Ama bu 'koruma' bahanesiyle Demir'i benden saklaması gerektiği anlamına gelmiyor," dedim, Helin'le Doğukan'a.

Arabalarını park ettikleri yere vardığımızda, Doğukan "İstiyorsan seni bırakalım. Madem bugün sevgilimi kapmıyorsun, onu ben çalayım. Seni de kafeye bırakalım," dediğinde, Helin "Sana araba kullanmayı öğretmem lazım bir gün. Bak yine hatırladım," dedi.

"Şimdilik iyiyim, sağ olun. Ben biraz yürüyüp minibüse binerim. Siz keyfinize bakın," dedim ve onlarla vedalaştıktan sonra otoparktan çıktım. Çıkarken gözüm Demir'in arabasını, bazen de motorunu park ettiği boş yere takıldı.

Minibüs yoluna doğru yürümeye başlamıştım ki arkamdan gelen "Güneş!" sesini duydum. Sonra yanıma yaklaşan, pek de yeni olmayan, eski, gri, ufak bir minivan gördüm.Minivan'ın bana nereden tanıdık geldiğini düşününce aynısının kuzenimde bir oyuncağının olduğunu hatırladım. En sevdiği oyuncağıydı.

Arabanın camından içeri baktığımda, Cansu'nun bana seslendiğini fark ettim. Arabayı o kullanıyordu. Yan koltuğunda da Ateş oturuyordu.

"Nereye gidiyorsun?" diye sorduğunda, çok detay vermeden "Bir kafeye," diye cevapladım.

Ateş "Bence uygundur," dediğinde Cansu ona baktı, ardından bana döndü.

"Uzak mı?" diye sordu.

"Hayır, minibüse binmem gerekiyor. Bırakmanıza gerek yok," dedim.

Cansu "Biz de yemek yiyecek yer arıyorduk ama sürekli aynı yerlerden bıktım artık. Bir değişiklik olsun. Biz de gelelim. Hem sen de minibüse binmek zorunda kalmamış olursun..?" dediğinde, gülümsedim ve arabaya doğru yürüdüm.

Helin yanımda olsa "Ne yapıyorsun?! Şeytanın arabasında ne işin var Güneş!?" diye başıma kakardı, bundan emindim.

Arabaya bindiğimde Cansu'nun içinde kötü bir niyet olmadığından emindim... aslında emin gibiydim... biraz...

Tamam emin değildim. Ama ne kötülük gelebilirdi ki? En fazla hakaret ederdi. Hem Ateş de buradaydı. Onun yanındayken deli kızımız iyilik meleğine dönüşüyordu.

Arabadaki sessizliğin garip olduğunu düşündüğüm için "..Buradan sağa döneceğiz." dedikten sonra "Cansu yeni araba mı aldın, eskisine ne oldu?" diye sordum.

"Yok... bu benim arabam değil. Ateş'in," diye cevapladı. Tabii ki onun arabasının yanında -bana göre gayet tatlı bir arabaydı ama Cansu için- bu arabanın biraz 'külüstür' kalacağından emindim.

Cansu konuşmayı devam ettirip "Ateş bugün okuldaki tribünlerden inerken bacağını çok zorladı. Biliyorsun... sakatlık falan... Ben de sürücü koltuğuna geçtim işte," dedi ve açıklamasını yapmış oldu.

Ateş "Üstünden iki yıl geçti ama hâlâ zorluk çıkarıyor baş belası," dedi.

"Daha kötü de olabilirdi. Hiç yürüyemiyor bile olabilirdin. Doktorlar bana kazadan sonra bacağımdaki kırıkların iyileştiğini, yürüyebileceğimi söylemişlerdi fakat ben hâlâ oynatamıyordum, psikolojik travma yüzünden. Ama şimdi iyiyim. Bazen düşünüyorum, eğer o travmayı hiç atlatamamış olsaydım ne olurdu diye..."

diyerek Ateş'i mi yoksa kendimi mi rahatlatmaya çalışmıştım bilmiyordum. Fakat rahatlamamı gerektirecek ne vardı ki? Alt tarafı çocukluğumdan beri en yakın arkadaşımla konuşmaya gidiyordum. Bir süredir hiç konuşmamıştık ama her şeyin iyi olacağından emindim. Biz her zaman bir yolunu bulurduk.

Böyle düşünüyordum.. ama Burak'la Doğukan'ın söylediklerinden sonra nedense içimde kötü bir his oluşmuştu.

Kafeye geldiğimizde arabadan indim. Cansu bana park edecek yer bulduktan sonra geleceklerini söyledi ve yola devam etti.

Kafeden içeri girdiğim anda ilk olarak içeride, kapının önünde duran kızı gördüm. Kafede boş yer mi yok diye bakındığımda, boş olan altı masa saydım. Bu kız neyi bekliyordu ki?

Mutfağın girişinden görülen Semih Amca'ya selam verdim ve ardından Arda'yı aramaya başladım. Kafenin üst katından aşağıya doğru merdivenlerden iniyordu. Sarıya biraz yakın kumral saçları, siyah gözlükleriyle oradaydı. Bir tek, yeşil gözlerini görebilmek için ona yaklaşmam gerekiyordu.

Yanına gidip "Selam," dediğimde bana baktı, merdivenlerin son basamağında duran kırmızı spor çantasını aldı, omzuna astı. Ardından "Merhaba," dedi.

Beni gördüğüne şaşırmamıştı. Sesinden bu anlaşılıyordu.

"Nasılsın?" diye sorduğumda, Arda kasanın arka tarafına geçti, "İyiyim, sen?" diye sorarken, bir yandan da bilgisayarın yanında duran telefonunu, cüzdanını ve anahtarlarını aldı.

"Anahtarlığını mı çıkardın?" dediğimde, bir bana bir de anahtarlığına baktı. Ona iki… üç… dört, evet, dört yıl önce doğum gününde aldığım, üstünde gitar olan anahtarlığı çıkarmıştı sanırım.

Başını kaldırmadan "Düşmüş olmalı," dedi ve ardından anahtarları cebine koydu. Masanın yanındaki sandalyeye asılmış lacivert ceketi aldığı gibi üstüne giydi ve yanımdan geçti. Kafenin kapısına yaklaşmışken onu kolundan tutup çevirdim ve "Nereye gidiyorsun?" diye sordum.

"Antrenmana," dedi ve iki adım daha attı. Ardından tekrar onu kendime doğru çevirdim. "Tamam, antrenmandan sonra nereye?" dedim.

"Arkadaşıma söz verdim Güneş, işim var. Sonra konuşuruz," deyip kapıya doğru bir adım daha yaklaştığında, önüne geçip onu bu sefer kesin bir şekilde durdurdum. "Arda, benimle konuşur musun lütfen?! Aramızı düzeltmeye çalışıyorum burada, fakat senin bana doğru düzgün cevap verdiğin bile yok.. Günlerdir, haftalardır sana ulaşmaya çalışıyorum," dediğimde, beni kolumdan tutup kafeden dışarıya çıkardı. Çıkarken içerideki insanların bize bakıyor olduklarını gördüm. Sanırım sandığımdan daha yüksek bir sesle konuşmuştum.

"Güneş, seninle Bodrum'dayken açık bir şekilde konuşmuştum ben. Söyleyeceklerimi söyledim." Bunu söylerken, yoldan geçen bir araba farlarıyla Arda'yı aydınlattığında onun, yeşil gözlerini bana diktiğini gördüm. Geldiğimde kafenin girişinde ayakta duran kız şimdi dışarı çıkmış, bizi izliyordu.Hava kararmaya başladığı için kızın yüzünü çok net bir şekilde inceleyemedim.

Arda ona bakıp "Özür dilerim İpek," dedi. Kıza baktım. Saçları topluydu ve eşofman giyiyordu. Sırtında spor bir sırt çantası vardı. Arda'nın 'söz vermiş olduğu arkadaşı' bu kız olsa gerekti. İçimde nedenini bilmediğim bir kıskançlık hissettim. Arda'yı Hemraz dışında şu ana kadar hiçbir kızla yan yana, yani romantik anlamda yan yana görmemiştim. Tamam, hoşlandığı ve kestiği birkaç arkadaşımız olmuştu ama hiçbir zaman bir kızla çıkacak kadar yakınlaşmamıştı. İpek isimli kızla romantik şekilde yakın olabilirlerdi, olmayabilirlerdi de ama nedense ben... Arda'yı paylaşmak konusunda biraz tecrübesiz olduğum için böyle hissediyordum. Kıskanç ve bencil. Onun mutlu olmasını her zaman istemiştim, hâlâ da istiyordum tabii ki ama... Bilmiyordum. İlk defa böyle bir çelişkide kalmıştım.

Arda "Güneş, seninle konuşacak bir şeyim yok şu anda ve arkadaşımı bekletiyorum... Daha sonra gel," dediğinde sinirlendim.

"Daha sonra gelince ne olacak Arda? Seni çok iyi tanıyorum. O kadar iyi tanıyorum ki, bir dahaki gelişimde de ya burada olmayacaksın, ya da aynen şu anda yaptığın gibi 'işim var' deyip gideceksin. İnsanların bana 'işim var' deyip beni boşlamalarından nefret ediyorum tamam mı! Yeter artık! Neden hayatımda hiç kesin cevaplar alamıyorum ben?! Hak etmiyor muyum?" dediğimde, sonunda içimi dökmeye başladığımı anladım. Rahatlıyordum. Şu an yaptığım şey belki de Arda'ya sinirlenmekti ama nasıl oluyorsa yine aynı şey oluyordu ve Arda karşımdayken rahatlıyordum. Aramız bu kadar kötü olsa bile...

Arda bana doğru yaklaştı ve sessizce "Başkalarıyla ilgili sıkıntılarını bana yükleme Güneş. Ben de bunu hak etmiyorum," dedi ve ardından arkasını döndü.

Önüne geçtim. "Kaşar Cansu bile sonunda mutluluğu bulduysa ben neden bulamıyorum ha? Ailem öldüğü için mi? Yoksa tam iki buçuk ay boyunca ailemi öldüren kişinin sevdiğim adam olduğunu sandığım için mi? Arda! Ailemi Demir öldürmedi! Babası öldürdü!" dediğimde, Arda'nın yüzünde bir değişiklik görmek istedim ama hiçbir şey olmadı. Aramızın kötü olmasının nedeni Demir 'ailemi öldüren kişiyken' onu hâlâ seviyor olmamdı. Temel konu buydu. Fakat artık onun katil olmadığı ortaya çıkmıştı ve bunun her şeyi değiştirmesi gerekiyordu.

En azından ben değiştirmesi gerektiğine inanıyordum.

"Arda cevap ver," dediğimde hiçbir şey söylemedi. Hiçbir şey...

"Ne yani, biliyor muydun?" diye sorduğumda, sesim alçalmıştı. "Burak söyledi," dedi.

Tabii doğru ya.. Onlar da Arda'nın arkadaşlarıydı.

"Biliyorsun... Demir'in ailemi öldürmediğini biliyorsun fakat hâlâ benimle doğru dürüst konuşmuyorsun.. Peki neden?" dediğimde, Arda, İpek'e "Gidiyoruz," dedi ve yürümeye başladılar. Arkalarından onları izliyordum. Sokakta yürüyorlardı. Gidiyorlardı.

Burak, Arda'ya hemen telefon etmiş olmalıydı. Daha Bodrum'dayken! Arda hemen hemen bizimle aynı anda doğruları öğrenmişti yani... Peki... Arda madem Demir'in katil olmadığını biliyordu, o zaman neden benimle arası kötüydü?

Arkalarından "Arda neden aramız kötü?" dediğimde, beni duyduklarını biliyordum fakat yürümeye devam ettiler. Hem yanında başka bir kız vardı,kız muhtemelen sporcuydu ve beraber spora gidiyorlardı -arkadaş ya da fazlası, umrumda değildi- hem de beni takmıyordu. Benimle konuşmuyordu, iletişimini kesmişti. Yaklaşık on yıldır beni benden iyi tanıyan, her zaman yanımda olan, beni güldüren Arda adım adım benden uzaklaşıyordu. Buna bir çözüm bulmalıydım fakat emin olamıyordum. Arda'nın sorunu hakkında emin olamıyordum bir türlü. Fakat bildiğim bir şey vardı; bu gece uyuyamayacaktım.

Ona seslenmek istiyordum. Henüz fırsatım varken, hâlâ onunla konuşabilecekken, o buradayken... Aklıma bir saat önce Esma ile konuştuğumuz şeyden başka bir şey gelmiyordu.

"Demir'i kıskandığına inanamıyorum!" dediğimde, Arda durdu. Yanındaki İpek birkaç adım daha yürüdü ve Arda'nın durduğunu fark ettiğinde arkasına dönüp onun yanına gitti. Arda ona bir şeyler söyledi, kız onaylar şekilde başını salladı ve ardından yürüyerek uzaklaştı. Karşı kaldırımdan geçen birkaç insan, sokakta tekerleklerinin sesi duyulan birkaç araba dışında Arda'yla yalnızdık.

Bana döndü ve yaklaştı. Karşımda durduğunda "Güneş. Bana istediğin her şeyi söyleyebilirsin, ama asla... asla o aşağılık piç herifi kıskandığımı söyleyemezsin," dedi.

"Güvenmek hata mıydı? Ailemi onun öldürdüğünü sanıyordum fakat bir parçam her zaman ona inanmaya devam etti. Eğer o parçayı da o yokken kaybetseydim, geri gelip her şeyi açıkladığında ona olan bakış açım değişmiş olacaktı. Eskiye hiçbir zaman dönemeyecektik."

"Doğru kişiyi seçtiğin sürece güvenmek hata değil ama o adam sana göre değil."

Ses tonundaki kontrol bana yabancıydı. Görüşmeyeli Arda... büyümüştü. Sanırım onu anlatabileceğim en iyi kelime buydu. Olgunlaşmıştı ve eski samimiyeti yoktu. Belki hâlâ eski Arda'ydı ve sadece aramız kötü olduğu için ben onun o renkli tarafını gözlerinde göremiyordum.. Ama o tarafını özlemiştim. Şu an spor çantası ve daha adını hiç duymadığım bir kızla bana yabancı geliyordu. Gelmemesi gerekirdi.. Şu dünyada öyle dönemlerim olmuştu ki, aynaya baktığımda bile bir yabancı görüyordum. Öyle zamanlarımda bile Arda tanıdıktı. Dosttu. Bana kendimi hatırlatıyordu. Beni bana hatırlatan tek insandı.

"Seni kaybetmek istemiyorum Arda..." diye fısıldadığımda, bana "Sana göre o herifin birçok harika özelliği olabilir. Zengin, manipüle edici, güçlü, yapılı, kararlı ve seni çeken karanlık bir tarafı var. Sana gizemli geliyor. Aileni kaybedene kadar hayatın hep önünde ve açıktı. Çözülmesi gereken bir gizem yoktu. Netti her şey... Fakat kazadan sonra hayat sana çözmen gereken bir sürü yeni şey verdi. Bazılarının üstesinden gelebildin fakat içinden çıkamadıkların çoğunluktaydı. Demir'le tanışana kadar sürekli onları çözemedin, çözemedin ve çözemedin.. Onu görünce hayat sana tekrar yeni bir bulmaca verdi fakat bu sefer çözebileceğini düşündün. Böyle düşündüğün için verdiğin çaba karşılıksız kalmadı Güneş..." dediğinde, söylediği her bir kelime bana o kadar anlamlı geliyordu ki.

Hayatımı benden iyi tanımlayabilen bu çocuğu kaybetmek istemiyordum. Bodrum'dayken çok mu sert davranmıştım? Buraya gelene kadar düşündüklerime şu anda kat kat yeni düşünceler ekleniyordu ve Arda her zamanki gibi doğruları söylüyordu. O hep gerçekçi ve haklıydı. Sanırım Bodrum'dayken ben bunu unutmuştum. Unutmamam gerekirdi. O unutmazdı.

"Arda ben... Bodrum'da sana..." demeye çalışırken, Arda sözümü kesti ve konuşmasına devam etti.

"Hayır Güneş, sen yeteri kadar konuştun. Bodrum'dayken ben hiçbir şey söylemedim sana. Neden biliyor musun? Yine alttan aldım. Çünkü yaşadıklarının ne kadar zor olduğunu tahmin edebiliyorum. Anlıyorum diyemem çünkü anlamak imkânsız.. ama tahmin edebiliyorum. Hep kendimi senin yerine koyarak düşünmeye ve hareket etmeye çalışıyorum...çalıştım Güneş. En azından o güne kadar. Sana destek olmak istedim..." derken ellerini havaya kaldırdı. "...Tek yapmak istediğim şey buydu. Her zamanki gibi zor zamanında yanında olmak istedim," diyerek cümlesini bitirdi.

"Şimdi de ol..." dediğimde, Arda ellerini indirdi ve arkama bakarken "Ben ne diyorum, sen ne diyorsun..." dedi.

"Bugün burada söylediklerinin hepsini anladım ama hala neden barışamadığımızı anlamıyorum Arda," dediğimde, ağlamak istemiyordum. Artık yavaş yavaş, ağlamam gerektiğinde kendimi zorla tutmak konusunda ustalaşıyordum fakat karşımdaki kişi Arda olunca kalbim kendimi tutmam için geçerli bir neden olmadığını bağırıyordu. Yanında, omzunda, dizinde en çok ağladığım kişiydi o... Ne olmuştu da bu duruma, onun karşısında ağlamaktan kaçtığım duruma gelebilmiştik biz?

"Arda... lütfen bir şey söyle. Neden konunun sadece Demir olmadığını hissediyorum?" dediğimde, Arda "Bu nereden çıktı şimdi?" diye sordu.

"Neden Demir'in ailemi öldürmediğini öğrendiğimizde aramız düzelmedi? Neden şu an bu kavgayı ediyoruz? Neden sadece... sadece eski biz olamıyoruz? Bir aydır konuşmadık Arda! Bir ay!" dediğimde bağırmıyordum. Sesim oldukça alçaktı ve ağlamak üzere olduğumu Arda görüyordu.

"O pislikten nefret ediyorum Güneş. Söyledim, mutlu musun?! Demir. Denilen. Pislikten. Nefret. Ediyorum. İstiyorsa duysun, istiyorsa başıma adamlarını göndersin... hani psikopat çıkanları... Umrumda değil! Belki dört ay önce, hatta Bodrum'dayken de bunu sorun ediyor olabilirdim fakat şu an kendimi o kadar geliştirdim ki..." derken onun sözünü kestim ve "Ne yani Demir yüzünden..." demeye çalıştım. Bu sefer o benim sözümü kesti.

"Hayır Güneş! Demir yüzünden spora başlamadım. Sadece o ne kadar geç kaldığımın bir göstergesiydi. Bizim ailede MMA yapan birçok kişi oldu. Babam dahil olmak üzere. Sürekli erteliyordum ve gitara ağırlık vermiştim hepsi bu! Bardağı taşıran son damla oldu Demir. Ona olan öfkemi atabilmek için gitar çalmanın işe yarayacağını sandım ama tahmin et ne oldu..? İlk defa gitar beni sakinleştirmek konusunda işe yaramadı ve hani en sevdiğim kahverengi gitarım vardı ya? Evet! Çöp! Kırıldı! Ve tahmin et kim kırdı!?" derken, Arda'nın da içini dökmeye başladığını anlamıştım. Sesi gittikçe ciddileşiyor ve sertleşiyordu. Yükseliyordu da.. Ama beni korkutmuyordu. Beni korkutabilecek son kişi oydu ve öyle de kalmasını istiyordum.. Olabildiğince..

"İşte o zaman gitarın yetmediğini anladım ve senin o 'değerli sevgilin Demir' gibi gücümü, hırsımı ve enerjimi insanları parmağımda oynatmak, kavgaya girmek ve kadınlar yerine spor üzerinde kullandım. Kısacası... yaptığım ve düşündüğüm şeylerin, aramızdaki bu olayın tamamen Demir'le ilgisi yok. Tamam mı? Benimle de ilgisi var Güneş. Ve sana bunu söyleyeceğim aklımın ucundan bile geçmezdi ama sakın bana bir daha Demir'i kıskandığımı söyleme! Asla!" dedi ve geriye doğru bir adım attı.

Arda'nın konuşmasının üzerimde bıraktığı ağırlık, beni tonlarca aşağı çekiyordu. Batıyordum sanki. Burnum çoktan tıkanmıştı, bu yüzden ağzımdan nefes almayı denedim. Fakat aldığım nefes de boğazımda birazdan ağlayacağımın habercisi olan yumruyla karşılaşınca vücudumu hemen olarak terk ediyordu.

"Çok isterdim Güneş. Hep yanında olmayı, aynen şu anda yapmak istediğim gibi gözyaşlarını silmeyi..." derken ağlamaya başladığım artık kesinlik kazanmıştı. Bazı şeyler, gerçekleşmesini istemediğiniz şeyler, başkaları da size söyleyene kadar kesinlik kazanamıyordu işte.

Konuşmak istiyordum ama ne diyeceğimi bilmiyordum. Buraya gelirken Arda'nın Demir'i benden uzak tutmasının sebebinin tamamen kıskançlık olduğuna ve bunun saçmalığına kendimi inandırmıştım. Ben haklıydım.. Ta ki o içime tonlarca yükü dolduruna kadar. O Arda'ydı.. Ondan gelen, geliyor olan ve gelecek olan her şey tanıdıktı ve kabulümdü. Fakat hayatımda ilk kez... ilk kez bu yükü kaldıramayacağımı düşünüyordum.

Arda'nın gözlüğünü yağmur damlaları kaplayana kadar ıslandığımın farkına bile varmamıştım. Arda gözlüğünü çıkardı ve çantasına koydu. Ardından tekrar bana döndü ve "...ama yapamam. Yapamam Güneş. Her dakikamı acaba o herif seni üzdü mü, senin saçının teline zarar verdi mi diye düşünerek geçiremem. Bir süreliğine katlandım, fakat onun aileni öldüren kişi olduğunu sandığımızda bile senin vazgeçmediğini gördüğümde ona olan bağlılığını anladım. Ne yapsam ne desem hissettiklerini değiştiremem ben Güneş. Üzgünüm, ama sadece artık yapamam," dedi ve arkasını döndü. Hızlı bir şekilde yürümeye başladığında kapüşonunu kapattı ve ardından ellerini cebine soktu. Sokakta gözden kaybolduğunda artık eve dönme zamanımın geldiğini anlamıştım.

Bir sokak lambası ve kafenin ışıklarıyla aydınlanan sokakta, saçımı ıslatan yağmur damlalarıyla birlikte arkamı döndüm. Ağlıyordum. Birkaç adım ilerledikten sonra Cansu ve Ateş'in kafenin yanındaki apartmanın girişinde durduklarını gördüm.

"Kaşar Cansu bile sonunda mutluluğu bulduysa ben neden bulamı-

yorum ha? Ailem öldüğü için mi?..." diye bağırdığımı hatırladım. Cansu bana doğru geldiğinde "Cansu... beni duydun mu... bilmiyorum... söylediklerim için özür dilerim. Ben..." derken bana iyice yaklaşmıştı. Atacağı tokat ve söyleyeceği küfürler için kendimi hazırladım. Ama o...

Bana sarıldı.

21. Bölüm

Cansu bana sarıldı.

Arda'yla olan kavgamın üzüntüsüne şimdi Cansu'dan gelen şok da katılmıştı.

"Shhh. Tamam, geçti. Üzülme. Barışırsınız... Birkaç gün geçsin aradan. İkiniz de sakinleşin, her şey yoluna girecektir."

Soran gözlerle Ateş'e baktığımda, bana sadece dudaklarını oynatarak "Duyduk," diye cevap verdi. Madem Cansu'ya ettiğim hakareti duymuşlardı, o zaman neden bizim tanıdığımız Cansu bana beni hayatımdan bezdirecek, belki daha da ağlatacak sözler söylemek, bana tokat atmak, saçımı çekmek yerine... sarılıyordu?

"Cansu?"diyerek onu kendimden ittim ve yüzüne baktım. Ağlamam geçmişti. Konuşmaya devam edebilirdim.

"Cansu, ne planların var bilmiyorum ama bu sen olamazsın... yani... ne bileyim böyle iyi biri değilsindir sen! Bak bunları yüzüne vurmak istemezdim ama sadece gerçekleri söylüyorum ve söylerken de olabildiğince kibar olmaya çalışıyorum...." dediğimde, Cansu yüz ifadesini aynı tutarak beni dinlemeye devam etti. Arda'ya olan sinirimi şimdi Cansu'ya hesap sorarak çıkarıyordum.

"Bak. Geçen seneki davranışlarınla bu seneki seni karşılaştırıyorum ve... affedersin ama söylediğimin tamamen arkasındayım," deyip işaret parmağımın yanıyla gözyaşlarımı sildim.

Cansu hiç duruşunu bozmadan kollarını göğsünün hemen altında bağladı. Bana "Başka söylemek istediğin bir şey var mı?" diye sorduğunda çoktan, "Hayatım yeterince zor Cansu tamam mı?! Nasıl planlar tasarlıyorsun aklında bilmiyorum ama bana ve arkadaşlarıma bulaşmasan iyi olur çünkü... çünkü yeterince şey yaşadım ve dahasına da hayatımda ihtiyacım yok!" diye bağırmıştım.

Cansu gayet sakin bir şekilde "Böyle düşündüğün için seni suçlayamam," dediğinde, sakinleştim.

"Özür dilerim. Böyle patlamak istememiştim. Az önce... belki de dünyanın sonu bile gelse yanımdan bir metre ayrılmayacağını düşündüğüm birini kaybettim ve... özür dilerim Cansu," deyip sokakta yürümeye başladım.

"Güneş bekle!"

Cansu bana yetişip önüme geçtiğinde "Kimse değiştiğime inanmıyor ve bunun asıl sorumlusunun ben olduğumu biliyorum. Bu yüzden... üzülme. Arda'yla aranı düzeltmeye bak..." dedi ve ellerini yüzüme koyup "Ağlamayı da kes bakalım. Şu müzikale gelen çocukla nasıl barışabilirsiniz onu düşünelim," dedi.

Cansu'nun artık iyi biri olduğunu ciddi anlamda düşünmeye başlamıştım fakat kesin bir yargıya varmak için, bu konuyu daha sonra düşünmeye karar verdim. Şimdi gerçekten Cansu'nun söylediği şeye odaklanmalıydım.

"Bilmiyorum, biz hiç böyle olmamıştık. Yani... nerede hata ettiğimi biliyorum ama düzeltmeye çalıştığımda öyle anlamlı şeyler söylüyor ki, ona hak vermekten başka bir şey yapamıyorum," dedim.

Cansu "Ateş, sen içeri girip bir şeyler sipariş et. Ben Güneş'i evine bırakıp hemen geleceğim," diye Ateş'e seslendi.

Ateş onaylayarak kafeye girdiğinde Cansu'ya itiraz etmek için dudaklarımı araladım. Benim konuşmama fırsat bile vermeyip "Tek kelime istemiyorum. Bu yağmurda zor yürürsün," dedi.

Ve Cansu beni gerçekten de eve bıraktı.

En son inmeden önce "Helin veya Esma'yı aramamı ister misin? Gerçekten... fazlasıyla üzgün görünüyorsun," demişti. Arda'nın yokluğunun beni bu kadar derinden etkileyeceğini hiç düşünmemiştim, çünkü asla böyle bir kavga edeceğimiz ihtimali olmamıştı. Kendimi gerçekten kötü hissediyordum. Onunla on beş dakika önce konuşana kadar bu kadar huzursuz değildim ama şu an... içimde hiç de tanıdık olmayan bir boşluk hissediyordum.

Cansu'ya iyi olduğumu söyledikten sonra kendimi eve attım ve doğruca banyoya girdim. Üzerimdeki ıslak kıyafetlerden kurtulduktan sonra sıcak suyun altına girdim. Su normalde yıkandığım sudan daha sıcaktı ama yine de üşüyordum. Kollarımı kendime sardım ve bir süre kıpırdamadan durdum.

Arda'nın üzerimde böyle bir etki bırakabileceği aklıma gelmemişti.

Hâlâ bana arkadaştan öte olan böylesine önemli bir kişiyi kaybettiğime inanamıyordum. Hayatım boyunca beni en çok güldüren kişi o olmuştu. Bundan ötesi var mıydı? Şarkı söylemeye, onun gitar çalışını duyarak başlamıştım. Beni müzikle buluşturan kişi de o olmuştu. Başta çekinerek söylediğim şarkıları eğer bugün sahnede, yüzlerce kişi önünde söyleyebiliyorsam, onun sayesindeydi. Bana destek olmuştu. Sadece bu konuda da değil... Her konuda.

Mesele onun yerine Demir'i seçmem miydi o bile belli değildi ki! Aslında Arda'ya göre her şey apaçık ortadaydı fakat ben hâlâ anlamakta zorlanıyordum.

Akşam on bir gibi yatağa girdiğimde bedenim fazlasıyla ağırlaşmıştı. Uyuyamayıp sürekli döndüm durdum. Kızları arasam ne diyecektim ki? Burak'la Doğukan'a da derdimi anlatamazdım. Herkes Arda'nın haklı olduğunu düşünüyordu. İşte sorun da buradaydı.

Hep biz haklı veya haksız olurduk. O veya ben değil.

Saate en son baktığımda üç buçuktu. Ne yapacağıma sonunda karar vermiştim. Baş etmem gereken sorunlar listemde biraz yoğunlaştım ve acilen çözülmesi gerekenlere, Arda'yla olan ilişkimi ve Demir'in durumu koydum. Cansu, üniversite sınavları derken onlarla daha sonra uğraşacaktım. Ama önce bu ikisini halletmem gerekiyordu.

Arda ile ilgili olarak bugünkü denemem oldukça kötü geçmişti ve içimdeki boşluk gittikçe artıyordu. Hayatımda beni üzebileceğini düşündüğüm en son insan beni böyle bir ruh haline sokabilmişti ya.. Aklım bir türlü almıyordu. Demir konusunu da yarın halledecektim. Onu düşündükçe kalbim yanmaya başlamıştı artık. Sırf onunla beraber olmuyorum diye yanımda, okulda olmadığı zamanlarda başka kızlarla beraber mi oluyordu? Bunun olasılığı her ne kadar inanmak istemesem de oldukça yüksekti ve delirmek üzereydim!

Eğer öyle bir şey varsa ve başka kızlarla yatıyorsa... onu kendime bağlamak için onunla yatar mıydım? Sanırım kendime sormam gereken asıl soru buydu. Onun benimle kalmasını sağlayabilmek için kendimi değiştirir miydim?

Kendimi tanıyordum ve bir başkası için değişebilecek biri değildim. Her zaman kendim olmuştum. Ama şu an Demir'den bahsediyorduk ve onun gözlerine on saniye bakabilmek için ruhumu verebileceğimi biliyordum.

Demir'le yatar mıydım? Evet, aslında bunu ilginç bir şekilde çok istiyordum ama sadece... Şimdi değil. Hazır değildim, ama olabilmek isterdim. Bunun için ne Helin gibi bir özgüvenim, ne de Esma'nın sahip olduğu gibi bir güvencem vardı. Demir'le hayat gerçekten çok tutarsız, farklı, hareketli, tehlikeli ve bir o kadar da heyecan verici.

Tüm bunları düşünürken uyuyakalmıştım. Sabah okula gidince, gözlerimin halinden Esma ve Helin anında gece uyuyamadığımı anlamışlardı. Burak da Arda'yla konuşmamın nasıl gittiğini merak ediyordu.

"Arda'yla konuşmadın mı?" diye sorduğumda, Burak "Bir kez aradım, sanırım antrenmandaydı. Sonra da aramadı," diye cevap vermişti.

Sınıfa girdiğimizde Demir henüz okula gelmemişti. Yine nerede bu, diye düşünürken ilk dersin ortasında kapı vuruldu ve içeriye her zamanki gibi siyah kıyafetleri ve simsiyah saçlarının yanında beyaz teniyle dikkat çeken Demir girdi. Gözlerimiz buluştuğunda, yanıma gelip oturmuştu bile.

Ders bittiğinde ayağa kalktı. Ona "Nereye gidiyorsun?" diye sorduğumda, bana takımla konuşması gerektiğini söyledi ve gitti.

Hiçbir şey demedim ve tekrar yerime oturdum. Esma arkasını dönüp "Burak'la bahçeye çıkıyoruz, geliyor musun?" diye teklif ettiğinde, gözlerimi Esma'nın gri kazağındaki saçlardan alamadım.

"Saçların ne kadar çok dökülüyor," derken bir yandan da kazağından alabildiğim kadar teli almaya çalışıyordum.

"Mevsimsel, çok da önemli bir şey değil," diye cevap verdiğinde "Hayır, benimkiler de dökülür ara ara ama bu kadar da değil yani. Şampuanını değiştirmelisin bence," dedim.

Burak "Konuyu değiştirmeye çalışma da Arda konusunda ne yapacaksın onu söyle Güneş," dediğinde, benim kadar onun da bunu nasıl çözeceğimi merak ettiğini anladım. Esma "Kız zaten çökmek üzere,sen hâlâ üstüne gidiyorsun!" dediğinde ayağa kalkmışlardı.

Esma'ya "Teşekkür ederim. Bugün de endişelenmem gereken apayrı bir konu daha beni bekliyor..." deyip, başımı duvara yasladım. Esma "Haaa... evet... o konu. Ne hissediyorsun?" diye sordu.

Derin bir nefes alıp verdikten sonra "Siz bahçeye çıkmıyor muydunuz? Teneffüsünüzü yiyorum şu an," dedim.

Esma bana "Sonra konuşacağız" bakışlarını attıktan sonra, Burak'la beraber sınıftan çıktılar.

Sıranın üstüne kollarımı koyduktan sonra, başımı da onların üstüne koyup rahat bir pozisyon yakalamaya çalıştım. Sarhoş olduktan bir gün sonra 'Başım çatlıyor' derler ya.. Sanırım onun gibi bir şey yaşıyordum. Hem başım ölesiye ağrıyordu, hem uykusuzluktan ve önceki gece ağladığım dakikalardan dolayı gözlerim yanıyordu, hem de Arda ve Demir konuları aklımdan çıkmıyordu.

"Güneş..." Helin'in sesini duyduğumda başımı kaldırdım. Helin, Esma, Burak, Ateş ve Cansu başımdalardı.

"Sadece beş dakika uyuyakalmışım... neden..." derken esniyordum, elimle ağzımı kapattıktan sonra esnemem geçince "neden hepiniz toplandınız?" diye sordum.

"Güneş öğle teneffüsü oldu."

Burak'ın söylediğini duyunca şaşırdım ve ardından sınıftaki tahtanın hemen üstünde duran saate baktım. Üç ders boyunca uyumuş muydum?!

Başımı yana çevirip Helin'e bakmayı denediğimde, boynumda hissettiğim acı sanırım az önceki düşüncemde haklı olduğumu bana kanıtlıyordu.

Esma'ya, "Neden beni uyandırmadınız?" diye kızdığımda bana, "Hiçbir hoca bir şey demedi, sanırım Demir geometrici ve kimyacıyla, seni uyandırmamaları için konuştu, bilmiyorum... Zor bir gece geçirdiğini bildiğimiz için uyandırmak istemedik ama şimdi de öğlen teneffüsü oldu," dedi.

Helin "Asıl anlamadığımız... bunların neden burada olduğu," derken, hiç çekinmeden Ateş ve Cansu'ya bakıyordu.

Cansu "Dün akşam Güneş'i eve ben bıraktım. Arabadan inerken çok kötüydü. Şimdi nasıl olduğunu öğrenmek için Ateş'le gelmiştik ama uyuyordun geçen teneffüs," dediğinde, Ateş de "Cansu ısrarla tekrar seni görmek istediğini söyleyince de yine geldik," diyerek, neden orada olduklarını açıklamış oldu.

Helin, Cansu'ya "Ne yani onu bir gece evine bıraktın diye hemen nasıl olduğunu mu merak ettin? Cansu lütfen bu numaraları başkasına..." demeye başladığı anda onun sözünü kestim ve "Helin! Dün akşam Cansu ve Ateş bana yardım ettiler. Kötü bir niyetleri yoktu," diyerek ona boşuna atar yapmaması gerektiğini anlatmış oldum... en azından anlatabilmiş olmayı denerdim.

Helin "Ne yani, gerçekten onun iyi olabileceğine mi inanıyorsun?! Güneş! Sana kaç örnek vermem gerekiyor? Bu kız geçen senenini mahvetti!" diyerek, bana çıkıştı. Cansu "Sanırım başka zaman gelsem iyi olacak," diye fısıldadıktan sonra sınıftan çıktı. Onun arkasından gitmek için ayağa kalktığımda, Ateş "Sen otur. Ben giderim," dedi. Ardından tekrar yerime oturdum ve Helin'e döndüm.

"Tam emin değilim henüz ama bence değişmeye çalışıyor. Kız bebeğini kaybetti. Bu kolay bir şey değil, Cansu için bile. Bence kaybettiği bebeği,Cenk'le yaşanan olaylar ve Ateş onu gerçekten değiştirmiş olabilir. Sadece bir şans verelim diyorum," dedim.

Helin "Sen istiyorsan ver, ama ben o kızın da Masal'ın da suratına bile bakmak istemiyorum," dedi.

"Demir nerede?" diye sorduğumda Burak, "Sonunda cevabını bildiğim bir soru... bahçede Doğukan'la sigara içiyorlar," dedi.

Helin "Evet, teneffüs bitmeden bir tane ben de içsem fena olmaz. Yaklaşık dört gündür falan sigara içmedim," dedi ve ayağa kalktı. Sınıfın kapısına doğru yürümeye başladığında, bana "Demir'in yanına geliyor musun?" diye sordu.

"O kadar merdiven için fazla yaşlıyım. Sen git," dedim ve tekrar başımı duvara yasladım.

Bu bahanenin arkasına neler yatırıyordu acaba..?

Teneffüs bitip, Demir sınıfa girdiğinde doğruca yanıma oturdu. Sigaranın kokusu onun o harika kokusunu gölgeliyordu. Bundan nefret ediyordum.

"Beni neden uyandırmadın?" diye sorduğumda "Yorgun görünüyordun," dedi. Ardından öğretmen sınıfa girdi.

Okulun çıkışına kadar, Demir'le bir daha hiç konuşmadık. Yanımda oturuyor olmasına rağmen derslerde olabildiğince uzak kalıyordu bana. Normalde konuşup sohbet edebilirdik ama genelde ben konuları açıyor olurdum. Bugün ben de konuşmayınca hiç iletişim kurmamış olmuştuk.

Onunla konuşmak istiyordum tabii ki ama onun başkalarıyla yatıyor olma düşüncesi aklımdaki tüm kelimeleri boğuyordu, hiçbir şey söyleyemiyordum. Ona başka bir şey söylemeye kalksam, bir anda ağzımdan o sorunun çıkacağını hissediyordum. Bu yüzden kendimi güvenceye almak istedim ve sorumu, sorularımı çıkışa sakladım.

Son ders de bittiğinde, Esma ve Burak'la vedalaştım. Esma "Akşam mutlaka beni arıyorsun," dedikten sonra ancak gitmeme izin verdi. Helin zaten çıkışta Demir'le 'malum konuyu' konuşmak için gideceğimi biliyordu, bu yüzden ona tekrar onunla gelmeyeceğimi haber vermek zorunda kalmamıştım.

Demir'le arabaya bindiğimizde emniyet kemerimi taktım ve ardından, ellerimi iki bacağımın arasına koyarak ısıtmaya çalıştım. Sanki beynimde beni üzen düşünceler çoğaldıkça vücudumdaki enerjiyi tüketiyorlardı.

Demir bir şeyler söylediğinde, ilk defa onunlayken onun söylediği bir şeyi anlamadığımı fark ettim. "Efendim?" diye sorduğumda "Gittiğimiz yeri sormayacak mısın demiştim. Normalde hep sorardın," dedi.

"Hiç fark etmemişim," diye cevap verdiğimde, kendime kızıp camdan dışarıyı izlemeye devam ettim. 'Hiç fark etmemişim' nasıl da anlamsız bir cevaptı öyle...

Yola çıkalı kaç dakika olmuştu bilmiyordum ama arabanın içi sürekli sessizdi. Bana hâlâ neden böyle olduğumu sormuyordu.

Yukarıdaki aynayı açtığımda yüzüme baktım. Gözlerimin kızarıklığı geçmeye başlamıştı. Daha yeni yeni! Harika.

Bunun aksine, beyaz olan tenim, sanki gözlerimin altındaki mor kısımları belirginleştirmek için daha da bir beyazlaşmıştı. Bugün tamamen saçmaydım. Bir an önce eve gitmek istiyordum.

Ama önce yapmam gereken bir şey vardı.

Aynayı kapattıktan sonra Demir'e döndüm ve "Dün okuldan öğlen çıktın, nereye gittin?" diye sordum.

"Bir anlaşma yaptığımızı sanıyordum Bayan Steele," diye yanıt verdiğinde "Fifty Shades Of Grey'i mi okudun? Sana inanamıyorum. Her neyse, soruma cevap ver lütfen Demir," diyerek ısrar ettim.

Demir sesindeki ciddiliği bırakıp normal sohbet havasına geçtiğini belli ederek, bana "Birileri okumuş sanırım...Hayır okumadım ama konuyu genel olarak duydum. Filmi çıkınca gideriz, ne dersin?" diye sorarken, tepkimi merak ettiği için bana baktı. Beklediği kızaran yanakları göremeyince tekrar önüne döndü. Açıkçası tepki verecek enerjim bile yoktu.

"Demir, bir cevap bekliyorum," dediğimde, bana "Tamam,ben de beni şaşırtmanı bekliyorum Güneş. Bakalım nasıl bir şey yapacaksın veya söyleyeceksin?" diyerek karşılık verdi.

Hâlâ bunun bir oyun olduğunu sanıyordu. Benim için bu olayın oyun olmakla uzaktan yakından alakası yoktu. Beni böylesine tüketen bir şey asla oyun olamazdı.

"Demir lütfen.. bana cevap vermeni istiyorum. Doğruyu söyle," dedikten sonra, son kelimeyi söylerken sesimin biraz daha kısık çıkmış olduğunu fark ettim. Dudaklarımı birbirine bastırdım ve Demir'den gelecek cevabı bekledim.

Demir "Bak normalde böyle bir şeyi, ne bileyim, gereksiz görebilirsin ama..." derken onun sözünü kestim ve "Demir bana açıkça söylemeni istiyorum, başkalarıyla yatıyor musun yatmıyor musun?!!!" diye sonunda söylediğimde gözlerim dolmuştu bile.

Demir sorumu duyduğu anda otoyolda arabayı sağa çekti ve durdurdu.

Hep imkânsızı mı severiz hayatta?

Ulaşamayacağımız, neden her zaman daha çekici?

Mutlu olmak istediğini söylese de, insanoğlu trajik bir şekilde hep acıya yönelir. İmkânsız olduğunu bile bile sevmek, acıyla karışık haz duygusuyla gelir bizlere. Bu bir gerçek ama ben hayatım boyunca hep acıdan uzak durmaya çalıştım.

Tüm dengemi değiştiren bu adamın hissetmemi sağladığı duygular ile nasıl başa çıkacağımı bilmiyordum. Bir yandan o duyguların her zaman benimle kalmasını istiyordum. Öbür yandansa gelecekte işler kötü gidince beni düşüreceği yıkımdan korkuyordum.

Hem bağlanmak hem de kaçmak istediğiniz şey nasıl aynı olabilirdi? Bunun cevabı 'aşk' adı altında yüzyıllardır tartışılıyor olabilirdi ama benim için tek ve net bir cevap vardı:

Demir...

Bağırarak "... Tüm gün boyunca okulda uykusuzluktan ve mutsuzluktan süründüm ve sekiz saat boyunca yanımda oturdun! Halimi gördün fakat tek kelime bile etmedin! Neyim olduğunu sormadın, hiçbir şey yapmadın! Şu an aklımda bir ton soru var ve en azından bunun cevabını istiyorum senden. Lütfen ama lütfen bana doğruyu söyle Demir..." dediğimde rahatlamaya başladığımı fark ettim.

"Tamam. Sanırım beni şaşırtmayı başardın," deyince, bunun hâlâ oyun olduğunu düşündüğü için tekrar konuşma yapmam gerektiğini anladım.

"Sana yetmiyorum değil mi? Bak Demir, benden ne istediğinin farkındayım ve inan bana ben de çok istiyorum. Sadece biraz daha zamana ihtiyacım var o kadar. Ama eğer sen birlikte olduğumuz bu zaman içerisinde benim eksikliğimi... başkalarıyla..." derken, dolan gözlerim görüşümü bozuyordu. Hayal gücüm mükemmel bir hızda çalışıp asla gerçek olmasını istemediğim şeyler gösterirken konuşmaya devam ediyordum.

"... Eksikliğimi başkalarıyla dolduruyorsan bunu... bunu bilmeye hakkım var benim Demir. Sakın aklıma böyle şeyler geliyor, sana güvenmiyorum diye bana suç atmaya kalkışma! Daha dün nereye gittiğini bile benden gizlerken, bana bunları düşündüğüm için kızamazsın."

Demir mavi gözlerini bana dikmiş, söylediklerimi dinliyor ve beni izliyordu. Aklımda böyle iğrenç düşünceler varken bile, bana bu kadar çekici gelmesinin nedeni neydi? Bunu nasıl başarabiliyordu?

"Dün okuldan kaçtım çünkü piyano dersim vardı," dediğinde şaşırma sırası bendeydi.

"Piyano mu?" diye sorduğumda, bana "Ekstra öğrenmem gereken birkaç şey vardı. Babamdan öğretmesini istemeyezdim, sonuçta onunla aynı ortamda bulunmamaya dikkat ettiğimi biliyorsun," dedi.

Anlam veremeyerek "Neden bunu benden sakladın?" diye sordum.

"Güneş asıl sen bana neden...." derken biraz durdu ve ardından camdan dışarıya baktı. "....anladım," diyerek cümlesini tamamladı.

"Neyin olduğunu sormadım çünkü dün akşam nerede olduğunu biliyordum. Arda'yla olan kavgandan haberim vardı ve üzüntünün tamamen ondan kaynaklandığını düşünüyordum. Bu yüzden sana hiçbir şey demedim. Fakat bana sorduğun soru aklıma bile gelmemişti," dedi.

Hiçbir şey söylemeyince bana "Hâlâ bir cevap bekliyorsun, değil mi?" diye sordu.

Dudaklarımı daha da sıkı birbirine bastırıp başımı evet anlamında salladım. Kendimi alacağım cevaba hazırlıyordum.

Bana döndü ve gözlerime baktı.

"Bak Güneş. Ben yalan söyleyen bir insan değilim çünkü yalan söylemeye gereksinim duymam. Sana da aynı dürüstlüğü göstereceğim çünkü senin de dediğin gibi... hak ediyorsun," dedi.

Neden ölmeme dakikalar kalmış gibi hissediyordum?

"... Eğer ilişkimizin başlangıcını senin Cenk'le sinemaya gittiğin gün olarak kabul edersek ben.. ben denedim. Yani başka kızlarla olmayı denedim. Sadece Cansu'dan da bahsetmiyorum. Bu kadar zamandır tabii ki denedim. Ama olmadı Güneş. Her seferinde orada,yakınımda olmasan bile beni vazgeçirmeyi başardın. Nasıl yapıyordun bilmiyorum ama yazın ayrı kaldığımız zamanda bile yapamadım," dediğinde dudaklarımı serbest bıraktım.

Denemiş olmasından dolayı duyduğum kıskançlığı boşverdim ve olumlu yanına baktım, yapmamıştı. Başka bir kızla beraber olmamıştı. .

"Şimdi rahatladın mı?" diye sorduğunda "Evet. Fazlasıyla hem de..." dedim ve tekrar derin bir nefes alıp verdim.

"Arda hakkında bana söylemek istediğin bir şey var mı peki?" diye sorduğunda, Demir'i ilk defa bu kadar anlayışlı görüyordum.

"Ben senin daha dün nerede olduğunu bile bilemezken, sen dün akşam benim nerede olduğumu nasıl bilebiliyorsun?" dedim.

"Sanırım başka bir anlaşma doğuyor..." deyip sırttığında, arabayı tekrar harekete geçirmişti.

"Yok... Şimdilik bu kadar anlaşma yeter de artar bana. Belki başka zaman," dedim ve rahatlamanın verdiği etkiyle radyoyu açtım.

22. Bölüm

Arda'nın Ağzından

"Dün... akşam... neden...?"

Sahilde koşu yaparken yanımda bir anda beliren İpek'in sorusunu daha net duyabilmek için kulaklıklarımı çıkardım.

"Efendim?" diye sorup onun söylediği şeyi tekrar etmesini beklerken, bir yandan da beraber koşuya devam ediyorduk.

"Antrenman. Dün akşam. Yoktun? Serhat Hoca cidden sinirlendi," dediğinde "Bu adam manyak mı? Belki de son iki aydır ilk defa bir antrenman kaçırdım. Hem de son sınıfım," diyerek kendimi savundum.

"Çok takma kafana. Adamın antrenörlük yaptığı bile yok zaten, sadece oranın başında duruyor, biliyorsun..." diyerek beni rahatlatmaya çalıştı. Cevap vermeyip hızımı biraz daha artırdığımda, yanımda kalmaya devam etmek için hızını benimkine eşitledi.

"Yalnız, soruma cevap vermedin Arda. Dün akşam sokakta o kızla konuştuktan sonra gelirsin sanmıştım ama görünmedin bile," dediğinde "Canım gelmek istemedi," dedim.

Güneş'le ettiğimiz kavgadan sonra, canım antrenmana bile gitmek istememişti. Ki ben, Bodrum'un öncesi ve sonrasında neredeyse hiç devamsızlık yapmamıştım. Antrenmana, spora giderken hiç üşenmemiştim. Ama dün akşam onun o halini gördükten sonra, olanlar dışında başka hiçbir şeye odaklanmak istememiştim.

"Sen? Arda, senin canın ne zaman antrenmana gitmek istemedi şu ana kadar? Ben yaklaşık beş yıldır orada spor yapıyorum. Sense daha dört beş aydır... Fakat şu an benden daha iyisin," derken,

İpek'in beni süzdüğünü görmüştüm. "...her açıdan," diyerek cümlesini tamamladığında ise onu beni süzerken gördüğümü fark etti ve tekrar ileriye bakmaya başladı. Ardından "Demeye çalıştığım şu ki... bir sorunun var ve konuşacak bir arkadaş arıyorsun," dedi.

Evet, o arkadaş genelde Güneş oluyordu. Tabii... düne kadar.

Tekrar konudan kaçabilmek için bu sefer daha güzel bir yol üretip "Bisikletlerin durduğu yere kadar depar," dedim ve ardından hemen yarışa başladım.

Yaklaşık otuz beş dakikadır hafif tempoda koşuyordum ve her gün koşuya çıkmaktan artık kondisyonum iyileşmişti. Bu yüzden pek yorulmamıştım. İpek benim ilerlediğimi gördüğü anda "Ama... bu...sayılmaz!" diyerek bana yetişmeye çalışmıştı, ama kazanan ben olmuştum.

"Eve nasıl gideceksin?" diye sorduğumda "Sen nereden gidiyorsun?" diyerek soruma soruyla karşılık verdi.

Aptal değildim, benden hoşlandığını biliyordum.

"Bugün yine motorla mı geldin? Ben babamın arabasını almadım,yürüyerek geldim," dedim.

"Evet. Sahile inen barlar sokağının başına park ettim. İstiyorsan bırakabilirim..?"

"Spora geliyorsun, ama araçla geliyorsun. Bundaki mantığını anlayamıyorum," dedikten sonra yürümeye başladık.

"Ama işimize yarıyor... değil mi?" diye sorduğunda, tekrar cevap verme gereği duymadım. Sadece dudaklarımı birbirine bastırıp hafif bir gülümseme ifadesi takındım. Verecek cevap bulamayınca sıkça yapardım bunu. Aslında.. herkes yapardı.

"Sorunun diyorduk ya hani Arda..." dediği anda ona döndüm ve "İpek bak, sanırım anlamadın. Bu yüzden daha açık söylemek istiyorum. Bir sorunum olduğu doğru ama konuşmak istediğimi sanmı…" dedim.

İpek durdu ve beni de durdurdu. "Onu demiyorum. Şu kızdı, değil mi?" diyerek ileride bir arabanın önünde duran çifti gösterdi.

Onun sarı saçlarını metreler ötesinden fark edebilirdiniz. Sanırım annesi ona bu ismi koyarken çok doğru bir karar vermişti. Sadece saçları değil, kişiliği de saçları gibi parlaktı onun.

"Evet... Güneş," dediğimde, İpek onları arkasına alıp benim karşıma geçti.

Bana "Bana kalırsa fazlasıyla konuşmak istiyorsun," deyip gülümsedi.

"Hayır, hayır, hayır. İstemiyorum."

"Evet, istiyorsun ve en doğru kişi de... aaa şansa bak. Tam karşında duruyor," dedi.

Onu kırmak istemiyordum ama "Dün akşam seni o kadar beklettiğim için özür dilerim ama cidden, çok da önemli bir şey değil. Yani.. sandığın gibi bir şey de değil. Sadece o benim en yakınımdı ve..." derken, Güneş'ten bahsettiğim için ona bakma gereği hissettim. İpek'in arkasında, deniz kıyısında Demir'in arabasına yaslanmış duruyordu. Demir onu kendine doğru çekti ve kendi sırtını arabaya verdi. Güneş onu öpmeye başladığında hissettiklerim karşısında, dün akşam Güneş'e söylediklerim için duyduğum pişmanlığınm tamamı silindi.

Pişman değildim. Güneş'e söylediğim her şeyin arkasında duruyordum. Gece onun üstüne çok gitmiş olabilir miyim diye düşünmekten uyuyamamıştım fakat şu anda.. tam karşımda o bela dolu çocukla beraberken... tüm şüphelerim gitmişti.

İpek dikkatimi çekebilmek için omzuma yumruk attığında, bakışlarımı Demir ve Güneş'ten alıp İpek'e baktım.

"Hey!! Beş yıl sen, beş ay ben! Unuttun mu?" diyerek omzumu ovuşturdum. Omzumdaki hassas noktayı nişan alıp yumruk attığı için normal bir yumruktan daha fazla acımıştı.

"Özür dilerim ama... seni Mars'tan tekrar Dünya'ya döndürmem gerekiyordu. Ya da biz ona... Güneş diyelim," dediğinde, gözlerimi kısıp ona baktım.

"Hiç bana öyle bakma. Sen espri yapınca sorun olmuyor ama! Her neyse... konuşmak istersen eğer numaramı biliyorsun. Bu akşam boşum hatta... eğer istersen...?" dediği zaman şaşırdım.

"Bana çıkma mı teklif ediyorsun?" diye sorduğumda "İstiyorsan randevu, istiyorsan toplantı de. Ne fark eder?" dedi.

Gözlerim tekrar, istemeden de olsa Güneş'le Demir'e kaydığında, Demir'in elinin Güneş'in saçlarının arasında gezdiğini gördüm. Sağ yumruğumu istemeden sıktığımda, İpek "Bu yüzyıl içerisinde bir cevap alırsam fena olmaz aslında..." dedi.

Düşündüm ve tüm düşündüklerimin en net ifadesi olarak İpek'e bakıp "Neden olmasın?" dedim.

Güneş'in Ağzından

Demir, arabayı sahilde durdurduğunda ona baktım. Tuttuğu elimi bıraktı ve "Azıcık havaya ihtiyacım var. Ve sigaraya," dedi, arabadan indi.

Sanırım benim de havaya ihtiyacım vardı. Az önce Demir'le yaptığımız konuşma sandığımdan da stresli geçmişti ve verdiği cevap karşısında oldukça rahatlamıştım. Arabadan dışarıya adımımı attığım anda derin bir nefes aldım ve Demir'in yanıma geldiğini gördüm.

"Aslında başka bir yere gidecektik fakat beni oldukça şaşırttığını söylemeliyim Güneş. Yani bu sefer sen kazandın," dedi ve sigarasını yaktı.

"Çok sigara içmiyor musun?" diye sorduğumda "Evet," dedi.

"Madem sen de farkındasın, o zaman neden azaltmıyorsun? Ya da en iyisi bırakabilirsin mesela...?" dediğimde "Birilerinin keyfi yerine geldi," dedi ve sigarayı dudaklarının arasına götürdü.

Onu izlerken bir yandan da "Ne alakası var?" diye soruyordum.

Sigarayı dudaklarından uzaklaştırdı, tüm dumanı dışarı bıraktı ve ardından "Bana sataşmaya başladığına göre keyfin yerinde demektir," dedi.

Kaç dakika geçti aradan bilmiyordum ama o, sigarasını bitirene kadar onu izledim. Yaptığı eylem aslında teknik olarak hep aynıydı ama ne zaman kolu hareket edip elindekini ağzına götürse, sanki başka bir şey yapıyordu. Elinin üstündeki damarların, görünen kemiklerin hareketini sanki bir tiyatro izliyormuş gibi seyrediyordum. Ona bakıyordum fakat insanın doğasında vardır ya, hep daha fazlasını ister... İşte aynen öyle, ben de daha fazlasını istiyordum ve onu izlemenin yanı sıra dinlemeliydim de. Sesini ve piyanosuyla yarattığı aşkı seviyordum.

O an kendi kendime 'acaba bir insan başka bir insanı sonsuza dek sıkılmadan izleyebilir mi' diye düşündüm.

Sigarasını bitirdikten sonra yere attı ve beni çekti. Kendisi hızlı bir şekilde sırtını arabaya dayadı ve beni kendine yaklaştırdı. Bu sefer ben önce davrandım ve onu öpmeye başladım.

Bilmiyorum,tekrar aynı sahilde, aynı arabaya yaslanarak öpüşmemiz ne kadar nostaljikti ama her seferinde zevk veriyordu. Üstelik aynı zevki de değil, her seferinde bir başkaydı.

Demir'le olmak; bir sonrakini tahmin edememek demekti. Bir ay, bir gün, bir saat, bir dakika sonra nerede olup ne yapacağınızı tahmin edemiyordunuz. Normalde böyle bir belirsizlik insanı bunaltıp kör edebilirdi ama bende ters işliyordu. Onunla olduktan sonra, bir saniye sonra nerede olacağımın bir önemi yoktu. Önemli olan ona güveniyor olmamdı. Arabadaki konuşmamızı yaparken içimde şüphe vardı. Hem de büyük bir şüphe... Fakat şu anda dudakları benim dudaklarımın, nefesi benim tenimin, eli benim saçlarımın arasındayken bir önemi kalmamıştı. Bana söyledikleriyle beni rahatlatmıştı da.

Demir konusunda tüm karmaşık düşüncelerimin tek bir noktada birleştiğini hissettim. Artık kalmayan şüpheler, artık hissetmeyeceğimi düşündüğüm korkular, bir buçuk yıl önce ailemi kaybetmemle beraber bana aşılanan yalnız kalma düşüncesi... aşk, sevgi, hayranlık... Hepsi tek bir yere bağlanmıştı artık.

Kalbime.

Helin'in söylediklerini düşündüm ve hissettiğim duygularla onun söylediklerini birleştirdim. Artık hazır mıydım? Demir'le birlikte olmaya hazır mıydım? Az önce arabada hazır olmanın kıyısından bile geçmediğimi düşünüyordum fakat şu an... dokunuşlarıyla beni...

"Kaçta evde olman gerekiyor?" demesiyle ayrıldık birbirimizden.

Hiç istemeyerek gözlerimi açtım ve açarken yaşadığım hüznün yerini, onun mavi gözlerine olan yakınlığımı fark edince büyük bir tutku aldı. "Aslında... ailemin bana senin hakkında yalan söylediğini öğrendiğimden beri bir sınırlamayla karşılaşmadım. Sanırım onlar da kendilerini çok kötü hissediyorlar," dediğimde "Pişmanlar," dedi.

"Evet, bu yüzden çok çok çok geç olmadığı sürece seninle olabilirim," dedim.

Demir telefonu çalmaya başladığında, elini siyah, deri ceketinin cebine soktu ve ardından telefonunu çıkardı. Arayanın, babası olduğunu gördüğümde "Demir..?" dedim.

"Beni.. hiç aramaz," dedi.

"Açmayacak mısın? Ya önemli bir şey varsa?" diye sorduğumda, bana "Ben de ondan kaçıyorum ya..." dedi ve telefonu kulağına götürdü.

"Baba?" dediği anda, telefondan ona söylenenler karşısında gözleri büyüdü. Telefondan gelen sesleri duyamıyordum. Babası ona onu bu kadar etkileyecek ne söyleyebilirdi ki?"

"Ona zarar gelmeyecek.Anladın mı? Yoldayım," dedi ve ardından "...Kim olduğunu..." dedi ve telefonu kulağından uzaklaştırdı.

Demir büyük bir hızla arabanın öbür tarafına geçti ve kapıyı açtı. Ben de aynı şekilde kendi kapımı açtım ve arabaya bindim.

"Güneş, iniyorsun. Hemen!" dediğinde, arabayı çalıştırmıştı bile.

"Demir, ne oldu?" diye sorduğumda, vitesi ayarladı ve kemerini taktı. "Güneş, in!" diye bana bağırdığında "Babana bir şey mi oldu?! Ne olduğunu söyle!" diye ısrar ettim.

Demir "Babamı rehin almışlar ve hemen oraya gitmezsem öldüreceklerini söylüyorlar. Mutlu musun? Bilmek nasıl bir hismiş? Şimdi in ve evine git! Hızlıca evine git, hiçbir yere uğrama. Gider gitmez kapıyı kilitle ve bana evinde olduğuna dair bir mesaj at," dedi.

Çantamı alıp arabadan indim. Kapıyı daha kapatmamıştım ki o benim tarafımdaki kapıya uzandı ve çekti. Araba hızla hareket etmeye başladığında olduğum yerde kaldım.

Birkaç saniyelik şaşkınlıktan sonra yola yürüdüm ve sırayla gelen iki taksiden, öndekine bindim.

"Siyah arabayı takip eder misiniz?" dediğim anda, taksi şoförü, Demir'in hızına yetişmek için büyük bir çaba gösterdi fakat takıldığımız ilk kırmızı ışıkla beraber durmak zorunda kaldık.

"Offff!" derken aklımda sadece Demir'in şaşkın ve korkmuş yüz ifadesi vardı. Oraya yalnız falan gidemezdi. Doğukan'ı aramalıydım.. Evet. Kesinlikle Doğukan'ı aramalıydım.

Çantamdan telefonumu çıkardığımda ellerim titriyordu. Rehberden Doğukan'ı bulduğumda hemen arama yerine bastım ve telefonu kulağıma götürdüm.

Telefon meşguldü. Hemen ikinci seçenek olarak Savaş'ı aramaya başladım. Onun da telefonunun kapalı olduğunu anlayınca, Helin yerine hemen Cansu'yu ararken buldum kendimi. Oradan Ateş'e ulaşacaktım, Ateş de Savaş'ları hemen bulacaktı.

Cansu'yla konuşurken bir yandan da camdan dışarı bakıyordum. Taksi sonunda yeşil ışık yandığında harekete geçmişti. Sahil yolundan çıkarken döndüğümüz sokağın başında, tanıdık, sarıya yakın kumral saçları ve geçen yıl doğum gününde aldığım gri tişörtü ile Arda'yı gördüm.

Arda, bir kızla beraber gülerek motosiklete biniyordu. Kız önüne oturuyordu. Sanırım dün akşam kafenin önünde gördüğüm İpek'ti.

"Güneş?" dediğinde hemen konuşmaya başladım.

"Cansu! Beni iyi dinle. Hemen Ateş'e ulaşman gerekiyor. O nerede?" diye sorduğumda bana, "Şu an nerede olduğunu bilmiyorum ama bu akşam bize gelecekti. Bulaşacağım yani. Neden? Ne oldu?" diye sordu.

"Demir'in başı sanırım bu sefer fazlasıyla dertte. Seni aramak istemezdim ama Savaş'la Doğukan'a ulaşamıyorum. Çeteden diğerlerinin de numaraları yok bende. Bana hemen Ateş'i bulur musun?" dedim.

"Güneş, önce sakin ol. Demir'in başı dertteyse karşısındaki adamların başları daha daha derttedir. Sakin ol, nefes al..." dediğinde, konuşmanın başından beri tuttuğum nefesimi bıraktım.

"İyi misin sen? Neredesin?" dediğinde "Şu an sahil yolundan çıkıyorum. Demir'in arabasını takip ediyorum. Cansu, Ateş'e ne yap ne et hemen ulaş! Doğukan'la Savaş'a ya da çeteden diğer...." dedim, taksi şoförü "Bayan, araba sanırım E5'e çıktı. Yola girelim mi?" diye sorduğunda "Evet! Evet. Lütfen acele edin!" dedim ve ardından Cansu'yla olan konuşmama döndüm.

"Tamam, deneyeceğim. Ama şahsen Demir'i takip etmenin o

kadar da iyi bir fikir olduğunu düşünmüyorum. Ya sana bir şey olursa?" dediğinde hemen "Ya ona yetişemezsem... ya ona bir şey olursa? Ya yalnız gidiyorsa?" diyerek karşılık verdim.

Cansu "Nasıl bir belaya bulaştığını bilmiyorum ama o kendini savunabilir Güneş... Fakat sen..." derken, onun sözünü kestim ve "Umrumda değil! Onun nereye gittiğini başka türlü öğrenemeyeceğiz. Bu tek şansım. Lütfen onlara ulaş," dedim ve telefonu kapattım.

"İşte orada! Dört araba öndeki siyah olan," dediğimde, Demir görüş alanımıza girmişti.

Trafik biraz daha açılıp rahatladığında, Demir gaza öyle bir asıldı ki, taksi şoförü bana "O kadar hıza nasıl çıka..." demeye başladı,onun sözünü kesip "Lütfen! O arabayı kaybedemeyiz!" dedim ve çantamdan cüzdanımı çıkardım. "Size iki katı para vereceğim."

Umarım cüzdanımdaki para yeterdi.

Lütfen ona bir şey olmasın. Lütfen ona bir şey olmasın.Babası umrumda değildi. Gökhan Erkan'ın cehennemin dibine kadar yolu vardı fakat Demir'e zarar gelemezdi. O zaman asla toparlanamazdım.

On dakika sonra, tam Doğukan'la Savaş'ı tekrar aramaya çalışacakken, Cansu'nun beni aradığını gördüm.

"Cansu? Ateş'i buldun mu?"dediğimde, Ateş'in sesinin "Buradayım," dediğini duydum.

"Nerdeler?" dediğimde, Ateş " Savaş'ın bugün sevgilisi Ece ile takıldığını biliyorum, yani tamamen meşguldür şu an... anlarsın işte.. Doğukan'ın şu an nerede olduğunu bilmiyorum ama birkaç saat önce hep takıldıkları bardalardı," dedi.

"Lütfen, eğer onlara ulaşabilirseniz hemen beni aramaları gerektiğini söyleyin. Demir'in yardıma ihtiyacı olabilir," dedim. Ateş "Cansu'yu veriyorum," dedikten sonra, Cansu telefonu alınca "Başka yapabileceğimiz bir şey var mı?" diye sordu.

"Teşekkürler, şu an yok," dedim ve telefonu kapattım.

Hiç bilmediğim sokaklardan, yollardan geçti Demir. Aradaki arabaların sayısı gittikçe azaldı ve sıfıra indi. Hava kararmaya başlamıştı.

"Araç durdu hanımefendi."

Şoför, Demir'in arabasının durduğu yerin yaklaşık otuz metre gerisinde durdu.

"Farları kapatır mısınız?" dediğimde, önce bana garip bir şekilde baktı, fakat ardından cüzdanımı açtığımı görünce hemen kapattı. Cüzdanımdaki bütün parayı vermek zorunda kaldım. Yanında çok fazla para taşıyan insanlardan olmamıştım hiçbir zaman fakat o anda onlardan biri olmayı o kadar çok isterdim ki...

"Tam iki katı olmadı ama..." derken bir yandan da arabadan iniyordum. Taksi, dar sokaktan çıkıp geri geri gitti, ardından ileriye doğru harekete geçtiğinde farlarını yaktı, benden uzaklaştı.

Demir, arabadan çıktı ve büyük bir hızla, arabanın önünde durduğu binaya girdi.

Sessizce oraya doğru giderken bir elimde telefonumu tutuyordum. Her an birini aramamam gerekebilirdi, ya da Cansu'lar beni arayabilirdi.

Demir'in arabasının yakınına geldiğimde, Demir'in girdiği binanın, aslında büyük kapısı olan bir depo olduğunu fark ettim. Kapıyı açıp içeri girebilirdim fakat gıcırdatma riskini almak istemedim. Kapının aralığından geçmeden önce eğilip içeriye baktım. Görünürde kimse yoktu. Hemen girdim.

Yürümeye başladığımda bir sürü devasa bidon ve kutunun arasından geçtim. Bir koridora geldiğimde birtakım sesler duymaya başladım. Birileri konuşuyordu fakat konuşan kişi Demir değildi.

Koridorda ilerledikçe ses yükseliyordu.

"...senden...ama... ne..." Ses gittikçe yükselse de bir türlü netleşmiyordu. Koridorun sonunda büyük bir açıklık vardı.

Uzunca bir ipin ucunda asılı olan takım elbiseli adamı gördüğümde çığlık atmamak için kendimi zor tuttum. Tam oraya adımımı atacakken biri beni ağzımı kapatarak yere doğru çekti ve eğilmemi sağladı.

Beni yakalayan ve ağzımı kapatan kişiye bakmak için döndüğümde Doğukan olduğunu gördüm. Ağzımı açtı ve sessiz olmam gerektiğini gösteren bir işaret yaptı.

Konuşulan sesler, arkasında saklandığımız koca bidonun öbür tarafından şekillenmeye başladı. Bu sefer konuşulanları anlayabiliyordum.

Konuşanları görebilmek için bidonun bir kenarından yavaşça

baktığımda, konuşan sesin bir sandalyenin üstünde duran ses kayıt cihazından çıktığını gördüm. Sandalyenin yanında duran altı adam saydım. Hepsinin yüzünde maske vardı.

Tam ses kayıt cihazından çıkan kelimelere odaklanacaktım ki diğer iki maskeli adamın Demir'i kollarından tutarak açıklığa, babasının olduğu yere getirdiklerini gördüm. Onu yere attıklarında, Demir doğrulmak için çaba gösterdi fakat babasını yukarıda asılı bir şekilde gördüğü anda çabaları durdu.

Durdu, durdu ve durdu.

Ardından ayağa kalktı, hiçbir şey söylemedi.

Ayağa kalktığını gören, ona en yakın duran maskeli adam Demir'in karnına yumruğunu geçirdi ve onu tekrar yere doğru itti.

Ne düşünüyordum bilmiyordum ama ayağa kalktığım anda Doğukan beni çekti ve olduğum yerde kalmamı sağladı.

Bana cep telefonunu gösterip bir şeyler yazdı. Yazdığı yazıyı bana okuttuğunda "Koridordan geç, dışarı çık ve koşabildiğin kadar koş. Yeterince uzaklaştığın anda yardım çağır," dediğini gördüm.

O kadar korkmaya başlamıştım ki tüylerim diken dikendi. Başımı onaylar şekilde salladım ve ardından geri geri koridorda yürümeye başladım.

Koridorda geri geri yürürken ilerleyebilmek için duvara dokunmak zorunda olduğumu hissediyordum. Ses kaydından gelen sesleri anlamıyordum... nefes alamıyordum. Yutkunmaya çalışıyordum fakat başaramıyordum.

Ses kaydından gelen sesleri anlamıyordum ama Demir'in bağırdığını duyabiliyordum.

23. Bölüm

Korku içinde geri geri yürümeye devam ederken, sırtımı sert bir yere çarptım. Arkamı dönüp çarptığım şeye baktığımda onun bir insan olduğunu anladım. İçeride, Demir'in babasının ölü bedeninin asılı olduğu açıklıkta gördüğüm siyah maskeli adamlardan biriydi. Korku içinde ondan uzaklaşmak için geriye doğru gittim, ve koridora tekrar girmiş oldum. Çantamı yere attım.

Karşımdaki adam bana doğru yaklaştığında kaçmak için hiçbir yerimin kalmadığını anlamıştım. Geriye doğru gitmeye devam edersem, deponun açıklığına varacaktım. İleriye gidip deponun çıkışına ulaşmam gerekiyordu. Böylece eniştemi arayabilecektim.

Ama karşımda bu adamı görmemle tüm planımın suya düştüğünü anlamıştım. Şimdi buradan çıkıp eniştemi aramayı düşünmek yerine kendi canımı kurtarmalıydım. Karanlık koridorda beni sol kolumdan tuttuğu zaman canımın yandığını hissettim. Beni çekerek götürmeye başladı. Ama götürdüğü yer Demir'in, Doğukan'ın ve o adamların olduğu yer değildi. Koridorun öbür, ulaşmak istediğim tarafına çekiyordu beni.

"Bırak beni!" demeye çalıştığım zaman sesim fazlasıyla kısık çıkmıştı. Beni yere attı ve ardından yüzüme eğilip ağzımı bantladı. Ne kadar karşı koymayı denesem de başaramamıştım. Sonra beni zorla tekrar ayağa kaldırdı, ellerimi bir iple arkamdan bağladı.

Beni çekmeye devam ediyordu. Birazdan başıma gelecek olanları düşünmeden, hemen birbirine sıkıca bağlanmış ellerimi arka cebime doğru yaklaştırdım. Sağ elimi biraz daha aşağıya çekmeye çalışıp, yavaşça telefonumu kavradım. Telefonumun yanında duran ses tuşlarının yukarısındakine dört defa bastım. Aniden durduk ve çıkışın tam karşısında kalan başka bir koridora girdik. Neredeyse hiç ışık yoktu. Nereye gittiğimizi bilmiyordum ve her adımımda tökezliyordum. Kolumu kurtarmayı denediğimde daha da sıkıyor, daha hızlı çekmeye başlıyordu.

Deponun arka taraflarında ilerlemeye devam ediyorduk. Yapabileceğim tek şeyi yapıyordum, yolu ezberliyordum.

Önce koridor, sonra sağ, sol, iki kere sağ.

Bir depo ne kadar büyük ve karanlık olabilir diye korkumu üç katına çıkarırken, beni bir kapının önünde durdurdu. Kapıyı hızlıca anahtarla açtı ve ardından içeri girdik. Beni yere doğru itti ve düştüm. Sadece deponun etrafındaki bir sokak lambasından yayılan ışık, yüksek tavanlı bu odanın yukarıdaki camlarından içeriyi aydınlatıyordu. Duvardan yere doğru uzayan zincirleri gördüğümde silkilenerek maskeli adamdan kaçmaya çalıştım. Bir yandan ağzımdaki banda aldırmadan bağırmaya çalışıyordum, bir yandan da adamın zorla beni yerde tutmasına karşın ayağa kalkmaya çalışıyordum.

İkisi de büyük bir başarısızlıkla sonuçlanmıştı. Ellerimi çözünce hemen karşımdaki maskeli adamı göğsünden ittim. Yaptığım şeyi beklemediği için biraz geriledi. Bu fırsattan yararlanıp hemen odanın kapısına koştum, ağır ve büyük kapının biraz önce içeriye girerken aralık kalan boşluğundan geçip hızlıca koşmaya başladım. Deponun o büyük odasından gelen sesler duvarlar ve koridorlar boyunca yankılanıyordu.

Korku içinde koşarken arka cebimden telefonumu çıkardım. Acil durum mesajımın gidip gitmediğini görmek isterken beni tişörtümden yakalayan kollar bedenimi kavradı. Maskeli adam, telefonumu elimden aldı ve cebime koydu.

Telefonuma bakmak yerine önce ağzımdaki bandı çıkarmış olsaydım eğer, bağırabilirdim.

Bu ıssız yerde bu duvarların öbür tarafında kalan kötü adamlar, Demir ve Doğukan'dan başka kimse beni duyamazdı.

Adam beni omzunun üstüne kadar kaldırdı ve taşımaya başladı. Sürekli sırtına vuruyordum, onu tekmeliyordum ama yararı yoktu. Az önceki odaya girdiğimizde hemen ellerimi kelepçeledi. Kollarımı çekmeye çalıştığımda kelepçelerin zincirlerinin duvara sağlam bir şekilde sabitlenmiş olduklarını gördüm.

Adam odadan çıktığında deponun soğukluğundan çok, yanaklarımdan aşağı süzülen gözyaşlarımı hissediyordum.

Gözyaşlarım... Sanırım bana her zaman yoldaşlık yapan onlardı.

"Güneş..." diyen bir kadın sesi duyduğumda sesin geldiği yere, sabitlenmiş olduğum duvarın diğer köşesine baktım. Az olan ışığa gözlerim alışmaya başladığında, karşımdakinin, yüzündeki makyajın tamamı ağlamaktan akmış olan Dilan Erkan olduğunu anladım.

"Güneş... onu götürdüler... Gökhan'ı... nereye bilmiyorum ama... götürdüler..." derken, onun da korkudan zor konuştuğunu anlayabiliyordum.

Gökhan Erkan'ın öldüğünden haberi yoktu. Eşinin oradaki adamlar tarafından asıldığını bilmiyordu.

"Sen onu gördün mü?" diye sorduğunda, karşımda, ailemin ölümde kocasıyla işbirliği yapıp gerçeklerin üstünü kapatan, tüm suçun çocuğuna atılmasına izin veren kadın değil de, Demir'in annesi varmış gibi hissediyordum.

Başımı evet anlamında yavaşça salladığımda, Demir'in annesi bana biraz daha yaklaştı. Sesindeki umut, kalbimi daha da parçalanması için tetikledi.

"Nerede? Burada mı? Onu nereye götürmüşler? Gökhan!!!!" diye bağırmaya başladığında, ağzımdaki banta aldırmadan susması için ses çıkarmaya çalıştım.

"Hepsi geçecek Güneş.. Gökhan ne yapar ne eder kurtarır bizi. Azıcık sabret! Gökhan!! Buradayız! Yardım edin!" diye bağırmaya devam ettiğinde, tekrar aynı sesi çıkardım ve ilgisini çektim.

"Güneş, neden sevinmiyorsun?" diye sorduğunda, bir dakikalık sessizlik oldu.

Ona kocasının öldüğünü, oğlunun da içeride... belki de ölmek üzere olduğunu nasıl anlatabilirdim?

Demir'in ölmek üzere olduğu ihtimali aklıma gelince bir an vurulmuş gibi hissettim kendimi. Sevdiğiniz bir kişinin ölebilme ihtimali her zaman vardır aslında, fakat bulunduğunuz koşullar bu ihtimali desteklemeye başlamadıkça farkına varmazsınız.

"Güneş... Gökhan'ı gördüğünü söyledin.. Peki o, iyi miydi?" diye sorduğunda, tekrar ona baktım ve başımı hayır anlamında salladım.

"İyi miydi?" diye sorduğunda, gözlerimin önünde sadece adamı havada asılı olarak gördüğüm an vardı. Gözlerimi sımsıkı kapatıp o anın önümden gitmesini dilerken bir yandan da ağlıyordum.

"... Öldü mü?" diye sorarken, Dilan Erkan'ın da yanımda yıkıldığını hissettim.

Arda'nın Ağzından

Babama, İpek'i yemeğe çıkaracağımı söylediğimde bana söylediği şey "Sonunda bir kızı bizim kafe yerine başka bir yere götürüyorsun," oldu. Sanki Güneş haricinde takıldığım çok kız varmış gibi...

"Baba saçmalama. Hem.. nesi varmış ki bizim buranın?" diye sorduğumda "Hadi hadi, bu akşam yine iyisin. Size rezervasyon yaptırdığım restoran şurası..." derken elime bir kart verdi.

"Baba yok artık. Sana sadece İpek'le yemek yiyeceğim dedim, sen düğün organize etseymişsin," dedim ve karta baktım. Pahalı olduğunu bildiğim bir restorandı.

"O şubenin başındaki müdür benim arkadaşım. Size bir iyilik yapacaktır tabii ki. Bu arada... İpek, bu kızdı, değil mi?" diye sorduğunda, kapıyı işaret ediyordu.

Kışın da etek giyilebileceğini anlatıyordu İpek'in kıyafeti. Hem güzel, hem de farklı idi. Onu ilk defa açık saçlı gördüğümü fark ettim.

Yanına gittim. "Selam," dediğinde ben de ona karşılık verdim. "Değişik görünüyorsun..." dediğim anda saçmaladığımın farkına vardım ve "Değişik ama iyi değişik. Yani öncesi kötü olduğundan demiyorum,değişik fakat bana yani, senin için farklı olmaya..." deyip durumu kurtarmaya çalıştığımda bana gülümsedi ve "Hadi gözlüklü çocuk, yemek yiyelim," dedi. Sanırım saçmalamamı çok sorun etmemişti. Hatta gülümsemesi, hoşlandığını bile gösteriyordu.

Restoranda bize ayrılan masaya oturduğumuzda, babamın arkadaşı olduğunu bildiğim,yalnızca birkaç kez gördüğüm adam masamıza geldi ve babamı ve işlerin nasıl olduğunu sordu. "Güneş varken hafta sonları sırf onu dinlemek için gelen müşterilerin tamamını kaybettik" diyemedim tabii ki ve her şeyin iyi olduğunu söyledim.

Yemeğimizi yerken, İpek "Hadi, dinliyorum," diyerek konuşmayı başlattı.

"Neyi dinliyorsun?" diye sorduğumda "Can sıkıntının nedenini...." dedi, sanki unutmuşum da bana hatırlatmaya çalışıyormuş gibi.

"Ha.. onlar," deyip gözlerimi tekrar çatal ve bıçağıma kaydırdığımda, bana "Demek birden fazlalar.. hmm.. bir an önce anlatmaya başlasan iyi olacak demek ki," dedi ve gülümsedi.

Bu kız madem benden hoşlanıyordu,o zaman neden Güneş'le ilgili sıkıntılarımı dinlemek istiyordu ki?

"İpek, açıkçası seni sıkmak istemiyorum. Anlatmaya başlarsam sıkılacaksın,biliyorum ve ben insanı sıkan biri değilimdir. Alışkın değilim yani... bu yüzden lütfen," derken, benim sözümü kesti ve "Tamam! Anlatmak istemiyorsan anlatma ısrar etmeyeceğim ama tek bir şartım var," dedi. Ardından devam etti "... Bana onu neden anlatmak istemediğini söyleyeceksin."

"İyi de bu haksızlık," deyip güldüğümde "Hiç de değil Arda! Madem anlatmak istemiyorsun, nedenini söyle o zaman," dedi ve o da gülümsedi. Ardından arkasına yaslandı.

"Tamam, en azından nedenlerimi söyleyebilirim," dedim ve masaya yaklaştım.

"Öncelikle... O heriften nefret ediyorum tamam mı? Bir anda Güneş'in hayatına girdi ve gerekmediği kadar fazla yer kapladı. Güneş resmen kör oldu ve çocuk ne kadar rezil, kötü ve belalı bir tip olsa da, Güneş, gözleri kapalı kendini ona emanet edebilmeye başladı! İnanabiliyor musun?! Ben Güneş'le beraber büyüdüm ve onun her bir şeyini bilirdim ve o da benim düşüncelerimi önceden anlardı. Ama şimdi ne oldu..? Zengin ve yakışıklı diye hemen onun üstüne atladı. Herifin sicilinde yok yok! Herkes ondan korkuyor. Güneş de korkmalıydı ve uzak durmalıydı. Biz on yıldan da fazladır arkadaşız ve Güneş hep sorumluluk sahibi, akıllı olan dost rolünü oynamıştı. Ama bir şekilde bu lanet olası herif hayatımıza girdi... kızın kafasını boş boş şeylerle doldurmaya başladı. Güneş çok zor zamanlardan geçti. Fakat bu herif sayesinde o zor zamanlar hiçbir zaman onun peşini bırakmayacak ve..." derken, telefonuma gelen mesajın sesi duyuldu fakat ben konuşmaya devam ettim.

"... ve Güneş kim bilir nelerle uğraşmak zorunda kalacak! Hepsi kimin yüzünden dersin?! Tabii ki zengin, yakışıklı, tüm kızların istediği belalı Demir Erkan yüzünden! Güneş benim için çok değerli biri ve onun harcanmasını izlemekten bıktım! Bak sana söylüyorum.. O çocuk Güneş'i mahvedecek ve ben onun yıkıldığını görmek isteyecek en son kişiyim. İşte bu yüzden..." derken, elimi cebime sokup telefonumu çıkardım. "... bu yüzden tüm o uyarılarıma, söylediklerime tek kelime bile aldırış etmeyip hâlâ o serserinin peşinden giden Güneş hakkında konuşmak istemiyorum. Onun sorunlarıyla uğraşmak istemiyorum, çünkü gerisi her zaman gelecek biliyorum..." derken, gözlerimi İpek'ten ayırıp telefonuma baktım.

Birkaç saniyelik sessizlikten sonra, İpek "Mesaj kimden?" diye sordu.

"Güneş lokasyon göndermiş, ama üstünde acil durum mesajı olduğu yazıyor," dedim. Şaşırmıştım.

"Neresi peki?" diye sorduğunda "Normalde bizim kafeye, spor salonuna göre bayağı uzak bir yer ama... bir dakika dur," derken haritayı büyüttüm ve "... buraya on yedi dakika," dedim.

İpek "Neresi derken yani nasıl bir yer olduğu yazıyor? Yani ev mi, okul mu, hastane mi...?" dediğinde haritadaki noktalara basmaya çalışıyordum. İpek "Ver şunu bana," deyip telefonu elimden aldı ve saatlerdir açamadığım yazıyı açtı.

"Depo mu?" diye sorduğumda, İpek "Yanlışlık falan olabilir mi? Veya onu bırak, senin bu kötü çocuk, sevgilisini nerelere götürüyor?" diyerek, kafamdaki senaryolara senaryolar ekledi.

Telefonumu İpek'in elinden aldım ve ellerimin titrediğini fark ettirmemek için bacaklarımın üstüne koydum.

"İpek, ben çok özür dilerim ama... Güneş'in telefonundaki acil durum rehberine kendimi ben kaydetmiştim. İlk sıraya. Ve bu mesajın yanlışlıkla gelmesi olanaksız," dedim ve ayağa kalktım.

"Beş dakika önce dediklerimin hepsinin farkındayım. Güneş'le işimin bittiğini söylemiştim... " diyerek, İpek'e bir açıklama yapmaya çalışırken, bana "Ama..." dedi .

"Ama.. sanırım başına kötü bir şey geldi. Sonra telafi etsem, olur mu?" diye sordum ve oturduğum sandalyenin arkasında asılı olan montumu giymeye başladım.

"Sorun etme. Farkında mısın bilmiyorum ama, nedenin olarak sadece bir cümle söyleyecekken bana her şeyi anlattın...Onunla işin falan bitmedi ve gitmelisin," dedi. Bunu söylerken anlayışlı bir şekilde gülümsüyordu.

Hemen koşarak çıkışa doğru ilerlerken, şef garsonun yanında duran, babamın arkadaşına gittim. İpek'e bir taksi çağırmalarını söyledim ve anında oradan çıktım.

Yola çıkıp ilerlemeye başladıktan sonra hemen Güneş'in eniştesini aradım.

"Arda... Oğlum hiç uğramıyorsun artık. Unuttuk gittik seni valla.Nasılsın?" dediği anda "Güneş'in başı sanırım belada. Bana acil durum lokasyonu gönderdi. Telefonu kapattıktan sonra hemen aynı lokasyonu size de göndereceğim," dedim.

Güneş'in eniştesi, "Acil durum mu?! Listesinin başında polis olması gerekirdi! On yedi yaşında bir sivilin değil!" diyerek bana kızdığında "On sekiz. Her neyse. Şu an oraya doğru gidiyorum," dedim.

"Hayır Arda! Hiçbir yere gitmiyorsun. Lokasyonu bize gönder ve işin orada bitsin. Hemen evine veya kafeye dön. Ben şu anda ekiple beraber merkezden çıkıyorum," dediğinde arkasındaki sesler yükseliyordu.

"Peki. Lokasyonu gönderiyorum," dedim ve telefonu kapattım.

Polislerin oraya varmaları ne kadar sürerdi? Güneş'in eniştesinin gitmesi yarım saat, buradan bir yerlerden destek ekip gönderirlerse de on beş dakika alırdı. Ama benim, bu hızla oraya varmama yaklaşık beş dakika vardı ve Güneş'in şu anda tam olarak nasıl bir durumda olduğunu bilmiyordum.

Kesin olan tek bir şey vardı ki, Güneş acil durum mesajı gönderebilme şansına sahip olmuştu. Bu da içimdeki umuda tutunmamı sağlıyordu.

Güneş'in Ağzından

Demir'in annesi yanımda, daha yeni dindirmiş olduğu anlaşılan gözyaşlarına boğulurken ben bir yandan da ellerimi sıkan kelepçelerden kurtulmaya çalışıyordum. Her çekişimde bileklerim daha da acıyor, paslanmış metal derime sürtüyordu. Artık bileklerim yanmaya başladığında pes ettim ve sırtımı duvara dayadım. Nefes almak için burnum yetmiyordu artık. Korku ve endişe her yerimi kaplamıştı.

Saniyeleri dakikalar kovalıyordu ve artık bu karanlık depo bölümünde yeterli oksijen kalmadığını hissediyordum. Ağzımdaki bandı söküp atmak, bağırmak istiyordum fakat bir yandan da eğer bunu yaparsam; kapıda duran, beni buraya sürükleyen maskeli adamın içeriye girip kötü şeyler yapacağını tahmin edebiliyordum.

Demir'in annesi, sonunda ağlamayı kestiğinde, bana "Özür dilerim Güneş," dedi.

Ona döndüm.

"Özür dilerim. Kocam hayatını mahvetti, aileni öldürdü ve üstüne... her şeyi Demir'imin üstüne yıktı. Bir şey yapamadım. Yapmak istedim ama yapamadım! Suçun hepsi onda da değil. Bende.. Belki bunun hak ettim Güneş. Tam burada, bu halde olmayı hak ettim. Masum bir kızı öksüz bırakan Gökhan'ın arkasında durdum ve.. ve bunu sadece... ona olan aşkımdan yaptım. Ünümüze bir şey olup olmayacağı umrumda olmazdı, her şeyin doğrusunu isterdim fakat o çapkınlıklarıyla bilinmesin diye... beni, Demir'le bizi bırakıp gitmesin diye hiçbir şeyine ses çıkartmadım," derken bu akşam ilk defa ağzımda bant olduğu için mutlu oldum. Suçlu olarak saydığım bu kadına karşı nefretimin yerini, teselli etme isteği kavramıştı ve eğer ağzım kapalı olmasaydı bunu yapardım. Ona benim de ailemi kaybettiğimi fakat bir şekilde yaşamın devam ettiğini söylerdim fakat iyi ki de diyemiyordum... İyi ki Dilan Erkan'ı teselli edemiyordum.

O hâlâ ailemin ölümünde doğru kişinin değil, kendi öz oğlunun, suçlanmasına ses çıkarmayan anneydi.

Kurşun sesini duyduğumuzda ikimiz de irkildik.

Deponun tüm koridorlarında yankılanan tek el ateş sesi iliklerime işledi. Orada kaç kişi vardı? Yedi mi? On mu? On beş mi? Nişan alınmış kişinin Demir olma ihtimali yüzde kaçtı? Ya Arda mesajımı aldıysa ve buraya tek başına geldiyse.. zaten onu kaybetmişken artık hiç şansımın kalmamasına neden oldularsa? Ya bir kişi vurulduysa ve o vurulan kişi beni kurtarmaya gelmiş olan, bana babamın yokluğunda babalık yapan eniştemse?

Bulunduğumuz odanın ağır kapısından gelen sesler karşısında yaşadığım korku iki katına çıktı.Biri kapıya vuruyordu. Kapı kilitli olduğu için açılmamakta direniyordu. Kapının her vuruluşunda gözlerimi kapatıyordum. En son çıkan, en büyük sesten sonra gözlerimi artık tamamen kapattım ve bacaklarımı kendime çektim. Başımı dizlerimin üstüne dayadım.

Biri elini omzuma koyduğunda dişlerimi sıktım ve bu anın bir an önce geçmesini diledim. Evde olmayı diledim, anneme sarılmayı diledim, kardeşime kızabilmeyi diledim, Demir'in her zaman cevapsız bıraktığı soruları sormayı, Arda'nın notalarında şarkı söylemeyi diledim...

"Güneş, gözlerini aç!"

Fazlasıyla tanıdık gelen sesi duyduğumda başımı kaldırdım ve yavaşça gözlerimi açtım. "Güneş iyi misin? Bir şey yaptılar mı?" diye sorarken, Arda tek ve ani bir hareketle ağzımdaki bandı açtı. Dudaklarım rahatladığında derin bir nefes alıp verdim. Arda bu sırada elimdeki kelepçelere bakıyordu.

"Bekle.. geliyorum," deyip ayağa kalkmaya çalıştığında, onu tuttum ve fısıldayarak "Bırakma.. beni burada bırakma," dedim.

"Anahtarları alıp geleceğim," dedi ve kapıya gitti. Kapının diğer tarafında yerde yatan adamın yanında eğildi, onun ceplerini karıştırdıktan sonra yanıma geldi ve ellerimi çözdü. Beni tam kucağına alacakken Dilan Erkan'ı gördü. Telefonumu elime verdikten sonra "İkinci anahtar kapı içinse üç de.. tamam. Şimdi her şey yerine oturdu," dedi ve beni bırakıp Demir'in annesinin yanına gitti.

"Gökhan... Demir... iyiler mi? Onları kurtardınız mı? Oğlumu kurtardın mı?" diye sayıklıyordu kadın.

Arda, "Kurtardınız mı değil..." derken, Dilan Erkan'ın kelepçelerinden birini açtı,".. kurtardın mı diye sorsanız daha iyi olur. Buraya yalnız geldim," dedikten sonra Arda,diğer kelepçeyi de açtı.

"Yalnız mı geldin?" diye sorarken, duvardan destek alarak ayağa kalktım.

Arda da Demir'in annesinin ayağa kalkmasına yardım etti. "Seninkiler yolda," diyerek bana cevap verdiğinde Arda'ya yaklaştım ve "Sen aklını mı kaçırdın?!" diye ona saydırmaya başladım, Arda ağzımı kapattı ve beni arkamdaki duvara yasladı.

Fısıldayarak "Az önce kapıda çıkardığım seslerden sonra,biraz alçak sesle konuşsan fena olmaz Güneş," dedi ve beni serbest bıraktı. Ardından kapıya doğru gitti ve yerde yatan adamı içeriye taşıdı.

"Onu öldürdün mü?" diye sorduğumda, Arda "Beni mafya babası Demir'le karıştırma.Sadece başının arkasındaki doğru yerden aldığı bir darbe ile bayıldı," dedi ve koridora çıktı. "Tamam gelin," diye fısıldadığında kapıya doğru ilerledik.

Dilan Erkan ayağındaki topuklu ayakkabıları çıkardı ve o odada bıraktı. Ardından yürümeye başladık. En önde Arda vardı ve her yol ayrımında bize beklememizi söyleyip kendisi önden gidiyordu, sonra bizi çağırıyordu.

İkinci sağdan sonra Arda "Siktir. Unuttum. Sağ, sağ.. sonra," derken, hemen ona "Sola," dedim.

"Sen de ezberledin değil mi?" diye gülümsedi ve ardından yola devam ettik.

Bu durumumuzda bile gülümseyen bir kişinin olması umut vericiydi.

Koridorlardan geçip çantamın olduğu yere geldiğimizde deponun çıkışı hemen karşımızdaydı. Çıkmadan önce Demir'in iyi olduğunu görebilmek için sağ tarafa baktığımda, Doğukan'la beraber açıklıkta olduklarını gördüm. Etraflarında maskeli adamlar barikat gibi duruyorlardı. İçlerinden bir tanesi yerde yatıyordu.

Kurşunun kime isabet ettiği şimdi anlaşıldı.

Demir'in annesi "Hayatta görülmeden geçemeyiz. Koridorun bu tarafına bakan adamlar var," dediğinde, Arda bana doğru eğilip "Ben üç deyince koşmaya başlıyorsunuz. Güneş, hemen telefonla enişteni ara ve rapor ver. Daha çok destek iste," diye fısıldadı.

"Koşmaya başlıyorsunuz' derken ne demeye çalışıyorsun? Sen de bizimle geliyorsun," dediğimde, Arda "Ben dikkat dağıtacağım. Başka türlü hayatta buradan çıkamazsınız," diye karşılık verdi.

"Bunu kabul etmiyorum," dediğimde, Arda "İzin istemedim zaten," dedi ve benimle Dilan Erkan'ı çıkışa doğru itti. Ardından kendisi hemen koridordan geçip, Demir'lerin bulunduğu açıklığa kendini attı. Demir'in annesiyle kendimizi dışarıda bulduğumuz anda Dilan Erkan "Kurtulduk! Hadi Güneş, hemen telefon aç!" dedi.

Telefonda eniştemin numarasını çevirdim. Tam o sırada Arda'nın bağırdığını duydum ve telefonumu yere düşürdüm. "Arda!" diyerek koridora adımımı attığım anda iki maskeli adam beni kollarımdan yakaladılar.

Beni açıklığa, bidonların ve kutuların arasında Demir, Doğukan ve Arda'nın yanına yere attıkları anda Doğukan "Harika. Bu iş gittikçe güzelleşiyor," dedi Arda'ya bakarak.

Arda "Güneş! Bir kez olsun şu lanet olası inatçılığını bırak ve benim dediğimi dinle!" dedi. Ona baktığımda kaşından süzülen kanı gördüm.

Demir "İlk defa doğru bir şey söyledin gözlüklü çocuk," dediğinde, bakışlarım Demir'e kaydı. Gözünün altı mosmordu.

Az önce babası ölen ve esir alınmış birine göre gayet normal konuşuyordu. Ama Demir duygularını, hissettiklerini saklamasıyla ünlüydü tabii.

Maskeli adamlardan elinde silah olan öne çıkıp "Yeter!" dediğinde büyük bir sessizlik oluştu.

Adam silahı dördümüzün arasında dolaştırırken "Önce hanginiz?" diye sordu.

24. Bölüm

Arda "Önce hanginiz mi? Önce hanginiz.. dedi di mi?" diye Doğukan'a sorarken, Doğukan "Evet kardeşim, aynen öyle dedi. Şimdi çenemizi kapatsak mı?" diyerek ona baktı.

Önümüzde duran maskeli adam beni saçımdan tuttuğu gibi yukarıya doğru çekti ve bağırarak ayağa kalkmak zorunda kaldım.

Arda ve Demir aynı anda ayağa fırladıklarında, kenardan gelen altı adam üçünü de tuttu ve yerde sabit durmalarını sağladı.

Silahlı ve maskeli olan bu adama beni bırakması için bağırırken, "Sanırım Erkan ailesinin dostları çok fazla," dedi ve güldü adam.

Demir "İşin benimle değil mi? Ha? İşiniz benimle değil mi? Babamla değil mi? O zaman o kızı bırak. Bu üçü gitsin, sonra sorununuz neyse birlikte çözelim!" dediğinde, adam beni kenarda duran diğer bir adamın üstüne doğru itti ve o ittiği kişi de beni tutup, Demir'in babasının yukarıda asılı olduğu ipin altındaki sandalyeye oturttu. Kollarımı ve bacaklarımı sandalyeye bağladı. Bileklerimde ipleri sıkarken, zaten yara olmuş olan yerlerin yine acımaya başladığını hissettim.

Gökhan Erkan'ın cesedini gördükçe, birazdan başıma gelecekler beynimi kaplıyordu ve kalp atışlarım kat kat hızlanıyordu. Korkuyordum. Hem de çok. Konuşamıyordum. Tek yapabildiğim, kalbimin hızına ayak uydurmak için daha hızlı nefes alıp vermekti.

Adam bana yaklaştı ve yanıma geçip silahı başımın üstüne dayadı.

"Bakalım Demir Bey bundan nasıl bir ders çıkaracak?" diye sorduktan sonra, adam silahın güvenliğini ayarladı.

Arda "Güneş'i bırak!" diye bağırdıktan sonra, hızlı bir şekilde onu omuzlarından tutup yerde sabit durmasını sağlayan iki adamdan kurtuldu ve birine yumruk attı. Ardından diğerinin burnunu kafasıyla kırdı.Demir de hareketlendi fakat o sırada kenarda duran diğer adamlar Arda'ya ulaşıp onu karın boşluğuna vurarak durdurdular. Demir'in başındaki iki adamdan biri Demir'in gözüne yumruk attı. Doğukan iki kişiden de aynı anda tekme yedi.

Şu hayatta en çok değer verdiğim iki kişinin ve en yakın arkadaşlarımdan olan Doğukan'ın karşımda yere yığılmalarını izlerken, bir yandan ağlıyor, bir yandan da başımdaki silahın gittikçe bana daha fazla baskı uyguladığını hissediyordum.

Tekrar sessizlik sağlandığında koridordan bizim bulunduğumuz açıklığa doğru maskeli bir başka adam koştu. "Polisler sokağın başındalar!" dediği anda, kenarda duran tüm adamların depodan çıkmaya başladıklarını gördüm.

Hepsi kaçmaya başlamışlardı fakat başımdaki o sert ve acı veren silahın ağırlığı hâlâ gitmiyordu.

"Polis! Hepiniz durun! Deponun etrafı sarılı!" Bu cümleleri duydukça rahatlamaya başlamıştım.

En son Arda, Demir ve Doğukan'ı tutan maskeli adamlar da kaçmaya başladıklarında, Demir anında bana yöneldi. O tam başımdaki silahlı adama yaklaşınca, Doğukan "Demir dur!" diye bağırdı. Demir adama vuracakken Arda "Demir bekle! Silah hâlâ onda!" diye bağırdı ve Demir'i tuttu.

Doğukan adama yaklaşıp "Silahı bırak! Polisler geldi. Buraya girmeleri an meselesi," dedi.

Demir o sırada "İstediğin ne? Babamdan istediğin neydi? Para mı? İş mi?! Ne istiyorsun?! Söyle!!" diye bağırmaya başladı.

Maskeli adam silahı indirdi. Tam derin bir nefes alacakken bu sefer daha sert bir şekilde kafama dayadı ve tetiği çekecekken silahın patlama sesi duyuldu.

Gözlerimi sımsıkı kapattım. Nefesimi tuttum.

Saniyeler sonra gözlerimi açtım ve başımdaki silah baskısının artık ortadan kalktığını hissettim. Sağıma baktım, maskeli adam yere düşmüştü ve tam da silahı tuttuğu kolu kanıyordu. Adam silahını yere attı ve kolunu tutmaya başladı.

Kafamı çevirip koridora baktığımda, adama ateş eden kişinin eniştem olduğunu gördüm.

"Güneş!" deyip bana doğru hızla yürümeye başladığında, bir yandan da koridorun gerisine "Biz iyiyiz! Birini yakaladım!" diye bağırıyordu. Ardından gözleri, tavandan aşağıya doğru asılı olan Gökhan Erkan cesedine takıldı.

Kurtulmuştuk. Eniştem beni, bizi son saniyede ölmekten kurtarmıştı. Arda hemen sandalyenin arkasına geçip ellerimi çözmeye başladı. Doğukan da bacağımdaki ipleri çözerken, Demir, maskeli adamın elinden düşen silaha tekme atıp adamdan uzaklaşmasını sağladı. Ardından adamı boğazından tuttuğu gibi yere sabitledi. Maskesini çıkardı.

Hepimiz tanıdık biri çıkmasını mı bekliyorduk bilmiyordum ama yerde yatan adam genç, uzun boylu ve yapılı bir askeri andırıyordu. Yüzü hiç mi hiç tanıdık değildi. Eniştem bana sarıldı ve beni ayağa kaldırdı. Hâlâ şok yaşıyordum ve hâlâ ağlamayı kesmemiştim. Enişteme sarıldım ve "Teşekkürler. Teşekkürler... teşekkürler..." diye, sadece onun duyabileceği şekilde fısıldadım. Bana sıkıca sarıldı ve ardından beni bırakıp hemen Demir'le bizi rehine alan adamın yanına gitti.

Eniştem, Demir'in omzunu tuttu ve bunu yaparak ondan uzaklaşması gerektiğini belirtti. Eniştem adamın ellerini kelepçelerken yabancı olan bu adam kolundaki kurşundan dolayı acıyla kıvrandı.

Demir arkasını dönüp bize baktığında, gözleri doğruca benimle buluştu. Bana geldi ve ben de ona doğru atıldım. Başımı göğsüne yasladım, o beni sardı ve kendine çekti. Ağlamaya devam ediyordum. Beni başımdan öptü ve tek bir şey söyledi:

"Dediğimi yapıp evine gitmeliydin."

Kesinlikle öyle yapmalıydım, evet ama yine aynı şey olsa yine gitmezdim. İyi ki onu takip etmiştim. Üç dakika önce kafama silah dayalı olmasından bahsetmiyorum, eğer ben onu takip etmeseydim şu an.. aynen babası gibi...

Başımı kaldırdım ve odayı bir sürü polisin doldurduğunu gördüm. Gökhan Erkan'ın cesedini indirmeye başlamışlardı.

Babası gibi Demir'i de öldürebilirlerdi.

Eniştem bana birazdan yanıma geleceğini söyledi ve ardından Demir'e, beni dışarı çıkarmasını söyledi.

Koridordan geçerken buradan son kez geçiyor olmamın mutluluğunu yaşamaya çalıştım fakat kalbimin hızı hâlâ normale dönmemişti ve kesinlikle şoktaydım. Dışarı çıktığımızda ağlamayı artık kesmiştim. Dışarıda birkaç polis arabası vardı ve siren sesleriyle beraber bir ambulans da sokağa girmişti.

Doğukan, Demir'in annesiyle beraber bir polis arabasının yanında duruyordu. Arda ise deponun hemen kapısında duran bir polise olanları anlatıyordu. Demir'in yüz ifadesini gördüğüm anda elini tutmak istedim. Babasından ne kadar nefret etse de onu orada öyle görmek korkunçtu. Benim için bile o kadar kötü ve korkunçtu ki onun hislerini tahmin bile edemiyordum. Çekiniyordum çünkü nasıl bir tepki vereceğini bilmiyordum, fakat buz gibi soğuk elimi elinde hissettiği anda tuttu.

Dilan Erkan, oğlunu gördüğü anda "Demir!" diye bağırdı. Onun elini bıraktım ve annesinin yanına gitmesine izin verdim. Arkamı döndüm ve Arda'ya baktım. Polisle olan konuşmasını bitirmiş, bana bakıyordu. Onun yanına doğru yürümeye başlayacaktım ki eniştem, arkasında üç polis ve kolundan kanlar akan adamla dışarı çıktı.

Eniştem yanıma geldi ve bana tekrar sarıldı. "Toplamda kaç kişilerdi?" diye sorduğunda, durdum ve gözümün önüne depo odasını getirdim. Tam cevap verecekken eniştem ".. Eğer kendini iyi hissetmiyorsan sonra cevap verebilirsin. Nasılsa ayrıntılı bir sorgulama alacağız sizden," dedi.

"Hayır, hayır. Sanırım... en az on beş kişilerdi. Yirmi bile olabilir. Hepsinde maske vardı ve.. Şey! O koridorlar çok ileriye açılıyor ve bir sürü depo odası var. Belki içeride birileri daha olabilir," dedim.

"Merak etme. Tüm depoya baktık. Odaların tamamı boş," dedi ve ekibinin yanına döndü. Ben de Arda'yla konuşmak için oraya yöneldiğimde Arda'nın Doğukan'la konuşmasının son cümlesini duydum.

"Çocuk neredeyse kızın ölümüne sebep olacaktı. Onu ben durdurdum ama ilk teşekkürü alan yine o ol..." derken onu duyduğumu anladı Arda ve cümlesini yarıda kesti. Doğukan "Sizi ikinizi yalnız bırakayım. Bu arada Güneş, iyisin değil mi?" diye sordu.

"Daha iyiyim," dedim ve Doğukan'ın, Demir'le annesinin yanına gitmesini izledim.

Arda bana döndü, ben de ona baktım. Bana "Güneş, bileklerin..." dedi ve elimi eline alıp bakmaya başladı. Elimi tutunca hissettiğim sıcaklık tanıdıktı. Özlemiştim.

Ellerime ben de baktım. Bileklerimin ikisi de morarmıştı ve bazı yerlerde yara açılıp kanamıştı. Daha doğrusu... kanatmıştım. "Kelepçelerden kurtulmaya çalışırken oldu," dedim ve ellerimi aşağı indirdim.

Az önce Doğukan'la konuşurken duyduklarımla, ettiğimiz kavgada bana söylediklerini düşünüp ona "Gerçekten böyle mi düşünüyorsun?" diye sordum.

"Evet Güneş," dedi ve gözlüğünü çıkarıp, tişörtünün bir kenarıyla camlarını silmeye başladı. İlkokuldayken ne zaman öğretmen onu tahtaya kaldırsa, ona bir soru sorsa hep bunu yapıyordu. Aynı şekilde ne zaman babası Semih Amca ona bir şey için kızsa bunu yapıyordu. En azından eskiden yapıyordu. Uzun bir zamandır, belki de liseye başladığımızdan beri bunu yaptığını görmemiştim. Aramızdaki sorunu gerçekten ciddi bir problem olarak gördüğünü anlamıştım.

"Bak, ben.."

"Bak, ben..."

İkimiz de aynı anda aynı şeyi söyleyince, Arda tekrar yeşil gözlerini görmeme izin verdi.

O sırada yeni bir ekip daha depoya vardı ve içeri rahat girebilmeleri için kapının yanından çekildik.

Arda "Şimdi sırası değil. Sonra konuşuruz ama şunu bil ki,söylediğim hiçbir şeyden pişman değilim," dedi ve eniştemin yanına gitti. Ondan, eve gitmek için izin aldığını tahmin ettim ve arabasına bindiği anda tahminimin doğru olduğunu anladım.

Birkaç dakika sonra eniştem konuştuğu ekibin yanından ayrıldı ve yanıma geldi. Ceketini çıkarıp bana giydirdi. Ardından Demir ve annesinin olduğu yere doğru ilerledik.

Demir "Hepsini yakalayabildiniz mi?" diye sorduğunda, eniştem "Hayır. Yalnızca iki kişiyi yakalayabildik. Biri çoktan karakol yolunda, diğeri ise işte o silahlı olan... şu an ambulansa bindiriliyor," dedi.

Ben "Ama çok kişi vardı.. Hepsi kaçmış olamaz ki," derken, eniştem " Depodaki koridorlardan birinde aşağıya doğru açılan bir tünel olduğunu fark ettik ve hepsinin oradan kaçtığını düşünüyoruz. O tünele birkaç adam gönderdik fakat pek sonuç alabileceğimizi sanmıyorum. En azından bu akşam..." diye açıklama yaptı.

Dilan Erkan "Lütfen.. Lütfen kocamı öldüren, bize bunları yapan adamları bulun. Ben.. gerçekten.. çok... " derken ağlamaya başladı. İçgüdüsel olarak mıydı bilmiyorum ama elimi onun omzuna koydum. Dilan Erkan ona destek olduğumu fark ettiğinde bana sarıldı ve kulağıma "Umarım iyisindir..." diye fısıldadı. Elime telefonumu verdi.

Arda'nın sesini duyunca hemen deponun içine girmiştim ve telefonum... Tabii ya, yere düşmüştü. Demir'in annesi alıp eniştemi aramış olmalıydı. Telefonumun ekranına baktığımda sağ tarafından çatlamış olduğunu gördüm. Yere fena düşmüş olmalıydı.

Eniştem, Demir'e "Bu gece evinizde kalmamalısınız. Size güvenli ev ayarlanmasını sağlabilirim isterseniz?" diye teklif ettiğinde, Dilan Erkan "Biz hallederiz. Çok teşekkür ederiz," dedi kendini toplayarak.

Demir, annesine arabaya binmesini söyledi.Dilan Erkan tanıdık, siyah arabaya binmeden önce bana gülümsedi ve ardından arabaya bindi. Demir "Cenaze için ne yapmam gerekiyor?" diye sorduğunda, neden annesini arabaya gönderdiğini anladım.

Demir düşüncesiz ve bencil biri gibi görünüyordu fakat bence insanları anlıyor ve onların ne zaman neye ihtiyaçları olduğunu ya da olmadığını anlayabiliyordu. Sadece eğer gerekli görüyorsa bunu dile getiriyordu.

Eniştem "Otopsi işleri, cenaze işleri, sorgulama... Hepsini yarın yapacağız. Şimdi anneni götür ve biraz uyumaya çalışın. Yarın halledeceğiz," dedi ve arkasını döndü. Tam gidecekken tekrar

Demir'e geldi ve "Seninle bizzat görüşmek istiyorum. En yakın zamanda," dedi ve ardından bana baktı. Sonra da arkasını döndü ve depoya tekrar girdi.

Demir'le vedalaşma fırsatı bulduğumuzda, onun yüzünü inceleneye çalıştım. Yumruk atılan gözü şişmişti ve suratında birkaç yerde daha yara izleri vardı. Ama bunun ötesini görmeye çalıştım. Ne hissettiğini anlamaya çalıştım. Depodan çıktığımız anda daha rahat anlaşılıyordu. Fakat şimdi yine gizlemişti.

Korkmuştu. Korkmuş olduğunu ben iliklerimde hissetmiştim. Dehşete düşmüştü. Böyle bir şeyi beklemiyordu ve başına gelince yaşadığı şokla endişe duygusu birbirine karışmıştı. Olaya Doğukan dahil olunca belki biraz rahatlamış olabilirdi fakat beni gördüğü anda gözlerindeki acı.. işte onu görmüştüm.

Ona sarıldım. Kollarımı boynundan geçirip arkada birleştirdim ve ona sarıldım. Yaşıyorduk. İkimiz de. Arda da.Doğukan da. Demir'in annesi de. Eniştem de... İyiydik ve daha iyi olacaktık.

Birkaç saniye öylece kaldıktan sonra beni itti ve "Gitmem gerekiyor," dedi.

Onu anlayışla karşıladım. "Yarın sabah karakolda görüşürüz."

Gitmeden önce bana yaklaştı.

"Bir daha eğer benim söylediğim şeyi yapmazsan, beni takip etme veya evine git dediğimde kafanın dikine gidersen.. İşte o zaman biter bu. Umarım anlamışsındır Güneş," dedi ve birkaç adım geri geri yürüdükten sonra arkasını döndü, arabaya ilerledi. Kapıyı açıp bindiğinde bana hiç bakmadı.

Onu kurtardığımı fark etmemiş miydi? Ben eğer onu takip etmeseydim şu anda.. kim bilir ne halde olurdu? Doğukan'ı da onu da belki de bir daha... bir daha bulamayabilirdik. Bu düşünceyle nasıl yaşardım ben? Helin nasıl yaşardı?

Gelmem belki de yanlıştı, eve gidince eniştemden bir ton laf işiteceğimden yüzde yüz emindim ve haklı olabilirdi. Ama yine aynı şey olsa, yine bileklerimin canımı bu kadar acıtacağını, bu kadar korkacağımı, cesetler göreceğimi, rehin alınacağımı bilsem... Demir'i kurtarmak pahasına yine de onun arkasından giderim. Delilikse delilik, aşksa aşk, aptallıksa aptallık. Umrumda değil.

Aynı şey benim başıma gelse o gelirdi.

Bu yüzden ne olursa olsun ben de hep onun arkasında duracaktım. Hele de böyle zamanlarda.

Eniştem bana doğru gelirken, yanında bir dosya tutan bayan polis memurunu da getiriyordu. Bana "Sorgulamaya yarın seni de alacağız fakat şimdi bizimle paylaşmak istediğin bir şey var mı? Olaylar hakkında daha tazeyken anlatmak istediklerin...?" diye sorduğunda, derin bir nefes alıp verdim.

"Nerden başlayayım?"

25. Bölüm

Gece yarısı, telefonumun yatağı titretmesiyle uyandım. En son Esma ve Helin'le konuştuktan sonra uyuyakalmış olmalıydım. Yastığımın altından telefonumu elime aldım ve kırılmış olan ekrana baktım. Telefon çalışıyordu ama yine de ekranının tamir edilmesi gerekiyordu.

Saat 04.36'ydı ve arayan Demir'di.

"İyi misin?" diyerek telefonu açtığımda bana, "Üçüncü kez aradığımda açtın," diyerek karşılık verdi.

"Bazılarımız zor bir gün geçirdi..." dediğimde, söylediğim şeyin ne kadar aptalca olduğunu anlamam bir saniyemi aldı. "Yani... öyle demek istemedim...Demir..." derken yatakta doğruldum ve sırtımı yatağın başına dayadım.

Demir "Önemli değil. Kapıyı aç," dediğinde şaşırdım.

"Kapı mı?" dediğimde, sesimi kontrol altında tutmam gerektiğini kendime hatırlattım. Eniştem beni eve bıraktıktan sonra karakola geri gitmişti, ona bu gece uyku yoktu fakat halam ve kuzenim benimle buradalardı ve uyuyorlardı.

"Evet. Kapı. Çabuk ol."

Telefonu kulağımda tutmaya devam ederken yataktan kalktım ve odamdan çıktım. Salondan geçip kapıya ulaştığımda yavaşça kilitleri açmaya başladım.

"Demir, aklından ne geçiyor bilmiyorum ama..." diye fısıldarken, kapıyı açtım ve onu karşımda görmemle tam anlamıyla uyanmış oldum.

Onu görmeyeli yaklaşık beş saat olmuştu. Altında gri bir eşofman, üstünde siyah,kapüşonlu bir hırka vardı. Hırkasının fermuarını açtı, kapüşonunu indirdi ve içeri girdi.

Tek kelime etmeden salondan geçip odama doğru ilerlemeye başladığında, kapıyı kapattım ve tekrar kilitledim.Onun arkasından odama girdiğimde hırkasını çıkarıyordu.

Şaşırmıştım ve onu izliyordum.

"Yatmayacak mısın?" diye sorduğunda, ben uzun kollu, kalın pijamalarımla dururken onun üşüyüp üşümediğini merak ediyordum. Odamın kapısını kapattım. Gittim ve yanına, yatağa oturdum.

"Gözün çok acıyor olmalı," dediğimde, bana "Aynaya bakmadım. Morarmış mı?" diye sordu.

"Evet,fazlasıyla. Eve gider gitmez keşke buz koysaydın," dedim.

"Söyleyene bak," deyip sol elimi tuttuğunda, kolumu kendine doğru çekti ve bileğime baktı. Yaraların üstüne dokunduğunda yüzümü buruşturdum.

"O adamı öldüreceğim," dedi ve elimi yavaşça yatağın üstüne bıraktı. Ardından başının altındaki yastığı daha çok rahat edebileceği bir konuma getirdi ve kollarını başının altında birleştirdi. Tavanımda duran fosforlu yıldızlara bakıyordu.

"Bunları sen mi yaptın?" diye sorduğunda "Hayır, aslında geçen sene doğum günümde Arda…" diye cümleme başladım ve Demir'in Arda'nın adını duyduğunda gerildiğini hissettim. "Şaşırmadım," dedi.

Hayatımda geçirdiğim en zor günlerden birini yaşamıştım ve benden daha da kötü bir gün geçiren biri varsa,o da Demir'di. Babasının cesedinin önünde yaşadıkları yetmezmiş gibi, bir de ölümden dönmüştü. Hepimiz bu gece hayatımızı kaybedebilirdik. Arda olmasaydı herhalde oradan sağ kurtulamazdık.

Arda. Ne kadar aptaldım ben. Onunla aramı bir an önce düzeltmem gerekiyordu. Ama şimdi değil, şu anda değil. Şu an Demir'in yanında olmalıydım.

Konuyu değiştirmek için "Annen nerede?" diye sorduğumda "Güvenli ev mi, korumalı ev mi, bilmiyorum her ne boksa onda işte. Olanları duyunca teyzem, annemin ailesinden kalan tek kişi yanımıza geldi ve onunla kalabileceğini söyledi," dedi.

Demir benimle konuşurken, gözlerini tavandaki gezegen ve yıldızlardan çekmiyordu.Onun ruh halini tahmin edebiliyordum. Yanına uzandım ve başımla elimi göğsüne koydum. Üzerinde bir tişört olmasına rağmen, kalp atışlarını çok yakın ve net bir şekilde takip edebiliyordum.

Birkaç dakika durduktan sonra bir kolunu indirip bana sardı. Yukarıya doğru hareket edip, bana tek koluyla tam olarak sarılmasına izin verdim. Yukarı baktım ve o, yıldızları izlemeye devam ederken ben de ona katıldım.

"İyi misin?" diye sorduğumda cevap vermedi. Başımı kaldırıp ona baktım ve "Benimle konuşabilirsin. Bunu biliyorsun," dedim.

Bana baktı ve durdu. Derin bir nefes alıp verdikten sonra "Yorgunum Güneş. Ailemin pisliğini toplamaktan bıktım artık..." dedi.

"Baban hakkında konuşmak ister misin?" diye sorduğumda, bana "Öldürüldü," diyerek cevap verdi. Yine o normal, seviyeli ve sert sesiyle konuşmuştu. Duygularını gizlemek istediğinde kullandığı yöntemi kullanıyordu.

"Demir, biliyorum, ondan nefret ediyordun, sana hep kötü davrandı ve yapmadığı şey kalmadı. Ama... ama yine de o senin babandı," dediğimde "Bilmediğimi mi sanıyorsun Güneş?!" dedi. Ses tonunun yüksekliği karşısında ayağa kalktım ve sessiz olması için ona adeta yalvardım.

Eğer kapı kapalı olmasaydı içeridekiler kesin uyanırdı.

"Ben... özür dilerim. Korkmaya başladım Güneş. Kendimi bildim bileli sürekli tehdit altındaydım fakat hiç bu kadar ileri gitmemişti... Sen Bodrum'dayken burada olanlar da…" derken bir anda durdu ve ağzından neredeyse olanları kaçıracağını anladı.

"Söyle," dediğimde "Hayır," dedi.

"Demir lütfen, neler olduğunu bilmiyorum ama belki bununla bir bağlantısı vardır ve her şey çözülür," dediğimde "Hayır Güneş. Söylemeyeceğim," dedi.

Tekrar onun yanına oturdum ve ona yaklaştım. "Demir, neden bana ne olduğunu söylemiyorsun?" diye sordum.

"Nasılsa sabah olunca öğreneceksin. Eğer anlatırsam bu gece

uyuyamayacağını çok iyi biliyorum da ondan Güneş. Buraya gelirken asıl amacım da oydu.Hadi uyuyalım," dedi ve uzandı.

"Uyumak mı?" diye sordum. Demir'in gecenin bu saatinde bana gelmesindeki amacının konuşmak ve rahatlamak olduğunu sanmıştım.

"Evet Güneş. Uyumak. O lanet olası evde uyuyamadım. Şimdi susarsan, sabah ifade verirken senin ayakta uyumanı izlemek zorunda kalmam," dedi ve yanına yatmamı izledi.

Üstüme yorganı çektim ve ardından Demir'e doğru döndüğümde onun da bana dönük olduğunu gördüm.

"Arkanı dön," dediği anda, yatağın öbür tarafına doğru yöneldim. Sağ koluyla beni, karnımla göğsümün tam ortasında kalan yerden çekti ve kendisine yasladı. Saçlarımı boynumdan çekti ve yukarıya yöneltti. Sonra bana daha fazla yaklaştı ve boynumu bir kez öptü.

"İyi geceler," dedi.

Bir insan olarak yaşadığımız her şey bizi etkiler ve değiştirirdi. Bu gece yaşadıklarımız da aynı etkiyi üzerimizde bırakmıştı. Demir'in göremeyeceğini bildiğim için gülümsememi engellemedim.

"İyi geceler," dedim ve hayatımda bulunduğum en rahat pozisyonun bu olduğuna karar verdim. Kansızlıktan dolayı sürekli üşüdüğüm için kalın ve yumuşak yorganım, yastığım, rahat pijamalarım ve hemen yanımda yatan, beni ne olursa olsun koruyacak olan tehlikeli ve böylesine bir gecede bile normal davranabilen Demir'im vardı. Yanımdaydı,beni sarmıştı ve kendine çekmişti. Boynumda nefesini hissedebiliyordum. Onun varlığını tam anlamıyla hissedebiliyordum ve uyumak hiç bu kadar güvenli gelmemişti bana. Onunla uyumak, hayatımda sahip olduğum,olabileceğim en güzel şeylerin listesine, rahat ilk beşten girerdi.

Birinin yanında gözlerinizi kolay kolay kapatamazsınız. Hele de Demir gibi dışarıda onun kötülüğünü isteyen pek çok insan bulundukça... Her geçen gün, bana bunu hatırlatmaktan vazgeçmiyordu üstelik. Onun gibi biri için hayat ne kadar zor olmalı diye düşünüyordum sürekli.

Tamam, benim de hayatım zordu. Ama kendi hayatım için yapabileceğim şeyleri elimden geldiğince yapıyordum zaten. Artık asıl istediğim onun, sevdiğim adamın hayatını olabildiğince rahatlatmaktı. Onun tekrar insanlara,en azından bana güvenmesini sağlamaktı. Onu mutlu etmekti.

Onun yanındayken onun beni mutlu ettiği, güvende hissettirdiği kadar, ben de onun mutlu olmasını,bana güvenmesini istiyordum.

"İyi geceler."

Sabah olduğundan emin bile değildim. Öksürük sesiyle gözlerimi açtığımda, halamı ve Helin'i odamın kapısında dikilirlerken gördüm. Halamdan çıkan öksürük seslerinin aslında birini uyarmak için çıkarlar sahte sesten farkı olmadığını anlamam çok uzun sürmedi.

Karnımın üstünde geceden beri durmaktan olan kol, yavaş yavaş beni sarmayı bıraktığında, yanımda hâlâ Demir'in olduğunu fark ettim. O da yeni uyanıyordu.

Halam ciddi bir sesle "Günaydınlar..." dediğinde bana bakıyordu. "Güneş, bundan ne zaman bahsetmeyi düşünüyordun?" diye sorduğunda, tam ona cevap verecekken Demir yataktan kalktı ve "Gece dört gibi ben geldim ve Güneş'i kapıyı açması için zorladım," dedi. Yerde duran hırkasını aldı ve giydi. Masamın üstünde duran telefonuna doğru ilerlerken, Helin "Bugün okula falan gitmiyorsun. Nasıl olduğunu görmek için geldim," dedi ve yanıma, yatağa oturdu.

"Dün gece sizinle mesajlaşırken uyuyakalmış olmalıyım. Telefonum..." derken, bir yandan da yatağın içinde telefonumu arıyordum. Yastığı kaldırdığım anda telefon yatağın kenarından yere düştü ve zaten çatlak olan ekranı tamamen parçalandı.

"İşte bunun olmasını bekliyordum," dedim ve ayağa kalktım.

Helin "Esma da gelecekti ama dün gece seninle aynı saatlerde o da bir anda kayboldu. Hem.. Burak'laydı diye biliyorum..." dedi ve pis pis sırıtmaya başladı. Ardından dirseğiyle beni dürttü ve ben de sırıtmaya başladım.

Demir "Saat sekiz olmuş. Karakola gitmemiz gerekiyor. Güneş, hazırlan. Bir de seni bekleyemem," dedi ve odadan çıkmak için kapıma yöneldi. Halam tam karşısında dikildi ve onun geçmesine izin vermedi.

Halam "Sihirli sözcük..." diye mırıldandığında, Demir anlamadığını belli ederek bana dönüp "Ne?" diye sordu.

"Geçmek için lütfen demen gerekiyor," dedim ve Helin'le beraber bu anı kaçırmamak için onları dikkatlice izlemeye başladık. Demir, halama baktı ve "Geçebilir miyim? Lütfen?" dedi. Halam kenara geçti ve Demir banyonun olduğu tarafa yöneldi.

Halam "Gördün mü Güneş? Çok da zor değil. Hemen alıştırman gerekir erkek milletini. Yoksa tepene çıkarlar," dedi.

Helin "Bilmiyoruz artık Esma nereye naptı ama......" deyip gülmeye başladığında Helin'e "Şşş!!!" dedim ve ben de güldüm.

Halam "Güneş, bunu her seferinde tekrar söylemek zorunda kalıyorum, bil ki söylemek istemezdim ama sorumlu bir veli olarak sanırım söylemem gerekiyor... Bu..." dedi ve Demir'in az önce gözden kaybolduğu koridoru göstererek onu ima etti "...bu konuyu sonra konuşacağız," Ardından salona gitti.

Helin bana dönüp "Berbat görünüyorsun," dediğinde zorla gülümseyerek "Sağ ol," dedim ve dolabıma yöneldim.

"Güneş! Ellerin!" dediğinde bileklerime baktım. Hâlâ mosmor bir şekilde göze batıyorlardı. Sanırım o kelepçelerden kurtulmak için fazla uğraşmamam gerekirdi... Ama ne yapabilirdim? Yine olsa, yine aynı şekilde çabalardım.

"Uzun hikâye ama özet olarak Demir'le ilgili sorunlarını, aşırı büyük bir boyuta taşımış olan psikopat bir grubun elindeydim ve sanırım hâlâ tek parça olduğuma şükretmeliyim," dedim kıyafetlerimi karıştırırken. Ardından " Karakola ifade vermeye giderken ne giyilir?" diye sordum.

Helin ayağa kalktı ve beni omuzlarımdan tutup oturttu. "Tecrübe konuşuyor, sen rahatına bak. Ben senin daha az berbat görünmeni sağlayacağım," dedi ve dolabımı karıştırma işini devraldı.

Helin okula gitti, biz de Demir'le karakola gittik. Eniştemin arkadaşlarından birkaçını tanıyordum. Bizi görür görmez hemen bir odaya aldılar. Dün gece görmüş olduğum polis memuru gelip "Şu an Arda Bey ile görüşülüyor. Birazdan sırayla sizin de ifadenizi alacağız," dedi ve odadan ayrıldı.

Demir bana "Su istiyor musun?" diye sorduğunda "Sen otur,

ben getiririm," dedim ve kalkıp odanın köşesine yürüdüm. Kendim için ılık, Demir için soğuk su koyup, oturduğumuz mavi koltuklara geri döndüm. Plastik bardağı elinde tutarken zorlanıyordu. Elleri titriyordu. Diğer elini sımsıkı tutuyordu ve bacağının üstüne koymuştu. Kendi bardağımı kenara koyup, iki elimi de onun yumruk yapıp sıktığı elinin üstüne koydum. Bana baktı. Mavi ve tam o anda pek çok şeyi açık eden gözleriyle bana baktı.

"Demir, benimle paylaşmadığın şey nedir?" diye sorduğumda, bardağındaki suyu bitirdi ve kenara koydu. O da iki eliyle benim ellerimi tuttu ve bu sefer daha soğuk olan eller benimkiler değildi.

"Güneş, ifade vermeden önce bilmen gereken bir şey var. Bodrum'dan Doğukan'la beraber hemen ayrılmamızın nedeni... Bak, bunu sana daha önce de bunu söyleyebilirdim ama söylemedim. Şimdi söyleyince beni anlayacağını biliyorum. Lütfen sakin ol ve bunu iyi düşün. Bizi iyi düşün..." dediğinde, hemen "Demir, ne oldu?" diye sordum.

Ellerimi bıraktı ve bana daha da fazla yaklaştı.

"Geçen dönem okul bittiğinden beri, belirsiz aralıkla bizim yaşlarımızda kızlar öldürülüyor. Tek tek... Ve hepsinin sadece tek bir bağlantısı var..." dediğinde, sesini olabildiğince alçak tutuyordu.

"Öldürüldüler mi?" diye fısıldadığımda "Evet Güneş, öldürüldüler. Başta bizi ilgilendirmediğini sandık fakat artık dün gece babamı öldüren, bizi kaçıran ve neredeyse seni kaybetmeme neden olan kişilerin yaptığını düşünüyorum," dedi.

Söyledikleri karşısında şaşırmıştım. Demir, Bodrum'dan Doğukan'la beraber giderken ve yaklaşık iki hafta ortadan kaybolurken nerede ne yaptıkları hakkında kafamda binlerce senaryo kurmuştum fakat hiçbiri buna benzemiyordu.

Demir benim tepkimi merak edercesine bana bakmaya devam ediyordu. En sonunda kafamdaki en net soruyu ona sordum:

"Tek bir bağlantıları var dedin..?" diye sorarken, vereceği cevaptan korkuyordum.

"Hepsi benim şu ana kadar birlikte olduğum veya yanımda görülen kızlar," dediğinde, bir an odada yeterince hava olmadığını düşündüm.

Koltukta arkama yaslandım. Hâlâ Demir'e bakmaya devam ediyordum ama... Ne cevap vereceğimi bilmiyordum.

Gözlerim yanmaya başladığında tekrar Demir'e yaklaştım ve "Bu kızların öldürülme sıraları neye göre?" diye sordum.

"Hepsini araştırdık. Yaklaşık iki yıl öncesinden itibaren bugüne kadar olan tek tek... hepsi.. şu ana kadar on dört kız öldürüldü ve..." derken, bir anda sözünü kesti ve durması gerektiğini anladı.

Söyleyecekken kendini durdurduğu şeyi ikimiz de çok iyi biliyorduk.

Ve sıra yavaş yavaş bana da geliyordu.

"Demir Erkan."

O kadın polis memuru odanın kapısında görüldüğünde, Demir ayağa kalktı ve odadan çıkmadan önce bana yaklaştı.Biraz eğildi ve benim boyuma geldi. Hâlâ oturduğum yerden kalkamamıştım.

"Güneş... Bunu iyi düşünmeni istiyorum. Bizi... bunları, her şeyi... Tehlike her zaman vardı ama hiç bu kadar yakında değildi. Dün gece başımıza gelenler yeterince kanıtlamıyor mu bunu? Daha neler olabileceğini... ne kadar zarar görebileceğini tahmin edemiyor musun?" dediği zaman, gözlerimi ondan ayıramıyordum. Dediği her kelimede haklıydı.

"Eğer bunu bitirmek ve beni tamamen hayatından çıkarmak istersen seni anlarım ve kesinlikle karşı çıkmam. Çünkü sonuna kadar haklısın. Seni asla hak etmediğin kadar belaya bulaştırdım ve bunların hepsinden uzaklaşmak istemen en doğal şey olur. Ama bil ki... kararın ne olursa olsun, bir akşam okuldan, gideceğin üniversiteden, arkadaşından evine dönerken sokağın başında duran arabada ben olacağım.Beni göremeyebilirsin, ama ben hep oralarda olacağım ve seni bulaştırdığım pisliklerin asla sana dokunmayacağından emin olacağım," derken, Demir'in gözleri kıpkırmızıydı.

"Bizi iyi düşün ve karar ver. Özür dilerim. Her şey için. Seni bulaştırdığım her türlü bela için. Daha iyisini hak ediyorsun," dedi ve doğruldu. Odadan çıktı.

Boş odada tek başıma kaldığımda derin bir nefes alıp verdim ve ellerimi başımın yanına koyup dirseklerimle dizlerime dayandım. Gözlerimi kapattım.

Hayır.

Hayır, bunu kabul etmiyordum.

Ondan daha iyisini hak ettiğimi kabul etmiyordum.

Demir benim hayatımda sahip olduğum,daha da olabileceğim en mükemmel kişi, aramızdaki de şu ana kadar yaşadığım en mükemmel şeydi ve asla... hiçbir şeye bunu değişmezdim ben. Değişemezdim de..

Hayatımda yeterince çok şey kaybetmiştim. Bazıları hakkında yapabileceğim şeyler vardıysa da bazılarında hiç yoktu... Ama bu konuda sonuna kadar çabalayacaktım. Demir hemen vazgeçebileceğim biri değildi. Eğer ondan vazgeçebilseydim, yazın ondan, ailemin katili olduğunu düşünürken vazgeçerdim. Öyle olduğuna inanmışken bile onu unutamamışken, şimdi hayatımı yeniden anlamlı hale getiren bu aşktan nasıl vazgeçebilirdim?

O mavi gözleri bir kez gördükten sonra ikinci kez görememekten korkmuştum ben. Daha nasıl açıklayabilirdim ki?

Ağlamaya başladım.

Dün ölümden dönmüştüm, rehin alınmıştım, ilk defa başımda bir silahın ağırlığını hissetmiştim ve en çok değer verdiğim dostlarımla sevgilimin, gözlerimin önünde zarar görmesini izlemiştim. Az önce Demir bana her birlikte görüldüğü kızın tek tek öldürüldüğünü söylemişti ve sıra yavaş yavaş Cansu'ya, sonra da bana gelecekti... Bunu da öğrenmiştim. Ama ben, bunlar yüzünden değil de Demir için ağlıyordum.

Gerçekten aptaldım.

"Sen fena âşıksın."

Hayatımdaki en net sesin sahibi olan kişiyi tanıdığımda, başımı kaldırıp kapıya baktım. Arda odanın kapısına yaslanmış, kollarını kucağında birleştirmiş bir şekilde bana bakıyordu.

Burnumu çektim ve ellerimle gözlerimin altını sildim. "Yedek ama nefret ettiğin gözlüğünü takmışsın," dediğimde, yaslandığı yerden ayrıldı ve karşımdaki mavi koltuğa oturdu.

"Fark ettiğine şaşırdım," dediğinde "Nasıl fark etmem? Baban, sen ve ben, sana gözlük almaya gittiğimizde iki gözlük beğenmen gerekiyordu fakat sen ısrarla..." derken, Arda sözümü tamamlayıp "Hiçbirini beğenmiyordum," dedi.

Arkama yaslandım. Birkaç dakika sessizce oturduk.

"O gözlükler... neden hiçbirini beğenmediğimi biliyor musun?" diye sorduğunda başımı kaldırıp bu mesafeden bile fark edilen yeşil gözlerine baktım.

"Çünkü hiçbiri hakkında yorum yapmadın," dedi ve gülümseyerek başını öne eğdi. Yere bakmaya başladı.

Güldüm. "Tamam, işte bu tam olarak bir saçmalıktı," dediğimde, Arda da gülmeye başladı ve "Evet kesinlikle attım," dedi.

Birbirimize baktık.

"Seni özledim."

"Seni özledim."

İkimiz de aynı anda bunu söylediğimizde tekrar gülümsedim fakat gülümsemem birkaç saniyeden uzun sürmedi. Aramızın uzun zamandır kötü olduğunu hatırlayınca tekrar yüzüm düştü ve...

"Güneş, yine zırlama lütfen, tamam yeter artık, her gün ağlıyorsun. Sıkıldım," dedi.

Beni bu halimde bile güldürebilmeyi başarabiliyordu ya... Ayağa kalktım ve onun yanındaki koltuğa oturdum. Ardından ona sarıldım. O da bana sarıldı. Açık kumral renkli saçları ve omzuna başımı dayadım ve bu tanıdık, güvenli yerde gözlerimi kapattım.

"Özür dilerim," dediğimde beni itti ve "Anlatıyorsun," dedi.

"Yazın kafam gerçekten yerinde değildi ve ben Demir hakkında..." derken sözümü kesti.

"Hayır, onu değil. Şimdi ne olduğunu," dedi ve arkasına yaslandı. Ardından kollarını kucağında birleştirdi.

Gülümseyerek "Sırf yeni yaptığın kaslar görünsün diye böyle duruyorsun değil mi?" diye sorduğumda kahkaha attı ve "Bunu anlayan tek kişi sensin," dedi. Ardından "Konuyu değiştirme. Anlat," diye söylendi ve beni beklemeye başladı.

Arda her zaman anlayışlı, komik, sempatik ve canayakındı. Sürekli bir şeylere yardım etmek için oradaydı ve sizi dinlerdi. Yaptığı en iyi şey sizi dinlemekti ve her zaman sorununuz hakkında elinden geldiğince mantıklı çözümler üretirdi. Sizi mutlu etmeye çalışırdı.

Bunları yaparken o da hep gülümsedi ve içtendi. Herkes onun hiçbir sorunu olmadığını, hep mutlu olduğunu, kendi olmayan sorunlarıyla uğraşamayacağı için başkalarına yardım ettiğini düşünürdü. Ama aslında böyle değildi. Hiç kimse mükemmel değildir. Onun da kendi içinde sorunları vardı ve küçüklüğümüzden beri de hep olmuştu. Beraber üstesinden gelmeyi denemiştik hep. Kimseye anlatmazdı fakat bana anlatırdı. İşte o kendi sorunlarını çok kişiyle paylaşmadığı, ben hariç hep kendi kendine çözüm aradığı için, insanlar hep onu o imajla görmüşlerdi. Bizim dostluğumuzu kıskananlar olduysa kıskanmakta haklıydılar çünkü gerçekten çok sağlamdık. Son birkaç aya kadar...

"Arda, seni kaybetmek istemiyorum, lütfen eskisi gibi olalım. Biz hiç böyle değildik ve" derken tekrar sözümü kesti, "Anlat," dedi.

Gözlerimi ondan kaçırıp duvara baktığımda bana "İlla bad boy'luk taslamak mı gerekiyor sizin ilginizi çekebilmek için Güneş Hanım? Tamam o zaman..." dedi ve sesini daha da kalınlaştırarak, Demir'in taklidini yapmaya başladı. "Güneş... Eğer bana olanları anlatmazsan.. bir daha seni motoruma bindirmeyeceğim!" dediğinde, yaptığı taklidin ne kadar berbat olduğunu anlatan bir bakış gönderdim.

"Motoruma bindirmeyeceğim derken hani araç olarak dedim... Valla hiçbir sapık imada bulunmak istememiştim..." derken iki elini de havaya kaldırmıştı.

Cevap vermeyip aynı garip bakışları ona göndermeye devam ettim.

Arda "Hep Burak ve Esma yüzünden aklına geldi bunlar... Biliyorsun, dün gece buluşmuşlardı... Tabii bu sabah son haberleri alamadım ama..." derken gülümsedi.

Ama ben gülümsemiyordum. Arda'ya, yaklaşık on beş dakika önce Demir'den öğrendiklerimi anlatmaya karar verdim.

"Şimdi.. beni dinle ama anlatırken gülümseyeceğimi hiç sanmıyorum..." diyerek konuşmaya başladım ve Demir'den öğrendiğim her şeyi Arda'ya anlattım.

"Neden polisin bundan haberi yok?!" diye bana, tabii daha çok Demir'e kızarken odanın kapısında yine o polis memuru belirdi.

"Güneş Sedef. Enişteniz de orada bulunacak," dedi ve ardından yanına gelen bir başka polis memurunun ona getirdiği dosyayı eline aldı. Onlar konuşurlarken bir yandan da Arda bana, "Ee ne yapacaksın peki? Yani.. Demir konusunda?" diye sorduğunda ona baktım.

"İşte ben tam onu düşünüyordum ki sen geldin," dedim.

"Zor bir karar olmasa gerek," deyip gözlerini benden kaçırdığında, ona "Ne demek istiyorsun?" diye sordum.

"Zor bir karar değil diyorum, tüm o şartlara rağmen tüm o söylediklerime rağmen onu sevmeye, ona güvenmeye devam ettin. Haklıydın, haksızdın kavgasında değilim şu an. Orayı çoktan geçtik. Söylemeye çalıştığım şey, Demir konusu artık gayet açık bence..." dedi ve tekrar bana baktı.

Her şeyi tekrar düşündüm. Kapıdaki polis memuru hâlâ yanındaki adamla ellerinde tuttukları kâğıtlar hakkında konuşuyordu. Koltukta arkama yaslandım ve onları izlemeye başladım.

Demir; ona hissettiğim tüm farklı duyguların yanında ölümüme de sebep olabilirdi, ki bu artık gayet netti. Ondan uzaklaşırsam daha güvende olacağım konusu... belki biraz doğruydu... belki biraz yanlıştı... Tüm bunları düşünürken Arda elini omzuma koydu, "Ne yapacağını biliyorsun sen. Her zaman bildin," dedi ve anlayışlı, tanıdık, hafif gülümsemesini yüzüne yerleştirdi. Kapıdaki kadın memurun bana baktığını gördüğümde, ayağa kalktım ve kapıya doğru ilerlemeye başladım.

Tam kapıdan çıkacaktım ki durdum, arkamı döndüm ve Arda'ya baktım.

"Onu kaybetmeyeceğim," dedim ve odadan çıktım.

26. Bölüm

İfademi verdikten sonra eniştem eve gidip dinlenebileceğimi söyledi. Okul zaten çoktan başlamıştı ve açıkçası önceki gece gibi bir gece geçirdikten sonra, bugün okula gitmek gibi bir niyetim hiç yoktu.

Demir'le birlikte döneriz diye planlamıştım fakat karakoldan çıkıp otoparka geldiğimde sadece Arda ile karşılaştım.

"Hadi gidelim," deyip babasının arabasına bindiğinde, gidip ben de arabaya bindim. Demir'in arabası hâlâ otoparktaydı.

Arda, "Babası öldürüldü ve kendisiyle beraber dört kişinin daha rehin alınması onunla bağlantılı. Ayrıca şimdi bu seri katil olayı da çıktı. Onun buradaki işinin hemen biteceğini mi sandın?" diye sorduğunda arabayı çalıştırmıştı. Yine her zamanki gibi aklımı okuyup okumadığından şüphelendim.

"Seri katil," diyerek ona baktığımda, Arda da bana baktı.

"Üst üste on dört kız öldürülmüş ve bence aynı kişi öldürmüş. O kişiye seri katil demek yerine daha parlak bir fikrin varsa lütfen aydınlat beni Güneş..." dediğinde otoparktan çıkıyorduk.

Elimde olmadan gülümsediğimde beni fark etti. Anlamayarak "Şimdi ne oldu?" diye sordu.

"Yok.. yok bir şey," dedim ve Arda'nın gerçekten de değişmiş olduğunu fark ettim.Fiziksel olarak da olgunlaşmıştı.

"Söyle," deyince hemen onu geri kazanmış olmamın sevinciyle gülümsediğimi çaktırmamak için "Az önce 'Aydınlat beni Güneş' dedin ya, benim tanıdığım Arda bu iğrenç esprisiyle gurur duyardı," diye farklı bir şey uydurdum.

Yola bakmaya devam etti ve "Fark etmemiştim bile... Belki de tanıdığın Arda artık yoktur," dedi.

Beni eve bırakana kadar arabada bir daha hiç konuşmadık. Sessiz geçen yirmi dakikanın ardından halamların evine gelmiştik. Arabadan inmeden önce Arda'ya veda ettim ve ardından gitmesini izledim.

Belki de onunla hemen eskisi gibi olamayacaktık, ama en azından bu bile bir başlangıçtı.

Öğleden sonra kapı çaldığında, sanırım Demir'in gelmesini bekliyordum. Helin ve Esma'yı karşımda görünce bir an şaşırdım fakat mutlu oldum.

Esma "Pizza getirdik!" diyerek, Helin'in kucağında tuttuklarını gösterdi. Onları içeri aldım ve kapıyı kapattım.

Helin "Halan yok mu?" diye sorduğunda "Hayır, kuzenimle parktalar," diye cevapladım.

Esma "Böyle bir günde yalnız kalmamalısın. Helin sabahki halini de anlattı," dedi ve bana sarıldı. O sırada Helin elinde tuttuğu pizza kutularını salondaki büyük masanın üstüne bıraktı.

Helin "Lanet olsun, kolayı unutmuşuz!" deyince gülümsedim ve "Bizde var!" diye cevap verdim.

Helin "İyi o zaman, gidip alıyorum. Siz de şunları açın," dedi ve mutfağa doğru ilerledi.

Esma'ya baktım. Yorgun görünüyordu. Ne olduğunu sormak istedim fakat dün gece Burak'la birlikte olduğunu biliyordum ve zaten daha sonra detaylarıyla anlatacağını tahmin etmiştim. Bu yüzden bir şey sormadım.

Helin "Hadi tıkınalım," deyip mutfaktan döndüğünde, hem elinde yarısı dolu olan kola şişesi, hem de eniştemin aldığından emin olduğum bir kutu bira vardı. "Halanla eniştenin çok sorun edeceğini sanmıyorum.. İki tane daha vardı," dedi ve masaya geçti. Gidip televizyondan Dream TV'yi açtım ve ben de kızlarla masaya oturdum.

Esma "Polislerden yeni bir şeyler öğrendin mi?" diye sorarken, bir yandan da kendi bardağına Helin'in birasından birazını koydu. Esma'yla ben pek içki sevmezdik, bu yüzden onun bira içmek istiyor oluşu biraz garip gelmişti.

"Hayır, bugün bizden öğrendikleriyle daha fazla araştırma yapacaklar... ama..." diyerek sözüme tam devam edecektim ki, ağzımdaki pizzayı yutamadım. Demir'in bana söylediklerini Arda'ya bile anlatmam zor olmuştu. Kızlara nasıl anlatacaktım?

Helin "Ama ne?" diye sordu.

Başta aynen Demir'in bana yaptığı gibi onlara söylememeyi düşündüm fakat bu öyle bir şeydi ki mutlaka bilmeleri gerekiyordu. Ve tabii dikkat etmeleri... Öldürülen kızlar her ne kadar şu ana kadar Demir'le birlikte olan kızlar olsalar da bu, Doğukan ve Arda'ya zarar vermelerini engellememişti. Onlar da zarar görebilirdi ve bu yüzden bu olayı bilmeleri, dikkatli olmaları gerekiyordu.

"Doğukan'la Demir'in neden Bodrum'dan apar topar ayrılıp kayıplara karıştıklarını biliyorum," dediğimde, Helin elindeki birayı masaya koydu ve "Neymiş? Nasıl öğrendin?" diye sordu.

"Demir bugün karakolda söyledi."

Helin "Nereye gitmişler?" dediğinde "Buraya, İstanbul'a dönmüşler... daha doğrusu dönmek zorunda kalmışlar. Bakın kızlar... söyleyeceğim şey gerçekten felaket ve.. bunu iyileştirerek anlatamam," dedim. Merakla baktıklarında anlatmaya devam ettim.

"Yazdan bu yana Demir'in iki yıl öncesine kadar yattığı,veya onunla beraber görülmüş olan on dört kız öldürülmüş."

Esma "NE?! On dört kız mı?" diye bağırdı.

Helin "Nasıl yani? Öldürüldü ne demek? Kim..?" diye sorunca hemen "Bilmiyoruz. Ama bildiğimiz bir şey var ki,Demir'in babasını öldürüp bizi rehin alan adamlarla beraber çalışmışlar. Bu apaçık ortada," dedim.

Helin "Güneş... bu... Ya sen?! Ya sana da zarar verirlerse?" diye atıldı.

"Bunu da düşündüm ve Demir bana eğer ondan uzaklaşmak istersem kararıma saygı duyacağını söyledi," dedim.

Helin "Offff! Lanet olsun ya.. Bir seri katilimiz eksikti! Napacağız Güneş? Seni nasıl koruyabiliriz? Demir'le olduğun sürece bunların hepsi başına gelecek," dedi.

"Biliyorum. Onunla beraber olmaya ilk karar verdiğimde de bu riski göze almıştım ben... Tek fark…" derken Esma sözümü kesti ve cümlemi tamamladı.

"... tek fark olayların bu dereceye geleceğini tahmin etmemiştin," dedi yorgun bir sesle.

"Evet..." dediğimde, Helin "Peki karar verdin mi? Ondan ayrılacak mısın?" diye sordu.

"Hayır. Onu çok seviyorum ve eğer ayrılırsak işte o zaman güçsüz oluruz. En azından benim için böyle.."

Ardından konuşma kesildi ve sadece televizyondan gelen müziği dinledik. Birkaç saniye sonra "Yeter ya! Lütfen güzel şeyler konuşalım. Bugün sabahtan beri tek yaptığım, dün geceyi ve bu olanları düşünmek..." dedim.

Helin, "Aynen.. Kafanı dağıtalım diye geldik ama yine konu oraya saptı. Ne anlatalım? Okulda bugün pek bir şey olmadı fakat.. Şey var! 12. sınıflar olarak kamp yapmaya gidiyoruz. Sanırım haftaya... öyleydi değil mi?" derken, Esma'ya baktı. Esma olumlu anlamda başını salladı.

Helin "Geziyi Esma ayarlıyor. Okulumuzdaki diğer pek çok şey gibi. Geçen yılki müzikalde işlerin yarısından fazlasını yapmıştı," dedi.

Esma'ya "Bu bir günde ayarlanacak bir şey değil ki, ne zaman başladın?" diye sorduğumda "Üç hafta önce," dedi.

Helin "Son sınıflarla bir kamp gezisi hazırlıyorsun, gidip müdür yardımcılarıyla falan anlaşıyorsun... " derken, onun cümlesini tamamlamak için ben de bir yandan "... ve bize bunu üç hafta sonra söylüyorsun?" diye sordum.

Esma "Bilmem, aklıma gelmedi. İkinizin de kendi işleri vardı ve ben de böyle gereksiz bir şeyi..." derken, Helin onun sözünü kesti. "Gereksiz falan değil Esma, saçmalama! Büyük ve güzel bir şey."

Gülümseyerek "Peki Burak biliyor muydu?" diye sorduğumda, Esma "Evet," diye yanıtladı. Gülümsememe karşılık vermemişti.

Helin "Burak! Sabahtan beri anlatmanı bekliyorum ama hep 'Güneş'lere gidince anlatırım,' diyerek geçiştirdin. Dökül bakalım," dediğinde Esma arkasına yaslandı ve bize baktı.

"Başka bir şeyden söz edemez miyiz?"

"Hayır! Kafamı dağıtmak için burdasınız ve güzel şeyler konuşalım diyoruz... Dün akşam neler oldu??" dedim.

Esma "Güneş, başka güzel şeyler de var. Neden Helin bize Doğukan'la olan son gelişmeleri anlatmıyor? Veya geçen hafta alışverişe çıktığında aldığı kot ceketten söz etmiyor?" deyince Helin "Esma! Anlatıyorsun! Kaçışın yok!" dedi ve gülümsedi.

Esma neden kızarıp gülümsemiyordu? Neden anlatamıyor olmasının nedenini utanca bağlayamıyordum? Niye üzgün görünüyordu?

"Ağlamışsın," dediğimde Esma gözlerime baktı. Sanki bana 'Nasıl anladın?' diye sorar gibi bakıyordu.

Helin "Bugün makyaj yapmamıştın, ben de ona bağladım farklı görünmeni. Gerçekten, bir sorun mu var?" diye sorduğunda, Esma bana bakıp "Çok ağlayan çok ağlayanı kolayca fark edebiliyormuş demek..." dedi ve Helin'in bardağında kalan son birkaç yudum birayı da içti. Bardağı tekrar masaya bıraktı.

Gayet düz ve üzgün olmayan bir sesle "Burak'tan ayrıldım," dedi.

"Neden?!" diye şaşırarak sordum.

Helin "Saçmalama, siz ayrılamazsınız. Kavga falan etmişsinizdir. Bugün sınıfta beraber oturmuyordunuz ve sizi hiç konuşurken görmedim. Abi,dün ne oldu?" diye bağırdı.

Esma "Tek bir kelimeyle anlatabilirim galiba... Sıkıldım. O kadar uzun zamandır çıkıyoruz ki, insan bir süre sonra hep aynı şeyleri yaptığını hissediyor," dedi.

"Yalan söylüyorsun," dedim.

Esma, "Söylemiyorum. Helin,biraz daha bira koyar mısın?" dedi.

Helin "Hayır. Söyle. Hem sen biranın tadından nefret edersin," diyerek karşı çıktı.

Esma "Söylediğim gibi,hayatımda azıcık değişikliğe ihtiyacım var," dedi.

Esma'ya "Tamam. Çok iyi ezberlenmiş bir konuşmaydı. Şimdi bize gerçekleri anlat," dediğimde, bana baktı. "Gerçek bu," dedi.

Masadaki konuşma birkaç dakikalığına durdu. Ardından Helin "Bugün sizi bir kere bile yan yana görmedim ve sınıfta da ayrı oturuyordunuz.Neden bize söylemedin?" diye sordu.

Esma daha cevap vermeden ben "Çünkü gerçek değil! Ayrılmış olamazlar," dedim.

Helin "Hayır. Gerçek. Böyle bir konu hakkında ne Esma ne de Burak şaka yapar," dedi. Ardından ikimiz de Esma'nın konuşmasını bekledik.

"Zaten Güneş'in dün gece yaşadıkları çok ağırdı, aynı şekilde Doğukan'ın da öyle ve sizi bir daha üzmek istemedim. Şu konuyu değiştirebilir miyiz lütfen? Başka konulardan bahsedelim. Mesela Helin'in geçen hafta aldığı ceketin aynısı bugün Cansu'da vard..." derken, Helin Esma'nın sözünü kesti ve "Hayır Esma, anlatmak zorundasın! Bize neler olduğunu anlatmak zorundasın. Kaçamazsın. Neden ayrıldınız? Dün gece ne oldu? Seks mi çok kötüydü? Sana saçma bir şey mi söyledi yoksa saçma bir şey mi yaptı..?" diye sordu.

Esma "Ondan ayrılmamın sebebinin onunla ilgisi yok. Tamamen benim kendi başıma aldığım bir karar ve ondan kaynaklanmıyor. Zaten farklı üniversiteleri hedefliyorduk," dedi.

"Hayır siz aynı üniversiteleri gezdiniz ve birlikte gitme planları yaptınız," dedim.

Esma "Düzelteyim o zaman, artık farklı üniversitelere gitmeyi düşünüyoruz," dedi.

Helin "Kararını ne ara değiştirdin?" diye sorduğunda, Esma ayağa kalktı ve "En iyisi gidip bir bira daha açayım," dedi. Tam yürüyecekken, Helin onun geçeceği yerde ayağa kalktı ve "Hayır Esma. Bu konuşmadan kaçamayacağını sana söyledim. Bir kere okuldaki kamp gezisini en yakın arkadaşım organize ediyor, ve benim bundan Çağatay Abi duyuru yapınca mı haberim oluyor? Neden bizden bir şeyler saklıyorsun? Dün gece ne oldu?" diye üsteledi.

Esma onun yanından geçti ve mutfağa girdi. İkimiz de onun arkasından gittik.

Esma buzdolabından kahverengi şişeyi aldı ve tezgâhtaki açacakla açtı.

Helin "Neden cevap vermiyorsun? Burak sana ne yaptı?! O çocuğu öldüreceğim," dedi ve cebinden telefonunu çıkardı. Esma hemen Helin'in telefonunu onun elinden aldı ve kenara koydu.

"Hayır, öyle bir şey yapmayacaksın," dedi.

"Esma, o zaman bize ne olduğunu açıkla," dedim.

"Sıkıldım. SI. KIL. DIM. Daha ne kadar anlatabilirim kendimi? Onu çok seviyorum evet ama artık eskisi gibi hoşlanmıyorum!"

Helin "Esma! Beni deli ediyorsun! Ne zamandan beri birbirimizden bir şeyler saklıyoruz? Neden artık söylemiyorsun?! " diye bağırdığında, Esma "Yeter ya! Söyledim işte her şeyi! Dahası yok!" dedi ve sinirli bir şekilde mutfaktan çıktı. Helin onun arkasından gitti.

Esma bira şişesini yere koydu. Ayakkabılarıyla montunu giyip çantasını taktıktan sonra şişeyi tekrar aldı. Kapıyı açtı.

Helin "Nereye gidiyorsun?" diye sorduğunda, Esma "Başım ağrıyor," dedi ve zaten bizim katta olan asansöre binip aşağı indi.

Helin gözleri dolmuş bir şekilde "Bu neydi şimdi?! Ne yapıyor bu! Ben de iniyorum," deyince onu durdurdum ve "Dur. Şimdi çok üstüne gitme. Kendini kötü hissettiği ortada. Sen de çok sinirlendin. Sen otur, ben inip geliyorum!" dedim.

Helin "Haklısın.Yarın konuşuruz biz, aramızda sorun olmaz," diyerek kabul etti.

En kolay giyilen ayakkabımı, yani çizmelerimi aldım ve ayaklarıma geçirdim. Sonra hızlıca merdivenlerden inmeye başladım. Helin arkamdan kapıyı kapattı.

Esma'nın Ağzından

Asansördeki aynada kendime baktım.

İçimden gülmek geldiği için değil de, gülümsemek için gülüyorsam, sırf insanlara pozitiflik saçmak için kendimi hep gülerek, mutlu görünerek, en gereksiz şeyleri bile heyecanlı bir şekilde anlatarak yoruyorsam... Bir nevi Pollyannacılık oynamış olmuyor muyum? Tek fark, ben kendimi değil, başkalarını mutlu olduğuma dair ikna ediyorum. En azından artık böyle değil.

Başta benim üstümde de işe yarıyordu. Fakat zaman geçtikçe hızla beni tüketen bu enerjinin nereye gittiğini bulmam gerekiyordu. Buldum da...

Okulda, sokaktayken ben, ben değilim aslında. Evden dışarıya, hatta odamdan dışarıya adımımı attığım anda çevremdekilerin, arkadaşlarımın, sevgilimin beni görmesini istediğim kalıpta şekillendirdiğim maskeyi takıyorum,ve gülümsüyorum. Hiç gülümsemek istemediğim kadar...

Ama artık yoruldum ve bu oyundan sıkıldım.

Ne kadar sorunun, sıkıntın, problemin, hüznün varsa onları kapatmak için o kadar fazla gülümsüyorsun. İnsanlara gerçek seni değil, onların görmelerini istediğin seni gösteriyorsun. Seni aralarına almalarını, yakınlık duymalarını,sırlarını anlatmalarını sağlıyorsun. En gereksiz şeyi bile hayatında pek olay olmadığı için büyük bir heyecanla anlatıyor ve umutlarınla, hayallerinle süslüyorsun. Bir süre sonra kendi yalanın o kadar iyi olmaya başlıyor ki sen de mutlu olduğuna inanıyorsun.

Eğer yalanınız gerçekten iyiyse kendinizi kandırabilirsiniz, tabii bir yere kadar. Herkesin bıkıp usanacağı, sonunda bu anlamsızlığın herhangi bir ötesinin olmadığını anladığı bir zaman gelecektir. İşte benim için de o zaman tam şu an.Madem kendimi artık kandıramıyorum,o yeteneğimi kaybettim; sırf başkaları mutlu olsun diye kendim mutluymuşum gibi davranamam.Bir süredir bunu yapıyordum ama artık sıkıldım.

Akşam eve gidince, maskeler düşünce dudaklarının ne kadar düz durduğunu kimse bilmiyor.

Güneş'in Ağzından

Esma'yı tam apartmanın çıkışında yakaladım.

"İyi misin?" diye sorduğumda ağladığını gördüm.

"Hey, hey hey. Dur. Sakin ol. Helin'le konuşursunuz yine, bir şey olmaz," derken, bir yandan da gözyaşlarını siliyordum.

"Ona üzülmüyorum. Helin'le yarına kadar konuşur barışırız zaten, bunu o da biliyor," dedi.

"Burak, değil mi?" diye sorduğumda, tekrar dudaklarını birbirine bastırdı ve bana sarıldı. "Bu kadar güçlü olmayı nasıl başarıyorsun Güneş?" deyince gözlerimi kapattım. "Siz bana yardımcı oluyorsunuz," dedim ve uzaklaşıp ona baktım. "...sen bana yardımcı oluyorsun," diyerek cümlemi tamamladım.

"Burak daha iyisini hak ediyor," dediğinde, Esma'ya kızdım. "Alakası yok. Sen bu dünyada her erkeğin, her insanın sahip olabileceği en mükemmel dostsun. Helin ve sen, benim olmak istediğim kişilersiniz. Böyle söyleyerek sadece kendini kandırabilirsin. Sen çok iyi bir insansın ve Burak da öyle. Birbirinizi bulduğunuz için..." derken, Demir'i düşünüyordum. "...birbirinizi bulduğunuz için o kadar şanslısınız ki. Düşünsene, dünyada yedi milyar insan var.Sen o yedi milyar insanın içinden birini seveceksin... ona aşık olacaksın ve o da sana âşık olacak. Dünyada bunun yaşanma olasılığı o kadar düşük ki! Sen onu buldun ve o kadar şanslısın ki onu erken bir yaşta buldun. Sevdiğin adamla herkesten daha çok vakit geçirmiş olacaksın..." Tekrar ağlamaya başladı. Yine ona sarıldım.

"Yapma böyle. Burak'la oturun konuşun. Nasıl bir kavga ettiniz bilmiyorum ama sen istediğin zaman gelip bize anlatabilirsin, bunu biliyorsun. Oturun, konuşun ve sorununuzu çözün. Benim çözmem gereken cinayetler varken bu ne ki?" deyip güldüğümde o da güldü.

"Evet,böyle gül işte. Sen benim hayatımda tanıdığım en saf, iyi kalpli ve neşeli insansın. Kimsenin, hiçbir şeyin seni üzmesine izin vermemelisin," dedim.

"Keşke söylediğin kadar kolay olsa..." diyerek, gülümsedi.

"Eve gidiyorsun, değil mi?" diye sorduğumda "Evet," dedi ve ardından elindeki bira şişesini bana verdi. "Haklısınız, hâlâ nefret ediyorum," dedi ve ikimizi de güldürdü.

27. Bölüm

Üç hafta sonra

Demir'in babasının öldürüldüğü, başımın tam üstüne dayalı olan silahın ağırlığıyla titrerken değer verdiğim insanlara zarar verilmesini izlemek zorunda kaldığım gecenin üzerinden tam üç hafta geçti.

İki hafta önce Gökhan Erkan'ın cenaze töreni düzenlendi, ardından da onun adına bir yemek verildi. Demir'in annesi hepimizi orada görmek istediğini söyledi, hatta Arda'yı bile davet etti fakat giden bir tek ben oldum. Aslında ben de ailemin ölümünü gizleyip kendi öz oğlunun üstüne yıkan bir adamın anma yemeğine gitmek istemezdim fakat Demir'i oradayken, hiç de giymeye alışık olmadığı takım elbisenin içindeyken, az da olsa rahatlatabileceğimi düşündüğüm için gitmek zorunda kaldım.

Dilan Erkan bana çok iyi davranıyordu. O gün Demir'in babası ve onunla, evlerinde yüzleştiğimde olduğu gibi nazikti. Aslında iyi biri olduğunu, sadece kocasının gölgesinin altında fazla kalmış olduğunu anlamam uzun sürmemişti.

Dilan Erkan'ın kocası için düzenlediği yemekte, Demir de zor durdu. Aslında o da bir an önce kaçıp kurtulmak istiyordu ve her on dakikada bir kulağıma eğilip "Gidelim mi?" diye soruyordu, fakat babasının anlaşmalı olduğu işadamları tek tek Demir'le konuşmaya geldiğinde, işin içinden çıkamayacağını o da anladı.

Babasının tüm mal varlığı, adı, mülkleri, daha bu sene aldığı otel zinciri, tonlarca iş, gizli kapaklı işler... Şimdi hepsi Demir'in üstüne kalmıştı ve tanıştığı her işadamıyla, zaten var olan gerginliği daha da artmaya devam etmişti.

Demir ona kalsaydı çoktan o yemekten çıkmış, her zaman takıldıkları barda bir şeyler içiyor veya benimle olurdu, fakat bu yemeğin aslında annesinin kendini güçlü görmesi açısından önemini bildiği için olabildiğince katlanmaya çalıştı.

Demir elinden geleni yapıp birkaç saat orada annesiyle ve aslında sadece babası öldüğü için sevinen akrabalarla ilgilendi. En azından ilgileniyor gibi yapmıştı fakat o da ben de çözmemiz gereken daha büyük problemler olduğunu biliyorduk. Ayrıca ikimiz de o ortamdan nefret ettiğimizi birbirimize itiraf etmiştik. Orada sıkılıyordum fakat en azından Demir'in yanındaydım ve bir sürü ünlü sanatçı görüyordum.

Yemekte saatler sonra, Gökhan Erkan'ın rüşvetle elinde tuttuğu adamlardan biri daha gelip Demir'le konuşmaya başladığında, yüz ifadesinden artık onu kurtarmam gerektiğini anladım ve "Demir! Geç kaldık. Toplantı saatine on dakika kaldı," dedim, konuşmanın arasına girerek.

Demir bana gülümsememek için dudaklarını birbirine bastırdı ve ardından "Öyle mi?" deyip kolundaki gri saate baktı. Karşımızda duran adama onunla daha sonra konuşacağını söyledikten sonra annesinin yanına gittik.

Dilan Erkan uzun, siyah ve oldukça şık bir elbise giymişti. Saçı modern bir topuzla toplanmıştı, makyajı oldukça sadeydi. Gelen diğer ünlü kadınlardan daha mütevazı görünüyordu. Bizi görür görmez "Demir, daha ne kadar dayanabileceksin diye merak ediyordum açıkçası..." dedi.

Demir, "Eğer bir sorun çıkarsa beni veya Doğukan'ı arayabilirsin. Seninle babamın pis anlaşmaları hakkında konuşmak isteyen herhangi biri olursa hiç bulaşma. Ben hepsini tek tek halledeceğim," diye karşılık verdi.

Dilan Erkan bana sarıldı ve "Geldiğin için çok teşekkür ederim," dedi. Bana sarıldığında kendini garip hissetmemiştim. Yadırgamadım, ve ben de ona sarıldım. "Umarım iyisinizdir..." derken, Demir "Ben arabada seni bekliyorum Güneş," diye kulağıma fısıldadı. Ardından gözden kayboldu.

Dilan Erkan "Fark ettim de benimle 'siz" diye konuşmaya devam ediyorsun Güneş... Bana Dilan diyebilirsin. Bunu sana ikinci defa söylüyorum," dediğinde, ben ne yaptığımı kendim biliyor muyum ki diye düşündüm.

"Özür dilerim. Fark etmemiştim."

"Belki de bir gün 'anne' dersin... kim bilir..." dediği anda gözlerim büyüdü ve dudaklarım aralandı. Dilan Erkan bana bunu söyledikten sonra gülümsedi.

Demir ile evlenebilir miydim? İster istemez ben de hafifçe gülümsediğimde, bir anda kendimi durdurdum.

Yok artık! Gökhan Erkan gibi birinin yaptıklarına göz yuman, ailemin ölümünde ses çıkarmayıp hepsinin oğlunun üstüne kalmasına göz yuman kadına, ben 'anne' mi diyecektim?

Yüz ifademden düşüncelerimin olumlu olmadığını anlayınca hemen "Özür dilerim Güneş... Hemen ileri gittiysem beni affet. Demir'le ne kadar ciddi olduğunuzu gerçekten bilmiyorum fakat şu ana kadar onu bir kızla bu kadar uzun süre yan yana..." demeye başladığında, onun sözünü kestim ve "Konu bizim Demir'le olan ciddiyetimiz değil. O konu gerçekten..." derken, gözlerimi biraz sonra Demir'in yanına gitmek için çıkacağım kapıya sabitledim. "... gerçekten apayrı bir konu," dedim.

Ne olduğunu anlamadığım bir anda, Dilan Erkan bana "Umarım hiçbir zaman sevdiğin adamın kötülüklerine şahit olmak zorunda kalmazsın Güneş. Umarım başına hiçbir zaman böyle şeyler gelmez..." gözleri dolmuştu. "Çünkü aşk, istemediğin şeylerde çeneni zorla kapalı tutturandır ve eğer tutmazsan onu, aileni elinde tutamayacağını bilirsin..." derken, elini ağzına götürdü ve gözlerini kapattı. Ağlamaya başladı.

Görüştükleri tek takrabaları olan Demir'in teyzesi bir anda karşımda belirdi ve Dilan Erkan'a sarıldı. Bana bakıp "Ona ne söyledin?!" diye bağırdı.

"Efendim?" diye sorduğumda, Demir'in teyzesi Dilan Erkan'a "Sana demiştim böyle alt tabakadan insanları buraya getirmeyelim diye! Rezil etti bizi! Tamam.. ağlama... gel hemen makyajını düzeltelim," deyip Demir'in annesini çekiştirmeye başladı. Dilan Erkan'ın kardeşinin bana bağırması üzerine, davetteki herkes sustu. Sessizlik olmuştu. Herkes bana bakıyordu.

İnsanların aptal bakışlarına maruz kalmak zorunda değildim. Sinirlenmiştim, fakat kendimden beklemediğim kadar normal bir sesle, Demir'in teyzesine "Bir kadının kaybettiği kocasının anıldığı her yerde ağlaması normal karşılanır. Sizin 'alt tabaka' diye adlandırdığınız isimler bile bunu anlayabiliyor. Ama ne yazık ki siz anlayamamışsınız..." dedikten sonra döndüm ve kapıdan çıktım. Oradaki herkesin duyduğundan emindim.

Kapıdan çıktıktan sonra tam adımımı atacaktım ki biriyle çarpıştım. Elli yaşlarında, beyaz saçlı, uzun ve ince fizikli, bakımlı adam, içkisinden birkaç damlayı elbiseme damlatmıştı.

"Çok affedersiniz... Özür dilerim," dediği zaman, elbiseme baktım ve önemli olmadığını söyledim.

Adam "Çok üzgünüm ama bir şekilde daha sonra telafi ederim hanımefendi. Şimdi gerçekten acelem var. İyi akşamlar," dedikten sonra kapıdan içeri girdi. Ünlü bir sanatçıydı fakat ne adını, ne de hangi alanla uğraştığını hatırlayabiliyordum. Çok takılmadım.

Biraz yürüdükten sonra önümde duran, Demir'in arabalarından biri olduğunu bildiğim siyah, spor arabaya bindim. Kemerimi takıp yola çıktığım anda aklıma ilk gelen şeyi söylemek istedim. Aklım Demir'in teyzesindeydi.

"Zengin züppeler," dediğim anda Demir de benimle aynı anda "Zengin piçler," demişti.

Şaşırarak ona baktığım anda o da bana baktı ve gülümsedi.Normalde Arda'yla yaşamaya alışmış olduğum bu olayı Demir'le yaşamıştım. Nedense kendimi ona bir anda daha da yakın hissettim ve bu his, teyzesine olan kızgınlığımı alıp götürdü.

"Öğreniyorsun, ama kelime seçimin biraz nazik kaldı," dedi. Kravatını gevşetmişti bile.

"Anlaşabildiğimiz konular gittikçe artmaya başladı Demir Bey," dediğimde, bana "Evet, ben de bundan korkuyordum," diye karşılık verdi ve kravatını biraz daha gevşetmek istedi. Bir yandan da araba kullanıyor olduğu için daha fazla uğraşmadı ve siyah kravatı boynundan komple çıkardı.

Ne demek istemişti?

"Neden ortak noktalarımızın olmasından korkuyorsun?" diye sorduğumda ise cevap vermeden önce biraz durdu.

Bana her duyduğumda farklı ve özel gelen ses tonuyla "Ben sen olmak istemiyorum, seninle olmak istiyorum," dedi. Onun bu söylediği karşısında vücudumun her bir yerinde titreme hissettim.

Beklemediğim anlarda, Demir'den beklemediğim cevaplar alıyordum ve bunları kolay kolay duyamayacağımı bildiğim için anın tadını çıkarmaya bakıyordum. Ona baktım.

"Tabii seninleyken seni ne kadar mutlu edebilirim bilemem," diyerek konuşmasını bitirdiğinde ise hiç düşünmeden ona geçen hafta, başımıza ne gelirse gelsin asla ondan vazgeçmeyeceğimi anladığım zamanki düşüncelerimi söyledim.

"Demir, ben seninle mutlu olmak istemiyorum. Sadece seninle olmak istiyorum. Mutlu olmasak da olur, sadece... benimle ol yeter," dedim.

Geçen sene el ele tutuşmak konusunda çekinen Demir, sol elini direksiyonun üstünde tutmaya devam ederken sağ elini bacağımın üstüne koydu ve tutmam için açtı. Hiç düşünmeden tuttum. Elleri buz gibiydi. Normalde hep sıcak olan,kışın bile sadece siyah deri ceketiyle dışarıya çıkan Demir, şu son bir haftadır buz gibiydi.

Demir gibi biri bile üşüyebilirdi. Kendimi kötü hissedebilirdi. Kaybedebilirdi. Tüm o korkulan kişiliğinin yanında o da bir insandı ve her insan gibi duyguları vardı. Güçlü biri olduğu gibi hissettikleri de güçlüydü. Hayatı boyunca, duygularını olması gereken düzene sokacak, destekleyecek ve duygularına aynen onun hissettiği gibi güçlü bir şekilde karşılık verebilecek birine ihtiyaç duymuştu. Kimse onu benim gördüğüm şekilde görmediği için, Demir şu an olduğu haline; karmaşık,kaba ve duygusuz gibi görünen birine dönüştürmüştü kendini.

Ama artık saklanmaya ihtiyacı yoktu.

Benim de saklanmaya ihtiyacım yoktu. Hele hele ondan kaçmak mı? Kaçacağım son kişiydi o.

"Demir..." dediğimde, bana "Evet?" diyerek karşılık verdi. Şimdi soracağım şey için ne kadar uzun zamandır beklediğimi hatırlamıyordum. Aslında... illa ona haber vermek zorunda değildim ki. Ben de ona sürpriz yapabilirdim.

"Kampa geliyorsun değil mi?" diye sordum. Bunu soracağımı tahmin etmemişti.

"İki hafta sonra Uludağ'daki kampa mı?"

"Evet. Esma'nın düzenlediği," dedim.

"Bilmem... Siz hepiniz gidiyor musunuz?" diye sorduğunda, Demir'i gelmesi için ikna etmek zorunda olduğumu aklıma kazıdım.

"Evet. Hem.. aslında senin doğum gününe denk geliyor ve açıkçası hediyeni alabilmek için benimle gelmek zorundasın...." diyerek ona baktım.

"Bak sen... Hmm.. Sakın parti marti yapma. Pasta sevmem. Öyle yapmacık partilerden nefret ederim. Kimseye haber falan da verme. Ayrıca.. Ben istediğim zaman istediğim hediyeyi istediğim yerde alabilirim," derken, yolda arabayı kenara çekti ve durdurduktan sonra bana döndü.

"Hatta... doğum günü hediyemi hemen şimdi almayı talep ediyorum," dedi.

Tamam, bunu beklemiyordum.

"Üzgünüm ama kampta vereceğim. Yani hediyeni. Yani doğum günü hediyeni kampta alacaksın," deyip kendime kızdım. Bundan daha aptalca konuşabilir miydim acaba?

Demir durdu. Biraz düşündü. Bu sırada gözlerini birkaç saniyeliğine gözlerimden ayırdı ve beni süzdü. Ardından havalı bir şekilde önüne döndü ve arabayı çalıştırdı.

"İyi. Geliyorum," dedi.

Gülümsedim.

"Her zaman bu kadar kolay olmayacak Güneş Hanım. Cidden kafa dağıtmaya ihtiyacım var," dedi.

"O kadar işadamıyla sen ilgilenmeyeceksin herhalde?" diye sorduğumda, aklıma yemekteki onlarca takım elbiseli adam geldi.

Demir cevap vermeden önce sıkıntısını belli edecek şekilde "Offfff!" dedi. Ardından "Her biriyle tanışmam gerekiyor. Her. Bir. Siktiğimin. Adamıyla!" diyerek cümlesini tamamladı.

Sıkıntısı yine yüzüne yansırken, ona "İstiyorsan yardımcı olabilirim?" diyerek teklifimi sundum.

Bana "Aile avukatı, bilmemnesi... zaten hepsiyle toplantım var yarın ve başımda bana yardım ettikleri için maaş alan adamlar olacak. Bu yüzden senin yardımlarını günün başka saatlerinde almayı planlıyorum.. Mesela şu sıralar gibi," dediğinde gülümsedim. Okulla gittiğimiz kampta, orada kaldığımız gecelerden birinde, sonunda Demir'le birlikte olmaya karar vermiştim ve sadece iki hafta kalmıştı. Bir an önce bu kararımı kızlarla konuşmak istiyordum. Esma kendisiyle Burak'ı hatırlamaktan çok aklını dağıtırdı ve beni hazırlamak gibi bir görev edinirdi kendine. İşte bu yüzden mutlu olurdu. Ona söylemekten çekinmeyecektim.

Helin'in de "Sonunda. Demir'de bir sorun olduğunu düşünmeye başlayacaktım," deyip alkışlayacağı an gözümün önünde canlanmıştı bile.

Demir "Ve meşgul demişken. Babamın tüm işleri -ki işleri derken hem normal işleri hem de illegal olan işlerinden bahsediyorum- bana kalmış oldu. Ayrıca şu seri katil olayı yüzünden neredeyse her gün bir araştırma ekibi ile beraberim.Bu yüzden pek görüşemeyebiliriz," dediğinde, bunun doğru olduğundan emindim.

"Haklısın," dedim ve başımı koltuğa yaslayıp camdan dışarıyı izlemeye başladım.

"Seni bu işlerden olabildiğince uzak tutmaya çalışıyorum Güneş. Anlıyorsun, değil mi?" diye sorduğunda, hemen "Evet,evet. Biliyorum Demir ve bu sefer inatçılığımla burnunu sokmayacağım," dedim. Tabii geçen seferki gibi mecbur kalmazsam... İşte o zaman hiçbir engel beni durduramazdı.

"Okula zar zor gelebileceksin, benim dersanem var, yokken de kafede çalışıyorum. Seni ne zaman görebileceğim? Eniştem bu olaylardan sonra beni ev hapsine alırsa asıl nasıl görüşeceğiz?" diye sordum.

Dişlerini görebileceğim bir şekilde gülümsediğinde beni de gülümsetmiş oldu. "Ne? Ne oldu şimdi?" derken, elimde olmadan en tatlı sesimi kullandığımı fark ettim. Demir'in gülüşü ve üzerimde bıraktığı etkiler...

Demir "Yok bir şey.. Sadece o lanet olası kampta bu iki haftalık görüşememizin acısını senden iyice çıkaracağım aklıma geldi... O kadar," dedi.

Demir yine tutkulu imalarıyla benim yanaklarımı kızartmayı

başarabilmişti fakat yine her zamanki gibi bir şeyler bekliyor olacaktı. Oysa ben ilk defa daha fazlasını yapmak isteyecektim. Şaşıracaktı, fakat en önemlisi onu rahatlatacak ve mutlu edecek olmamdı. Ben de mutlu olacaktım.

Demir'le geçirdiğim bu güzel akşamın sonunda, gece eniştemin beni uyandırmasıyla uyandım.

"İki kız daha..." dedi. Anlamam için yeterliydi.

Haber hepimize ulaştı ve sabah erkenden Arda'yla beraber karakola gittik. Demir çoktan oradaydı ve her öldürülen kızla beraber daha çok sinirleniyor ve bu sinirini dışarıya boşaltamıyordu. Fazla enerjisini spor salonunda boşaltmaya çalışıyordu. Fakat ben tabii ki biliyordum,enerjisinin bir kısmını bunlardan sorumlu olan kişi veya kişileri bulacağı güne saklıyordu.

Cansu ve Ateş de karakola çağırılmıştı. Demir o sabah tek bir şey söyledi:

"Normalde daha fazla zamanımız vardı fakat bu sabah aynı anda iki kişinin ölü bulunması..."

Gerisini hepimiz biliyorduk. Zaman daralıyordu ve bunu en güçlü hisseden de bendim. Ne zaman bir hayal kurmaya başlasam, bir şeylerin iyiye doğru gidebileceği umudunu barındırsam, işte o zaman hayat bana erken davrandığımı söylüyordu.

Ateş, Demir'e "Sırada kimin olabileceğine dair en ufak bir fikrin var mı?" diye sorduğunda, Demir, Cansu'ya baktı. "Emin değilim ama... sanırım şimdiki hedef sensin," dedi. Ardından gözlerini Cansu'dan kaçırdı.

Cansu "Siktir," deyip iki adım gerilediğinde, Ateş onu durdurdu ve tek koluyla kendine çekip sardı. Cansu yüzünü Ateş'in göğsüne gizledi.

Eniştem "Her türlü korumayı sağlamalıyız," dediğinde, Ateş, Cansu'ya "Her bir dakika seninle olacağım," diye fısıldamaya devam ediyordu. Polisler Cansu'yu farklı bir departmana yönlendirdiğinde, eniştem benimle konuşmaya başladı. Demir bir yanımda duruyordu, Arda ise bizden birkaç adım ötedeki duvara yaslanmış, bizi dinliyordu.

"Güneş bu demek olmuyor ki sen güvendesin... Aynı şekilde.

Okula gitmeyeceksin. Şu dakikadan itibaren evden çıkmayacaksın. Hatta daha yüksek korumalı eve taşınm..." derken onu durdurdum.

"Okula gitmemem konusunda haklısın. Gerçekten tehlikeli fakat üniversite sınavı ne olacak? Aralık ayındayız ve aslında o kadar az zaman kaldı ki!" dedim. Amacım kendimi savunmak falan değildi. Eniştemin güvenliğim konusunda haklı olduğunu ve sadece iyiliğimi düşündüğünü biliyordum fakat üniversite geleceğim demekti ve iyi bir üniversiteyi kazanamazsam hayatım boyunca halamla enişteme yük olmak dışında başka bir şey yapamayacaktım.

Dakikalarca sessiz kalıp konuşulanları dinleyen Arda, bana "Güneş, senin yaşaman mı daha önemli yoksa üniversite sınavı mı?" diye sordu.

Evet hayatta kalmam tabii ki daha önemliydi ama onlara yük olduğum konusunu evlerine taşındığım günden beri düşünüyordum. Aynı şekilde Arda ve babası Semih Amca'ya da kafede dolanarak yük oluyordum. Belki de elemana ihtiyaçları yoktu.

"Arda.. anlamıyorsun.. benim söylemeye çalıştığım..." derken, Arda sözümü kesti ve "Güneş, şu an sen kafanda kendi kendini yiyorsun. Neler düşündüğünden adım gibi eminim ve öyle bir şey yok. Hadi bu sene de olmadı,öbür sene sınava girersin. Evde eğitim alırsın veya... ne bileyim Güneş, başka bir şey yaparsın!" dedi.

Arda'yla çoğu kez tartışma konumuz olmuştu bu yük olma meselesi. Bu yüzden beni, daha konuşmadan anlaması normaldi.

Arda'ya tekrar cevap verecektim ki, Demir'e döndü ve "Belki de mafya babamız bu kadar çok kızla yatmasaymış veya yatarken de liste tutsaymış daha kesin bilgiler olurdu elimizde!" diye bağırdı, Demir bacağının yanında duran sağ yumruğunu sıktı.

Eniştem "Hey! Hey. Arda sakin ol. Ne yeri ne de zamanı," deyip Arda'yı birkaç adım geriye doğru çektiğinde, Demir "Sorun değil. On yedi yaşındaki birinden böyle önemli konuları anlamasını beklemiyordum zaten," dedi gayet normal bir sesle.

Arda, Demir'e sinirlendi, fakat sesini kontrol altına alarak "On sekiz," dedi. Sonra benimle konuştu.

"Aptal düşüncelerle kendi hayatını, üniversite sınavından daha önemli görme," dedi ve göz kırptı. Demir'e bakmadan arkasını dönüp karakoldan çıktı.

Demir "Bu çocuk her kelimesiyle sinirimi bozuyor," diye itiraf ettiğinde, aslında bunu uzun zamandır bildiğimi fark ettim.

Eniştem "Arda iyi çocuktur. Çocukluğundan beri tanırım Güneş'ten. Neyse,onu bırakın da halletmemiz gereken işler var," dedi ve beni eve gönderdikten sonra Demir'le karakolda kaldı.

Esma ve Helin'le artık yeterince konuşamıyordum. Okula gidebilseydim onlarla konuşabilir, Esma'nın yanında olabilirdim fakat ev hapsimle beraber bu imkânım ortadan kalkmıştı. En azından Helin her akşam bana rapor veriyordu.

" Konuşmuyorlar bile abi. Burak, Esma'nın yanına gidiyor, Esma ondan kaçıyor. Zil çalar çalmaz sizin sınıfa damlıyorum hemen. Bir bakıyorum Esma yok. Başka bir teneffüs Esma var Burak yok... Garip ya," dedi.

"Helin bunlara o gece ne oldu?" diye sordum.

Helin "Bir bilsem! Acaba Burak yatmak istemedi Esma ona mı bozuk atıyor? Ama imkânsız ki..." diye cevap verdi.

"Esma güzel ve çok tatlı bir kız. Zaten asırlardır beraberler ve kız aylardır,belki de yıllardır o günü beklemiş... Burak niye son dakikada sorun çıkarsın ki?" Hâlâ anlayamıyordum.

Helin "Güneş," dediğinde "Söyle," dedim.

"Burak gay olmasın?"

Kahkahayı bastım. Helin telefonda bana bağırıyordu.

"Gülme! Ben çok ciddiyim!" diyerek ısrar ediyordu hâlâ.

"Helin alakası yok. Saçmalama!" derken hâlâ gülüyordum.

"Ne bileyim Alperen'le bayağı kankalar. Arda ile de çok samimiler ve her gün konuşuyorlar... Arda da hoş çocuk ama şimdi. Kas da yaptı epey..." diye senaryo üretirken, tekrar gülmeye başladım.

"Evet Helin. Evet. Çok haklısın. Arda MMA'ya başlayınca, Burak içinde olan gizli duyguları uyandırdı ve Arda'nın fiziğiyle birleşen muhteşemliği karşısında…" derken, Helin sözümü kesti ve "Aynen! Gitar çalmayı öğretme bahanesiyle geceleri buluşmacalar falan olduysa ve... Hey! Arda'nın sevgilisi var mı?" diye sordu.

"Sanırım İpek diye bir kız vardı sporda tanıştığı ama..." derken, Helin "İşte! Hiçbir zaman biriyle ciddi olamamış. Yazın Hemraz'la da o kadar takıldılar ama sonuç ortada! Çözdük! Burak, Arda'ya âşık..." dedi Helin.

Birkaç saniyelik sessizlikten sonra, Helin ciddi sesiyle "Tamam saçmaladım. Gerçek teorin nedir?" diye sordu.

"Belki de... ya gerçekten sıkılmışlarsa?" diye sordum.

Helin "Esma öyle dedi ama... emin değilim. O kadar uzun bir ilişkim hiç olmadı. Doğukan ciddi anlamda sevgilim olan ilk kişi," dedi.

"Onun yerinde olmadan anlayamayız. Ama dışarıdan elde ettiğimiz sonuç gerçekten de en kopmaz ama bağların da bir gün kopabildiği. Belki... aralarında uzun zamandır devam eden bir anlaşmazlık vardır ve sonunda bitirmeye karar vermişlerdir...?"

Helin "Bence de. Bu mantıklı. Esma söylemiyor ama istediği zaman söyleyebileceğini biliyor. Sen günlerdir okulda yoksun, ben her gün Esma'yı sorguya çekiyorum. Artık durmalıyım sanırım... O kendisi istediği zaman söyler," dedi.

Tam cevap verecektim ki Helin "Güneş!! Kampa geliyorsun değil mi?!" diye sordu.

"Ev hapsinden sonra biraz zor ama ne yapıp edip gelmem lazım çünkü sonunda Demir'le..."derken durdum ve dudağımı ısırdım. Kızlara daha söylememiştim.

Helin anında "Demir'le ne?!!?!?!?" diye bağırdı. Telefonu kulağımdan uzaklaştırmak zorunda kaldım.

"Sanırım Esma'yı arayıp konuşmaya katmalıyım," dedim.

Helin "Güneş!!!İnanamıyorum! Güneş, sonunda 'güneş' denince ilk aklıma gelen o Teletubbies'teki üstünde sarışın bebek olan güneş imajını aklımdan silebileceksin!" dedi.

"O nasıl bir.... neyse... bekle Esma'yı da konuşmaya alıyorum," dedim ve Ardından Esma'da aramıza katıldı.

"Selam," dediği zaman, Helin hemen "GünDem ilişkisi sonunda canlanıyor!! Dı dı dım dı dıdım!!" diye kendi çapında şarkı söylemeye başladı.

Esma "Ne? Dur bir kere o GüMir. Her neyse. Ne oldu?" diye sordu.

251

Helin "Güneş, çabuk bir şeyler söyle yoksa tüm otel fantezilerimi sana uyarlayıp anlatacağım," deyince Esma hemen anladı ve "Vaaay!" dedi.

"Evet... evet... ablanız da artık o kulvarda olacak," dedim.

Esma "Yalnız biz Burak'la yatmadık, biliyorsun değil mi? Yani pek yardımcı olamayacağım," dedi.

Helin "Bir dakika bir dakika. Asıl ablanız konuşuyor şimdi. Durun. Güneş'ciğim... Aklında nasıl planlar var?" diye sorduğunda "Kamp. Haftaya. Demir ve Ben. Kısa ve öz," dedim.

"Kısa ve öz olan ne?" diyen halamın sesini duyduğum anda irkildim ve "Esma'nın sorduğu soru. Evet. Kesinlikle x ve y'yi taraf tarafa toplayacaksın," dedim.

Esma anında anlayıp "Anlaşıldı kaptan. Sonra konuşuruz," diyerek telefonu kapattı. Aynı şekilde Helin de sonradan ifademin alınacağını bildirdi.

Telefonumu kenara koydum ve halama baktım.

"Kıvırma," dedi.

Hemen yüzüm düştü ve "Pofff. Senden de bir şey kaçmıyor ama," dedim. Gelip yanıma oturdu.

"Demir de kampa geliyor yani... Peki sen gidebilecek misin?" diye sorduğunda, halama "Gitmek zorundayım. Bu benim üniversite sınavına girmeden önce yapabileceğim son aktivite ve ayrıca her yıl son sınıflar böyle bir geziye gidiyor... Esma'ya da destek olmam lazım. Gerçekten zor bir dönemden geçiyor," dedim.

"Peki ya sen?" diye sorduğunda "Efendim?" diyerek karşılık verdim.

"Sen zor bir dönemden geçmiyor musun?"

Cevap veremedim.

"Rehin alındın. Serkan yetişemeseydi belki de seni kaybetmiş olacaktık. Tek tek kızlar öldürülüyor ve şu an içinde bulunduğun tehlikenin farkında değil misin?" diye sordu.

"Farkındayım. Aslında.. bir bakıma da o yüzden istiyorum bu geziyi. Yarın ne olacağım belli değil. Aldığım nefesi geri verebileceğimin bir garantisi yok ve olabildiğince arkadaşlarımla olmak istiyorum..."

Halam "Sadece arkadaşların mı?" diye sordu gülümseyerek.

"Ve Demir... Evet.. Kabul ediyorum. Mutlu musun? Demir'e neredeyse bağlıyım ve onsuz bir dakika bile geçirmek istemiyorum fakat ne yaparsam yapayım hep bir şey engel çıkıyor ve bu geziye de gidemezsem..." derken, halam sözümü kesti ve "Bizimle olmak istediğini söyleyeceğini sanmıştım," dedi gülerek.

Kendimi ifşa etme konusunda bir dünya markasıydım.

"Geziye gitmek istediğini biliyorum fakat eniştten seni hayatta göndermez," dediğinde, hayallerimin bir kez daha suya düşmek üzere olduğunu fark ettim.

"Ama... ben bir konuşursam ve sen bana az önce söylediğin cümleleri ona da söylersen belki bir korumayla seni gönderebilir," dedi.

Koruma mı? Şaka mıydı bu? "Aa evet.. Demir'le beraber kalacağız küçücük kulübede... Aramızda uyumayı arzular mıydınız?" diye mi soracaktım?

Akşam eniştemle konuştuk ve bir korumayla beni göndermeyi kabul etti. Aslında ona kalsa kendi bizzat gelirdi fakat gerçekten çok işi vardı ve bu yüzden başka birini başıma dikmek zorunda kalmıştı.

Bunu Demir'e mesajla söylediğimde bana verdiği yanıt şu oldu:

Cansu'yla Ateş bile geliyormuş. Savaş söyledi. Koruma işini de kafana takma. Ben halledeceğim.

Kısacası Demir'e güvendim ve kafama takmadan başımı yastığıma koydum. Tavanda karanlıkta parlayan yıldızları izledim. Kaç hayal kurmuştum burada ben?

Kaçı gerçekleşmişti?

Daha kaçı gerçekleşecekti?

Eskiden bunları sorun ederdim, düşünürdüm. Ama şimdiyse 'Acaba bu soruları kendime bir daha sorabilecek kadar yaşayacak mıyım?' düşüncesindeydim sadece.

Demir'le olan hayallerimin en belirsiz olanına ve en çok beklenenin sadece birkaç gece uzaklıktaydı. Yarın yola çıkacaktık,- günler sonra okula gitmiş olacaktım, günler sonra Demir'i görmüş olacaktım ve yaklaşık beş-altı saatlik eğlenceli bir yolculuğumuz olacaktı.

Hayalini kurmak istiyordum. Yarın sabah uyanışımın, hazırlanışımın ve arkadaşlarımla, Demir'le otobüse binişimin hayalini kurmak istiyordum fakat yapamazdım. Şu an yapamazdım.

Demir'le ilk kez birlikte olmamı hayalini kurmak, kafamda tasarlamak istiyordum fakat yapamıyordum. Gözlerimin önünde, bana birkaç metre uzaklıkta olan tavanımdaki yıldızlar "Hayır," diyorlardı. Beklentimi en düşük seviyede tutmalıydım. Artık bunu öğrenmiştim ben.

Bir şeyi ne kadar istersem o kadar gerçekleşmiyordu çünkü ve şimdi... tüm bu olan olaylara, cinayetlere ve yaşadıklarımıza rağmen mutluydum. Olmamalıydım ama öyleydim. Her an öldürülme tehlikesiyle yaşamanın ne olduğunu bilmediğim için, şu an hissettiklerimin o olup olmadığına karar veremiyordum.

Cansu ne yapacaktı? Onun tek suçu Demir'i istemekti. Tıpkı benim istediğim gibi. Peki ya ondan sonra... ben ne yapacaktım?

Aklımda bir ton düşünceyle uykuya dalmayı bekledim ama olmadı.

Bu gece de uyuyamadım.

28. Bölüm

"Hadi ama gençler! Kimse söz almayacak mı? Biliyorum, aklınız bugün çıkışta gideceğiniz gezide ama otobüsün hareket etmesine daha üç saat var..."

Evrim Hoca haklıydı. Hepimiz geziyi düşünüyorduk. Ya da en azından... ben düşünüyordum.

Demir'e bakıp gülümsedim.

"Güneş?"

Evrim Hoca'nın sesini duyduğum anda, Demir'e odaklanmış bakışlarımı hemen edebiyat öğretmenimize çevirdim. Evrim Hoca uzun sarı saçlarını geriye attı. Bana bakıyordu.

"Efendim hocam?"

Evrim Hoca "Gülümsediğine göre aklına bir iki mısra gelmiş olmalı... Neden bizimle paylaşmıyorsun?" diyerek, o anda bir şiir yazmamı istedi. Dersin başında bir şiir yazmamızı istemişti ve sadece beş dakika vermişti. Tabii ki ben hemen bir şey yaratamamıştım.

"Ben daha önce yazmış olduğum bir şeyi okusam olur mu?" diye sorduğumda, Evrim Hoca gülümsedi ve "Tabii ki olur. Şiir yazıyor musun?" dedi.

Çantamdan her zaman yanımda taşıdığım mavi kapaklı A5 boyutundaki çizgili defterimi çıkardım. Bu benim karalama defterim gibi bir şeydi. Bazı sayfalarında çizdiğim -daha doğrusu becerip çizemediğim- resimler, sevdiğim şarkıların sözleri, aklıma gelen bazı düşünceler vardı. Bazen de günlük olarak kullanıyordum.

"Şiir değil de... şarkı sözü yazıyorum aslında. Ama beste yapamıyorum," dedim.

Evrim Hoca "Tamam. Dinliyoruz," dedi ve öğretmen masasına oturdu.

"Hocam İngilizce olması sorun yaratır mı?" diye sorduğumda, Evrim Hoca "Aslında edebiyat dersindeyiz ama... madem kimseden ses çıkmıyor, sorun olmaz. Başlayabilirsin," dedi ve tüm sınıf bana döndü.

En arka köşede oturunca, hepsinin beni izlediğini fark edebilmiştim. Birazdan, daha önce hiç yüksek sesle kendi kendime bile okumadığım, kimseye göstermediğim sözleri sınıfa okuyacaktım.

Yazdıklarımla gurur duyuyordum ve okurken çekinmeyecektim.

" I can hold my breath, I can bite my tongue.

I can stay awake for days if that's what you want, be your number one.

I can fake a smile.I can force a laugh.

I can dance and play the part if that's what you ask, give you all I am.

I can do it.

But I'm only human and I bleed when I fall down.

I'm only human and I bleed when I fall down. I'm only human and I crash and I break down.

Your words in my head, knives in my heart, you build me up then I fall apart.

'Cause I'm only human."*

Okumayı bitirdiğimde kimseden tepki gelmemişti. Bir tek Demir'in, yanımda otururken kendi defterine bir şeyler karalarkenki kaleminin sesini duyuyordum.

"Şimdilik sadece bu kadarını yazabildim," deyip oturdum. Sıranın üstünde duran siyah kalemimi arasına koyup, defteri kapattım.

---

*Bu şarkı Christina Perri isimli sanatçının Human şarkısıdır. Burada kurgu içinde kullanılmış ve Güneş tarafından yazılmış gibi gösterilmiştir.

Evrim Hoca "Yeteneklisin Güneş. Sakın o defteri kaybetme," dedi ve gülümsedi.

Esma'ya baktığımda tırnaklarına bakıyordu ve dudaklarını birbirine bastırmıştı. Burak artık Alperen'le beraber, cam kenarındaki tarafta oturuyordu. Yine Esma'ya bakıyordu. Burak'ın Esma'ya olan bakışını izlerken Evrim Hoca ".. İngiliz edebiyatından da onlara bakmıştım. Evet... Demir Bey. Güneş kendi yazdığı sözleri okurken sürekli bir şeyler not alıyordun. Bir anda ilham mı geldi yoksa?" diye sordu, Demir hâlâ önündeki deftere bir şeyler karalıyordu. Ne yazdığını anlamak için baktığımda düzensiz şekilde duran bir sürü nokta çizdiğini gördüm.

"Demir?"

Demir önündeki kâğıda ve çizdiklerine o kadar odaklanmıştı ki Evrim Hoca'nın ona seslendiğini hâlâ duymamıştı.

"Demir..." diye fısıldayıp onu dürttüğümde bana baktı, ardından da Evrim Hoca'yı gördü.

"Bu dönem ilk sınav notun geçen senelere göre iyi. Hiç beklemiyordum..." dediğinde, Demir "Ben de," diyerek cevap verdi.

Evrim Hoca, Demir'in verdiği cevabı duymuş olmasına rağmen "Efendim?" diyerek tekrar etmesini istedi. Asla hafife alınacak bir hoca değildi.

Demir doğruldu ve "Şiir yazmadım," dedi.

Evrim Hoca ayağa kalktı ve yavaş yavaş bize doğru gelmeye başladı. Bu sırada sınıftaki her bir öğrenciyle göz teması kuruyordu.

"Gençler... şiir yazmak için düşünmenize gerek yoktur. Zaten o duygu içinizde vardır... Tek yapmanız gereken o duyguyu sizde uyandıran şeyleri, kavramları, olayları, kişileri anlatmaktır," dedi ve ardından Demir'e baktı.

"Şimdi aklına ilk gelen şeyi defterine yaz," dedi.

Demir "Hocam zilin çalmasına iki dakika kırk altı saniye kaldı. Bence..." derken, Evrim Hoca, Demir'in sözünü kesti ve "Demir, yaz. Hemen. Düşünme. Aklına ilk gelen şey. En çok ihtiyacın olan şey..." dedi.

Demir aynı defterde yeni bir sayfa açtı ve bir kelime yazdı. Göz ucuyla yazdığı şeyi okudum.

Gelecek.

Demir "Şimdi yazdığım kelimeyi okumam mı gerekiyor?" diye

257

sorduğunda, Evrim Hoca "Hayır. Devam et. Sana en çok ilham veren şey... piyano çaldığını biliyorum. Basketbol oynadığını da biliyorum. Bunlardan daha yaratıcı bir şey olsun," dedi.

Demir anlamayan gözlerle bir Evrim Hoca'ya bir de bana bakıyordu.

Hoca "Hadi! Üç saniyen var," dediğinde, Demir kâğıda başka bir şey daha yazdı.

Güneş.

Evrim Hoca yakınımızda duruyordu fakat Demir'in yazdıklarına bakmamıştı. Geri geri yürümeye başladığında hala Demir'le konuşuyordu.

"Şimdi başka bir alana geç. Kaybettiğin bir şeyi düşün," dediğinde, Demir hiç düşünmeden deftere aklındaki kelimeyi yazdı.

İnsanlar.

Evrim Hoca "Son bir şey daha yazıp bitirelim. Zaten kaç dakikamız kaldı...?" diye sorduğunda, Alperen "Son bir dakika kaldı," dedi hemen.

Demir "Şimdi ne yapmam gerekiyor?" diye sordu.

Evrim Hoca "Şimdi asıl en önemli kısımdasın... Şiir yazmak zorunda değilsin. Sadece bu yazdıklarınla bağlantılı bir şey yaratmaya çalış. Hepsini özetlesin. Hızlı düşün," dedi.

Demir defterine baktı. Yazdığı üç kelimeyi onunla birlikte defalarca okudum. En sonunda Demir "İnsanlar tanıdım, yıldızlar gibiydi. Hepsi gökteydi, hepsi parlıyordu. Ama ben Güneş'i seçtim... Bir Güneş için, bin yıldızdan vazgeçtim,"* dedi.

Zil çaldı. Herkes Demir'in az önce söylediği söz karşısında şaşkına dönmüştü. Bir tek benim kalbim tepki veriyordu sanki. Daha hızlı atarak...

Sessizliği bozan kişi Evrim Hoca oldu. "İşte bu kadar! Derse katılımını sevdim Demir. Biraz geç oldu ama... olsun. Devamını bekliyorum," dedi çantasını toplarken. Ardından sınıftan çıktı.

Demir defterini aldı, ayağa kalktı ve beni kolumdan tutup sınıftan çekmeye başladı.

"Benimle gel," dedi.

Sınıf kapısına doğru ilerlemeye başladığımızda beni durdurdu ve "Mavi defterini de al," dedi.

---

*Anonim

Hızlıca tekrar sıraya döndüm ve defterimi aldığım gibi sınıfın kapısına gittim. Demir çoktan sınıftan çıkmıştı ve merdivenlerin başında duruyordu.

"Hadi ama seni tüm gün bekleyemem!" dedi ve hızla merdivenlerden inmeye başladı.

Nereye, niçin gittiğimizi anlamadan sadece onu takip ediyordum.

Müzik sınıfının önüne geldiğimizde "Bence kilitli," dedim. Demir kapıyı açmayı denedi. Kilitli olduğunu görünce "Lanet olsun," dedi ve hemen pantolonunun cebini karıştırmaya başladı. Gri bir anahtar çıkardığında şaşırmamam gerektiğini düşündüm.

O Demir Erkan'dı. Tabii ki her kilitli yerin anahtarı onda olacaktı.

"Çabuk ol! Unutmamam gerekiyor!" dedi ve beni kolumdan çekip müzik sınıfına soktu. Arkamdan kapıyı kapattı ve hızla piyanonun başına gitti. Siyah piyanoyu açtı ve daha oturmadan tuşlara basmaya başladı.

Tek tek uyumlu olmayan notalara basıyordu. Hiç karışmadan onu izliyordum. Bir arayış içindeydi. Endişeli görünüyordu. Tek elinde tuttuğu defteri kapalı şekilde piyanonun üstüne koydu ve ardından piyanonun yanındaki koltuğa oturarak iki elini de tuşların üstüne koydu. Parmaklarını tuşların üstünde gezdiriyordu fakat çok az defa basıyordu. Yaklaşık bir dakika sonra defterini açtı ve ben şarkı sözlerimi okurken çizdiği şeylere bakmaya başladı. Ben birbirine giren karmaşık karalamalar görürken onun içinse bu defter şu anda hayatından önemliydi.

"Tamam," dedi ve ardından bana bakmadan "Kalem ver," diye emretti.

Demir Erkan dersine hoş geldiniz. Verilen emirler yerlerine getirilmek zorundadır. En azından aranızı iyi tutumak istiyorsanız.

Defterimi açıp siyah kalemimi aldım ve Demir'e verdim. Demir defterindeki o karmaşanın içine birkaç şey daha çizdi. Onun yanına oturdum.

"Bitti," dedi ve derin bir nefes alıp verdi. Gökyüzünden bile daha güzel olan mavi gözleriyle bana baktı.

Yapmış olamazdı... değil mi?

"Demir, sen iki dakikada şarkıma…" derken sözümü kesti ve "Dinle," dedi.

Piyanoyu çalmaya başladığında inanamadım. Gerçekten dakikalar içinde bunu çıkarmış olamazdı, değil mi?

"Demir… sen harikasın," dediğimde "Şşş. Kampa sakla," deyip beni susturdu ve çalmaya devam etti.

Ortaya çıkan melodi tek kelimeyle harikaydı ve şarkımın temasına uygundu. Hüzünlü, bir o kadar da güçlüydü. Demir'in yarattığı bu melodi denizinin içinde kaybolurken bana "Başla," demesiyle kendime geldim.

Ona cevap vermeyince, çalmayı bırakmadan bana döndü. "Başla. İki kez girişi çaldım, şimdi son kez çalayım sonra da söylemeye başla," dedi.

Bu daha girişin melodisiyse… şarkının geri kalanı ne kadar muhteşem olabilirdi?

"Ama… ama şarkım daha bitmedi. Yarısını yazdım ve ben hiç…" demeye çalıştığım anda, Demir kucağımda açık duran deftere baktı ve şarkıya başladı.

"I can hold my breath," dedi ve bana baktı. Şarkıya katılmamı istediğini söyleyen gözlerle bana baktı.

Tamamen doğaçlama yaparak şarkıya yazmış olduğum sözlerle devam ederken, Demir piyanoya odaklandı ve çalarken sadece beni dinledi. Söylemedi.

Şarkıyı söylerken nasıl oldu bilmiyordum ama… bir anda ben de şarkıya katkı sağladım ve… ve çok güzel oldu. Her şeyiyle.

Sözlerin yazdığım kadarını söyledikten sonra durdum. Demir bana baktı ve "Devam et," dedi. Bir yandan da çalmaya devam ediyordu.

Gözlerimi kapattım ve Demir'in bestesi bana ilham kaynağı oldu. Hiç aklıma gelmemiş olan, fakat sonrasında 'bunlar benim nasıl aklıma gelmemiş de devamına yazmamışım' dediğim sözleri söyledim ve şarkıyı tamamladık.

Şarkı bittiğinde gözlerimi hâlâ açmamıştım.

Açmak istemiyordum.

Yanağımdan süzülen bir damla gözyaşının ne için olduğunu biliyordum. Şarkı inanılmaz derecede duyguluydu, onun üstümde etkisi vardı fakat sadece o da değildi.

Bu anı hayatımda bir daha kaç kere yaşayabilecektim?

Bir saniye daha uzun sürmesi için ne yapabilirdim? Neden ısrarla sanki gözümü açarsam kaybolacakmış,bir rüya olduğu yüzüme vurulacakmış gibi hissediyordum?

"Güneş..."

Demir'in elini belimde hissettiğim anda dudaklarım aralandı. Ona döndüm ve gözlerimi açtım.

Birbirimize bakıyorduk ve çok yakındık.

"Sözler iyi değil mi... yani... aptalca veya saçma değil değil mi?" diye sorduğumda, Demir belimdeki koluyla beni kendine çekti, diğer kolunu da havaya kaldırıp bana gösterdi.

"Sen şaka mı yapıyorsun? Tüylerim diken diken oldu," dedi. Ardından yanağıma dokundu. Gözyaşının indiğini hissettiğim yolda parmağını gezdirdi.

"... Ama sadece sözler de değil. Senin sesin... çok güzel," dedi. Tam ona, yaptığı bestenin ne kadar muhteşem olduğundan bahsedecekken, o önce davrandı ve bana "Neden üniversite için bir sanat okulu düşünmüyorsun?" diye sordu.

Harika bir soruydu.

"Okullar hakkında konuşurken buna dikkat ettiğini düşünmemiştim," dediğimde, bana "Güneş ben her ne kadar söylenenler hakkında pek yorum yapmasam da seni dinliyorum. Her şeyini dinliyorum, sadece gerekli olmadığı sürece bir konu üstünde çok fazla durmak bana anlamsız geliyor," dedi.

Tam o sırada kapı açıldı ve öpüşen bir çift,müzik sınıfına daldı. Uzun siyah saçları gördüğüm anda Helin'i,ve ardından da Doğukan'ı tanıdım. Demir'e baktım. Demir de bana baktı ve güldü.

Helin'le Doğukan'ın bizim varlığımızdan haberi yoktu. Demir bir anda piyanonun kalın ses veren tuşlarına basınca, Helin, Doğukan'ı ittiği gibi çığlık attı.

Demir'le birlikte gülmeye başladığımızda, Doğukan Demir'e baktı ve "Ayıp olmuyor mu?" diye gülerek seslendi.

Helin, benim güldüğümü göünce şaşkınlığını bırakıp gülümsemeye başladı ve ardından Doğukan'a dönüp "Yerimizi çalmışlar," dedi.

Doğukan'la beraber piyanonun ve bizim yanımıza geldiler. Helin'le yine göz göze geldiğimiz ilk anda durduk. Helin "Ama sen buradaysan...?" der demez, ben de "Esma yalnız mı?" diye sordum ve ardından hemen ayağa kalktım.

Doğukan bana dönüp "Ya onlar Burak'la neden ayrıldılar gerçekten?" diye sordu.

"Esma, Burak'tan sıkıldığını söyledi," diyerek cevap verdim.

Demir piyanoyu kapatıp defterini eline aldığında "Tabii sıkılır, bunlar on yıldır çıkmıyor mu?" diye sordu.

Helin "On yıl değil de..." derken, benim Demir'e attığım bakışları yakaladı ve ardından Doğukan'a "Büyük kavga çıkacak," diye fısıldadı.

Üçü de beni izlerken ben hâlâ Demir'e bakıyordum. "Demek on yıl çıkınca insanlar sıkılır, öyle mi Demir Bey?" diyerek şakasına da olsa kız tribi atmaya başladığımda, Demir "Ya sen ne demek istediğimi anladın işte," dedi.

"Yoo hiç de anlamadım. Siz anladınız mı?" diye Helin'lere sordum. İkisi de hayır anlamında gülerek başlarını sallıyorlardı.

Demir "İşte bu yüzden şu ana kadar hiç sevgili olayına girmedim," dedi ve ardından bana yaklaştı.

"Otobüste yanıma oturmak istediğin zaman görüşürüz sarışın," dedi ve ardından müzik sınıfından çıktı.

29. Bölüm

"Zaten bir kere de son dakikada bir şey çıkarmasan, sana yemin ediyorum ki sigarayı bırakacağım."

Bir yandan Demir'in söylenmesini dinlerken diğer yandan da asansörden çıkıyordum.

"Önemli bir şey olmasa gerçekten dönmezdik, ama üzgünüm. iPod'um olmadan asla yola çıkamam. Hem, sana aşağıda bekleyebileceğini söylemiştim, sen benimle gelmekte ısrar ettin," diyerek kendimi savundum ve çantamda evin anahtarlarını bulmaya çalıştım.

Demir "Halanlar tam da bizim acelemiz olduğunda evde olmazlar zaten," dediğinde, kastettiği tüm ateşli şeyleri es geçip "Eniştem karakolda. Halamsa kuzenimi yuvaya vermek konusunda bir yıl beklemeye karar verdiği için aslında evde olmalıydı ama bugün alışverişe çıkmışlar," diyerek açıklama yaptım. Anahtarımı bulup kapının kilidini açmaya başladım.

Demir "Offf çok yavaşsın," diyerek boş yere söylenmeye devam ettiğinde, amacının beni sinir etmek olduğunu biliyordum ama cevap vermekten çekinmedim.

"Arabada bekleseydin," dedim ve kapıyı açıp eve girdim. Demir de arkamdan geliyordu.

O "Sen şimdi beceriksizsindir, iki saat o iPod'u bulamaz, beni de arabada bekletmeye devam edersin.. İşte bu yüzden..." derken bir kırılma sesi geldi.

Arkama dönüp Demir'e baktığımda, yere eğilmiş ve üstüne basıp kırmış olduğu küçük oyuncak arabayı eline almıştı.

"Bu bana nereden tanıdık geliyor?" diye sorduğunda, "Ateş'in arabasının aynısının oyuncak hali. Rengi bile aynı," dedim Demir gri ve ufak olan kırılmış minivan'ın fotoğrafını çekerken.

"Kuzenine aynısını alırım. Sorun olmaz. Hem zaten fazlasıyla eskimiş. Grisi bile bir garip," dedi ve üç parçaya ayrılmış, bir daha tamir edilmesi imkânsız olan oyuncağı kenara koydu.

"Tabii ki alırsın. Ama o babamındı ve gri olduğu için değil, eski ve onun olduğu için önemliydi. Ama sorun değil. Mert, yani kuzenim zaten daha çok küçük. Ortadan kaybolduğunu bile anlamaz," dedim ve iPod'umu bulmak üzere odama girdim.

Alt tarafı bir oyuncaktı. Demir hâlâ salonun orda duruyorken, odamda gözlerimi kapattım ve derin bir nefes alıp verdim. Ardından gözlerimi açtım.

İPod'umu bulmam çok zor olmamıştı. Yatağımın hemen üstünde unutmuş olduğumu gördüm ve çantama attım.

Salona döndüğümde, Demir "Hayret, yaklaşık on beş saniye sürdü," dedi.

Ona yapmacık bir şekilde gülümsedim ve ardından kapıya yöneldim.

Demir, ben evi kilitlerken "Kuzenin onu çok mu seviyordu?" diye sorduğunda gülümsedim. "Ne oldu Demir? Kötü abi olarak anılmaktan mı korktun?" dedim ve anahtarı tekrar çantama koydum.

Asansöre bindik.

"Dünyada benden ve ailemden nefret eden yüzlerce kişi olduğuna eminim. Bir kişi daha eklensin istemem," dedi ve arabanın fotoğrafını çektiğinden beri elinde tuttuğu telefonundan saate baktı.

"En sevdiği oyuncağıydı ama gerçekten Demir, hiçbir şey olmaz. Daha çok küçük, görmeden aklına bile gelmeyebilir," dedim ve onu rahatlatmaya çalıştım.

Okula geri döndüğümüzde herkes çoktan otobüse binmişti ve otobüs yola çıkmaya hazırdı. Demir arabasını okulun otoparkına park ettikten sonra, birlikte arabadan indik ve otobüse doğru yürümeye başladık.

Otobüs tamamen son sınıflarla doluydu ve sadece bizi bekliyorlardı. Oturacak yer arayacakken, Cansu'nun seslendiğini duydum:

"Güneş! Demir! Size yer ayırdık!"

Cansu'nun sesinin geldiği yere baktığımda, otobüsün en arka kısmını komple Demir'in çetesinin kapladığını gördüm. Cansu, Ateş, Savaş ve Doğukan en arkadaki dörtlü koltukta oturuyorlardı. Tam neden Helin, Doğukan'la oturmuyor diye merak edip Helin'i aramaya başlayacaktım ki, Doğukan'ın,yani en arkanın bir önündeki koltukta Helin'in Esma ile oturduğunu gördüm.

Arkaya doğru ilerlemeye başladığımda, Demir de arkamdan beni takip ediyordu. Bugün müzik sınıfından çıkarken "Yanıma oturmak istediğinde görüşürüz" demişti fakat bunu şakasına söylemişti. Bu yüzden sorun olmadı.

Cansu ve Ateş'in önüne, Esma ile Helin'in hizasında sol tarafta kalan ikili koltuğu oturduğumuzda, ben cam kenarına geçtim.

Otoyola çıktığımızda, Ayhan Hoca mikrofondan konuşmaya başladı:

"On beş dakika gecikmeli olarak yola çıktık ama sorun değil. Evet... Her şeyden önce Esma arkadaşınıza teşekkür etmelisiniz. Her şeyi o organize etti," dediğinde, ben alkışlamaya başladım. Doğukan da arkadan tezahürat yapmaya başladığında herkes bize eşlik etti. Esma gülümseyip bir kraliçe gibi selam verdi ve tekrar yerine oturdu.

" Dört gece Uludağ'da kalacağız ve beşinci günde de geri döneceğiz. Orada kulübe tarzı..."

Ayhan Hoca konuşmasına devam ederken, Demir telefonunda birilerine mail atıyordu. Ben de Helin ve Esma ile sohbet etmeye başlamıştım. Demir en sonunda sıkılıp "Sen bu tarafa geç," dedi ve kızlara daha yakın oturmamı sağladı.

Aralık ayında olduğumuz için hava hemen kararıyordu.Esma bir süre sonra uyuklamaya başlamıştı bile.

Helin "Bu kıza arabaya binince ne oluyor anlamıyorum?" dedi ve gülümsedi.

"Müzikale giderken uyanık olduğu zamanları hatırlamıyorum bile," diyerek cevapladım Helin'i.

Otobüs durduğunda mola verdiğimizi anladık. Demir, Doğukan'la Ateş'e baktı ve hep beraber aşağı indiler. Biz de Helin'le beraber onları takip ettik.

Savaş da benim gibi sigara içmiyordu. Ayhan Hoca yanımıza gelip "Bir daha mola vermeyeceğiz, haberiniz olsun," dedi ve bu haberi vermek için diğer öğrencilere doğru yürümeye başladı.

Helin'e baktım. "Acaba Esma tuvalete gitmek ister miydi?" diye sordum.

Helin sigarasını Doğukan'a tutturdu ve sonra "Hadi uyandıralım," dedi. Ardından otobüse geri çıktık.

Esma'yı uyandırdık ve hep beraber tuvalete gittik. Aynada toplu olan saçımı açarken, Esma çantasını tutması için Helin'e verdi.

Helin "Ne olur kalacağımız yer güzel olsun ya..." derken, Esma bir yandan Helin'e sesleniyordu:

"Otel gibi değil. Kamp da değil. İkisinin arası bir şey aslında. Bir sürü minik kulübe yan yana olacak ve..." derken Esma'nın telefonu çalmaya başladı.

Helin "Ben bakarım," dedi ve Esma'nın çantasını açtı.

Telefon çalmaya devam ederken, Helin boş boş çantanın içine bakıyordu. "Helin açsana," deyip onun yanına gittiğimde bana çantayı uzattı. Elime alıp içine baktım. Bir sürü ilaç kutusuyla doluydu.

Aralarından bir kutuyu çantadan çıkardım ve üstündekileri okumaya başladım. Kazadan sonra bana verilen ilacın aynısıydı elime gelmiş olan ilaç. Ailemden sonra psikolojim biraz bozulmuştu ve bu ilacı kullanmamı önermişlerdi. Ama ben kullanmamıştım çünkü acıyla kendim yüzleşmek istemiştim. Tam o sırada Esma tuvaletten çıktı ve çantasındakileri gördüğümüzü anladı.

Çantasını elimden kaptığı gibi telefonunu aldı ve açtı.

"Efendim anne? Özür dilerim, uyuyordum otobüste. Evet... evet iyiyim. Aldım. Biliyorum..." diye konuşurken, biz Helin'e birbirimize bakıyorduk. Ne karıştırıyordu bu kız?

"Anne ben seni daha sonra arasam olur mu? Tamam. Görüşürüz," dedi ve telefonunu kapatıp çantasının içine attı. Elimde tuttuğum ilaç kutusunu da alıp çantasına geri koydu ve fermuarı kapattı.

Esma bir bana bir de Helin'e bakıyordu.

Helin "Bir şeyler söyleyecek misin yoksa illa sormamız mı gerekiyor?" dedi ve lafı ağzımdan aldı.

Esma bir iki adım yürüdü ve sırtını duvara yasladı. Ardından konuşmaya başladı.

"Size gezinin sonunda söyleyecektim aslında. Ben psikiyatriste gidiyorum ve onun verdiği ilaçları düzenli olarak almam gerekiyor," dedi.

"Nasıl yani? Ne zamandır gidiyorsun?" diye sorduğumda, Esma gözlerini tavana dikti ve biraz düşündükten sonra "Yaklaşık sekiz aydır," dedi.

Helin "Sekiz ay mı?! Sekiz! Ay!" dedi ve Esma'ya kızdı.

Esma "Helin, ne yapabilirdim? Psikolojik sorunlarımın olduğunu insanlarla paylaşmak istememem gayet normal bence, üstüme gelme lütfen," dedi ve çantasını sırtına taktı.

Esma'ya yaklaştım:

"Ama.. nasıl bir sorunun var ki? Okulun ilk üçünde yer alıyorsun ve takdir alacağın her zamanki gibi kesin. Hepimizden daha çok şey organize ettin ve istediğin bir üniversiteye girebilme şansın bizden kat ve kat daha yüksek…" derken, Esma sözümü kesti ve "İşte öyle olmuyor," dedi.

Helin "Neyin var Esma? Lütfen bizimle paylaş ki beraber atlatalım," dedi. O sırada tuvaletlerden birinden Cansu çıktı. Tek başınaydı. Üçümüz de sessizce ona bakıyorduk.

Cansu ellerini yıkadıktan sonra bize doğru geldi ve "Özür dilerim. Özel bir konuşmaydı ve benim duymamı istemezdiniz ama merak etme Esma…" dedi. Başını kaldırıp Esma'ya baktı. "… Kimseye söylemeyeceğim.' Hafifçe özür dilediğini anlatan bir şekilde gülümsedi ve oradan çıktı.

Helin kapıyı işaret ederek Cansu'yu kastetti ve "Buna daha sonra geri döneriz. Şimdi anlat hadi," dedi.

Esma "Otobüse doğru yürüyelim mi? Yürürken anlatayım. Geçen sene Demir'le kaçırdığınız gibi otobüsü kaçırmak istemiyorum," dedi bana bakarak.

"Hey! Sonu güzel bitmişti ama!," dedim gülümseyerek.

Helin "Yaa tabii. Bayağı öpüşmeli bitti. Naklen izledik," dedi ve ardından otobüse doğru yürümeye başladık.

Esma "Aslında yazın tedavime daha çok odaklanmam gereki-yordu fakat sizinle Bodrum'a gelince bir sürü seans kaçırdım İlaç-ları da sürekli unuttum," dedi.

Helin "Yani Bodrum'da bayıldığın zaman...?" dediğinde, Esma " Ara ara oluyordu evet. Psikolojik olarak, düşündüklerime vücu-dum böyle tepki veriyordu," diye karşılık verdi.

"Kaynağı sadece psikolojik nedenler miymiş?Neden hiçbir şey söylemedin bize? Bu gerçekten göz ardı edilmemesi gereken bir şey," dedim.

Esma "Ne yapabilirdim Güneş? En yakın arkadaşımın sevgi-lisi aslında ailesinin katili çıkmıştı. Öte yandan da diğer en yakın arkadaşım, Doğukan ile sonunda açık bir şekilde çıkmaya başla-mıştı ve morali oldukça yüksekti. Kimseyi kendi sorunlarım için üzmeye hakkım yoktu benim," dedi otobüs görüş alanımıza gir-diğinde.

Esma'yı durdurdum ve karşısına geçip omuzlarından tuttum.

"Bir daha asla, ama asla böyle bir şey söylemeyeceksin," dedim. Helin "O ne demek ya? Esma sen delirdin mi? Biz hangi günler için duruyoruz o zaman? Madem üstünde stres vardı, birtakım problemlerin vardı... Neden bizimle hiç konuşmadın? Konuşabi-leceğini biliyordun," dedi.

Esma kendi açıklamasını yaparken gözleri dolmaya başlamıştı.

"Her zaman her şeyde görev almak, birinci olmak, başarılı ol-mak için çabalıyorum ben ama o kadar yükleniyorlar ki bana... Ai-lem,öğretmenler, dersanedekiler... Bir kere başarılı olduğumu gör-düler mi hep istiyorlar ve bilmiyorlar ki ben de bir insanım! Aynen senin şarkındaki gibi Güneş. Ne demeye çalıştığımı anlıyorsundur. Robot değilim. Sürekli sınavlardan yüz alamam. Mükemmel ola-mam. Burak'ın hak ettiği gibi bir sevgili ise asla..." derken Helin onu susturdu.

"Burak kim ki sen onun hak ettiği gibi biri olmaya çalışıyor-sun?"

Helin'e katılarak Esma'ya "Kesinlikle. Asıl insanların sana layık olmaya çalışmaları gerekiyor. Sakın böyle düşüncelerle kendini yi-yip bitirme Esma. Biz hep buradayız ve bundan sonra biz sana her

konuda yardımcı olacağız. İstesen de istemesen de. Her konuda..."
dediğimde, Esma dudaklarını birbirine bastırmış, gülümsüyordu.
Gözleri hâlâ doluydu.

"Anladın mı?" diye sorduğumda, Esma evet anlamında başını
salladı ve bana sarıldı.

Kulağıma "Teşekkür ederim Güneş," diye fısıldarken, Helin
yandan "Group hug!" diye bağırdı ve o da bize sarıldı.

Esma "Sizi çok seviyorum. Bunu biliyorsunuz,değil mi?" der-
ken, elleriyle gözlerini siliyordu.

Otobüsün kornası ötmeye başladığında hızlı hızlı yürümeye
başladık.

Tam otobüse bindiğimizde arkamı dönüp Esma'ya "Burak bili-
yor mu?" diye sordum.

"Hayır. Lütfen kimseye hiçbir şey söylemeyin. Yalvarırım size,"
dedi.

Helin, Esma'ya "Bizi merak etme de, Cansu işini yakın zaman-
da halletmemiz lazım," dedi ve ardından hepimiz yerlerimize geç-
tik.

"Ooo prensesimiz gelmiş."

Demir'in dalga geçtiğini anlamam için ona bakmama bile gerek
yoktu.

"Bir kere de ben geç geleyim dedim," diyerek kendimi savun-
duğumda, beni zorla cam kenarına oturttu.

"Korumayla konuştum, bizimle orada buluşacak. Sense senin
kızlarla çok konuştun. Biraz bana bak. Mutlu olursun," dedi ve sağ
kolunu omzuma attı, beni kendine çekti. Sırtımı onun bedenine,
başımı da göğsüyle omzunun arasına yasladığımda, beni başımdan
öptü.

Eniştem bu geziye gitmeme tek bir şartla izin vermişti,i o şart
da başımda duracak bir korumaydı.Her ne kadar kendisinin seçtiği
bir koruma olmasında direttiyse de Demir özel ve oldukça pahalı
olduğunu tahmin ettiğim,yabancı bir koruma tutmuştu.Eniştemi
"Koruma korumadır," diyerek ikna ettikten sonra geziye katılabil-
miştim.

"Saçların çok güzel kokuyor," dedi.

Hem 'o' ses tonunu kullanıyordu,hem de iltifat ediyordu. Sesi her zaman çekiciydi ama pek iltifat etmiyor oluşu,her güzel bir şey söylediğinde söylediği şeyi daha ilgi çekici kılıyordu.

Sanırım Demir'in de amacı genel olarak buydu.Kendisinden beklenmeyeni yerinde ve zamanında yaparak, kimsenin bırakamadığı etkiyi bırakabiliyordu.

Şoför ışıkları söndürdüğünde otobüs sadece koridorda, yerde bulunan mavi ışıklarla aydınlanmaya başladı.

Başımı biraz yukarı kaydırıp Demir'e "Bunu, doğum günü hediyeni bir an önce alabilmek için mi söylüyorsun?" diye sordum.

Demir "Lanet olsun, anlamanı beklememiştim," dedi düz ve normal bir sesle. Günün her saniyesi benimle dalga geçmeye bayılıyordu. Ama garip olan şuydu ki, bunu yaparken üstünden tecrübesizlik akıyordu. Biriyle hiç bu kadar yakın olmamıştı.

Demir Erkan kimseye, bana olduğu kadar yakın olmamıştı.

Demek bir kişiye yakın olmak için bedeninin yakın olmasına gerek yoktu. Çıplak olmana gerek yoktu. İş eninde sonunda kalpte bitiyordu ve Demir şu ana kadar hiçbir kızla kalbini paylaşmamıştı.

Şu ana kadar onun benim olacağı gibi ben de onun ilki olamayacağım için üzülüyordum fakat üzülmemeliydim. Ben de onun ilkiydim. Belki de hiçbir kızın şu ana kadar olamadığı kadar.

İlk kahkahası.

İlk heyecanı.

İlk şaşırtanı.

Ona ilk kafa tutanı.

Ona neden siyah giyindiğini soran ilk kişi bendim.

"Her şeyin tam şu anda ve tam da burada durmasını istiyorum," dedim Demir beni öpmeden önce.

Dudaklarımız birbirinden ayrıldığında "Neden High School Musical şarkı sözlerini çalarak konuşuyorsun?" diye sordu.

Kahkaha atmaya başladığımda o da gülüyordu ve parmağını dudaklarıma koyarak susmamı işaret etti. Otobüste pek fazla ses yoktu ve sanırım olması da hoş karşılanmayacaktı.

Kahkahamı kontrol altına aldıktan sonra, Demir'e "Sen High School Musical filmlerini nereden biliyorsun?" diye sordum.

"Hadi gözlerini kapat. Uyuyorsun," dedi ve beni tekrar omzumdan tutup kendine bastırdı.

"Ama bir cevap bekliyordum," dediğimde, Demir " Bence hediyem çok büyük bir şey ve bu yüzden gücünü toplamalısın. Saatin kaç olduğu umrumda değil. Uyu," dedi ve beni susturdu.

Demir'in High School Musical 3'teki Right Here Right Now şarkısını biliyor olmasını düşünürken, istemeden tekrar gülümsedim ve ardından gözlerimi kapattım.

Ne kadar da yerinde söylemiştim ben. Tam burada; iyisiyle kötüsüyle tüm arkadaşlarım, en sevdiğim öğretmenim ile beraber Uludağ'a, son sınıf gezisine gidiyordum.

Tam da şu anda; her şeye rağmen sevdiğim, güvendiğim adamın kollarında, ona kendimi bu kadar yakın hissederken, hayatımda milyonlarca tehlike varken, tek dokunuşuyla hepsini birden unutturabilen mavi gözlü adamlayken... Her şeyin durmasını istiyordum.

Üniversite sınavlarını, halamlar üzerinde oluşturduğum yükü, Arda'yla aramın hâlâ tam olarak iyi olmayışını, rehin alınmamızı ve şimdi Cansu'yla beni hedef alacak bir seri katili unuttum. Verdiğim nefesle beraber gitmelerini sağladım ve rahatladım.

Demir yanımdaydı. Her şeye rağmen biz birbirimizin yanındaydık.

"Piyanoda babamın yardımı olmadan çaldığım ilk şarkı,ilk filmdeki What I've Been Looking For'un yavaş versiyonuydu," dedi sessizce.

Günler sonra ilk defa rahatça uykuya daldım. Tam da istediğim yerde,istediğim anda ve istediğimin yanında.

30. Bölüm

"Lunapark mı?" dedim şaşırarak.

"Evet, sevmedin mi?" diye sorduğunda ona baktım.

"Hayır, hayır. Çok güzel. Tabii ki sevdim ama..." derken, yarı karanlık yarı aydınlık olan lunaparka bakıyordum. Bazı aletler açık, bazıları kapalıydı.

"Ama ne?"

"Biliyorum Demir, ayrıcalıklı olmayı seviyorsun. Bunu sana..." derken mavi gözleriyle beni uyarıyordu.".... bize sağlayacak paran da var. Ama gerçekten koca lunaparkı kapattırmak zorunda mıydın?" diye sordum ona. Aklındakiler nelerdi, ne kadar azını söyleyecekti ve ne kadarını benden saklayacaktı... Bunları düşünmüyordum. Artık dünyada saklanmadığı tek bir kişi vardı ve o kişi de bendim. Bu da benim ayrıcalığımdı.

"Sorun şu ki..." diyerek sözüne başladığında, sağ kolunu belime doladı ve beni kendine çekti. Ardından ışıkları henüz yanmamış olan atlıkarıncaya doğru yürümeye başladık. "... insanların görmemesi gereken şeyler var," dedi ve cümlesini tamamladı.

Yine ne planlamıştı?

"Demir, aklında ne tür sapıklık varsa..." demeye çalışırken, Demir sözümü kesti ve "Hep sapık anlamda düşün zaten. Hayır, bu sefer değil. Başka şeyler..." dedi ve atlıkarıncaya merdiven şeklindeki basamaklardan çıkmama yardım etti. Belimi bıraktı ve karşıma geçti.

"Ne gibi şeyler olduğunu birazdan anlatacağım," dedi ve tam o anda atlıkarıncanın ışıkları yandı.

Tam bu bomboş lunaparkta bizden başka biri daha varmış diye düşünürken, esmer ve kıvırcık saçlı, üstünde mor askılı bluz olan bir kız yanımıza geldi.

"Her şey tamamsa ben anahtarları size bırakıyorum Demir Bey," dedi kız ve cebinden çıkardığı anahtarları Demir'e verdi.

Demir "Teşekkürler," dedi ve ardından kızın verdiği anahtarları kendi cebine koydu. Kız atlıkarıncadan indi ve kontrol masasındaki bir tuşa bastı. Onu izlediğimi görünce gülümsedi ve ardından arkasını dönüp çıkışa doğru yürümeye başladı.

Hava sıcaktı, sanırım yaz aylarındaydık. Kızın üstündeki askılı bluz ile şortu görünce kendi kıyafetlerimin ne olduğunu hatırlamadığımı fark ettim. Ardından hemen üstüme baktım. Kırmızı ve krem rengi spor hırkamın içinde beyaz, mini ve rahat bir elbise giymiştim.

Aralık ayındayken böyle giyinemeyeceğimize göre... rüya görüyordum.

Son derece romantik olan ve günlerdir adını bulmaya çalıştığım ama bir türlü bulamadığım şarkı çalmaya başladığında, az önceki kızın gitmeden önce bir tuşa bastığı kontrol masasındaki ışık yanıp sönüyordu. Sırasıyla 27...26...25... geri sayım yapıyordu.

"Seç," dedi.

Etrafıma baktım. Atlıkarınca birbirinin aynısı olan atlar vardı. Sadece atların saç renkleri farklıydı.

"Önce sen seç," dedim.

Demir dört adım sonra, ilerideki siyah saçlı atın yanında durdu.

"Fazla klişesin," dedim hemen yanımdaki mavi saçlı ata yaklaşarak.

Demir güldü ve "Neden seni bir türlü mutlu edemiyorum acaba?" dedi gülerken.

"Daha yaratıcı ol. Hayata daha renkli bak," dedim ve istemeden gülümsedim. O, karşımda bütün varlığıyla durup, o muhteşem gülümsemesini bana hediye ediyordu. O böyle gülerken bembeyaz dişlerini görmek, kahkasını bir kez olsun bile duyabilmek için binlerce kız sıraya girerdi.

Demir "Beni değiştiremezsin. Ben burada mutluyum," dediği anda atlıkarınca hareket etmeye başladı ve bir anda bütün atlar birbirinden farklı ve renkli hayvanlara dönüştü.

Doğru ya. Rüyadaydım.

Asla uyanmak istemediğim bir tanesinde.

"Güneş, ne yaptın şimdi?" diye bana kızdığında, hemen bana en yakın olan hayvanın yanına gittim ve atlıkarınca hareket ederken tutunarak ona oturdum. Üstümde elbise olduğu için yan duruyordum.

"Seç," dedim.

Demir, "Daha iyi bir fikrim var," dedi ve bana yaklaşıp benim oturduğuma oturmak istedi.

"Demir, sen deli misin nasıl sığacağız?" diye sorarken bir yandan da öne kaymaya, ona yer açmaya çalışıyordum.

Demir yanıma oturdu ve bana sarıldı.

"Merak etme. Düşmeyeceksin," dedi.

Tutunduğum direği bırakıp Demir'e yaslandım. Beni daha da kendine çekmesine izin verdim.

Eğer gerçekten rüyaydaysam, nasıl onu kollarımda hissedebiliyordum? Kokusu onun kokusuydu ve sırf Demir'in kokusunu daha çok duyabilmek için iki kat derin nefes alıyordum.

"Düşmeyeceksin," dedi ve kendini tekrar etti.

Keşke ben de bu kadar emin olabilseydim Demir. Keşke...

Burak'ın sesiyle uyandım:

" Hayır ama hepsini bir anda nasıl yürütebilir?" diye soruyordu.

Helin "Bilmiyorum ama belki de tek bir kişi değildir," dedi.

Ateş "Bir çete gibi mi yani?" dediğinde, Savaş kardeşine cevap verdi. "Evet. Üç-dört kişi birleşmiş olabilirler. Böyle büyük bir işi organize etmek büyük uğraş gerektirir."

Hâlâ gözlerimi açmamıştım. Sadece söylenenleri dinliyordum.

"Ne olursa olsun. Sadece polise bırakamayız. Biz de düşünmeliyiz. Kimsenin Güneş'e dokunmasına izin vermeyeceğim," diyen Demir'in sesini duyduğumda, gözlerimi açtım. Bana sarılan kollar onun kollarıydı.

Pozisyonumu bozmadan ellerimi onun ellerinin üstüne koydum ve tuttum. Demir de bana karşılık verdi.

"Üşümüşsün," dedi. Söylediğine aldırmadan "Rüya gördüm,"

dedim. İçimdeki mutluluğu anlayabilmesini diledim. " Ne kadar zamandır rüya görmediğimi,böyle uyumadığımı bilemezsin," dedim ve ben uyanmadan önce devam eden konuşmaya katılabilmek için onlara doğru döndüm.

Esma yine uyuyordu.

Helin "Günaydın güzellik. Yaklaşık yarım saatimiz falan kaldı. Yarım saat sonra, yanımdaki diğer uyuyan güzeli uyandıracağım; ardından kalacağımız kulübeye kadar bavullarımızı taşıyacak güçlü ve sıcak kollar aramaya çıkacağız," dedi.

Helin'in bu söylediğine karşılık Doğukan'ın tepkisini görmek için baktığımda, Doğukan durdu ve sadece ardından "Akşam hatırlatırım," dedi. Ardından bir zafer gülümsemesiyle arkasına yaslandı.

Helin önce kızardı, ardından Doğukan'a gülümsedi ve sonra bana döndü.

"Biz üçümüz mü kalacağız?" diye sorduğumda, Esma gözleri kapalı bir şekilde "Hayır. O isimleri yazdırmak sadece formaliteydi. Gece herkes odasını değiştirir. Nasılsa Atagül Lisesi'nin öğretmenleri gece karşılabilecekleri şeyleri görmek istemedikleri için akşam devriyesi yapmıyorlar," dedi.

Helin, Esma'ya döndü ve "Sen ne zamandır uyanıksın?" diye sordu.

Esma gözlerini açtı ve bir ön koltuğa geçmiş olan Burak'a bakarak "Burak'ın buraya geldiğini gördüğümde uyumayı denedim ama bir yandan da konuşmayı dinlemem gerekiyordu," dedi. Ardından "Hem... senin burada ne işin var ki? Önde Alperen'le oturmuyor muydun?" diye sordu.

Burak "Esma, ikimiz arasında olanları bir kenara koy lütfen. Güneş benim de arkadaşım ve onun hayatı söz konusu," dedi.

Burak'ın söyledikleri karşısında, Esma gözlerini devirdi ve ardından konuşma kaldığı yerden devam etti.

Savaş "Tamam. Şimdi her şeyi tek tek baştan konuşalım. İlk olarak hangisi öldürüldü?" diye sordu.

Demir eğer bu soruyu yanıtlarsa, konuşmanın beni rahatlatmak yerine canımı yakacağını bildiğim için "Sanırım tek tek incelemeye gerek yok. Bir sürü kız öldürüldü ve burdan konuşmaya devam edebiliriz," dedim.

Demir bana baktı ve göz kırptı. Kulağıma eğilip "Kıskanma," diye fısıldadı. Ardından tekrar konuşmaya katılıp "Gökhan Erkan öldürüldü," dedi.

Burak "Babana neden 'baba' demiyorsun?" diye sorduğunda, Demir "Uzun hikâye. Evet, sonrasında...' diyerek konuşmayı devam ettirmeye çalıştı ve Doğukan, onun sözünü kesti. "Sonrasında biz rehin alındık ve Güneş neredeyse ölüyordu," dedi.

Esma "O gün hakkındaki detayları anlatsanıza. Polise anlatmadığınız ama bize söyleyebileceğiniz şeyler oldu mu? Yardımcı olabilir," dedi.

Burak "Arda'yı arayıp hoparlöre alabilirim..?" diye önerdiğinde, ben tam "Evet!" derken, Demir "Hayır," dedi.

Demir'e dönüp baktığımda bana "Şu an ihtiyaç yok," diye karşılık verdi.

Burak "Ama o da sizinle oradaydı ve hatta polislere haber veren..." derken, bu sefer söz kesen kişi Demir oldu:

"Şu an Arda'ya gerek yok," dedi kesin ve sert vurgularla. Burak eğer bir cevap daha verirse olayın büyüyebileceğini anladığı anda telefonunu kaldırdı.

Cansu arkadan "Şöyle söyleyeyim... Güneş, Demir'le ilgili bizi aradı. Daha sonra Ateş'e sordu fakat Ateş de ben de Demir'le konuşmamıştık. Eğer bir şey duyarsak ona haber vereceğimizi söyledik ve konuşma bitti. Ardından tam olarak nereye gittin veya kimle konuştun bilmiyorum," dedi bana bakarak.

Demir "Bana gelen telefonda o depoya gitmem gerektiğini ve babamın da orada olduğunu söylüyorlardı. Bunun üstüne Güneş'e eve gitmesini söyledim ve ardından depoya doğru yola çıktım," dedi.

Savaş "Demir, abi sen cidden o gün aptalca davranmışsın. Polisi aramamanı anlarım ama ya biz? Bizi neden çağırmadın?" diye sorduğunda Demir "Ne yapacaktım Savaş? Senin sevgilinle takılırken telefonuna bakmadığını hepimiz biliyoruz. Artık ne kadar konsantre oluyorsan... Her ne boksa işte. O gün iyi düşünemedim... Tamam mı?" dedi ve arkasına yaslandı.

Demir, sanırım hayatında ilk defa bir konuda haksız olduğunu kabullenmişti. Aslında şu ana kadar bir konuda haksız çıktığı görülmemişti fakat bu konuda kendini bilmesi güzel bir şeydi.

Keşke etrafımızdakiler de Demir'in bu davranışı karşısındaki şaşkınlıklarını benim kadar iyi gizleyebilselerdi.

Birkaç saniyeliğine sessiz kalan ortam, Demir'i rahatsız edecekti. Bunu bildiğim için hemen konuya devam ettim:

"Depodayken beni Demir'in annesiyle bir odaya kilitlediler ve ardından Arda geldi. Bizi çıkardı," dedim.

Demir "Evet, Güneş. Çıkardığı gibi gitmeliydin de. O sarışın,-gözlüklü çocuk hayatında ilk defa bir şeyi doğru yapıyordu; onu da beceremedi," dedi.

"Bunun Arda'yla alakası yok. Ben kendim geri döndüm."

Demir "Güneş. Bak beni iyi dinle. Bana orada ne yaparlarsa yapsınlar... öldürseler bile... geri dönmeyeceksin. Benim için geri dönmeyeceksin. Beni anladın mı? Arkana bile bakmayacaksın. O Arda denen herifin bunu sağlaması gerekirdi," dediğinde, Burak "Demir,senin Arda ile alıp veremediğin ne?" diye sordu.

Doğukan arkadan "Burak, sen de onun avukatı gibi davranma. Arda ile kendileri halletsinler. Bize bir şey düşmez," dedi.

Burak "Peki. Karışmıyorum," diye karşılık verdi.

Ateş "Tamam, siz oradan çıktınız. Daha sonra oradaki adamlara ne oldu?" diye sorduğunda, Helin "Bizim bildiğimiz hikâye işte. Güneş söylemişti. Kaçabilenler kaçmış ama bir-iki tane yakalayabildikleri olmuş," dedi ve devam etmem için bana baktı.

"Aynen öyle. Yakalayabildikleri adamlar paralı adamlarmış. Yani bir kişi veya işte sizin de başta söylediğiniz gibi kişiler tarafından tutulmuşlar," dedim.

Esma merakla "Kimin tarafından tutulduklarını polis bir şekilde öğrenemedi mi yani?" diye sorduğunda, Demir "Hayır. Onlar da kim tarafından tutulduklarını bilmiyorlarmış. Sadece bir nickname ve görev talimatları ile para akışı sağlanmış,o kadar," diye cevap verdi.

Burak "Bu kadar olay yaşadınız ama elimizdekiler neredeyse sıfır!" dedi.

Savaş "Demir, baban öldürüldüğünde duyulan ses kaydı meselesi neydi?" diye sorduğunda, ben yanıtlamak istedim. Demir'in babası ve o gördüğümüz sahneden kaçmak istediğini anlamam zor olmamıştı.

"Başta pek anlaşılmıyordu ses kaydı, fakat yakındayken duyabildiğim kelimeler 'Bu burada bitmedi Erkan.' şeklindeydi," dedim.

Doğukan "Zaten ara ara o tekrar ediliyordu. Başka bir şey denmedi," dedi.

Cansu "Doğukan, peki senin bir tahminin var mı? Kim yapıyor olabilir? Tek tek kızları... hatta bizi avlayan kim olabilir ve bunu neden yapıyor?" diye sorduğunda, Helin "Ya sen neden her şeye atlıyorsun?" diye Cansu'ya çıkıştı.

O sırada otobüs durdu ve Ayhan Hoca "Bavullarınızı alıp Esma'daki listeye göre kulübelerinize gidin," diye mikrofonla anons yaptı.

Cansu "Ne demek her şeye atlıyorsun?" diye sorarken, tüm otobüs ayağa kalkıp toplanmaya başlamıştı. Demir kulağıma eğilip "Ben bavulları alıyorum," dedi ve ardından otobüsten aşağı inmekte olan kalabalığa karıştı.

Helin "Basbayağı her bir boka atlıyorsun Cansu. Özellikle şu son yarım saatte, bir anda en yakın arkadaşımız haline geldin. Neyin kafasındasın?" dediğinde, Ateş, Cansu'nun koluna dokundu ve "Hadi gel, biz aşağı inelim," dedi. Cansu, Ateş'in elini kendi üstünden yavaşça indirdi ve Helin'e "Bilmem farkında mısın ama sadece yardımcı olmaya çalışıyorum Helin," dedi. Sesini sakin tutmaya çalıştığını,yani çabasını belli etmek istiyordu. Başarıyordu da.

Helin "Hayır hâlâ ilgi çekmek istiyorsun. Hayatın hep ilgi çekmek üzerine kurulu. Herkes duracak ve sen yürüyeceksin, herkes susacak ve sen konuşacaksın... Yalan mı?" dediğinde, otobüsün içinde çok az kişi kaldığını fark ettim. Demir'lerin tayfasındakiler bile çoktan inmişlerdi. Bir tek bizden kalanlar ve okulun en popüler kızları olan Cansu ve Helin'in kavgasını izlemeye merak salan bir-iki kişi vardı.

Cansu "Helin, ben sadece yardım etmeye çalışıyorum. Hem Güneş'e hem de kendime..." dediğinde, Helin, ona bir adım yaklaştı.

"Niye seninle konuşuyorum ki ben? Ha? Neden? Herkesin hayatını boka çeviren ve bundan zevk alan sürtük sen değil misin? Geçen sene şu kıza yapmadığın kalmadı ya... Yapmadığın kalmadı!

Ama o çıtını bile çıkarmadı...." derken beni gösteriyordu. "Güneş çıtını çıkarmadı ama sen ne yaptın? Müzikalde çıkacaktı, hemen repertuarı karşı okula sattın. Ankara'ya mı gidiyoruz, kızın üstüne bir şeyler döktün ve onu bırakıp gitmemizi sağladın..." derken Cansu sadece Helin'i dinliyordu, tıpkı bizim gibi.

"Bunları da geçtim... Bunlar yine ufak şeyler. Sen Güneş'in bu siktiğimin Atagül Lisesi'ne neden düştüğünü öğrendin ve aynı şekilde, dolabına sınav kâğıtlarını koyarak tekrar başını belaya sokmak istedin Cansu! Kaşarsın, herkesle yatıyorsun, hamileyken sadece onu elde etmek istediğin için bebeğin Demir'den olduğunu iddia ediyorsun ama bu kadar da kevaşe olamazsın!" dediğinde, Cansu tek kelime etmeden Helin'in yanından,koridordan hızlıca geçti ve otobüsten indi. Ateş, Helin'e dönüp "Harika performanstı. Kutluyorum," dedi ve Cansu'nun arkasından otobüsten indi.

Esma "Bu biraz ağır olmadı mı?" diye sorduğunda, Helin "Az bile! Abi, haksız mıyım? Bu kız değil miydi eski okulundaki her bir öğretmenle yatan?! Öğrencilerle de değil, öğretmenlerle! Bize yaptıklarının karşısında bu dediklerim..." derken, Helin'in sözünü kestim ve "Doğruluğunu bilmediğimiz şeyler hakkında yorum yapmayalım," dedim.

Doğukan "Ama gerçekten Cansu'nun hikâyesi böyle değil mi?" diye sorduğunda "Bilmiyorum," dedim. "Olabilir de, olmayabilir de. Onu tanımıyoruz."

Helin "Nasıl tanımıyoruz? Cansu'yu o kadar iyi tanıyorum, ki Esma'nın durumunu bir saat geçmeden tüm okul biliyor olacak," dediği anda durdu.

Burak "Esma'nın durumu..?" diye sorduğunda, Helin bana baktı.

Hiç düşünmeden Burak'a "Uykusuzluk. O yüzden sürekli uykulu geziyor şu sıralar," dedim.

Savaş "O da bir şey mi? Bir keresinde birlikte olduğum bir kızın..." derken, Esma "Savaş! Duymak istemiyoruz," dedi ve onu durdurdu. Savaş "Özür dilerim.Susuyorum," diyerek cevap verdi ve ardından otobüsten indi. Burak da onu takip etti.

Otobüste bir tek biz kaldığımızda, Helin, Esma'ya baktı ve özür diledi. Esma ona sarıldı ve son anda kurtardığımızı söyledi. Helin, Cansu'nun etkisinden kurtulup sakinleştiğinde otobüsten indik.

Bu gezi epey hareketli olacaktı. Üstelik Demir'in doğum günü de.... yarındı!

31. Bölüm

Otobüsten indiğimizde beklediğimiz kalabalıkla karşılaşmadık çünkü Cansu ve Helin kavga ederlerken çoğu kişi çoktan bavulunu almış, hatta kulübesine doğru yola çıkmıştı bile.

Bir yanım bir an önce Demir'in yanına gitmek isterken, öbür yanımsa Esma'yı yalnız bırakmamak için elinden geleni yapıyordu. Burak'la hâlâ beraber olsalardı, aklım hiç onda kalmayacaktı. Tabii ki endişelenip onun yanında olmak isteyecektim, sonuçta o kadar ilaç kullanıyordu ve psikolojik tedavi görüyordu. Ama en azından onun yanında olamadığım zamanlarda, Burak'ın orada olacağını bilecektim.

Helin'le elimizden geleni yapacaktık. Buna karar vermemiz için aramızda konuşmamız gerekmiyordu. Esma bize, zor bir dönemden geçtiğini anlatmıştı ve artık tartışma bitmişti. Sorgusuz sualsiz bizim onun için orada olmamız şarttı. Bu kadardı.

Demir, otobüsten benden önce inmişti ve kendi spor çantasıyla benim bavulumu bagajdan almıştı bile. Bir hafta boyuncu burada kalacaktık ve neredeyse herkes yanında bavul getirmişken, Demir sadece o her zaman kullandığı siyah ve büyük -yaklaşık benim iki katım olan- Nike spor çantasını doldurmuştu. Ona o kadar az eşya nasıl yetecekti bilmiyordum ama bunu sormaya kalkışsam, bana "Ne gerek var o kadar kıyafete Güneş?" diye cevap vereceğini biliyordum. Bu yüzden sorma gereği hissetmedim.

Demir, beni takım elbise ve uzun, kalın bir ceket içindeki korumamızla tanıştırırken, adamın iriliğinin ceketten mi, yoksa kaslarından mı kaynaklandığına karar verememiştim. Demir'le yaklaşık olarak aynı boydalardı; 1.85 ile 1.90 arasında olduğunu tahmin ediyordum. Kel ve kahverengi gözlüydü. Benimle konuşurken kibardı; nazıkçe kendini tanıttı. Sonuçta bu bir hafta boyunca dibimden ayrılmayacaktı ve nereye gidersem benimle gelecekti.

Demir sürekli diretip bunun benim korumam olduğunu söylese de, ben her seferinde ona aynı cevabı verdim:

"Sen tehlikede olmadığını mı sanıyorsun? O ikimiz için de burada."

Demir işte, erkek ya, bir de egosu tavan yapmış bir kişiliğe sahip... Bir türlü aklı almadı bunu. "Ben kendimi koruyabiliyorum ama sen koruyamazsın. Her zaman yanında olacağım ama eniştenle beraber bunu uygun gördük," demeye devam etti hep.

Eniştem ve halam... Bu geziye katılmamam için ellerinden geleni yapmışlardı ama ben artık bırakmıştım... Gerçekten bırakmıştım. Neyi mi? Her şeyi. Hayatımı korku içinde yaşıyordum ve uzun zamandır bu böyle devam ediyordu. Bir hafta da olsa rahatlamak istiyordum. Demir'le ve arkadaşlarımla lise son sınıfın tadını çıkarmak istiyordum. Normal biri gibi... Günden güne Demir'i sinirlendiren ve beni de korkutan, polislerin hâlâ en ufak bir iz bile bulamadığı seri katille uğraşmıyormuş gibi... Çok mu zordu?

Ailemsiz hayata tutunmaya çalışırken, sonunda tutunacağım kişilere alışmışken, aşkı bulmuşken bir hafta çok muydu bana?

Tek dileğim bu tatilin sorunsuz geçmesiydi ve Demir'le sonunda birlikte olabilmekti, hem de tam anlamıyla...

Geceyi kızlarla geçireceğimi söylediğimde, Demir itiraz etmedi. Ama o bana özel ses tonu ve gülümsemesiyle "Doğum günüm yarın ve o çok bahsettiğin hediyemi alamazsam... o zaman hiç acımam," demekten de çekinmedi.

Doğukan, Demir'le beklediğimiz yere gelip ona "Demek kızlar kız gecesi yapıyor... Biz de Savaş'larla toplanıp bir iki şişe deviririz diyorduk," dedi.

Demir "Size katılırım ama şu sıralar içmek istemiyorum," diyerek cevap verdi. Tam o sırada kızlar beni çağırdıklarında, Demir beni kendine çekti. Ona sarıldım. Başımı göğsünün üstüne yasladım ve kollarımı arkasından birleştirdim.

Ona sarılmayı seviyordum. Kokusunu duymayı seviyordum. Ona yakın olmak bana kendimi iyi hissettiriyordu.

Bu dondurucu soğuğa rağmen ısrarla kalın bir mont giymek yerine hâlâ çıkarmadığı siyah deri ceketini seviyordum. O ceketi ben giymek istiyordum. Ama kendim giymeyecektim. O bana giydirecekti. Belki de fazla saçma gelebilir size ama ben o ceketi bana onun giydirmesini istiyordum. Bir gün bir saatte bir yerde... Benim üşüdüğümü fark etmeliydi ve önce bana neden üstüme hırka veya mont almadığımla ilgili nutuk çekmeliydi. Tipik Demir Erkan... 'Ben sana mont almanı söylemiştim,' diyecekti yanımda yine o her zaman haklı olan ses tonuyla.

Önce bana bunları söyleyecekti ve ardından üstündeki ceketi çıkarıp bana yaklaştıracaktı. Üşümekten önümde birbirine bağladığım kollarımı açmamı isteyecekti ve ardından ona sarıldığımda ellerimin ve kollarımın değdiği zeminden tanıdık gelen siyah deri ceketini giydirecekti bana.

Bir anda değişecekti her şey benim için. Onun gibi kokacaktım. Olay sadece bir ceket değildi aslında. Olay Demir'di... Her zaman oydu benim için.

Akşam olduğunda havanın durumuna göre Demir, ya ceketinin bende kalmasına izin verecekti, ya da onu geri alacaktı. İkisi de bana uyardı, fark etmezdi. Eğer ceketi bende kalırsa gece onu çıkarmadan uyurdum. Eğer geri alırsa da içimdeki tişört bir süre daha onun gibi kokacaktı. Ama o da önemli değildi... O ceketi ben giymiştim, üstümde ağırlığını hissetmiştim. Bana fazlasıyla uzun gelen kollarına aldırış etmemiştim.

Demir benimle bir şeyini paylaşmış olurdu. Demir Erkan denince ilk akla gelen şey onun görüntüsü oluyordu ve görüntüsündeki karanlık, onu 'Demir' yapan şeydi. Bu deri ceket bir nevi o görüntüyü tamamlıyordu.

Alt tarafı bir ceket değil işte... O ceketi giymek isteyen kaç kız görmüştüm ben? Hatta en başlarda o kızlarla aklımdan dalga bile geçmiştim. Asla gerçekleşmeyecek hayallere kaptırıyorlardı kendilerini.

Gülümsedim.

Ben şimdi aynısını yapmıyor muydum?

Demir'in başımın üstünü öptüğünü hissettiğimde gözlerimi açtım. Son bir kez kokusunu içime çektikten sonra kollarımı ser best bıraktım.

Kulübelere giden yol, ağaçlardan oluşuyordu. Aslında bulunduğumuz ormanın öbür tarafında bu kulübelerin sahibi olan otel vardı. Esma'nın anlattığına göre bu kulübeleri, bizim gibi grupla gelenlere çok daha uygun fiyatlara veriyorlarmış.

"Otel beş yıldızlı. Hayatta orayı karşılayamazdık bir hafta için... Kulübeler de yine az kiralanmadı ama ben sıkı pazarlık ettim," demişti.

Yer yer karların eridiği yoldan, ormanın içinde ilerlerken, kulübeleri yavaş yavaş görmeye başladık. Herkes bavulunu kendi kulübesine taşıyordu.

Kulübeler ahşaptı. Koyu kahverengiydi ve ufak tefek olmalarına rağmen çok tatlı görünüyorlardı. Genelde bir giriş katı, üstünde de ufak bir çatı katı vardı. Bazı kulübeler ise sadece tek katlıydı.

Helin "İki kişilik olanlar herhalde onlar..." dedi benim baktığım kulübeye bakarak. O anda baktığımız kulübeden dışarı Cansu fırladı. Hızlı adımlarla yürümeye başladı. Bizi görmemişti.

Esma "Evet... Sekiz numara. Ateş'le Cansu'ya orayı vermiştim. Bizim ise... Şurda! On bir yazan," dedi ve adımlarını hızlandırdı.

Ben Cansu'nun nereye gittiğini görmeye çalışırken, Helin Esma'ya "Dur kızım, yavaş ol kayacağız hepimiz!" dedi.

Esma "Ne yapayım Helin, heyecanlıyım. Bir an önce kulübeye yerleşmek istiyorum," diye karşılık verdi.

On bir numaralı kulübeye, kulübemize girdiğimizde Helin "Vay be!" dedi.

Esma "Biraz küçük ama hepsi öyle... Arkadaş ortamı olunca fena olmaz diye düşündüm," dedi ve bavulunu yataklardan birinin yanına bıraktı.

Helin "Ben çok beğendim... Ama soğuk!" dedi ve arkamızdan kapıyı kapattı.

Esma hemen şöminenin yanına gitti ve kenarda duran odunları içine koymak için eğildi. Tam o sırada biraz sendeledi. Hiç beklemeden anında refleks olarak yanına gittim ve onu tuttum. Eğer tutmasaydım düşecekti.

Onu yavaşça geriye doğru yürütüp en yakın yatağın üstüne oturmasını sağladım.

"Esma, iyi misin?" diye sorduğumda, Esma "Başım döndü. Eğildim, herhalde ondan oldu..." dedi.

Helin "Psikolojik hastalıkların böyle fiziksel sonuçlar yarattığını bilmiyordum. Bu saatte alman gereken bir ilaç var mı?" diye sorduğunda, Esma ayağa kalktı.

"Sorun değil. Güneş'le beraber şömineyi yakın ve biraz odun toplamaya gidin yeter. Ben de ilacımı alırım o sırada," dedi.

Bunun üstüne Helin'e "Ben odun toplamaya çıkıyorum. Sen de buradaki odunları ateşe ver," dedim ve kapıya uzandım. Tam kapının koluna elimi uzatmıştım ki, arkamı döndüm. Helin'le aynı anda "Şimdi Arda burada olsaydı..." dedik ve güldük. Arda, Cansu'nun sevgilisi ve Savaş'ın kardeşi olan Ateş'le tanıştığı zaman bu söylediğimi boş bırakmazdı işte, mutlaka yine saçma ve insanların 'iğrenç' diyerek tepki göstereceği bir espri yapardı fakat kimse tam anlamıyla onun söylediklerini kötü bulmazdı. Arda'nın sadece bayat esprilerden ibaret bir insan olmadığını bilirlerdi çünkü.

Dışarı çıktım. Sağ tarafa, yani Cansu'nun en son gittiği tarafa doğru döndüm ve yürümeye başladım.

"Güneş Hanım, bir sorun var mı?"

Bugün tanıştığım sevgili korumamın sesini duyduğumda ona döndüm ve gülümsedim. "Hayır, çok teşekkür ederim. Sadece biraz odun toplayacağım ve bir arkadaşımla konuşacağım," dedim.

Başını evet anlamında salladı ve benim biraz uzaklaşmama izin verdi. Öyle konuşmuştuk, her zaman beni izleyecekti ama tam da dibimde durmayacaktı tabii ki.

Biraz daha ilerledikten sonra eriyen karların, uzun ve ince olan çukurlarda toplanıp su birikintileri yarattığı bir yere geldim. Sigara kokusunu aldığımda doğru yere geldiğimi anladım.

"Ne var?"

Cansu'nun sesinin olduğu yere baktım. Su birikintilerinin kenarında olan taşlardan birinin üstüne oturmuştu. Kahverengi saçları uzun zamandır ilk defa maşalı değildi. Yorgun görünüyordu.

"İyi misin Cansu? Kulübenizden çıkarken seni gördüm ve bir şeye, ya da en azından birine ihtiyacın olabileceğini düşündüm..." dedim ona yaklaşarak.

Yanındaki büyük taşa da ben otururdum ama hava zaten soğuktu ve o taşın üstüne oturup kendimi hasta etmek istemiyordum.

"Kimseye ihtiyacım yok benim," derken bana bakıyordu.

Bu hiç kolay olmayacaktı. Yutkundum ve ardından konuşmaya devam ettim:

"Bizi öldürmek iste..." demeye çalışırken, Cansu sözümü kesti ve sigarasını küçük su birikintilerinden birine attı.

"Bak Güneş. Helin gibi bana nutuk çekmeye geldiysen hiç zahmet etme. Ona da ihtiyacım yok. Rahatsız ettim sizi, kusura bakmayın. Ama yeterli. Şimdi gidebilirsin," dedi ve tekrar önüne döndü.

"Cansu, ben sadece başımızda bizi öldürmek isteyen psikopat bir adam varken burada tek başına dolaşmanın doğru olmadığını söylemek istiyordum," dediğimde, Cansu "En azından senin için bunları düşünen birileri var!" diye fısıldadı.

"Ne demek istiyorsun?" diye sorduğumda bana baktı ve "Arkadaki korumandan bahsediyorum hayatım," dedi sinirle gülümseyerek.

Arkama dönüp baktığımda korumanın yaklaşık on ağaç geride olduğunu ve telefonla konuştuğunu gördüm.

"Sen ne ara onu gördün..." diye sormak isterken Cansu ayağa kalktı ve bana yaklaştı.

"Herkes benim aptal, hiçbir şeyin farkında olmayan, boş bir kız olduğumu düşünüyor ama değilim. Ben öyle biri değilim. Tamam mı? Öyle biri olmadığımı biliyorum ama öyle biriymiş gibi davrandım hayatımda şu ana kadar. Helin'in yüzüme vurmasına gerek yoktu," dedi ve ardından kulübelerin olduğu tarafa yürümeye başladı. Ağaçların arasından geçmeden önce ona yetiştim ve onu durdurdum.

"Anlat bana," dedim.

Mimiklerini okumaya çalışıyordum ama karşımda hiç de tanımadığım bir Cansu vardı. Sanki ilk defa onunla konuşuyormuş gibi hissediyordum kendimi. Bu kızı, gerçek Cansu'yu görebilmeye çalıştım.

Cansu durdu. Bir an gözlerine baktım. Biraz bekledi. Ağzını açtı, bir şeyler söyleyecekmiş gibi oldu. Ama ardından sadece "Benim senin gibi harika bir hayatım yok," dedi ve hızlı adımlarda yürümeye devam etti.

Sadece durdum. Hiçbir şey söyleyemedim başta... O yürürken, kalbim ve beynim her yerden gözlerime,gözyaşlarıma sinyal veriyorlardı. Bana nasıl böyle bir şey söyleyebilirdi?

"Asla bana harika bir hayatım olduğunu söylemeye cüret etme!" diye bağırdım arkasından. Cansu anında adım atmayı bıraktı. Yavaşça bana döndü ve geri gelmeye başladı.

Az önceki mesafemize geldiğinde durdu ve bana baktı.

Alçak bir sesle anlatmaya başladı. Sesini normal bir seviyede ve şiddetli tutmaya özen gösteriyordu.

"Ben daha bebekken babam kalp krizinden ölmüş. Annem ben ilkokuldayken yeniden âşık olup başka biriyle evlendi.Ortaokuldayken üvey babamla annemin arası hiç iyi değildi. Annem başarılı bir iş kadınıydı ve üvey babamla hem ona âşık olduğu için, hem de bana daha iyi bakabilmek için evlenmişti. Aşk evliliklerinin en kaşar yanı da bu ya... Vazgeçemezsin. O sana ne yaşatırsa yaşatsın, aldatsa da, dövse de onu bırakmak istemezsin. Ama annem sonunda onu bırakmak zorunda kaldı.

O pezevenk herif yedinci sınıftayken bana tecavüz ettiğinde annem ondan boşandı. Ondan olabildiğince uzaklaşmaya çalıştık. Annem iyi bir iş teklifi alır almaz beni aldı ve İstanbul'a taşındık. Annem, sırf bana tüm bu yaşadığım rezilliğe rağmen iyi bir yaşam sunabilmek için kendini işine adadı. Para kazandı, daha da kazanabilmek için gece eve gelmemeye başladı. Beni yalnız bıraktı ve bir süre sonra beni unuttu. Ben kendim büyüdüm Güneş. Anne ne, baba ne bilmiyorum ben.. Aile ne, bilmiyorum..." dediğinde şoke olmuştum.

Cansu ona olan bakışlarımı fark ettiğinde "Dur,daha yeni başlıyoruz Güneş. Madem açtırdın ağzımı, dinleyeceksin," dedi ve anlatmaya devam etti:

"Liseye geçtim. Büyüdüm sayıyordum kendimi. Daha olgundum artık ve kendi kendime yetebiliyordum. Annesiz, babasız olmak artık beni etkilemiyordu. Nasılsa para hep vardı. Özel okula başladım. Aşk ne bilmediğimi mi sanıyorsun Güneş? Ben bir kez âşık oldum hayatta. Âşık olacağın kişiyi seçemezsin sen... O sadece olur ve yaşanır. Adı Caner'di ama ona Can dememi istiyordu. Zaten okuldakiler de onu Can Hoca olarak biliyorlardı. Öğretmenimdi... Babamın bana yaptıklarını anlatabildiğim ilk insandı. Beni böyle kabul etti. Yaş farkına aldırmamam gerektiğini ve mutlu olabileceğimizi söyledi bana. Âşık olduğunu söyledi Güneş... Dünyada milyarlarca insan var ve sen sadece bir tanesine âşık oluyorsun. O âşık olduğun kişinin de seni sevebilmesi olasılığı çok düşük değil mi? Söylesene?" derken, Cansu'nun yanaklarından süzülen yaşları izledim.

Konuşurken kalbi acıyordu. Bunu iliklerimde hissedebiliyordum.

"Kandım ona. Gençtim. Tecrübesizdim. Ne zaman karısı evde olmasa beni çağırırdı. Onunla birlikte oldum Güneş ve pişmanlık duymadım... Ta ki dersime bile girmeyen öğretmenler bile benimle buluşmak isteyene kadar... Şantaj yapıldı. Can onun evindeyken yaşadıklarımızı gizlice kaydetmişti ve benim bundan haberim bile yoktu! Neler yaşadığıma dair en ufak bir fikrin bile yok!" dedi son cümleyi bağırarak.

Gözlerini kapattı ve derin bir nefes alıp verdi. Kendini sakinleştirdi.

"Hapşırsan sana çorba içirecek bir halan, saçının teline zarar gelmesin diye gecelere kadar karakolda araştırma yapan bir eniştesin, iç çeksen 'Sorun ne?' diye sen anlatana kadar seni rahat bırakmayacak, yanında kalacak arkadaşların ve Demir..." dedi sesinin şiddetini azaltarak.

"..Demir'in var," dedi.

Gözlerim dolmuştu.

"Bana asla... Ama asla harika bir hayatım yok deme Güneş. Asla!" dedi, elleriyle gözlerini sildi ve ardından makyajının ne kadar akmış olduğunu görebilmek için eline baktı.

"Bunları tek bir kişiden duyarsam, seni öldürürüm," dedi ve yavaşça arkasını dönüp uzaklaşmaya başladı.

Bütün makyajı akmıştı, ağlamıştı. Gözyaşları belki de uzun zamandır ilk defa bu kadar serbest kalmıştı... Ama bir kere bile konuşurken hıçkırmamıştı. Kendini kaybetmemişti.

Güç, dedim. Cansu'dan öğrenmem gereken şey buydu.

Cansu'nun anlattıklarının etkisinden çıkıp ona yetiştim ve yanına geldim. Şaşırdı. Onu durdurdum ve ne yapacağına aldırmadan ona sarıldım. Gözlerimi sımsıkı kapattım.

Başta ürkek bir şekilde ellerini benim sırtıma koyan Cansu, birkaç saniye sonra kollarını arkamda birleştirdi ve beni kendine çekti. "Beraber yürümek ister misin?" diye sordu.

32. Bölüm

Kulübelerin oraya döndüğümüzde Cansu'yu bizimkine davet ettim. Helin'le tekrar laf yarışına girmektense ölmeyi tercih ettiğini söyledi.

Sanırım bizim peşimizde olan bir seri katil varken böyle bir şey söylememesi gerekiyordu ama ona karşılık vermedim.

"Ateş'le bir sorun mu var?" diye sorduğumda, bana "Demek sen kulübeden çıktığımı görüp yanıma geldin.. Anladım. Hayır, yok. Aslında bu daha da garip. Şu ana kadarki tüm ilişkilerim çıkar amaçlıydı. Karşı taraf zevk alırdı, ben zevk alırdım ve bu kadardı. Ama bu nedense biraz daha farklı..." dedi.

Farkında olmadan onu bizimkine, on birinci kulübeye yönlendiriyordum. Cansu hem bana anlattıklarıyla kendini ilk defa birine açmıştı, değişik hissediyordu ve yanında birilerine ihtiyacı vardı. Hem de Helin'le barışıp bizimle vakit geçirmesini istiyordum.

"İyi anlamda farklı mı kötü anlamda farklı mı?" diye sordum Cansu'ya.

"İyi... yani sanırım. Ne bileyim, ilk defa bir erkek benimle hemen yatmak istemedi ve o tür şeyleri bana bıraktığını söyledi," dedi.

"Seçimlerine ve düşüncelerine önem veriyor. Tabii ki iyi bir farklılık Cansu. Senin adına çok sevindim," dedim.

Kulübemizin önünde durduğumuzda ona "Esma sorun çıkarmaz ama Helin'in tepkilerine hazır ol," dedim.

Cansu "Tamam. Nasılsa kızın söylediklerinde haklılık payı da var. Kabul ediyorum," dedi ve kendini hazırladı.

Helin, Esma, Cansu ve ben o gece birlikte kaldık. Ateş bir ara Cansu'yu merak edip bizim kulübeye gelmişti. Cansu bizimle takılacağını söylediğinde ise o da Savaş'larla geçirmişti akşamı.

Helin en başta yine öfkesini gösterdi ve Cansu ne zaman çıkıp gidecek diye bekledim. Ama olmadı. Tanıdığım Cansu geri geldi ve kendini dinletmeyi başardı.

Cansu'nun kendi hayatı hakkında anlattıklarını başka kimseyle paylaşmayacağını sanıyordum. Bana da 'Birinden duyarsam seni öldürürüm,' demişti. Ama tahmin ettiğim gibi olmadı. Kendini onlara da anlattı. Seçtiği kelimeler farklıydı ve tüm hikâyesinin bu kadar olduğunu hiç sanmıyordum. Gerisi de vardı, ama kurcalamadım. Atagül Lisesi unutulmak istenen geçmişlerle doluydu ve Cansu ne kadar paylaşmak istiyorsa bizimle o kadarını paylaşacaktı. Anlayışla karşıladık.

Esma zaten önyargısızdı ve o da başta Helin'in ağır gittiğini düşünüyordu. Bu yüzden Esma açısından Cansu'nun bizimle arkadaşlık kurmasında bir problem yoktu. Ama Helin için aynı şey biraz zaman gerektirecekti.

Cansu, gece beni yalnız yakalayıp yanıma geldi.

"Teşekkür ederim," dedi ve bana sarıldı.

Ardından "Masal'la yılın başından beri görüşmüyorum ben. Ateş beni değiştirdi ve şimdi gerektiğinde arkamda olacak gerçek dostları aramaya başladım. Çok... çok teşekkür ederim," diye ekledi.

Bugün çok şey öğrenmiştim. Helin ve Esma da öyle... Hiçbir şey göründüğü gibi değildi. Cansu yaşadıklarının kulaktan kulağa yayıldığı gibi kalmasına izin vermişti çünkü âşık olarak düştüğü durumların bilinmesini istememişti. İnsanlara doğruları sadece güçlü görünebilmek için anlatmamıştı.

Sırf âşık olduğu için kendini zayıf hissetmişti. Sevmenin zayıflık olduğunu düşünmüştü.

Bu bana birini hatırlatmıştı.

Sabah uyandığımızda kar yağıyordu. Kızlarla kahvaltı yaparken Cansu da bizimleydi. Yeni korumam gelip bir sorun olup olmadığını sorduğunda, tek dileğim bir an önce Demir'i görebilmekti ama bir yandan da Esma'nın yalnız kalmasını istemiyordum.

Dışarı çıkacağımı bildiğim için şimdiden giyinmek istemiştim. İç çamaşırı olarak Demir'in bana geçen sene okulun ilk günlerinde aldığı siyah ve kırmızı renklerden oluşan dantelleri olan sutyeni giydim. Külodumu da ona uygun siyah ve düz seçmiştim.

Demir, benimle biyoloji ödevi yaparken yan yana görüleceğini ve yanında görülen kızın benim gibi rezil giyinmemesi gerektiğini söylemişti ve böylece alışverişe çıkmıştık. Onunla ilk defa o gün tam anlamıyla iletişim kurmuştum. Tabii, iletişim kurmuştuk ama gecenin sonunda beni arabadan attığında neredeyse tecavüze uğrayacaktım.

Bu sutyeni bir kere bile giymemiştim ama bugün özel bir gündü ve onun hoşuna gideceğini düşünüyordum -akşamki doğum günü hediyesini göz önünde bulundurursak- Ama her şeyden önce bana bunu aldığını hatırlaması gerekiyordu, ki Demir çok detay hatırlayan biri değildi. Hatırlaması hoş olurdu tabi ama beklentimi en alt seviyede tutacaktım.

Önce kalın ve yünlü külotlu çorabımı giydim, üstüne de kalın siyah taytımı. Uzun çizmelerimi de giyince artık üşümüyordum. Üstüme önce kısa kollu tişörtümü, ardından da kalın ve bol beyaz kazağımı giydim. Bu kazakla ve giyeceğim montla üşümeyeceğimi umuyordum.

Aynanın karşısına geçip saçlarımı taradım. Ben bunu yaparken, Esma saçımı örmek istediğini söylemişti. Aslında her seferinde bunu yapmasına izin verirdim çünkü Esma tam bir saç örgüleri ustasıydı. Ama bu sefer istemedim çünkü hava soğuktu ve biraz saçma gelse de saçlarımın açıkken beni sıcak tuttuğuna inanıyordum.

Ayrıca, Demir ellerini saçlarımın arasında gezdirmeyi seviyordu. Belki bundan dolayı da ördürmek istememiş olabilirdim... Belki biraz, belki azıcık, belki... Tamam tamam. Asıl neden buydu.

Cansu kahvaltıdan sonra kendi kulübesine gitti. Konuyu açan Esma oldu:

"Bugün Demir'in doğum günü mü acaba?" dedi imalı bir sesle.

Helin "Hmmm... Sanırım öyleydi öyleydi..." dedi sırıtarak.

"Tamam! Evet, bu akşam onunla kalacağım," dedim yüzümün kızardığından emin olarak.

İkisi de aynı anda "Oooooooo!!" dediği zaman, soru yağmuruna hazırlandım.

Helin: "Ağda yaptırdın mı?"

Esma: "Hazır mısın?"

Helin: "Tam olarak nasıl bir şeyler planlıyorsun?"

Esma : "Ne giyeceksin?"

Helin: "Daha doğrusu ne giymeyeceksin?" dedi kahkaha atarak.

Esma: "En son ne zaman hastalandın?"

"Beni daha fazla utandırmak için elinizden geleni yapıyorsunuz ama!!" dedim gülümseyerek.

Esma "Ne yani hakkımız değil mi? Aynı şeyi bende de yapmıştınız, tabii biz Burak'la yatmadık ama...neyse. Şimdi eğlenme sırası bende," dedi.

Burak'ın adı geçince sesinin tonu değişmişti. Helin hemen konuşmayı eski haline getirebilmek için "Güneş, kendini nasıl hissediyorsun?" diye sordu.

Açıkçası uyandığımdan beri bu konu hakkında düşünmek istemiyordum.

"Kafamda ne kadar kurarsam o kadar berbat olacakmış gibi bir his var içimde..." dediğim anda, Esma "Öyle düşünme. Hayatında bir kez ilkin olacak sonuçta ve kendinden iyice emin olmalısın," dedi.

Helin "Aslında ona katılmıyorum. Ardından başka bir kişiyle de birlikte olmak istesen, onunla da ilk defa birlikte olmuş olacaksın," dedi.

Helin'in söylediğini kendi düşüncelerimle birleştirdim:

"Aslında sana her dokunduğunda, sanki ilk defaymış gibi hissettirmeli aşk," dedim gözlerimi pencereden,yağan kardan ayırmadan." Farklı, yeni bir kişi olmasına gerek yok."

Esma "Bence de. Her seferinde tekrar nefesini kesmeli," diye beni destekledi. Yanan şömineye bakarken Burak'tan başkasını düşünmediğinden emindim.

Helin elimi tuttu. "Umarım her şey hayal ettiğin gibi olur güzelim," dedi gülümseyerek.

"Tamam... şimdi söyle. Ne giyeceksin?"

Yarım saat boyunca kurtulamadığım kız muhabbetinden sonra, en kalın olan beyaz montumu,şapkamı ve eldivenlerimi takıp dışarı çıkmadan önce aynaya baktım.

Helin "Bugün sen de amma bakındın kızım. Güzelsin işte, makyaj bile yapmıyorsun ki! Neyi kontrol ediyorsun?" diye söylendiğinde Esma "Bırak da kız baksın, nasılsa..." dedi ve gülümsedi "kendini akşama hazırlıyor." Böylece en yakın arkadaşım olarak kayda geçirdiğim bu iki kız beni tekrar utandırmayı başardı.

Arkamdan kulübenin kapısını kapattım.

"Ordan hiç çıkmayacaksın sanmıştım."

Demir'in tam kapının yanında, sırtını duvara yaslamış bir şekilde sigara içtiğini gördüm. Siyah pantolonu farklıydı. İlk defa görüyordum, sanırım daha kalındı.

"Beni korkuttun," dedim soğuktan hafifçe kızarmış olan burnuna bakarak.Demir aynen benim gibi beyaz tenliydi.

"Amacım bu değildi. Hadi, gidelim," dedi ve kulübenin basamaklarından inip yürümeye başladı. Ben de onu takip ettim.

Siyah botlarının yoldaki kar üzerinde bıraktığı izler, benim çizmelerimin bıraktıklarının iki katı gibiydi. Fermuarımı çektiğimde onun üstündeki deri ceketine baktım. Aralık ayında Uludağ'daydık ama yine de bu çocuk donmuyordu.

"Ama dur... Öncelikle, doğum günün kutlu olsun Uludağ'da kar yağarken bile siyah deri montundan vazgeçmeyen egoist çocuk," dedim ve onu yanağından öptüm.

Durdu ve ardından "Bu kadar mıydı yani?" diye sordu.

"Ne bu kadar mıydı?"

"Gel buraya sarı," dedi, elindeki sigarayı yere attı ve beni belimden kendine çekti. Dudaklarımdan öpmeye başladı. Beni öperken bir eli hâlâ belimdeydi. Öbür eliyle önüme düşen saçlarımı çekti, omzumdan geriye doğru attı ve boynumu açıkta bıraktı.

Elini, az önce saçlarımı çekmiş olduğu yanağımla boynumun arasına koyup okşamaya başladı.

Öpüşüne karşılık vermeye başlamamla beraber, yanağımı okşadığı eli boynumun arkasına doğru kaydı ve başımı biraz daha kendine çekti.

Lanet olası boy farkı.

Dudaklarımız birbirinden ayrıldığında hâlâ yakın dururken birbirimize baktık. Aramızdaki çekim, göz ardı edilemeyecek kadar somuttu. Bunu vücudumun her yerinde hissedebiliyordum.

"Bana dudaklarınla ve nefesinle işkence çektiriyorsun," dedi alnını alnıma dayamışken.

Biliyorum Demir, biliyorum... Ve bu gece o işkence sona erecek.

"Ne kadar zamandır beni bekliyordun?" diye sorduğumda, bana "İki sigara," diye cevap verdi. Nereye gittiğimizi bilmiyordum ama onunla yürümeye devam ediyordum.

Kulübelerin yolunda ilerlerken, Cansu ve Ateş'inkinden yüksek bir müzik sesi geliyordu.

"Birileri eğleniyor," dedim gülümseyerek.

Demir "Kulübelerin kapılarının ne kadar çok ses geçirdiğini bilsen, sen de duyulmamak için müzik açardın. Bu gece hangi şarkıyı açalım istersin?" diye sorup bana baktığında, yürümeyi kestim ve gözlerimi kapattım.

Utancımdan yerin dibine girmek istemiştim. Demek kızlarla olan tüm konuşmayı duymuştu.

Dudaklarımı birbirine bastırdım ve gözlerimi açtım.

"Utanma," dedi. Karşıma geçmişti.

Hâlâ dudaklarımı birbirine bastırmaya devam ediyordum ve bir yandan da gülümsüyordum.

"Kar taneleri saçlarında ve kirpiklerinde güzel görünüyor," dedi bana yaklaşarak.

"Demir, sırf utancım geçsin diye bana iltifat ettiğine inanamıyorum," dedim.

"Güneş sanki anlamamıştım... İlla ses geçiren kulübelerden duymam gerekmiyordu," dedi, elini omzuma atıp beni tekrar yürütmeye başladığında.

Bir an önce konuyu değiştirmek istiyordum:

"Nereye gidiyoruz?"

Kulübelerin yolu bitince sağa döndük ve bizim okuldan pek çok kişinin, bizim çıktığımız yokuşu çıktığını gördüm.

"Evet, sana sormadım ama umarım yükseklik korkun yoktur Güneş," dedi ve başka bir açıklama yapmadı.

Teleferik hareket etmeye başladığında dışarıyı, tüm zemini kaplayan beyazlığı izliyordum. Şaşkınlıkla Demir'e dönüp "Altı kişilik teleferiği o kadar sıra varken sadece ikimize ayarladığına inanamıyorum," dedim.

"İnsanların görmemesi ve duymaması gereken şeyler var," diye cevapladığında lunaparkta geçen rüyamı hatırladım.

'İnsanların görmemesi gereken şeyler var,' demişti orada da. Ama ben ne olduğunu sorduğumda açıklama yapmamıştı. Tüm bu deja vu anını atlayıp fırsattan yararlanmak istedim.

"Ne gibi şeyler?" diye sordum.

"Senin gülüşün, kahkahan," dedi bana bakarken.

Gülümsedim.

"İşte tam da bundan bahsediyorum," dedi

Helin'in Ağzından

"İçim hâlâ rahat değil."

"Rahat ol, Esma aklı başında bir kız. Kendini idare edebilir," dedi Doğukan. Beni rahatlatmaya çalışıyordu.

"Biliyorum, ama Cansu ve Ateş'le yürüyüşe çıkmış olması fikri hoşuma gitmiyor," dedim.

Doğukan "Helin, güzelim azıcık sakin ol. Bak ne güzel tatildeyiz... Kar yağıyor, birlikteyiz, mezun olacağız, iyi vakit geçiriyoruz..."

"Acaba bir tane koruma da Esma'ya mı tutsak?"

"Helin beni dinler misin?! Neyse, şimdi sağa mı dönelim sola mı?" diye sorduğunda çığlık attım.

"Doğukan, o bir kedi miydi?" diye sordum ağaçların arasını göstererek.

"Hayır Helin, o bir ayıydı, görmedin mi?" diye benimle dalga geçti.

"Saçmalama. Arda'nın yerini çalamazsın," dedim gülümseyerek. Ama hâlâ gözlerimle ağaçların orada gördüğüm ama ne olduğunu anlayamadığım hayvanı bulmaya çalışıyordum.

Kayak merkezinde Savaş, Burak, Alperen, Umut ve çetedeki diğer iki kızla karşılaştık. Bir ara Doğukan bizim kayak takımlarını almaya gittiğinde Burak'ı sorguya çektim.

"Nasılsın?" diye sordum. O sırada yanımızdan geçen üç kişilik bir grup aralarında:

"Teleferiği kapattırmış adam."

"Hangisi?"

"Demir Erkan tabii," diye konuşuyorlardı. Ama tam benim yanımdan geçerlerken sustular.

İşte bu gücü sevmeye başlamıştım.

Burak derin bir nefes alıp verdi. "Sosyal aktiviteler, hazırlanacak kahveler, izlenecek diziler... Çok meşgulüm anlayacağın," dedi saçmalayarak.

"O gece tam olarak ne oldu? Doğukan'ların rehin alındığı gece Esma ile aranızda ne geçti?" diye sordum.

"Hiçbir şey," dedi Burak gözlerini benden kaçırarak.

"Lütfen Burak, parçaları birleştirmeye çalışıyorum," dediğimde tekrar bana baktı.

"Bilmiyorum Helin, her şey..."

"Her şey ne..?"

"... Her şey çok iyi gidiyordu. Biliyorsun, yıllardır birlikteydik ve sonunda sevişecektik. Bu kararı ben bile almadım. Esma gelip bana kendisi istediğini söylemişti! Sana yemin ederim hiçbir şekilde ona baskı falan yapma..." derken Burak'ın sözünü kestim.

"Tamam tamam! Burak seni tanıyorum, yani boş laf yapmayı kesebilirsin. Birbiriniz için yaratıldığınızı biliyoruz ve en ayrılmayacak çift sizdiniz. Ne oldu, lütfen anlatır mısın?" diye tekrar sorumu vurguladım.

"Ne olduğunu bilmiyorum ama bana ertesi gün gelip ilişkiyi bitirmek istediğini söyledi. Önceki gece kötü bir şey mi dedim, ters bir şey mi yaptım... Hayır Helin. Bunu defalarca düşündüm. Ben Esma'yı üzmek için hiçbir şey yapmam. Asla. O benim her şeyim, anlıyor musun? Biz çıkarken böyleydi, ayrıldık ama şimdi de böyle. Asla ondan vazgeçmeyeceğim. Onu geri kazanmak için her şeyi yapacağım," dedi Burak.

Bunları ne kadar içten söylediğini hissetmiştim.

"Ama o seni istemiyor Burak," dedim. Vereceği cevabı bekliyordum.

"İstiyor. Beni seviyor. Ben ona âşığım Helin. Her zaman öyleydim. Tam da en mutlu olmamız gereken gecede bir anda kendinden geçti, bayıldı ve ardından ayılınca..."

"Bir dakika bir dakika.. Bayıldı derken?" diye sordum. "Yine mi?"

"Ne yani, size anlatmadı mı?" diye sordu Burak şaşırarak.

"Yani... anlattı tabii. Ama tam detaylı olarak söylememişti. Devam et, ben seni dinliyorum," dedim Burak'a çaktırmadan.

Esma o gece Burak'la birlikteyken bayıldığından bahsetmemişti. Eğer ben şimdi Burak'a Esma'nın bize hiçbir şey anlatmadığını söylersem, Burak 'Esma'nın bir bildiği vardır, onun kararlarına saygı duyuyorum. Anlatmak istemiyorsa anlatmamıştır,' diye düşünüp anlatmayı anında kesebilirdi. Burak o kadar düşünceli ve saf bir çocuktu ki... Esma ile birbirlerine göreydiler. Ortaokuldan beri birliktelerdi ve ben o ikisini tanıyana kadar dünyada hiç kimsenin masum olmadığını düşünürdüm.

Burak attığım yemi yuttu ve konuştu. Tabii... biraz zor oldu onun için böyle bir konudan konuşmak ama yine de ona elimden geldiğince yardım etmeye çalıştım.

"Her şey iyi gidiyordu... İşte.. nasıl anlatsam ki Helin.. anlarsın... biz tam öpü..."

"Yiyişiyordunuz..."

"Evet! Yıyişiyorduk. Ardından işte ben Esma'nın... bilirsin..."

"Üstünü çıkardın..."

"Evet.. Sonrasında şeye devam etti işte..."

"Yiyişmeye..."

"Aynen. Sonra ben de üstümü çıkardım ve..."

"Çıplaksınız..."

"Evet. Aslında hayır, tam değil yani onun..."

"İç çamaşırları vardı..?" diye sorduğumda, Burak "Evet! Onları daha çıkarmamıştı ki bir anda durdu. Başının döndüğünü söyledi. Ona ne yapabileceğimi sorduğumdaysa asla doktor falan çağırmamamı, biraz dinlendikten sonra bir şeyinin kalmayacağını söyledi ve ardından bayıldı," dedi.

"Nasıl yani? Ciddi ciddi bayıldı ve sen doktor çağırmadın mı?" diye sorduğumda, Burak "Biliyorsun, Bodrum'dayken de birkaç kez güneş çarpmıştı ve yine aynı şey olmuştu. Beş-on dakika sonra kendine geliyordu. Hatırlıyorsun..." dedi.

"Evet, hatırlıyorum ama geçen aydan bahsediyoruz... Kışın ortasında kızı nasıl güneş çarpsın da bayılsın?" diye sorduğumda, Doğukan yanımıza geldi.

Burak sorduğum soruya yanıt verdi:

"Bilmiyorum ama bayıldığında onu giydirdim ve güzelce yatağa yatırdım. Üstünü örttüm ve bitki çayı yaptım. O kadar korkuyordum ki. Benim yüzümden başına bir şey geldi diye kendimi suçladım hep... Hâlâ da suçluyorum," dedi.

Doğukan "Esma o zaman da mı bayıldı? Eee uyandığında ne oldu?" diye sordu merak ederek. Doğukan uzun zaman önce benim arkadaş grubuma dahil olmuştu ve yaz tatili bunu pekiştirmişti. Artık bizimkiler onun yanındayken rahattı, Doğukan da onların yanındayken.

"Ayıldığında bitki çayını içti ve pek konuşmadı. Kendine geldiği zaman bana fazla heyecanlandığını söyledi.Sonra bana ilkokuldayken müsamereden hemen önce heyecandan bayıldığını anlattı ve yine onun gibi bir şey olduğunu söyledi. Ama gerçekten, onunla öpüşürken kalbi fazla hızlı atıyordu. Duyabiliyordum," dedi Burak.

Sanırım Esma'nın psikolojik durumları ile bu heyecan dalgası bir araya gelince vücudu kendine biraz zaman ayrımak istemişti ve bu yüzden Esma bayılmıştı.

Elimi Burak'ın omzuna koydum. Esma'ya verdiğim sözü hatırladım; kimseye, özellikle Burak'a onun psikolojik durumundan bahsetmeyecektim. Ama en azından Burak'ı az da olsa suçluluk duygusundan arındırabilirdim. Buna ihtiyacı vardı. Üzülüyordu.

"Suçluluk duymana gerek yok Burak... Her kız heyecanlanır," dedim.

Doğukan beni dirseğiyle dürttü ve ardından "Bak buna mesela... en başta tir tir titriyordu," dedi gülerek.

"Şşşşşşş!" dedim Doğukan'a. Hem bunu Burak'ın karşısında ifşa etmesine, hem de bana hatırlatmasına gerek yoktu.

Burak'ı rahatlattıktan sonra, Doğukan'ın kendini uzman olarak gördüğü snowboard sporu denemelerine başladık.

"Ben kayak kayacağız sanıyordum!" dedim, Doğukan botlarımı snowboard tahtasına sabitlerken.

"Level atlamamız gerektiğini düşündüm sevgilim," dedi ve ardından ayağa kalktı.

"İyi de daha atlayacak bir seviyem yok ki!" diye itiraz ederken, Doğukan beni dinlemiyordu.

Neyse, akşam bir şekilde ondan acısını çıkarırdım. Gülümsedim.

Güneş'in Ağzından

"Bugün bana neden bu kadar iyi davrandığını biliyorum," dedim, Demir elinde sıcak çikolatayla yanıma gelirken. Keşke bunu söylememiş olsaydım.

"Neden?" diye sorup yanımdaki koltuğa oturdu.

"Biliyorsun... doğum günü hediyeni sonunda alacağın için," dedim, gözlerimi ondan kaçırarak. Kayak merkezindeki kafede bir şeyler almak için sırada bekleyen insanları izlemeye başladım.

"Güneş, bana bak."

Erkekler ne kadar basitlerdi. Oysa ben Demir'in her zaman bana bugün davrandığı gibi davranmasını isterdim.

"Bana bak."

Başımı kaldırdım ve gözlerimi mavi gözlerine bakmaya zorladım. Tam yanında oturduğumuz şöminedeki ateşi gözlerinden izledim.

"Sana iyi davranıyor olmamın akşamla bir alakası yok. Akşam olur ya da olmaz. Sana bağlı," dedi rahat bir şekilde.

Ben haftalardır bu gece hakkında kendimi kasıyordum ve sürekli saçma sapan şeyler aklıma geliyordu ama oysa Demir ne kadar rahattı... Nasıl bu kadar rahat davranabiliyordu?

"Ben... bilmiyorum Demir.. yani," derken, Demir bana yaklaştı ve elimi tuttu.

"Güneş şu ana kadar sana hiç seks hakkında baskı yaptım mı?" diye sordu.

Hayır anlamında başımı salladım.

"Güzel. Şimdi elindekini iç," dedi ve tekrar arkasına yaslandı.

Sıcak çikolata boğazımdan aşağı doğru inerken onu izliyordum.

"Söylediğine gelirsek, bugün sana iyi davranıyor olmamın sebebi o değil. Tamam, belki birazcık, ama çok değil. Güneş, aldığın nefesi geri verebilecek olmanın garantisi var mı? Özellikle de bizim konumumuzdayken..?" diye sorduğunda, onun da benimle aynı düşüncede olduğunu anladım.

"Sana katılıyorum. Bu yüzden buradayım ben Demir. Bu yüzden şu anda polislerle çevrili bir odada beni öldürmek isteyen seri katilden korunmak için boş boş oturmuyorum, buradayım. Seninleyim. Arkadaşlarımlayım ve daha kaç saat yaşayacağımı bilmediğim şu hayatımı olabildiğince yaşamak istiyorum. Sevdiklerimle... seninle..." dedim.

Kayak merkezinden çıktık ve yokuş aşağı inmeye başladık. Daha ne kadar bekleyecektik?

Kulübelerin olduğu ağaçlı yola saptığımızda Demir'in telefonu çaldı.

"Akrabaların beni özlemiş," dedi ve telefonu açtı.

"Serkan Bey?" dedi.

Neden eniştem beni değil de Demir'i arıyordu?

"İyiyiz, evet. Korumamız da anlaşma yaptığımız gibi bizi metreler öteden takip ediyor," dedi Demir. Arkasını dönüp yokuşun başında olan korumaya el sallamayı unutmadı.

Ardından telefonunu bana verdi.

"Güneş?"

"Merhaba. Halamla Mert nasıl?"

Eniştemin bütün 'Kendine dikkat et'lerini dinledikten sonra telefonu kapatıp Demir'e verdim.

"Ne ara kanka oldunuz?" diye sorduğumda, Demir "Aslında günde üç defa arıyor," dedi. Sanırım eniştem Demir'e benden daha çok güveniyordu.

Onun kulübesine geldiğimizde, anahtarı cebinden çıkarıp bana uzattı. Ben kapıyı açarken, telefonundan birine mesaj attığını gördüm.

"Sürpriz!"

Arkama, Demir'e bakarken duyduğum sesle irkilip önüme, kulübenin içine baktım. Ciddi ciddi Demir'e sürpriz doğumgünü partisi hazırlamışlardı.

"Hayır, hayır, hayır..." diyerek Demir içeri girdi ve yanıma geldi.

"Güneş, sana böyle bir şey istemediğimi söy..." derken onun sözünü kestim:

"Demir inan bana, hiçbir şekilde ilgim yok. Ben kızlara zaten senin parti... istemediğini... söylemiştim..." derken Esma, elindeki kocaman pastayla bir adım öne çıktı. Yine Esma düzenlemişti.

Bir anda müzik tüm şiddetiyle kulaklarımda yankılanmaya başladığında Demir "Tamam! Teşekkürler!Hey! Bırakın! Müziği kapat!" diye bağırmaya başlamıştı fakat onun sesi bile duyulmuyordu. "İşte bu yüzden arkadaş edinmiyorum," dedi.

Helin, Doğukan, Esma, Cansu, Ateş, Savaş ve çetedeki diğer elemanlar -sürekli çetedeki diğerleri diyorum çünkü isimlerini ben bile bilmiyorum ve açıkçası öğrenme ihtiyacı da duymuyorum- kulübeyi doldurmuşlardı.

Demir bana döndü. "Senin yüzünden artık benim otoritem de kalmadı," dedi iki eliyle beni belimden tutarken.

"Benim ne suçum var?!" diye sesimi duyurmaya çalışırken, beni geriye doğru itmeye başlamıştı. Sırtımı sert bir zemine çarptığımda, kulübenin kapısını benim sırtımla kapatmış olduğunu anladım.

Demir kolundaki saate baktı. Ardından kulağıma eğilip "Kırk beş dakikan var. Kırk beş dakika boyunca arkadaşının düzenlediği partide eğlenebilirsin. Ama sonra istesen de istemesen de benimsin," dedi ve benden uzaklaştı. Üstümde kokusunu bırakmıştı.

Montumu çıkardım ve eldivenlerimle şapkamı da ceplerine koydum. Ardından kapının yanında duran portmantoya astım.

Demir gözden kaybolmuştu ama sorun etmedim.Bir şeyler atıştırmaya başladım ve bir bardak kola aldım. Dans edip eğlenen, zaman zaman öpüşen insanların arasında yürürken, Helin beni kolumdan tutup Esma'nın yanına götürdü.

Esma "Bir şeyleri engellemedim değil mi?" diye sorarken çok tatlıydı.

Helin "Bence engelledik... Özür dileriz," dedi ve bana sarıldı.

"Önemli değil kızlar. Ama... parti işi nereden çıktı Esma? Parti falan olmayacağını size söylemiştim!" dedim, yine onlara sesimi duyurmaya çalışırken.

Esma "Aslında özellikle Demir'in doğum gününü kutlamak için parti organize etmedim. Bu tatilde illaki bir eğlence olmasını istemiştim ve birinin doğum gününü kutlamak bunun için en güzel yoldu," dedi. Ardından "Ben gidip içkiler bitmiş mi diye kontrol edeceğim, sonra geri dönerim!" dedi ve kulübenin mutfağına doğru yürüdü.

Helin'e "Bu kız neden sürekli kendini yoruyor?" diye sorduğumda, Helin bir yandan dans ederken bir yandan da bana "Bırak, kafası dağılıyor. Bir şeylerle uğraşıp başardığı şeyi izlemek hoşuna gidiyor," dedi.

Katılıyordum.

"Hadi ama Güneş! Put gibi duruyorsun orada! Azıcık dans et," dedi ve kollarımı tutup oynatmaya başladı.

"Hiç yardımcı olmuyorsun!" dediğinde, tam ona bendeki dans yeteneğinin sıfır olduğundan bahsedecektim ki, biri belimden beni arkaya doğru çekip kendine döndürdü.

Beni geriye doğru çekip Helin'den kurtaran kişinin Demir olduğunu gördüğümde şaşırdım.

"Vazgeçtim. Kırk beş dakika fazlaymış. Şimdi benimle geliyorsun," dedi ve beni kolumdan tutup kulübenin çıkışına yönlendirdi. Montumu giymemi bekledi, ardından kapıyı açtı.

Kulübenin tam önünde siyah, spor bir araba duruyordu. Demir'in arabalarından biri değildi, ilk defa görüyordum.

Şoför koltuğundan takım elbiseli bir adam indi ve Demir'e anahtarın arabanın üstünde olduğunu söyledi. Demir teşekkür ettikten sonra arabaya bindi. Ben de hemen yanındaki koltuğa oturdum.

Demir arabayı kullanmaya başladığında, emniyet kemerimi taktıktan sonra dışarıya baktım. Kar, tekrar yağmaya başlamıştı.

Kayak merkezini de geçip dağın öbür tarafına doğru ilerlemeye başlamıştık.

Esma'nın Ağzından

Partinin gürültüsünden, benim de uzaklaşmaya ihtiyacım vardı.Kızlara gidip içkileri kontrol edeceğimi söylemiştim ama asıl amacım buydu.

Kulübenin mutfağından bir sandalye aldım ve arka kapıdan dışarı çıktım. Sandalyeyi hemen oraya koydum ve oturdum. Başımı ellerimin arasına aldım. Birkaç dakika derin nefesler aldım ve kalp atışlarımı düzenlemeye çalıştım.

"Kilo vermişsin," dedi kendimden daha çok tanıdığım ve ayırt edebildiğim ses.

Başımı kaldırdım ve hayatımın anlamı olan kahverengi gözlere baktım. Saniyesinde bu yaptığıma pişman olup gözlerimi boynundaki benlere kaydırdım. Yerlerini ve sayılarını ezberlediğim benlere..

"Kaç kilo verdin Esma?"

"Altı," dedim. Fark edilmemesi için sürekli bol ve kalın şeyler giyiyordum. Zaten kıştı ve çok göze batmıyordu. Burak'ın gözünden kaçmamış olması beni şaşırtmadı.

Her şeye bir çözüm ararken bunu da düşünmeliydim.

"Esma neden.. neden bana bunu yapıyorsun?" diye sorduğunda ayağa kalktım. Üstündeki montu çıkarıp sırtıma koydu. Üstüme baktım. Kar yağıyordu ve ben ellerimi morartmış olan bu soğukta, montumu unutmuştum.

Burak'ın montundan ve cevap bekleyen gözlerinden kurtulmak için içeri girdim. Onun beni takip edeceğinden adım gibi emin olduğum için hızlı davrandım ve dans eden kalabalığın arasına karıştım.

Ağlamaya başladım.

Özür dilerim Burak. Özür dilerim.. İyi değilim ve özellikle seni olabildiğince kendimden uzak tutmaya çalışıyorum.

Güneş'in Ağzından

"Sen sormadan söyleyeyim, kulübelerin sahibi olan otele gidiyoruz," dedi gözlerini yoldan ayırmadan.

Eskiden ben sorularımı sorduğumda dahi cevaplamazken, şimdi ise daha sormadan soracağım şeyi bilip benimle konuşuyordu. Bunu da 'Demir Erkan gelişmeleri' dosyama ekledim.

"Yılın bu aylarında, Uludağ'da hemen boş yer bulabileceğini mi..." derken oteli gördüm. Yaklaşık yirmi katlıydı.

"Yirmi iki katlı," dedi.

"Demir, aklımı okumayı bırakır mısın artık? İyice Arda'ya benzemeye başladın," dedim otele bakmaya devam ederken. Otel bütün ışıkları ve süslemeleriyle yaklaşan yılbaşını hatırlatıyordu.

"O sarışın gözlüklü aptalla uzaktan yakından alakam yok," dedi küçümseyici bir gülüşle.

"Arda kumral," dedim sadece ve neden ondan hoşlanmadığına dair sorularımı başka bir güne attım. Nasılsa cevaplamayacağını biliyordum.

"Her neyse işte," dedi ve otelin önünde arabayı durdurdu. Otel görevlilerinden biri benim kapımı açtığında arabadan indim. Aynı şekilde Demir de indi.

"İyi akşamlar Demir Bey. Resepsiyonda sizi karşılayacaklardır," dedi az önce kapımı açan görevli adam, yanımda duran Demir'e.

Otelin dönen kapısından içeri girerken "Bu otele ne kadar sık geldiğin konusunu konuşmamız gerekecek sanırım," dedim.

Bir insan gittiği her yerde tanınabilir miydi?

Lobiye girdiğimiz anda sıcak hava dalgası beni içine aldı. Hemen şapkamı ve eldivenlerimi çıkardım. Demir resepsiyona doğru ilerlerken, ben küçük ve onun yanında kaplumbağa gibi kalan adımlarımla ona yetişmeye çalışıyordum.

"Hoş geldiniz. Geldiğinizde sanırım Serhat Bey'le tanışmıştınız. Kusura bakmayın Demir Bey..." diyerek konuşmaya başlayan takım elbiseli adam, Demir'in elini sıktı. Bir yandan Demir'in yanında durup ona gülümserken, diğer yandan da elimdeki eldivenleri montumun cebine tıkmaya çalışıyordum.

Bu takım elbiseli adam Demir'le faiz oranları, vergiler ve yüzdeler hakkında bir konuşmaya daldığında, onları dinlemeye başladım. Demir konuşurken yüzünü, yanağıyla boynunun arasını kaşıyordu ve dikkatimin, zaten oldukça hoşuma giden kirli sakalına kaymasını sağlıyordu.

Demir konuşurken bu hareketi yaptığı için onun sıkılmış olduğunu anladım. İş konuşmak belki önemliydi ama eğer havası başka bir moddaysa -ki ben şahsen onun bir an önce otel odasına çıkmak istediğini düşünüyordum- onun için sıkıcı bir hale geliyordu. Birkaç dakikanın ardından her ne kadar Demir'i iş konuşurken dinlemek hoşuma gitse de sıkıldım ve otelin içindeki yılbaşı süslerini incelemeye geçtim.

Lobi kocamandı ve büyük, geniş, kahverengi koltukların ortasına üç metrelik bir yılbaşı ağacı kurulmuştu. Süsler ve ışıklar yeşille altın sarısı tonlarındaydı.

"Babanız için çok üzgünüm Demir Bey, eğer yapabileceğimiz herhangi bir şey olursa lütfen avukatlarımızdan ve yöneticilerimizden..." derken bu önemli olduğunu düşündüğüm adam, Demir koluyla beni hafifçe dürttü. Mesajı almıştım.

Yüzümü ekşittim hemen ve kısık bir sesle konuşmaya başladım:

"Affedersiniz, sözünüzü kesiyorum ama... Demir... terapi saatimi üç buçuk dakika geçirdik," dedim.

Demir'in karşısındaki adam bana baktı ve "Çok özür dilerim hanımefendi hemen odanıza yönlendireyim sizi..." dedi ve arkasına, yarım saattir bizi izleyen çalışanlarına döndü.

"Büşra! Demir Bey ve misafirini odasına yönlendirebilir misin lütfen?" diye seslendi.

Adının Büşra olduğunu öğrendiğimiz kısa boylu, diğer çalışan kızlar gibi dar, kalem bir etek ile gömlek giymiş kız bize yaklaştı. Bir elinde oda kartımız olduğunu düşündüğüm kartı, diğer elindeyse bir cep telefonu tutuyordu.

"Lütfen, bu taraftan gideceğiz," dedi ve bizi asansörlere yönlendirdi. Dört asansörden sağdan ikincisi, önceden bizim için aşağı çağırılmıştı. Hemen bindik ve yukarı çıkmaya başladık.

Asansördeki saat 19.34'ü gösteriyordu. Akşam yemeği yememiştik ama partide atıştırdıklarımdan dolayı aç değildim. Tuşlarda en son "21-R" yazıyordu. Restoran katı olduğunu tahmin ettim. Fakat Demir yirmi iki katlı olduğunu söylemişti.

"Hani yirmi iki katlıydı?" diye sorduğumda, Demir sadece "Şşş!" diye cevap verdi.

Asansör klasik müzikle dolduğunda, Büşra isimli bu kız çaktırmadan göz ucuyla Demir'i süzüyordu. Fark etmediğimi sanıyordu ama gözlerinin benim tarafımdan oyulacağından haberi yoktu.

Demir kulağıma eğildi:

"Seksi, bir terapi olarak gördüğünü bilmiyordum," dedi fısıldayarak. Söylerken zevk almıştı. Beni yine utandırdığını düşünüyordu ama bu sefer utanmamıştım. Sanırım sevgilimi baştan aşağı süzen bu kızın yanında olabildiğince dik durmaya çalışıyordum.

"Bana ihtiyacın olduğunu kabul et," dedim Demir'e. Sırıtma sırası bendeydi.

"Nerden böyle bir düşünceye kapıldın yine?" diye sorduğunda "Annenin düzenlediği yemekte de yine ben seni kurtarmıştım. İnkâr etmeye çalışma," dedim gururla.

"Birazdan kimin kime ihtiyacı olacağını göreceğiz Güneş Hanım," dedi yine eğilerek. Bu sefer benden uzaklaşırken kirli sakalını yanağıma sürtmüştü. Bunu bilerek mi yapmıştı bilmiyordum ama tüylerimin diken diken olmasına yetmişti.

Arada binen-inen birkaç kişi olmuştu ve gelen tiplerin hiçbiri Türk değildi. İspanyolca ve Japonca konuşan üç kişi görmüştüm, onlar indiğinde de, telefonda İngilizce konuşan bir kadın binmişti.

Yirmi birinci kata çıktığımızda asansör durdu ve kapılar açıldı. Telefonla konuşan kadın restoranda indiğinde bizim de inmemiz gerektiğini düşündüm. Tam adımımı atacaktım ki, Demir beni kolumdan tutup yanına sabitledi.

Büşra, asansörün tuşlarının bulunduğu duvara ilerledi ve üstteki ekrana bir kombinasyon girdi. Ardından yeşil ışık yandı ve asansörün kapıları kapandı, bir kat daha çıktık.

Açılan kapıların ardından asansörden çıktık ve yerleriyle duvarları kahverengi ve altın sarısıyla mermer kaplı olan koridorda yürümeye başladık. Biraz ilerledikten sonra bir kapının önünde durduk. Kapının önünde bizim dışımızda tanıdık bir yüz daha duruyordu. Muhteşem korumamız tabii ki. Demir ona bu katta durabileceğini söyledi ve ardından Büşra elindeki siyah kartla kapıyı açtı. İçeriye girdik.

Kız, "Bu katın tamamını kapsayan kral dairemize hoşgeldiniz. Arzuladığınız herhangi bir şey olursa lütfen oda telefonundan..." derken, Demir'e arkam dönüktü. Demir bana arkamdan sarıldı ve "Şimdilik sadece sevgilimi, çok teşekkürler!" dedi ve kapıyı kapattı.

Kapı kapandıktan sonra, Demir beni öpmeye çalışırken kahkahamı bastırmaya çalışıyordum. Büşra cevabını almıştı.

"Gel, o kadar bahsettikleri manzara neye benziyor ona bakacağım," dedi ve tavanı fazlasıyla yukarıda olan kral dairesinde ilerlemeye başladı.

Montumu çıkarırken, daireyi incelemeye başladım. Otelin ana rengi kahverengiydi. Bu koyu ton, duvarlardan mobilyalara kadar kullanılmıştı ve oldukça güzel görünüyordu.

Dairenin içinde ilerlediğimde bizim evin toplamının iki katı olduğunu düşündüm.

"Güneş."

Demir'in beni çağırdığı tarafa yöneldiğimde 'salon' olduğunu düşündüğüm alana geldim. Demir kocaman olan ve dairenin bu bölümünün duvarını oluşturan pencerenin önünde duruyor ve dışarıya bakıyordu.

Yanına gittim. Arkama geçti ve beni kollarıyla sarıp ona yaslanmamı sağladı. Boyum onun hemen boynunun biraz aşağısında bitiyordu.

Altımızı çevreleyen, ağaçları karla örtülü karanlık ormana bakarken neredeyse ona sormak istediğim soruyu unutuyordum. Bulunduğumuz pozisyonu -onu arkamda, tüm kokusuyla bana sarılırken hissetmek paha biçilemezdi- bozmadan ona: "O adam buranın sahibi miydi?" diye sorduğumda, Demir cevap vermeden önce durdu. Birkaç saniye sonra "Hani aralık ayında, Uludağ'ın en iyi otelinde bir anda yer bulamayacağımı söylemiştin ya?" dedi.

Beni nasıl bir şeyin beklediği hakkında en ufak bir fikrim yoktu. "Evet..?"

"Haklıydın," dediği anda başımı geriye yatırıp ona baktım.

"Eee o zaman nasıl tam şu anda, Büşracığımızın özel bir kod girerek bizi gizli bir yirmi ikinci kata çıkarttığı bu olağanüstü odadayız?" diye sorduğumda, bana "Oda değil aslında yani.. Metrekare açısından hesaplarsan..." diye karşılık verdi. Hiç istemeden pozisyonumuzu bozmak zorunda kaldım ve büyük pencere/duvara sırtımı vererek yüzümü ona döndüm:

"Demir...?" dediğimde, sağ elini başının arkasına koydu ve hafifçe kaşırken bana "Oteli satın aldım," dedi.

"Sen ne yaptın?"

"O adam da otelin eski sahibi diyelim..." dedikten sonra, elini aşağı indirip cebine soktu. Gülümsüyordu.

Sırf bana güzel bir gece yaşatabilmek için bu milyon dolarlık oteli satın almış olamazdı... Zengindi, hem de epey zengindi. Annesi ve babası da önceden oldukça zengindi. Ama bu kadar değildi.

"Hey! Bana öyle bakmayı kes. 'Erkan Otel Zinciri' kurduğumu biliyorsun. Burası da fazlasıyla iyi bir yatırımdı.Kaçıramazdım," dediğinde asıl cevabımı almıştım. Şaşkınlığım az da olsa azalmıştı.

Dairede yürümeye başladık ve yatak odasına geldik. Demir kapıyı açtı ve beraber içeri girdik.

'Kral dairesi' kavramının temeli buradan çıkmış olmalıydı. Büyük yatak odasının tam ortasında iki buçuk kişilik olduğunu tahmin ettiğim bir yatak vardı -bu tahmini yapabiliyordum çünkü halamların evindeki yatağım bir buçuk kişilikti.

"Kahverengi temasını tüm otelde siyah yapmayı düşünüyorum," dedi yatağın olduğu yere doğru ilerlerken.

"Hayır! Hayır, sakın değiştirme. Olduğu gibi kalsın çünkü... harika," dedim odayı incelerken.

Kahverengi, krem ve beyazdan oluşan nevresim takımından, duvar kâğıdındaki desenlere kadar her şey bir uyum içindeydi. Yatağın tam karşısında kalan duvarda dev ekran bir televizyon vardı.

"Helin burada olsaydı herhalde anında kalpten giderdi..." dedim gülerek.

"Otel fantezileri mi var? Beğenmedim. Çok klişe," dedi Demir ve yatağın üstüne oturdu. Ceketini çıkardı ve cebinden sigara paketini çıkardı.

"Senin ne fantezilerin var Güneş?" diye sorduktan sonra, sigarayı dudaklarının arasına koydu ve çakmağını çıkardı.

Onun yanına oturdum. Beni izliyordu.

Gözlerimi onun mavi gözlerinden ayırmadan iki parmağımla ağzındaki sigarayı tuttum, ondan uzaklaştırdım ve kendimden asla beklemediğim bir cesaretle ona karşılık verdim:

"Öğrenmek ister misin?"

33. Bölüm

Bunu söyledikten bir saniye sonra pişman olacağımı sanmıştım ama değildim.İçimdeki heyecan duygusu diğer bütün duyguların üstünü örtebilecek derecede baskın geliyordu.

Demir sağ eliyle omzumdan önüme düşen saçlarımı geriye doğru attı ve ardından boynumu tuttu. Hafif bir şekilde beni kendine çekti ve öpüşmeye başladık. Saniyeler geçtikçe artık bir şeyler yapmam gerekiyormuş gibi bir hisse kapıldım ve boşta duran elimle kazağımın ucunu tuttum. Kazağımı çıkarabilmek için ondan uzaklaştığımda Demir gözlerini açtı ve bana baktı.

Bol ve beyaz kazağımı çıkardıktan sonra içimdeki kısa kollu tişörtü de çıkaracakken, Demir ellerimi tuttu ve beni durdurdu. Bunu niye yaptığını anlamamıştım.

Bana yaklaştı ve gözlerini gözlerimden ayırmadı.

"Bunu nasıl yapıyorsun?" diye sordu, belki de hayatımda hiç duymadığım, farklı bir ses tonuyla.

Nasıl davranacağımı ve ne diyeceğimi bilmiyordum. Kıyafetleri çıkarma sırası var mıydı yok muydu? Ne zaman yatağa uzanmam gerekiyordu? Bana ses tonuyla bile zevk veren bu adamın benim gibi tecrübesiz bir kıza nasıl dayandığını mı düşünmem gerekiyordu? Yanında prezervatif var mıydı? Nasıl olacaktı? Öncesinde, sırasında ve sonrasında neler yapmam gerekecekti?

Kafamda böyle milyon tane soru vardı ama karnımdaki o tanıdık, fakat ilk defa bu kadar şiddetli hissettiğim sancı bana, anı yaşama isteğimi hatırlatıyordu.

"Ne? Yanlış bir şey mi yaptım, ben... ne yapmam gerektiğini bilmiyorum Demir..." derken sözümü kesti.

"Hayır Güneş. Bunu..." derken, az önce tişörtümü çıkarmak için hareket ettirdiğim elimi tuttu ve durdurdu.

"Nasıl seni üstündeki aptal kıyafetlerden bir an önce kurtarmak isterken, bir yandan da kazağını çıkardığında kendimi suçlu hissetmemi sağlıyorsun?" diye sordu.

Amacım onun kendini suçlu hissetmesini sağlamak değildi. Alakası yoktu. Amacım ona zevk vermekti ve ben de bencil bir şekilde onu uzun zamandır böyle istiyordum. Kendini Suçlu hissetmesi için hiçbir sebep yoktu. Aksine mutlu olması gerekiyordu. Sonuçta o da uzun bir zamandır bunu istemiyor muydu?

"Kendini suçlu hissetmene sebep olmak istemedim," dedim, elimi elinden çekip bacaklarımın arasına koydum. Gözlerimi ondan kaçırdım ve üşüdüğümü fark ettim.

Demir "Yapma Güneş... öyle demedim..." deyip, iki bacağımın arasına sıkıştırdığım ellerimi çekti ve ona yakın olanı tuttu. Benim ellerim ne kadar soğuksa onunkiler de o kadar sıcaktı.

'Sanki seni ben zorluyormuş gibi hissediyorum. Aslında, seni ben zorladım. Bugün için. Ne kadar uzun zamandır biriyle birlikte olmadığımı biliyordun, sorduğunda sana söylemiştim ve sırf benim ihtiyaçlarımı karşılayabilmek için..."

"Demir, her şey seninle ilgili değil..." diyerek söze başladığımda, şimdi söyleyeceğim şeye vereceği tepkiyi merak ediyordum.

"Ben... ben de istiyorum," dedim ve tekrar onun gözlerine baktım.

Bakışları anında değişti ve bana doğru eğilip tekrar beni öpmeye başladı. Dudaklarını dudaklarıma sert bir şekilde bastırırken, beni gittikçe daha hızlı öpmeye başladı. Onun öpüşüne ayak uydurmaya çalışırken, kollarımı ona doladım ve omuzlarından güç alarak kucağına oturdum. O hâlâ yatağın ucunda otururken, ben onun kucağındaydım ve düşmemem için bir eliyle sırtımdan bana destek oluyordu.

Bir ara ondan ayrılıp hızlı bir şekilde üstümdeki tişörtü çıkardığımda beni izliyordu. Bakışları o kadar hoşuma gitmişti ki, gülümsedim. O gülümsemedi ve beni belimden kaldırıp yatağa yatırdı.

Ben kemerimi açmaya çalışırken, Demir üstündeki siyah kazağı çıkardı.

Kazağını çıkardıktan sonra üstünde kaslarını son derecede belli eden, dar, siyah ve termal bir içlik kaldı.

"Demek bu sayede üşümüyorsun," dedim ve bu cümleyi söyledikten sonra daha sık nefes alıp, daha az konuşmam gerektiğini anladım. Kalbim yerinden fırlayacak gibiydi.

"Sana da alacağım. Fazla üşüyorsun," diye cevap verdi.

Pantolonunu da çıkardıktan sonra yatağa geldi. En son ne zaman böyle yakınlaştığımızı hatırlayamıyordum. İşin içine seri katiller, rehin alınmalar ve karakol durumları girince, Demir'le birbirimizden -bu açıdan- uzaklaşmıştık. Demir üstüme çıktığında hâlâ bir türlü açamadığım kemerimle meşguldüm. Evet, bu taytımda kemer için yer vardı ve ben de kemerle giyiyordum. Bugün bunu giymek zorundaydım değil mi? Üstelik titreyen ellerimle açmam gereken bir düğme de vardı. Bu gece bu kadar zor olmamalıydı.

Demir bir kemere, bir de bana baktı ve gülümsedi. Onun bu kadar çok sigara içiyor olmasına rağmen anlamadığım bir şekilde oldukça beyaz kalan dişlerini gördüğüm anda, her zamanki gibi istemeden ben de gülümsedim. Ardından başımı geriye atıp gözlerimi kapattım.

"Çok beceriksizim! Lütfen yüzüme vurma," dedim.

Demir bir elini kemeri açmaya çalışan elimin üstüne koydu, diğer eliyle de belime dokundu.

Tek eliyle kemerimi, ardından da taytın düğmesini açtı. O yavaşça fermuarımı indirdikten sonra, gözlerimi açıp ona baktım.

"Rahatla," dedi.

Bana her seferinde derin bir nefes aldıran o ses tonuyla rahatlamamı söylediğinde, derin bir nefes alıp verdim. Ellerimin titrediğini fark ettim.

Neden bu kadar gergin olmak zorundaydım?

Taytımı yavaşça bacaklarımdan aşağı indirirken, içimdeki külotlu çorabı gördü ve "Sanırım sana termal kıyafet koleksiyonu yapmalıyız," dedi.

"Ya da beni ısıtmak için sürekli yanımda kalabilirsin," dedim. Bugün seçtiğim cesur kelimelerin haddi hesabı yoktu.

Bacaklarım çıplak kaldıklarında, normalden iki kat fazla üşümeye başlamıştım. Kalbim bu kadar hızlı atarken ve yüzümle karnım sıcaktan adeta yanarken, vücudumun geri kalanı sanki onlara tepki göstererek durumu dengelemeye çalışıyordu.

"Şu anda yaptığım gibi mi?" dedikten sonra, Demir dizimin üstünü öptü ardından yavaş yavaş, öpücüklerle bacağımda gittikçe yukarı çıkmaya başladı.

Demir'in öpücüklerinin izlediği yolda dudağının değdiği, parmaklarının dokunduğu her nokta ısınmaya başlıyordu ve karnımda oluşan, hem beni zorlayan hem de hoşuma giden baskı, Demir'in bacağımda iz bıraktığı noktalara ulaşmak istiyordu.

Demir bir bacağımı kırıp yukarı kaldırdığında, otomatik olarak diğer bacağım da onu taklit etti. Kollarını bacaklarımın altından geçirip belimi tuttuğunda, sol bacağımın iç ve en üst noktasını hafifçe ısırdı.

Dişlerinin baskısını hissettiğimde, farkında olmadan inledim. Demir inlememi duymuş olmalıydı. Kirli sakalını bacağıma bile bile sürtüp kasığıma çıktığında, telefonumdan geldiğine emin olduğum Doctor Who'nun jenerik müziği odayı doldurmaya başladı. Montumu odadaki koltuğun üstüne bırakmıştım ve telefonum da montumun cebindeydi.

Demir doğruldu ve "Gerçekten Doctor Who'nun bu anın bir parçası olmasını bu kadar içten mi diledin?" diye sordu. Cevabımı beklemeden beni belimden tekrar tuttu ve kendisine doğru biraz daha çekip yatakta ona doğru kaymamı sağladı.

"Benim ayarladığım bir şey değil, telefonum çalıyor ve arayan ya Burak ya da Esma," dedim gülerek.

Ben Esma'ya, Esma da Burak'a Doctor Who'yu bulaştırmıştı ve bu yüzden ikisi için de zil sesim, dizinin jenerik müziğiydi.

Demir "Sence umrumda mı?" diye sorduktan sonra üstüme eğilip beni öpmeye başladı. Telefon birkaç saniye sonra sustu. Açıkçası şu anda mavi gözlü bir önceliğim vardı, bu yüzden pek takmadım.

Demir, dudaklarını boynuma kaydırdığında başımı geriye attım. Telefonum Doctor Who'nun jenerik müziği ile tekrar çaldığında aldırmadık. Demir, bir eliyle üstümdeki dar atleti yavaşça belimden yukarıya doğru kaydırmaya başladığında, parmakları tenime değiyordu. Vücudum ona daha da yakın olmak istiyordu.

Dar, askılı atletimi göğüslerime kadar çıkardığı sırada telefonum bu sefer R5'ın Heart Made Up On You şarkısıyla çalmaya başladı. Bundan da beni Helin'in arıyor olduğunu anladım.

Demir durdu ve bana baktı:

"Neden arkadaşların bir türlü rahat vermiyor?" diye sordu. Keyfinin kaçmaya başladığı açıkça belliydi.

Aslında telefona bakmam gerekirdi ama ben sırf bu anı bozan kişi olmamak için "Boşver, bir kere daha çalarsa bakarım," dedim ve atletimi çıkardım.

Demir'in karşısında sadece iç çamaşırlarımla duruyordum. Sanki vücudumu kapatabilecekmişim gibi kollarımı karnımın üstüne koydum.

Telefon sustuğunda, Demir, sutyenime bakıyordu. "Bu...?" diye sorduğunda, bu sutyeni onun aldığını hatırlamış olmasını diliyordum çünkü her zaman 'Bu Cansu'nunkinin aynısı... Ya da Zeynep, Naz, Eda, Damla, Öykü... onlardan birinde de vardı. Yoksa Ceren miydi?" deme olasılığı vardı ki ben böyle özel bir anda onun benden önce birlikte olduğu kızlar hakkında en ufak bir şey duymak bilmek istemiyordum. İsimleri de sallamıştım.

Demir'le daha önce yatmış olan kızlar geçen seneye kadar bu olayın reklamını yaparak dolaşıyorlardı fakat ben o anda o anlatılanları duymamak için sürekli kaçmıştım. İstememiştim... Sevdiğim adamın şimdiye kadar birlikte olduğu kızların hikâyelerini dinlemek istememiştim.

İyi ki de dinlememiştim. Artık çoğu yaşamıyordu.

Yaklaşık yirmi dakikadır bunu unutmuştum. Peşimde beni takip eden gerçekleri unutup, kendimi Demir'e odaklamıştım. Aklımdan çıkan gerçekler beni çarptığında irkildim.

Demir yüzümün değiştiğini görünce utandığım için böyle yaptığımı sandı ve "Utanman için hiçbir sebep yok çünkü... spor yapmayan bir kıza göre fazla iyi fiziğe sahipsin," dedi. Öyle düşünmesine izin verdim.

Bunun beni mutlu etmesi gerekirken, ben neden onun şimdiye kadar birlikte olduğu sporcu kızları düşünmeye başlamıştım?

Telefonum tekrar çalmaya başladığında Demir ofladı.

"Baksam..?" diye sorduğumda, üstümden kalkıp yatağa oturarak ayağa kalkmama izin verdi. Montumun yanına gittim ve cebinden telefonumu çıkardım. Helin arıyordu.Demir'in ne ara yataktan kalkıp yanıma geldiğini bilmiyordum, tam açacaktım ki, telefonumu elimden aldığı gibi arkasını çevirip pilini çıkardı. Ardından telefonu montumun olduğu koltuğa atarken, pilini ise odanın bir başka köşesine fırlattı.

"Hayır," dedi ve bana yaklaştı. Beni belimden çekip kendine yapıştırdı. Elimi çıplak göğsünden omzuna çıkardım. Parmak uçlarıma kalkıp onu öpmeye başladığımda bana eşlik etti. Beni öpmeye devam edebilmesi için parmak uçlarıma kalkmam yetmiyordu. Genelde yaptığı gibi beni kaldırıp taşımasını bekliyordum ki tam o sırada beni kalçamdan tutup yukarı kaldırdı. Bacaklarımı onun beline doladım.

Ona alışmak mümkün değildi. Her ne kadar bir sonraki hareketini artık tahmin edebilir bir hale gelmişsem de her dokunuşu bir öncekinden daha derini etkiliyordu. Beni değiştiriyordu ve hayatım boyunca beni korkuttukları için uzak durduğum hislerin hepsine tek bir anda maruz kalmama sebep oluyordu.

Bu farklılık neden böylesine hoşuma gidiyordu?

Demir'in boynunda dudaklarımı gezdirirken ona tutunuyordum. Yürümeye başladı ve yatağın yanında, duvara dayalı olan kahverengi komodinin önüne geldiğimizde benim tüm ağırlığımı tek koluna verdi. Boşta kalan koluyla komodinin üstünde ne varsa koluyla itip yere düşmelerini sağladı. Ardından beni oraya oturttu.

Sadece, beni böyle taşıyabilmek için spor yapıyor olduğunu söylemesini istedim. Neden bir anda bencilleşmiştim?

Bacaklarımı doladığım yer onun tam belinin hizasına geliyordu ve bu, az önce olduğumdan daha fazla heyecanlanmama neden oluyordu. Demir "Bunu aldığım gün sana bu kadar yakışacağını bilmiyordum," dedikten sonra, bir elini sırtıma götürdü. Öbür eliyse belimdeydi.

Sutyenimin kopçasını tek eliyle açtıktan sonra kulağıma "Üzgünüm ama, çıkarmak zorundayım," diye fısıldadı.Ardından yavaşça askıların kollarımdan aşağı inmelerini sağladı.

Hızlı bir şekilde durmadan alıp verdiğim nefesler, göğsümün inip kalkmasına neden oluyordu. Vücudum ona temas ettiğinde aklını yitiriyordu. O, her dokunuşuyla karnımdan aşağı doğru inmeye çalışan elektriği acımasızca arttırmaya devam ediyordu ve bunun farkındaydı. Boynuyla yanağının arasına bir öpücük kondurduktan sonra, burnumu kulağına sürttüm ve ardından kulağını ısırdım.

Dokunuşlarının ve öpüşünün saliselik farkından, hiç beklemediğim kadar zevk aldığını hissettim.

Demir Erkan'ın zevk almasını sağlamak...

Demir elini kalçamdan kaydırıp küloduma getirdiğinde, bu sefer onun telefonu çalmaya başladı. Demir durakladı.

"Ne yani, benim telefonum çalınca sorun oluyor ama seninki çalınca bakmana izin mi veriliyor? Hiç sanmıyorum," dedim ve komodinin üstünden inip onun elini tuttum. Demir'i yatağa çektim ve onu iterek yatağa düşmesini, ardından uzanmasını sağladım. Çalan telefona aldırmadan "Sıra bende," dedim ve bu sefer ben onun üstüne çıktım.

Isınan parmaklarımı ve dudaklarımı onun göğsünde gezdirdikten sonra karnına indim. Öpücüklerim siyah boxer'ıyla karnının arasına indiğinde beni durdurdu. Başımı kaldırıp ne sorun olduğunu anlamak için ona baktım.

"Yapmanı istemiyorum," dedi.

Pek tecrübeli olduğum bir konu değildi, hatta yapmamı istemiyor olması işime bile gelirdi ama yine de sormadan edemedim:

"Neden?" diye sorduğumda, kollarımdan tutup beni yukarı çekti. Göğsünün üstüne yattım, göz temasını kaybetmemiştik.

"Ben seninle olan ilişkime başlamadan önce birlikte olduğum bütün kızlar bana zevk vermek için ellerinden geleni yaptılar. Bunu burada söylememin yanlış olduğunu biliyorum... Hatta şu an moralini bile bozmuş olabilirim ama..." diye konuşmaya başladığında, bana bunları anlatmasındaki amacı merak ettim.

".... ama sorun da oradaydı. Hepsi bana zevk verebilmek için oradaydılar ve ben... şu ana kadar kimseye zevk verme ihtiyacı hissetmedim," dedi.

İnsan sevdiği bir kişinin mutlu olmasını isterdi. Zevk alınacak tek şey seks değildi, içine dört dize yazılmış bir kâğıt parçası bile zevk verebilirdi insana... Demir'in söylemek istediği hepsini kapsıyordu sanırım.

"Kimseyi sevmedin mi?" diye sordum. Geçen yıl ben ona bu soruyu sormuş olsaydım dönüp bakma zahmetine bile girmezdi, kimseye karşılık vermezdi. Ama bugün burada ve nefes nefeseyken, artık o uzun süre inşa edip korunduğu duvarlara ben onunlayken ihtiyacı olmadığını anlaması gerekiyordu.

"Sana kadar hayır," dedi ve o mavi gözlerine bir kez daha âşık olmamı sağladı.

"Güneş, bunun senin ilk seferin olduğunu biliyorum ve benim bu açıdan fazlasıyla deneyimim olduğu için stres yaşadığını da... Ama işin gerçeği, sen de benim pek çok açıdan ilkimsin," dedi ve beni tekrar alta aldı.

Üstümdeyken benimle olan göz temasını bir saniye bile kaybetmedi. Yataktaki üç yastıktan birini alıp kafamla yatağın başının arasına koydu.

Demir, başımı çarpmamam için tedbir almıştı.

Demir, bir kişiyi düşündüğü için tedbir almıştı.

Demir'in bu yaptığı, belki küçük bir detay gibi görünen ve kimse için bir şey ifade etmeyecek bu olay, benim için dünyalar demekti. Gülümsedim.

Demir, külodumu yavaşça indirmeye başladığında bana hâlâ isteyip istemediğimi sordu.

Ona "Kapat çeneni," deyip gülümsediğimde, o da güldü ve beni dudaklarımdan öptü.

Derken telefonu yine çalmaya başladı.

Demir küfür etti ve bana "Yine üşümeye başladın, yorganın altına gir," dedikten sonra, yere düşmüş olan ceketinin yanına gitti. Ceketi yerden aldı ve cebinden telefonunu çıkardı.

Söylediğini yapıp yorganın altına girmiştim. Kimin aradığını soracaktım ki, Demir "Sana," dedi ve telefonu bana attı.

Telefon çalmaya devam ederken yorganı göğsümün üstüne kadar çekip kollarımın yanlarına sıkıştırdım, yatakta telefonun durduğu yere eğilip elime aldım. Demir giyinmeye başlamıştı.

Helin (Doğukan) arıyor.

319

Demir'in telefonunda hem bu yazıyı hem de numarayı görünce hemen açma tuşuna bastım.

"Helin?"

"Güneş! Güneş Allah aşkına... Neredesin?!" derken, Helin'in sesi çok kötü geliyordu. Arkada bir sürü gürültü ve bir ambulans sesi...

"Helin, o ambulans sesi mi? Ne oldu?" diye sorduğumda, Helin'in hıçkırıklarını duymaya başladım.

"Helin, iyi misin? Doğukan'lar yanında mı?" diye sorarken, Demir'in kemerini takışını izledim. Demir, benim Helin'e sorduğum soruyu duyar duymaz dikkatini kıyafetlerinden bana çevirdi.

Helin ağlamaya devam ediyordu.

"Helin ne oldu?! İyi misin?" diye sorduğumda, gerçekten endişelenmeye başlamıştım.

"Güneş ben... ben... ne yapacağımızı bilmiyorum ve... bir an önce onu İstanbul'a geri göndermemiz gerekiyor... ben..." derken artık öyle ağlamaya başlamıştı ki olduğum yerden hiçbir şey yapamazdım.

Demir, yatağın yanında ayakta dururken "Güneş, ne oldu?" diye sorduğunda ona baktım. Tam bir şey anlamadığımı söyleyecektim ki, telefonda Doğukan'ın sesini duydum:

"Güneş?"

"Doğukan! Evet buradayım. Helin'e ne oldu? Neden o kadar gürültü var ve bir ambulans sesi duyduğuma yemin..." derken Doğukan sözümü kesti.

"Güneş, şu an Demir'in telefonundan konuştuğumuza göre Demir yanında demektir. Bak.. bunu sana nasıl söyleyeceğimi bilmiyorum ama..." diye konuşurken, Helin'in hıçkırıkları hâlâ duyuluyordu. Doğukan'a sarılıyor olduğunu tahmin ettim.

Ciddi bir sesle "Doğukan, ne oldu söyler misin?!" dediğimde, onun verdiği cevapla beraber durdum. Nefesimi tuttum.

Kazadan sonra iyileşmiş olan her bir kırığımı, morluğumu ve yarayı tekrar hissettim.

Telefon elimden kaydı ve yatağa düştü. Görüşüm bulanıklaşmaya başlamıştı. Dudaklarım aralandı ve kulaklarım Doğukan'ın verdiği haberle yankılanmaya başladı.

Demir "Güneş?" dediğinde yüzümü ona çevirdim. Vücudumda diken diken olmamış tek bir tüy bile kalmamıştı. Karnıma yumruk yemiş gibi hissediyordum kendimi.

Demir'in gözlerine baktım. Doğukan'ın söylediklerini bir dakika önce güçsüzleşip fısıltı şeklinde çıkan kendi sesimden duymak, yanağımdan süzülen bir gözyaşına sebep olmuştu.

"Esma... Esma komaya girmiş."

34. Bölüm

Sessizlik.

Arabadaki bu sessizlik; Demir'in benimle konuşmadığı, bana cevap vermediği ilk zamanlarda, yoldayken oluşan sessizliğin bir hatırlatması gibiydi. Yine arkama yaslanmış, üşüyen ellerimi ısıtmak için dizlerimin biraz daha üstüne,bacaklarıma sıkıştırdığım ellerim, Demir'leyken yok olan dışarıdaki dünyayı izlemek için gözlerimi sabitlediğim cam...

Demir "İyi misin?" diye sorduğunda, gözlerini yoldan ayırmamıştı fakat direksiyonu sadece sol eliyle tutmaya başlayıp diğer elini ona yakın olan bacağımın üstüne koymuştu. Tutmam için bekliyordu.

Gözlerim yanıyordu, Demir'le geçirdiğim dakikaların üstümde bıraktığı heyecan duygusunun yerini, çok daha tanıdık olan ama bir o kadar da arkamda bırakmak, devam etmek istediğim o duygu kaplamıştı.

Kaybetme korkusu.

Demir'in eline dokundum ve parmaklarının sıcaklığı karşısında rahatladım. Parmaklarımı onunkilere kenetlediğimde, elini bilerek ve hissederek sıkı tuttum. Cevabımı almış olmalıydı.

Demir, hastanenin acil girişine geldiğimizde arabayı durdurdu ve "Sen git," dedi. Hızlı bir şekilde arabadan indim ve kırmızı, büyük harflerin, beyaz mermere yazıldığı duvarın yanından geçtim.

Kayarak açılan kapıları beklemek hiç bu kadar zor gelmemişti. Nereye gittiğimi bilmeden yürümeye başladım. Bulunduğum koridor boyunca hastalar dışında, Esma'nın yerini sorabileceğim kimseyi görememiştim. Yol ayrımına geldiğimde solumda merdivenler, sağımda ise asıl giriş kapısının olduğu yer ve danışma vardı.

Hızlı bir şekilde danışmada duran adamın yanına gittim.

"Esma Hilaloğlu. Nerede olduğunu söyleyebilir misiniz?" diye sorduğumda adam bana baktı, biraz durduktan sonra önündeki bilgisayarda bir şeylere tıkladı.

"Kendisi ameliyatta. Yakınlarıysa birinci kattaki bekleme..."

"Teşekkürler."

Ameliyat da nereden çıkmıştı?

Merdivenleri ikişer ikişer çıkarken, kendime sakin olmam gerektiğini hatırlatıyordum.

Beyaz duvar ve zeminin yanında, üstünde oturan ve yanında ayakta dikilenleri tanıdığım mor koltuklar görüş alanıma girdiğinde, Doğukan "Güneş geldi," dedi.

Helin başını kaldırdı ve oturduğu koltuktan ayağa kalktı. Sabah odadan çıkmadan önce sürdüğü gözlerindeki siyah eyeliner ve rimel, yanaklarından silik bir şekilde süzülüp iz bırakmıştı.

Helin'i ilk defa ağlarken görüyordum.

Helin hiçbir şey söylemeden bana koştu ve sarıldı. Kollarının, omuzlarımın üstünde hissettirdiği baskı bana ne kadar sıkı sarıldığını gösteriyordu. Kollarımı sırtında birleştirdim. Başını boynuma gömdü ve kendini serbest bıraktı.

Kendime sakin durma sözü vermiştim ama güçlü ve cesur olmasıyla örnek aldığım Helin'in bu halde olduğunu görmek...

Gözlerimi kapatıp hıçkırıklarımı saklamak zorunda olmadığım anlamına geliyordu.

Helin "Burak..." demek için kollarını serbest bıraktığında gözlerimi açtım ve mor koltukların olduğu tarafa baktım. Burak, Doğukan ve Alperen'in arasında oturuyordu. Dirseklerini dizlerine dayamıştı ve başını da ellerinin arasına almıştı. Yüzünü göremiyordum.

Helin'le beraber onlara doğru yaklaştığımızda, koltukların diğer tarafının merdivenlerin bulunduğu yerden görülmesini engelleyen duvar, artık bizimle birlikte Esma için burada bulunan diğer on altı kişiyi saklamayı bırakmıştı.

Esma ile bizim kadar yakın olmayan on altı kişi daha...

Burak'ın oturduğu yere yaklaştığımda Doğukan elini Burak'ın sırtından çekti.

"Burak..?"

Burak'ın başını kaldırıp bana baktığı anda dudaklarımı birbirine bastırma ihtiyacı hissettim. Kan çanağına dönmüş gözleri gözlerimi bulduğunda ayağa kalktı ve bana sarıldı.

"Esma'ya ne oldu?" diye sorduğumda, benden ayrıldı, ellerini kahverengi saçlarının arasında sinirle gezdirdikten sonra aşağı indirdi ve "Bilmiyorum," dedi. Ardından tekrar oturdu.

Ayakta duran diğer öğrencilerden anladığım kadarıyla Helin'in bana ayırmış olduğu yere, hemen yanına oturdum.

Komple sessizlik olsaydı fazla rahatsız edici ve zaten olduğundan daha da gerilimli bir ortam olurdu. Alperen Burak'la konuşuyor,Doğukan da ona destek veriyordu. Pelin, Baran, İlayda, Ali, Murathan, Barış, Tuna, Hazal, Berkay, Orhun ve diğerlerinden bazıları da kendi aralarında ses yüksekliklerini ayarlamış bir şekilde konuşuyorlardı.

"Beni aradığında Cansu'nun kaçırıldığını söyleyeceğini sandım," dedim Helin'e.

Helin burnunu çekti ve kısık bir sesle "Keşke o kevaşe kaçırılsaydı," diyerek Cansu'yla iyi giden ilişkilerimizin henüz sağlam olmadığını hatırlatmış oldu.

"Ayıp oluyor ama."

Cansu'nun sesini duyduğumda, Ateş'le beraber iki tepsinin üstünde bir sürü kahve getirdiğini gördüm.

Ateş önce Burak'a, sonra da diğerlerine sırayla birer bardak verirken, Helin, Cansu'ya baktı.

"Bugün onunla sen gezdin,belki de en yakın arkadaşıma beyin kanaması geçirten sensindir Cansu," dediğinde, Helin'e "Beyin kanaması mı?" diye sordum.

Cansu, Helin'e cevap vermek yerine bana bakıp "Tam olarak ne olduğunu bilmiyoruz, doktorlar çok az şey söylediler," dedi ve ardından Helin'e döndü:

"Şu anda hissettiğin duyguları anlıyorum ve bana olan gereksiz çıkışmalarını kayda almayacağım. Ama en yakın arkadaşının şu anda ameliyatta olmasının suçlusu ben değilim, kimse değil," dedi, bir kahveyi Helin'in eline tutuşturduktan sonra tepsiyi bana uzattı.

"Ben kahve sevmiyorum," dedim ve Cansu'nun diğerlerinin yanına gitmesini izledim.

"Helin... durum gerçekten ciddi mi?" diye sorduğumda Helin bana baktı ve başını evet anlamında salladı.

Arkama yaslandım ve koridordan geçecek herhangi bir doktoru beklerken, merdivenlerden çıkmış olan Demir'i gördüm.

Demir bana bakıp, beni yanına çağırınca ayağa kalktım ve Helin'e birazdan geleceğimi söyledim.

"Ameliyathanede neler olup bittiğini biliyor musun?" diye sorduğunda "Hayır, buradaki kimse bilmiyor," dedim.

"Bir tek şu anda Esma'nın ailesinin buraya doğru yolda olduğunu öğrendim. Ayrıca Ayhan Hoca çok geç olmadan buradakileri kaldığımız yere döndürmemi istiyor," dedi.

"Helin'in gerçekten dinlenmeye ihtiyacı var gibi görünüyor ama Burak ve beni, hayatta buradan götüremezsin," dedim.

"İstesem seni istediğim yere götürebilirim bunu çok iyi biliyorsun Güneş. Ama bugün üstüne gelmeyeceğim," dediğinde, onunla geçirmek üzere olduğum geceyi düşündüm ve aslında onun sinirli olmasını falan beklediğimi fark ettim. Fakat o, tüm bu tahminlerime rağmen normal ve anlayışlı bir şekilde konuşuyordu.

"Acaba neyi var?" diye sorduğumda, Demir "Bilmiyorum, gerçekten bilmiyorum. Ameliyat ne kadar sürecek onu da bilmiyorum ve ben bilmemeye alışkın değilim," dedi. Demir Erkan gerçekten de buna alışkın değildi.

"... önce şu sonradan çıkan tiplerin kulübelere ulaştığından emin olacağım, ardından da gidip öğreneceğim," diyerek, az önce söylediği cümleye ekleme yaptığında şaşırmamıştım.

Ayhan Hoca'nın isteği üzerine, Demir ona yardım etmişti ve Burak'la ben hariç, herkesin geri dönmesini sağlamıştı. O dışarıdayken, Ayhan Hoca hâlâ aşağıda işlemlerle uğraşıyordu ve bir detay öğrenmeye çalışıyordu. Biz Burak'la beraber iki kişi kalmıştık.

Sessizliğin ikimizi de saniye saniye daha da gerdiği anda "Ona daha yakın olmak ister misin?" diye sordum.

Burak anlamamış bir şekilde bana baktığında ayağa kalktım ve "Gel benimle," dedim.

Burak "Güneş, nereye gideceğiz?" diye sorduğunda "Sadece...

gel. Fazlasıyla hastane tecrübesi olan bir kız duruyor karşında," dedim ve elimi ona uzattım. Burak elimi tuttuğunda onu zorla koltuktan kaldırdım ve benimle yürümeye başlamasını sağladım.

Kattaki asansörü çağırdığımda, Burak bana "Nasıl deli bir planla çıktığını merak ediyorum," dedi.

"Ameliyathanenin oraya gideceğiz," diyerek planımı söylediğimde, Burak şaşırdı. "Oraya gidebilir miyiz ki? Denedim ama beni geri çevirdiler..." derken sözünü kestim ve "Tabii ki seni ve diğerlerini geri çevirirler, çünkü... işte aynen dediğim gibi. Sen ve diğerleri. Çok fazla kişi vardı," dedim.

Asansörün gri kapılarının açılmasıyla içeriye adımımı attım. Burak'ın gelmediğini görünce onu kolundan tutup içeri çektim ve ardından tuşların olduğu yere baktım.

Hangi katların hangi birimleri bulundurduğunu yazan postere baktıktan sonra, posterde yer almayan ama asansördeki tuşlarda olan -1 tuşuna bastım.

Burak "Tamam, kabul. Ama neden merdiven inmiyoruz?" diye sorduğunda "Başka türlü ameliyathanenin nerede olduğunu nasıl bilecektik?" diyerek açıklamamı yaptım.

Burak, normal ve alışkın olduğumuz sesini belki de saatlerdir ilk defa kullanarak "Doğru, zaten gizlice gidiyoruz, sormak da pek hoş olmazdı," dedi. Gülümsedim.

Burak "Ben gidip kadınla konuşmuştum, yalvarmıştım ama beni, ameliyathanenin hangisi olduğunu söylemeden zorla yukarıya çıkardılar. İşe yarayacağını sanmıyorum," dedi.

"Burak, Burak, Burak... Önemli olan ne söylediğin değil, nasıl söylediğin. Siz hepiniz hastaneye giriş yaptığınızda kalabalık oluşunuz dikkat çekmiş olmalı. Ayrıca bu katta amaç, insan ve hareket sayısını minimumda tutmak," dedim.

Burak "O neden?" diye sorduğunda "Bakteri sayısını en azda tutmaya çalışıyorlar gibi bir açıklamayla şimdilik bu sorunu geçiştirebiliriz. Şimdi, konuşmayı ben yaparım merak etme," dedim ve asansörün kapıları açıldığında, doğruca karşımızda oturan kadına yaklaştım. Burak'ın arkamdan geldiğine emindim.

"Esma Hilaloğlu kaçıncı ameliyathanede acaba,öğrenebilir miyiz? Yukarıda iki kişi kalınca birinci kat çok boş geldi. Burada oturalım dedik," dediğimde kadın bana, ardından Burak'a baktı.

Burak'ı görünce değiştirdiği bakışlardan, ben burada yokken Burak'ın bu katta durabilmek için ne kadar denediğini az çok tahmin etmiş oldum.

"C ameliyathanesinde. Kısıtlı alanları aşmadan oturabilirsiniz, geçmiş olsun," dediğinde, kadına gülümsedim ve ardından Burak'la beraber koridorda yürümeye başladık.

Yukarıdayken çıkardığım montumu tekrar giydim. Burak da hırkasının fermuarını yukarı çekti. Sıcaklık düşmüştü ve dediğim gibi, insan sayısı azdı.

Sırayla A ve B ameliyathanelerini geçtikten sonra bu saatte tek ameliyatın Esma'nınki olduğunu fark ettik. Kapısının üstünde C harfi yazan ameliyathanenin önüne geldiğimizde, Burak duvara dayalı olan dört sandalyeden birine oturdu.

"Kısıtlı alan..?" diye sorduğunda sesinin fazla yüksek çıkmış olduğunu düşünüp sesini alçalttı ve "Kısıtlı alan derken?" diye fısıldayarak sordu.

Onun yanına oturdum ve sakin, alçak bir sesle "Hastaneden hastaneye değişebilir ama ameliyathanelerin bazı kısımlarında kendi kıyafetlerinle dolaşamazsın. Özel kıyafet giymen gerekir," diyerek açıklamamı yaptım.

Burak ayağa kalkıp "Eee tamam o kıyafetlerden giyelim daha içeride bekleyelim," dediğinde, ona "Bence bizim burada durmamıza izin verdiklerine şükretmeliyiz," dedim ve onun tekrar yanıma oturmasını sağladım.

Aslında gerekli kıyafetleri giydikten sonra, çok sorun olmadığı sürece içeri girip ameliyata daha yakın olabilirdik ama Burak'a yalan söylemiştim.

Oraya girersek her gördüğü doktora Esma'yı soracağını, onları meşgul edip, gürültü yapıp dikkat dağıtacağını ve dayanamayacağını biliyordum. İşte bu yüzden burada olmak en iyisiydi.

Aslında benim için de en iyisiydi.

Bir kaç dakika oturduktan sonra Burak "Hastane bilgilerin hayran bırakıcı," dedi.

"İnsanlar 'Şoke edici' falan der de 'hayran bırakıcı'yı ilk defa senden duyuyorum," dedim gülümseyerek.

Burak rahatlamaya ve sakinleşmeye başlamıştı.

"Ne dediğimi biliyor muyum ki ben Güneş..." dedikten sonra, derin bir nefes aldı ve sırtını iyice sandalyenin arkasına yasladı. Kollarını göğsüyle karnının arasında bağladı. O anda ameliyathaneden dışarı çıkan bir doktor bizi görünce şaşırdı,fakat hızlı bir şekilde yürümeye devam etti.

Burak ayağa kalktı ve doktora yetişip onun önüne geçti:

"Esma iyi mi? Durumu nasıl?" diye sormaya başladığında, doktor ağzındaki maskeyi indirdi ve "Bir şey söylemek için çok erken," dedi.

Burak "Yaşıyor mu? Ambulansın içindeyken komaya girdiği söylendi... O yaşıyor mu? Lütfen bana yaşadığını söyleyin... lütfen cevap verin..." diye sayıklamaya başladığında, kadın doktor bana baktı.

Söyleyeceği tek bir kelime Burak'ı bitirirdi.

Beni de bitirirdi.

Elimi Burak'ın omzuna koydum. Cevap vermeyeceği açıkça ortadaydı.

"Ameliyat kaç saat sürecek?" diye sorduğumda, kadın bakışlarını değiştirdi ve cevap verebileceğini düşündü.

"Yaklaşık yarım saat sonra Esma Hanım'ı ameliyathaneden çıkaracağız ama acilen İstanbul'a nakledilmesi gerekiyor," dedi.

Burak "Nasıl yani?" diye sorduğunda, doktor "İstanbul'da... nasıl söylesem... beyinle ilgili birimler daha çok var ve orada iyi bir tedavi süreci uygulan..." diye cevap verdi.

"Beyin mi?"

"Ben... neyse. İzninizle bir an önce İstanbul'daki o doktorla konuşmam gerekiyor. Bu yüzden ameliyathaneden çıktım," dedi ve doktor koridorda ilerlemeye başladı.

Burak'a baktım. Bana bakıyordu.

"Güneş, ben ne yapacağım?" diye sorduğunda, verebilecek cevabı, Burak'ın hak ettiği cevabı düşündüm ama bulamadım.

"Güneş bana..." derken sesi yine yüksek çıkmıştı ve bunu fark ettiği anda kendini durdurdu. Bir adım geri gittikten sonra tekrar konuştu:

"Güneş, bana bundan sonra ne yapmam gerektiğini söyler misin?" diye sorduğunda, hırkasının fermuarını indirmişti.

"Burak... ben... bilmiyorum," dediğimde hırkasını çıkardı ve sandalyelerin olduğu tarafa fırlattı. Arkasını döndü, sağ elini saçlarının arasından geçirdi. Ardından tekrar bana döndü ve bir şey söyleyecekmiş gibi oldu.

Onun neler söylemek istediğini tahmin edip anlayabiliyordum, ama hissettiklerini asla anlayamazdım.

O anda o lanet yerde Demir yatıyor olsaydı ve o mavi gözleri bir daha asla göremeyecek olma düşüncesi, yayından çıkan bir ok gibi beni vursaydı, gerçek olabilme ihtimali Burak'ın Esma'yı kaybedebilecek olması ihtimali kadar yakın olsaydı...

Yaşayamazdım.

Burak sandalyelerin yanına gitti ama oturmadı. Son sandalyenin yanında durdu ve duvara yaslandı. Yavaşça aşağı kaydı ve yere oturdu. Ben, buradaki düşürülmüş sıcaklıkta üşürken, o ise terliyordu.

Montumun cebinde her zaman taşıdığım peçetelerden bir tanesini Burak'a uzattım. Aldı ve açıp alnını sildi. Yanına, yere oturdum. Ben de bacaklarımı uzattım.

Burak kafasını da duvara dayadı ve boynunu yukarı kaldırdı. Gözlerini kapattı.

Bu, ona işkence gibi geliyordu.

Yaklaşık yirmi dakika boyunca orada, öyle sessizce oturduk. İstanbul'daki doktorla konuşmaya giden kadın geri dönmedi, ne yeni biri girdi ne de biri çıktı. Bazen koridordan geçen hemşireler gördük, o kadar.

Aklıma Demir geldiğinde, telefonumu çıkardım ve hâlâ takmamış olduğum bataryayı, arkasından da telefonun arka kapağını taktım ve kilit tuşuna basılı tutup açılmasını bekledim.

Telefon açıldığında hemen titreşime aldım. Kapalıyken beni arayan numaralar ve Helin'in attığı mesajlar gelmeye başladığında, rehbere girip Demir'i aradım. Burak'ın yanında konuşup boş yere onu rahatsız etmek istemediğim için ayağa kalktım.

Demir'in telefonu açmasını beklerken yavaşça merdivenleri çıkıyordum.

"Nerdesin?" diyerek telefonu açtığında "-1'deyiz. Durum sanırım gerçekten çok kötü ve Esma'nın bir an önce İstanbul'a dönmesi gerekiyormuş," dedim.

Demir "Evet, mantıklı. En hızlı nasıl dönebilir?" diye sorduğunda, "Bilmiyorum ama ailesi buraya gelmeden bir karar vermemiz doğru olmayabilir," diye karşılık verdim.

Demir "Önüne bak," dediğinde anlamayarak "Hı?" diye sordum.

"Önünde başka bir basamak daha yok," dediği zaman şaşırdım ve merdivenlerin orada dengemi kaybettim.

Arkaya doğru, merdivenlerden düşerken, Demir beni tuttu ve düşmememi sağladı.

"Bir de seninle mi uğraşalım, onu mu istiyorsun?" diye sorduğunda, gülmedim ve Burak'ın yanına doğru yürümeye başladım. Demir'in gelmediğini görünce ona döndüm ve "Gelmiyor musun?" diye sordum.

"Bir telefon görüşmesi yapmam gerekiyor," dedi ve yukarı çıkmaya başladı.

Fazla yüksek çıkmamasına dikkat ettiğim sesimle "Demir..." dediğimde, beni duymayacağını sanmıştım ama anında durdu ve bana baktı.

Bir şey söylemeyince çıktığı merdivenleri geri indi ve bana yaklaştı.

"Söyle sarı."

"Kendine dikkat et," dedim hiç düşünmeden.

Mavi gözleriyle dudaklarıma baktı ve ardından gözleri tekrar gözlerimle buluşturdu.

"Sen hazırsın," dedi.

Bu 'hazır olmak' da nereden çıkmıştı?

"Ne demek istiyorsu..." derken, Demir sözümü kesti ve "Güneş sen... inanılmaz birisin," dedi.

Demir'in ne demeye çalıştığını hem anlamıyordum, hem de neden bu kadar içten ve ciddi bir şekilde söylediğini de merak ediyordum.

"Ne alakası var?" diye sorduğum anda aramızdaki mesafeyi kapattı ve omuzlarımdan önüme düşen sarı saçlarımı geriye attı. Ardından ellerini boynuma ve yanaklarıma koydu.

"Ne kadar güçlü bir kız olduğunun farkında değilsin,bu konuda sürekli kendinle çatışma halindesin ama hiçbir zaman benim gördüğüm Güneş olduğunu kabul etmiyorsun. İşte o inatçılığın beni sana çekiyor," dedi.

"Demir inan bana, uzun zamandır güçlü olmayı, sürekli öyle kalmayı deniyorum ama olmuyor. Sürekli bebek gibi ağlıyorum ve gözyaşları hiçbir sorunun çaresi olmuyor..." derken sözümü kesti. "Hayır. Şu anda konumuz o değil ama yine de sen herkes ağlayabilir mi sanıyorsun? Ağlamak cesaret ister Güneş ve sende, bende olmayan o cesaret var. Bunu unutma," dedi, alnımı öptükten sonra ellerini yanaklarımdan çekti ve uzaklaştı.

Burak'ın yanına döndüğümde oturduğu yerden bir santimetre bile kıpırdamamış olduğunu gördüm. Sandalyelerin oraya fırlattığı lacivert hırkasını aldım ve ona uzattım. Elimden aldı ve üstüne giyip, teşekkür etti.

Tekrar onun yanına, yere oturdum ve sırtımı dayadım.

Demir durup dururken bir kişi hakkında düşüncelerini açıklama gereği duymazdı.

Demir'in hangi davranışımdan dolayı bana benim hakkımdaki düşüncelerini açma gereği duyduğunu bulmaya çalıştım. En yakın arkadaşım içeride ölümle savaşırken, burada büyük bir soğukkanlılıkla Burak'a destek olduğum düşüncesi daha yeni aklıma gelmişti.

Göğüs kafesime sıkışan bir ağırlık ve gözlerimde dakikalar geçtikçe etkisini kaybeden yanma hissi dışında bir şey hissetmiyor gibiydim.

"Beklemek, beklemek ve beklemek... Zor, değil mi?" diye sordum. İkimiz de karşımızdaki boş, beyaz duvarı izliyorduk.

"Hem de nasıl," dedi. Sesi kısık çıkmıştı. Bunu fark edince boğazını temizledi ve sesini yerine getirmeye çalıştığını belli etti.

"İçeride ne olup bittiğini öğrenmek için her şeyi yaparsın ama hiçbir şey öğrenemeyeceğini de biliyorsun, işte bu seni dizginliyor ve şu anda oturduğumuz yerde oturmamızı sağlıyor... Eninde sonunda bir cevap alacağız Burak. Esma yaşayacak, hiç merak etme. Onunla daha izlememiz gereken o kadar çok film, söylememiz gereken o kadar çok şarkı ve benim gibi ağaçtan beter dans eden birine öğretmesi gereken o kadar çok dans figürü var ki..." dediğimde, Burak gözlerini kapatmış, gülüyordu. Ben de gülümsedim.

O cevap vermeyince konuşmaya devam ettim:

"O yaşayacak. Düzenlemesi gereken etkinlikler var, lise bitmeden alması gereken iki takdir belgesi daha var. Ezberlemesi gereken yeni yemek tarifleri ve bu boktan lisede hiçbir şeyi takmayan öğrencilerin bile adamakıllı müzikaller yapmasını sağlaması gerekiyor..." diye saymaya başladığımda, her söylediğim şey gülümsememi iki katına çıkarıyordu.

Burak sözümü kesti.

"Hiç tanımadığı daha birçok insana o tatlı sesiyle yardım etmesi, gülmesi, güldürmesi ve beni her yılın her ayının her gününün her dakikasında tekrar ve tekrar kendine âşık etmeye devam etmesi gerekiyor," dediğinde hâlâ Burak'ın gözleri kapalıydı ve gülümsemeye devam ediyordu.

Burak'ın o anda gözleri kapalıyken yanağından süzülen bir damla gözyaşı gibiydi Esma'nın içerideki savaşı.

O anda ya hiç sağlıklı düşünemiyordum, ya da fazla olgun düşünüyordum çünkü Esma'nın benim üzerimde bıraktığı, herkesin üzerinde bıraktığı o tatlı ve masum etki dışında başka hiçbir şeyi hissetmiyordum.

Sanırım hayatımda kayıpların olmasına alışıyordum ama Esma o kayıplardan biri olmak için fazla gençti.

Ama bir şeyi ihmal ediyordum ki,bu ihmal ettiğim şeyin üzerinde kafa yormak konusunda kalbimle beraber işbirliği yapıp bunu sürekli erteliyordum:

Kardeşim Atakan çok genç değildi sanki!

35. Bölüm

Tam kırk iki dakika sonra ameliyathanenin kapısı açıldı ve içeriden dört doktor çıktı. Burak ayağa kalkacak gibi olduğunda, ben de hemen yerimde doğruldum ve ayağa kalktım.

İstanbul'daki bir doktorla konuşmaya giden kadın da koridordan geçip yanımıza geldiğinde, içeriden çıkan dört doktordan en uzun boylusuyla konuşmaya başladı.

Kadının neler söylediğini dinlemeye çalışırken "Esma Hilaloğlu'nun yakınları siz misiniz?" sorusuyla, dikkatimi Burak'la önümüzde duran adama verdim.

Ben daha cevap veremeden Burak "Evet. O iyi mi?" diye sordu.

Doktor bir bana, bir de Burak'a baktı ve sonrasında Esma'nın neyi olduğumuzu sordu. Tam doktora Esma'nın ailesinden birinin bizimle burada olmadığını söyleyecekken, Ayhan Hoca koridorda göründü.

Hızlı adımlarla yanımıza geldi ve doktorun dikkatini çekmiş oldu.

"Merhaba. Şu anda Esma hakkında konuşabileceğiniz en yetkili kişi benim, ailesinden izin belgem var. Az önce hastanenize fakslandı," dedi.

Doktor "Tamam, sizinle özel olarak yukarıda konuşabilir miyiz lütfen?" diye sorduğunda Burak "Neden özel olarak? Lütfen bana Esma'nın iyi olduğunu söyleyin, lütfen bir cevap verin..." derken sesi kısıktı.

Doktor, Burak'a baktı, cevap vermedi ve tekrar Ayhan Hoca'yla döndü:

"Siz lütfen benimle gelin," dedi ve Ayhan Hoca'yla beraber asansöre doğru ilerlemeye başladılar.

Biz doktorla konuşurken koridordakiler gitmişlerdi. Yine Burak'la bu soğuk ve sessiz yerde yalnız kaldığımızda onu izliyordum.

Burak dudaklarını birbirine bastırdı, arkasını döndü ve duvara yaklaştı. İfadesiz olan yüzüyle duvara sert bir yumruk attı.

Elinin acısıyla "Siktir," dediğinde ona doğru yaklaştım ve bir elimi omzuna koydum.

Elimden kurtulup tekrar duvara yumruk attı.

"Neden?!" dediğinde artık sesinin yüksek çıkmasına engel olmuyordu.

"Burak... eline zarar veriyorsun..."

Söylediklerimi dikkate almayıp bir yumruk daha attığında, bu sefer o kadar sert atmıştı ki elini geri çekince silkelemek zorunda kaldı.

"Burak, beni dinler misin? Gel yüzümüzü yıkayalım, su içelim biraz. Sonra tekrar buraya geliriz," demeye çalıştığımda bana döndü ve sinirden kızarmaya başlayan yüzüyle, "Neden hiçbir şey söylemiyorlar!?" diye bağırdı.

O sırada danışmada oturan kadın yanımıza geldi ve "Burada bu kadar yüksek sesle konuşamazsınız, lütfen dikkat edin," dedi.

Burak "Bana hiçbir şey söylemiyorsunuz ki!? Bakın, orada hayatımda en çok sevdiğim kişi var ve ben daha onun nefes alıp almadığından bile emin değilim! Bana neden bir şey söylemiyorsunuz?! Cevap versenize!" diye kadına bağırmaya başladığında, kadın bana baktı ve "Lütfen arkadaşınızı yukarı çıkarın," dedi.

Burak'ın nefes alış hızı üç katına çıkmıştı ama yine de daha çok oksijene ihtiyacı vardı.

Elimden geldiğince yumuşak bir ses tonuyla konuşup ona "Hadi gidelim," dedim.

Burak birkaç saniye sonra bana baktı ve başını evet anlamında salladı.

Hiçbir sonuç alamadığımız ameliyathanenin bulunduğu koridordan uzaklaşıp merdivenlere yaklaşmaya başladığımızda, Burak arkasına, C ameliyathanesinin kapısına baktı.

Az önce Ayhan Hoca'nın bir doktorla beraber bindiği asansörün çağırma düğmesine bastıktan sonra tekrar Burak'a baktım.

Hâlâ arkasına, koridorun ucundaki o kapıya bakıyordu.

Asansör sonunda bizim kata ulaşıp kapıları açıldığında Burak bana döndü ve tek bir soru sordu:

"Ya bir daha onun bu kadar yakınında olamazsam?"

Burak'la bir yerde oturup beklemekten sıkılmıştık, bu yüzden hastanede katları dolaşmaya başladık. Oturmak dışında bir şey yaptığımız için Burak daha iyiydi.

Bütün katları gezip en üst kata çıktığımızda bizi renkli bir koridor karşıladı.

Koridorda ilerlemeye başladıkça gelen bebek sesleri de artıyordu. Seslerin geldiği tarafa yöneldik ve büyük bir camın önünde durduk.

Bir odanın içinde pembe, beyaz, mavi ve sarı renkteki örtü ve minik şapkalarla tam sekiz yeni doğmuş bebek vardı.

Burak "Düşünsene... daha hiçbir şeyden haberleri yok," dedi ve gülümsedi. Gözlerini bebeklerden ayırmıyordu.

Tam o sırada odanın kapısı açıldı ve bir hemşire yeni bir bebekle içeri girdi.

Sanırım hastanede doğumhaneyi görmemiştik.

"Dokuzuncu bebek de partiye katıldı," dedim.

Burak "En acemisi o şu anda. Daha partiye alışamadı," dedi. Gülümsedim.

"Yaşamanın partiyle uzaktan yakından alakası yok. Ama bunu keşfedebilmesi için önünde daha uzun bir zaman var," dedim.

İkimiz de sadece büyük camdan bebekleri izliyorduk.

Birkaç saniye sonra Burak "Hey, bizim çaylağın adına bak. Okuyabiliyor musun?" diye sordu.

Burak'a biraz daha yaklaştım ve gözlerimi kısarak bebeğin bileğindeki bilekliği okumaya çalıştım.

Güneş.

Gülümsedim. Arda şimdi burada olsaydı yine saçma espri yeteneğiyle...

Burak "Arda olsa 'Yeni bir Güneş daha doğdu' tarzında bir şey söylerdi," dediğinde "Ben de tam onu düşünmüştüm."diyerek karşılık verdim ve tekrar camın arkasında masum bir şekilde çevresini incelemeye çalışan Güneş'i izlemeye döndüm.

Burak "Sana benziyor," dedi.

Güneş'i çevreleyen dört bebek de ağlıyordu ama o, onların sesinden etkilenip ağlamak yerine yeni yeni açmaya çalıştığı minik gözleriyle etrafa bakmaya çalışıyordu. Minik, sarı eldivenlerini havada hareket ettirirkenki tecrübesizliği onu üç kat daha tatlılaştırıyordu.

İçimde ona şarkı söyleme isteği uyandırıyordu.

Burak cebinden telefonunu çıkardığında ekranda **Ayhan Hoca** yazıyordu.

Kısa bir konuşmadan sonra telefonu kapattı ve hemen asansöre yöneldi.

"Bizi çağırıyor," dedi.

Sanırım asansörün geliş süresini uzun olarak tahmin etmişti ki merdivenlerden inmeye başladı. Hızlı adımlarının sesi bir anlığına kesilip tekrar yükseldiğinde geri çıktı.

"Gelmiyor musun?" diye sordu.

"Senin arkandan geliyorum," dedim.

Başını onaylar gibi salladı ve büyük bir heyecanla merdivenlerde gözden kayboldu.

Tekrar büyük cama, bebeklere baktığımda, Güneş'in gözlerini biraz daha açabilmiş olduğunu gördüm.

Bana bakıyordu.

Merhaba Güneş. Büyük ihtimalle, burası neresi ,ben nereye düştüm ve bu uzun ve adını bilmediğim renkte saçları olan kız neden orada dikilip aptal bir gülümsemeyle beni izliyor, diye merak ediyorsun. Merak etmek iyidir ama bazen başını belaya sokabilir. Bunu... zamanla öğreneceksin zaten.

Sana tavsiye edebileceğim pek çok şey var ama zamanım yok, çünkü aşağıda en yakın arkadaşım yaşam savaşı veriyor.

Senin zamanın daha yeni başladı ama bazılarınınki saniye saniye tükeniyor.

Sana şu kadarını söyleyebilirim Güneş, bana benzemiyorsun. Adımız aynı olabilir ama sen Burak Abi'nin söylediklerine çok takılma, farklıyız. Benden daha güçlü ve cesursun,çevrendeki diğer bebeklerin yaptığı gibi yapmak isteyip, onlara ayak uydurup ağlamıyorsun. O meraklı gözlerinle dakikalardır kıpırdamadan bana bakıyorsun.

Belki de düşündüklerimi, sana bu içinden söylediğim şeyleri anlayabiliyorsun. Bilemeyiz.

Kardeşim Atakan doğduğunda, ben beş yaşındaydım. Dürüst olmak gerekirse onun doğduğu günü hatırlamıyorum fakat nedense böyle bir camın önünde durup hangisinin benim kardeşim olabileceğini tahmin etmeye çalıştığım hâlâ aklımda.

Şimdi buradayım. Başka aileler, yeni hayatlar... Biri de sensin.

Asla bana benzeme Güneş. Ailene tutun ve asla senden kopmasına izin verme.

Burak'ın önceden düğmesine basmış olduğu asansör sonunda kata ulaşıp kapılarını açtığında yürüdüm ve asansöre bindim. Asansördeki diğer iki kişiyle birlikte, giriş katına inmeye başladım.

Ayhan Hoca, Burak ve Demir'i hastanenin dışına çıkarken gördüğümde, arkalarından onlara yetişip ben de dışarı çıktım.

Onlara katıldığımda, Ayhan Hoca, Demir'e ne yaptığını sordu.

Demir "Kızın ailesi şu anda İstanbul'a geri dönüyor ve sizi orada bekleyecekler. Helikopter yirmi dakika içinde hastanenin çatısında olacak," dedi.

Burak'la aynı anda "Ne?" diye sorduğumuzda, Demir "Her şey ayarlandı. Şimdi doktorlar yolculuk için gerekli hazırlıkları tamamlıyorlar," diyerek açıklamasını bitirdi.

Ayhan Hoca "Sağ ol Demir," dedikten sonra, Burak ve bana baktı.

"Size söyleyeceklerim hoşunuza gitmeyecek," dedi.

Dördümüz hastanenin dışında, kimsenin dışarıdaki dondurucu soğuktan dolayı oturmadığı masalara oturunca, Ayhan Hoca konuşmaya başladı:

"Esma'nın beyninde ur var ve bu tümör yakın zamanda ortaya çıkmış bir şey değilmiş," dediğinde yaşadığım şoktan dolayı dudaklarım aralandı. "Nasıl yani yakın zamanda ortaya çıkmış bir şey değilmiş?" diye sorduğumda, Ayhan Hoca "Uzun zamandır bununla savaşıyormuş ve tümörün boyutları sürekli olarak artış göstermiş. Siz Esma'nın bu durumunu önceden biliyor muydunuz? Lütfen bir şeyler söyleyin ki her şey daha..." derken, Burak, Ayhan Hoca'nın sözünü kesti. "Hayır! Allah kahretsin! Bilmem gerekirdi!

Anlamam, ondaki sorunun farkına varmam gerekirdi. Ben aptalım! Tam bir aptalım! Benim yüzümden kız şu anda... belki de..."

Yanımda oturan Burak'ın elini tuttum.

Ayhan Hoca bana bakıp bir açıklama beklediğinde "Biz hiçbir şey bilmiyorduk. Şu anda sizden ilk defa Esma'nın hastalığı hakkında bir şeyler duyuyoruz," dedim.

Demir "Demek ki saklamış," dedi.

Ayhan Hoca "Doktorlar böyle ciddi bir durumda zaten tedavi görüyor olması gerektiğini düşünüp, önce ailesine oradan da kendi doktoruna ulaşmışlar," dedi.

Burak "Peki, madem tedavi görüyormuş o zaman neden bugün komada?!" dediğinde, Ayhan Hoca "Burak, sakin ol. Esma'nın iyi olacağına inanmak zorundayız," dedi.

Burak, "Ama bize iyi olacağına dair kanıt vermiyorlar ki!" dediğinde, Demir "İstanbul'daki kendi doktoruyla konuşmadan bunu bilemeyiz. Helikopter gelince sen ve Ayhan Hoca doğruca İstanbul'a gideceksiniz ve orada direkt olarak hastanenin alanına iniş yapacaksınız. Her türlü izin halledildi. Ailesi de orada olacak ve kesin cevapları orada alacaksınız," dedi.

Demir'e ne kadar teşekkür etmem gerekiyordu? Hiçbir zaman yeterli olmayacaktı. Bu iyiliği için ona minnettardım.

"Kampın geri kalanı ne yapacak?" diye sorduğumda Ayhan Hoca "Ben başınızda olmayacağım, bu yüzden görevi sana ve Demir'e devrediyorum," diyerek cevap verdi.

Ayhan Hoca "Gençler hasta olacaksınız, gelin içeri girelim," deyip ayağa kalktıktan sonra, Burak hariç hepimiz binaya doğru yürümeye başladık.

Ayhan Hoca'ya "Burak'ı içeri girmeye ikna edeyim mi?" diye sorduğumda, Ayhan Hoca yerine Demir sorumu yanıtladı ve "Biraz yalnız kalmaya ihtiyacı var," dedi.

Haklıydı.

Burak'a veda etmeden önce söylediğim son şey Esma'nın iyi olacağıydı. Bu duyması gereken şeydi, ama nedense ben bile söylerken kendimden emin olamamıştım.

Esma'nın nasıl bir ekipmanla helikoptere taşındığını görememiştim, çünkü o sırada Demir'le kampa geri dönüş yolundaydık.

Yoldayken arkamızdan sürekli bizi takip eden bir araba olduğunu gördüğümde, korumanın bizimle beraber hastanede bulunmuş olduğunu ama bunu hiç fark etmediğimi anladım.

Minik Güneş'le konuşurken söylediğim cümleyi duymuş olmalıydı ama çok sorun etmedim.

On birinci kulübeye, yani kızlarla kaldığımız kulübeye girdiğimizde, Demir'le içeride sadece Helin, Doğukan ve belki Alperen'i göreceğimizi tahmin etmiştik ama Cansu, Ateş ve Savaş da vardı.

Onlara Esma'nın pek de net olmayan durumunu ve Burak'la Ayhan Hoca'nın Esma ile birlikte İstanbul'a döndüğünü anlattığımızda, Helin rahatladı. En azından Esma'nın İstanbul'da kendi doktoru ve ailesiyle olacağını düşündü.

Ama ben nedense bu kadar pozitif düşünemiyordum çünkü kendi doktorlarımızla ve bir arada olmak bizim ailemizin parçalanmasını engellememişti. Bunu sürekli kendimi depresif bir moda sürüklemek için kendime hatırlatmıyordum, bu tecrübemin bana bu konuda yardım etmesi için hatırlatıyordum.

Tamam, pek yardımcı olmuyordu ama en azından gerçekleri gösteriyordu.

Helin "Güneş, biz dönmek istiyoruz," dediğinde, kulübenin kapısında duran bavulları gördüm. Helin benimkini de toplamıştı. Tabii ki onunla gideceğimi biliyordu.

Ateş "Evet Güneş. Biz de öyle," dediği zaman, kulübenin kapısı çaldı.

Oturduğum yataktan kalkıp kapıya yürürken "Ama diğerlerini burada bırakamam çünkü Ayhan Hoca sorumluluğu bize..." derken kapıyı açmamla gördüğüm görüntü karşısında cümlemi tamamlamamın gerekmediğini anladım.

"Tatili erken bitirme gibi bir şansımız var mı?" diye soran kızın arkasında, dört kişinin daha durduğunu gördüm.

Helin'e dönüp "Eğer herkes gitmeyi kabul ederse..." diyerek sözüme başladığımda, Demir sözümü kesti ve kesin bir sesle "Herkes kabul ediyor," dedi.

Bu durumdayken gülümseyebileceğim kadar az gülümsedim ama en azından rahatladığımı belli ettim.

"Tamam o zaman. Esma'nın yanına dönüyoruz."

Saat gece yarısını geçmiş olmasına rağmen yirmi dört saat açık olan ve önceden anlaşmalı olduğumuz otobüs şirketini aramam gerekiyordu. Esma'nın çantasındaki dosyadan numarasını buldum ve konuştum. Sabah erkenden yola çıkmak istediğimizi söyledim. Buraya geldiğimiz otobüsle değil ama farklı bir otobüsle dönebileceğimizi söylediler.

Herkes Uludağ'daki son gece için kulübelerine dönüp uyumaya başladığında, ben de bizim kulübede Helin ve Doğukan'ı yalnız bırakmıştım.

Demir'le birlikte onun kulübesine yürümeye başladık.

"Kaç saattir sigara içemedim haberin var mı?" dedikten sonra bir sigara yaktı.

Tüm bu olayların, koşuşturmaların, bekleyişlerin arasında bana cesur olduğumu söylediğinden ve beni alnımdan öptüğünden beri yalnız konuşamamıştık.

Konuşmasak da öyle olacağını bildiğim halde "Bu gece seninle kalabilir miyim?" diye sorduğumda, Demir bana baktı.

"Bunu gerçekten sorma gereği hissettiğine inanamıyorum," dedi ve kulübenin kilidini açtı.

İçeri girdik.

"Hayır... yani... aslında anlatmaya çalıştığım,daha doğrusu sormaya çalıştığım şeyi sormayı beceremedim. Biz.. yani bu gece..." derken, benim boş konuşmalarımı kesmek için bana döndü ve beni öpmeye başladı. İçtiği sigaranın tadını aldığımda öpüşünün beni rahatlattığını hissettim.

Dudaklarını dudaklarımdan ayırdığında gözlerimi açtım.

"Böyle bir durumda seninle zorla sevişmeye çalışmayacağım. Saçmalama," dedi ve parmaklarının arasında tuttuğu sigarayı az önce benden ayırdığı dudaklarına götürdü.

Ceketini çıkardı ve koltuklardan birinin üstüne attı. Saatler önce Esma'nın hazırladığı doğum günü pastasının durduğu sehpanın üzerindeki kül tablasına sigarasının küllerini attıktan sonra tekrar dudaklarına götürdü.

"Demir."

Ne söyleyeceğimi merak edip bana baktığında ona yaklaştım.

Esma'nın komada olması, bir daha uyanamayacak olma ihtimali... Kelime kelime ölüm ve hastane teması beynimi kontrol ederken, iki parmağımla Demir'in dudaklarının arasında duran sigarayı aldım ve ondan uzaklaştırdım.

Sehpanın üzerinde duran kültablasına uzandım ve biraz daha içilebilecek olan bitmemiş sigarayı orada söndürdüm.

"Bunu neden yaptın şimdi?" diye sorduğunda, doğruldum ve gözlerine baktım.

"Bir daha asla sigara içmeyeceksin," dedim.

Ve Demir Erkan, bir daha asla benim yanımdayken sigara içmedi. Yanında olmadığım zamanlarda içiyor muydu, içmiyor muydu bilmiyordum ama ben onu bir daha ne içerken gördüm, ne de beni alıştırdığı o sigara kokusunu onun üstünde duydum.

Sabah kulübelerimizde kahvaltı ettikten hemen sonra yola çıktık. Otobüs tam yedide kamp alanının önünde olmuştu. Normalde önceki geceki gibi geç yatılan bir saatten sonra insanların bu kadar erken bir saatte yola çıkılmasına karşı çıkacağını sanmıştım ama tek bir kişi bile gelip benden hareket saatini değiştirmemi istememişti.

Otobüs yolculuğu boyunca tek bir müzik sesi duyulmadı.

Kimse yüksek sesle, büyük kahkahalarla konuşmadı.

Normalde bir okulda, bir toplumda,bir çevrede sevilen ve sevilmeyen kişiler vardır. Birinin sevdiğini bir başkası sevmeyebilir. Hepimiz böyleyiz aslında. Bizi seven ve sevmeyen insanlar vardır, onlarla yaşarız.

Ama Esma böyle değildi. Hayatımda herkesin sevdiği ve hiç kimsenin sorun yaşamadığı tek insandı o. Gerçekten. Bu imkânsız gibi görünebilirdi aslında ama gerçekti. Hiçbir şeyi, kendi hayatını bile ciddiye almayan kişilerin bulunduğu bu okulda bile, hastaneye fazladan on altı kişi gelmişse, son sınıf gezisinden,bu rüya gibi olan yerden erken dönmek istenmişse, yolculuk boyunca bir kere bile müzik açılmamışsa eğer... Bence söylediğim şey doğruydu.

Hayatım boyunca Esma'nın sahip olduğu bu şeye sahip olmaya çalıştım. Herkesin beni sevmesini istedim, gülümsedim. Hiç umrumda olmayan kişilerin düşüncelerini önemsedim ve yok yere, hayatımda bir daha hiç karşılaşmayacağım insanların hakkımda düşündüklerinden dolayı moralimi bozdum.

Herkesin sevgisini ve saygısını kazanmak istedim ve bunlara sahip olduğumu da düşündüm. Ama gün geldi, gerçek dostlarım diye saydıklarım bile yanımda olmadığı zaman, aslında tüm gerçek sandıklarımın yalan olduğunu anladım.

Arda hariç.

Arda benim kendimi katletmemi engelleyen insan olmuştu, hâlâ da öyleydi. Sadece artık eskisi kadar ona böyle olduğunu gösteremiyordum.

Esma'nın benim gibi dertleri hiç olmamıştı. Her zaman kendi halinde yaşayan, ufak şeylerle mutlu olan ve çalışkan bir kızdı.

Hayat neden hep en masumları seçer? Bahçeden gidip en yeni en renkli ve en güzel kokan çiçeği kopardığımız gibi mi düşünüyor hayat? Yoksa bir markete gittiğimizde ilk önce en güzel olanı aldığımız gibi mi? Bence arada fark yok. Hepsi aynı.

Hayat sadece o güzel çiçeği koparacağı zamanı iyi seçemiyor, hepsi bu.

36. Bölüm

"Ne zaman tuvalet molası vereceğiz?"

Cansu'nun sorusuna, Helin "On dakika önce benzin almak için durduğumuzda gitseydin prenses," diyerek cevap verdi.

Cansu "Ateş, hadi gidip sor."

"Ben senin oyuncağın değilim prenses," dedi Ateş, 'prenses' derken Helin'in taklidini yaparak.

Cansu ofladı ve ardından ayağa kalkıp otobüsün ön taraflarına, şoförün olduğu yere gitti. Uğraşları işe yaramış olmalıydı ki birkaç dakika sonra otobüs otoyolun kenarında, otoparkında hiç araba olmayan bir restoranın önünde durdu.

Cansu haricinde aşağı inen olmadı. Hepimiz yola devam etmek için onun hızlı bir şekilde geri dönmesini bekliyorduk.

Helin sıkıntılı bir ses tonuyla "Lütfen biri konuşabilir mi artık?!" diye bağırdığında, hepimiz dönüp ona baktık.

"Sessizlik beni daha da mahvediyor, lütfen birileri bir konu açsın," dedi, otobüsün bizim oturduğumuz kısmına.

Ateş "Tamam, tamam. Haklısın," diyerek Helin'e destek olduğunda, Doğukan "Helin, hangi üniversiteye gideceğiz?" diye sordu.

Helin "Teşekkür ederim, en sıkıcı konu ama yine de bir şey. Doğukancığım, bu sene bir üniversiteye girebileceğimi sanmıyorum."

"Helin, saçmalama," diye döndüm ona.

"Güneş, hiç de saçmalamıyorum, bir kere ders çalıştık mı?"

Okuldaki sınavlardan geçmeye çalışmak haricinde ekstra pek ders çalışmamıştık ve Helin bu konuda haklıydı. Üniversite sınavı yakındı ve bizim okulda çalışmak, sürekli ertelenen ve hatta yapılmayan bir şeydi. Bizim sınıfta hakkıyla çalışan bir tek Esma vardı.

Helin, Doğukan'la sohbete başladığı zaman arkama yaslandım ve Demir'e baktım.

"Biz ne yapacağız?" diye sordum.

Demir kendinden emin bir şekilde "Ben sanat okuluna gitmek zorundayım," diyerek kendini ifade etti.

"Ne demek zorundasın? Gayet iyi basketbol da oynuyorsun. Ayrıca her zaman soyadından sıyrılıp kendi başına bir şeyler başarmak istedin. Üniversite konusunda özgürsün," dedim.

Demir'in dersleri genel olarak çok kötüydü ama bence okuldaki o 'dersleri takmayan çocuk' imajını bozmamak için bilerek sınavlardan kötü alıyordu. Bir keresinde okulun başında ona nerede olduğunu sorduğumda bana, matematik dersinde olduğunu söylemişti. Bence pek çalışmıyordu ama zekiydi. Sadece onun için ön planda olan şey dersler değil, spor ve müzikti. En çok da müzik.

"Ben 'Erkan' olduğum için piyano çalmıyorum, sevdiğim için piyano çalıyorum. Basketbola başlamamdaki sebepse, üniversiteye başvururken derslerimle oluşacak açığı kapatmak," dedi.

"Gerçekten bütün hayatını planladın, değil mi?" diye sorduğumda, Demir "Hayatımızı," diyerek bize vurgu yaptı.

Ne dediğini anlamamış bir şekilde ona bakarken sözü tekrar aldı ve "Senin başvurunu da gönderdim," dedi.

Benim başvurum mu?

"Sen ne yaptın?"

"Aslında New York'taki en iyi sanat okuluna gidecektim, tüm hayatım planlanmıştı. Babamın hayatım üzerinde el attığı şeylerden tek onay verdiğim bu olmuştu. Daha ilkokuldayken oranın yöneticileriyle tanıştırmıştı beni ve orada okuyacağımın hayalini kurardım..."

Demir'in sözünü kestim ve "New York mu? Demir ne diyorsun sen, ben yurt dışında bir gün bile kalamam," dedim.

Benim adıma hem üniversite başvurusu yapmış, hem de başvuruyu yurt dışındaki en iyi sanat okullarından birine mi göndermişti? Eski Demir Erkan yine buradaydı. Fikir sormayan, sadece eylemde bulunan mavi gözlü otoriter...

"Güneş, dur da dinle. Geçen seneye kadar oraya gitmeyi planlıyordum ama seninle tanıştıktan sonra düşüncelerim de değişmeye başladı," dedi.

Demir'in, hem ailesinin adı, hem parası, hem de bende olmayan o muhteşem yeteneği vardı. Kesinlikle istediği herhangi bir akademide okuma hakkına rahatlıkla sahip olabilirdi. Yurt dışında çok daha iyi okulların bulunduğunu biliyordum ve Demir, sırf ben oraya gidemem diye Türkiye'de kalmaya karar vermemeliydi. Geleceğini benim yüzümden mahvetmesine izin veremezdim.

"Demir, lütfen benim yüzümden o okula gitmekten vazgeçtiğini söyleme," dedim.

"Hayır bal, fikrimi değiştirmemdeki tüm neden sen değilsin," diyerek açıklama yaptı.

Ona gözlerimi devirerek baktığım zaman "Gerçekten tüm neden sen değilsin. Rahat ol," dedi ve elini omzuma koyup beni kendine çekti.

Bana 'bal' demişti. İlk kez 'sarı' veya 'civciv' dışında bir lakapla anılmıştım. Demir'in bana bal demesi o kadar hoşuma gitmişti ki ona sarılmak istedim. Kolumu beline doladım.

Gözlerimi kapatıp kokusunu içime çekince ondaki tanıdık sigara kokusunun çok daha az olduğunu fark ettim.

"Peki ben ne yapacağım?" diye sorduğumda, Demir "Sözümü kesip çan çan ötmeye başlamasaydın anlatacaktım güzelim,"dedi.

"Kendi hayatını planladığın gibi benimkini de planlamış olamazsın, değil mi?" diye sordum.

Demir "Ben hayatımı planlamadım,hayatım bana göre planlandı fakat ben her günümü o planların dışına çıkarak yaşamayı tercih ettiğim için seçeneklerim çoğaldı. Sen iki yıldır her adımını o kadar dikkatli ve üç kere düşünerek atıyorsun ki, karamsarlığın böyle büyük bir konuda seni hiçliğe düşürecek. Bu yüzden hazırda bir taslağının olması iyi olur diye düşündüm, üstelik o taslak gerçekleşirse gözümün önünden ayrılmamış olacaksın," diyerek, beni mutlu etmeye mi çalışmıştı anlamamıştım.

Sanırım Demir'in amacı bana iyilik yapmaktı ama ben nedense kendimi, daha uçmayı öğrenemeden kanatları kesilmiş bir kuş gibi hissetmiştim. Bana sormadan hayatımı planlamış olması,üstelik ben sormasam hiç de haber vermeyecek olması beni sinirlendirmişti.

Ama Demir'in haklı olduğu bir nokta bana kalsa gerçekten de doğru dürüst bir karar veremeyeceğimdi.

Eski ben olsaydım, gözüm kapalı bir şekilde tercihlerimi yapar ve geleceğimi düşünürdüm ama hayatımda sırayla yaşadığım olaylar bana o kadar ileriyi düşünmenin bir hata olabileceğini, sürekli kendimi boşuna yorduğumu ve ne yaparsam yapayım yolda yürürken bile başıma düşen bir saksı ile ölebileceğimi söylüyordu.

Geleceği düşünmek önemliydi, üstelik benim gibi on sekiz yaşındayken ve üniversite sınavına bu kadar az zaman kalmışken... Ama kafamdaki, o her an her şeyin olabileceği riski sürekli olarak bir çekiç gibi düşüncelerime vuruyorken, yarın için plan yapmak bile zor geliyordu. Sanırım bu karamsarlıktan ve korkaklıktan kurtulmamın tam sırasıydı.

Yaşayacaktım ve üniversiteye gidecektim. İki yıldır sadece günü atlatmaya ve sağ salim eve dönebilmeye odaklanmıştım ama artık bitmişti. Herkes gibi sınava girecek, elimden geleni yapacaktım.

Esma gibi. Esma da yaşayacaktı ve o sınava girip istediği tıp fakültesine gidebilecekti. Burak özünde onun kadar çalışkan bir öğrenci değildi ama Esma nereye girerse o da onunla birlikte olmak istediği için en az onun kadar çalışıyordu.

Burak'ın gösterdiği bu emekler boşa gitmeyecekti.

Esma yaşayacaktı. Bundan emindim.

"Plan diyorum."

Demir'in sesi beni düşüncelerimden ayırdı.

"Efendim?"

"Merak edip dinleseydin," dedi her zamanki ifadesiz ses tonuyla.

"Özür dilerim,yine senin saçma olarak sıfatlandırdığın kendi içimdeki çatışmalardan birindeydim, ama şimdi..."

"Güneş."

"Evet?"

"Bana sarılırken kendi içindeki o saçma çatışmalara girmeni yasaklıyorum," dedi gözlerime bakarak.

Dudaklarımı birbirine bastırdım ve ardından ister istemez gülümsedim.

"Anlat hadi," dedim.

Göz ucuyla Helin'le Doğukan'a baktığımda, arkalarında oturan Savaş ve Alperen'le sadece birkaç ülke adı duyabildiğim bir konuşmaya başlamışlardı. Helin dün geceden beri felaket durumdaydı ve sonunda birilerinin onu konuşturması gerektiğini idrak edebilmişti. Aklını dağıtması gerekiyordu. Aslında hepimiz aklımızı dağıtmalıydık ve iyi şeyler düşünmeliydik. Esma'ya inanmalıydık. Tıpkı, onun biz aynı durumda olsaydık inanacağı gibi.

Demir "Şimdi... Dediğim gibi,yurt dışı fikrimden vazgeçmemin sebebi yüzde yüz sen değilsin. Plana gelirsek de öbür yakada olan Özel Hayal Sanat Akademisi'ne gönderdiğimiz başvuruların yanıtları bu cuma..." derken sözünü kestim ve "Özel Hayal Sanat Akademisi mi!? Sen şaka mı yapıyorsun? Oraya girebileceğimi mi sanıyorsun Demir?" dedim.

Giremezdim.

"Burs alacaksın,"diyerek cevapladı.

"Demir, ben burs falan alamam. Yetenek sınavını geçebilir miyim onu bile bilmiyorum. Tamam sesim fena değil ama oraya girebilecek kadar güzel bir sese sahip olduğumu sanmıyorum."

Demir başımı öptü ve ardından "Eğitim alsan neleri başarabileceğinden haberin yok," dedi.

Daha bir müzik aleti bile çalamazken, hayatta oraya giremezdim.

Arda'dan sadece birkaç gitar akoru öğrenmiştim. Demir'le ise bana piyano çalmayı öğretmesi konusunda hiç konuşmamıştım. Çekinmiştim sanırım.

"Müzik aleti çalamıyorum," dedim, ona sarıldığım kolumu geri çektim ve yerimde doğruldum.

"Öğrenirsin."

"Yetenek sınavı ne zaman Demir? Bir ay sonra falan mı? Sence bir ayda nasıl bir müzik aleti çalmayı öğrenebilirim?" diye sorduğumda, Demir "Benimle tanıştın mı?" dedi.

Tamam,bu iyiydi.

"Duman mı o?"

Önümüzde oturan kızın sesini duyduğumda onun baktığı yere baktım.

Önünde durduğumuz restoranın açık olan camlarından bir tanesinden duman yükseliyordu.

Demir "Evet," dedi.

Alperen "Ne pişiriyor olabilirler ki, bu kadar duman çıkmaması lazım..." derken bir anda baktığımız cam patladı ve alevler yükselmeye başladı.

Ateş "Cansu orada!" dedi ve yerinden fırladığı gibi şoförün yanına gitti.

"Kapıyı aç! Çabuk ol!" diye bağırırken, Demir de ayağa kalktı.

Doğukan, "Siktir, çok duman var," dediği anda, Demir ayağa kalktı ve ardından Ateş'in arkasından gitmek için otobüsten indi.

Helin "Biri itfaiyeyi arasın!" diye bağırdı ve Doğukan'ın ayağa kalkmasıyla beraber o da ayaklandı.

Yaklaşık on kişi otobüsten indik ve restoranın girişinde duran Demir'in yanına koştum.

Demir telefonla konuşuyordu. Sanırım itfaiyeyi aramıştı. Konuşmayı bitirdiği anda ona "Ateş nerede?" diye sordum.

"Güneş, otobüse dön," dedi ve henüz alevlerin görülmediği camlardan birinden içeriyi görmeye çalıştı.

Demir'in ses tonundan Ateş'in içeriye girdiğini anlamıştım.

"Bu çok tehlikeli! Nasıl içeriye girmesine izin verdin?" diye ona kızdığımda, Demir "İçerideki sen olsaydın biri beni durdurabilecekmiş gibi konuşmayı kes ve otobüse dön Güneş! Tekrar söylemeyeceğim! Enişteni ara," dedi ve ardından restoranın duman yükselen ve açık kalan kapısından Ateş'e seslenmeye çalıştı.

O sırada otobüsün şoförü otobüsün bagajından aldığı yangın söndürücüyle, birazdan tam anlamıyla yanmak üzere olan restorana doğru geliyordu.

Hızlı adımlarla otobüse döndüm ve çantamdan telefonumu çıkardım.

"Alo."

"Burada yangın çıktı ve..."

"Kızım, iyi misin?"

"Hayır, ben... yangın çıktı ve Cansu içeride kaldı... Ateş de onun için..." diye açıklama yapmaya çalışırken, otobüste oturanlardan biri "Ateş, Cansu'yu mu taşıyor?" diye sordu.

Onun bu sorusuna karşılık camdan baktım ve Ateş'in Cansu'yla beraber içeriden çıkmış olduğunu gördüm.

Hızlı bir şekilde enişteme olanları anlatırken öbür yandan da otobüsten iniyordum. Demir herkesi otobüse yönlendiriyordu.

Doğukan, Ateş'e yardım etti ve Cansu'yu onun kucağından aldı. Cansu bir şeyler mırıldanıyordu ve tüm vücudu kül kaplıydı. Ateş öksürüyordu ve hırkasının kolunun bir kısmı yanmıştı.

Herkes hızlıca otobüse bindiğinde şoför de sürücü koltuğuna geçti ve gaza bastı. İtfaiyeyi arayıp haber verdiğimizde, geride kalan kimse yoksa yola çıkmamızı, yangınla kendilerinin ilgileneceğini söylediler.

Otobüste en arkadaki dört kişilik koltuğu tamamen boşalttık ve Cansu'yu oraya yatırdık. Çantamdan çıkardığım su şişesini ona uzattığımda, Ateş hırkasını çıkardı ve koluna baktı.

"Ateş..." dedim kolundaki yarayı görünce. Bana baktı ama cevap vermedi.

Doğukan "Neden bizi gönderdiler ki oradan? İtfaiye ve ambulans ekipleri gelseydi daha sağlıklı olmaz mıydı?" diye sorduğunda, Demir "Hayır, orası eskiden benzinciymiş ve patlama tehlikesi varmış. Bu yüzden bir an önce oradan uzaklaşmamız gerekiyordu," diyerek, Doğukan'ı yanıtlamış oldu.

Savaş "Ateş, sen iyi misin?" diye sordu.

Ateş "Evet..." dedi ve yine öksürdü. "Sanırım sigarayı bırakacağım," diyerek cümlesini tamamlamış oldu.

Yaklaşık on kişi, otobüsün en arka tarafında ayakta duruyorduk ve hepimiz Cansu ve Ateş için endişeleniyorduk.

Zayıf bir ses, adımı söylediğinde Cansu'ya baktım.

"Güneş iyi mi?" diye sorarken gözlerini açabilmişti.

Cansu'nun yanına gittim ve ona iyi olup olmadığını sordum. Bana cevap vermek yerine "Buradasın..." dediğinde şaşırdım.

Helin "Sanırım kendinde değil," dedi.

Cansu onu duymuş olmalıydı ki yavaşça yerinden doğrulmaya

çalıştı. Bana tutundu ve koltukta oturur pozisyona geçti ama hâlâ bacaklarını uzatıyordu.

Ateş'in de yüzünün gri ve siyah tonlarına büründüğünü görünce, Cansu "Ateş!" dedi ve ona sarılmak için ayağa kalkmaya çalıştı.

Ayağa kalktığı zaman otobüsün hareketine ayak uyduramadı ve geriye, oturduğu yere düştü.

Ateş öksürdü ve derin bir nefes alıp verdikten sonra "Seni ayağa kalkıp düş diye oradan kurtarmadım. Uzanır mısın lütfen?" dedi ve ardından Helin'in verdiği ıslak mendille yüzünü sildi.

Cansu hâlâ zayıf olan sesiyle Ateş'e bakarak "Seni seviyorum," diye fısıldadı ve ardından ona verdiğim suyu yavaşça içmeye başladı. Suyu içerken öksürmeye başladı. Boğulmaması için hemen içtiği şişeyi ağzından çektim ve rahatça öksürmesine izin verdim.

Hâlâ yaşadığının şokundaydı ve öksürürken bilinçsizce suyu içmeye devam edebilirdi.

Öksürüğü geçtikten sonra, Cansu bana baktı ve "Güneş..." dedi. Ona ne istediğini öğrenebilmek için baktığımda cebini gösterdi.

Pantolonunun cebine elimi soktuğumda bir kâğıt parçası hissettim.

Cansu'nun cebinden o kağıt parçasını çekip açtığımda Cansu'nun elleri titriyordu.

Sıra Güneş'te.

Kâğıtta bilgisayarda yazılmış olan kelimelere baktığımda boğazım kurudu.

Başımı kaldırıp önce Cansu'ya, sonra da Demir'e baktım. Bir şey söyleyecektim ama daha söyleyemeden Demir elimden kâğıdı çekti ve üstünde yazılı olanı okudu. Tek eliyle kâğıdı tutuyordu. Öbür eli ise yumruk şeklinde bacağının yanındaydı ve yumruğunu o kadar sıkıyordu ki, elinin üstündeki damarlar iki kat daha fazla belirginleşmişti.

İstanbul'a döndüğümüzde, Esma çoktan kendi doktorunun bulunduğu hastaneye yatırılmıştı. İki kez Esma'nın babasıyla konuşup son durumu öğrenmek istemiştim ama yeni bir şey olmadığını ve beklediklerini öğrendiğimde, yaşadığım hayal kırıklığı büyük olmuştu.

Esma'nın yaşamla olan mücadelesi, ardından yangın olayı bizi çok etkilemişti ve Cansu'nun cebine sıkıştırılan not, adeta tüm beyin fonksiyonlarımı eritmişti. Artık sağlıklı düşünemiyordum ve benim yerime düşünebilmesi için Demir'in yanımda olması beni rahatlatıyordu.

Ateş, Cansu ve Savaş otobüsten erken inmişlerdi. Şoförümüz onları hastanede bırakmıştı, ardından da Atagül Lisesi'ne dönmüştük.

Ayhan Hoca bizimle orada buluştuğunda, eniştem de yanında bekliyordu. Ayhan Hoca neler olduğunu anlayabilmek için bizimle beraber karakola gelmek istemişti ve eniştem de gelebileceğini söylemişti.

Birkaç haftadır karakola gelmemiştim fakat tekrar koridorlarda yürürken bana sanki orada hiç ayrılmamışım gibi gelmişti. Kaçırılmamız, Gökhan Erkan'ın öldürülmesi ve benim de neredeyse vurulacak olmamın anısı tüylerimi diken diken ettiğinde tekrar aynı şeyleri yaşamak istemediğimi düşündüm.

Aynı korkuyu, aynı öfkeyi ve aynı hüznü tekrar yaşayamazdım. Özellikle de en yakın arkadaşım komadayken daha ne kadar dayanabilirdim bilmiyordum.

Karakolda eniştemin odasında Demir, ben, Ayhan Hoca ve karakolda genel sekreter olan Hazal Abla'yla beraber konuşmaya başladık. Hazal Abla, Ateş'in kolundaki yanığın geçmesi için tedavi sürecine ihtiyacı olduğunu, Cansu'nun ise sol omzunun çıktığını fakat doktorların hemen ilgilendiğini haber verdikten sonra sözü bize bıraktı. Ayhan Hoca da, Cansu ve Ateş'e bakmak için eşiyle birlikte hastaneye uğrayacaklarını söyleyip karakoldan ayrıldı.

Bugün orada çıkardıkları yangınla amaçları Cansu'yu öldürmek ve tabii ki sırada benim olduğumu da belli etmekti.

"Kim yapıyor? Tüm bunları yapan ve bizi sanki birer hayvanmışız gibi avlayan kim?" diye sorduğumda, hiçbir cevap alamadım.

Eniştem "Güneş, beni dikkatli dinlemeni istiyorum," dediği zaman, onun yaslandığı koyu kahverengi masanın üstündeki mavi kalemliği inceliyordum.

"Bu dakikadan itibaren, ne olursa olsun evden çıkmayacaksın. Her zaman yanında bir koruma bulunacak ve kesinlikle itiraz..."

"Üniversite sınavı..?"

"Kesinlikle itiraz etmeni istemiyorum. Anladın mı?"

Eniştemin ses tonunun sertliğinden, bu konuşmanın tartışmaya açık olmadığını anlamıştım. Eniştem sonuna kadar haklıydı ve beni korumak istiyordu. Ama bunu bana ev hapsi vererek yapamazdı.

Bu sabahki ben olsaydım, Demir'le o konuşmayı yapmamış olsaydım, enişteme tamam deyip kaderime boyun eğerdim ama artık daha kararlıydım ve geleceğim hakkında bir şeyler yapmak zorundaydım.

"O üniversite ve yetenek sınavına gireceğim."

Eniştem, "Güneş... bak bir cümle daha istemiyorum," diyerek bana kararının kesinliğini belirtirken, gözlerim odanın duvarına dayalı bir şekilde duran Demir'i buldu ve "Bir şey söylesene! Bu sabah ne konuştuk Demir? Özel Hayal Sanat Akademisi'ne dememiş miy..." derken, eniştem sözümü kesti ve "Özel Hayal Sanat Akademisi... Güneş, sence orayı kaldırabilecek güçte miyiz?" diye sordu.

"Burs alacağım," dedim. Bursu alamasam bile yetenek sınavını geçtiğim takdirde, Demir benim okul paramı da ödeyebilecek güce sahipti ama Demir'in parasını istemiyordum. Bir şey başaracaksam eğer, kendim başaracaktım. Başkalarına muhtaç olmamayı uzun zaman önce öğrenmiştim. Eğer o okula gireceksem, ki sadece birkaç saat önce karar verdiğim bir şey hakkında bu kadar inatçı olmam ne kadar doğruydu bilmiyordum, bursu alacaktım.

Onun bana destek çıkmasını bekleyerek ona baktığımda Demir aynen geçen sene barda Cansu ve Cenk'le kavga ederken yaptığı gibi "Ben karışmıyorum," dedi ve arkasına yaslanmaya devam etti.

Ama bu sefer yapmaya çalıştığı şey kendi ayaklarım üzerinde durabildiğimi göstermek değildi. O da istemiyordu. Sabah benim, bizim geleceğimiz için planlar yaparken Cansu'nun olayından sonra adeta en başa sarmıştı ve bu konuda enişteme hak veriyordu.

Bir şey demediğimi görünce, eniştem "Arda'yı mı çağırayım, seni ikna etmesini mi istiyorsun?" diye sordu. Demir anında yaslandığı duvardan ayrıldı ve "Yok, yok hiç gerek yok. Ben onu ikna ederim," dedi ve gülümseyerek bana baktı. Gülümsemesi 'seninle çok işimiz var küçük hanım' gülümsemesiydi.

Eniştem "Demir, annenle görüşmek istiyorum," dedi.

Demir annesinin yurt dışında olduğunu söylediğinde, hangi anne, oğlu bir seri katille uğraşırken yurt dışına çıkar diye düşünmeden edemedim fakat ardından aklıma kocasının kaybıyla çöken bir âşık gelince, Dilan Erkan'ın yaşadığı duygu karmaşasının içinden çıkamayacağımı anladım.

Hazal Abla'ya gelen mesajın sesi odada yankılandığında Hazal Abla "Cansu'nun ifadesi gelmiş," diyerek, gelen mesajı bize açıkladı.

Cansu'nun ifadesini dinlediğimizde, restorandayken neler yaşamış olduğunu öğrendik. Şokun etkisiyle otobüsteyken pek konuşamamıştı ama hastanedeyken biraz daha kendine gelmiş olmalıydı.

Cansu restorana girdiğinde hiç kimse yokmuş. Tuvaleti kullanmış, ardından çıkarken karşısına bir siyah maskeli adam çıkmış. Adam onu yere düşürmüş ve ardından sol kolundan tutup sürüklemeye başlamış. Cansu'yu restoranın ortasına getirdiğinde ise, adam, Cansu'nun karnına bir tekme atmış ve birkaç saniye daha yerde kalmasını sağlamış. Benzin döktüğü eski masaları ve sandalyeleri yakmaya başladığında, Cansu'nun üstüne eğilip önce notu göstermiş, ardından kâğıdı pantolonunun cebine sıkıştırmış. Cansu ayağa kalkmayı denemiş ve tam başaracakken, adamın ona tekme atmasıyla birlikte kafasını, henüz yanmamış olan bir masanın ayağına çarpmış. Ateş onu otobüse getirene kadar, başka hiçbir şey hatırlamadığını da belirtmiş.

Eniştem "Güneş, sen başına gelebilecek tehlikenin farkında mısın?" diye sorduğunda, ona "Esma komadayken onu ziyaret etmeden nasıl evde oturabileceğimi sanıyorsun?!" diye bağırdım. Aslında bağırmak istememiştim. Ona neden karşı çıktığımı bilmiyordum. Sonuna kadar haklıydı ama nedense benim davranışlarım, ona tepki göstermekten başka bir şey yapmıyordu.

Demir, annesine ulaşacağını ve ardından birkaç işi olduğunu söyledi. Eniştemin görevlendirdiği bir polis beni eve bıraktı, halam bana sarıldı ve Arda'nın odamda beklediğini söyledi.

Arda'nın bizim evde olduğunu duyunca mutlu oldum ve odama girer girmez onu ayakta görünce boynuna atladım.

"Sana ihtiyacım vardı," dedim, yüzümü omzundan kaldırmadan.

"Ben de seni özledim civciv," dedi ve ellerini sırtımda hareket ettirdi.

Sarılmamız bittiğinde yatağımın üstüne oturduk.

"Neden geldin?" diye sorduğumda, bana "Halanla konuştum. Sen şaka mısın? Esma... Burak... Cansu... Neler hissettiğini tahmin bile edemiyorum," dedi ve onunla konuşmamı istedi.

Arda'yla arayı kapattığımızda rahatlamıştım. Yine ve yeniden en son durağım o olmuştu. Demir'le, arkadaşlıklarımla, ailemle ve yaşadıklarımla ilgili en rahat olduğum kişi oydu ve onunlayken gözyaşlarımı saklamama gerek yoktu.

Herkese, yanında gözyaşlarını saklamaya ihtiyaç duymayacağı bir arkadaş gerekli.

"O yetenek sınavına gireceksin," dedi bana, yaklaşık kırk beş dakikalık konuşmamızdan sonra oluşan sessizliği bozarak.

"Gireceğim, ama eniştem haklı. Açıkçası artık hayatımla ilgili ne yapacağımı bilmek istiyorum. Bir şeylere anlam yükleyebilmek ve fikir yürütebilmek istiyorum. Attığım adımı görüp, bir sonrakini işimi sağlama alıp onun yanına atmak yerine, biraz daha ilerisine atmak istiyorum. Değişmek istiyorum," dedim.

Sanırım kendimi uzun zamandır ilk defa bu kadar iyi ifade edebilmiştim.

"O zaman yapacaksın. Serkan Amca, koruman olacağını söylediyse olacaktır. Sınava girersin, izleyicilerden biri de o iri yarı tipli koruman olur işte," dedi.

"Uludağ'a giderken de koruma ayarlanmıştı. Aslında çok can sıkıcı bir şey değil," dedim, bardağın dolu tarafını görmeye çalışarak.

"Tamam. O zaman seçmemiz gereken mükemmel bir şarkı var," dedi ve ardından telefonunu çıkardı.

Arda'nın benim bu sınava girme kararıma olan inancı beni mutlu etmişti. En azından birileri kararlarıma saygı duyuyordu.

"Tabii her zaman sahnedeyken bir keskin nişancı tarafından öldürülme tehliken var civciv," diyerek son cümlesine ekleme yaptığında, ona gözlerimi devirerek baktım ve olumlu düşüncelerimi sildim.

"Güneş, bana öyle bakma! Canını seviyorsan kendini korumak üzere bir şeylerden fedakârlık etmen gerektiğinin sana hatırlatılması için, daha kaç kere korkunç şeylere tanık olman gerekiyor?" diye sorduğunda, ona tek bir cevap verdim:

"Ben sırf evde oturup kendimi koruyup hiçbir şey yapmadan nefes alabileyim diye, ailemi kaybettikten sonra yaşamaya devam etmedim."

Arda yeşil gözlerini bana sabitledi ve verdiğim cevap karşısında hiçbir şey söylemeyeceğini belli ederek kaşlarını kaldırdı.

"Noktayı koydun civciv," dedi.

37. Bölüm

Üniversite sınavının olduğu güne kadar, Esma iki ameliyat daha geçirdi. Burak resmen çökmüş durumdaydı. Hepimiz öyleydik fakat Esma için ayakta kalmaya, haftada en az dört gün hastanede bir araya gelmeye çalışıyorduk. En azından eniştem bana ev hapsi koyana kadar.

Bu bir ay içerisinde neredeyse sürekli olarak Esma'yı uyku halinde tuttular. Uyandığını hiç göremedik. Burak'ın söylediklerine göre zaten henüz hiç gözlerini açmamıştı. Esma hakkındaki endişelerim günden güne artarken, üniversite sınavının stresi hepimizi vurmuştu.

Sınavın sabahında Demir, Helin, Doğukan, Savaş, Cansu, Ateş ve Burak'la birlikte kahvaltı ettik, ardından sınava gireceğimiz okullara dağıldık. Cansu ve Ateş'le yangın olayından sonra sık sık görüşmüştük. Ateş'in kolundaki yara hepimizi korkutmuştu fakat tedavi gördüğü için gittikçe iyileştiği haberiyle bizi rahatlatmıştı.

Ateş'le Cansu'nun arasındaki bağ hakkında pek fikrim yoktu çünkü Cansu'yla, o tür kız konuşmaları yapacak kadar yakın olamamıştık. Ne zaman konuşmaya başlasak, Helin araya girip beni uzaklaştırıyor ve Cansu'ya güvenmememiz gerektiğini hatırlatıyordu.

Helin'in Cansu hakkındaki şüphelerinin Uludağ'da sona erdiğini düşünmemiştim, evet ama en azından ona katlanabilmesini ummuştum. Helin'e neden hâlâ böyle davrandığını sorduğumda, gerekçe olarak, Cansu'nun yangından sağ kurtulmasının nedeninin seri katille olan ilişkisinden kaynaklandığını söylüyordu.

Evet, bu Helin'in teorisiydi. Helin'e göre Cansu hâlâ Demir'i seviyordu; Ateş sadece bir kamuflajdı ve Cansu tek tek o kızları öldürecek kadar psikopattı. Geçen yıl olsaydı belki Helin'in bu söyledikleri düşünmemi sağlayabilirdi fakat ben artık Cansu'yu tanımaya başlamıştım. Tamam, istediklerini alabilmek için her şeyi ama her şeyi yapabilecek biriydi. Hırslı ve kıskançtı. Ama asla, asla bu amaçları uğruna birini öldürmezdi. Hele de bebeğini kaybetmesi onu bu kadar duygusal biri haline getirmişken...

Özel Hayal Sanat Akademisi için gerekli olan belirli bir puan yoktu. Orası üstün yetenekli olan öğrencileri, yetenek sınavlarıyla kabul ediyordu. Sadece bu yetenek sınavının yanında, girmiş olduğumuz üniversite sınavından almış olmamız gereken bir taban puanı vardı.

O taban puanı pek yüksek değildi ve bu yüzden rahattım.

Sanki o okula gireceğim kesinmiş gibi konuşuyordum... Neyin kafasındaydım?

O okula giremediğim anda, üniversite sınavından aldığım puan ile başka bir yere girmek zorunda kalacaktım ki alacağım puanla bu pek de...

"Güneş!"

Eniştemin adımı söylediğini duyar duymaz gözlerimi tabağımdan kaldırıp ona baktım.

"Özür dilerim... Dalmışım,"dedim.

Halam, "Serkan, kızın üstüne çok gitme. Dünkü sınavın stresi hâlâ üstünde," dedi.

Halam enişteme karşı beni savunurken kuzenim Mert elindeki gri oyuncak arabasını istikrarlı bir şekilde masaya vuruyordu.

Demir; Mert'in en sevdiği, babamdan kalan ve Ateş'in arabasının aynısının oyuncağı olan gri minivan'ın üstüne basıp kırdıktan sonra, Mert'e yeni ve gri bir araba almıştım.

Keşke ben de onun yaptığı gibi kaybettiklerimi bu kadar kolay arkamda bırakıp, yeni olanlara bu kadar çabuk alışabilseydim. Sanırım daha öğrenecek çok şeyim vardı.

Eniştem "Bir şey demedim ki Ebru, oğlum sen de masaya vurma şu arabayı..." dedikten sonra, Mert'in elinden oyuncak arabayı aldı. Mert'in ağlamaya başladığı anda ona arabayı geri vermek zorunda kaldı. Anlaşılan eniştem karakolda yine zor bir gün geçirmişti.

Halamlar Mert için doğru karar vermişlerdi. Yuva için bir yıl daha bekleyeceklerdi çünkü Mert, yaşıtlarına göre biraz daha ufak bir çocuktu. Sanırım Demir'le bir keresinde bu konuyu konuşmuştuk.

"Arkadaşların neler yapmışlar?" diye sorduğunda, enişteme "Helin ve Doğukan sanırım hiçbir yere giremeyecekler. Yani en azından bana Helin öyle anlattı ve nedense hiç üzgün değildi. Burak ise tüm sınavı boş bırakmış..." diye yanıt verirken, Burak'la olan telefon konuşmam aklıma geldi.

"Odaklanamadım, Güneş... Esma o en son ameliyatı atlatabildi mi, atlatamadı mı, uyanabilecek mi, onu bir daha öpebilecek miyim... hepsi üstüme geldi ve tek bir soru bile yapamadım. Çok... ama çok kötüydü," demişti.

Burak'ın o sıradaki halini gözümde canlandırmadan yapamamıştım. Sınavın tamamında başını sıranın üstünde birleştirdiği kollarına yaslayıp, gözlerini kapatıp hiç ses çıkarmadan yüzünden önündeki sınav kitapçığına damlayan gözyaşlarını izlediğini düşündüm. Ardından o kişinin, sınavın son on beş dakikasındaki ben olduğunu hatırladım. Belki de Burak da öyleydi. Sadece biraz daha uzun süre...

Halam "Ya bizim Arda neler yapmış duydunuz mu? Bu sabah kafeye uğramıştım, Semih Bey övüne övüne bitiremedi oğlunu. Arda'yı orada yakalasaydım tebrik edecektim," dediğinde "Evet, gayet iyi bir sonuç çıkarmış. Dersanesinde sınavını kontrol etmişler ve eğer optik kâğıtta kaydırmamışsa, ilk on bine girebilirmiş," diyerek halama destek oldum.

Sınavdan sonra beni ilk arayan kişi Arda olmuştu. Çok mutluydu. Esma komaya girdiğinden beri ilk defa birinden böyle heyecanlı bir şeyler dinliyordum. Bu bir buçuk ayda yaşadığımız sonbaharı, Arda üç dakikalığına da olsa yaşadığı sevinçle dağıtmıştı.

Arda üniversite sınavındaki başarısının yanında gitarda mükemmel derecede iyiydi ve üstelik yazdan beri sporda, MMA konusunda büyük ilerleme kaydetmişti. Mühendis olmak istiyordu ama bunların yanında spordan ve gitardan da vazgeçmek istemiyordu. Aldığı puan ile istediği üniversitede mühendislik okuyabilecekti ve onun adına mutluydum. En azından birimiz mutluydu, değil mi?

Ona bunu hatırlattığımda beni susturmuş ve "Resmi sonuçlar gelmeden büyük konuşma civciv, sen kendi seçeceğin şarkıyı düşün," demişti.

Evet, yetenek sınavına kabul edilip edilmediğim, üniversite sınavında aldığım puanın onların belirtmiş olduğu taban puanını geçmiş olduğum takdirde belli olacaktı bu yüzden şarkı seçme işini ertelemiştim, en azından seçmelere kabul edilene kadar.

Tüm bu fırtınaların yanında görmek istediğim, beni varlığıyla rahatlatan mavi gözler vardı ki, o gözlere gerçekten ihtiyacım vardı. Ne yazık ki eniştem 'hayatta kalmam' için bana ev hapsi vermişti ve son bir ayda sürekli evde oturmuştum. Odaklanabildiğim kadar derslere odaklanıp birkaç konu eksiğimi tamamlamıştım ama bir yıl boyunca ödevler ve dersleri dinlemek dışında ekstra hiçbir şey yapmadığım için çok artısı olmamıştı.

Haftada sadece iki gün Esma'yı ziyarete, hastaneye gidebiliyordum ve o sıralarda da başımda durması için eniştem yeni bir koruma tutmayı unutmamıştı.

Bazen sadece, bu liseye geldiğim güne lanet ediyordum. Aklıma gelen bütün küfürleri edip beni ölüm tehlikesiyle burun buruna getiren bu okuldan nefret ediyordum.Fakat sonra... bir bakış,bir koku, birkaç kişinin gülümsemesi tüm bu duygularımdan beni arındırıyordu ve dayanmamı sağlıyordu. Aşkım ve arkadaşlarım...

Telefonumun zil sesini duymamla ayağa kalktım. Yine yemek yiyemediğim bir akşamdı ve yine tabağımdaki salatayla oynamaktan bir şekilde kurtuluyordum, bu seferki kurtarıcım telefonumdu.

Odama girdim ve çalışma masamın üstünde duran telefonumu elime aldım. Ekranda Burak'ın adını görür görmez hemen açtım ve telefonu kulağıma götürdüm.

"Burak? Esma iyi mi?"

"Güneş, ulaşabildiğime sevindim. Umarım rahatsız etmiyorumdur..." dediği anda "Burak, saçmalama, rahatsız falan etmiyorsun. Sana yedi gün yirmi dört saat arayabileceğini söylememiş miydim? Şimdi söyle, Esma'ya bir şey mi oldu?" diye merakla sordum.

Burak "Hayır, durumu aynı. Şey, ben yine hastanedeyim de... Esma'nın doktoru Erol Bey az önce bana, Esma'ya verdikleri ilaçların etkisini azalttıklarını ve uyanmasını beklediklerini söyledi. Tahminlerine göre iki-üç saate kadar ayılabilir..." derken, Burak'ın sözünü kestim ve büyük bir heyecanla "Ne yani, Esma uyanabilir mi? İki saate mi? Sen ciddi misin? Burak! Bu muhteşem! Haber verdiğin için sağ ol, Demir'le hemen gelmeye çalı..." derken, bu sefer Burak benim sözümü kesti.

"Ayılabilirmiş dedim, ayılacak demedim Güneş," dedi, soğuk ve artık hayatından bıkmış bir ses tonuyla.

"Sen... kesin olmadığını mı söylüyorsun?" diye sordum ona. Bu sırada halam konuşmalarımı duymuş olmalıydı ki odamın kapısında durmuş beni izliyordu.

"Bilmiyorum Güneş. Artık hayatımda emin olduğum tek bir şey kaldı ve o da..." derken, Burak kendini düzeltti ve "... üç saate kadar uyanmazsa bir daha hiç uyanamayabileceğini söylediler," dedi cümlesini tamamlayarak.

Kulağımdaki telefonu çekmeden yatağıma oturdum.

Burak hâlâ hattaydı fakat ikimiz de bir şey söylemiyorduk.

Sessizliği halam bozdu ve "Hâlâ ne duruyorsun? Gitsenize..." dedi.

Burak, halamın sesini duydu ve bana "Güneş gerçekten gelmek zorunda değilsin, bulunduğun durumun farkındayım," dedi.

Burak'a Helin'lere haber vermesini söyledim. Ben gidemezsem, en azından onlar gidebilirlerdi.

Telefonu kapattıktan sonra halama döndüm ve "Halacım, saat sekiz ve eniştemin bana izin verebileceğini sanmıyorum," dedim.

Tüm bu kelimeleri söylerken ses tonumla halamdan yardım dileniyordum.

"Ara Demir'i, gelsin seni alsın. Ben eniştenle konuşacağım," dedi ve odadan çıktı.

Eniştemin izin vermeyeceğini tahmin ettiğim için halamın arkasından gittim ve salona geçtim.

Eniştem tüm yorgunluğuna rağmen kendisinin de gelmesi şartıyla kabul etti ve odama geçip hazırlanmaya başladım. Sanırım Esma için, benim kadar onlar da endişelilerdi.

Odamın kapısını kapatıp giyinmeye başladım. Bir yandan da telefonumu kulağımla omzumun arasına sıkıştırmış, Demir'in açmasını bekliyordum.

"Söyle fıstık."

Fıstık, bal, güzelim... Ya Demir gerçekten yaşlanıyordu, ya da seri katilin öldürme sırası bende olduğu için, bana kalan günlerimde iyi davranmaya çalışıyordu.

Ben yine ne diyordum?

Sanırım iyi değildim.

"Çabuk bize gel," dedim lacivert, dar kot pantolonumu bacaklarımdan yukarı çekerken.

"Ben de beni ne zaman bu kadar arzulayacağını merak ediyordum sarışın, ama maalesef şu an başka bir işle..." derken, Demir'in sözünü kestim ve "Demir! Boş konuşmayı bırak lütfen! Esma uyanacak, hastaneye gidiyoruz," dedim ve ardından telefonu elimle tuttum.

Demir "Sen ciddi misin?" diye sorduğunda beş saniye önceki alaycı ses tonu gitmiş, yerine her zamanki ciddi ses tonu gelmişti.

"Evet, gelip beni alman gerekiyor. Ama arabayla gel çünkü eniştem de..."

"Yedi dakikaya oradayım,"

"Demir, eniştem de bizimle... Alo..?"

Telefonu kapatmıştı. Evet, klasik Demir Erkan.

Üstümdeki tişörtü çıkardım ve dolabımdan aldığım beyaz, kısa kollu tişörtü giydim. Odamdan çıkarken kot ceketimi de üstüme geçirdim ve içine telefonumla cüzdanımı attığım minik mavi çantayı omzuma asıp odanın ışığını kapattım.

Ben ayakkabılıkta ilk elime gelen, beyaz spor ayakkabılarımı yere koyup hızlı bir şekilde giymeye başladığımda, eniştem de odasından çıkmıştı.

"Hadi enişte, acele et," dedim.

"Demir'e ne gerek vardı şimdi? Onunla orada buluşurduk, ben seni götürürdüm."

Enişteme cevap vermeden kapıyı açtım ve asansörü çağırdım.

Asansörün zemin katta olduğunu görünce "Off!" deyip hızla merdivenlerden inmeye başladım.

"Kızım, sakin ol. O oğlan gelene kadar zaten yüz kere ineriz," diye arkamdan seslendi eniştem ama yine cevap vermedim. Bir an önce hastaneye, Esma'nın ve Burak'ın yanına gitmek istiyordum.

İnmem gereken son iki kat kaldığında telefonuma gelen mesaj sesiyle durdum. Mesaj Helin'den gelmişti ve Doğukan'la hastanede buluşacaklarını yazıyordu. Ben bu mesajı okurken Helin ikinci bir mesaj daha gönderdi ve benim gelip gelemeyeceğimi sordu. Ona kısaca **"Geliyoruz"** yazdıktan sonra hızlı bir şekilde merdivenleri inmeye devam ettim.

Eniştemle birlikte tam dört dakika aşağıda bekledik.Beklerken Arda'yı aradım. Burak'ın çoktan ona haber verdiğini ve kendisinin de yolda olduğunu söylediğinde rahatladım. Esma uyandığında onu hiçbir zaman yalnız bırakmadığımızı, ondan asla vazgeçmediğimizi görmeliydi. Aynen halam ve eniştemin bana yaptığı gibi. Yokluğunuzda sizi özleyecek insanların var olduğu gerçeğini yaşarken hep ikinci plana atar, hatta inanamazsınız. O deneyimi yaşadım ve uyanıp yeni hayatıma başladığımda çevremde tanıdık ve sıcak eller görmeseydim sanırım bugün olduğum konuma gelemezdim.

Sokağın başında Demir'in arabasını görür görmez tanıdım.

Eniştem "Oh... Ben sizin yaşınızdayken babamın arabasını izin alıp zor kullanırdım be. Şuraya bak," dediğinde, ona "Demir benden iki yaş büyük. Hadi gel!" dedim ve hızlıca Demir'in arabasına yaklaştım.

Enişteme verdiğim cevabın, sorduğu soruyla hiç alakası yoktu ama açıkçası ne dediğimi bilebilecek durumda değildim.

Eniştem tam Demir'in yanındaki koltuğa oturmak için kapıyı açtığında telefonu çalmaya başladı.

Eniştemin iki telefonu vardı. Biri kendi telefonu, diğeri ise sadece iş için kullandığı telefondu. İş için olduğunu bildiğim telefonunu cebinden çıkarıp "Serkan Deniz," diye açtı.

Duyduğu cümleler ile bakışlarını bana sabitledi. "Tamam, tamam. Merkezde buluşalım o zaman.Geliyorum," deyip telefonu kapattıktan sonra "Güneş, otur," dedi ve benim Demir'in yanına oturmamı sağladı.

Sanırım bizimle gelmeyecekti.

Ben emniyet kemerimi takarken, eniştem arabanın diğer tarafına geçti ve Demir'in açık olan penceresinden Demir'le konuşmaya başladı.

"Bana bak. Korumayı arayacak zamanım yok, bu saatte arayamam zaten. Güneş'in saçının teline bir şey olursa, kaybolursa, başına bir şey gelirse... Senden bilirim Erkan," dedi, Demir onu dinlerken.

Demir hiç düşünmeden, normal ses tonuyla "Bunun oldukça farkındayım, merak etmeyin. İyi görevler," dedi ve gülümsedikten sonra arabayı harekete geçirdi.

Daha birkaç metre ilerlemiştik ki arabayı durdurdu ve bana döndü. Sağ kolunu boynumun arkasından bana doladı, beni kendine çekti ve başımdan öptü.

"Ohh," dedi ve ardından tekrar arabayı sürmeye başladı.

Demir'e, bunun ne kadar yeterli olacağından emin değildim ama şimdi bunları düşünmenin sırası hiç değildi.

Demir, hiç konuşmadığımı görünce "Ben de ne zaman baş başa kalacağız diye bekliyordum," dedi.

"Şu son bir ay gerçekten hızlı ve stresli geçti, seni göremedim ve çok özledim," dedim.Demir vitesi değiştirdi ve ardından bana bakıp hafifçe gülümsedi.

Sanırım bugün keyfi yerindeydi. Onu kısa kollu siyah tişörtüyle görünce, deri ceketinin nerede olabileceğini düşündüm, sonra arka koltuğa bakınca oraya fırlatılmış bir biçimde durduğunu gördüm.

"Üşüdüysen giy," dedi.

Şaşırarak "Sadece boynumu birazcık çevirdim ve sen bunu fark ettin,ceketine baktığımı anladın ve üstüne üstlük üşüdüğüm için ceketini aramış olduğumu düşünüp giyebileceğimi söyledin," dedim.

"Evet," dedi hastaneye gidebilmek için çıkmamız gereken otoyola saparken.

"Bunları nasıl anlıyorsun? Tamam,üşümemiştim. Sadece ceketinin nerede olduğuna bakmıştım ama konu o değil. Nasıl insanların en ufak hareketlerinden onların ne yapmak veya ne söylemek...

hatta ne düşünmek istediklerini bilebiliyorsun? Nasıl, insanlar hakkında daha onları tanımıyorken tahminler yürütebiliyor ve neredeyse tamamını doğru çıkarabiliyorsun? Nasıl bu kadar gizemli kalıp, insanlara kendini hayran bıraktırabiliyorsun?" diye saçmalarken, sonunda susmam gerektiğini anladım.

Demir bana, bende bir sorun olduğunu anlarmış gibi baktı ve ardından tekrar yolu izlemeye koyuldu.

Susmaya karar verdim. Konuşunca sürekli saçmalıyordum ve tekrar ağzımı açarsam, az önceki gibi kendimi kaybedebileceğimden çekiniyordum.

"İyi misin?" diye sordu.

Cevap veremedim. Uygun kelime aslında hep aklımdaydı ama dile getirmemek konusunda kendime uzun zaman önce söz vermiştim. Ama sanırım yanımda, bu dünyada en çok güvendiğim insan otururken, tutmama hiç gerek yoktu:

"Korkuyorum," dedim Demir'in sorusunun üstünden dakikalar geçtikten sonra.

O cevap vermeyince ona baktım. Yüzünde bir şey düşünür gibi bir ifade vardı. Ona baktığımı fark edince "Tamam," dedi.

Anlamayarak "Tamam mı?" diye sorduğumda, Demir "Aynen öyle. Tamam. Sorularının hepsine cevap vereceğim,"dedi.

"Demir, ben o soruları cevaplaman için sormamıştım, yine boş konuşuyordum ve..."

"Hayır Güneş. Sorduğun şeyler bir anda aklına gelmiş şeyler değildi. Uzun zamandır aklında olan ama sormadığın sorulardı," dedi.

"Daha doğrusu 'soramadığım' diyelim. İnsanlara yanıt veren bir yapın yok,özellikle kendin hakkında bir şeyler sorunca..." diyerek kendimi savundum.

Akşam karanlığında, karşıdan gelen arabaların farlarının bile Demir'in gözlerini görebilmem için yeterli olduğu dakikalarda, Demir "Şu an iyi değilsin. İyi olman için aklının dağıtılması lazım, kendin dağıtmayı beceremiyorsun çünkü," dedi.

"Bak burada haklı olabilirsin," dedim. Yalan söyleyemezdim. Bir şeye taktım mı, sürekli onu düşünüyordum ve bir nevi kendimi depresyona sokuyordum.

"Aklını dağıtmak adına birkaç istisna yapabilirim. Sorularını yanıtlayacağım," dedi.

Tam ona cevap verecektim ki Demir "Siktir, bu trafik ne?" dedi. Gözlerimi ondan alıp ileriye baktığımda, çıktığımız otoyolun tıkalı olduğunu gördük.

"Geri dönemez misin?" diye sorduğumda, Demir hemen o saniyede arabayı geri vitese aldı ve biraz geri gidip az önce çıktığımız sokağa baktı. Sokağın içinden bizim bulunduğumuz tarafa doğru gelen bir sürü araba vardı ve geriye dönüş de yoktu.

"Hayır. Kaldık," dedi ve vitesi tekrar değiştirip eski yerimize arabayı ilerletti.

"Sanırım kaza olmuş," dedim ileriye bakarak.

Demir "Tamam, şimdi sen seninkilerden herhangi birine mesaj at. Yolda olduğumuzu ama trafiğe yakalandığımızı söyle. Ben de bu arada vereceğim cevapları düşüneyim, bir ilk olacak ve batırmak istemiyorum," dedi.

Çantamdan telefonumu çıkarırken, Demir'e "Öncelikle onlar 'benimkiler' değil, artık 'bizimkiler'. İkinci olarak da her şeyde en iyi olmana gerek yok. Bazen içinden geldiği gibi davranmalısın," dedim.

"Evet, içimden geldiği gibi davrandığımda bir bakıyorum Bodrum'dayım ve hiç tanımadığım dört sörfçü çocuğu dövüyorum," dedi.

Dudaklarımı birbirine bastırdım. Bu hem hoştu hem de kızılması gereken bir şeydi. Ama ben bu sefer hoş olduğu kısmına ağırlık verdim ve karşılık olarak hiçbir şey söylemedim, sessizce Arda'ya mesajı gönderdim.

Telefonu çantama geri koyarken, Demir dışarıdan gelen korna seslerini azaltmak için arabanın camlarını kapattı ve ardından:

"İnsanların ne yapmak, ne söylemek veya ne düşünmek istediklerini anlamıyorum. Tahmin edebiliyorum. Tahminlerimi mantıklı bir şekilde yapınca da tutuyor. Bu konularda mantıklı tahminler yürütebilmemin sebebiyse, ben hiç kimseye şu ana kadar neler yaptığımı, neler düşündüğümü söylemedim ve gereksiz insanlarla gereksiz konuşmalarda bulunmadım. Ben kendimi bildim bileli böyle davranırken insanların sürekli sosyal medyada özel hayatlarına dair bilgileri savurmaları, orada burada hiç tanımadıkları kişilere söylememeleri gereken şeyleri söylemeleri gibi olayları gözlemledim ve işin ne kadar kolay olduğunu anladım. Sadece her şeye mantıklı bakmak gerekiyor," dedi.

"Vay be," diye fısıldadım gözlerimi ondan ayırıp yola bakarken.

"Sen üniversite sınavından benden yüksek puan alacaksın," dedim ardından da.

"Evet," dedi hiç çekinmeden. Gülümsedim.

"Peki diğer sorum? Gizemli kalıp, hayran bıraktırma olayı?" diye sorduğumda, bana "Orası da meslek sırrı bal, bana kalsın," dedi.

Biraz düşündükten sonra "Hakkında hâlâ bilmediğim o kadar çok şey var ki Demir... Sen benim her şeyimi bilirken senin böyle... her söylediğin kelimeden hakkında bir şey yakalamaya çalışmak o kadar zor ki! Mesela az önce anlattıkların, hakkında yepyeni şeyler öğrenmemi sağladı ve her zaman ilgi çekici ve öğrenmek isteyeceğim yanların olduğunu bir kez daha hatırlattı," dedim, daha da devam etmesini dileyerek.

Trafik biraz ilerlemeye başladığında rahatladık ve araba tekrar harekete geçince, Esma'ya ulaşma isteğimin yine aynı derecede fazla olduğunu, ama artık kontrol edilebilir bir düzeyde olduğunu fark ettim. Demir yine ve yeniden bana iyi gelmişti ama yüzüm hâlâ asıktı. İşte bu, elimde değildi.

"Neden 'Erkan Otelleri'ni kurduğumu biliyor musun?" diye sorduğunda şaşırdım. Bunu hiç düşünmemiş, hep 'Daha fazla gelir içindir,' diyerek geçiştirmiştim.

Ona baktığımda bana "Babam kötü bir insandı, Güneş," dedi ve ardından arabayı trafik yüzünden tekrar durdurmak zorunda kaldı.

Konuşmanın babasına geleceğini tahmin etmemiştim. Onunla babası hakkında çok yüzeysel olarak birkaç konuşma yapmıştık fakat Gökhan Erkan öldüğünden beri, hiç Demir'in yanımda üzüldüğünü görmemiştim. Ne benimle ne de başkasıyla onun hakkında konuştuğunu sanmıyordum. Hatta annesi Dilan Erkan ile bile konuşmamış gibi görünüyordu.

"Demir, eğer istemiyorsan onun hakkında konuşmak zorunda değilsin," dediğimde, koltukta yan döndü ve sırtını, çok ağırlığını vermeden kendi tarafındaki kapıya yasladı. Bunu daha rahat yapabilmek için emniyet kemerini çıkardı.

Demir son söylediğimi duymuş ama dikkate almamıştı.

"Gökhan Erkan; bu ülkede yaşamış en şerefsiz insanlardan biriydi. İnsanlardan çalardı, kumar oynardı fakat hileleri ile asla kaybetmezdi. Tüm o sanatçı kimliğinin arkasında yatanları çok az kişi bilirdi ve o bilenler de susmak zorunda kalırlardı. Eğer susmazlarsa başlarına gelecekleri bilirlerdi," dedi.

Demir susmuştu, ama yine de babası tüm suçları onun üstüne yıkmak konusunda merhamet göstermemişti. Bunu ona söyleyecektim ama zaten yaşayan kişinin bizzat kendisi olduğunu anımsadığımda vazgeçtim ve onu dinlemeye devam ettim.

"Şu an bir sigaraya ne kadar ihtiyacım var bilemezsin..." dedi.

"Hayır," dedim kesin bir şekilde.

"Peki bal, işte Gökhan Erkan ve yarattığı canavar..." dedi kendini göstererek. Güldü ama gülüşü normal bir gülüş değildi. Gözlerini benden kaçırdı ve dışarı baktı.

"Geç kalacağız," dedi.

Demir'in şu ana kadar hiç böyle konuştuğunu sanmıyordum. Sanırım ilk defa, yıllardır içinde tuttuğu düşünceleri sesli olarak, dışarıya söylemek üzereydi ve bu onun için büyük bir sınavdı.

İçini açtığı ve açacağı kişi olma onuruna sahip olduğum için mutluydum.

Geç kalacağımızı söyleyerek konudan uzaklaşmaya çalışsa da, aslında sonunda birileriyle konuşma ihtiyacı duyduğu gerçeğini kabullenmişti ve sırf bu gerçeği idrak edebildiği için ona her şey farklı geliyor, kendini açmak kendini güçsüz hissetmesine sebep oluyordu. Aslında henüz, kendisi, ailesi, hayatı hakkında çok şey anlatmamıştı ama bu bile ona ağır gelmişti.

Dediğim gibi, içini açtığı ve açacağı kişi olmak istiyordum. Her zaman.

"Devam et," dedim.

38. Bölüm

Onu Bodrum'dan beri hiç bu kadar açık hissetmemiştim. Atagül Lisesi'ne gelen herkesin kendine ait kötü bir geçmişi vardı fakat Demir'inki her zaman sır olarak kalmıştı. Babasının ona yaptıkları yüzünden, çok iyi yerlerden böyle rezalet bir okula düşmesini anlayabilmiştik.Bizimkiler daha fazla kurcalamayıp olayı bu bütünüyle kabul etmişlerdi.

Ama ben her zaman daha fazlası olduğuna inanmıştım. Dışarıya onu her gün içten içe yiyip bitiren bir şey olduğunu göstermemek için o yoğunluğu gizleyen Demir, düşünceleri ve hisleri hakkında ikinci defa konuşuyordu.

İlki, bana Bodrum'da açıklama yaptığı zamandı. Aslında ailemi öldürmediğini ve gerçekleri anlatırken, birkaç dakikalığına da olsa yıkmıştı duvarlarını.

O zaman ben o duvarların ilk kez aşılabileceğini hissetmiştim.

"Sorularını yanıtladım ya Güneş," derken gözlerini benden kaçırmış ve öndeki yoğun trafiğe bakmıştı.

"Gerisi olduğunu, hatta çok daha fazlası olduğunu tahmin etmek zor değil. Dünyada sana en çok güvenen insana kendi hakkında bir şeyler daha anlatabileceğini biliyorsun," dedim, kesip atmaması için dua ederken.

Bir türlü ilerlemeyen trafikte korna sesleri yükselirken Demir sakin bir şekilde mavi gözlerini tekrar bana çevirdi.

"Neden merak ediyorsun ki?"

Neden mi merak ediyordum? Demir şaka mı yapıyordu?

"Çünkü seni seviyorum siyah deri ceketli düşüncesiz ve son zamanlarda bana, fazla romantik kelimelerle yaklaşan insan."

Trafiğin bir milim de olsa ilerlediğini görünce oturuşunu normale çevirdi ve vitesi bire aldı. Arabayı az da olsa ilerletti. Gideceği daha fazla yer kalmadığında vitesi tekrar boşa aldı.

Söylemiş olduğum şeye cevap vermediğinde, ona "Hayatta en çok sevdiğim kişinin aynı zamanda düşünceleri hakkında en az bilgiye sahip olduğum kişi olması çok saçma değil mi?" dedim.Bu söylediğim karşısında sağ elini benim koltuğumun yukarı kısmına yasladı ve bana döndü.

"Seni öpmemek için kendimi zor tutarken nasıl bir şeyler anlatmamı bekleyebiliyorsun?" diye sordu.

Demir'in sorularımı yanıtlamasındaki amaç, aklımı dağıtmak ve üzerimdeki Esma stresini azaltmaktı. Konuşmasıyla beni sakinleştirdiğini ve ilgimi kendisine çekebildiğini gördüğünde ise konuşmayı kesip bu işten kurtulabileceğini sandı.

Şimdi söylediği şey ise tamamen aklımı daha başka yerlere çekebilmek içindi.

Üzgünüm Demir Erkan, seni tanımak için yakalayabileceğim en güzel fırsatlardan birini yaşıyorum.

"Bence üstesinden gelebilirsin," dedim ve vücudumu biraz daha ona doğru döndürdüm.

Demir bu seferki konuyu değiştirme girişiminin başarılı olamadığını gördüğünde, pes etmeyeceğimi anladı. Derin bir nefes alıp verdikten sonra asıl pes eden o oldu.

"Tamam, bugün hâlâ iyi günümdeyim. Başka neyi merak ediyorsun?"

Demir'le yaklaşık bir buçuk yıldır beraberdik -daha doğrusu o ilk, bana işkence çektirdiği zamanları beraberdik diye sayarsak- ve tüm bu zamanda konuştuğumuz konular ya benim hakkımdaydı,-ya bizim hakkımızdaydı, ya da başkaları hakkındaydı.

Hiçbir zaman konu o olmamıştı. Buna izin vermemişti.

Ama olayın benimle ilgili olmadığını, onun her zaman bu konuda kararlı olduğunu anladıktan bir süre sonra, sorgulamayı bırakmıştım. Saatlerce onu dinlemek istiyordum. En aptal anılarını bile dinlemek, güldüğü ve ağladığı şeyleri bilmek, duygularının

siyah ve mavi haricinde hangi renklerde olduğunu öğrenmek isti-
yordum. Fakat bahsettiğimiz kişi Demir Erkan olunca, bu iş fazla-
sıyla imkânsız kalıyordu.

Şimdi ise uzun zamandır beklediğim an gelmişti fakat onu so-
rularımla çok boğmak istemiyordum. Zaten alışkın olmadığı keli-
melerle ve hiç anlatmadığı, belki de aklıyla kalbinin en uç noktala-
rına kaçıp düşünmek istemediği şeylerle onu sıkacaktım. Bunu da
en hafifinden, ona zor gelmeyecek bir şekilde yapmak istiyordum.

"Kaldığın yerden devam et," dedim.

"Dediğim gibi, Gökhan Erkan'ın yarattığı canavar benim ve
kimsenin bu canavarı görmesine gerek yok. Zaten yeterince yan-
sıtıyorum."

"Sen kötü bir insan değilsin Demir," dedim, onu bu iyice ka-
bullenmiş olduğu yalandan uzaklaştırmaya çalışırken.

Ciddi ve mavi gözleriyle "Kötü bir insan olmadığımı biliyorum
ama babam, daha küçüklüğümden itibaren bana en çok uyacak ki-
şiliğin böyle olduğunu, bana anneme ve diğer herkese aşılamıştı,"
dedi. Demir, babasının veya herhangi bir kişinin ona uygun göre-
ceği kostüme girebilecek türden biri değildi. Ben onu öyle tanımı-
yordum.

"Sırf baban yüzünden diğer herkes seni öyle görüyor diye kötü
biri olduğunu da nereden çıkardın? Bu çok saçma..."

"Babam olacak herifin bana uygun gördüğü rezalet kişiliği, hiç
karşı çıkmadan kabul ettiğim için rezil bir insanım Güneş!" diye-
rek sözümü kesti. Sesi yükselmişti.

Bir anda yükselen sesinin sertliğinden ona verecek cevabı bula-
mazken o, sonunda konuşabilmenin verdiği rahatlıkla devam etti.

"Babam bana ilk suçunu yüklediğinde daha on iki yaşındaydım.
Güneş, daha on iki yaşındaydım! On iki yaşında, sabahtan akşa-
ma kadar tek yaptığı şey evindeki piyanonun başında oturup ken-
di bestelerini yapmaya çalışmak olan bir çocuk, gasptan ne anlar?!
Peki ya on dört yaşındaki bir çocuk, kumar oynamaktan ne anlar?
On beş yaşında tek hayali müziğin olduğu herhangi bir ülkeye
kaçıp ailesinden uzaklaşmak olan bir çocuk adam kaçırabilir mi?
Peki ya hırsızlık, dolandırıcılık, ünlü işadamlarının anlaşmalarıy-
la oynamak...?" derken gözlerinin dolduğuna emindim. Fakat o,

gözlerinin dolmasını bile gizlemeyi ustalık haline getirmiş biri gibi davranıyor ve gözlerine gelen yaşları unutarak adeta yok ediyordu.

Sadece ün uğruna bu yapılır mıydı?

Demir'in ağzından çıkan her bir kelime önümde küçük, siyah saçlı ve masmavi gözleriyle etrafına ışık saçması gerektiren çocuğu saniye saniye yıkıyordu. Küçük mavi gözlü çocuk, ailesinin ona yüklediği ağırlıkları kaldıramayacağını hiç düşünmeden her şeyi kabulleniyordu. Hayatını adeta bir cehennem gibi yaşıyordu ama itiraz etmiyordu.

Çünkü ağlamak istemiyordu. Ağlamak onu güçsüz gösterirdi. Daha o yaşlarındayken bile bunu kabul edemezdi.

Demir eğer ağlarsa, bir şeyleri önemsediği ve o şeylere değer verdiği için ağlardı ve insanlar da bunu fark eder, onu avlayabilmek için bu açığı kullanırlardı. Bir şeylere değer vermek, bir şeyleri önemsemek demekti ve eğer önemsersen o şeyleri kaybettiğinde sen de kaybederdin.

Kaybetmemek uğruna da olsa, daha kendi hayatına dahi önem vermeyen Demir'in bana değer vermesini beklerken, gerçekten de imkânsızı beklemiştim fakat tüm bu imkânsızlığa rağmen biz bunu başarmıştık. Demir, bunu başarmıştı. Bunu şimdi anlıyordum.

Önemsemek, ağlamak ve karşı çıkmak onun için zayıflıktı. Demir eğer çevresindekilere, babasına karşı çıkmış olsaydı; kendisine yüklenen bu ağırlıkları taşıyamayacağını kabul etmiş olurdu.Ama bunu yapmamıştı.

Sırf güçlü olduğunu gösterebilmek ve kendisini tamamen yıkmalarına izin vermemek için, o yükü taşıyabileceğini göstermişti. Bunu da, hayatını kaybetmemek pahasına bir cehenneme dönüştürmelerine izin vererek yaptı. O tüm bu yaşadıklarına rağmen, içini birine ilk defa dökerken bile ağlamıyordu, ama ben gözlerimin dolmasına engel olamamıştım.

"İşte, tüm bunlara izin verdiğim,babamın hayatımı karartmasına ses çıkarmadığım için dünyanın en saçma insanıyım. Biliyorum, beni şu ana kadar hep istediğini yaptıran ve otoriter biri olarak gördün. Ama hep öyle değildim. Belki de hakkımdaki tüm fikirlerin boşa çıktı şu an Güneş, ama kusura bakma. Bunu sen istedin. Dünyanın en saçma ve güçsüz insanıyla berabersin," dedi ve koltuğumun arkasına yasladığı elini yüzüme yaklaştırıp gözyaşlarımı sildi. Ardından elini indirdi. Gözlerini tekrar dışarı bakmaya zorlayarak benden kaçırdı.

"Demir..."

Adını söylediğimde hemen bana bakmadı. Sanırım birkaç saniyeye ihtiyacı olmuştu.

Sonunda gözlerimiz buluştuğunda ona aklımdan geçen tek cümleyi söyledim:

"Sen hayatımda tanıdığım en güçlü insansın."

Demir, bunu söylediğim anda bir saniyeliğine dudaklarını birbirine bastırdı ve ardından iki eliyle beni boynumdan tutup kendine çekti, dudaklarını dudaklarıma bastırdı.

Rahatlama, tutku, inanç ve güven.

Öpüşmemizde bunlar vardı. Demir'in uzun zamandır ihtiyacı olan duygular...

Ona ihtiyacı olan hisleri yaşatabildiğim için mutluydum.

Zamanın ne kadar hızlı geçtiğini anlamamıştık fakat arkamızdan gelen korna sesleri dudaklarımızı birbirinden ayırdı.

Yol açılmaya başlamıştı. Demir arabayı olması gerektiği hızda kullanarak bizi hastaneye doğru götürüyordu. Emniyet kemerini de yeniden takmıştı.

Demir'i sıkmak istememiş ve her şeyi akışına bırakmıştım. Sanırım uzun zamandır aldığım en iyi karar bu olmuştu fakat aklıma takılan bir nokta vardı ve eğer öğrenemezsem bu gece uyuyamayacaktım. Tabi eğer öğrenirsem de uyuyabileceğimin garantisi yoktu.

Sanki Esma iki saat içinde uyanmazsa evlerimize dağılacaktık. Hayır. O bu önümüzdeki iki saat içinde uyanmasa bile, tüm gece orada kalacaktık.

Açıkçası benim hayatım için uyku, sürekli ertelenen ve asla tam anlamıyla gerçekleştiremediğim bir eylemdi. Zaten bu gece önceliğim de olamazdı.

"Demir, bir şey söyledin ama çok detaya inmedin..." dediğim anda "Söyle bal, söyle. Artık zaten her ne kadar istesem de karşında o gizemli ve havalı çocuk gibi kalamayacağım," diyerek, soru sormama izin verdi.

Demir her ne kadar karşımda oturup bana saatlerce tüm benliğinden bahsetse de, her zaman benim için çözülmesi gereken bir gizem olarak kalacaktı. Vücudundaki her bir hücreyi tanımak, kalp atışının saliselik ritmini ezberlemek ve gözlerinin maviliğindeki ufak ve ancak çok yakından bakılınca fark edilen renk değişimlerini hafızama kazımak isterken asla ama asla doğuştan sahip olduğu gizemli havasını kaybedemeyecekti.

Tabii, bunu ona söyleyip onu şımartmak gibi bir zorunluluğum yoktu.

"Baban hakkındaki gerçekleri bilenlerin susmak zorunda kalacaklarına dair bir şey söyledin. Ardından da 'Eğer susmazlarsa başlarına gelecekleri bilirlerdi,' diye de ekledin. Başlarına ne gelebilirdi?"

Bir yandan hastaneye yaklaştığımızı, geçtiğimiz sokaktan anlarken, bir yandan da Demir'in konuşmasını bekliyordum.

" Biz 'başlarına ne gelebilirdi' demeyelim de 'ne geldi' diyelim. Sana çok fazla şey anlatmak istemiyorum bu konu hakkında ama bir örnek verebilirim," dedi ve ardından hastanenin tabelasının bulunduğu sağdaki sokağa girdi.

"Babamın sağ kolu olan biri vardı. Adı Doğan'dı. Doğan Abi ben kendimi bildim bileli babamla çalışıyordu. Babamla tam olarak neyin ortaklığını yaptıklarını bilmiyordum fakat müzik ile ilgili olmadığından emindim. Sürekli bizim eve gelirdi ve annem yokken, babam bana sert davrandığında onu bir bahaneyle uzaklaştırır ve sakinleşmesini sağlardı."

Demir'in çocukluğuna dair en ufak bir fikrim yokken aklıma hiç bu kadar kötü bir çocukluk geçirdiği gelmemişti. Tamam, kimse mükemmel olmadığı gibi Demir de mükemmel bir insan değildi. Hiçbirimiz değildik, ama yine de beni varlığıyla bu kadar mutlu eden bir insanı, haliyle çok yukarılara koymuştum. Kötü bir aileye, babaya ve geçmişe sahip olduğunu biliyordum ama daha o kadar gençken tüm o anlattığı korkunç şeyleri yaşaması... Esma'nın yokluğunda kalbimden kalan parçalardan bir tanesinin daha kopmasına sebep olmuştu.

"Bundan yaklaşık iki yıl önceydi galiba... belki de üç. Emin değilim. Yine babamların turneden döndükleri bir gündü sanırım. Eve girer girmez babamın ofisinden sesler duymaya başladığımda kapıyı arkamdan sessizce kapatmıştım. Gelen sesleri daha net duyabileceğim bir yerde durduğumda, babamın Doğan Abi'yle kavga ettiğini fark ettim. Tüm konuşmayı hatırlamıyorum ama Doğan Abi'min söyledikleri hiçbir zaman aklımdan çıkmadı..." dedi ve biraz durdu.

"Ne demişti?" diye sorduğumda, Demir "Babama 'Benim iki tane oğlum ve kanser olan bir karım var. İki oğlum da okusun diye ve karım yaşayabilsin diye eve para getirmem lazım.' diyordu. Babam ona verdiği maaşın fazlasıyla yeterli olduğundan ve konuşmasının anlamsızlığından bahsederek karşılık vermişti. Doğan Abi 'Sorun paranın miktarında değil. Geldiği yerde Gökhan. İstemiyorum. İstifa ediyorum. Benim bir ailem var ve artık tüm o işlerinin bir parçası olmaktan nefret ediyorum. Benim baba olmam gerekiyor, senin gibi bir...' derken, babam bağırarak Doğan Abi'min sözünü kesmişti. Ona 'Anlaşmamızı hatırlatırım! O kâğıdı uzun yıllar önce imzaladın Doğan. Hiç kimseye tek bir kelime bile söyleyemezsin,' gibi şeyler söylemişti."

Merakla Demir'in anlattıklarını kafamda canlandırırken, işin sonunu iyice merak etmiştim.

"Sonra ne oldu?"

"Bilmiyorum. Ama hoş şeyler olmadığından eminim," dedi.

Onu rahatlatmak için "Belki de istifa etti ve hayatına iyi bir şekilde devam etti...?" derken amacım kesinlikle Gökhan Erkan'ın kötü bir şey yapmamış olduğunu iddia etmek değildi. Sadece olumlu bir şeylerin de gerçekleşebilme ihtimaline tutunduğumu göstermeye çalışıyordum.

"Hayır, Güneş. Doğan Abi evden büyük bir hızla çıktı.O gün Doğan Abi'yi gördüğüm son gündü ve bir daha ondan haber alamadım," dedi Demir.

İçimde hâlâ nedense bir umut belirtisi vardı ve o belirtiyi düşünerek "Dediğim gibi, kendine temiz bir sayfa açmak istemiştir ve..." derken sözümü kesti:

"Hakkında bildiğim çok şey yoktu. Yıllardır bizimle beraberdi fakat bir ailesi, hatta çocuklarının olduğunu bile o gün öğrenmiştim. Adı dışında neredeyse hiçbir şey bilmiyordum ve babamla yaptıkları anlaşma doğrultusunda böyle davrandığından emindim. Bu yüzden hiç kurcalamamıştım, ama daha sonra onun öldüğünü duyduğumda..." derken, Demir kendini durdurdu ve tepkimi görebilmek için bana baktı.

"Öldü mü?"

Demir lafı ağzından kaçırdığı için kendine kızarak direksiyona hafif bir yumruk attı ve ardından sıkıca tutmaya devam etti.

"Demir, cevap ver."

Bana cevap vermedi fakat araba durmuştu. Hastaneye geldiğimizi anladığımda emniyet kemerimi çözdüm. Demir'in bana cevap vermemesinin aslında vermek istediği cevap olduğunu, adamın öldüğünü anladığımdaysa, Gökhan Erkan'a olan nefretimin kaç kat arttığını hesaplamaya çalıştım.

Demir arabayı park etti, arka koltuktan ceketini aldı ve ardından, beraber inip hastaneye doğru yürümeye başladık.

Esma'nın bulunduğu odaya giden koridorları ezberlediğimiz için kolayca odaya ulaştık.

Demir'den hızlı davranıp kapıyı açtığımda herkesi, odada Esma'yı ve bizi beklerken gördüm.

Uzun zamandır Esma bu odada kalıyordu. Çoğunlukla krem rengi odada geniş pencerenin bulunduğu duvara dayalı üç kişilik bir koltuk vardı. Helin ve Arda bu koltukta oturuyorlardı. Doğukan bir omzunu duvara yaslamış ve kollarını göğsünün altında birleştirmiş bir şekilde duruyordu. Odanın ortasında Esma'nın uyuduğu yatak vardı. Yatağın yanında duran ekranları, düğmeleri, ışıkları ve odadaki sessizliği daha da gözümüze sokan ritmik sesleriyle rahatsızlık veren aletleri görmezden geldim ve Savaş'ı yatağın karşısındaki sandalyede otururken gördüm. Telefonla konuşuyordu.

"Tamam Ateş, size de haber vereceğiz. Şimdi Demir'le Güneş de geldi...Sonra konuşuruz."

Gözlerimi Savaş'tan sonra, aslında odanın en köşesinde bulunan, ama daha ilk günden hemen yatağın yanına yaklaştırılmış krem rengi, deri tek kişilik koltukta oturan Burak'a çevirdim. Esma'nın elini tutuyordu.

"Hadi güzelim. Hadi, uyan. Buradayız. Ben buradayım. Seninleyim. Seninim. Hadi Esma... hadi sevgilim..."

Burak'ın sesi fısıltı halinde duyulurken Helin'le Arda'nın arasına, üçlü koltuğa oturdum. Demir odanın kapısını kapattı ve ardından, kapının hemen yanında ayakta durmaya başladı.

Sık sık Esma'yı ziyarete geldiğimiz ve genellikle kalabalık halde olduğumuz için hastane görevlileri bir süre sonra odaya fazladan sandalye getirmemize bir şey dememişlerdi. Demir ve Doğukan'ın oturabileceği yerler de vardı ama ayakta kalmayı tercih etmişlerdi.

Helin, yanına oturunca bana sarıldı ve bir süre öyle kaldı.Ben de ona sarıldım.

Bitmeyen dakikalar birbirlerini bir kamplumbağa hızıyla takip ederken, Burak sanki metal bir şarkı için ritim tutuyormuş gibi bacağını sallıyordu. Gözlerinin altı mordu. Şu son bir buçuk-iki ayda kilo vermişti. Zamanının çoğunu hastanede geçiriyor ve doğru dürüst yemek yemiyordu.

Arda, Burak'ın stresini azaltabilmek için onunla konuşmayı denedi:

"Burak, annesiyle babası yoldalar mıymış?" diye sordu.

Burak, Esma'nın elini bırakmadan yüzünü kaldırdı ve "Aradım, trafiğe yakalanmışlar ama geliyorlarmış," diyerek cevap verdi. Sesi fazla çıkmıyordu.

Birileri konuşunca ortamda sadece makineden çıkan ses olmuyordu, bu yüzden oda biraz daha sakinleşiyor gibiydi. Demir bunu fark edince "Evet, otoyolda çok trafik vardı. Biz de o yüzden geciktik," dedi ve ardından bana baktı.

Gerçekten deniyordu.

O anda konuşulması gereken konu trafik konusu muydu, hatta o anda konuşulması gereken konu hangisiydi bilmiyordum ama Doğukan, Demir'i devam ettirerek "Ben buranın paraleline kadar sahilden geldim ve daha sonrasında da yukarı çıktım. Yol daha rahattı," dedi.

Burak 'belki sakinleşebilirim' umuduyla Savaş'a "Ateş ne diyor?" diye sordu ve bir şekilde daha yeni yeni bozulmaya başlayan sessizliği kaybetmek istemedi.

Savaş "Cansu'nun çok gelmek istediğini ama Helin'den çekindiğini söyledi," dediğinde, tüm gözler Helin'e döndü.

Helin "Ne? Bana neden böyle bakıyorsunuz? Tabii ki de çekinmesi gerekiyor. Bir de buraya mı gelecekti? Onu hiç çekemezdik," dedi.

Helin'e "Helin, sanırım uğraşmamız gereken konu Cansu değil. Çok istiyorsa bir kere uğrayabilirdi..." derken sözümü kesti. Sarıldığı kollarını çekti ve bana döndü:

"Hayır Güneş. Bari sen o kızı savunma."

Arda söze girip "Helin, harbiden bu kız sana ne yaptı? Esma'ya ne yaptı? Gelip beş dakika burada bulunsa çok mu kötü olurdu?" diye sorduğunda, Savaş "Ben de, Cansu'nun kötü bir amacı olacağını sanmıyorum," diyerek ekleme yaptı.

Helin ayağa kalktı. Herhangi birinden destek görebilmek için Doğukan'a döndüğünde, Doğukan iki elini havaya kaldırıp "Hey! Ben suçsuzum. Tek kelime etmedim," dedi.

Helin "Tüm bu olayların, Güneş'in ve hepimizin korkusunun, Ateş'in kolunun ciddi derecede yanmasının sebebi o çıktığı zaman 'Helin demişti," dersiniz,' dedi ve pencereden dışarıyı daha rahat izleyebilmek için perdenin kapalı olan yerini açarken Burak'ın sesiyle durdu.

"Esma!"

Hepimiz bir anda Burak'a ve Esma'ya baktık.

Esma hâlâ gözleri kapalı bir şekilde yatakta yatıyordu. Ne olduğunu anlayamadığımız saniyelerde Burak tekrar, "Esma! İnanmıyorum! Burdayım! Burdayım!" diye, hâlâ istemeden de olsa fısıltı sesiyle konuşmaya başladı.

Ayağa kalktım ve yatağın başına gittim.

"Elini kıpırdattı değil mi?" diye sorduğumda, Burak bana baktı ve gülümsedi. O gülümseme...

Burak tüm dişlerini gösterecek şekilde gülümsemişti.

Burak da ayağa kalktı, sol eliyle Esma'nın elini hâlâ bırakmazken, sağ eliyle de onun saçlarını okşuyordu.

"Buradayım. Hiçbir yere gitmedim. Lütfen, lütfen gözlerini aç. Birtanem... Lütfen..." derken, tüylerim diken diken olmuştu.

Doğukan yaslandığı duvardan ayrılmış ve öne doğru bir adım atmıştı. Arda az önce oturduğumuz koltuktan kalkıp Savaş'ın yanına, yatağın hemen karşısında duran üç sandalyeden ikincisine oturmuştu.

Demir ise kapıyı açıp dışarıya "Erol Bey'i çağırır mısınız?" diye seslendi.

Esma'nın dudakları aralandı. Saatlerdir, günlerdir, haftalardır renksiz olan bedeni, başının arkasında olan ameliyat yarasına rağmen uyanmak için savaş veriyordu.

Yatağa damlayan bir damlayı fark ettiğimde, Burak'ın Esma'nın üzerine doğru eğilmiş olduğunu, onun alnını öptüğünü ve ardından yanağından süzülen ikinci bir gözyaşının daha beyaz örtüde sonsuzluğa karıştığını izledim.

"Hadi bebeğim. Hadi güzelim... Yapabilirsin Esma. Hadi aşkım... Sen çok güçlüsün... Bak ben buradayım..." diye fısıldamaya devam ederken Burak, ses tellerinin kendisini yarı yolda bıraktığını düşünüyor ve istemeden ısrarla fısıltı şeklinde çıkmaya devam eden kelimelerine lanet ediyordu.

Helin "Lütfen... Lütfen... Lütfen uyan..." diye sayıklarken gözlerimizi Esma'dan ayırmıyorduk.

Önce Esma'nın aralanan dudaklarının heyecanını atlattık. Kalbim son sürat atarken, Arda "Nerede kaldı şu lanet doktor?" diye söyleniyordu.

Burak "Sevgilim! Evet... evet, elini ben tutuyorum!" dediğinde, sesi az önce konuşurken olduğunda çok daha normale yakın çıkmıştı. Burak'ın eline baktığımızda Esma'nın da onun elini sıktığını gördük.

Esma başını çok yavaş bir şekilde sağ tarafa, Burak'ın bulunduğu tarafa doğru oynattı. Bir kere yutkundu ve ardından, vücudu nerede olduğunu algılamaya çalıştı. Eli,Burak'ın elini bırakmak istedi ama Burak ona izin vermedi. Öbür eliyle de tuttu.

"Güvendesin. Benimlesin. Hepimiz buradayız Esma," dedi ve tereddüt bile etmeden gözyaşlarının Esma'nın üstüne örtülü olan beyaz çarşafın üstüne damlamasına izin vermeye devam etti.

Esma'nın gözlerini açmasıyla kapatması bir oldu. İki saniye sonra tekrar açmayı denedi ama odadaki ışık ona hiç yardımcı olmuyordu. Gözlerini birkaç kez kırpıştırdıktan sonra tam olarak görebilmeye başladığını anladım.

Ama bu sefer ben net göremiyordum. Ağlıyordum. Gülümserken ağlamak... Bu... İşte bu benim için yeni bir şeydi.

Hıçkırıklarımı serbest bıraktım.

"Esma..." derken, odadaki diğer kişilerin ne durumda olduklarına bakamadım. Sadece Esma ve Burak'a odaklanabilmiştim.

Söylenecek tek bir söz bile yoktu.Sadece bana bu zalim ve adil olmayan karanlık dünyada hâlâ bir umudun,inanırsam gerçek olabilecek şeylerin var olduğuna inandıran bugüne şükrediyordum.

Hep en taze ve en güzel çiçekleri önce koparan hayat, bu sefer Esma'yı bize bağışlamıştı.

Burak bir elini Esma'nın yanağına koydu. Öbür eliyle hâlâ onun elini tutmaya devam ediyordu.

"Benimlesin... benimlesin..." dedi ağlarken.

Esma hiçbir şey söyleyemedi ama zorlansa da gülümsedi. Burak, Esma'nın gözlerinden süzülen damlaları görür görmez ona doğru eğildi ve yanaklarını öperek o damlaların silinmesini sağladı.

Esma konuşabilmek için dudaklarını biraz daha araladı ama henüz kelimeleri söyleyebilecek güçte olmadığını anladı.

Odanın geri kalanına baktığında bizleri gördü. Solundan sağına doğru; Burak, Savaş, Demir, Helin, Arda Doğukan ve ben vardık. Yanında olduğumuzu anladığı anda çok mutlu oldu ve gülümsemesi devam etti. Hâlâ gözleri doluydu.

Hepimizinki gibi.

Gözlerimi Esma'dan ayırıp Burak'a baktığımda, onun bir eliyle hâlâ Esma'nın elini tuttuğunu,öbür eliyleyse kıpkırmızı olan yüzünden, kıpkırmızı olan gözlerinin altındaki yaşları sildiğini gördüm. Hayatının en mutlu anını yaşıyordu.

Ben de kelimelere dökemeyeceğim kadar mutluydum. Esma yaşıyordu, Esma hâlâ bizimleydi ve en yakın arkadaşlarımdan olmaya devam edecekti. Neşesiyle bize her şeyi unutturacak, bir süre sonra yepyeni partiler düzenlemeye devam edecek ve zorla da olsa Demir Erkan'a bile doğum günü pastası üfletebilecekti.

Esma Burak'a baktı.

"Burak..." demeye çalıştı. Fazlasıyla özlediğim sesi fısıltı şeklinde duymuş olsam bile hıçkırıklarımın kat kat artmasına engel olmamıştı.

Esma'nın adını söylemesini belki de hepimizden çok özleyen Burak, Esma'yı duyduğunda ona cevap vermek için kendini hazırladı fakat tek söylediği... bambaşka bir şey oldu:

"Evlen benimle."

Heyecandan buz gibi kesilmiş parmaklarımla gözlerimi ovuşturmaya devam ederken, bir yandan da onları dinliyordum.

Esma yüzüne kocaman bir gülümseme yerleştirerek, "Burak.. ben..." demeye çalıştı. Burak onun konuşmasını engelledi ve "Esma, evlen benimle! Daha on sekiz yaşında mıyız? Umrumda değil! Sana kavuştum ben! Her şeyimden daha değerlisin. Senin yaşayabilmen için kaç kere kendi hayatımı verebileceğimi düşündüm ben... Son bir ay, üç hafta, dört gün ve on yedi saat ben sensizliği tattım... Nefret ettim... Her saniyesinden nefret ettim ve..." derken, bir yandan da aklındaki kelimeleri toparlamaya çalışıyordu.

"... ve sensiz bu hayatta yapamazdım. Sen bensin. Sen benimlesin. Artık yeniden benimlesin ve seni asla, ama asla bırakmayacağım. Her lanet olası aptal saniyende bile yanında olacağım ve hiçbir zaman benden kopmana izin vermeyeceğim. Sana âşığım ben. Benimle ol. Yedi yıldır beraberiz ve ömrümün sonuna kadar bu sayıyı kat kat artırmayı planlıyorum. Benimle evlenir misin?"

Gözyaşlarım artık kendi bağımsızlıklarını kazanmışlardı. Arkama dönüp diğerlerine baktığımda Helin'in ve Arda'nın da benimle aynı durumla olduklarını gördüm. Doğukan'la Savaş, gülümseyip birbirlerine bakarlarken, Demir de odanın kapısına yaslanmış bir şekilde, sağ elinin baş ve işaret parmağıyla iki gözüne bastırıyordu.

Evet, Demir Erkan. Yakalandın.

Esma ağlamaktan cevap veremeyecek durumdayken, Burak "Eğer yepyeni bir hayata başlamak istersen ve bu yeni hayatında da yeni insanlara yer vermek gibi bir düşüncede..." derken, Esma hâlâ fısıltı şeklinde çıkan sesiyle Burak'ın sözünü kesti ve "Saçmalamayı bırak ve öp beni," dedi.

Burak, bir insanda belki de görüp görebileceğim en büyük ve en duygulu gülümsemesiyle... kelime bulamıyordum. Gerçekten Burak'ın yüzündeki ifadeyi anlatabilmek için uygun kelimeyi bulamıyordum ben.

Esma'yı öptü. Tüm oda alkışlamaya başladı. Gürültümüzle gece vakti hastaneyi inletiyorduk fakat umrumuzda değildi.

Esma'nın doktoru olan uzun boylu, kahverengi saçlı ve kahverengi gözlü Erol Bey içeri geldiğinde, hepimiz yatağın başından bir adım uzaklaştık. Doktor gülümseyerek Esma'nın yanına geldi ve birkaç kontrol yaptı. Ona kendini hiç zorlamaması gerektiğini ve ailesi gelince kendisiyle tekrar görüşeceğini söyledi. Ardından birkaç dakika içinde, Esma'nın dinlenebilmesi için kalabalığı dağıtmamız gerektiğini de söylemeyi ihmal etmedi.

Doktor odadan çıkar çıkmaz Burak tekrar Esma'nın elini tuttu. Hepimiz bir cevap bekliyorduk.

Esma'nın konuşmaya çalıştığı anda Burak onu durdurdu ve "Kendini yorma. Hayır, henüz değil diyorsan bir öpücük; evet diyorsan iki öpücük," dedi ve yanağını ona doğru uzattı. Esma onun kulağına gülümseyerek, "Aptalsın," dedi ve ardından Burak'ın yanağını onlarca kez öptü.

Bugün, hayatımın en mutlu günüydü.

39. Bölüm

Esma'nın ailesi hastaneye gelince, onları ve Burak'ı Esma'yla bırakarak, evrenin bize sonunda sunmuş olduğu rahatlık ve mutlulukla Esma'nın kaldığı odadan çıktık. Rahatlamanın üzerimizdeki etkisini en çok gözyaşlarımızla ve birbirimize gülümseyişimizle belli ediyorduk. Helin koridorda duran ilk koltuğa oturdu ve ağlamaya devam etti. Doğukan onun yanına oturdu ve ona sarıldı.

Bir omzumla duvara yaslandım ve çevremdeki yüzlerin mutluluklarını izlerken derin bir nefes alıp verdim.

Kurtulmuştu.

Esma yaşıyordu.

Bizimleydi ve önünde, sevdiği insanlarla beraber geçireceği upuzun bir hayat vardı. Sanırım her zaman iyiler kaybetmiyordu. Bu sefer biz kazanmıştık.

Ben kazadan sonra uyandığımda annemi, babamı ve kardeşimi çoktan kaybettiğim haberini anında almıştım. Ama burada durum farklıydı. Biz, Burak, okuldakiler, Ayhan Hoca... hepimizin gözleri önünde uzanmıştı Uyuyan Güzel.

Sonunda arkadaşlarına ve prensine kavuşmuştu.

Savaş, Demir'le ne konuşuyordu duymadım ama Demir en son, ona bir şey için onay veriyormuşçasına başını salladı. Ardından Savaş bizlere veda ettikten sonra merdivenlere doğru yürüdü. Arda ise Esma'nın odasının kapısında Burak'a bir şey söyledi ve ardından onu odada bırakarak yanımıza doğru yürümeye başladı.

Demir bana baktı.

Gözlerimiz kesiştiğinde konuşmamıza gerek yoktu. Gülümsedi.

Benim ne kadar mutlu olduğumu biliyordu.

Gözyaşlarımı durdurmayı başardım, burnumu hafifçe çektim ve ardından benden birkaç metre ötede duran sevgilimin gülümseyişine karşılık verdim.

Gülüşüne karşılık verdiğimi görünce dudakları daha da yukarı kalktı ve beyaz dişlerinin görülmesine izin verdi. Yüzü kızarmıştı. O da mutluydu, hem de çok.

"Gel buraya fıstık."

Duvara yaslandığım ve dengemi koruduğum omzumu çektim ve birkaç adım attıktan sonra kendimi Demir'e sarılırken buldum.

Başımı göğsüne yaslamıştım ve kollarımı da belinden ona dolamıştım. O da bana sarıldı. Başını eğip dudaklarıyla, beni başımın üstünden dört kere öptü.

Ara ara duyma ihtiyacı duyduğum kokusunu içime bir kez daha çekerken, onun gözlerine bakmak istedim. Kollarımı gevşettim ve ardından başımı biraz geriye yatırıp ona baktım ve bilmesini ve sürekli hatırlamasını arzuladığım, kendini en kötü hissettiği zamanlarda da benim tutunduğum gibi tutunmasını istediğim ilk şeyi söyledim:

"Seni seviyorum Demir Erkan."

Birine onu sevdiğinizi söylemek, belki de çok büyük bir şeymiş gibi görünmeyebilirdi. Ama benim için böyle değildi. 'Sevmek' kelimesini insanlar en basit haliyle kabul edip neredeyse her gün birbirlerine söyledikleri için değerini yitirmişti sanki. Aynı şekilde 'aşk' kelimesi de böyle harcanıyordu.

Fakat ben herkes gibi bu kelimeleri sıradan kabul etmiyordum. Belki de çok kitap okuyor, film ve dizi izliyordum, fazla hayal kuruyordum ama umrumda değildi. Özel kelimeler, özel anlarda, özel insanlara harcanmalıydı.

Ve Demir, hayatımda asla kaybetmek istemediğim en özel parça.

"Ben de seni, fıstık."

"Bu 'fıstık' olayına da iyi alıştın, henüz bir şey demedim ama bakalım..."

Hâlâ onun kollarındaydım ve bu, her geçen saniye kendimi daha da iyi hissettiriyordu.

"Sanki hoşuna gitmiyor balım," dedi ve beni yanağımdan öptü.

Fazlasıyla hoşuma gidiyordu.

"Hoşuma gittiğini itiraf etmedim. Bu arada, nereden çıktı bu sevgi pıtırcığı olayları?"

"Sevgi pıtırcığı olayları mı? Az önce bana bu kelimeleri söylettiğine inanamıyorum Güneş," dedi. Demir'in ses tonunda alışkın olmadığım bir rahatlık vardı.

Mutlu, Demir Erkan. Sanırım onu hep böyle görmek isterdim. Tabii bunun için yapabileceğim en iyi şey onun hep mutlu olmasını sağlamaktı.

Yine bencillik yapıyordum. Asıl amaç onu mutlu etmek değildi, kendi mutluluğum onu mutlu görmek olduğu için, onu mutlu etmek istiyordum.

"Yine ne düşüncelere daldın sen?" deyip gülümsediğinde, kafamdaki soruları ve düşünceleri dağıttım.

Arda "Gülüşüne dalmıştır, kaybolmuştur falan. Kızlar çapında azıcık ilah sayılırsın da sen," deyip araya girdiğinde, Demir gözlerini devirip Arda'ya baktı.

"Hadi Arda, ölçekleri kısmana gerek yok. Gerçekten azıcık mı öyleyim?" dediğinde, bu egosu yüksek olan Demir'in, bir buçuk yıl önce tanıştığım Demir gibi olduğunu gördüm.

Eskiden kendini beğenmiş tavırlarıyla maksimum özgüvene sahip biriydi. Sadece, duygusal açıdan ne kadar eksik olduğunu henüz bilmiyordu, o sadece siyah renkle kendini bütünleştiren mavi gözlü çocuk.

Arda "Sende ne bulduklarını görebiliyorum, ama ne bulamayacaklarını da biliyordum zamanında. Her neyse. Herkes toplaşsın!" dedi.

Demir, Arda'nın ona atmaya çalıştığı laf karşısında cevap verme gereği duymadı ve tekrar bana bakıp beni yanağımdan bir kez daha öptü.

Doğukan "Arda, bağırmasına oğlum,gece gece hastanede milleti uyandıracaksın," dediğinde, diğerlerine bakabilmek için, arkamı Demir'e dönmek zorunda kaldım. Tam Demir'le sarılmamız sona erdi diye kendimi küçük bir boşluğun içinde hissetmeye başlarken, Demir bana arkamdan sarıldı ve kollarını benim önümde birleştirdi.

Onun bana yeniden sarılmak isteyeceği, hatta böyle bir şey yapacağı aklımın ucundan bile geçmemişti. Bu yüzden şaşırdım, fakat belli etmedim. Demir'in içimdeki mutluluğu bir kat daha artırmasına izin verirken, bir yandan da Arda'yı dinlemeye başladım.

"Kısa bir süremiz var ve bu süre içerisinde elimizden gelen en iyi şeyi yapmalıyız, öncelikle Helin, siz Doğukan'la..." derken, Helin, Arda'nın sözünü kesti ve "Dur dur dur! İyice motora bağladın. Planlamamız gereken şey ne?" diye sordu.

Arda dördümüzle de sırayla göz teması kurduktan sonra "Planlamamız gereken bir düğün var arkadaşlar," dedi.

Demir "Ha,bir de düğün eksikti zaten," dediğinde, Arda ona dönüp "Kardeşim, bizde işler böyle. Sizin mafya cephesinde gelini kaçırıyor musunuz, ne yapıyorsunuz bilmiyorum ama bizde cicili bicili düğün yapıyoruz. Esma ve Burak da zaten en güzelini hak ediyor, yanlış mıyım?" diye sordu.

O sırada Doğukan "İyi de,bizim planlamamız ne alaka? Yani ne bileyim, aileleriyle anlaşmaları, onların ayarlamaları falan gerekmez mi?" diye sordu.

Arda "O iş Burak'ta. Burak aile işlerini hallediyor. Burak'ınkiler zaten dünden razılar, biliyorum, tanışmıştım annesi ve babasıyla. Esma'ya bayılıyorlar. Esma'nın ailesinin de şu olaydan sonra kızlarını kıracaklarını sanmıyorum. Demir'le Güneş; yüzükleri, gelinlik ve damatlığı halledecekler çünkü biliyoruz ki para Erkan kardeşimizde, senle Helin de hastanede kalıp gerekli testleri halledeceksiniz.Sonradan size bir görev daha vereceğim, bu yüzden telefonlaşacağız. Ben de Serkan Amca'yla konuşup bize nikâh memuru ayarlamasını isteyeceğim, ardından müracaatı halledeceğim," dedi.

Demir, sadece benim duyabileceğim bir sesle Arda'yı taklit ederek "Para Erkan kardeşimizde," diye fısıldadı ve ardından ona küfür etti. Hâlâ bana arkamdan sarılıyordu ve bunu fırsat bilip dirseğimi karnına geçirdim.

Bir anlık refleks olarak vücudu biraz benden uzaklaştı fakat canını istediğim kadar yakamamış olmalıydım ki kollarıyla bana sarılmayı kesmedi. Kulağıma eğilip "Kabul et, hak etti," dedi.

Ona tam cevap verecekken, Helin, Arda'ya "Oğlum, biz ne anlarız düğünden önce yapılması gereken testlerden?" diye sorduğunda, Arda "Hastanedeyiz. Herhangi bir doktora sorsan, hatta Google'dan bile aratsan bulabilirsin," diyerek Helin'e yanıt verdi.

Doğukan "Tamam. Ben varım bu işte. Önemli olan onları mutlu etmek ve sonuna kadar desteklemek," dedi.

"Sonuna kadar varım," dedim ve gülümsedim.

Helin "Her şey çok güzel olacak. Esma yeni hayatına mükemmel bir başlangıç yapacak," dedi ve oturduğu koltuktan ayağa kalktı. Doğukan da onunla birlikte ayağa kalktı ve üstündeki gri montun fermuarını yukarı çekti.

Üçü de Demir'e bakıp ondan cevap beklerken, ben de başımı kaldırıp ona baktım.

"Hadi ama..." dediğim zaman "Tamam, tamam," dedi ve ardından gözlerini Arda'ya sabitledi:

"Eğer bana bir kere daha kardeşim dersen, gözlüklerini ve gitarını birleştirip asla kaybetmeyeceğin bir yere koyarım kardeşim," dedi iğneleyici bir ses tonuyla.

Arda, yaptığı spora ve aldığı MMA eğitimine güvenerek "Merakla bekliyorum o günü," diye cevapladı Demir'i.

Doğukan "Saat kaç oldu ya? Hadi gidelim, hepimizin rahat bir uykuya ihtiyacı var," dediğinde, Demir anında "02.17" diyerek cevap verdi.

Arda ona dönüp "Yemin ediyorum bu adamda bir iş var," dediğinde, Demir "Sadece iki dakika önce bakmıştım. Hadi gidelim artık," dedi ve beni belimden destekleyip merdivenlere doğru yürümemi sağladı.

Yarın sabah erkenden işe koyulma sözünü birbirimize verdikten sonra, arabalara dağılmak için otoparka yürüdük. Helin ve Doğukan, Doğukan'ın klasik arabasına binerlerken, hastanenin otoparkına bir polis aracı girdi. Araç park haline geçtikten sonra kapısı açıldı. İçinden çıkan sivil adamın bize doğru gelmeye başladığını görünce, eniştem olduğunu anlamam uzun sürmedi.

Eniştem, Arda'yı selamladıktan sonra "Esma nasıl?" diye sordu. Kısaca durumu özetledim ve Burak'la evleneceklerini de söyledim.

Eniştem "Normalde bu yaşlarda evlenenler ileride büyük bir

oranda boşanıyorlar ama Esma'nın durumu çok farklı. Onunki gibi durumlarda zaman her şey. Bu yüzden destekliyorum," dedi.

"Ne yani, bizim için zaman önemli değil mi? Dışarı çıkmak, hayatı yaşamak, üniversite sınavına girmek, sanat akademisinin yetenek sınavı için kabul beklemek..?" diye sorarken, bir yandan da enişteme bir şeyler ima etmeye çalışıyordum.

Eniştem "Tabi bunların hepsi seni öldürmek isteyen bir seri katilin yokluğunda yapılması gereken şeyler. Varken değil. Tekrar bu konuyu konuşmayalım istersen Güneş," dediğinde, tartışmayı daha başlatamadan kaybettiğimi anladım ve sustum.

Dördümüz arasında garip bir sessizlik olduktan sonra, eniştem "Esma'yı ben de görmek istiyorum, bir yukarı çıkıp geleceğim. Ardından beraber dönelim, merkezden Salih'in aracını ödünç aldım, bekle beni," dedi ve hastaneye doğru yürümeye başladı.

Arda "Serkan Amca, aslında şu evlilik konusunda memur işleri hakkında bir şey soracaktım..." deyip ona yetiştiğinde, konuşmaları bitmedi ve Arda onunla beraber hastaneye girdi.

Demir "Baş başa kaldık," dediğinde, sesinin yakınlığına şaşırıp ona baktım. Tam yanımda duruyordu. Ne olduğunu anlamadan, beni belimden kavrayıp vücudumun da ona dönmesini sağlamıştı.

"Birilerinin keyfi yerinde sanırım," deyip gülümsediğimde, o da gülümsedi.

"Evet ve sanırım sigara bile bana hiç bu kadar keyif vermemişti," dedi.

Bencilliğim beni benden alırken, onu öpmeye başlamak istiyordum. Mutluydu ve keyfini artırabilmek, ona zevk verebilmek için, ona daha yakın olmak istiyordum ki onun aldığı zevki sağladığım hissiyle kendimi tatmin edebileyim.

Fakat eniştem biraz sonra gelecekti ve bizi o durumda yakalaması hiç uygun olmazdı.

Saat gecenin iki buçuğu olmasına rağmen hiç de yorgun görünmeyen gözlerine baktım.

"Sana sigaranın bile hiç verememiş olduğu bu keyfi ne verdi peki?"

Hiç düşünmeden "Kazanmak," dedi.

Hayatı kayıplarla ve eksikliklerde dolu olan tek insan ben değildim. Her ne kadar mükemmel görünse de, düşünse de, yaşıyormuş gibi bir izlenim verse de, Demir de benim gibiydi. Hatta onun eksiklikleri daha çocukken başlamıştı. O bu eksikliklerini nasıl kapatacağı konusunda kötü de olsa bir çözüm bulup ilerlediğinde, ben daha yeni yeni çözüm bulma uğraşlarındaydım. Güçlü olmak konusunda ondan öğrendiğim ve öğreneceğim çok şey vardı ki, tek kelimeyle eşsiz mavi gözlerinin ve gizemli kişiliğinin yanında beni ona çeken ilk şeylerden biri de bu olmuştu.

Bir zamanlar benden çok ama çok yukarıda, üstün ve tecrübeli gördüğüm, özendiğim kişinin bir konuda benimle aynı fikirde olması mükemmeldi. Kazanmıştık. Ben de böyle hissediyordum.

"Ve tabii ki sen. Sen benim diğer yıldızlardan daha yakın his... Lanet olsun. Hemen eve gitmem gerekiyor!" dedi ve beni kendinden uzaklaştırdı.

Merakla "N'oldu?" diye sorduğumda "Sen, benim fıstığım, az önce bana uzun süredir tamamlayamadığım beste hakkında mükemmel nota verdin. Hatta birkaç, tamam bir sürü..." dedi ve hızla cebinden arabasının anahtarını çıkardı.

"Ama daha eniştem gelmedi..." derken sağıma bakmamla, eniştemin Arda'yla birlikte hastaneden çıktığını gördüm.

Demir "Üzgünüm Güneş ama bunu yapmadan seni bu gece bırakmazdım," dedi.

"Neyi yapmadan?" diye sorar sormaz, Demir'in dudaklarını dudaklarımda hissettim.

Dudaklarının tek bir dokunuşuyla karnımda alev alev yanmaya başlayan ve her salise ile daha çok yere yayılan yangını hissetmemi sağlayabiliyordu.

Demir'le birden fazla kez öpüşmüştük fakat bir insan her defasında, en ufak bir parçasından bile bu kadar etkilenebilir miydi? Bu olağan mıydı? Normal miydi?

Arda'nın tanıdık sesini duyduğumuzda, Demir dudaklarını benden ayırdı ve ellerini de yüzümden çekti. Hava aydınlık olsaydı eniştem bizi hastanenin kapısından bile fark edebilirdi ama saat gece iki buçuk olunca, şans bizim lehimize olmuştu.

Demir kulağıma eğilip "Güneş, sen beni hasta edeceksin," diye fısıldadıktan sonra, eniştemi karşımda görmemle, Demir'in ses tonunun üzerimde bıraktığı son etkiden kurtulmaya çalıştım.

Dediğim gibi, sadece çalıştım.

"Hazır mıyız? Arda da geliyor. Semih on yedi yaşındaki bu genci gece vakti sokaklarda bıraktığımı öğrenirse beni öldürür," dedi ve güldü.

Arda öksürürmüş gibi yaptıktan sonra "On sekiz," dedi.

Eniştem "Biliyorum Arda ya, dalga geçiyorum seninle. Hadi Demir, Güneş'i getirdiğin için sağ ol," dedi.

Demir bana baktı ve yaklaşık üç saattir özel,samimi ve yeni bulduğum ses tonunu bir yana bırakıp, eski haline döndürdüğü ciddiliğiyle, enişteme "Ne demek, görevimiz. Bu arada yarın sabah tekrar alacağım çünkü yüzük almaya gideceğiz," diye cevap verdi. Anlamamıştım.

Demir'den bu cümleyi duymak neden içimde hayalindeki düğün planlarıyla kafayı bozmuş ergen kız duyguları uyandırmıştı?

Arda "Evet; ve gelinlikle damatlık. Güneş'in zevkine güveniyorum da sana pek güvenemeyeceğim. Sana kalsa gelinliği de siyah alırsın," dediğinde, içimdeki ergen kız duyguları iki katına çıktı.

Zaten kızların en bilindik iki hayali lise balosu ve düğündür. Bende ikisi de yoktu fakat sanırım on saniye içerisinde, bir anda nasıl olduğunu anlamadan, kendi düğünümde kullanılacak iki ana rengin beyaz ve Tardis mavisi olduğunda karar kılmıştım.

Güneş. Konuya odaklan. Esma ve Burak'ın düğünü. Seni öldürmek isteyen bir seri katil sokaklarda gezerken, Demir'le birlikte alışverişe gitmek için izin kopartmak.

Evet, yüzük, gelinlik ve damatlık alışverişi.

Eniştemden beklemediğim bir rahatlıkla bana "Tamam ama yine belirlediğim bir koruma sizinle olacak, aynen önceden olduğu gibi," dedi.

Demir, "Bana uyar," dedi.

Normalde Demir böyle şeylerden hoşlanmayan bir tipti fakat olasılıkları göz önünde bulundurduğumuzda, belli etmese de eniştem kadar o da bir korumanın sürekli beni izlemesini istiyordu.

Aylar sonra alışverişe, hem de Demir'le, hem de bir düğün alışverişine çıkacağım düşüncesiyle "Tamam," dedim.

Demir "Yalnız benim hemen gitmem gerekiyor, unutmamam gereken çok önemli bir şey var. Hadi Güneş..." eniştemin sorun etmeyeceği, hatta onaylayacağını bildiğim bir şekilde beni başımdan öptü, "... Yarın sabah görüşürüz. Hemen yat,oyalanma. Size de iyi akşamlar," dedi Arda'yla enişteme toplu bir şekilde ve ardından büyük bir hızla arabasına binip yola çıktı.

Ardından biz de Arda'yı bırakmak için onların evine doğru yola çıktık.

Arabadaki sessizliği Arda bozdu ve "Güneş, sen de ufak ufak araba kullanmayı öğrensen diyorum. Neredeyse on dokuz yaşında olacaksın," dedi.

On dokuz sanki çok geç bir yaşmış gibi..

Eniştem "Bu aralar öyle aksiyonlara girmesek diyorum. Yarın dışarı çıkmana izin verebilmek için bile iki kere düşündüm," dedi.

"Asıl üniversite sınav sonuçları açıklandıktan sonra yetenek sınavına girebilecek miyim, ben onu merak ediyorum," dedim.

Arda "Güneş, mızmızlanmayı kes. Üniversite sınavından öyle tam puan almak falan gerekmiyor, biliyorsun. Barajın belirtilen kadar üstüne çıkman yeterliydi, çıkmışsındır da. Başvuru için hangi videonu gönderdin?" diye sordu.

"Başvuruyu Demir gönderdi. Sanırım müzikal yarışmasındaki 'Say Something'i göndermiş," dedim.

Arda "Tamamdır o zaman, bu iş kesin. Şarkını seçtin mi?" diye merak ettiğinde, eniştem "O videoyu göndermişse o şarkıyı söylemen gerekmez mi?" diye sordu.

"Hayır, istediğini seçebiliyorsun. Aslında 'Say Something'i söylemeyi düşündüm fakat sanırım orası için yetersiz kalır," dedim.

Arda "Haklısın. 'Sia'dan Chandelier, Titanium' falan mı desek?"

"Yok artık, orada küçük sarı bir civcivin patlayışını izlemek istemiyorsan başka bir şeyler düşünelim," dedim gülerek.

Arda "Niye, nesi var ki şarkıların? Gayet güzel ve zor şarkılar. Üstelik sen hayli hayli söylersin,söylüyorsun da," dedi.

"Söylüyorum ama o şarkıları artık herkes söyleyip çalıyor. Aynen 'Rolling In The Deep' gibi. Harika şarkılar, ama kısa sürede o kadar çok kişi tarafından kullanılıyorlar ki, artık onunla seçmelere girmenin bir anlamı kalmıyor. Daha özgün bir şeyler olmalı..." dedim.

Arda "Şarkıyı boşver de, müzik aleti işini ne yapacaksın? Demir sana birkaç haftada piyano çalmayı hayatta öğretemez. Piyano öyle kolay bir iş değil," dedi.

"Bilmiyorum. Aynı şeyi ona sorduğumda bana müzik kulağım olduğunu ve çalışırsam yapabileceğimi söyledi. Henüz hiç çalışabilme fırsatı bulamadık tabii," diyerek yanıtladım.

Arda "Piyanoyu boşver. Gitar daha kolay. Yani, bir konuda veya müzik aletinde ustalaşmak tabii ki zordur ama bu kadar kısa sürede piyano değil de gitarla uğraşırsan daha çok ilerlersin," diyerek, bana öğretmeyi önerdi.

Aslında mantıklıydı. İyi olabilirdi de, ama Demir'in buna nasıl bir tepki vereceğini bilemiyordum.

Arda yine düşüncelerimi okuduğundan emin olduğum bir şekilde "Tabi Demir kardeşimiz seninle o kadar vakit geçirdiğim için kaç kemiğimi kırar, bilemiyorum civciv," dedi.

Eniştem güldü:

"Yapma ya, Demir aslında olgun çocuk. Bir şey diyeceğini sanmıyorum."

Enişteme baktım ve "Sen olayları bilmiyorsun, Arda'yla birbirlerinden nefret ediyorlar," dedim.

Arda "Neymiş neymiş, bir daha ona 'kardeşim' dersem gözlüğümle gitarımı birleştirip bir şeyler yaparmış da... Sanki küfür ettik," dedi sıkıntılı bir sesle.

En yakın arkadaşım ve sevgilim tarafından paylaşılamıyordum. En yakın arkadaşım en yakın arkadaşımdı, sevgilim de sevgilimdi. Kavramlar bu kadar net ve basitti. Neden sürekli birbirlerine laf atma çabalarına giriyorlardı ki?

Arda "Neyse. Sen kendine uygun bir şarkı bulursun, ama mutlaka bana haber ver. Meraktan ölürüm yoksa," diyerek sözünü tamamladığında, onun evine gelmiştik.

Demir'le hastaneye gelirken on beş dakikalık yolu kırk beş dakikada katettiğimiz için yol uzun gelmişti. Şimdi ise yol açılmış, kaza ortadan kalkmıştı.

Aslında enişteme de aceleyle nereye gittiğini sorabilirdim fakat sormak istemiyordum. O hataya birkaç kere düşmüştüm ve her seferinde beni geçiştirip 'Boşver, önemli bir şey değil,' diyordu.

Sanırım hayatta her gün her saat felaket şeyler oluyordu ve bazılarını bilmemem daha iyiydi.

Arda'yla vedalaştıktan sonra kendi evimize geldik. Eniştemle arabadayken Esma'dan söz ettik. Eve geldiğimizde çoktan Esma'nın uyandığını öğrenmiş bulunan halama bunu nasıl öğrendiğini sorduğumda, eniştemin ona mesaj gönderdiğini söyledi.

O duygu fırtınasında telefonuma bakıp merak ettikleri halde eniştemle halama Esma'nın iyi olduğunu söylemeyi akıl edememiştim. Bunun için onlardan özür dilediğimde beni anlayışla karşıladılar ve ardından saatin çok geç olduğunu söylediler.

Odama girdim. Demir'in, eğer görürse yüzde yüz dalga geçeceği fakat çok sevdiğim için asla umursamayacağım mavi ve kelebekli pijamamı giydim, ışığı kapattım, ardından telefonumu elime alıp yatağa girdim.

13 yeni mesaj.

Bunlardan iki tanesi Arda, Esma, Burak, Helin, Doğukan ve benim bulunduğum konuşma grubundandı. Demir grupta yoktu çünkü bana o ciddi sesiyle "Ne gerek var?" demişti. Ben de kasmamıştım.

Gönderen: Arda
Yarın sabah erkenden görevinizin başına. Güneş'in eniştesiyle konuştum ve eğer her şey tamam olursa yarın akşam olayı gerçekleştirebiliriz. Nikâh memurunu o ayarlayacak. Müracaat işlemlerinin de hızlı olması konusunda bana yardım edecek. Yarın akşam altıda herkes hastanede olsun. Şunlara en güzel günlerini yaşatalım :) (02.56)

Atagül Lisesi'ne geldiğim zamanlarda, Arda, öncesinden ne Burak'ı ne Esma'yı ne de Helin'leri tanıyordu fakat bugün geldiğimiz noktada onlarla bu kadar iyi arkadaş olması beni mutlu ediyordu. Birlikte olmak istediğiniz kişiler zaten kendi istekleriyle bir araya geliyorlarsa, sürekli olarak farklı yönlere gitmeniz gerekmiyordu.

Bunun dışında Arda mükemmel bir arkadaştı ve benimkilerin de, benim sahip olduğum bu mükemmel arkadaşa sahip olmaları gerçekten çok güzeldi. Aynı şekilde benimkiler de asla arkadaşlarını yolda bırakmayacak dostlardı ve Arda'nın da böyle dostlara ihtiyacı vardı.

Gönderen: Helin

Tamam. Doğukan da yanımda. Testlerin neler olduğunu öğrendik ve yarın halledeceğiz. (02.58)

Okuduktan sonra ben de bir mesaj attım:

Tamamdır, korumam, sevgilim ve ben bir ekip halinde hizmetinizdeyiz. İyi geceler herkeseee! Bugün muhteşemdi :) (03.11)

Ardından diğer on bir mesajın hepsinin aynı kişiden gönderildiğini gördüm: Demir'dendi.
Demir ve üst üste on bir mesaj?
Merakla mesajları görmek için adının üstüne dokundum.

Gönderen: Demir
Balım, sanırım beste tamam. (03.02)
Ama emin değilim. (03.04)
Ve bilirsin, emin olmamaktan pek hoşlanmam. (03.04)
Sanırım emin olabilmek için seni bir kez daha öpmem lazım. (03.06)
Hem de acilen. (03.06)
Neden durup durup mesaj atıyorum? (03.08)
Bana da kafayı yedirdin fıstık. (03.08)
Az önce nakaratı bir kez daha çaldım. Bu parça... çok sen. (03.09)
Sanırım uyuyorsun, aferin. (03.10)
Yarın saat 10'da aşağıdayım. Bekletme. Yoksa sonuçlarına katlanırsın. (03.10)
Sonuçları dediğim de, şu anda bu mesajları okurken fazlasıyla merak ettiğin ve duymak için çıldırdığın bestemi dinletmemek olabilir mesela, merak etme. İyi günümdeyim, ağır cezalar yok. Zaten ceza yok. Tamam, gerçekten kafayı yedirdin bana. Daha yazmayacağım. Telefonu uzağa koyuyorum. (03.10)

Suratımdaki olağanüstü sırıtış yüzümdeki tüm kasları etkilerken, engellemek için hiçbir şey yapmadım. Beni gülümsettiği mükemmel dakikalardan birini daha yaşıyordum. Ona cevap yazdım:
Sen âşıksın :)

40. Bölüm

Alarm sabah dokuzda çaldığında, dün gece geç yatmış olmama rağmen hemen gözlerimi açtım. Ayağa kalktım ve alarmı durdurduktan sonra doğruca duşa girdim. Demir saat onda aşağıda olacağını söylemişti ve geç kalmak istemiyordum.

Demir net bir insandı. Eğer onda geleceğini söylemişse tam onda burada olurdu, ne bir dakika önce ne de bir dakika sonra.

Hayatta tek net olduğu konu zaman konusu değildi fakat kendisi böyle biri olduğu için diğerlerinin de onun gibi olduğunu düşünüyordu ve ona göre hareket ediyordu.

Yaklaşık on beş dakika sonra banyodan saçım taranmış bir şekilde çıktım. Kurutmakla uğraşmadım. İç çamaşırlarımı giydikten sonra dolabımın karşısına geçip acaba Demir'le düğün alışverişine giderken ne giymeliyim diye düşündüm. Tam o sırada telefonuma gelen mesajın sesiyle masama yöneldim.

Bizimkilerin olduğu konuşma grubuna, Arda mesaj atmıştı.

Gönderen: Arda
Serkan Amca sağ olsun işler şaşırtıcı derecede hızlı gitti ve akşama resmi olarak bir düğüne davetliyiz arkadaşlar. Görevler halledildikten sonra herkes akşam altıda hastanede olsun! Yedide parti başlar. Doğukan, sizin okuldan çağıracağınız öbür kişileri de Savaş'la sana bırakıyorum.

Enişteme kahvaltıdayken etmem gereken büyük bir teşekkür vardı.

Tam cevap yazacaktım ki Burak benden önce davrandı:

Gönderen: Burak

Arda... adamın dibisin. Esma'nın ailesini ikna etmek biraz zor oldu ama sonunda ikna oldular, akşam herkesi bekliyorum.

Burak'a Esma'nın nasıl olduğunu soran bir mesaj gönderdim ve aldığım cevap beni tekrar rahatlattı. Oldukça iyiydi ve iki güne kadar taburcu olacaktı. Aslında bu düğün işi fazla aceleye geliyordu ve Esma'ya ağır da gelebilirdi.Fakat onlar mutluluklarını bir an önce taçlandırmak istiyorlardı. Bize de onlara destek olmak düşerdi tabii ki.

Giymek için dar, yüksek belli, siyah pantolonumu ve kısa gri ve ince kazağımı seçtim. Kazak, tam karnımın üstünde; pantolonumun başladığı yerde bitiyordu. Üstünde desen yoktu, sadece yakası biraz genişti ve omuzlarımdan düşüyordu. İçime giymiş olduğum siyah sutyenin askısı omuzlarımdan görülüyordu ve askılar sanki kazağa dikilmiş gibi uyumlu görünüyordu.

Saçlarım, önleri kurumaya başladıkça, her zaman sahip olduğu o hafif dalgaya da geri dönmeye başlamıştı.

Takı takmayı planlamıyordum fakat odamdan çıkmak üzereyken masamın en üstünde ve en ortada duran, mavi-gri taşlı tokaya baktım.Arkasını çevirdim ve parmaklarımı, kazınmış harflerin üstünde gezdirdim.

D&G

Tokayı Demir'in annesine geri vermek üzere ona götürecektim. Son bir kez daha takabilmek için aynanın karşısına geçtim ve saçımın ön taraflarından eşit ve az miktarda ayırdığım saçları arkada, ortada birleştirip bol bir şekilde o tokayla tutturdum, ardından kahvaltı yapmak üzere salona geçtim.

Halamlara günaydın dedikten sonra büyük bir 'tatlı kız' imajına girip enişteme sarıldım.

"Oooo baksana Ebru. Bir anda değerli olduk," dedi ve eniştem gülmeye başladı.

"Ne alakası var? Hep değerlisiniz," dedim ona kızarak.

"Bu sarılmayı neye borçluyuz küçük hanım?"

"Çok teşekkür ederim, Arda mesaj attı. Her şeyi halletmişsiniz," dedim ve masadaki yerime, Mert'in yanına geçtim. Halam ben yıkanırken çoktan kahvaltıyı hazırlamıştı.

Halam "Birkaç telefon ettik, başka bir şey yapmadık güzellik... akşam biz de gelmek istiyoruz ama," dediğinde, gülümsedim ve onlara gelebileceklerini söyledim.

Mert'i yanağından öptükten sonra tekrar içimden "Gri oyuncak araban için özür diliyorum," demiştim. Sanırım Demir, hakkımda yine haklıydı, ufak şeylere bile çok takılıyordum.

Kahvaltıya başladığımızda eniştem "O kalabalığa hastane yönetimi ne diyecek?" diye sordu.

"Çok kalabalık olmayacağız, zaten bir hastanede düğün ne kadar büyük olabilir ki? Sembolik ama resmi bir şey olacak. Ciddi ciddi evlenecekler, ama küçük bir kutlama partisi tarzında bir şey olacak. Çok gürültü çıkacağını sanmıyorum," dedim.

Eniştem "Ben hâlâ fazla genç olduklarını düşünüyorum ve içime sinmiyor. Zor bir şeydi, anlıyorum ama... neyse. Esma uyandı ya, gerisi önemli değil zaten. Aileleri de kabul ettiyse bize laf etmek düşmez," dedi.

Açıkçası kimsenin onlar hakkında 'daha çok gençler' temalı konuşmasını umursamayacaktım. Onların sahip olduğu şey sihirliydi. Olay bu kadar basitti.

Herkese sevdiği insana yeniden kavuşmak gibi bir lütuf verilmiyordu. Kardeşim Atakan'ı ve annemle babamı tekrar görmek için neler yapabileceğimi biliyordum ben, bu yüzden bu olayın her zaman sonuna kadar arkasındaydım.

Ailemi düşününce, aklıma uzun zamandır ziyaretlerine gitmediğim gelmişti. Önceleri her gün olan aralık, zamanla haftalara ve aylara dönüşmüştü. Sanırım en son dört ay önce gitmiştim. En kısa zamanda tekrar gitmek istediğimi aklımda bir kenara yazdım.

Kapı çalındığında eniştem "Hah, Emre Bey gelmiş olmalı. Seninle bugün beraber olacak olan koruman olur kendisi," dedi gülümseyerek.

Emre! Tabii ki! Emre ve Kayhan... Bodrum'dan beri çok sık konuşmamıştık. Emre yine arada mesaj atıyordu ama Kayhan, Demir'le olan kavgasından sonra benimle zar zor konuşuyordu.

"Halacığım, kapıyı sen açar mısın? Benim acilen aramam gereken iki kişi var," dedim ve hızla odama gittim.

İlk olarak Emre'yi aramayı denedim, fakat açmadı. Ardından Kayhan'ın numarasını buldum ve onu aradım.

Kayhan "Güneş?" diyerek telefonunu açtığında sesinden, onu aramama çok şaşırdığını fark ettiriyordu.

"Kayhan! Merhaba, nasılsın? Neler yapıyorsunuz Bodrum'da?" diye sordum.

"Çok iyiyim, teşekkürler aradığın için. Ben hâlâ Bodrum'dayım fakat Emre artık İstanbul'da yaşıyor. Orada bir üniversiteden burs aldı," dedi.

"Gerçekten mi? Buna çok sevindim."

"Evet, ama ben sevinmedim. Benim kardeşim gibiydi. Özlüyorum o hayvanı," dedi ve ardından garip bir sessizlik oldu.

Sessizliği bozmak için ona kardeşi Hemraz'ın neler yaptığını sordum.

"Hemraz da iyi. Onun bir de arkadaşı vardı, Şevval. Belki hatırlıyorsundur..?" diye sorduğunda hemen "Tabii ki hatırlıyorum, piercing'leri olan siyah saçlı kız..." dedim.

"Evet, ben burada bir sörf ve yüzme kursu açtım, onlar da bana yardım ediyorlar. Başta sadece birkaç çaylağa ders veririz diye düşünüyorduk fakat iş o kadar büyüdü ki, şu anda kiraladığımız yüzme havuzunu haftada yedi gün kullanıyoruz," dedi.

"Bu çok güzel! Tebrik ederim, sadece sörf olmaması iyi olmuş. Kışın da yüzme dersleri ile açığı kapatırsınız. Harika fikir... Ya ben aslında sizleri hemen bu akşam İstanbul'a çağırmak için aramıştım. Esma ve Burak evleniyor," dediğimde, anında "Evleniyorlar mı? Vay be. Adama bak! Çok mutlu oldum ama maalesef gelemem, kurslar devam ediyor, bizim kızların da ben olmadan geleceklerini sanmıyorum," dedi.

Anlayışla karşılayarak ona "Tamamdır, Hemraz'la Şevval'e benden selam söyle. Bu arada, Elif ne yapıyor?" diye sordum.

"Elif, seninle ilkokul arkadaşı çıkan Elif mi? Oooo, o aylardır yok. Amerika'da dört üniversiten tam burs aldı, hayatta ulaşamazsın kendisine," dedi.

Elif en son biz Bodrum'dan giderken Arda'ya selam söylememi istemişti, fakat unutmuştum. Muhtemelen tekrar unutacaktım.

Kayhan'la olan telefon konuşmamız sonlanırken, kapatmadan önce bana bir soru sordu:

"Senin kavgacıyla işler nasıl gidiyor?"

Hangi birini anlatayım? Demir'in babası öldürüldü, geçmişte birlikte olduğu kızlar öldürüldü ve sırada büyük ihtimalle ben varım. Korumayla dolaşıyorum. Ev hapsim var fakat arada sıvışabiliyorum. Bu arada seni yok yere üzmeyeyim diye söylemedim ama Esma komaya girmişti. Merak etme,şimdi uyandı ve biz o kadar manyak bir arkadaş grubuyuz ki, ertesi günü onlara bir düğün düzenliyoruz...

"Olduğu kadar," dedim ve ardından odamda duran duvar saatine baktım. Ona on vardı.

"Kayhan, sonra tekrar görüşürüz olur mu? Benim şimdi gitmem gerekiyor.."

"Tamam, Güneş beni aradığına çok sevindim. Bu arada, benim de bir kız arkadaşım var, adı Buse. Kursta tanıştık. Aslında yüzme bilmesine rağmen sadece benimle tanışabilmek için kursa geliyordu. Ben de bunu daha en başından anlamıştım ama anlamamış gibi yaparak devam etmiştim. İşte olaylar birbirini takip etti ve... öyle işte. Çıkıyoruz," dediği anda, az önce yaşadığımız garip sessizlik, bu yeni oluşan sessizliğin yanında bir hiç gibi kaldı.

Aslında kafayı bana takmamış olması ve ardından başka biriyle çıkmaya başlaması olumluydu fakat sadece onunla yeni sevgilisi hakkında sohbet edecek bir vaktim yoktu. Ayrıca, biraz saçma olurdu.

"Taaaamam Kayhan. Sonra tekrar görüşürüz," dedim ve onun da "Hoşça kal," dediğini duyduktan sonra telefonu kapattım.

Odamdan küçük siyah çantamı aldım ve içine telefonumu koyduktan sonra omzuma astım.

Salonda ayakta duran, Uludağ'a gittiğimiz zamankinden daha az Hodor'a benzeyen bir adam gördüm.

"Merhaba Emre Bey," dedim.

Kısa süren tanışma faslının ardından kazağımla rengi neredeyse aynı olan gri çizmelerimi giydim, saatin on olmasıyla da aşağıya indik. Demir, tam da beklediğim gibi, arabasını bizim apartmanın önüne park etmişti ve yüzü bize dönük, kolları göğsünün altında bağlanmış, ağırlığını arabanın kapısına yaslamış bir şekilde beni bekliyordu. Arkamda eniştemi ve Game Of Thrones'taki Hodor'a azıcık benzeyen adamı gördüğünde, yerinden doğruldu ve bize doğru bir adım attı.

"Günaydın Erkan."

Demir, eniştemin ona selam vermesiyle beni süzmeyi bırakıp ona baktı.

"Soyadla hitap işini yapmasak, çünkü şahsen ben soyadımdan nefret ediyorum," dedi.

Demir'in soyadından nefret ettiğini hiç düşünememiştim. Ben tam bir aptaldım. Babasından ve ailesinden nefret ederken hayatı boyunca o soyadla anılmıştı ve öyle de anılacaktı.

Bense ona *'Seni seviyorum Demir Erkan,'* diyordum.

Tamam, yine ufak detaylara çok takıldığım bir zamandaydık. Aklımdan tüm düşünceleri uzaklaştırıp sevgilimle geçireceğim güne odaklandım.

Demir, Emre Bey ile tanıştı. Eniştem bizlere dikkat etmemiz gereken şeyler hakkında her zamanki konuşmasını yaptı. En ufak bir şeyde hemen onu aramamı da bana söyledikten sonra, akşam hastanede buluşacağımızı belirtti.

Ah, Mert büyüyünce neler olacaktı kim bilir?

"Önce kıyafetler mi yoksa yüzük mü?" diye sorduğunda, başımı telefonumdan kaldırdım.

Arabaya biner binmez Emre'yi tekrar aramak için çantamdan telefonumu çıkarmıştım.

"Fark etmez, nerelere bakacağız?" diye sordum.

Demir "Güneş, nereden gelinlik alınacağını bana senin söylemen gerekiyor, bunun için buradasın sevgilim," dedi ve ardından arabanın aynasından arkaya, kontrol için korumanın kullandığı arabaya baktı.

"Bekle, önce Emre'yi arayıp onu düğüne davet etmem gerekiyor," dedim.

Telefonu kulağıma götürdüğümde Demir "Emre kim?" diye sordu.

"Hani Bodrum'da vardı ya, sörfçü ekibinden biri işte, Burak ve Arda'yla çok yakın arkadaş olmuşlardı," diyerek ona cevap verdim.

"Geri zekâlının adı Kayhan değil miydi?" dediğinde güldüm ve "Hayır, o diğeri," dedim.

Aklıma, Bodrum'da geçirdiğim günler hem cennet hem de cehennem gibi geliyordu. Tatilin neredeyse tamamında Demir'sizdim ve psikolojim onsuzluğu, onun yapmış olduğu şeyleri kaldıramamıştı. Sonrasında o gelmiş ve sanki tüm o karanlığın içinde bana yeniden ulaşabilmeyi başarmıştı. Gerçekler ilk defa canımı yakmamıştı, aksine beni biraz da olsa rahatlatmıştı.

Asla tamamen rahatlayamayacaktım, bunu biliyordum. Her ne kadar kazayı Demir yapmamış olsa da ailem hayatta mıydı?

Hayır.

O zaman tam anlamıyla bir rahatlama benim için asla söz konusu olamazdı. Amacım olabildiğince mutlu olmaya çalışmaktı. Bunu da tam şu anda yanımda oturan ve o tüm olgunluğuyla, gideceğimiz gelinlik alışverişinde, beni söylediklerîyle gülmekten yerlere yatıracak Demir yapacaktı.

"Onları çağırmaya ne gerek var ki?" diye sordu. O sırada Emre'nin telefonu açmasıyla hemen telefona yoğunlaştım.

"Emre! Selam. Nasılsın?"

"Vaaay, Güneş Hanım. Buralara uğrar mıydınız?"

"Asıl sen buralara uğramışsın da haberimiz yokmuş. Kayhan'la konuştum, bana İstanbul'a taşındığını söyledi," dedim.

Demir yan koltuktan bana baktı. Pis ve kıskanç bakışı benim hafifçe gülümsememe neden olurken Emre "Evet, evet. Sizleri aramaya fırsatım olmadı diyerek yalan söylemeyeceğim Güneş çünkü siz de bizi hiç aramadınız. Yani kısacası unuttuk gitti canım," dedi.

En azından hayatta dürüst insanlar da vardı.

"Kabul. Bak, bu akşam Esma ve Burak evleniyor. Sana bir hastanenin yerini mesaj atsam, akşam yedi civarında orada olabilir misin?" diye sordum.

Emre "Evleniyorlar mı? Tabii ki gelirim de, neden bir hastaneye gelmem gerekiyor?" diye sordu.

Eğer anlatmaya başlarsam hem Emre'nin meraklı sorularına maruz kalıp onu bu güzel günde üzmüş olacaktım, hem de onunla daha uzun konuştuğum için Demir beni kötü bakışlarıyla öldürmeye devam edecekti. Bu yüzden ona "Esma'nın sağlık sorunları vardı fakat merak etme, gerçekten şu an çok iyi ve iyileşmeye devam ediyor, akşam daha detaylı konuşabiliriz," dedim gelmesini umarak.

"Bu akşam bir planım vardı ama iptal edebilirim.Sizleri görmek çok güzel olacak."

"Tamamdır, çok sevindim. Adresi sana şimdi mesaj atıyorum. Görüşürüz!"

"Hey bekle, senin o sevgilin, hani Kayhan'ın ağzını yüzünü dağıtan sevgilin de geliyor mu?" diye sorduğu anda, Demir kahkahayı bastı. Telefonun sesinin o kadar açık olduğunu ve duyulduğunu fark etmemiştim.

"O gülen de şu anda o mu?" diye bir soruyla daha karşılaştığımda, Emre'ye "Evet... evet. Ama artık daha insancıl, inan bana," dedim, sevdiğim adamın gülümseyişini seyrederken.

"Bunu duyduğuma sevindim, adamın konusu aylarca Bodrum'u salladı. Şaka gibi..." dedi.

Demir her ne kadar gülmüş olsa da, konuşmanın çok uzadığını düşünmüştü ve bunu belli edecek şekilde öksürürmüş gibi yaptı. Zaten bir an önce telefonu kapatıp Demir'le konuşmak istiyordum.

"O biraz öyledir... Bir yere geldi mi, ortalığı dağıtıp gider. Neyse, akşam görüşmek üzere. Hoşça kal!" dedim ve telefonu kapattım.

Gülerek "Demir o kahkaha neydi? Emre altına yapacaktı," dediğimde, Demir "Bu kadar konuşulacağımı bilseydim daha güzel bir şeyler yapardım. Bekle... zaten çok güzel bir şey yapmıştım. Tamam, sorun yok," dedi ve ardından hızlı bir şekilde sağ koluyla beni kendine yaklaştırıp yanağımdan öptü.

"Birileriyle kavgaya girmek hoş bir şey değil, sana annen öğretmedi mi?" diye sorduğum anda, bu cümleyi kurduğuma pişman oldum.

Onun bir şey demesine fırsat vermeden "Özür dilerim, öylesine söylemiştim. Bir ciddiyeti yoktu," dedim kendime kızarak.

Kural: Ailesini kaybetmiş, ailesiyle kötü bir geçmişe sahip olan insanlara bu tür espriler yapılmamalıydı.

"Önemli değil, tokayı takmışsın bakıyorum."

Demir'in olaya çok takılmadığını görünce sevindim.

"Evet, aslında sana geri vermek için getirmiştim..." diyerek sözüme başladığımda, açık bir otoparka girmiştik,Demir de arabayı park etmek üzereydi.

"Güneş saçmalamayı kes ve in arabadan, çok işimiz var," dedi.

Arabadan indik ve otoparkın çıkışından çıktık. Ardından sağa dönüp kalabalık bir caddede yürümeye başladık.

"Bildiğim tek yer bu cadde. Yolda geçerken görüyordum, bir sürü gelinlikler falan vardı. Ya da gece kıyafeti midir nedir, işte onlardan..."

Demir'in bu işlerden anlamadığını belirtmek için kullandığı kelimeler, bana çok komik ve sempatik geliyordu, sürekli gülümsememe sebep oluyordu.

"Tamam, işimizi görür. Şu dükkândan başlayalım."

"Ne demek şu dükkândan başlayalım? Kaç tane gezeceğiz ki? Bir tanesine girip alıp çıkamaz mıyız?" diye sorduğunda, gülümsememi iki katına çıkardım. "Ahh, Demir... Gerçekten bu konular hakkında hiçbir fikrin yok," diyerek karşılık verdim ve caddedeki en göze çarpan ve en büyük gelinlikçiye girdik.

"Hoş geldiniz."

Gri ve topuz yaptığı saçları ile, burnundan kayan gözlüğünü düzelterek bizi selamlayan yaşlı teyzeye "Merhaba," dedim. Kolunda sabitlediği iğnelerden terzi olduğu anlaşılıyordu.

"Nasıl bir model bakmak istiyordunuz?" diye sorarken Demir'e baktı. Demir etrafını incelemek yerine soyunma kabinlerinin karşısındaki beyaz, deri koltuklardan birine oturmuştu, bana bakıyordu.

Arkamı dönüp, girdiğimiz cam kapının dışında duran korumamız Emre Bey'i görünce rahatladım, neden bakma ihtiyacı hissetmiştim onu da bilmiyordum, ardından terziye cevap verdim:

"Sade bir gelinlik bakıyoruz. Üstünde mümkünse taş olmasın, çok süslü olmasını istemiyoruz."

"Hmm.. Size... şöyle bir model gösterebilirim..."dedikten sonra, giriş kapısından deri koltuklara kadar uzanan koridordaki askılara yürüdü. Bize en yakın olan askılıktan bir gelinlik aldı ve göstermek için yanımıza getirdi.

"Bu güzelmiş, acaba bir beden küçüğü var mı?" diye sorarken aklımda Esma'nın son zamanlarda zayıflamış olan vücudu vardı.

"Siz bir deneyin, istiyorsanız daraltırız. Ama bir küçüğü maalesef yok, hepsi özel dikimdir," dedi ve gelinliği elime tutuşturdu.

Demir "Ben beğenmedim," dediğinde, ikimiz de geldiğimizden beri sessiz kalmış olan Demir'e döndük.

"Neden?" diye sorduğumda, Demir "Arkası çok açık," dedi.

Terzi kadın gelinliği bana gösterirken sadece ön plandan gördüğümü hatırladım ve Demir'in uyarmasıyla birlikte, gelinliği arkasına çevirdim.

"Evet, bu... fazla açık," dedim, derin ve eğer giyersem belime kadar uzanacak olan sırt dekoltesine bakarak.

Terzi kadın gelinliği elimden alırken içeriden hiç görmediğimiz daha genç bir kadın çıktı ve içecek bir şey isteyip istemediğimizi sordu.

Demir'in "Su," diye cevap verdiği anda, hemen "Evet,su rica edebilir miyiz?" diyerek onun kabalığını kurtarmaya çalıştım.

Benden birkaç yaş daha büyük olan kadın, ben ona cevap verirken de gözlerini Demir'den ayırmamıştı. Hani, gelinlik bakıyoruz... Hani evleniyor olma ihtimalimiz çok yüksek... Hani o karşında gördüğün son derece yakışıklı, mavi gözlü insanla ben beraberim vesaire...

Kadın gözlerini Demir'den ayırdıktan sonra 'Acaba bu kız bu çocuğu nasıl kaptı' düşüncesiyle bana baktı. Kıskançlık dolu düşüncelerimin aksine, gülümseyerek ona baktığımda gözlerini kaçırdı ve arkasını dönüp içeri gitti.

Sağıma dönüp terzi kadına bakmak istediğimde, onun gözlerini kısmış bir şekilde bana bakıyor olduğunu gördüm. Bir elini kucağında tutarken öbür dirseğini de o koluna dayamış, işaret ve başparmağını çenesinin altında tutuyordu.

Birkaç saniye sonra "Aslında..." dedi.

"...aslında ben sizin ne istediğinizi anladım. Anlattığınız gibi sade, taşsız ve son derece masum bir gelinliğim var, tek sorun onu şu anda dikiyor olmam. Siz burada bekleyin, ben hemen geleceğim," dedi ve ardından öbür kadının gözden kaybolduğu tarafa doğru yürüdü.

Demir bana baktı.

"Bu daha ne kadar sürecek?" diye sorduğunda "Daha sadece bir gelinlik gördük," dedim.

Demir "Açıkçası Esma'nın sonsuza dek hatırlayacağı düğününün bir hastanede geçmiş olmasını isteyeceğinden emin değilim," dedi.

Bu beni düşündürdü. Arda çok heyecanlanmıştı ve hemen

anında harekete geçmiştik. Evet,onları mutlu etmek istiyorduk ama ileride fotoğraflara bakınca bir hastane odası görmek isteyeceğinden de emin miydik?

"Aslında haklı olabilirsin, ama Burak'ın o andaki gözyaşları, Esma'nın söylenen sözlere karşı gülümsemesi... Her şey paha biçilemezdi ve hepimize aslında hayatın ne kadar çabuk sönebileceğini gösterdi. Burak'la ikisi kaybedilecek bir zamanın olmadığını ve bir an önce işi resmileştirmek istediklerini kabul ettiler," dedim.

Demir "Hayır, sen haklısın. Zaten istedikleri zaman ileride yeniden düğün yapabilirler, ben bunu düşünmemiştim," dedi.

"Bana dinletmen gereken bir beste var," dedim, önceki gece bana yazmış olduğu mesajlara gönderme yaparak.

Demir "Yaa... o beste. Onu yetenek sınavında çalacağım. O zamana kadar şansına küs," dedi.

Tam ona ne kadar merak ettiğimi ve hemen dinlemek istediğimi söyleyecektim ki, terzi kadının elinde tutarak getirdiği gelinlik karşısında bir şey diyemedim.

"Bu benim on iki yıllık çalışmam. Hâlâ bitirmedim. Gelinliğin ölçülerini kendi kızıma göre yapmıştım fakat kızım uzun zamandır Amerika'da yaşıyor. Hiç prova yapamadan orada hızlıca evlenmişti. Hal böyle olunca da gelinlik yarıda kalmıştı. Eğer yanılmıyorsam..." dedikten sonra, uzun ve modern kesilmiş kahverengi eteğinin cebinden bir mezura çıkardı ve gelinliği yavaşça Demir'in oturduğu koltuğun yanındaki koltuğa bıraktı.

Bana yaklaştı. Mezurayı belime doladı ve bir saniye sonra "Yanılmamışım. Aynısınız," dedi.

"Ama..." demeye çalışırken kadın beni durdurdu ve "Ama kabul etmiyorum. Bunu giyeceksiniz küçük hanım," dedi gülümseyerek.

"Gelinliği benim için bakmıyorduk, evlenecek olan, benden daha ince ve daha kısa bir arkadaşım için alacaktık..." diyerek giymekten kurtulmaya çalıştım.

Aslında uzaktan görünüşüyle gerçekten hoşuma giden bu gelinliği üstümde denemek istiyordum fakat hem amacımız bana gelinlik bakmak değildi, hem de bu kadının kızına özel olarak hazırlamış olduğu bu gelinliği giymeyi kabul edemezdim.

Kadın "Tamam, satın alma. Ama provaya ihtiyacım var. Şimdi soyunma kabinine girelim. Sana yardım edeceğim," dedi ve beni arkamdan iterek soyunma kabinine yönlendirdi. Kabine girmeden önce Demir'e baktım, kahkaha atarak bizi izlediğini gördüm.

Şaşkınlığım, onun kahkası ile gülümsemeye dönüşürken gelinliği denemeyi kabul ettim.

Straplez olan üstü, sanki elbise benim üzerime dikilmiş gibi oturmuştu. Göğüs kısmı biraz dar gelmişti ama gelinliğin üzerimden düşmemesi için bu iyiye işaretti. Belden aşağısı çok az bir kabarıklık farkıyla yere kadar süzülürken, eskiden bembeyaz olan gelinliğin zamanla çok hafif de olsa krem rengine kaymış olduğunu gördüm. Sanırım bu renk, sadece beyazdan daha çok hoşuma gitmişti.

İnce ve yumuşak kumaşın tenimdeki hareketine alıştıktan sonra, terzi kadın bana adımı sordu.

"Güneş. Sizin adınız nedir?"

"Nadire," dedi. Ardından gelinliğin üstünde birkaç yeri iğneyle tutturdu ve dikişle ilgili anlamadığım şeyler söyledi. Gözlerimi kabindeki aynadan ayıramıyordum.

Muhteşemdi. Hiçbir süsü olmayan bu sade gelinlikte sadece, baştan sona dantel işlemeleri vardı. Danteller gelinliğin sadeliğini bozmadan harika bir hava katıyordu.

Nadire Hanım, omuzlarımdan öne düşmüş olan saçlarımı toplayıp tek olan sağ omzumdan düşmesini sağlayınca yan dönüp elbisenin arkasının nasıl durduğuna baktım. Sırt dekoltesi öbür gelinlikteki kadar açık değildi. Karnımın hizasından birazcık daha yukarıdaydı.

Sanırım eğer ben evlenecek olsaydım, bu elbiseyi alırdım.

"Genç oğlan kendinden geçecek," dedi ve ardından kabinin perdesini açtı.

Dışarı çıktığımda Demir'in ifadesini görmek için gözlerimi ondan ayırmıyordum. Şaşkınlığı gözlerinden anlaşılıyordu. Elbiseyi o da çok beğenmişti. Suyu getiren genç kadın beni gördüğü anda yanlışlıkla suyu Demir'in üstüne döktü.

"Özür dilerim, peçete getireyim," dedikten sonra içeri gitti.

Demir üstüne dökülen suyu bile hissetmemiş gibiydi.

"Henüz teklif etmediysen bile, şimdiden etsen iyi olur evladım," diyen teyzeye gülümsedim. "Yok teyzeciğim, büyük göründüğümüze bakma, ben on dokuz, Demir de yirmi bir yaşında," dedim.

Demir "Tamam, bu güzel ama alamayız. Çıkar," dedi.

Nadire Teyze "Ama artık tam prova aldığıma göre bir haftalık işi var sadece..." dediğinde "Bize bu akşama lazım, kusura bakmayın," dedim.

Kabine girip yine Nadire Teyze'nin yardımlarıyla gelinliği çıkardım. Bu tarz gelinliği bu dükkânda değil de iki sokak aşağıdaki bir başka mağazada bulabileceğimizi söyledi ve bize o mağazanın yerini tarif etti. Teşekkür ederek çıktık.

Biraz yürüdük. Karşıdan karşıya geçecekken Demir "Telefonum yok," dedi. Deri ceketinin cebini kontrol ettikten sonra "Sen giyinirken mail cevaplıyordum. Sanırım orada bıraktım. Bekle," dedi ve arkasını dönüp hızlıca yürümeye başladı.

"Her şey yolunda mı Güneş Hanım?"

Emre Bey'in sesini duymamla beraber ödüm patladı.

"Korkuttunuz, her şey yolunda. Demir telefonunu girdiğimiz gelinlikçide unutmuş," dedim, bir anda arkamdan çıkan korumamı gördükten sonra.

Demir gelene kadar görevi gereği yanımda dikileceğini bildiğim korumamla sohbet kurmaya çalıştım.

"Ne kadar zamandır eniştem için çalışıyorsunuz?"

"Çalışmıyordum. Beni özel olarak karakoldan bu görev için çağırdılar," dedi, daha az Hodor'a benzeyen korumam.

Herhalde 'Sadece işime odaklanırım,' düşüncesiyle buradaydı,- bu yüzden daha fazla soru sorup onu sıkmadım.

Demir geldiğinde karşıdaki kaldırıma geçtik ve ardından iki sokak aşağıya indik.

Yürürken elimi tutuyordu.

"Eğer Esma'nın düğünü bir hafta sonra olsaydı o gelinliği alır mıydık?" diye sorduğunda, ona "Bilmem, alır mıydık?" diyerek karşılık verdim.

Demir bana bakıp "Hayır," dedi.

"Neden?"

"Çünkü o giydiğin şey, sana başka birinin giymemesini gerektirecek kadar çok yakışmıştı," dedi.

41. Bölüm

"Merhaba, nasıl yardımcı olabilirim?"

Demir'le beraber Esma'ya uygun, hafif ve sade bir gelinlik; Burak için de Demir'in tek seferde görüp "Bu iş görür," diyerek seçtiği bir damatlık almıştık. Öğle yemeği yedikten sonra şimdi ise sıra yüzükteydi.

"Yüzük bakmak istiyoruz," dediğimde son derece şık giyinmiş, gözlüklü kuyumcu adam gözlerini saçımdaki tokadan ayırmıyordu.

Demir "Alyans bakacağız ve biraz acelemiz var," diyerek adamın dikkatini kendisine çekti.

Esma'ya gelinlik bakarken fazlasıyla zaman kaybetmiştik ve Demir de sıkıntıdan patlamak üzereydi.

Adam, "Hangi fiyat aralığında düşünüyorsunuz?" diye sorduğunda, ben Demir'e bakıp "Demir, çok pahalı olmamalı," dedim. Demir ise aynı anda kuyumcu adama "Fark etmez, çabuk alalım yeter," diye cevap vermekle meşguldü.

"Şuna bakabilir miyiz?" diye sorduğumda, işaret parmağımla önümde duran cama dokunmadan altın renkli ve işlemeli bir çift yüzüğü işaret ediyordum.

"Tabii."

Kuyumcu adam yüzükleri çıkarıp az önce iz bırakmamak için dokunmadığım cama bıraktığında, yüzüklere daha yakından baktım.

Demir "Güneş, ikisi aynı olmak zorunda mı? İkisi aynı tip olur ama Burak'ınki biraz daha düz olur...?" diye önerdiğinde, kuyumcu adama dönüp "Evet, bence de güzel olabilir. Gümüş renkli ve anlattığımız gibi bir çift gösterebilir misiniz?" diye sordum.

"Alyansları kendinize bakmıyor musunuz?"

"Hayır, arkadaşlarımız için alacağız."

Demir, Burak'ın ismini konuşmada geçirdiğinden beri bu soruyu beklediğim için adamın sorusuna hızlıca yanıt verebilmiştim.

"Peki yüzük ölçülerini biliyor musunuz?"

Kuyumcunun bu sözüne karşılık cevapsız kaldığımda Demir'e baktım. Demir de bana baktı. Ardından kuyumcuya dönüp "Hayır, ama kızın parmakları benimkilerden biraz daha ince. Oğlanınkileri de açıkçası hiç incelemedim," dedim.

Demir "Burak'ı arayıp öğreniyorum, sen yüzüklere bakmaya devam et," deyip telefonunu cebinden çıkardı.

Kuyumcuya giren birkaç yeni müşteri oldu ve bu sırada Demir, Burak'la daha rahat konuşabilmek için dışarı çıkma gereği duydu. Aslında orada da konuşabilirdi ama sanırım kuyumcuya giren gürültülü ve takı almak için fazla heyecanlı olan kadınları gördükten sonra dışarı çıkmanın daha iyi olacağını düşünmüştü.

Yeni gelen müşterilerle, kuyumcuda çalışan başka bir adam ilgilenmeye başladığında, ben de vitrine göz atıyordum. Esma üzerinde taş olan bir alyans mı isterdi? Rengi nasıl olmalıydı? Fotoğrafını çekip ona atabilirdim ama şu anda onun kendi işi zaten başından aşkındı. Daha en başta gelinliği, damatlığı ve yüzükleri bizim alıyor olmamızın sebebi de buydu.

Gözlerimi Esma ve Burak'a uygun olabilecek başka yüzüklerin üstünde gezdirmeye devam ediyordum.

"Acaba tokanıza bakabilir miyim?"

Kuyumcunun sorusunu hiç beklememiştim, ama olumsuz bir cevap vermedim. Ellerimi saçımın arkasına götürdüm ve yavaşça tokayı saçımdan ayırıp kuyumcu adama verdim. Gözlüğünü düzeltti ve yakından incelemeye başladı.

"Tek kelimeyle mükemmel işçilik. Kesinlikle el yapımı ve Türkiye'de yapıldığını sanmıyorum. Bu taşlar ülkemizde maalesef yok, getirtmek de son derece zorlu ve maliyetli bir iş olurdu."

"Nerede yaptırıldığını veya taşların nereden geldiğini bilmiyorum, benim değil," dedim.

"Ama harfler size ve beyefendiye göre yazılmış..." dediğinde Demir'le benim baş harflerimizi nereden bildiğini sormak istedim. Daha sonra kuyumcuda geçirdiğimiz zaman süresince aramızda geçen konuşmalarda yanımızda bulunduğu için isimlerimizi duymuş olabileceğini anladım.

Gülümseyerek "Hayır, o sadece tesadüf. Toka Demir'in ailesine ait," dedim.

Yüzüklerin bulunduğu camekânın altındaki çekmeceden bir büyüteç ve bez çıkardı. Tokayı camekânın üstüne bıraktığı beze koydu. Adam, elinde tuttuğu büyüteçle beraber tokayı, inceleme konusunu farklı bir boyuta geçirirken, merakıma yenik düştüm ve ona taşların nereden gelmiş olabileceğini sordum.

"Söylemek zor, beyaz-gri olanlar büyük ihtimalle gerçek kristal ve Avrupa'da, fakat mavi olanların nereden geldiği konusunda tahmin yürütemiyorum. Otuz iki yıldır bu işteyim ve bu türdeki orijinal taşların mavi renginin tükendiğini sanıyordum," diyerek soruma yanıt verdiğinde, neden Dilan Erkan'ın böylesine değerli bir tokanın bende kalmasına izin verdiği konusunda aklımda soru işaretleri oluşmuştu.

"Belki o bahsettiğiniz türdendir, ama boyanmıştır?" diyerek yardımcı olmaya çalıştığımda kuyumcu adam bana "Hayır, kesinlikle orijinal rengi. Boya olsaydı kolayca anlaşılırdı ama bu mavi kesinlikle kendi rengi. Şimdi... asıl merak ettiğim bir şey var," dedi.

Tokayı yavaşça bezin üzerinden kaldırıp tartının üstüne koydu. Gördüğü sayılar karşısında anlayamadığım bir nedenden ötürü gözlüklerini çıkardı ve hızla bana döndü:

"Tokanızın değerinin ne kadar olduğunu biliyor musunuz?"

Sorduğu soru ve ses tonundan Demir'in annesinin tokasının tahmin ettiğimden de değerli olduğu izlenimini çıkarıyordum.

"Dediğim gibi, toka benim değil. Ben sadece..."

"Size iki katını teklif ediyorum, tokayı yaptırdığınız paranın tam iki katını nakit olarak sunabilirim," dedi sözümü keserek.

Kibarca "Bakın, toka her ne kadar çok değerli olsa da benim paraya ihtiyacım yok," dedim ve kuyumcunun birazdan edeceği ısrarlara kendimi hazırladım.

"Ama bir gün olabilir. Fırsatı kaçırmayın derim."

"Kusura bakmayın. Paraya ihtiyacım olsa bile satma kararı bana ait olmazdı."

Demir "Güneş, ne oluyor?" diye sorarak yanımıza geldiğinde, kuyumcu adama açıklama yapmayı bıraktım.

"Bir şey yok, sadece annenin tokası hakkında..."

"Satılık değil."

Demir, cümleyi bitirmemi beklemeden kuyumcu adama dönüp söylemek istediğini söylemişti. Kuyumcu "Ama efendim, siz az önce Güneş Hanım'a yaptığım teklifi duymadınız..." derken, Demir, adamın söylediğini hiç takmadan camekânın üstündeki tartıya uzandı ve tokayı alıp bana döndü.

Sabah o tokayla saçımın önden iki tutamını arkada tutturduğum halimi gözünün önüne getirerek, aynı şekilde toplamak istedi ve nazikçe bana yaklaşarak saçımı sabahki gibi yaptı. Parmaklarını saçlarımın arasından geçirmesi ve tokayı çıkarmadan önceki haline getirmek istiyor oluşu gülümsememe yetmişti.

Tokayı tutturduktan sonra benden uzaklaşmadı, aksine kulağıma eğilip "Bir daha tokanın senin olmadığını söylersen hiç istemeyeceğin şeyler olur," diye fısıldadı.

Fısıldamasının vücudumda bıraktığı etki ile hiç düşünmeden, sessizce "O şeylerin, istemeyeceğim şeyler olduklarından ne kadar eminsin?" diye karşılık verdim.

Demir, cevabım karşısında gözlerini benden ayırmadan gülümsedi, ardından elimi tuttu. Verdiğim cevap hoşuna gitmişti.

Sonunda yüzükleri seçtiğimizde, kuyumcu adam "Yüzükler için size özel bir indirim daha yapacağım," dedi, tokamı alamayacağını anlamış, fakat bir gün alabileceğini uman ve bu yüzden iyi davranmaya çalışan bir ifadeyle.

Demir'le alışveriş tahmin ettiğimden daha normal geçmişti. Üstelik yaptığımız alışveriş de bir nevi düğün alışverişiydi ve her ne kadar gelinlik için dükkânları gezerken o sıkılmış olsa da, bunu onunla tanıştığım zamanlardaki gibi açık ve sert bir şekilde belirtmemeye dikkat etmişti.

Hatta... onunla zaman geçirmekten yine her zamanki gibi zevk almıştım. Her ne kadar on adım arkamızda bir korumanın varlığını bilsem de...

Korumanın bize göz kulak olması kesinlikle iyi bir şeydi. Bunu biliyor olmama rağmen, ne zaman Emre Bey'i görsem, dışarıda hayatımı tehdit eden gerçekleri hatırlıyordum. İşte her güldüğümde kendimi durdurmama neden olan bu 'hatırlatıcılar'dan sadece bu yüzden hazzetmiyordum.

Arabaya bindik ve hastaneye doğru yola çıktık.

Hayatın sihirli anlarından biri.

Tüm engellerden sonra Burak Esma'sına,Esma da Burak'ına kavuşmuştu. Evet, her şey bir çiftin hayal edebileceği kadar mükemmel değildi ama sonuçta herkes mutluydu. Kısa ve öz bir törenin ardından artık evlilerdi. Burak'ın şahitliğini Arda, Esma'nınkini ise ben yapmıştım. İlk defa bir düğünde 'şahit' olmuştum ve gerçekten çok güzeldi. Sevdiğiniz kişilerin mutlu olma yollarında bir parçaya sahip olmak mükemmeldi. Arda da aynısını düşünüyordu.

Emre'nin gelişi, Demir hariç herkesi olumlu etkiledi. Demir her zamanki gibi nötr ve mesafeli davranmayı tercih etti. Emre de ona sadece selam vermekle yetindi. Sanırım olması gereken de buydu. Öbür türlüsü gerçekten fazla garip kaçardı.

Cansu ve Ateş'in gelmesi gerilimli bir ortam yaratmak yerine hoş karşılanmıştı. Helin "Uğraşmayacak kadar mutluyum," diyerek sorun çıkarmamıştı.

Eniştem, halam ve Mert de törenin en önemli kısmında orada bulunmuşlar, sonra gitmişlerdi. Esma ve Burak'ın yakın akrabaları da bugün onları yalnız bırakmamışlardı. Zaten Burak'ın ailesi Esma'yı, Esma'nın ailesi de Burak'ı uzun yıllardır tanıyorlardı.

Arda, gitarıyla akşama renk katarken, herkes içeceklerin ve sohbetlerin tadını çıkarıyordu. Gitarın hoş melodisi ve sohbetlerin uğultularının karışımı hastane odasının kapalı kapısının ardına pek taşmadığı için hastane yönetimi bizi uyarmaya gelmemişti.

"Bence yakıştı," dedi Demir, ben odanın bir köşesindeki duvara yaslanıp tüm mutlu yüzleri incelerken. Yaklaştı ve beni yaslandığım duvardan çekti.Arkama geçip iki saniye önce yaslanıyor olduğum yere kendisi yaslandı ve ardından beni kendine çekti.

Bu arkadan sarılma olayı gün geçtikçe daha da hoş bir hal alıyordu.

"Gelinlik mi, damatlık mı, yoksa yüzükler mi?" diye sordum.

"Hayır balım, senin elbisen."

Bir insan milyonlarca şekilde iltifat edebilirdi. Milyonlarca değişik pozisyonda, milyonlarca farklı kelime kombinasyonuyla ve ses tonu ayarlamalarıyla bunu yapabilirdi. İltifatı aldığınız kişi size, o her duyduğunuzda gözlerinizi kapatma isteği uyandıran kokusunu bulaştıracak kadar yakınınızda duruyorsa, o kişi daha ilk duyduğunuz andan itibaren kalbinize kazınan ve aynı anda size pek çok duyguyu çağrıştıran ses tonuyla içinizi ısıtan, kendi yakıştırmış olduğu "Bal" kelimesiyle hitap eden Demir ise...

Sanırım bir anda kızarmış olmam doğal karşılanırdı. Belki de sadece basit bir cümleden bu kadar etkilenmem çok çocukça ve saçmaydı. Ama açıkçası bu benim hiç umrumda değildi. Demir'i iyi tanıyordum ve eski halindeyken ondan iyi olan tek bir şey bile duyamazdınız. İşte ben daha o zamanlarda beklentilerimi en aza indirebilmeyi başarmıştım. Her ne kadar özellikle son zamanlarda hep 'iyi kalpli Demir' halinde olsa da, ben asla alışmayıp, beklentimi azda tutmaya devam edecektim.

Sonunda cevap verebildiğimde "Esma'nın gelinliğini alıp rahatladıktan sonra kendi giyeceğim elbiseyi ayarlamak aklıma bile gelmemişti," dedim.

Helin'in kıyafetleri genellikle gri, siyah, beyaz ve lacivert ağırlıklıydı. Biz tüm işlerimizi halledip buraya gelirken Helin'in mesajı ile yanıma düzgün bir kıyafet almadığımı hatırlamıştım.

Gönderilen: Helin
Lacivert mi beyaz mı? Çabuk söyle, evden çıkıyorum.

Laciverti seçtiğimde, elbise giymenin aslında çok da önemli olmadığını düşünüyordum. Zaten gelen herkes bugünün sembolik, küçük ama kâğıt üzerinde bir düğün olduğunu biliyordu ve ona göre rahat, çok da resmi olmayan kıyafetler giymişlerdi.

"Güneş! Gelin, fotoğraf çekiliyoruz."

Esma'yı ayakta, düne ve ondan öncesine göre daha canlı haliyle gülümserken, bana seslenirken görünce, Demir'in kollarını vücumdan ayırdım fakat bir elini bırakmayıp onu peşimden gelmeye zorladım.

Herkes hastane odasında birkaç koltuğun arkasında kalan duvarın önünde bir araya gelmeye başladığında, Esma ve Burak ortada duruyorlardı.Tüm kalabalık onların çevrelerinde yerlerine geçiyorlardı. Arda, fotoğrafta gitarıyla birlikte çıkmak istediği için en kenarda durmaya karar vermişti.

Tavandan süzülen beyaz-mor süs kâğıtları ortamı bir düğünden çok altıncı yaş doğum günü partisi havasına soksa da en azından odayı eski kasvetli halinden kurtarıyorlardı.

Esma'nın doktoru ve Demir, tüm kalabalığın karşısında fotoğrafı çekecek kişiler olarak dururlarken, Esma'nın babası, doktora "Erol Bey, lütfen fotoğrafta siz de olun. Siz olmasaydınız bugün bu oda böyle neşe dolu olmayacaktı," dedi ve onu davet etti.

Erol Bey, fotoğraf makinesini Demir'e bıraktıktan sonra gülümseyerek bize yaklaşırken, Burak "Demir, davetiye mi bekliyorsun?" diyerek, Demir'e kızdı. Kalabalığın arasından, Ateş "İstiyorsanız ben çekebilirim...?" diye önerdiğinde Burak "Ateş, sen de dur durduğun yerde kardeşim. Demir, makinede zaman ayarlayıcıdan on saniyeyi seç ve makineyi küçük masanın üstüne koy," dedi.

Demir hiç beklemediği bu *'tabii ki de fotoğrafta olacaksın'* mesajından sonra, Burak'ın söylediklerini yaptı. Ardından benim yanım dolu olduğu için arkama geçti. Aramızda yaklaşık yirmi santimetre fark olduğu için arada durması problem yaratmadı.

Helin fısıldayarak "Demir Erkan emir alıyor... Bu bir ilk," dediğinde, Esma ikimize birden bakıp "Eee, kimin kocasından emir alıyor..." dedi ve göz kırptı.

Gülümsedik.

Kapıda beklediğini bildiğim 'hatırlatıcım'ın, beni koruma amacını bilmeme rağmen gülümsedim.

Cansu "Sıra bizim hediyemizde..." dediğinde şaşırdık.Zaten bugünün organize edilmesinin başlı başına hediyelerle dolu olduğunu söyleyen Burak, ekstra hediye işine hiç bulaşmamamızı söylemişti.

Cansu, Ateş'le birlikte iyi niyetini göstermeye çalışırken, Helin beni kolumdan çekip koltuklardan birine oturmamı sağladı, ardından yanıma oturdu.

Helin yanımızda, ayakta Demir'le Doğukan'a bir şeyler anlatan Savaş'ın sesini bastırdıktan sonra, bana "Bak şimdi, yeni teorim:

Cinayetleri işleyen kişi, Demir'in zamanında birlikte olduğu ve ardından adını bile hatırlamadığı bir kız olabilir..." demeye çalıştı. Sözünü kestim ve "İyi de bunu zaten düşündük," dedim.

"Hayır, yani... aslında evet. Düşündük, ama o kişinin yakınımızdan olabileceği ihtimalini konuşmadık."

Bakışlarını Cansu'ya çevirdiğinde, ellerimi Helin'in yanaklarına koyup yüzünü tekrar kendime çevirdim.

"Helin! Cansu katil değil," dedim belki de yirminci defa.

"Nasıl bu kadar emin olabiliyorsunuz?" diyerek çıkıştığında, sadece Esma'yla beni değil, herkesi kastediyordu.

Doğukan "Ben de Bodrum'dan Emre bugün geldi ya, Kayhan'ların falan olaya karıştıklarını düşünmeye başladığını sandım. Tamam, yine aynı yerdeymişiz. Cansu'ya sinir olduğunu biliyorum fakat konuya objektif bakmıyorsun güzelim," dediğinde, Helin cevap vermeden önce sinirlendiğini belli etmek için derin bir nefes alıp verdi. Doğukan'a döndü:

"Objektif bakmamı sağla o zaman sevgilim, elimden geleni yapıyorum."

Demir, "Onun oyunları genellikle istediğini almaya yöneliktir ve kafaya takarsa o istediğinden asla vazgeçmez..." derken, Helin onun sözünü kesti:

"Tamam! Aynen söylediğin gibi işte, sen de kabul ediyorsun."

Demir, "Cümlemi bitirmemiştim," dedikten sonra bir saniyeliğine gözlerini Helin'den ayırıp bana baktı. Sonra tekrar konuşmaya devam etmek için Helin'e döndü ve "Dediğim gibi. İstediğinden asla vazgeçmez. Geçen yıl Cenk'le olan olay, onun bulaşabileceği en büyük boyutlu olaylardan biriydi. Tüm bu olanlar Cansu için bile çok fazla. Üstelik benimle ilgili duygularını da, daha Ateş'le tanışmadan önce bastırmıştı," dedi ve Helin'in önünden geçip benim yanımdaki koltuğa oturdu.

Savaş "Aynen, Demir'e sahip olamayacağını uzun zaman önce anlamıştı ve ne zamandır siz kızlara veya okuldan kimseye de bulaşmadı," dediğinde, Savaş'a destek çıktım.

"Hatta arkadaşımız olmaya bile çalışıyor."

Savaş konuşmaya daha rahat devam etmek için oturmaya karar verdi ve Demir'in öbür yanındaki koltuğa oturup bize döndü:

"Demir konusundaysa gerçekten söylenecek bir şey kalmadı. Ateş'i çok seviyor. Ne Cansu'nun ne de abimin bu kadar uzun ve iyi geçen ilişkileri olmuştu. Yazdan beri çıkıyorlar ve Ateş de çok ilgili görünüyor," dedi.

Helin "Ateş senin abin, neden 'İlgili görünüyor' dedin? Cansu hakkında hiç konuşmadınız mı?" diye sordu.

Savaş "Aslında hayır. O yıllardır kendi başına yaşıyor. Arkadaşlarıyla tuttuğu bir apartman dairesi var. Ortaokuldan beri onu yılda dört-beş kere görüyordum. Öz abim miydi? Evet ama kendi ayakları üstünde durma konusunu kafasına takmıştı ve ayrı yaşamaya daha çok küçükken başlamıştı. Her ne kadar kardeşimi az görsem de kararına saygı duyuyordum. Ben iki yıldır Atagül Lisesi'ndeyim, o ise bu yıla kadar bir devlet okulunda okuyordu. Bir gün Cansu onu 'Sizi biriyle tanıştıracağım,' diyerek bara getirdi. Gayet mutlu ve neşeliydi. Cansu'nun atlattığı bebek ve Cenk olaylarından sonra sonunda mutlu olduğunu ve bir şeyler hissettiğini görmek güzeldi," dedi.

Doğukan "Evet, o günü hatırlıyorum.Sonra Ateş yeni geldiği için içkileri ısmarlayan kişi olmak istediğini söylemişti ve içkilerle masaya oturmuştu. Sonra sen şaşırdın, fakat Ateş daha çok şaşırmıştı. İkiniz de birbirinizle karşılaşmayı beklemiyordunuz. Cansu, sen ve Ateş arasında gece dörde kadar koyu bir sohbet döndü," dedi.

Helin "Sen ne yaptın o saate kadar orada bakalım?" diye sorduğunda, Doğukan "Senin mesajlarına cevap verebilmek için prizin yakınında oturmak zorunda kalmıştım sevgilim. Size şarj dayanmıyor," diyerek cevapladı. Doğukan hariç hepimiz oturuyorduk.

"Sohbete katılamamış olman seni çok üzmüş gibi görünüyor."

"Hayır, o hafta sonu Bodrum'a geldiğimde neler yapacağımızı konuşuyorduk."

Helin gülümseyerek "Yaptık da," dediğinde, Arda gitarını koltuklardan birinin yanına yasladı. Konuşmaya son anlarda duyduğu cümlelerden yola çıkarak katılmak istedi.

"Hastanede pek çok boş oda olduğundan eminim sevgili ikinci favori çiftim," dedi.

Savaş "Favori birinci çiftin Demir'le Güneş mi?" diye sorduğunda, Arda sahte bir şekilde kahkaha atmaya başladı ve sonra anında yüzünü ciddileştirdi:

"Hayır. Bir saat önce tam bu odada evlenmiş bir çift," dedi.

Demir bana "Seçmelerde kesin gitar mı çalacaksın?" diye sorduğunda evet anlamında başımı salladım.

Arda "Evet, Güneş, o konu hakkında... Yarın size gelirim, önceden bildiğin birkaç şey vardı zaten, onlara bakarız, sonra arpej olarak da..."

Demir, Arda'nın sözünü kesmekten çekinmedi:

"Ben de geleyim o zaman."

İşte başlıyoruz.

"Piyano yeterli gelmedi galiba."

Of Arda of of of of! Hayır...

"Yetmedi gibi," dedi Demir, Arda'ya özel ekstra ciddi sesiyle.

Arda, "Kusura bakma Demir kardeşim ama senin mafya babası tavırların odayı doldururken Güneş'le olan dersimize nasıl konsantre olabiliriz, bilemiyorum doğrusu," dediğinde, Demir ayağa kalktı ve Arda'nın üstüne yürümeye başladı.

Günü mahvetme potansiyeli olan olayların önüne geçebilmek için ben de ayağa kalktım ve Demir'le Arda'nın arasına girdim. Yüzümü Demir'e döndüm ve bir elimi koluna, diğer elimi de göğsünün üstüne koyduktan sonra "Gel, hava alalım," dedim.

Demir'in telefonundan geldiğini bildiğim mesaj sesi, tam üç kere duyuldu.

Arda tam bir şeyler söyleyecekti ki arkamı döndüm ve bakışlarımla susmasını sağladım. Daha sonra bana 'Neden konuşmama izin vermedin Güneş? Neden kimsenin Demir Erkan'a cevap verebilme hakkı yok? Neden...'tarzında konuşarak başımın etini yiyecekti, biliyordum. Ama Esma'yla Burak'ın gününü mahvedemezdik.

Demir'le odanın dışına çıktık ve kapıyı arkamızdan kapattık. Koridorda Emre Bey ve eniştem vardı.

"Gittiğinizi sanıyordum," dediğimde, eniştem "Halan ve kuzenin gittiler. Ben de Erol Bey'le sohbet ediyordum. Aslında çok güzel bir fikrimiz var. Senin de aklına yatacağını düşünüyorum," dedi.

Demir, cebinden telefonunu çıkardı ve mesajları okumaya başladı.

Ben tam o fikrin ne olduğunu soracakken, Emre Bey "Birkaç savunma tekniği öğrenmelisin. Her an her yerde birileriyle olmayacaksın. Yalnız kaldığın zamanlarda şu andaki halinden daha hazırlıklı olursun. Hemen yarın bir eğitim merkezinde derse başlamanı öneririm. Zaman kaybetmemelisin," dedi.

Demir'in bu konu hakkında ne düşündüğünü görebilmek için ona döndüm.

Demir, gözlerini telefonundan ayırıp bana baktı ve "Bence yerinde bir adım. Keşke daha önce aklımıza gelseydi," dedi.

Eniştem "Güneş, sen ne düşünüyorsun?" diye sorduğunda, ona "Bence de, ama o tekniklerin geliştirilmesi için... nasıl desem, aylarca eğitim ve antrenman gerekmez mi? Bir anda her şeyi öğrenebileceğimi sanmıyorum," dedim.

O sırada bizim odanın kapısı açıldı ve elinde gitarının kılıfıyla Arda, odadan çıktı.

Emre Bey "Hayır, sadece birkaç temel savunma tekniğini öğrenmen yeterli olacaktır. Emin ol bir hareket bile bilsen,bir sıfır öndesin demektir. Bence hemen yarın bir eğitim merkeziyle iletişime..." derken, eniştem onun sözünü kesti ve o sırada Arda'nın yanına yürüdü. Elini Arda'nın sırtına koydu ve bizim yanımıza gelmesini sağladı.

Eniştem "Eğitim merkezinden daha güvenilir ve sağlam bir yol biliyorum," dedi gülümseyerek.

Demir "Hayır," dediğinde, Arda onu duyup "Neye hayır? Demir hayır diyorsa ben evet diyorum tabii ki. Ama... konu neydi acaba?" diye sordu.

Eniştem "Yarın ne yapıyorsun Arda?" diye sordu.

Arda "Güneş'le gitar dersimiz var, sonra da bilmiyorum, herhalde antrenmana giderim. Dersin uzunluğuna bağlı," dedi.

Demir tekrar "Hayır," dediğinde korumam Emre Bey güldü.

Eniştem "Peki sizin antrenman salonları kişisel olarak kiralanabiliyor mu?" diye sorduğunda, Arda "Bir kişinin antrenmanı için fazla büyük bir salon benim gittiğim yer, ama daha küçük olan ve genellikle geceleri antrenman haricinde çalıştığım yerler de var. Neden? Kim MMA'ya başlıyor?" diye sordu.

Demir kuduracaktı.

Demir'in "Kimse," diyerek cevap verdiği anda, Arda gözlerini bana sabitledi ve gülümsedi.

"Sen mi?" diye sorduğunda, başımı evet anlamında salladım.

Arda heyecanlandı ve "Serkan Amca, antrenöre hiç gerek yok. Gerçekten ben Güneş'e, en basitinden başlayarak öğrenmek istediklerini öğretirim. Sanırım ilk olarak birkaç basit savunma tekniğinden başlamalıyız. Onun için rahat ve faydalı olur," dedi.

Emre Bey "Güneş'le siz döneceksen ben gidebilir miyim?" diye sorduğunda, eniştem "Evet, evet. Size çok teşekkür ediyorum, buyrun sizi geçireyim," dedi ve korumamla beraber koridorda ilerlemeye başladılar.

Ben de Emre Bey'e teşekkür etmeyi düşünüyordum ama nedense tam bu koridorda bir fırtına kopmak üzereymiş gibi hissediyordum.

Arda önce Demir'e gülümsedi, sonra bana baktı ve "Sizlere sabah dokuz uygun mudur? Önce antrenman, sonra gitar. Civcivim, üstüne rahat bir şeyler giy," dedi. Sırf Demir'i sinir etmek için son cümleyi söylemişti.

"Dokuz iyi," derken Demir'in tepkisiz kalmasına şaşırıyordum.

Arda "Ne oldu Demir? Çok mu erken?" diye sorduğunda, Demir "Ben yarın gelemiyorum. Uludağ'daki otelin anlaşmalarından birinde eksik maddeler varmış ve ben oraya gitmeden o sorunu çözmeyi beceremeyecekler," dedi.

Arda "Çok üzüldüm. Keşke birlikte olabilseydik. Neyse, Güneş'e çok iyi bakacağımdan emin olabilirsin," dediğinde, bugün kaşınan tarafın Arda olduğu kesinleşmişti.

Demir hiçbir şey söylemedi, sadece Arda'ya yaklaşmak için iki adım attı. Soğuk ve mavi gözlerini Arda'ya sabitlediğinde "Biliyorsun di mi? Bir şey olursa seni öldürürüm," dedi.

Arda geri adım atmadan "Geçen yılda olsaydık haklıydın, ama şimdi ise denediğini görmek isterim doğrusu," dedi.

Eniştem yanımıza geldiğinde, Arda, Demir'den uzaklaştı.

Saat dokuz civarında tüm organizasyonu bitirmemiz gerekiyordu ve bunu bilen içerideki arkadaşlarımız, gelenlere organizasyonun bittiğini söylemeyi unutmamışlardı. Tek tek tüm davetliler odadan çıkmaya ve hastaneden gitmeye başladılar.

Herkes gittikten sonra Esma ve Burak bizleri odaya topladılar. Helin, Doğukan, Savaş, Demir, Arda, ben ve hatta Cansu'yla Ateş de bizimle odadalardı.Bize çok içten bir şekilde teşekkür ettiler ve Esma mutluluktan ağladı. Bizim gibi arkadaşlara sahip olduğu için çok şanslı olduğunu söyledi ve hepimize tek tek sarıldı.

Gün, Demir ve Arda'nın arasında yaşanan gerilimli dakikalar dışında hep güzel geçmişti. Esma ve Burak'ın geleceği konusunda bolca mutluluk ve aşk dışında hiçbir şey düşünemiyordum. Harikalardı. İkisinin de gözlerinden bunları okuyabiliyordum.

Umarım bir gün ben de sevdiklerimle beraber böylesine mutlu bir güne sahip olabilirdim.

42. Bölüm

"Parmaklarım acıyor," dedim sol elimin işaret, orta ve yüzük parmaklarına bakarak.

Arda "Nasır tutmaya başlamış bile, normal," dedi ve kendi gitarıyla 'My Immortal'a çalışmaya devam etti.

Seçmelere kimlerin çağrıldığı bu akşam belli olacaktı ama üniversite sınavımla barajı geçtiğim için büyük ihtimalle çağrılacağımı düşünüyordum.

Dün gece, söylemeyi düşündüğüm tüm şarkılardan oluşan bir müzik listesi yaptıktan sonra, eleye eleye seçenekleri üçe indirmiştim. Aslında şarkıyı söyleyecek olanlar genellikle akademinin orkestrasıyla sahne alıyorlardı fakat bazen söyleyecek kişi, aynı zamanda söylerken enstrüman da çalabiliyordu.

Evanescence'ten My Immortal'ı seçerken aklımda tek bir şey vardı; şarkıyı sadece piyano ve gitar eşliğinde söyleyecektim. Akustik ve etkili bir ortam yaratırken de sahnede, her zaman arkamda olduklarını bildiğim iki insanın, Arda ve Demir'in, orada benimle bulunmasını istiyordum. Gitar ve piyanonun aynı anda hoş duyulacağı bir parça seçmeliydim ve işte bu düşünce için seçtiğim şarkı mükemmel bir seçimdi. Şarkıyı seçebildiğimde gece yarısıydı fakat aldırış etmeden hem Arda'ya hem de Demir'e mesaj atmıştım.

Oranın orkestrasını kullanmak, müziği kendin çalmak gibi seçeneklerin yanında böyle bir şeyin de kabul edilebilir olması işimize gelmişti.

"Güneş, kendi çaldığın şeye odaklanır mısın? Benimkine odaklanıyorsun ve mırıldanıyorsun, dikkatin dağılıyor!"

Seçmelerde gitarla çalacağım şarkı konusunda ise Arda bu sabah bize geldiğinde biraz gerilmiştik. Gitar hakkında bilgim vardı ve nota okuyabiliyordum. Bunlar lehimize olan şeylerdi fakat ne çalacağım konusunda hâlâ kararsızdık. En sonunda Arda, ne çalacaksam önceden bildiğim ve kulağımın alışkın olduğu bir şarkı seçmemiz gerektiğini söylemiştim ve ona uygun olarak da beni zorlamayacak ve kolay versiyonunu bulabileceğimiz bir şarkı aramaya başlamıştık.

"Aslında piyanoyla çalınan 'Three Days Grace'in Last To Know' şarkısını gitara uyarlayabilir miyiz?"diye önerdiğimde, Arda "Bu neden daha önceden aklıma gelmedi ki? Üstelik en sevdiğin şarkılardan bir tanesi..."demişti ve hemen internetteki tab'ların yardımıyla bana kolay ve güzel bir versiyon çıkarmıştı. Sabahtan beri ona çalışıyordum ve yavaş yavaş da olsa ilerleme kaydediyordum.

"Ama parmaklarım acıyor..."

"Keşke spor salonu sabah dolu olmasaydı da antrenman işi çabucak bitseydi. Son dakikada salonun boş olup olmadığını sorunca istediğin saati alamayabiliyorsun. Çoktan kiralanmış oluyor," dedi.

"Neden çabuk olup bitmesini istiyorsun ki? Benden o derece mi ümitsizsin?" diye sordum gülerek.

"Yok, seninle ilgili değil. Demir'in geceden Uludağ'a gittiğini biliyoruz ama o çocuğun sağı solu belli olmaz. Gelir de sorun çıkarırsa hiç çekemem diye..."

"Neden sorun çıkarsın ki? Savunma tekniklerini öğrenmem konusunda o da istekliydi," dedim, Arda'nın vereceği cevabı çoktan bilmeme rağmen.

"Gitarla olduğundan kat kat daha fazla yakın temas var.İnan bana,göreceksin. Neyse, akşamüstü salonda bizden başka kimse olmayacakmış, yani rezil olmaktan çekinmezsin..."

Çalışıyor olduğum ve çalışacağım kişi Arda olduğu için, yakın temas ve rezil olma konularına çok takılmazdım.

Ama sanırım sevgilim takılırdı.

Telefonum çalmaya başladığında, Arda benden önce davrandı ve sehpanın üzerinden telefonumu aldı.

"Hah! Ben de tam 'Neden bugün güzel geçiyor?' diye düşünüyordum," dedi.Telefonu bana uzattığında, arayanın Demir olduğunu çoktan anlamıştım. Aramayı cevapladım.

"Selam."

"Merhaba fıstık. Gözlüklüyle çalışmalar nasıl gidiyor? Seni rahatsız ediyorsa birilerini sana göz kulak olması için gönderebilirim, o antrenmanın başka boyutlara ulaşmasını istemiyorum..."

Az önce, düşündüğüm şeylerde haklı olduğum kanıtlanmıştı. Gülümsedim.

"Gitar işini şimdi hallediyoruz, spor salonu için akşam saatleri uygunmuş," dedim.

"Gitarla neyi çalacaksın?"

"Arda tüm tecrübesizliğime ve beceriksizliğime rağmen, beni az da olsa gitar çalabiliyormuş gibi gösterecek bir versiyonla 'Last To Know'u çalmama izin verdi. Şarkıyı biliyor musun? Three Days..."

"Grace. Evet, biliyorum. Çalmışlığım var."

"Bir gün bana çalar mısın?"

Demir birkaç saniye sonra cevap verdiğinde "Arda şu anda orada 'My Immortal'ı mı çalıyor?" diye sordu.

Kahretsin.

"Evet, evet ama öylesine... Hatta yaklaşık on saniye önce çalmaya başladı ve... şimdi de bitirdi. Tekrar 'Last To Know'u gösterecek birazdan," dedim durumu kurtarmaya çalışarak.

En azından Arda, çaldığı şarkıya konsantre olmuştu ve beni dinlemiyordu. Durumu çakmaması için bu işime gelmişti. Ayağa kalktım ve başka bir odaya geçtim.

Evet, seçmelerde Demir ve Arda aynı anda benim için çalacaklardı fakat birlikte çalacaklarını, en son provaya kadar öğrenmeyeceklerdi. İki müzisyenimin seçmelerden önce birbirlerini hastanelik etmelerine hiç gerek yoktu.

"İyi. Bu arada akustik fikrin hoşuma gitti. Şarkının bol bol piyano cover'larını dinle," dedi. Arda'nın, şarkıyı çalış bahanesini yemiş gibi görünüyordu.

"Dinliyorum. Sen orada ne kadar kalacaksın? Çalışabilme fırsatı bulabilecek misin?" diye sordum.

Otelde birtakım sorunların çıktığını biliyordum ve bu yüzden her ne kadar telefonda belli etmese de Demir, sinirli veya stresli olabilirdi. Sonuçta aksiliklere alışkın olmayan bir insandı ve genellikle aksilikler çıktığında, çözülene kadar öfkesini kontrol edemiyordu. Bu tarz durumlarda her ne kadar dünyanın en sakin ve kesin insanı gibi görünse de, içinde ne kadar rahatsız olduğunu biliyordum. O anlarına yeri geldiğinde tanık olmuş, yeri geldiğinde ise o anlarını bizzat tecrübe etmiştim.

Tüm bu olası stresi onu tüketirken bir de onu 'My Immortal'a, seçmelerde söyleyeceğim şarkıya çalışmaya zorlamak kendimi bencil hissetmeme sebep oluyordu ama bir yandan da onun piyano çalarken hayatının tüm kötülüklerinden arındığını ve duygularını kontrol altına alıp rahatladığını biliyordum. Oradaki tüm yorgunluğunun içinde belki de piyano çalacak zaman bulamayacaktı fakat bu sayede ona çalmak için bir bahane vermiş olmuştum. Bunları düşündükten sonra kendimi bencil hissetmeyi bıraktım ve mutlu oldum.

"Ne kadar kalacağımı bilmiyorum ama çok uzun sürmez.Bu akşam burada kalmam. Zaten saat altıda seçmelere katılacak adaylar ve tarihler açıklanacak. Beraber prova yapmamız gerekiyor," dedi.

Evet, Arda'yla gitar çalışırken, gizlice söyleyeceğim şarkıya da çalışmam gerekiyor.

"Tam olarak otelle ilgili sorun ne?" diye sordum. Amacım onu sıkmak değildi. Sadece benimle paylaşmasını istiyordum.

Derin bir nefes alıp verdikten sonra "Anlaşma hükümlerinden bazılarını yerine getirmeyen karşı taraf, onların avukatlarının salaklığı ve birkaç ufak şey daha... Sen bunları boşver, şu anda bizim odamızdayım," dedi.

Bu cümlesi, Esma'nın komaya girdiğini öğrenmeden hemen önce o odada geçirdiğimiz zamanı bana hatırlatması için yeterli olmuştu.

"Ve biliyor musun? Bir piyano var."

Esma'nın komaya girdiği haberini öğrendiğim andaki gibi, tüylerim diken diken oldu. Sonra aklımı kötü düşüncelerden arındırdım ve dünkü güzel gülümsemesini düşündüm.

"Evet, hatırlıyorum. Sen görmemiş miydin?"

"Açıkçası aklım çok daha başka bir yerdeydi," dedi.

Gülümsedim.

"Şarkıyı denedin mi?"

"Evet,bu sabah biraz baktım.Orijinaline sadık kalma zorunluluğum yok. Aklımda üç-dört yeni şey ekleyip yeni bir versiyonla şarkıyı genişletmek var," dediğinde, aklımda eğer Demir farklı versiyonla çalarsa Arda'nın nasıl uyum sağlayabileceği sorusu vardı.

"Aslında... çok da değiştirmemize gerek yok, yani... kötü olur diye demiyorum. Sana bu konuda güvenim tam fakat çok fazla zamanımız yok ya, sorun yaratabilir mi acaba?"

Sen kıvır Güneş.

"Merak etme. Sesin şarkıya çok uygun ve her şey güzel olacak. Şimdi kapatmam gerekiyor, on iki buçukta toplantım var."

Demir'in söylediğine tekrar karşı çıkarsam şüphelenebileceğini düşündüm ve susmaya karar verdim.

"Tamam, akşam sonuçlar açıklandığında yine ararım," dedim.

"Gözlüklü oğlana dikkat et."

"Tamam Demir, tamam dikkat edeceğim. Görüşürüz!"

Telefondaki kısa vedalaşmanın ardından salona geri döndüm. Ben Demir'le konuşurken, Mert salona gelmiş ve Arda'yı gitar çalarken dinlemeye başlamıştı.

Arda, salona girdiğimi gördüğünde başını kaldırıp bana baktı fakat bir yandan kahverengi gitarını çalmaya devam ediyordu.

"Mert'in ünlü gri oyuncak arabası neden elinde değil? Dünya tersine dönmeye mi başladı yoksa?" diye sorduğunda, ona sessizce, oyuncağı Demir'in yanlışlıkla kırdığını söyledim.

Arda "Adamın varlığı zarar," dedikten sonra ayağa kalktı ve gitarını koltuğa bıraktıktan sonra mutfağa doğru yürümeye başladı.

Mutfağa "Ebru Teyze, ne yiyoruz?"diye sorarak girişinden, halamın yemek yapıyor olduğunu anladım.

Mert'i elinden tuttum ve biz de mutfağa gittik.

"Arda'm gelir de mantı yapmaz mıyım?"

Yine bol salçalı ve yoğurtlu mantılarımızı yerken, sanki geçmişe dönmüştük.

Yemekten sonra biraz ara verdik. Gitar çalmaya yeniden başladığımızda, parmak uçlarımdaki acının geçmiş olmasını diledim fakat dileğim gerçekleşmedi, ama yine de çalmaya devam ettim.

Arda "Nasıl gidiyor? Ezberleyebildin sanki..?"diye sorduğunda "Evet, garip ama ne kadar çok tekrar edersem bir dahakinde o kadar az notalara bakıp çalıyorum," dedim.

Arda "İyi iyi, güzel... Ama şimdi gitarını bırak ve bir kere beni dinle. Değiştirdiğim yerler var, önce onları tartışalım.Sözleri notalarıyla çalıyorum ve daha eklemeyi düşündüğüm birkaç şey de var. Eklemeleri bitirelim,ikinci kez son haliyle çalarken de söylersin," dedi.

Harika, daha çok ekleme...

Arda şarkının girişini çalmaya başladığında, kucağımdaki gitarı Arda'nın ikinci gitarı olduğu için büyük bir dikkatle kenara bıraktım. Şarkıyı orijinal halindeki piyano ile dinlemeye alışkın olduğum için, tanıdık ve sevdiğim melodiyi gitardan duymak farklı geldi fakat bunun da ayrı bir güzelliği vardı.

Arda şarkıyı çalarken bazı yerlerde durdu, "Burasını şöyle çalmak yerine... şu şekilde çalarak..." tarzında ifadeler kullandı ve hep "Hangisi daha güzel duyuluyor?" diyerek fikrimi sordu. Verdiğim cevaplara göre nota kâğıdının üzerine notlar aldı ve şarkı bittiğinde hiç durdurmadan en baştan sona kadar tekrar çaldı. Bu sefer ben de söyledim.

Yıllardır dinlediğim bir şarkı olduğu için sözleri çoktan ezberimdeydi ve en önemlisi, bana bu şarkının neyi hatırlattığıydı. Sözleri ve melodisi ile, her şeyiyle bu şarkı bana beni hatırlatıyordu.

Ailemi hatırlatıyordu.

"Güneş..."

"Efendim?"

"Seçmelerden sonra sen o okula birinci asil olarak kabul edilmezsen jüriye dava açacağım," dedi Arda şarkıyı bitirdiğinde.

Gülümsedim ve teşekkür ettim.

"Sadece ses yeterli olsaydı kendime sonuna kadar güvenirdim ama işin içinde enstrüman da olunca..." derken, Arda sözümü kesti:

"Şu anda neden parmakların acıyor civciv? Çalışıyoruz... Şimdi benim çalacağım şarkıyı hallettiğimize göre kendimizi bundan sonra tamamen seninkine adıyoruz," dedi ve gitarını kenara bıraktı. Kendi oturduğu tekli koltuktan kalkıp üçlü koltukta yanıma oturdu.

Saat üçe kadar Arda benimle uğraştı. Pena, tutmaya alışkın olmadığım için sürekli elimden kayıyordu ve parmaklarımla çalmak daha kolay geliyordu. Bu yüzden penayı atmaya karar verdik. Notalara tam basamıyordum. Sabah daha rahatken, yemek haricinde durmadan çalıştığımız için artık parmaklarım istifa etmişlerdi.

"Benden bu kadar," dedim ve gitarımı tekli koltuğa koydum. Ardından koltuğa geri döndüm ve arkama yaslandım.

Arda "Yine iyi gittik, ben bu kadar dayanabileceğini sanmıyordum civciv," dedi, ayağa kalktı ve saatlerdir aynı koltukta oturmanın üzerinde bırakmış olduğu etkiyle gerindi.

Diğer tekli koltukta oturup sessizce bizi izlemeye devam eden Mert'e bakarak "Yalnız, seninki saatlerdir bizi dinliyor," dedim.

Arda "Evet, daha önce hiç onu sakin bir şekilde bir yerde beş dakikadan fazla oturduğunu görmemiştim," diye itiraf etti. Mert'in yanına gidip onu gıdıklamaya başladı.

Tüm tatlı sesiyle "Arda... abi... hahahahhaha... Arda!" diye bağırıyordu.

Gülümseyerek Arda'yla Mert'i izledim.

Arda, Atakan'la da böyle geçinirdi.

"Civciv, sen giyin," dedi, gözüm dalınca.

"Sen giyinmeyecek misin?"

"Eşyalarım çantamda, oradaki soyunma odasında giyineceğim, istiyorsan sen de orada giyin," dedi.

"Yanıma nasıl şeyler almam gerekir?"diye sorduğumda, aklımda bol bir tişört ve eşofman vardı.

"Rahat bir tişört ve şort al. Hava sıcak. Sende şey var mı..?" derken elleriyle göğsünü gösteriyordu.

Gülerek "Sporcu sutyeni mi?" diye tahmin ettim.

"Evet, ondan... Gülme."

Gülmeyi bırakmadan "Evet var, başka..?" diye sordum.

"Oranın soyunma odaları gerçekten güzel. Genelde antrenman çıkışında orada duş alıyorum. İstiyorsan yanında havlu ve şampuan da getirebilirsin."

Arda gitarlarını kılıflarına koyarken ben de odamda çantamı hazırlamaya koyulmuştum.

Bugün gitar çalışırken ellerinin üzerindeki yaraları hatırlayıp, otobüste "Seni hiç dövüşürken görmedim. Maçlarınız falan olmuyor mu?" diye sordum. Bana "Beni dövüşürken izlemeni istemiyorum," diyerek cevap verdi ve ben de yaraları hakkında soru sormamaya karar verdim.

Saat 15.50 civarında salona vardığımızda bizden önceki saati kiralayanlar hâlâ çalışma yapıyorlardı.Soyunma odalarının önüne geldiğimizde Arda ile yollarımız ayrıldı.

Kız soyunma odasına, genel olarak bordo renk hâkimdi.Bordo dolapların her birinde şifreli kilit vardı. Boş dolaplardan rastgele birini seçmek yerine, duşlara yakın olan 11 numaralı dolabı seçtim. Çantamı dolapların önünde duran uzun sehpaya koydum ve ardından dolabı açtım. Üstümdeki ince kot ceketi çıkardım ve dolaba astım.

Çantamı açtım ve genellikle yazın uyurken giydiğim rahat,lacivert şortumu elime aldım. Sehpa-bank karışımı yere oturdum ve ayakkabılarımı çıkardım. Kot pantolonum yerine şortumu giydikten sonra, antrenman sırasında ayakkabı giymeyeceğimizi hatırlayıp ayakkabılarımı dolaba koydum. Tişörtümü ve atletimi çıkardıktan sonra sutyenimi daha rahat olan ve Arda'nın çok güzel(!) tarif ettiği sutyenimle değiştirdim. Ardından kolsuz, beyaz ve spor tişörtümü giydim.

Kolsuz tişört uzun olduğu için eteklerini şortumun içine soktum, sonra dolaplarla duşların arasında kalan boy aynasına bakarak, tişörtümün eteklerini hâlâ şortumda kalacak şekilde biraz yukarı çektim. Daha rahattım.

Son olarak çıkardığım eşyaları çantama yerleştirdim ve saçımı topladım. Telefonumu sessize aldım ve çantama koydum. Çantayı da dolaba tıktıktan sonra dolabı kapattım. Şifre olarak ilk aklıma geleni yaptım ve sayılarda A R D A'yı kodladım.

Erkek soyunma odasının girişinde Arda'yı telefonla uğraşırken gördüm.

"Kime mesaj atıyoruz bakalım?" diye sorduğumda, bana "Seçmelere katılmaya hak kazananların listesi saat altıda açıklanacakmış. Okulun sitesine bakıyordum," dedi.

"Evet, haberim var. Antrenman çıkışında doğruca telefona koşacağım."

"Telefonun soyunma odasında mı?"

"Evet."

"Ne olur ne olmaz diye yanına al."

Arda'nın dediğini yapıp soyunma odasına girdim ve 2732'yi kodlayıp dolabımı açtım.

Soyunma odasından çıkarken, benimle yaklaşık olarak aynı boyda olan ama kesinlikle benden daha yapılı vücutlara sahip üç kız soyunma odasına giriyordu.

Arda'yı erkek soyunma odasının önünde bulamayınca dövüş salonunun içine bakmaya karar verdim. Az önce gördüğüm üç kızla beraber antrenman yaptığını düşündüğüm, fazlasıyla terlemiş olmasına rağmen yorgun görünmeyen esmer, bizden maksimum beş yaş büyük, kaslı adam Arda ile sohbet ediyordu. Sohbetin samimiyetinden anladığım kadarıyla arkadaşlardı.

Geldiğimi gördüklerinde ikisi de konuşmayı kesmedi,bozmadan birbirlerini dinlemeye devam ettiler.

"Türkiye MMA turnuvası kaçıncısıydı o adam?"

"İkincisiydi," diye cevapladı Arda. Bir yandan da kolunu çekerek esnetiyordu.

"Bizim antrenör 'Arda, şununla güreş,' dediği zaman bizim oğlanlar 'Ne oluyor lan?' diyerek şaşırdılar. Sonuçta adam yirmi bir yaşında ve boks kökenliydi. Bizim salon da kickbox akademisi ve sen de en gençlerimizden birisin..."

"Bizim hocaya laf atmış galiba, duymadım ben," dedi Arda gayet normal bir şekilde.

"Seni iki kez pes ettirdi, değil mi? Sen onu sanırım altı...?"

"Sekiz."

Güreşten, MMA'dan veya dövüş sporundan anlamıyordum ama Arda'nın iyi ve yaşına göre büyük bir şey yapmış olduğunu tahmin edebilmiştim.

Arda'nın konuştuğu adam bana tekrar baktı ve onları beklediğimi gördü. Ardından Arda'nın omzuna vurdu ve ve "Hadi, antrenmanda görüşürüz," dedi. Salondan çıkarken bana da selam vermeyi unutmadı.

Arda elimden telefonumu alırken "Çoraplarını da çıkarman gerekiyor," dedi.

"Tamam, bilmiyordum. Sadece bir çaylağım," dedim ve kenardaki tahta sandalyeye oturdum. Çıkarma işlemi bittiğinde ayağa kalktım. Arda'nın yanına yürürken, zeminin minderimsi dokusu üzerinde gidiyordum.

"Telefonunu sessizden çıkardım. Serkan Amca ararsa endişelenmesin..."

Yumruk atmak için dikkat edilmesi gereken şeyler olduğunu bilmiyordum. Kolumun doğrultusundan duruşuma kadar bana yardım eden Arda'ya "Savunma teknikleri öğrenmem gerekmiyor mu?" diye sordum.

"Evet."

"O zaman neden yumruk atmayı öğreniyorum?"

Sorumu cevaplarken yine farkında olmadan aşağı düşürdüğüm kollarımı düzeltiyordu.

"Karşındaki adam senden oldukça uzun ve iriyse, bu tecrübesizlikle kendini savunamayabilirsin. Şimdi sana öğretmeye çalıştığım şeyler, sana kaçman için zaman kazandırabilecek şeyler..."

Arda tanıdığım Arda'ydı. Sarıya yakın kumral saçlı, yeşil gözlü ve siyah çerçeveli gözlükleriyle oydu. Sesi de ergenliğe girdikten sonraki haline yakındı ve her gün duyduğum sesiydi. Arkadaşlıklar konusunda çok rahat ve iyi olduğunu biliyordum. Hele gitar konusundaysa, üstüne kimseyi tanımıyordum.

Peki ne ara bambaşka bir alanla bu kadar ilgilenmeye başlamış ve o alanda bu kadar iyi hale gelmişti?

"Bu konuda bu kadar başarılı olduğunu bilmiyordum, yani.. antrenman başlamadan önce konuştuklarınızı dinledim," dedim, Arda iki kolumun hizasını doğru olduğunu bildiği şekilde düzeltirken.

"Arada olur öyle şeyler, şimdi bana yumruk at."

"Nasıl yani?"

"Bana yumruk at."

"Seni duydum, ama nasıl yani? Yüzüne mi?"

"Evet Güneş hadi, zaten koşu ve ısınmada çok oyalandık..."

"Ama yüzüne gelirse..."

"At şunu!"

Tereddüt etmeden tüm gücümle sağ yumruğumu sıktım ve burnuna doğru atmaya çalıştım. Yumruğumu yüzüne çarpmak üzereyken tek eliyle tuttu ve hiç beklemediğim bir hızla kolumu çevirip acı çekmemi sağladı.

Hissettiğim acı ve kolumun arkamda kalmasıyla, vücudum da refleks olarak dönmek zorunda kaldı. Sırtımla Arda'nın göğsü arasında onun hâlâ ısrarla bırakmadığı kolum vardı.

"Ahh! Bırak şunu!"

Arda, olaydan hoşlandığını belli ederek güldü ve "Hahahaha,-yolun daha o kadar başındası..."

Boşta kalan dirseğimi tam arkamda duran Arda'nın karın boşluğuna geçirdim. Arda bunu hiç beklemiyordu, bu yüzden birkaç adım geriledi ve bunu yaparken kolumu tuttuğu elini gevşetmek zorunda kaldı. Bunu fırsat olarak gördüm ve kolumu hızla çekip ondan uzaklaştım.

Arda "Bugüne kadar kaç aksiyon filmi izledin sen?" diye sorduğunda, şimdi durumdan hoşlanması gereken kişi bendim.

"O kadar da çaylak değilmişim sanki..."

"Yok yok, cidden öylesin. Şimdi bana yaklaş."

Bordo-lacivert duvarlara uyum sağlayan minderimsi, ama tahmin ettiğimden daha sert olan zeminin üzerinde yürüdüm ve karşısında durdum.

"Yine kolumu çevirmeyeceksin umarım..?"

"Söz veremem civciv, daha çok işimiz var. Dediğim gibi, kilon yeterli değilse ki yeterli değil, adamı yere düşürmen çok zor olacaktır. Bu yüzden vur ve kaç. Kaçma konusunda ise senin anlayacağın dilden açıklamam gerekirse The Flash'a dönüşmen gerekebilir, çünkü adam çok büyük bir ihtimalle arkandan gelecektir."

Güldüm. "Senden olsa olsa 'İnanılmaz Aile'deki küçük, sarışın çocuk' benzetmesi beklerdim," dedim.

"Lafı kaynatıyorsun civciv. Odaklan ve tekrar yumruk at."

Duvardaki saatten izlediğim kadarıyla yaklaşık yirmi dakika boyunca yumruk atma ve yumruktan kaçma konusunda çalıştıktan sonra sıra başka bir harekete gelmişti.

Saat altıya daha çok vardı ve ben iyice meraklanmaya başlamıştım.

"... anladın mı?"

"Efendim?"

"Güneş, saate bakmayı kes."

"Özür dilerim ama elimde değil,seçmelere katılanların listesi-"

Arda sözümü kesti ve "Tamam civciv, sen istedin,"dedikten sonra saatin olduğu duvara yaklaştı. 186 santimetre boyu ile hiç zorlanmadan saati duvardan aldı, sonra da ters bir şekilde tahta sandalyenin üzerine koydu.

"Beni meraktan öldürmek mi istiyorsun sen?"

"Odaklanmanı sağlamaya çalışıyorum, şimdi... biri seni tişörtünden tutarsa nasıl bıraktırırsın?"

Ben önce hareketleri, ardından da çözüm ve savunma yöntemlerini kavrayana kadar Arda tek bir saniye bile üşenmeden öğretmeye devam etti.

İşin ilginç yanı ise bir günde çok şey öğrenmiştim:

Push kick mesafe yaratırdı ve bacağın esnekliğine, durumuna göre kafa ile karın arasındaki bölgeye uygulanabilen bir tür tekmeydi. Eksiv ise yumruklardan kaçınma amaçlı yapılan hareketlerin genel adıydı.Gayet etkili olacak ve eğer karşımdaki erkekse ciddi anlamda zaman kazandıracak şey ise cinsel bölgeye atılacak olan tekmeydi.

Arda biz o hareketi çalışırken her seferinde "Sakin ol civciv, gitar çalmayı öğretmem gerekecek daha çok ufak ve yeni civcivcikler olacak," diyordu.

Saat olmadığı için ne kadar zaman geçtiğini bilmiyordum ama en sonunda Arda bana "Yoruldun mu?" diye sordu.

Bilgileri kavramak beni yormuyordu fakat spor konusunda kondisyonsuz olmak, beni normalde olması gerekenden çok daha fazla nefessiz bırakıyordu.

"Çok mu terledim?" diye sordum.

"Eh yani, haliyle..." diyerek beni cevapladı ve ardından telefonların orada duran, otobüsten indikten sonra buraya gelirken aldığımız üç su şişesinden birini açtı. Mola verdiğimizi anladığımda ben de onun yanına gittim ve su içmeye başladım.

Telefonlarımızdan birinin tuşuna basıp saate bakmayı planlıyordum ki, gözümün telefonlarda olduğunu görünce bana "Aklından bile geçirme," dedi.

"Ama neden? Saatlerdir antrenman yapıyoruz."

Aslında Arda'yı dikkat dağınıklığım konusunda haklı bulmasaydım şu ana kadar yüz kere bakmış olurdum, fakat ben de son saatlerde antrenmana daha çok odaklandığımı hissetmiştim.

"Hayır."

Arda şişeyi aldığı yere koydu ve ardından bana yaklaşıp beni zorla belimden itmeye başladı. Tekrar salonun ortasında durduğumuzda, ona "Suyumu bırakmama bile izin vermedin," dedim. Arda'dan hem iyi bir dost, hem iyi bir gitar öğretmeni, hem de iyi bir antrenör olurdu.

Elimde tuttuğum yarısı dolu şişeyi aldı ve dibinde azıcık kalacak şekilde suyu içti. Ardından şişeyi kapattı ve duvarın kenarına,- diğer şişelerin durduğu yere fırlattı.

"Bari sonuna kadar içseydin," dediğimde, bana "Sonda biraz su bırakmasaydım şişeyi atarken istediğim yere düşmesini sağlayamazdım," diyerek cevap verdi ve tam o anda üniversite sınavında fiziğin tamamını doğru cevaplamasına tekrardan inandım.

"Zeki çocuksun."

"Mafya babası olmaktan iyidir."

Her şey normal ve sakin giderken, konusu bile açılmamışken Arda yine Demir'e laf atmıştı.

"Söylesene, neden bir gün rahat duramıyorsunuz? Demir şu anda kilometrelerce uzakta fakat sen hâlâ ona, buradan gönderme yapmaya devam ediyorsun, o da sana oradan laf atmaya devam ediyor."

Son söylediklerim ilgisini çekmişti. Bana yaklaştı ve "Bana ne lafı attı?" diye sordu.

"Arda, anlatmaya çalıştığım veya dikkatini çekmesi gereken konu bu değil! Sürekli birbirinize bulaşıyorsunuz ve bu çocukluktan başka bir şey değil. Sürekli birbirinize bulaşıyorsunuz ve bu çocukluktan başka bir şey değil."

Arda sinirlenmeye başlamıştı. Konu ne zaman buna gelse bir anda sinirlenebiliyordu.

"Güneş, ben senin her sevgilinle iyi geçinmek zorunda değilim. Eski okulundaki Özkan'ı hatırlamıyor musun? Orospu çocuğunun tekiydi."

"Hey! Kelimelerine dikkat et."

"Yalan mı Güneş? Siz çıkarken sen o kadar saftın ki! Her şeyin iyi olduğunu sanıyordun ve el ele tutuşmanın ötesine geçememiş bir ilişkiniz vardı. Sadece fiziksel olarak demiyorum, duygusal olarak da birbirinize yetemiyordunuz. Hele de sen onun iyi biri olduğuna inanıyorken onun kafasına estiği gibi..."

"Arda, ne demek istiyorsun?"

"Sen sanıyor musun ki o sadece sana bağlıydı ve seni seviyordu? Hayır, öyle bir dünya hiç olmadı. Ne kadar çıktığınızı hatırlamıyorum, zaten pek sevgili gibi görünmediğinizi biliyoruz, daha ilk haftanızda o piçi şans eseri bizim kafenin sokağında bir kızı öperken gördüm. Başta sen olduğunu sandım fakat Özkan sonunda geri çekildiğinde, kızın siyah saçlarının olduğunu fark ettim. Kızın adını bilmiyordum ama tanıdık gelmişti çünkü senin okulundaki o aptal grubundan biriydi..."

"Kim olduğunu tahmin etmek zor değil," dedim eski ve kurtulduğum için son derece mutlu olduğum sahte arkadaşlıklarımı düşünürken.

"Sadece o kızla da kalmadı ki, sana söylemek için onun hakkında daha fazla bilgi sahibi olmak istedim ve açıkçası o salağı bir hafta takip etmem, bir kere de telefonunun sistemine girip kurcalamam yeterli olmuştu."

Arda'nın grubunda bateri çalan arkadaşı işini ciddiye alan bir hacker'dı ve Arda'ya da zaman zaman –ne amaçla olduğunu bilmediğim ve öğrenmeye de can atmadığım konularda– yardım ettiğini biliyordum. Bu yüzden 'telefon kurcalama' olayına çok takılmadan "Ne gördün?" diye sordum.

"Bir sürü kız... Tanıdık veya tanımadık, sana yakın veya değil, bir sürü kızla aynı anda takılıyordu. Hatta seni okulundan attıran Gülçin'le bile... Sanırım Gülçin senin Özkan'la çıktığını biliyordu ve bu yüzden okuldan atılmana neden olmuştu."

Arda'nın anlattıkları beni neredeyse hiç etkilememişti. Gülçin'in beni neden okuldan attırdığı konusu tam şu anda yerine oturmuştu ve Özkan'ın da yaptıkları zaten ondan beklenecek hareketlerdi, bu yüzden şaşırmamıştım.

"Güneş iyi misin?"

Anlattıkları beni etkilememiş olsa bile cevap verebilmem için biraz beklemem gerekmişti.

"İyiyim,"dedim en yakın dostumun tüm bu zaman boyunca benden sakladığı şeyleri sindirmeye çalışırken.

İyi olansa; Bodrum'dayken Demir'in geldiğini bana söylememesi,üstüne üstlük onu zorla geri göndermiş olması beni resmen tüketmişken, şimdiyse eski sevgilim hakkında öğrendiklerim bende bir sinek ısırığı kadar bile etki bırakmamıştı.

"Şu an o pezevenk hakkında düşünmene neden oldum, senden özür diliyorum. Bu kadar sert anlatmamam,hatta konusunu bile açmamam gerekirdi. Bak, sadece... dünyadaki hangi geri zekâlı sana sahipken gidip başka bir kızla, hatta bir sürü kızla ilgilenebilir ki? Hâlâ anlamıyorum. Sakın o aptalı kafana takıp seni gece uyutmamasına izin verme. Buna hakkı yok. Önümüzde kazanmamız gereken seçmeler var ve..."

"Arda! İnan bana o oğlan az önce duyduklarımdan sonra bile benim için bir şey ifade etmiyor, onu düşünmüyorum," diyerek sözünü kestiğimde şaşırdı. Ben de hâlâ Arda'nın, Özkan'ı düşündüğüme inanmasına şaşırıyordum.

"Nasıl yani? Üzgün değil misin?"

"Hayır, o gerçekten umrumda değil," dedim kendimden emin bir şekilde.

Ama yüzümün düşmesini engelleyemiyordum.

"O zaman neden böyle görünüyorsun?"

Arda'nın hâlâ beni anlamamış olmasının sinirlendirmesiyle sesimi istemeden yükselttim:

"Sebebi sensin! Beni böylesine yakından ilgilendiren konular hakkında hep benden bir şeyler saklıyorsun. Sakın bu Özkan olayına çok takıldım diye sana bunları söylediğimi düşünme! Kızdığım, üzüldüğüm konu ben sana her halimle,her duygumla açıkken senin sürekli benden bir şeyler saklıyor olman. Demir, Özkan... Başka neler var Arda?"

Arda derin bir nefes alıp verdi. Konuşmaya başlarken, benim aksime oldukça sakin bir ses tonu kullanmış olması beni de sakinleştirmişti.

"Demir konusunu çoktan geçtiğimizi düşünüyorum,onun kavgasını bir kere ettik ve sonuçları hiç de iyi olmamıştı. Seni kaybettiğimi sanmıştım. Bu her ne kadar zamanında tahmin etmiş olsan da doğruluğunu şimdi öğrendiğin bilgiler hakkındaysa kendimi açıklayabilirim," dediğinde saniyeler önceki sinirimden eser kalmamıştı. Arda'nın doğru ayarladığı ses tonu ve kendini açıklama isteği, az önce ateşlenen tartışmamızın normal bir konuşmaya dönüşmesini sağlamıştı.

"Benim tek merak ettiğim, neden bana söylemen gereken şeyleri ertelemekten vazgeçmediğin..."

Arda yere oturdu ve bacaklarını esnetmeye başladı. Antrenman anladığım kadarıyla sona ermişti ve Arda da sonradan oluşabilecek kas ağrılarını en aza indirebilmek için son esnetmeleri yapıyordu. Karşısına oturdum ve o ne yapıyorsa onu yapmaya çalıştım.

Sağ bacağımı uzattıktan sonra ayağıma doğru uzanmaya çalışırken, kaslarımın esnediğini hissediyordum.

"Seni iyi tanıdığımı biliyorsun..." dedi konuşmaya başlarken.

"Seni nelerin güldüreceğini bildiğim gibi nelerin üzeceğini de biliyorum..."

Lafı ne kadar daha dolaştırabilirdi?

"Neleri kaldırıp kaldıramayacağını da biliyorum ve sen o zamanlarda şu anda olduğun kadar güçlü değildin. Sana, her ne kadar çok bağlı olmasan da birlikte olduğun sevgilin hakkındaki gerçekleri bir anda anlatsaydım, ilişkinizin belirli bir ciddiyeti olmasa da yıkılırdın," dedi.

Kendimi iki yıl önceki benle kıyasladım. Haklıydı. Ailem ve Atagül Lisesi beni şu andaki konumuma getirmişti.

"Sana bunları anlatmazdım aslında. Eğer hâlâ eskisi gibi kaldıramayacağını düşünüyor olsaydım söylemezdim. Ne kadar sinirlensem de sana, senin kaldıramayacağın hiçbir şey yapmazdım. Bugün sana söylerken, seni üzmeyeceğini biliyordum çünkü ikimiz de farkındayız ki, Özkan'a Demir'e verdiğin değerin çeyreğini bile vermedin."

"Evet, seni anlıyorum. İki yıl önce bana söyleseydin her ne kadar ona âşık olmasam da, sonuçta yanımda saydığım bir kişi olduğu için kırılırdım. Özür dilerim, sana çok bağırdım," dedim ve en ufak şeyleri bile kafaya takan eski halimi düşünerek.

Arda ayağa kalktı. Kalkmama yardım etsin diye ellerimi ona uzattığımda, ellerimi sıkıca kavradı ve beni bir anda yukarı çekti.

"Dersimiz bitmiştir, artık tavuk yemi kuşaklı bir civcivsin," dediğinde, herkesin vereceği tepkiyi vererek "İğrençsin," dedim.

Önümde reverans yaptı. Ben onun terli ve alakasız spor kıyafetleriyle yaptığı bu harekete gülerken, bana "Teşekkürler hanımefendi. Son olarak öğrenmek veya sormak istediğiniz bir şey var mı?" diye sordu.

İzlediğim tüm film ve dizileri düşündüm. Aslında, bir şey vardı.

"Ya, havalı adını bilmiyorum ama sanırım kickbox'tan bir hareket... Bak, şöyle bir şey..." dedim, ardından aklımda kalan sahnedeki gibi onun sağına doğru yüksek bir tekme atmaya çalıştım.

Arda, bacağımı koluyla belinin arasına sıkıştırdı ve beni durdurdu.

"Aynen! Böyle yaptıktan sonra beni yere düşürmen gerekiyor," dedim Arda'ya, ne anlatmaya çalıştığımı anlamasını umarak.

"Anladım. Tekme yakalayıp sweep. Şimdi yere düşeceksin, dikkat et," dedi ve yavaşça beni yere düşürdü.

"Doğru mu?" diye sorduğunda "Evet! Bana bunu öğretmen gerekiyor," dedim.

Arda "Tamam, kalk," dedi ve beni tekrar ellerimden çekerek ayağa kaldırdı.

"Önce ne yapmam gerekiyor?"

İsteğimi görüp şaşırdıktan sonra "Keşke antrenmanın başından beri bu kadar istekli olsaydın civciv, işimiz daha kolay olurdu. Tamam, bak şimdi. Yavaşça bana tekme at," dedi. Dediğini yaptım. Bacağımı koluyla beli arasında sıkıştırdıktan sonra durdu ve bacağımı nasıl ve ne kadar sıkıştırması gerektiğini açıkladı.

"Sonra yere basan ayağına kendi ayaklarımdan biriyle vuruyorum, basıyorum, bir şey yapıyorum işte ve seni yere düşürüyorum. Hazır mısın? Seni tutuyorum, merak etme düşmeyeceksin."

Hareketi yavaşça bana gösterdi, sonra ben yere düşerken beni belimden nazikçe kavradı ve düşmemi engelledi.

"Anladın mı?" diye sorduğunda, beni düşmekten kurtardığı için elimi alnımın üstüne koyup prenses taklidi yaptım:

"Kahramanım..."

Arda güldükten sonra "Açıkçası terli kıyafetler, dağılmış saçlar ve yorgunluğunla hiç de prenseslere benzemiyorsun," dedi. Bozulduğumu belli etmek için dudaklarımı büzdüm.

"Sıra sende, hadi."

Arda'nın tekmesini bekledim. Karşısındaki kişi ben olduğum için çok sert ve hızlı davranmadı. Bacağını kolumla kolayca sıkıştırdım.

"Harika! Şimdi beni düşür," dediğinde, sağ ayağımı Arda'nın bacağına doladım ve onu düşürmeyi denedim.

Tabii, sadece deneyebildim.

"Yere düşer misin artık?" deyip ona kızdığımda, o sadece gülümsedi ve bana "Sen seri katile de böyle dersin," dedi. Kendimi bir anda yerde buldum.

"Hey! Bu haksızlık, ne yaptın? Senin düşmen gerekiyordu, öyle havalı hareketler yapma burada eğitim yapıyoruz," dedim.

"Kusura bakma, bazen kendime hâkim olamıyorum," dedi gülerek. Beni yere düşürmek ona eğlenceli gelmişti.

Ayağa kalktım ve karşısına geçtim. Arda tekrar bir tekme attı ve ben yine onu başarıyla sıkıştırdım, fakat sıra onu yere düşürmeye geldiğindeyse beceremedim.

"Daha güçlü bir şekilde, daha yukarıdan bacağıma vurmayı dene," dedi, sanki yapabilecekmişim gibi.

Denedim, fakat yine onu yere düşüremeyince kolumu gevşettim. Geriye doğru bir adım attım.

"Yapamıyorum."

"Tamam, sana bir kere daha göstereceğim ve bu sefer düşeceksin, hazır mısın?"

Arda'ya tekmemi attıktan sonra, bacağımı yakalayıp beni geriye doğru düşürmesi bir saniyesini almıştı. Tam yere düşerken düşmemek için Arda'yı tişörtünden yakaladım fakat o bunu beklemiyordu ve bu yüzden dengesini kaybedip o da benimle düştü.

Arda tam üstümde duruyordu ve yüz yüzeydik. Birbirimize bakıyorduk. Ben ezilirken ilk konuşan- daha doğrusu konuşabilen- o oldu:

"İşte bu yüzden Demir, antrenmanlara gelmemeli."

Cevap veremediğimi görünce, bana "Kızardın. Utandın sanırım..." dedi.

"Nefes... alamıyorum... kalk!" dediğimde ancak beni ezdiğinin farkına vardı ve üstümden kalktı.

"Özür dilerim," dedi.

Ayağa kalkabildiğimde, ona sıranın bende olduğunu söyledim ve atacağı tekmeyi beklemeye başladım. Bu sefer, onu düşürmeye çalışırken öbür elimle de onu omzundan ittim ve bu sayede düşürmeyi başardım ki, bu sefer o beni tişörtümden çekti ve üzerine düşmemi sağladı. Arda'nın tam üstünde yatıyordum.

"Seni düşürdüm," dedim gözlerine bakarak. Biraz bekledikten sonra "Evet, öyle oldu," dedi.

Kendime güvenerek "Sanırım senin o sekiz kere pes ettirdiğin şampiyon ile karşılaşma zamanım geldi," dediğimde, muzip bir gülümsemeyle "Ya, öyle mi dersin?" diye karşılık verdi. Büyük bir hızla beni itti ve ben daha ne olduğunu anlamadan onun altında kaldım. Yine yüz yüze ve yakındık fakat Arda'nın ağırlığı bu sefer üzerimde değildi.

"Senin karşına çıkacak dünya şampiyonunun bile önce benden geçmesi gerekir," dedi.

Arda'nın benim için kendisinden on kat daha iri bir tiple dövüştüğünü hayal ettim ve ardından "Açıkçası en iyi dostumun öldüğünü görmek istemem," dedim.

Arda, aramızdaki mesafeyi biraz daha kapattı ve "Konu civcivimse ölmemek için bir yol bulurum,"dedi.

Gittikçe garipleşmeye başlayan yakın saniyelerimizi telefonumun zil sesi bozdu.

"Seçmeler!" dedim ve Arda'yı iterek üstümden kalkmasını sağladım. Koşarak telefonuma gittim ve önce saatin altıyı dört geçtiğine, ardından da arayanın adına dikkat ettim. Esma arıyordu. Hem ufak bir korku hem de dünden kalan bir mutlulukla telefonu açtım.

"Efendim?"

"İyi akşamlar Özel Hayal Sanat Akademisi seçmelerine hiç yedek adaylara kalmadan katılmaya hak kazanan güzel sesli sarışın..."

"Ciddi misin? İnanmıyorum! Bu harika! Esma seni çok çok çok çok seviyorum! Benim için onca işinin arasında internetin başında mı bekledin?"

"Uzun zamandır ortalıkta yoktum ve bir işe yarayayım diye düşündüm. Dur, telefonu Burak'a veriyorum. Sonra tekrar konuşuruz canım, tebrikler!"

"Teşekkürler!"

Esma'nın yaptığı son derece düşünceli ve beni inanılmaz derecede mutlu eden bir hareketti.

"Güneş! Tebrik ederim, şu anda Esma'yla müstakbel okulunun sitesine bakıyoruz da... İstersen sana seçmelerin detaylarını..."

"Evet! Evet! Söyleyin!"

"Seçmeler dört gün sonra başlıyor ve sen ne yazık ki ilk gündeki listedesin, yani gitar için yalnızca dört günlük çalışma vaktin var."

Arda yanıma geldi ve durumu sordu. Az önceki bağırarak sevinmemi duymuş olmasına rağmen emin olmak istiyordu.

"Hem de asilden!" dedim ve ona sarıldım.Ardından telefonu hoparlöre alıp, Burak'ı dinlemeye devam ettim.

"Güneş, okul vokal bazlı olarak her yıl sadece elli kişiyi alıyormuş. Bu sene bu elli kişinin arasına girmek isteyen tam iki bin kırk üç kişi olmuş ama sadece aralarından en çok beğenilen yüz ellisi seçmelere çağırılmış..." dediğinde, Arda "Muhteşem! İşte bizim kızımız!" dedi ve bana tekrar sarıldı. Bense daha şimdiden strese girmeye başlamıştım bile.

Burak "Arda, sen de mi oradaydın? Gitar konusunda bu dört günü çok iyi değerlendirmeniz gerekiyor çünkü sitede kesin kural olarak **'Vokal olarak seçmelere katılacak adaylar mutlaka bir enstrüman çalıyor olmalıdır ve çaldığı enstrümanıyla da vokal performansını sergilediği gün, jüri üyelerine bir parça çalacaktır. Şarkıların seçimleri serbesttir ve aday, söyleyeceği şarkıyı kendisi çalmayacaksa gerekli bilgileri orkestramızla önceden paylaşması gerekmektedir...'** yazıyor. İki bin küsur kişiden yüz elli aday arasına girmek gerçekten çok büyük bir başarı fakat okula girebilmek için hâlâ geçmen gereken yüz aday daha var..." derken, bize enstrümanın ne kadar önemli olduğunu anlatmaya çalışıyordu.

"Biliyorum, işte bu yüzden Arda'ya güveniyorum," dediğimde, Arda iki elini havaya kaldırdı:

"Hey hey hey! Sorumluluğu üstüme almıyorum. Çalmak başka bir şey, öğretmek bambaşka bir şey..." dedi.

"Ama bugün gerçekten çok şey öğrendim. Parmaklarım intiharın eşiğindeler ve kafamda sürekli çalacağım şarkı dönüyor. Elimizden geleni yapıyoruz, eğer seçmeleri geçersem senin sayende geçmiş olacağım," dedim, Arda'ya teşekkür etmek için.

Burak telefondan "Çalışmaya devam edin, bu arada Esma yarın veya ertesi gün taburcu oluyor," dediğinde, Arda da ben de çok sevindik. Tam olarak iyileşene kadar ailesinin evinde kalacaktı, sonra da Burak'la kendilerine ufak bir yer bakmaya başlayabilirlerdi.

Esma'nın daha iyi olduğunu biliyordum ama nedense onu bir kez kaybettim diye tekrar kaybedeceğim hissini taşıyordum. Hastane ortamından çıkacak olması haberi, içimdeki bu kuruntudan az da olsa kurtulmamı sağlamıştı.

Telefondan ikinci bir kişinin aradığına dair sesler duyulduğunda, Demir'in adını ekranda gördüm. Arda'nın yine söyleneceğini sandım ama o sadece "Soyunma odasına, duşa gidiyorum. Biri gelirse çığlık at," dedi ve telefonunu alıp koridora çıktı.

Burak'a tekrar teşekkür ettim ve ardından onu kapatıp Demir'in aramasına cevap verdim.

"Selam!" dedim mutlulukla.

"Telefonunun az önce meşgul olmasından anlıyorum ki tebrik etmek için ikinciliğe yerleştim ve bilirsin, sonraya kalmayı sevmem," dedi.

"Esma ve Burak önce davrandı."

"Tüh."

"Eee... sen hangi gün seçmelere giriyorsun?"

"Bir. Seçmeleri piyano, keman, vokal, yan flüt, çello vesaire gibi kategorilere ayırmak yerine, her kategorideki asilleri seçilme sıralarına göre çağırıyorlar, her alan farklı bir salonda farklı bir jüri ekibi tarafından değerlendirilecek," dedi.

"Seçilme sırası derken..?" diye sorarken, bir yandan da çoraplarımı giymiştim. Ardından hoparlörü kapattım ve telefonu omzumla kulağımın arasına sıkıştırdım.

"Mesela şöyle örnek vereyim; ilk gün seçmelere girecek olanlar ikinci veya sonraki günlerde girecek olanlardan daha çok okula kabul edilme şansına sahip, çünkü jüriler başvuruları en beğendiklerinden en az beğendiklerine doğru listeleyip duyuruyorlar," dedi.

Arda'nın atmış olduğu boş şişeyi ve diğerlerini çöpe attım. Sonra telefonu elime aldım ve soyunma odasına gittim.

"Ben bunu bilmiyordum," dedim.

"Öğrenmiş oldun fıstık."

Demir'i en son önceki gece görmüştüm ama bu onu delice özlememem için yeterli bir sebep değildi. Ayrıca uzun zamandır baş başa vakit de geçiremiyorduk.

"Sen piyanistlerde kaçıncı sıradasın?" diye sordum.

Demir "Bir,"diye cevap verdiğinde, cevabı zaten önceden biliyor olduğumu fark ettim. Okulun onu kabul etmesi için sadece soyadına bakması bile yeterliydi.

"Ben kaçıncı sırada olduğumu bilmiyorum,henüz siteye bakamadım ama senin kadar yukarılarda olduğumu sanmıyorum. Birinci güne seçildiysem ki seçildim, herhalde günün sonuncusu falan..."

"Yedincisin Güneş."

Ağzım açık kalmıştı. Bu kadarını beklemiyordum.

"Sen ciddi misin?"

"Evet."

Soyunma odasındaki dolabımdan havlumu ve şampuanımı aldım.

"Vokal seçmeleri kız-erkek karışık şekilde ve ben baştan yedinci aday mıyım yani?"

"Güneş, sizin antrenman bitti mi?" diye sordu. Sanırım şaşkınlığımı gereksiz buluyordu.

"Evet, şu anda duş alacağım yere havlumu astım. Şimdi de konuşma bitince telefonumu koymak için çantama doğru geri yürüyorum," dedim. Lif ve sabunu çantamda unuttuğumu hatırladım.

"Soyunma odasındaki duşta mısın? Sesin yankılanıyor."

Bu çocuktan hiçbir şey kaçmıyordu. *Tabii seçmelerimde Arda ile beraber çalacağı hariç...*

"Evet, sen neredesin? Otelde mi?"

"İşleri sabahtan bitirebilirim sanmıştım ama bitmedi. Şimdi şehir merkezine gidiyorum, bir görüşmem var," dediğinde, onu özlediğimi söylemek istedim.

"Seni özledim. Maalesef birlikte 'birinci gün adaylıklarımızı, kutlayamayacağız," dedim.

"Arda'dan bana, ne olur ne olmaz yerinizi bileyim diye antrenman yaptığınız salonun adresini göndermesini istemiştim. Gönderdiği yeri kontrol ettim ve gerçekten bir spor salonu olduğunu gördüm. Acaba gerçekten..."

"Demir, o adresteyiz. Mesajı biz gitar çalışırken yanımda yazmıştı. Şu atışmalarınızı ve güvensizliğinizi bir kenara bıraksanız gayet iyi anlaşacaksınız aslında," dedim sözünü keserek.

Demir "Tamam, sen duşa gir. Sonra görüşürüz," dedi.

Arda ile iyi anlaşması konusunu açtığım için konuşmayı bitirmek istemişti. Eğer Demir'i tanımasaydım trip attığını düşünürdüm ama onun işleri vardı, benim de duşa girmem gerekiyordu.

"Bana kızma, kötü bir şey söylemedim,"dedim Demir'e, tüm eşyalarımı duştan çıktıktan sonra giyeceklerime uygun olarak ayarladıktan sonra.

"Biliyorum," dedi.

"Tamam, sonra konuşuruz."

"Görüşürüz."

Suyu açtım. Eğer Demir'le yüz yüze olsaydık konuşmalarımız böyle saçma sapan sonlanmıyor olurdu.

Suyu ılıktan biraz daha sıcak bir şekilde ayarladıktan sonra gözlerimi kapattım ve tüm vücudumun ıslanmasına izin verdim. Saçımı bir kez şampuanla yıkadıktan sonra önceden yanımda getirdiğim lif ve sabunu elime alıp lifi köpürtmeye başladım.

Lifi vücudumda gezdirirken sırtımda bir el hissetmemle arkamı dönüp duran kişiye yumruk atmam bir oldu.

"Ah! Güneş!"

"Demir?!"

"O gözlüklü oğlan sana gerçekten bir şeyler öğretmiş, off!"

Demir bir elini gözünde tutuyordu. Duşun perdesinin açıldığını nasıl duymamıştım?

Özür dilemek yerine "Burada ne işin var?" diye sordum. Elini gözünden çekti. Tek omzunda taşıdığı siyah sırt çantasını duşun dışında bir yere bıraktı ve ardından tişörtünü çıkardı.

"Seninle yıkanmamın bir mahsuru var mı?" diye sordu, sanki 'Evet' diyebilecekmişim gibi.

Başımı hayır anlamında salladım ve nedense utanç duygusundan yoksun olduğumu fark ettim. Demir'le en son Uludağ'dayken bu derece yakın olmuştuk ve üstünden uzun bir zaman geçmişti. Aradaki zaman diliminde yaşadıklarımız ve arkadaşlarımızın yaşadıkları bizi meşgul etmişti ve onu tenimde hissetmeyi ne kadar özlediğimi fark edememiştim.

Ama şimdi arkadaşlarım iyilerdi, mutlulardı ve ben de öyleydim. Birlikte 'Özel Hayal Sanat Akademisi'nin seçmelerine girmeye hak kazanmıştık ve rahatlamıştık. Sanırım daha fazla rahatlamam ve onun bana dokunmasını istemem sorun yaratmazdı.

Demir, kıyafetlerini çıkardıktan sonra bana yaklaşıp duşa girdiğinde hâlâ nasıl burada olduğunu düşünüyordum, şaşkınlığım geçmemişti. Sanırım bu yüzden az önce telefonda konuşurken bana 'Görüşürüz' demişti. Erken gelip sürpriz yaptığı için çok mutlu olmuştum.

Demir ve sürprizleri.. Sanırım hayatım boyunca ihtiyaç duyacağım şeylerdi.

"Tebrik ederim," dedi. Duşun perdesini kapattı.

Bana yaklaştıkça önce siyah saçları ıslandı. Su damlaları yüzünden ve saçlarından sonra boynuna ilerledi. Boynunda ve omuzlarında biraz oyalanan damlalar, Demir ile aramda mesafe kalmadığında daha çok suya maruz kalmalarıyla hızlandılar. Ben göğsünden süzülen damlaları seyrederken o bir elini belime, diğer elini de yanağıma koydu. Beni belimden çekip kolayca kendine yaklaştırdı.

Utandığımı hissetmiyordum fakat neden gözlerine bakamıyordum?

Yanağımda duran eliyle başımı yukarı kaldırdı ve ona bakmamı sağladı. Kalbim heyecandan hızlanmaya başladığında gözlerimiz buluştu. Gözlerindeki lacivert ve mavi savaşını ezberlerken, yanağımda tuttuğu elinin parmaklarını aralık bıraktığım dudaklarımda gezdiriyordu.

"Nasıl dayanıyorsun?" diye sordu.

Cevap vermedim.

"Seni hiç kimseyi istemediğim kadar isterken, böyle bir anda bile nasıl sakin kalabilmemi sağlıyorsun?"diyerek asıl merak ettiğini sorduğunda, ona gülümsedim. Yine de eğilmek zorunda kalacağını bile bile parmak ucuna kalktım.

"Sen âşıksın,"dedim ve onu öpmeye başladım.

43. Bölüm

"Eğer bir dakika daha soyunma odasında kalsaydın gelip öldün mü diye bakacaktım," diyen Arda, arkamdan Demir'in geldiğini görünce açıklama duyma ihtiyacını gidermişti.

Demir bizi eve bırakırken arabada yaşanabilecek tüm tatsızlıkların önüne geçmeye çalıştım fakat ne yaptıysam olmadı. Tanıdığım Demir, böyle saçma olaylara hiç girmezdi fakat konu Arda olunca, sanki tüm o soğukkanlılığını kaybedip on yaş gençleşiyordu.

Demir'in birilerine laf yetiştirmeye çalıştığını, cevap verdiğini görmek farklı geldiği için onları izlerken eğleniyordum fakat tartışmaları ne zaman müzik ve seçmeler konusuna gelse, oynadığım oyun ortaya çıkacak diye korkuyordum. Bu yüzden hep konuyu başka yönlere çekmeye çalışıyordum.

Araba bizim evin önünde durduğunda Arda alaycı bir şekilde teşekkür etti, ardından indi ve apartmanın girişine yürümeye başladı. Demir'le arabada yalnız kaldığımızda bana yarın ne yapacağımızı söyledi.

"Seçmeler dört gün sonra ve o zamana kadar bir gün benimle söyleyeceğin şarkıya, bir gün de Arda'yla gitarda çalacağın şarkıya çalışsan iyi olur. Yarın benimlesin."

Demir'le olan provalarımızın nerelere kayacağını tahmin edebiliyordum.

"Yarın sizin evde mi çalışacağız?" diye sorduğumda, Demir "Aslında seni bizim eve götürmek istemiyorum ama başka bir yere de götürmek istemiyorum. Hele okul hiç olmaz, çok tehlikeli," dedi.

444

"Diğer söylediklerinde haklısın ama neden eve götürmek istemiyorsun?" diye sordum.

"Annem var."

"Avrupa seyahatinden geldi demek, durumu nasıl? İyi mi görünüyor?" diye merak ettim. Annesi, Gökhan Erkan'ın öldürülmesinden sonra biraz tatile ihtiyaç duyduğunu düşünüp Avrupa'ya gitmişti. Birkaç ayın sonunda geri dönmüş olması kendini iyi hissettiği anlamına geliyordu.

"İyi ama eskisi kadar evden çıkmıyor, bu yüzden sorun yaratır."

"Neden sorun yaratsın ki? Hem eskisi kadar evden çıkmaması gayet normal, ben kazadan sonra haftalarca camdan dışarı bile bakmamıştım," dedim, Dilan Erkan'la empati kurmaya çalışarak.

"Ya işte rahat olamayacağız, sürekli gelip bizi dinlemek isteyecek, şunu şöyle yap bunu şöyle söyle diyecek... ben ailemin bana müzik hakkında karışmasına çocukluktan beri alışkınım ama sen sıkılacaksın," dedi ve nedenini açıkladı.

"Merak etme, sıkılmam. Annenle tanışmışlığım var ve o kadar da insanı sıkan biri gibi görünmüyordu. Ayrıca bize bir iki şey bile söylese bence yararımıza olur, sonuçta o Dilan Erkan..."

"Sıkılmak demişken, bugün duşta yaptıklarımız hoşuna gitti mi?"

Gülümsedim. Demir şu ana kadar belki de onlarca kızla birlikte olmuştu ve bu sayede kızların nelerden hoşlandığını veya nelerden hoşlanmadığını biliyordu ama yine de kendinden emin olamayarak bana soruyor olması çok hoşuma gitmişti.

"Evet," dedim.

"Rahatladım, çünkü hiç senin gibi daha önce kimseyle birlikte olmamış bir kızla o olayı yapmadan bu kadar yakınlaşmamıştım,"diyerek itiraf etti.

Güldüm. Gerçekten yaptıklarımızın hoşuma gidip gitmediği konusunda kendini düşünmeye zorlamıştı.

"Peki senin hoşuna gitti mi?"

"Ne?"

"Yani, ben de aynı şeyleri düşünüyorum. 'Yeterli gelememe' düşüncesi beni..."

"Güneş, bir kere daha bana yeterli gelmediğini düşündüğünü söylersen asla senin için bestelediğim şarkıyı dinleyemezsin," dedi.

"Tehditleriniz güçlü beyefendi."

"Onu bırak da anlamadığım şey, neden enişten benimle bir yerlere gittiğinde koruma tutuyor ama Arda'yla gittiğinde sizi bırakıyor?"

"Ona daha çok güvendiği için dolayı olduğunu sanmıyorum. Seninle alışverişe gitmiştik ve toplum içine bugün çıktığımızdan daha fazla çıkmıştık. Herhalde ondan olsa gerek, yarın da koruma tutmayabilir," dedim.

"Tutmasın. Zaten annem sevişememememiz için yeterli bir engelken bir de korumaya ihtiyacımız yok bence."

Arda, gitarlarından kendi çaldığını aldı ve bana yarın sabah geleceğini söyledi.

"Yarın olmaz, öbür gün çalışalım. Demir'leyim," dedim.

"Güneş, sen olayın ciddiyetinin farkında değil misin? Senin seçmelerde gönderdiğin videoyu beğenmiş olabilirler ama gitar çalışını, daha doğrusu çalamayaşını gördükleri anda seni eleme ihtimalleri de var. Sevgilinle dört gün sonra yiyişmeye devam edersin, bu aralar sıkı çalışmamız gerekiyor."

"Orada da çalışacağım!" dedim, kendimi savunma amaçlı olarak.

"Demir'le mi?" diye sorduğunda, hemen aklıma ilk gelen şeyi söyledim ve "Dilan Erkan bana yardım edecek. O yüzden gidiyorum," dedim.Sanırım iyi toplamıştım.

"İyi de müzik? Ben de gelebilirim istiyorsan..."

"Hayır, hayır. Sadece şan dersi gibi bir şey olacak ve açıkçası Demir'in evine gerçekten gitmek isteyeceğini sanmıyorum," dedim vazgeçmesini umarak.

"Tabii ki o her gün siyah kargalar gibi giyinen adamın evine gitmek istemiyorum ama burada önemli bir iş yapıyoruz ve eğer gerçekten gelmemi istiyorsan o karga tarafından gagalanmaya göz yumabilirim," dedi.

"Ertesi gün zaten seninleyim, yarın oraya gidip sesle ilgili prova yapacağım zaten, gelmene gerek yok."

"Peki, sen bilirsin. Bu akşam ve yarın gitarla çalışmayı unutma sakın," dedi giderken.

"Tamam, merak etme. Çok çalışıp ona gözüm gibi bakacağım,"

dedim ve ardından derin bir nefes alıp verdim. Şimdilik her şey iyi gidiyordu.

Akşam vücudum bugünkü antrenmanı yaptığımı bana ağrılar ile hatırlatırken, bir yandan da gitar çalmaya çalışıyordum. Parmaklarım her tellere bastığımda biraz daha acıyordu fakat dört günden iki günümü Demir'le çalışmaya ayıracağım için, gitar konusunda elimden geldiğince çabalamalıydım.

Sabah olduğunda, eniştemi koruma tutmaması konusunda ikna etmek tahmin ettiğimden daha kolay olmuştu.

Demir'le piyanoyla çalışmaya başladığımızda, önce bana şarkı üzerinde yapmış olduğu değişiklikleri gösterdi. Çalışını görmek istediğim için yanına oturmuştum. Şarkıyı orijinal ve güzel halini çok bozmayacak şekilde değiştirdiğini söylemişti.

"Kısacası piyanoda değiştirdiğim bu yerler senden bağımsız. Sen normal, bildiğin gibi söylemeye devam edeceksin. Sadece piyano beni biraz daha zorlayacak o kadar," dedi.

"Neden zaten kolayca çalabildiğin bir şarkıyı üstüne eklemeler yaparak zorlaştırmaya çalışıyorsun ki?" diye sordum. Bir yandan da annesinin nerede olduğunu merak ediyordum. Geldiğimde hemen piyanoya geçmiştik ve onu hiç görmemiştim.

"Kolay olanı herkes çalıyor, seçmelerde fark yaratmamız lazım. Şarkıyı iyi açıdan değiştiriyor olmam ikimize de yarayacak. Hem değiştirdiğim yerler senin sesine daha uygun olarak düzenlenmiş notalardan oluşuyor, hem de ben orada seninle çalarken, jürideki-ler aynı zamanda benim bir başka aday olduğumu bilecekler ve bu bana ekstra puan getirecek," dedi.

"İyi de ekstra puana ihtiyacın var mı ki?"

"Herkesin ihtiyacı var. Başvuru yaparken gönderdiğin videoda çok iyisindir fakat sahneye çıkınca hiçbir şey yapamayıp kalabilirsin de..."

"Ben senin öyle bir durumda kalacağını zannetmiyorum," dedim güven vermek için.

"Ben de zannetmiyorum ama yine de olasılıklar dahilinde," dedi.

Tam şarkıyı bir daha çalmaya başlayacakken, ona annesinin nerede olduğunu sordum.

"Uyuyor, dün gece geç yattı," dedi.

"Piyano sesi onu uyandırmaz mı?"

"Hayır, uyumak için uyku hapı alıyor ve ayrıca duvarlarla kapılar sırf bu amaçla, daha bu ev yapılırken yalıtımlı yapılmış."

Bir an 'Ev o kadar büyük ki üst kattaki son koridora ses ulaşamaz' diyebileceğini sanmıştım.

"Söylemeye hazır mısın?" diye sordu. Sabah saatleri olduğu için sesimi tam istediğim gibi kullanabileceğimi sanmıyordum ama gittikçe açılır diye düşündüm ve ona çalmaya başlaması için işaret verdim.

Buraya gelmeden önce Youtube'dan dinlediğim piyano versiyonlarının hepsinden daha güzel ve sesime çok daha uygun bir melodi ile söylemiştim.

Demir'e "Ben senin yanında değilken şarkıyı nasıl benim sesime göre düzenleyebildin?" diye sordum.

"Sesini biliyorum Güneş. Okuldaki ilk müzik dersinde söylediğin şarkıdan beri sesinin rengini biliyorum," dedi.

Bu söylediği karşısında erimeye başlamışken, Demir "... bir de belki birkaç kere 'Say Something' videomuzu izleyip kendime sesini hatırlatmış olabilirim tabii..." diyerek cümlesine ekleme yaptı. Tatlılığı karşısında dayanamayıp onu öpmeye başladım.

Bir anda dudaklarına yapışmamı beklemiyordu fakat bir-iki saniye sonra o da bana karşılık vermeye başladı. Önceki gün duştayken bize yeterli gelmeyen dakikaların acısını çıkarır bir şekilde beni öpüyordu.

İkimizin ancak sığdığı piyano koltuğu, ona yakınlaşmak konusunda bana yardımcı olmuyordu. Demir bunu anlayınca dudaklarını geri çekti ve bana "Ayağa kalk," dedi.

Kalktıktan sonra koltukta ortaya kaydı. Ardından kucağına oturmamı sağladı. Bu sefer o öpmeye başladı. Öpüşmemiz hızlanırken duyduğum bir öksürük sesi durmama neden oldu. Arkamı dönüp, merdivenlerin bitişiyle bulunduğumuz salona bağlanan duvara yaslanmış olan kadını gördüm.

"Günaydın, demek misafirimiz var," dedi, Demir'in annesi.

"Piyano çalışıyoruz," dedi Demir, ben hâlâ kucağında otururken.

Demir'in annesi gülümseyerek "Onu görebiliyorum," dedi.

Ruhumdan ayrılıp başka bir beden bulabilecek kadar güçlenmiş utanç duygumu da görebiliyordu, bence.

Kalktım ve Demir'i iterek onun yanına, eski yerime oturdum.

"Nasılsın Güneş?"

Demir'in annesi az önce bizi oldukça uygunsuz bir şekilde görmüştü ve ardından bana nasıl olduğumu soruyordu.

"İyi-iyiyim teşekkür ederim, siz nasılsınız?"

Yaslandığı duvardan ayrılıp bize yaklaşmaya başladı. "Daha iyiyim demek sanırım yerinde olacaktır. Demir, Güneş'in geleceğini söyleseydin hazırlık yapardım. Neden söylemedin oğlum?" dediğinde onu inceledim. Kâkülleri önde kalacak şekilde, kahverengi saçları atkuyruğu şeklinde topluydu. Yüzünde hiç makyaj yoktu. Yaşına göre çok güzel ve genç görünüyordu. Üstünde ipek olduğunu tahmin ettiğim rahat ve çiçek desenli bir bluzla beyaz, kumaş pantolon vardı.

Demir "O kadar güzel uyuyordun ki uyandırmak istemedim desem ve kurtulsam..?" dediğinde, annesi gülümsedi ve tekrar bana döndü.

"My Immortal'ı söyleyeceğini duydum. Ya da en azından Demir sabaha kadar o şarkıyla uğraştı ve iyi iş çıkardı bence," dedi. Ardından piyanonun karşısında kalan rahat, beyaz ve deri koltuklardan birine oturdu. Saçlarını açtı.

"Bence de eklediği şeyler şarkıyı güzelleştirdi," dedim ona katılarak.

"Anne..."

"Hadi dinleyelim sizi."

"Anne, hava çok güzel. İstiyorsan arkadaşlarından biriyle buluşabilirsin veya birini eve çağırıp arka bahçede çay partisi verebilirsin..."

"Sizi dinlemek istiyorum."

"Güneş çekinebilir, değil mi Güneş?"

Demir annesinin orada bulunmasını istemediğini bana önceki gün de söylemişti fakat bana göre orada bulunması sorun yaratmıyordu.

"Çalmaya başla," dedim.

Demir, ona karşı gelip annesiyle birlik olmama karşı gözlerini kısarak bana baktı. Ona gülümseyerek baktım.

Dilan Erkan, şarkının sonuna kadar hiç kesmeden bizi dinledi. Şarkı bittiği zaman ona "Uyandığımdan beri sadece iki kere söyledim, bu yüzden sesim henüz tam olarak açılmadı,"dedim.

"Sabah veya akşam... Fark etmez. Ses açma egzersizi yaparsan her zaman daha rahat olursun. Provaya başlamadan önce yaptın mı?"

Hayır anlamında başımı salladım.

"Demir, neden kızımıza ses açma tekniklerini göstermedin?"

'Kızımıza...'

"Anne, yine başlama lütfen."

"Tamam, tamam. Kızma, karışmıyorum. Sadece oturup dinlemeye devam edeceğim," dediğinde "Hayır, lütfen bana o egzersizleri nasıl yapacağımı gösterin," dedim. Bu sefer amacım Demir'e karşı çıkmaktan çok, gerçekten sesimi açabileceğim teknikleri öğrenmekti.

Demir'in annesi piyanonun önüne geldi ve bana da ayağa kalkmamı söyledi. Onun yanına gittim ve bana anlattıklarını dinlemeye başladım. Ses açma egzersizlerini yapmaya başladığımızda bana hep destek oldu ve yardımcı olmaya çalıştı.

Gökhan Erkan, ülkenin en ünlü piyanistlerinden biriydi fakat piyanonun yanında gitar ve çello da çalıyordu. Dilan Erkan ise piyano, arp, yan flüt, keman ve viyola çalıyordu. Annem eski albümlerini hep saklardı ve küçükken uyumadan önce hep onların bestelerini bana dinletirdi.

"Egzersizler bitti. Şimdi şarkının bir kısmını söylemeyi dene," dediğinde, direkt olarak en zor yer olan, sesin yükseldiği kısımdan söylemeye başladım. Rahatça, sanki sabahtan beri çalışıyormuşum gibi rahatlıkla söylediğimde mutlu oldum ve ardından Demir'in annesine teşekkür ettim.

"Önemli değil, provalardan önce ve özellikle seçmelerden önce mutlaka bu egzersizleri yap. Sana faydası olacaktır," dedi.

Demir, şarkıyı iki kere daha çaldı. Gözleri hep nota kâğıtlarında çalıyordu ve neredeyse hiç parmaklarına bakmıyordu. İlk çalışın ardından Demir'in annesinden ve Demir'den aldığım tavsiyelerle, ikinci çalışta daha dikkatli söylemeyi denedim ve başardım.

Şarkı bittiğinde Demir de annesi de alkışladı.

Demir "Bu iyiydi," dedi.

"Teşekkürler."

"Güneş, bu şarkı sence ne anlatıyor?"

Demir'in annesinin sorusu karşısında şaşırmıştım.

"Hmm, şarkının sözlerinde, giden bir kişinin ardından kalınan ikilem..."

"Hayır, sana neyi anlatıyor? Neyi çağrıştırıyor? Sadece şarkıyı yazan kişinin duygularıyla kalamaz bu, çünkü o kadar içten ve hissederek söylüyorsun ki, mutlaka başka bir şeyler de olmalı," dediğinde, şarkının bana neyi çağrıştırdığını anlaması gerektiğini düşündüm.

Demir "Bence biraz ara verelim," dediğinde, annesine dönüp "Ailemi," dedim.

Dilan Erkan bana yaklaştı ve "Seçmelerde söylerken gözlerini kapat ve ona tutun. Söylerken seni saran düşüncelerde kendini bul ve bu şekilde söyle. İnan bana, seni kabul etmeyecek olan okula dava açarım," dedi.

"Arkadaşım Arda da aynı şeyi söylemişti," dedim, sanki tanıyacakmış gibi.

Dakikalar dakikaları, saatler saatleri kovaladı ve seçmelerden önceki dört gün çok hızlı geçti.

Zaten üniversite sınavına çoktan girdiğimiz için, çoğu kişi okula artık uğramıyordu bile. Bu kişilerden biri Arda'ydı. Okuldaki son sınavlara kadar iyi bir tatili hak ettiğini düşünüyordu ve zamanını genellikle sporda geçiriyordu. Benim müzik seçmelerim bir anda ortaya çıkınca, gitarını eline almış ve ne kadar özlediğini hatırlamıştı.

Esma taburcu olmuştu ve sağlığı konusunda hızlı gelişmeler kaydediyordu. Doktorları onunla çok ilgileniyordu ve ailesi çok destek veriyordu. Burak da neredeyse bütün zamanını eşiyle geçirmek için günlerini onun evinde geçiriyordu. Ailesine, Esma'ya bakma konusunda yardımcı oluyordu ve ortamı rahatlatma görevini üstleniyordu.

Ben zaten evden zor çıkıyordum, okul benim için bir hedef tahtası olurdu.

Demir de "Senin olmadığın okulu ben ne yapayım" düşüncesiyle hareket edip otel ve şirket işlerine ağırlık veriyordu fakat bu son kalan dört günü işlerinden uzak, sadece müzikle geçirmeyi aklına koymuştu ve bunu yapmıştı.

Sanırım okula giden bir tek Helin ve Doğukan çifti vardı ki, onlar da okul çıkışlarında yarı zamanlı bir işe başlamışlardı. Helin bana mezun olduktan sonra Doğukan'la bir dünya turuna çıkmak istediklerini ve bu yüzden para biriktirmeye başladıklarını söylemişti. Biraz büyük bir hayal gibi görünse de imkânsız değildi ve onlar için eğlenceli olabilirdi.

Cansu ve Ateş'in nelerle uğraştıklarını bilmiyordum ama çoğu zaman beraber olduklarını düşünüyordum. Helin bana, onları iki kere spor salonunun arka tarafında sevişirlerken gördüğünü söylemişti. Sanırım buradan anlayacağımız kadarıyla ilişkileri iyi gidiyordu. Cansu sık sık Esma'yı ziyaret etmeyi unutmuyor ve arada bana da mesaj atıp seçmeler için başarılar diliyordu.

Halam, bu eylül ayından itibaren Mert'i kesin olarak yuvaya vereceğini söylüyordu ve tekrar işe başlamayı düşünüyordu. O iş ilanlarına bakarken bense son zamanlarda kafeye gitmeyi ne kadar aksattığımı düşünüyordum ve kendimi kötü hissediyordum. En azından orada çalışırken kendi harçlığımı ve masraflarımı çıkarabiliyordum, fakat eniştem tarafından koyulan ev yasağıyla beraber bir parazitten farkım kalmamıştı.

Eğer bu okulu kazanırsam ve önümüzdeki dönem gitmeye başlayacak olursam, eniştem ne diyecekti? Seçmelere girmeme zor izin vermişti fakat ya okula kayıt olursam? O zaman ne yapacaktık? Okulda yan sandalyede oturan bir 'Hodor' istemiyordum. Polisler o seri katili bulmadığı sürece asla eski yaşantımıza dönemeyecektik. En azından ben dönemeyecektim. Her ne kadar hayatımla ilgili yeni adımlar atmayı planlasam da o tehdit her zaman orada bir yerde olacaktı ve o dürtü her seferinde yürürken arkama bakmama yol açacaktı.

Biz müzikle, seçmelerle ve antrenmanlarla uğraşırken bir yandan da bunlar vardı.

Arda ve Demir'e, sahneye birlikte çıkacağımızı ne zaman söylemem gerektiğine bir türlü karar veremiyordum çünkü söylediğim anda kavga çıkacağını biliyordum. Orada ikisinin de müziğine ihtiyacım vardı ve bunu kavga etmeden anlamalarına imkân yoktu. Son anda sahneye çıkarken de söyleyemezdim çünkü ikisinin en az bir kere oturup konuşmaları ve müziği senkronize etmeleri gerekiyordu.

Şarkıyı orijinal halinde çalsalar bunların hiçbiri başıma gelmeyecekti fakat ikisi de lanet olsun ki işlerinde fazla iyiydiler.

Şöyle bir plan yaptım; daha çok aday olduğu için piyano, keman ve gitar seçmeleri sabah dokuzda başlayacaktı ve Demir ilk çıkan kişi olacaktı. Bu yüzden erkenden akademide olacaktık. Vokal seçmeleri saat 11'de başlayacaktı. Demir'in planı saat 09.10'dan itibaren prova için kullanabileceğimiz bir piyano bulup prova yapmaktı. Zaten erkenden orada olacağımız için prova amaçlı kullanılabilecek piyanolardan birini kapmak zor olmayacaktı. Yaklaşık bir saat ses egzersizleri ve parça ile çalıştıktan sonra mola verecektik. Sıcak bir şeyler içecektik ve ardından tekrar gelip son iki kere şarkıyı tekrar edecektik. Arda'nın bana gitarla prova yaptırmasının ardından da, benden önceki adayları izleyip kendimi psikolojik olarak hazırlayacaktım.

İşte, Demir'in planındaki çalışma kısmını eğer ben kenarda otururken Arda'yla ikisinin çalışması olarak değiştirirsek, benim planım oluyordu. Ne kadar harika, değil mi?

Sabah yediye doğru Arda'nın beni aramasıyla uyandım.

"Alarmdan önce ötmeye başlıyorsun," dedim bir elimle gözlerimi ovuştururken.

"Heyecandan uyuyamadım, sen ne diyorsun... ölmek üzereyim çabuk kalk, iyi bir kahvaltı et. İstiyorsan senin mafyayı da çağır, beraber kafede kahvaltı edin."

"Sevgilime 'mafya' demeyi kesersen çok daha mutlu olacağım Ardacım," dedim yataktan kalkarken.

"Saat kaç gibi oraya gideceksiniz?" diye sorduğunda, ona "Sen dokuz buçuk gibi akademide ol, sonra beni ara. Buluşuruz ortak bir yerde," diyerek cevapladım.

Telefonu kapattıktan sonra aynaya baktım. Önceki günlere göre neredeyse hiç heyecanım yoktu.

Yüzümü yıkadıktan sonra daha dalgalı olsun diye önceki geceden örüp uyuduğum saçlarımı açtım.Helin'in Esma ve Burak'ın evlendiği akşam bana ödünç verdiği lacivert askılı elbise hâlâ bendeydi. Demir, bana yakıştığını söylemişti ve ben de güzel bir elbise olduğunu düşünüyordum. Bu yüzden onu giydim. Bana uğur getirmesi için de Demir'in hediye ettiği değerli tokayı taktım.

Telefonumun uyandırma alarmı çalmaya başladığında kapattım ve ardından My Immortal'ı açtım. Şarkıyı dinlerken bir yandan da saçlarımın dalgasını istediğim şekle sokuyordum. Makyaj olarak sadece rimel sürdüm.

Kahvaltı ettikten sonra odama dönüp yanıma almam gereken şeyleri düşündüm. Küçük çantama Ipod'umu, kulaklığımı, telefonumu, cüzdanımı ve anahtarımı koyduktan sonra fermuarını kapattım. Elbise askılıydı ve uzunluğu dizlerimin hemen üstüne kadardı. Muhtemelen üşüyecektim. Kot ceketimi giydim ve çantamı omzuma astım.

Odamdan çıkmadan önce gözüm, üstüne bir sürü fotoğraf astığım mantar panoma takıldı. Genellikle arkadaşlarımla olan fotoğraflarımın tam ortasında ailemle olan büyük bir fotoğrafım vardı.

"Bana şans dileyin," diye onlara fısıldadıktan sonra odamdan çıktım.

Demir, aşağıda beni bekliyor olduğuna dair mesaj atınca şık ve çok sık giymediğim güzel ayakkabılarımdan birini giydim. Evdeki başarılar dileme faslı bittikten sonra tam kapıdan çıkarken, Mert "Gitar," dedi.

Gitarı unutmuştum.

Ona baktım ve "Az önce hayatımı kurtardın.Arda Abin bana ne yapardı, biliyor musun?" dedim, onu öptüm.

Halam "Sen asansörü çağır," dedikten sonra hızlıca odama gitti ve içi dolu gitar kılıfıyla geri döndü.

"Notaların, her şeyin içinde mi?"

"İçinde halacığım, içinde. Çok sağ ol," dedim.

Eniştem "Güneş, seninle gelirdim ama..." diyecek oldu.

"Biliyorum, işlerin var. Hiç sorun değil. Merak etmeyin, orada yalnız olmayacağım. Arda da Demir de benimle geliyorlar," dedim.

Hatta benimle sahneye çıkacaklar.

Vedalaştıktan sonra aşağı indim ve Demir'i, arabasının dışında, arabanın kapısına yaslanırken gördüm.Geldiğimi görünce yaslanmayı bıraktı ve bana doğru bir adım attı.

"Günaydın!" dedim ve sırtımda kocaman bir gitar taşıyor olmama aldırmadan kendimi onun kollarına attım.

"Sabah sabah nereden geliyor bu enerji fıstık?"

"Seçmeleri geçeceğiz!"dedim büyük bir rahatlıkla. Önceki gece geç saatlere kadar gitar çalışmıştım ve en sonunda Arda, ona ses kaydı atmamdan bıkıp beni üç dakikalığına telefonundan engellemişti.

"Bu kadar emin olman çok güzel," dedi sırtımdan gitarı alırken.

"Neden? Sen nasılsın?"

Demir, gitarı arabanın arka koltuğuna yatay bir şekilde koyduktan sonra kapıyı kapattı ve bana baktı.

"Bir sigaraya ihtiyacım var," dedi.

"Hayır, yok. Bir öpücüğe ihtiyacın var," dedim kararlılıkla. Ben hayatta olduğum sürece Demir bir daha asla sigara içmeyecekti. Bana söz vermişti.

"Her sigara içmek istediğimde senden öpücük alsaydım şu anda dudaklarını hissetmiyor olurdun," dedi.

"Tamam, hissetmemi sağla o zaman," dedim ve onu öpmeye çalıştım. Beni itti ve yukarıyı gösterip "Eniştene saygılarımı iletmekle meşgulüm," dedi.

Arkamı dönüp yukarıya baktığımda üçünün de tam takım olarak bizi izlediğini gördüm.Son kez el salladım ve arabaya bindik.

"Şimdi benim için bestelediğin şarkıyı çalacaksın..?"

"Evet."

"Sonunda dinleme şerefine erişebileceğim yani..?"

"Aynen öyle."

"Güzel."

"Güzel."

Özel Hayal Sanat Akademisi'nin otoparkına arabayı park etmeden önce Demir, kampusun içinde bir tur atmayı önerdi. Camdan tüm kampusu izlerken burada okumanın ne kadar güzel ve eğlenceli olabileceğini düşündüm. İnternet sitelerine boş yere 'Konservatuvardan öte..' yazmazlardı herhalde.

Büyük ve tellerine bir sürü çiçek dolanmış olan Özel Hayal Sanat Akademisi, Kuruluş 1963 yazısını geçtikten sonra ilk gri binayı gördük. Binanın altında onlarca büyük bisiklet duruyordu.

"Kampus o kadar büyük ki bu ana binadan çıkıp en uçtaki resim-sanat binasına yürümek istesen en az on beş-yirmi dakika sürer," dedi Demir.

"Buraya kaç kere geldin?"

"En son sanırım üç yıl önce geldim ama küçükken zamanımın çoğunu burada piyano çalarak geçirirdim," dedi.

"Evinizde piyano varken neden onca yolu geliyordun?"

"Evde bana karışan iki müzik dehası vardı, ne kadar iyi çalarsam çalayım, sürekli onların yorumlarını dinlemek zorunda kalıyordum. Eğer kaçacak bir yer bulup yalnız çalmanın bana ne kadar iyi geldiğini anlamasaydım belki de sıkıntıdan piyanoyu bırakırdım," dedi.

"Ne kadar zaman önceden bahsediyorsun?"

"Ortaokuldaydım sanırım. Sana babamla çalıştığını anlattığım Doğan Abi'den yardım alırdım. O beni buraya getirirdi ve işim bittiğinde de eve geri götürürdü. Kendim kaçıp geldiğimdeyse beni her zaman çalıştığım piyano sınıfında bulacağını bilirdi,"dedi.

Girişteki binanın ardından biraz ilerledikten sonra karşılıklı duran iki gri bina daha vardı. İkisi de üç katlıydı ve birbirlerinin aynısıydı.

Araba yolunun ve binaların bulunduğu metrekarelerin haricinde her yer çimenlikti ve ağaç doluydu. Ağaçlar ve çiçekler görüntüyü hoş kılarken, karşıdan gelen iki bisikletliyi izledim. Bisikletlerin büyük sepetlere sahip olmasının avantajından yararlanıyorlardı. Bir tanesi tuvalini koymuştu, diğeri ise kemanını.

Karşılıklı iki binayı da geçtikten sonra büyük bir süs havuzuyla karşılaştık. Süs havuzunun çevresinde bir tur attıktan sonra sağa dönüp kampusun devamını görmeye başladık.

"Soldaki ufak binada sergi salonları var," dedi Demir. Bahçe bir sürü gençle doluydu. Çoğu, çimenlerin üstünde oturmuş sohbet ediyorlardı. Zaman zaman enstrüman çalan öğrenciler de görmüştüm.

"Sağdaki büyük, kahverengi bina ne?"

"Orası oditoryum."

"Büyükmüş."

"Fazla büyük. Müzikalde sahne aldığımız yerin iki katı falan sanırım."

Kampusun içindeki diğer binaları, kafeleri ve mekânları bana tanıttıktan sonra, otopark için tüm yolu geri dönmeye başladık. Bu sefer binaların yanlarından geçerken, piyano seçmelerinin yapılacağı bina ile ses seçmelerinin yapılacağı binaları da gösterdi.

Piyano seçmelerinin başlamasına, yani Demir'in sahneye çıkmasına yirmi dakika kala çoktan kulisteydik. Neredeyse öğleden sonraya kadarki tüm adaylar erkenden gelmişlerdi. Hepsinin amacının rakiplerini dinlemek olduğunu tahmin etmek zor olmamıştı.

"Son kez prova yapmak istemediğinden emin misin?" diye sordum.

"Hayır. Dün gece dörtte son ve net olarak sıfır hata ile çaldım. Bunun özgüveni ile duruyorum. Eğer şimdi bir kere prova yaparsam ve o provada da bir notayı bile yanlış çalarsam, beste kendi bestem olduğu için kendime yediremem ve işler hiç de istemediğim bir hale gelir," dedi.

Mükemmeliyetçi olmaktan da öteydi bu.

"Tamam, haklı olabilirsin. Peki özgüvenini aynen bu seviyede tutabilmek için ne yapabilirim?" diye sorduğumda, beni kendine çekti ve "Öpebilirsin," dedi.

Demir, saat tam dokuz olduğunda elimi bıraktı ve yürümeye başladı. Cebinde kalmasın diye telefonunu, anahtarlarını, cüzdanını, onu rahatsız edebilecek ne varsa her şeyini aldım ve çantama koydum.

"İyi şanslar."

Fısıldayışımı duyduğundan emin değildim ama heyecandan bacaklarım titriyordu. Demir ise on saniye önceki halinden tamamen sıyrılmış ve son derece profesyonel bir role bürünmüştü. Ciddi ve kararlı ifadesi yüzündeydi.

Büyük ve parke zeminli sahnenin tam ortasında siyah bir piyano duruyordu. Demir, kıyafetlerinden benliğine kadar her şeyiyle piyanoyla uyum sağlıyordu. Piyanonun tam yanında durduktan sonra ellerini 'rahat' pozisyonunda arkada birleştirdi. Kulisin kapısı açıktı ve en önde ben olmak üzere, beş-altı kişi daha ayakta durarak onu izliyordu.

Gitarımı kulisteki koltuklardan birine yasladım ve ardından tekrar eski yerime döndüm.

"Demir Erkan, yirmi bir yaşındasın. Öyle değil mi?"

Jüridekilerden biri Demir'in adını söyledikten sonra kulisten bir kız "Erkan mı? Demir Erkan mı?" diye sordu.

Kapıda, tam yanımda duran oğlan da arkasına dönüp "Ben de birinci sırada kim var diye merak ediyordum, tamam. Şimdi anladım," dedi.

Biri "Şşşşşşş, dinliyorum!" diye diğerlerine kızdıktan sonra, tekrar dikkatimi sahneye verdim.

"Babanın kaybı müzik camiasını derinden sarsan bir olaydı. Başınız sağ olsun," dedi beş jüri üyesinden en sağdaki kadın.

Demir teşekkür etti.

"Kendi besteni çalacağın doğru mu?"

"Evet."

"Bir adı var mı?"

"Karanlıktan aydınlığıma."

"Seni dinliyoruz."

Demir, piyano koltuğuna oturdu ve koltuğun yakınlığını alışkın olduğu şekilde ayarladı. Yanında kâğıt getirmemişti, ezberinden çalacaktı. Parmaklarını çıtlattıktan sonra, her provamızdan önce ısınma amaçlı olarak yaptığını tahmin ettiğim tüm tuşlara kalından inceye kadar basıp sonra aynı merdiveni geri inme işlemini yaptı.

Parçaya başlamadan önce kulise, bana baktı ve ardından tekrar önüne dönüp bestesini çalmaya başladı.

Demir'in bestesinde yazı, kışı, siyahı, beyazı, iyiyi ve kötüyü yaşadım. Kuliste yaklaşık otuz kişi vardı fakat bir tek kişi bile konuşmuyordu. Demir notaları, kendi savaşında silah olarak kullandığı karanlık zamanlarından, kendini ilk defa maskesiz durabileceği kişiyi bulduğu anda ulaştığı aydınlığa kadarki duygularını anlatırken birer araç olarak kullanıyordu. Bestenin kırılma noktası ise çok ince notaların harmonisinin kulaklarımda bıraktığı yakıcı ama zevk veren etkisiydi. Tüylerim diken diken olmuştu ve bu adamın çaldığı, yazdığı, düşündüğü, hissettiğini notaları sonsuza kadar dinlemek istediğime karar verdim.

O notalar olmak istedim. Kalbinden geçen ve gözleri kapalı çalarken kendini kaybetmesine rağmen, asla ritmin elinden kaçmasına izin vermediği notaların yerinde olmak istedim. Onunla uyum içinde, ama aynı zamanda hırçın... Melodinin dengesizliğine rağmen sanki mükemmel bir döngü içerisinde hapsolmuşuz gibi dinliyorduk onu. Demir tüm korkularını, nefretini, heyecanını, asiliğini ve soğukluğunu notalarla birleştirmişti ve şarkının yarısından sonrası için hazırlık yapmıştı. Şarkının ikinci yarısının ise adından anlaşıldığı üzere 'Aydınlığı' olduğu belli oluyordu. Az önceki hızlı ritim yerine, daha sakin ve narin bir ritim sarmıştı her yeri. Kırılgan ama bir o kadar da kalın notalara kafa tutan ince sesler, kanatlarını açmış birer kelebek veya melek gibi piyanodan dışarı yayılıyorlardı.

Herkes Demir'in bestelediği bir şarkıyı dinliyordu. Bense onu, kendimi ve bizi dinliyordum.

Şarkı biter bitmez gözümden bir damla yaş, yanağımdan aşağı doğru süzülmeye başladı.

Kulisin kapısında, yanımda duran oğlan "Normalde bu tür seçmelerde ilk otuz saniyede adayın kalacağına veya gideceğine karar verirler ve onu durdururlar. Fakat böyle istisnalar da olabiliyor tabii," dedi bana ve beni bulunduğum şoktan çıkarmaya çalıştı.

Tanıdık bir erkek sesi arkamdan "Herif cidden iyi," dediğinde, Arda'nın dakikalardır arkamda oturduğunu ama fark etmediğimi anladım.

Jüridekilerden biri elinde tuttuğu peçeteyle gözlerini siliyordu.

Gülümsedim. Bu iş tamamdı. Demir kesinlikle bu okula girmişti.

"Besteye ne zaman başladın?" diye sordu en sağdaki kadın jüri.

Demir ayağa kalktı ve parçayı çalmadan önceki gibi durdu. "Tam olarak tarihi hatırlamıyorum ama geçen yıl okulların açıldığı gün," dedi.

Tanıştığımız gündü.

"Bestenin üzerinde neredeyse iki yıl çalışmışsın. Bitirmen neden bu kadar uzun sürdü?"

"Bitmesini istemedim," dedi Demir cevap olarak.

Daha yaşlı olan bir erkek jüri üyesi mikrofonuna eğilerek "Bitmesi, müzisyenlerin tüm yaşamını alan eserler var fakat sen oldukça genç bir delikanlısın. Bu süre içinde hiç sıkılıp besteyi yarıda bırakmayı düşündün mü?" diye sordu.

Demir "Asla. Bırakabilmeyi istediğim bir dönem oldu fakat hiçbir zaman aklımı bu besteyi düşünmekten alamadım. İsteğimi yerine getiremedim ve devam ettim," dedi.

Yazın başından bahsediyordu.

En solda oturan kadın "Dilan ve Gökhan Erkan'ın oğlusun. Piyano ve müzik ile gelmek istediğin yer neresi?" diye sorduğunda, Demir cevabını önceden düşündüğünü belli edecek bir hızla "Dilan ve Gökhan Erkan'ın oğlu olarak anılmamak," dedi.

Bu cevabı, soruyu soran jüri üyesini şaşırtmıştı. Demir'in cevabı veriş hızı kulağa sanki soruyu soran jüriye kötü bir şey söylemiş gibi gelmesine neden olmuştu ama aslında verdiği cevap gerçekten doğruydu. Bunu biliyordum.

Sözü yine en sağdaki kadın aldı ve "Teşekkür ederiz. İkinci adayımız Ayla Şentürker," dedi.

Demir hızlı adımlarla kulise girdiğinde önümde durdu. Gözlerine baktım ve gülümsedim. Gözlerimin yeniden dolmasına engel olamadım. Ona sarıldım.

Kulağına "Seni seviyorum, seni seviyorum, seni seviyorum..." diye fısıldadım.

Beni ittikten sonra "Sigara," dedi.

"Hemen geliyorum," diye cevapladım. Ardından Arda'ya dönüp "Beş dakika sonra geleceğiz,"dedim.

Demir "Sadece beş mi? Az önce iki yılımı alan bestemi dinledin ve sadece beş dakika mı?" dediğinde, Arda'ya döndüm ve "On beş dakika," dedim.

Arda'nın kendini kötü hissetmemesini umarak, Demir'in beni elimden tutup kulisin boş ve karanlık giyinme odalarına çekmesine izin verdim.

Geri döndüğümüzde Arda'yı bulamadık. Büyük ihtimalle dışarı çıkmıştır diye düşünüp koridora baktığımızda, onu elinde gitarlarla yerde otururken bulduk.

"Akortlarını yaptım," dedi sakin bir sesle.

"Tamam, nerede çalışalım?" diye sorduğumda, Arda "Burası uygundur,tabi elbiseyle yere oturabileceğini sanmıyorum, bu yüzden kulisteki sandalyelerden ikisini alabiliriz," dedi.

Demir "Tamam, siz burada takılın, ben de boş bir piyano sınıfı bulunca sizi çağıracağım,"dedi ve hızla koridorda ilerleyip gözden kayboldu.

Arda "Ne piyano aşkıymış be! Bu çocuk daha yeni seçmelerde piyanoyu ve jüriyi ağlattı, hâlâ neden çalışmak istiyor ki?" diye söylendi.

Cevap vermedim ve konuyu değiştirip ona önceki gün çok çalıştığımı söyledim.

"Göreceğiz şimdi ne kadar çalıştığını, çal bakalım civciv," dedi.

Tam iki kere Last To Know'u çaldıktan sonra, Arda bana fena olmadığımı söylüyordu ki telefonuma mesaj geldi.

Gönderen: Demir
Bulunduğunuz binada bir üst kata çıkın ve 42-H sınıfına gelin.

Arda ile birlikte gitarları alıp yukarı çıktığımızda, sınıflarda çalışan bir sürü aday gördük fakat hepsi sadece enstrüman çalıyordu, bu yüzden strese girmemi gerektirecek herhangi bir rakiple karşılaşmamıştım.

Onun söylediği sınıfa girdiğimizde Demir, sınıftaki perdeleri açıyordu. Sınıf çok küçüktü ve sadece büyük bir piyano ile birkaç sandalyeden ibaretti. Duvarlara sabitlenmiş cam dolapların içlerinde metronomlardan, ufak tefek şeylere kadar pek çok eşya vardı.

Arda "Bize çalışabilmemiz için bir sınıf buldun, teşekkür ederiz," dediğinde Demir "Ne demek, her zaman," dedi gülümseyerek. Ardından piyanoyu açtı.

Aralarındaki hoş kelimeler içeren konuşmalar bile, kullandıkları ses tonundan dolayı sanki kavga ediyorlarmış izlenimi yaratıyordu.

Arda bana "Bir daha çal, sonra diğerine geçelim," dediğinde Demir'e baktım.

Demir "Tamam, bir kere daha çal," dedi.

Gitarla şarkıyı çalmaya başladığımda her şey iyi gidiyordu. Nakarat kısmı geldiğinde, Demir, piyanoyla bana eşlik etmeye başladı. Gülümsedim. Şarkının sonuna kadar hep benimle çaldı ve ilk defa birlikte bir şey çalmış olduk.

Arda "Bravo, harika, mükemmel birliktelik. Keşke tatlı halinizi videoya çekseydik de sonra Instagram'a atsaydık... ama maalesef şu anda çalışmamız gerekiyor ve dikkat dağınıklığına ihtiyacımız yok," dedi, Demir'e bakarak.

Demir "Ben mi dikkat dağınıklığıyım?" diye sorduğunda, Arda "Değil misin?" diye karşılık verdi.

Demir onu takmadan bana "Sen başla Güneş," dedi ve My Immortal'ı çalmaya başladı.

Arda "Bir saniye bir saniye... Söyleyeceğin şarkıyı neden o çalıyor?" diye sordu.

"Ne demek neden ben çalıyorum? Güneş yaklaşık iki buçuk saat sonra ses seçmelerine girmeyecek mi?"

"Girecek ama müziği ben çalacağım."

"Nasıl sen çalacaksın?"

"My Immortal'ı ben çalacağım. Dört gün önce aranje ettim ve gitarla harika bir versiyon yarattım, kusura bakma Demir ama Güneş sana söylemeyi unutmuş olmalı..."

"Güneş, bu ne demek istiyor?"

Demir'in Arda'ya vereceği cevabı erteleyip işin doğrusunu öğrenmek için bana sormasına şaşırmamıştım.

"İkiniz de çalacaksınız," dedim.

Demir ayağa kalktı ama piyanonun arkasından ayrılmadı. "Şaka yapıyorsun, değil mi?" diye sordu.

Arda güldü ve "Gerçekten çok komiksin civciv ama prova yapmamız gerekiyor," dedi.

"Hayır, ben ciddiyim. Adım okunduğu zaman üçümüz sahneye çıkacağız," dedim.

Demir "Affedersin sevgilim ama ben bununla çalmam," dedi Arda'yı göstererek.

Arda da "Bak bak laflara bak, asıl ben bu mafya babasıyla çalmam," dedi.

Demir piyanonun yanından ayrılıp bize yakınlaştığında, gözlerini Arda'ya dikmişti. "Sen biraz fazla olmaya başladın," dedi.

Arda gitarını sandalyenin üstüne bıraktıktan sonra "Asıl sen biraz değil çok fazla olmaya başladın," diye bağırdı.

Demir "Şu saçmalığı kesiyorsun ve gidiyorsun. Şarkıyı ben çalacağım. Kaç kere prova yaptık," dedi ve Arda'yı göndermeye çalıştı.

"Asıl biz kaç saat çalıştık, senin haberin var mı? Tüm o piyanoyu gitara aranje ettim ve Güneş de gitarla gayet iyi söylüyor."

"Şarkının orijinali zaten piyanoyla çalınıyor, gitarla şarkıyı piç edeceksin. Ben de günün başından beri neden bu çocuk iki gitar getirdi, acaba biri yedek mi diye düşünüyordum..."

"Al işte şimdi de gitar suçlu oldu."

"Tamam, Güneş'i çalacağı şarkıya çalıştırdın, eyvallah, ama buradan sonrası seni aşar Arda."

"Ne demek beni aşar? Çalamayacağımı mı iddia ediyorsun?"

"Güzel olmayacak."

"Güneş, bir kere söyler misin? Bak çalmaya başlıyorum."

"Hayır Güneş, şu arkadaşını yolla da rahat rahat provamızı yapalım."

"Hiçbir yere gitmiyorum saygıdeğer dominant mafya babası. Güneş, şuna söyle; para her zaman Erkan kardeşimizde olabilir ama hiçbir fiyata beni buradan gönderemez..."

"Seni o kelimeler hakkında uyarmıştım gözlüklü..."

Demir'in ses tonunun değişikliği, artık onları durdurmam gerektiği anlamına geliyordu. Demir çoktan Arda'nın üstüne yürümeye başlamıştı ve artık o ikisinin didişmesini izlemek istemiyordum.

"Yeter! İkiniz de sahnede benimle olacaksınız, konu kapandı. Kavga etmenizi veya birbirinizi dövmenizi falan istemiyorum, sadece şu son iki saatte şarkıları ayarlayın ve benimle sahneye çıkın. İkinizden de şu ana kadar hayatımda çok sık bir şeyler istemedim fakat bu sefer rica ediyorum, lütfen iki saatliğine birbirimize laf yetiştirmeyi kesin ve bana yardım edin. Senin de, senin de sahnede arkamda olduğunuzu bilmeden yapamam. Şarkı benim için çok şey ifade ediyor ve o anlamlardan bir tanesi de... off kimi kandırıyorum ki? Özür dilerim, benim hatam."

Sinirlerim artık konuşmaya devam edemeyecek kadar bozulmuştu ve odadan çıkmam gerektiğini hissetmiştim. Koridorun sessizliğinde sırtımı duvara yasladım ve derin bir nefes alıp verdim. Birkaç saniye sonra kapı açıldı ve Arda koridora çıktı. Kapıyı ardından kapattıktan sonra yanıma geldi.

"Birimizi seçemez misin?" diye sordu.

"Mesele birinizi seçememem değil, ikinizi de yanımda istemem. Şarkı bana hayatımda karşılaştığım tüm zorlukları aynı anda hatırlatıyor ve her söylediğimde o beni derinden etkileyen kayıplarımı tekrar hatırlıyorum. Belki inanmayacaksın ama o kaza anını tekrar yaşıyorum ve bazen şarkı beni katlanamayacağım noktalara getirip ağlatıyor," dedim.

Arda "O zaman neden bu şarkıyı seçtin?" diye sorduğunda "Tüm zorluklarımda, düşüşlerimde yanımda olan, hayatın hızına tekrar yetişmem için yanımda olan ve beni güçlendiren iki insan sizsiniz. Şarkıyı aşabilmem ve istediğim gibi söyleyebilmem için ikinize de orada ihtiyacım var," dedim.

"Güneş, ben kabul etsem bile Demir'in kabul edeceğini sanmıyorum."

"Sana benim hakkımda konuşma yetkisini kim verdi?"

Arda sınıftan çıktığından beri bizi içeriden dinlediğini belli eden Demir, kapıyı açıp konuşmuştu. Ardından o da yanımıza geldi.

Demir'e bakıp "Ne yani kabul ediyor musun?" diye sorduğumda, Demir "Deneyeceğim," dedi.

Arda "Ama iki saat hâlâ ayarlamaları yapmak için çok kısa bir süre," dediğinde, Demir "Bize göre değil, hadi gel," diyerek karşılık verdi ve sınıfa girdi. Arkasından biz de onu takip ettik.

Bol küfürlü ve hareketli geçen dolu dolu iki saatin ardından, sonunda şarkıyı nasıl çalacaklarını biliyorlardı. Başlarda onları dinliyordum fakat sonra her beş dakikada bir yeniden başa sardıklarını görünce sıkılıp kendi gitarımla çalacağım şarkıya odaklanmıştım.

Ses seçmelerinin başlamasına on beş dakika kala iki kere prova almıştık ve ikincinin sonunda Arda "İdare eder," diyerek düşüncesini belirtmişti. Demir'in annesinin öğrettiği ses egzersizlerini yapmayı da unutmamıştık.

Demir "Daha fazlasını yapamayız zaten, diğer binaya yürümemiz lazım," dedi ve bizi harekete geçirdi.

Ses seçmelerinin yapılacağı binaya geldiğimizde, doğruca oranın kulisine yönlendirildik. Biz kulise girip oturacak yer bulduğumuz anda ilk aday sahneye çağrıldı.

"Şimdi görürsünüz, en az üç tane 'I Will Always Love You' dinleyeceğiz, her yarışmada olur," dedim.

Arda "Bugün seçmelere katılacak olan elli kişi var," dediğinde "Tamam düzeltiyorum, on üç," dedim.

Demir "Sonuna kadar kalmak mı istiyorsun?" diye sordu.

"Hayır, öylesine söyledim. Bizim sıramız geçtikten sonra birkaç tane daha dinler çıkarız," dedim.

Sahneyi göremiyorduk ama çok net bir şekilde orayı duyabiliyorduk. Birinci olarak çağrılan aday, 'Bruno Mars'ın When I Was Your Man' şarkısını söylerken, Demir duyduğundan anladığı kadarıyla "Piyanoyu kendisi çalıyor," diyerek bizi bilgilendirmişti.

Oğlan daha şarkısının ikinci nakaratına geçemeden jüri onu durdurdu ve teşekkür etti.

Arda "Gayet güzel söylüyordu..." dediğinde, Demir "Evet zaten alındı. Bazen gerisini dinlemeye ihtiyaç duymuyorlar," dedi.

Sanırım ayların ardından ilk defa aralarında düzgün birer cümle kurmuşlardı.

Öbür beş aday da birbirinden muhteşem seslere sahiplerdi ve hepsi zor şarkılar söylemişlerdi. Onları dinledikçe heyecanım artmış ve karnımda bir alev topuna dönüşmüştü.

"Yedinci aday; Güneş Sedef."

"Hadi civciv, sahneye çıkalım ve diğerlerine günlerini gösterelim," dedi Arda ve en önden o çıktı. İkinci olarak kulisten çıkıp sahneye doğru yürümeye başladığımda, Demir beni elimden tutup çekti ve öptü. "Şans öpücüğü," dedi.

Gülümsedim.

Arda soldaki sandalyede oturuyordu, ben elimde gitarla ortada ayaktaydım ve Demir de sağdaki piyanonun başına geçmişti.

Jüridekilerden biri "On sekiz yaşındasın, doğru mu?" diye sorduğunda "E-evet,"dedim.

"Arkadaşların...?"

Gözüm, jüri masasının önünde duran büyük kameraya takıldığında, adayları sonradan tekrar değerlendirebilmek için performansları kaydettiklerini anladım.

"Piyanoyu çalacak olan Demir Erkan aynı zamanda bugün piyanist seçmelerinde de yer almıştı, yirmi bir yaşında. Gitarist arkadaşım Arda ise sadece bana destek amaçlı olarak burada. Okula hiç başvurmadı. On sekiz yaşında," dedim.

Benimle konuşan kadın "Arda'nın soyadı nedir?" diye sorduğunda, Arda gitarı için aşağı eğilmiş mikrofonu kendine çekti ve "Arda Akal," dedi.

Jüri üyesi "Güneş, seni dinliyoruz," deyip arkasına yaslandığında "Önce gitar çalacağım," dedim ve gitarın askısını boynumdan geçirdim. 'Last To Know'u elimden geldiği kadarıyla iyi çaldıktan sonra, söyleyeceğim şarkıya geçebilmek için gitarı boynumdan çıkardım ve yerde duran alçak gitar askısına astım.

"Sanırım gitarda o kadar da iddialı değilsin?"

Jürinin beni zayıf noktamdan yakalayacağını biliyorduk. "Evet, daha çok sesime odaklandım ve ağırlıklı olarak öyle çalıştım," dedim, gitar hakkında başka bir soru sormamasını umarak.

"Evanescence – My Immortal'ı mı söyleyeceksin?"

"Evet."

"Seni dinliyoruz."

Derin bir nefes alıp verdim ve ardından spot ışıklarının sahneyi yaktığını hissettim. Kot ceketimi çıkardım ve piyanonun üstüne koymayı düşündüm fakat bu davranışımın nasıl karşılanacağını bilemediğim için "Acaba montumu bu-buraya koyabilir miyim?" diye sordum.

Sesim tüm salonun içinde yankılanırken, kulisten gelen kahkaha seslerini duyabiliyordum.

Ciddiyetlerini hiç bozmayan jüri üyelerinden biri, "Koyabilirsin," dedikten sonra, ceketimi katladım ve piyanonun üstüne bıraktım. Ardından yeniden mikrofonun arkasına geçtim.

Arda'ya baktım, ona baktığımı görünce bana göz kırptı ve gitarını hazırladı. Ardından Demir'e döndüm ve başımı sallayarak başlayabileceğini anlattım.

Demir, şarkının ilk notasına bastığı anda gözlerimi kapattım ve kendimi evimde şarkı söylerken hayal ettim. Gözlerim kapalıyken daha iyi konsantre olmuştum ve şarkıya az önceki provalardan kat kat daha iyi başlamıştım. Sevdiğim adamın çaldığı piyano sesi, en çok güvendiğim dostumun gitarının sesiyle birleşmişken, melodi beni rahatlattı. Gelen özgüvenle birlikte gözlerimi açtım ve öyle devam ettim.

Şarkının ortasına gelmiştik fakat hâlâ beni durdurmamışlardı. Mutlu oldum ve annemin burada beni izliyor olmasını diledim. Beni dinliyor olmalıydı ve benimle gurur duymalıydı. Aynı şekilde babam da jüri tarafından çekilen videoyu alabileceğimizin garantisi olmadığı için, kendi kamerasıyla videomu çekiyor olurdu. Atakan ise küçük fotoğrafçı görevini üstlenirdi.

Şarkının sözleri kayıplarımın bana yaşattığı duygularla birleşince, etrafımda beni saran bir fırtına oluştu ama fırtınayı aşınca aileme, kaybettiklerime yeniden kavuşamayacağımı biliyordum. İşte bu yüzden o fırtınayı aşma ihtiyacı hissetmiyordum. Fırtına artık benimdi ve ben fırtınaydım. Kaybettiklerimin kazandıklarımı kovaladığı büyük ve gri bir fırtına...

Şarkı bittiğinde ben de bitmiştim. Duygularım beni tüketmişti ve ana kadar hiçbir provada bu kadar duygu yüklü söylememiştim. Asla geriye dönüp 'Keşke seçmelerde şöyle söyleseydim' demeyecektim, çünkü kendimle gurur duyuyordum. Arkamda sevdiğim insanların destekleri ve melodileri varken, düşmekten korkmama gerek yoktu.

Şarkı bitmişti fakat Demir, piyanoyu şarkının sonuna uygun bir şekilde çalmaya devam ediyordu. Acaba unuttuğum bir kısım mı oldu diye düşünürken, Demir, piyano ile solo bir şeyler çalmaya başladı. Arda da ona katıldı fakat Demir kendi solosunu, Arda ise kendi solosunu çalıyordu. Şarkının sonunda yavaşlayan ritim, ikisinin tekrar hızlanmasıyla değişmişti. Sanki Arda, Demir'in sesini, Demir ise Arda'nın sesini bastırabilmek için daha sert, daha hızlı ve daha yüksek çalıyordu. İkisine de bakıyordum fakat ne Arda başını gitarından ne de Demir piyanodan kaldırıyordu.

Artık yaptıkları müzik, söylediğim şarkıdan bağımsız bir hale gelince jüri üyelerinden bir kadın "Yeterli!" diye bağırdı. Demir ve Arda aynı anda çalmayı bıraktılar ve birbirlerine sinirle baktılar.

"Teşekkür ederiz. Sekizinci adayı sahneye alabilir miyiz lütfen?"

Demir hızlı bir şekilde kulise doğru yürümeye başladı. Arda da gitarını alıp peşinden gitti. Ne olduğunu anlamlıdıramadan, ben de çaldığım gitarla kot ceketimi alıp sahneden çıktım.

Kulise girdiğimde Arda, Demir'e "Senin sorunun ne?!" diye bağırıyordu.

Demir "Asıl senin sorunun ne? Neden kafana göre işler yapıp her şeyi mahvediyorsun?!" diye bağırarak karşılık verdiğinde, benden sonraki adayın performansını gürültümüzle engellememek için ikisini de koridora doğru itmeye başladım, fakat beni görmüyorlardı bile.

Kulisteki diğer adaylar kavgayı fark ettiklerinde onlardan yardım istedim. Zar zor Demir'le Arda'yı dışarı çıkarabildiğimizde hâlâ kavga etmeye devam ediyorlardı.

"Yeter! Kesin sesinizi! Her şey güzel giderken mahvetmek zorundaydınız değil mi? Bir kere benim için bir şey yapmanızı istedim ve yine çocuklaştığınıza inanamıyorum!" dedim ikisini susturarak.

Arda "Yeter ya! Sürekli peşinizde dolaşmaktan bıktım, ben gidiyorum!" dedi ve arkasını dönüp gitmeye başladı.

Demir'e baktım.

"Bana hiç bakma, ben karışmıyorum," dedi ve kulise geri girdi. Çantamı alıp Arda'nın peşinden gitmek için koşarak onun yürüdüğü tarafa yöneldim.

44. Bölüm

Merdivenlerden inip bahçeye çıktığımda, Arda'yı gitarıyla akademinin çıkışın doğru yürürken gördüm. Hızlı ve büyük adımlar attığı için yürümek yeterli olmayacaktı. Koşmaya başladım. Ona yetiştiğimde girişteki ana binaya kadar ilerlemiştik.

"Arda, nereye gidiyorsun?"

Cevap vermeden hızlı bir şekilde ilerlemeye devam ediyordu.

"Benimle konuşur musun? Ne oldu?"

Arda ısrarla beni dinlemiyordu ve hızını da sürekli olarak artırıyordu. Artık kampusun dışına çıkmıştık.

"Lütfen bana cevap verir misin?"

Ona yetişmeye çalışırken nefes nefese kalmıştım ve çoktan otoyola çıkmıştık bile.

"Arda, bana cevap ver!"diye bağırdığımda, durdu ve karşıma geçti.

"Ne cevabı istiyorsun?! O aptal herif yine her şey iyi giderken tüm mükemmelliğinin içine sıçılmasını sağladı ve sen hâlâ *benden* mi bir yanıt bekliyorsun? Kusura bakma Güneş ama çok yanlış geldin," dedi ve hızla otoyolda ilerlemeye devam etti.

Tekrar arkasından koştum ve adımlarına yetiştim.

"Sorun ne? Sana bir şey mi dedi, ben şarkı söylerken bir hareket mi yaptı veya başka bir şey..." diyerek onu konuşturmaya çalışırken benim sözümü kesti.

"Hâlâ anlamadın mı? Sorun seni paylaşamamamız!" dedi gözlerime bakarak. Artık durmuştuk ve benim nefesim koşmaktan, onunkiyse sinirden hızlanmıştı.

Korkarak "Bana mı âşıksın?" diye sordum.

Arda "Bilmiyorum Güneş!" diye cevapladığında kalbime inen bir darbe hissettim.

"Bilseydim şu anda bu konuşmayı yapmıyor olurduk."

Arda ne diyordu? Nasıl böyle bir konu hakkında bana kesin bir yanıt veremezdi? Bana karşı neler hissediyordu ve bu hisleri ne zamandır taşıyordu? Arda'nın benden sakladığı bir şeyler olması konusu beni zaten derinden etkilerken, bir de böyle bir duygu karmaşasını benden saklamış olması ona nasıl cevap vereceğim konusunda beni zorluyordu. Tüm bu zorlamanın arasında doğruluğunu bildiğim, en emin olduğum şeyi söylerken buldum kendimi.

"Arda, ben Demir'i seviyorum."

"Biliyorum geri zekâlı, orasını tüm ülke biliyor zaten."

Hâlâ ne diyeceğimi bilmiyordum fakat her söyleyeceğim kelimenin onda yara izi bırakabileceği riskini de düşünmeden edemiyordum.

"Arda, bak.. ben.. gerçekten..."

"Açıklama yapması gereken kişi benim, sen değilsin. Sadece söylemem gereken cümleleri kafamda toplamaya çalışıyorum o kadar. Yaklaşık bir yıldır kendime bile açıklayamadığım şeyleri şimdi sana anlatmak zorundayım," dediğinde, söylemek üzere olduğu şeylerin arkadaşlığımızı ne kadar etkileyeceğini düşünerek korkuyordum.

"Hiçbir şey söylemek zorunda değilsin, şu anda çok sinirlisin ve daha sonra konuşursak bunu aramız bozulmadan halledebiliriz."

"Aramız mı? Sen şaka mı yapıyorsun? Biz bittik Güneş. O yaz günü Bodrum'da ağzıma ettiğin gün 'biz' bittik.Artık sadece Arda ve Güneş var."

Söylediklerini kafamda tartarken, kalbim yanmaya başlamıştı. Onu kaybetmek üzereymişim gibi hissediyordum.

"Çabaladım. Eskisi gibi olmak, sana karşı olan duygularımı eski güçsüzlüğüne döndürmek için çok çabaladım ama daha kendim bile anlayamadığım şeyleri nasıl düzeltmeye çalışabilirim ki?"

"Biz bizdik Arda. Her ne kadar o gün Demir'in Bodrum'a geldiğini bana söylememiş olsan da, sonra ağır bir şekilde tartışsak da ikimiz eski halimize dönmüştük."

"Hayır Güneş, hiç dönemedik. Bunu içten içe sen de biliyorsun."

"Peki değiştirmek istediğin şeyler neler? Seni kaybetmeyeceğim Arda,ne olursa olsun hep en yakınım olarak kalacaksın..."

"Değişmesi gereken kişi benim. Değişmesi gereken şeyler de benim hislerim."

"Ne hisleri? Konuş benimle."

"Güneş, bırak artık."

"Ne hisleri Arda?!"

"İşte ben de bilmiyorum! O lanet okula başladıktan sonra seni kaybettim ben. Benim de arkadaşlarım var, bu yüzden başka arkadaşlara sahip olmanla ilgili kıskançlık triplerine giremem, girmem de. Arkadaşlarını ben de seviyorum. Bodrum'dan sonra Burak adeta benim kardeşim gibi hatta..."

"O zaman sorun ne?"

"Sözümü kesme Güneş! Bu konuşmayı bir daha tekrar etmeyeceğim. Sorunun o lise olduğunu düşündüm fakat Ankara'ya müzikal için giderken arkadaşlarının o rezalet okulu katlanılabilir hale getirdiğini gördüm. Ardından sorunun Demir olduğunu düşündüm ve ona göre davrandım. Fakat sonunda ona olan bağlılığını, hatta lanet olsun ki onun da sana olan bağlılığını gördükten sonra, Bodrum'a geldiğime pişman oldum ve pes ettim. Demir konusunda asla kazanamayacaktım. Olayın içinde sen varken ben bile kazanamamışsam, başka kimse kazanamayacaktır ve ölene kadar birbirinize ait olacaksınız. Bunu kabul ediyorum ben, kabul etmeye uzun süre önce başladım fakat kaçırdığım noktalar vardı. Bu işin üzerimde bıraktığı etkileri hep erteledim. Belki de artık kaçmayı bırakırsam sonunda kalbim beni yakalayacak ve geri dönüşü olmayacaktı.Bilmiyorum... ben artık kendimden şüphe duyuyorum."

Arda'yı dinlerken resmen titriyordum ve korkumun dilimi ele geçirmesine izin verdim.

"Bana âşık mısın?"

Alay edercesine güldü.

"Sorun da bu ya civciv, sana âşık olamam. Eğer öyle olsaydım söylemekten çekinmezdim. Nasılsa çoktan kaybettiğim bir dava olurdu, öyle değil mi?"

Benim, beynimi kurcalayacak cevaplara değil, net cevaplara ihtiyacım vardı.

"Beni mi seviyorsun?"

"Ben on saattir burada ne anlatıyorum Güneş? Şu duygusal halinden çık ve dikkatini ver. Sana âşık değilim çünkü olamam. Sen benim civcivimsin ve bu hep böyle kalacak. Belki âşık olabilirdim, sonuçta âşık olunası tam seksen altı özelliğin var."

"Seksen altı mı?"

"Evet Güneş, seksen altı. Saydım. Demir denen herif sadece çok saf bir güzelliğin olduğunu, duyabileceği en meleğimsi sese sahip olduğunu, fiziğinin spor yapmamana ve deli gibi Nutella yemene rağmen fazla seksi olduğunu, yardımseverliğinle tüm sorunlarını bir kenara bırakıp öbür insanları düşündüğünü söyleyebilecektir. Ve Güneş, başına gelen gerçekten ağır şeylerdi. Ailen, Atagül Lisesi, kaçırılmamız ve hâlâ her saniye ölüm korkusuyla yaşıyor olman ciddi anlamda ağır ve sen..."

Gözleri dolmaya başlamıştı.

"Sen tüm bunlara rağmen etrafına, sevmediklerine bile gülümseyebiliyor, sana kahkaha attırmama izin veriyor ve tüm bu imkânsızlıkların arasında 'Ben yaşayacağım,' deyip insanları büyülemeye devam ediyorsun. Ben senin büyüne daha yedi yaşındayken kapıldım. Başkalarının da zamanla senin büyüne kapılacağını bilmem gerekirdi. Sadece hazırlıksız yakalandım, o kadar."

"Ne demem gerektiğini bilmiyorum, ben de seni gerçekten çok seviyorum, sana çok değer veriyorum. Hatta sen benim her şeyimdin. Aynı anda hem dost hem ailem oldun. Kimsenin beni rahatlatamadığı kadar rahatlattın beni ve bu zamana kadar bana, Bodrum haricinde tek bir kez bile yalan söylemedin. Ama inan bana, hayatıma yeni giren insanlara verdiğim değeri sana verdiğim değerden çalıp paylaştırmadım. Sen hep bana özeldin," dedim.

"Biliyorum."

"O zaman neden bana karşı olan duyguların değişti?"

"Düşüncelerini kontrol edebilirsin. Yalan söyleyip bir süre sonra kendi yalanına bile inanmaya başlayabilirsin ama duygularını asla istediğin kalıplara oturtamazsın. İnan bana, denedim Güneş ama bugün burada bunu konuşuyoruz. Başarısız olmuşum, değil mi?"

Arda'nın elini tuttum.

"Tamam, anlamama yardımcı ol, ben de senin kendini anlamana yardımcı olayım..."

Arda sert bir şekilde elini çekti.

"İşte bunu yapma. İçinden geliyor, biliyorum. Şu anda karşında benim gibi gözleri kıpkırmızı ve kendisiyle çatışma yaşayan kimi görsen elini tutardın. Biliyorum, ama şimdi tam şu anda bunu bana yapma..."

"Arda, hadi adım adım gidelim. Gel bir yerde oturalım, istiyorsan kampuse geri dönelim ve sakin bir şekilde..."

"Hayır! Oturmak istemiyorum. Adım mı istiyorsun? Bu benim adımım."

Arda beni öpmeye başladığında ne yapmam, ne düşünmem, ne hissetmem gerektiğine dair fikir üretmeye çalışıyordum fakat başarılı olamıyordum. Bulunduğumuz durum, gerçekleşme ihtimalini bile vermediğim bir durumdu fakat anı yaşıyorduk. Beni öpüyordu.

Geri çekildiğinde konuşmaya başladı.

"Seni seviyor muyum? Tabii ki seni seviyorum. Hem de şu ana kadar hiçbir arkadaşımı veya akrabamı sevmediğim kadar... Hep seni rahatlattığımı ve mutlu ettiğimi söylüyorsun. Ailen olduğumu söylüyorsun. Bu sadece sende bitmiyor. Sen de benim ailem oldun. Annem, o sabah babamı ve beni terk ettiği zaman yanımda sen vardın. Sadece sekiz yaşındaydık. Her şeye tanık oldun ve bana bir söz verdin. Herkes annemin öldüğünü düşünüyordu fakat gerçeği sadece babam, sen ve ben biliyorduk. Bana verdiğin sözü hatırlıyor musun Güneş?" diye sorduğunda, benim de gözlerim dolmuştu.

Ona verdiğim sözü hatırlıyordum. Biz onun sırrını paylaşmıştık ve annesinin evi terk etmesi olayı, sekiz yaşındaki bir çocuk için kolay atlatılacak bir olay değildi.

"'Ben seni asla bırakmayacağım Arda,' demiştim."

Arda'nın gözleri o kadar kırmızıydı ki...

'Ben de seni civciv,' demiştim. Senin yanında olmayı hiçbir zaman istemedim, buna hep ihtiyaç duydum. Senden bir şeyler kazanmak istedim. Hep seni örnek aldım. İkinci adım: Sana âşık mıyım? Şu ana kadar hep öyle olduğunu sandım fakat Burak ısrarla başka bir şeyler olduğunu söylüyordu. Az önce seni öptüm ve Burak'ın haklı olduğunu anladım. Aşk değil, başka bir şey... Aşk olamayacak kadar düz, dostlukla kalamayacak kadar güçlü. Bilmiyorum, hâlâ ne olduğunu anlamıyorum ama bana yardımcı olmaya çalıştığın için teşekkür ederim."

Arda, elinde tuttuğu gitarını kucağına koydu ve diz çöktü.

"Ne yapıyorsun?"

"Sana, hayatımda oynadığın önemli rol için teşekkür etmek istiyorum. En sevdiğin ve her bana çaldırdığında söylemem için yalvardığın, ama benim sürekli söylemekten kaçtığım şarkıyı çalacağım," dedi ve eliyle yanaklarını sildikten sonra, 'Maroon 5'tan 'She Will Be Loved' şarkısını çalmaya başladı.

İlk defa Arda'yı şarkı söylerken görüyordum. O söylerken ve çalarken, dinlediğim, en sevdiğim şarkım, bana hiç bu kadar anlamlı gelmemişti.

İlk nakarata geldiğinde ağlamaya başlamıştım bile. Arda diz çöktüğü yerden yukarı, bana bakarak çalıyor ve söylüyordu, gözlerini benim gözlerimden bir saniye bile ayırmıyordu.

Ne kadar zamandır bu şarkıyı bana söylemeyi bekliyordu?

Arda, sanki şarkı kendisi için yazılmış gibi şarkıyı söylemişti ve beni sonuna kadar ağlatmayı başarmıştı. Aynı zamanda hem mükemmel hem de acı veren dört dakikaydı.

Şarkı bitince Arda ayağa kalktı ve bana yaklaşıp beni alnımdan öptü. Ardından gitarını yolun kenarına attı.

"Güvenmek hata mıdır Güneş?"

Söylediği kelimelerin üstümde bıraktığı etki beni bitiriyordu.

"Arda..."

"Güvenmek hata mı? Bana bunun cevabını söyle."

Yazın başında Demir hakkında olan düşüncelerimin özeti hep buydu aslında. Güvenmek, Demir'in düşündüğü gibi, insanı yeri geldiğinde zayıf bırakan bir şeydi. Hatta sevmekten bile daha güçlüydü güvenmek...

Bu kadar güçlü bir kavramın seni hem ayakta tutacak, hem de düşürecek şey olması çok trajikti.

"Doğru kişiye güvenirsen hayır, yanlış kişiye güvenirsen evet," dedim, Arda'yla olan eski tartışmamızı hatırlarken. O bana bunu söylemişti.

"Bana benim cevaplarımla cevap vermen ne kadar güzel... Bak, benim doğru kişim sendin Güneş, ama artık çok şey değişti. Düşünmek istiyorum. Seni biliyorum, hatta kendimden iyi tanıyorum fakat kendimi anlamak için biraz yalnız kalmaya, daha doğrusu sensiz kalmaya ihtiyacım var."

Arkasını dönüp kampusun otoyolundaki otobüs durağına yürüdü, orada bekleyen iki otobüsten arkadakine bindi ve gitti. Otoyolda yerde duran gitarıyla yalnız kalmıştım. Gitarı yerden aldım ve yürümeye başladım. İçimden otobüse binip onun yanına gitmek geliyordu ama bunu yapamazdım.

Kampuse geri yürümeye başladım.

Tanıdık, gri bir minivan yanımda durdu. Hızlanarak kampuse doğru ilerlemeye devam ettim fakat bir anda beni arkamdan kavrayan kollar gitmemi engelledi ve burnuma bir bez dayadı.

Son hatırladığım şey, Arda'nın gitarının yere düştüğünde çıkardığı sesti.

45. Bölüm

Arda'nın Ağzından

"Ne demek yok? Ne demek Güneş ortadan kayboldu? Siz ne dediğinizin farkında mısınız? Siz nasıl bir eğitim aldınız? Akademinin çevresindeki tüm kamera kayıtları tekrar incelenecek ve gerekirse yirmi altı saat içinde oradan geçmiş her bir insanla konuşulacak! Beni duydunuz mu?!"

Serkan Amca tükenmişti. Güneş tam yirmi altı saattir kayıptı ve onu bulmak için elinden geleni yapıyordu.

"Gerekirse diğer birimlerden destek alacağız. Orada sadece on sekiz yaşında bir kız rehine olarak tutuluyor. Yeğenim bu akşam evine geri dönecek ve on altı kızın ölümünden sorumlu olan pislik de yakalanacak! Herkes işinin başına."

Kalabalık, Serkan Amca'nın ofisinden çıktığı zaman geriye bir tek Ebru Teyze ve ben kalmıştık. Ebru Teyze'nin gözleri artık gözyaşı üretemeyecek hale gelmişti. Ben ise sürekli kendimi suçlamak dışında hiçbir şey yapmıyordum.

"Hepsi benim suçum," dedim.

Serkan Amca "Arda yine başlama lütfen," dediğinde "Hayır, hepsi benim suçum. Onu orada yalnız bırakmamalıydım. Onu kampusun içinden çıkarmamalıydım. Onu benim peşimden gelmeye zorlamamalıydım... Peşimden koşacağını bilmem gerekirdi! Hepsi benim suçum!" dedim ve dünyanın bana vermesi gereken cezayı bekledim.

Güneş'in başına ne gelecekse, veya gelmişse, hepsi benim başıma gelmeliydi. Kim bilir nerede ve kimindeydi...

Ebru Teyze "Hayır, hepsi o psikopat seri katilin suçu, kendini suçlamaya bir kere başladın mı bir daha bırakamazsın Arda. Toparlan," dedi.

Serkan Amca "Oturup hiçbir şey yapamamaktan nefret ediyorum! O seçmelere gitmemesi gerekiyordu, evden çıkmayıp güvende kalması gerekiyordu..." dedi.

O sırada kapı açılıp Demir girdiğinde, hepimiz ona baktık.

"Haber yok. Herkesi soruşturdum ve bir haber olursa hemen bizi arasın diye bizim bara, okula, Güneş'in eski okuluna ve akademiye adam koydum," dedi.

Dün gece ben belki bir veya iki saat uyuyabilmiştim ama Demir'in hiç uyumadığı gözlerinden belliydi.

Serkan Amca "İyi, bazen siviller polislerden daha çok dedikodu yakalayabiliyor," diyerek, Demir'i onayladı.

Demir bana baktı ve "Biliyorsun değil mi? Onu yalnız bırakmaman gerekirdi," dedi.

Haklı olduğu için ona verecek cevabım yoktu. Sustuğumu görünce bana yaklaştı ve sesini yükselterek "O senin peşinden geliyor fakat sen onu bırakıp gidiyorsun! Ya ölmüşse? Ya çok geç kalmışsak? Bunu hiç düşündün mü sen? Düşünmediğim bir salise bile geçmiyor! Her şey senin yüzünden!" diye bağırırken üstüme yürüyordu. Yumruğunu kaldırdığında Serkan Amca onu durdurdu ve aramıza girdi.

"Demir, yan odaya geç ve kayıtlara sen de bak," dedi.

Demir, yumruğunu aşağı indirdi ve geriye doğru bir adım attı fakat gözlerini benim gözlerimden ayırmıyordu.

Bakışlarıyla bana ne anlatmak istediyse anladım ve ikinci defa ona hak vererek kendimden nefret ettim.

Güneş'in Ağzından

Uyandığımda bedenim sanki günlerdir uykudaymış ve uyanmakta direniyormuş gibi davranıyordu. Kımıldamaya çalışmak imkânsızdı. Vücudum beynimle olan ilişkisini kesmişti ve artık emirleri yerine getirmiyordu fakat kendi kafasına göre de hareket etmiyordu. Hiç hareket etmiyordu.

Gözlerimi açtım ve çevreme baktım. Ellerimin bileklerimden kalın bir iple birbirlerine bağlandıklarını gördüm. Kollarımı oynatmak için çok uğraştım fakat ufak bir kımıldamadan ileriye gidemedim. Sanki bedenim, olduğum kilonun üç katı ağırlıktaydı ve ben gözümü kırparken bile büyük bir enerji harcamak zorunda kalıyordum. Bacaklarım iple bağlanmış değildi ama sanki ihtiyaç duyulmamıştı çünkü oynatamayacağımı biliyorlardı...

Bulunduğum gri ve paslı duvarlı odayı incelerken nefesim hızlanmıştı.

Oda karanlıktı ve yukarıda sadece küçük bir pencere vardı. Pek çok kez uyandığımı ve daha sonra tekrar uykuya daldığımı hatırlıyordum. O pencere bazen karanlık bazen aydınlıktı. Delirdiğimi ve kendimi kaybettiğimi hissediyordum. Zaman ve mekân kavramlarını uzun saatler önce kaybetmiştim.

Neredeydim?

Kare şeklindeki odanın sadece bir kapısı vardı ve o kapı da solumda kalıyordu. Bedenimi hareket ettiremediğim için oraya sürüklenerek de gidemezdim.

Odanın küflü kokusu, soğuk zeminin sertliği, tüylerimi diken diken ederken bağırmak istiyordum.

Odada yalnızdım fakat bu durumun hep böyle kalacağını sanmıyordum.

Korkunun adrenaline dönüşmesini engelledim ve sakin kalmaya çalıştım. Son hatırladıklarımı değerlendirmeye karar verdim. Üstüme baktım. Helin'in lacivert ve askılı elbisesini giyiyordum. Seçmelerdeydik. Evet, şarkı söylemiştim ve yanımda Demir'le Arda da vardı. Sonra Arda çok sinirli bir şekilde kampusten dışarı çıkmıştı ve ben de peşinden gitmiştim.

Eğer onun otobüse binip gideceğini bilseydim, yalnız kalacağımı bilseydim gitmezdim.

Ya da kimi kandırıyordum ki? Yine giderdim. Çünkü ben aptalın tekiyim.

Şimdi... kalbimin atış hızını normale düşürebilmek için eniştemi düşünmeye başladım. Kaybolduğumu anladığı anda kocaman bir arama ekibi oluşturacaktı ve beni aramalarını sağlayacaktı. Demir, benim peşimi asla bırakmayacaktı ve bestesinden vazgeçmediği gibi benden de vazgeçmeyecekti. Asla pes etmeyecekti. Arda ise benim kaçırıldığımı anladığı anda geri gelecekti ve beni bulmak için her şeyi yapacaktı.

Geri gelirdi, değil mi?

Oda tamamen boştu. Bir tek ben vardım fakat yakınımda duran boş şırıngaları görünce irkildim.

Kapının kilidinin açılıyor olduğunu duyduktan sonra başımı, ne kadar zorlansam da uyandığım andaki haline getirdim ve gözlerimi kapattım. Hâlâ uyuyor taklidi yaparsam beni kimlerin kaçırdığına dair bilgi toplayabilirdim.

"Uyan bakalım güzellik. Neredeyse iki gün uyudun."

Konuşan kişi bir erkekti ve sesi yabancı değildi. Güvendiğim bir ses olduğunu anlayınca gözlerimi açtım.

"Ateş... Ateş, hareket edemiyorum... yardım et," dedim yavaşça ve beni kurtarmasını dileyerek.

Ateş yanımda duran şırıngalardan birini eline aldı ve "Sadece dozunu haftalar öncesinden ayarladığım ufak bir anestezi," dedi ve şırıngayı odanın diğer köşesine fırlattı. Şırınganın sert zemine çarpışının çıkardığı ses, kulaklarımı tırmaladı ve gözlerimi kapatıp açmama neden oldu.

Bana ne verdiyse neredeyse felç olmamı sağlamıştı ve ben eğer buradan kurtulursam o ilaçların etkisinin geçici olmasını umuyordum.

"Eee, plan hakkında ne düşünüyorsun?" dedi ayağa kalkıp kollarını iki yana açtıktan sonra.

Üşüyordum ve bu yüzden bacaklarımı kendime çekmek istiyordum ama yapamıyordum.

"Sana plan hakkında ne düşündüğünü sordum!!" diye kızarak bağırdığında, ona sadece ağlamaklı bir sesle "Ne... neden?" diye sorabilmiştim.

Seri katilin Demir'in eskiden birlikte olduğu kızlardan biri olması, Cansu veya Cenk olması anlaşılabilir bir durum olurdu fakat Ateş ne alakaydı? Demir'le pek bir iletişimi bile yoktu.

Ateş az önceki bağırışının ardından gülümseyerek "Ben de bunu sormanı bekliyordum," dedi.

Arda'nın Ağzından

Otuzuncu saate girerken karakoldaki herkesle tanışmış ve düşünmeme yardımcı olacak herhangi bir şey öğrenmeye çalışmıştım fakat hiçbir şey elde edemiyordum. Güneş, tam otuz saattir kayıptı. Telefonu sürekli kapalı konumda olduğu için onu takip edemiyorduk.

Tüm bu süre içerisinde sürekli karakoldaydık fakat Demir'le aynı odada beş saniyeden fazla kalmamaya çalışıyordum.

Esma aradı ve ağlayarak benden, onu Güneş'in yaşıyor olduğuna ikna etmemi istedi.

Yapamadım.

Yaşadığını ummakla yetindim. Acaba susamış mıydı? Aç mıydı? Üşüyor muydu yoksa... yanıyor muydu? Uyuyor muydu, uyanık mıydı? Onu kurtaracağımıza inanıyor muydu? Kendimi suçlamaya ara verdiğim dakikalarda hep bunları düşünüyordum.

Güneş'in Ağzından

"İşin aslı şu ki intikam almak gerçekten muhteşem bir his," dedi Ateş ve yanımdaki boş şırıngalara tekme attı.

Her ani hareketiyle, korkudan irkilmeme neden oluyordu.

"Demir sana on altı kız öldürtecek kadar ne yaptı?" diye sordum zayıf bir sesle.

"İş bir tek Demir'le bitmiyor diyelim," diyerek, bana cevap verdi ve tam karşımda yere çöktü. "Bu arada o sayının hep on altı olarak kalacağını sanmıyorum," dediğinde nefesimi tuttum.

"Sorununun kiminle olduğunu bilmiyorum ama neden masum kızları öldürüyorsun?"

"Demir'e zarar vermek için."

"Ama o on altı kız Demir'in umrunda değildi ki..."

"İşte ben bunu Cansu'dan sonra öğrendim," dedi.

Cansu... Cansu acaba Ateş'in kim olduğunu biliyor muydu? O da mı işin içindeydi? Sonuçta bu kadar şeyi yalnız yapması imkânsız olurdu.

"Ama bana öyle bakma... Cansu'yu düşündüğünü biliyorum. Cansu'nun olayla ilgisi yok. O sadece sizin yakın çevrenize girebilmek için kullandığım bir piyondu o kadar," dediğinde Cansu'nun tüm bunları öğrendiğinde, neler hissedeceğini düşündüm.

Cenk'ten sonra bir de Ateş'le ilgili böyle şeyler yaşaması onu aşktan tamamen soğutacaktı ve eski haline geri dönecekti.

"O seni gerçekten seviyordu, onu ne kadar üzeceğinin farkında değilsin," dedim. Bir yandan da bacaklarımı oynatmayı deniyordum fakat etkisi altında olduğum doz, gerçekten işe yarıyordu.

"Seks iyiydi. Bu yüzden çok sorun olmadı. Listede o da vardı fakat bana Uludağ'dayken eski yaşamını anlattığında, Demir ve senle ilgili olan kısımları daha dikkatli dinledim. Sonra onu öldürmemin hiçbir işe yaramayacağını anladım sonuçta insanları keyfimden öldürmüyordum, belirli bir amaç uğrunaydı her şey."

"Ve o amaç da intikam, öyle mi?"

"Benim asıl anlayamadığım şey, seni rehine tutuyorum ve yakın bir zamanda öldüreceğim. Vücudun yarı felç konumda ve korkudan titreyerek konuşuyorsun. Nasıl oluyor da bu konumdayken bile başkalarını düşünebiliyorsun?" diye sorduğunda, Cansu'yu düşünmemden bahsettiğini anlamıştım.

"Ben problemliyim," dedim. Cebinde silah mı vardı?

Kahkaha attı. "Benim kadar olamazsın Güneş," dedi.

Arda'nın Ağzından

Doğukan ve Helin karakola gelip bizimle durmayı teklif etmişlerdi fakat Serkan Amca, Demir'le benim haricimde başka kimseyi burada görmek istemediğini söylemişti.

Her saniyesinden nefret ettiğim otuz yedi saat hızla geçtiğinde hâlâ Güneş'in nerede olabileceğine dair bir iz yakalayamamıştık. Serkan Amca herkese emir vererek ve bağırarak işlerin hızlanmasını sağlıyordu ama işler ne kadar hızlanırsa hızlansın bir çözüme ulaşamıyorduk.

Demir sık sık arabayla dolaşmaya çıkıp, Güneş'in gitmiş olabileceği yerlere bakıyordu fakat biliyorduk ki Güneş, hayatında öldürülme gibi bir tehdit varken başını alıp kaçmazdı.

Güneş kaçırılmıştı. Bu kadar netti.

Serkan Amca'nın odasına üstüme yürüdüğünden beri, Demir'le hiç konuşmamıştım.

Gece yarısı olmasına rağmen karakol sürekli hareketli ve kalabalıktı. Tabii ki tek ilgilenilen olay Güneş'in kaçırılması değildi fakat objektif düşünemiyor, Güneş'in olayıyla ilgilenmeyen her memura içten içe kızıyordum.

Duvarların üstüme geldiğini hissettiğim zaman hava almak için karakolun dışına çıktım. Kapıda Demir vardı ve elleri siyah deri ceketinin ceplerinde, geceyi izliyordu.

Yanına geldiğimi görünce bana "Sigaraya ihtiyacım var," dedi.

"İstiyorsan alabiliriz..." diye önerirken, cebinden yanmamış bir sigara ve çakmak çıkardı.

"Az önce sigara içen iki polisten birinden istedim,çakmağı da geri götüreceğim," dedi ve ellerini tekrar cebine soktu.

"Sigaran varsa neden yakmıyorsun?"

"Çünkü o lanet olası sarışına söz verdim," dedi gözlerini benden kaçırarak. Yine yoldan seyrek de olsa geçen arabaları izlemeye döndü.

Yalnız kalmaya ihtiyacı olduğunu düşünüp karakola geri döndüm. Girişin oradaki koltuklardan birine oturup şubedeki koşuşturmaları izlerken, Demir beş dakika sonra geri geldi ve tuttuğu sigarayla çakmağı bir polis memuruna geri verdi.

Güneş'in Ağzından

Ateş, "Bence her öldürülen insan ölmeden önce neden öldürüldüğünü bilmeyi hak eder. Şu ana kadar tüm öldürdüğüm kızlara öldürmeden önce kısa bir açıklama yaptım ve hepsinden özür de diledim. Şimdi sana da bir açıklama yapacağım fakat bu sefer kısa özet geçmeyeceğim çünkü sen sonuncu kızsın ve güzel bir final yapmak istiyorum..." dedi. Ardından cebinden bir silah çıkardı. Silahı eline aldı ve bana nişan aldı.

Gözlerim silahın ateşleneceği noktadan ayrılmazken silahı indirdi ve "Korkma korkma, daha eğleniyoruz, su içmek ister misin?" diye sordu.

Ateş bana iki gündür uyuduğumu söylemişti. Bu, iki gündür ne yemek yediğim ne de su içtiğim anlamına geliyordu.

"Evet," dedim. Suyun içine ne kattığı umrumda değildi.

Ateş odadan çıktı ve beni birkaç dakikalığına yalnız bıraktı. Kollarımı bacaklarıma götürmeyi denediğimde bu sefer az da olsa başarabilmiştim. İlk uyandığım zamandan şimdiye, ilacın etkisi az da olsa geçmişti ve eğer zaman kazanmaya devam edersem felç olma durumundan tamamen kurtulabilirdim. Sanırım tek yapmam gereken konuşmak ve konuşturmaktı.

Kollarımla bacaklarıma dokundum fakat hiçbir şey hissetmedim. Bileklerimdeki kalın ipi bacağıma sürtmeye çalıştım fakat onu da hissetmedim.

Bu, tek kelimeyle korkunç bir şeydi.

Ateş kapıyı açıp içeri girdiğinde, artık kapıyı kilitleme ihtiyacı duymadığını anlamıştım. İğnenin işe yaradığını görmüştü.

Bir şişe suyu açtı ve şişeyi bana yaklaştırıp kolayca içmemi sağladı. Tüm şişeyi bitirdiğimde geri çekti ve kapağını kapattı. Suyu içince midem bana ne kadar aç olduğumu belirtmek için bağırmaya başladı.

"Birileri susamış..." dediğinde, ona "Neden birazdan öldüreceğin birine su içiriyorsun?" diye sordum.

"Dediğim gibi, öldürmekten zevk almıyorum. Her şey sadece bir amaç uğruna..."

"Anlatıyordun..." dedim ve ona yarıda kaldığını belirttim.

"Ha, evet. Anlatıyordum. Her şey hiç de şirin olmayan bir evde, iyi geçinmeye çalışan bir aileyle başladı. Savaş ve ben genelde iyiydik fakat annemin kanser olduğunun ortaya çıkmasıyla birlikte, babam zaten yapıyor olduğu işe daha çok tutundu. Annemin ilaçlarının parasını karşılayabilmek ve bize bakabilmek için daha çok çalışmaya başladı. Sabah erken çıkıp eve gece geç geliyordu fakat bizimle olan iletişimini asla koparmıyordu. Ne iş yaptığına dair bir fikrim yoktu çünkü sadece çok önemli bir işadamıyla çalıştığını ve genellikle gizli şeyler yürüttüklerini söylüyordu. Bu benim ilgimi çekmişti ve araştırmaya başlamıştım fakat o işadamı her kimse, yaptıklarını gizlemeyi iyi biliyordu ya da en azından babamın ismini iyi saklıyordu. Annemin hastalığı ne bir iyileşme ne de bir gerileme gösterdiği için, kullandığı ilaçlara devam etmesi gerekiyordu fakat ilaçlar artık Türkiye'ye gelmiyordu. Babam sipariş ederek yurt dışından getirtiyordu ama bütçemiz bunu bir süre sonra kaldıramayacaktı. O da bunun farkındaydı ve çalıştığı yerden ek işler istemeye başladı. İstediği ek işleri yerine getirirken bizden soğudu ve artık eve çok nadir gelmeye başladı..."

Ateş'in anlattığı aile dramından Demir'e ve bana nasıl geleceğini bilmiyordum fakat bu kadar büyük bir cinayet döngüsünü küçük bir olaydan yola çıkarak yapamazdı. Sanırım bunlar sadece buzdağının görünen küçük kısımlarıydı.

"Biz, daha çok küçüktük ve ne olduğunu anlamıyorduk fakat bir gece babamı annemle konuşurken dinledim. İstifa edeceğini ve artık ne olursa olsun kaldıramayacağını söylüyordu. Annem ısrarla iş olarak ona ne yaptırdıklarını soruyordu fakat babam ona söylemiyordu. Eğer birine söylerse çalıştığı işadamının onun başına bela açacağını düşünüyordu. Tek bildiğim bunlardı ve o gece babamı gördüğüm son gece oldu."

Bir dakika...

"Babanın adı neydi?"

"Doğan. Neden sordun?"

Demir'in babasının sağ kolu ve Gökhan Erkan'ın pis işlerini kapatmaktan nefret ederken istifa eden adam.

"Ben de babamı kaybettim ve o acıyı tattım. Adını anmak istedim,"dedim.

Ateş bana teşekkür etti ve ardından anlatmaya devam etti.

"Babamın ortadan kaybolduğunu veya öldüğünü biliyordum fakat o yaştayken hiçbir zaman aklıma istifa etmek istediği işten dolayı öldürüldüğü gelmemişti. Zaman ilerledi ve ben evden ayrı yaşamaya başladım. Annemi acı çekerken görmeye katlanamıyordum. Çok iyi basketbol oynuyordum ve bu sayede derslerim ne kadar kötü olursa olsun bulunduğum okul beni koruyordu. Savaş, okulunu bir süre bıraktı ve sadece çalıştı. Kısa sürede çok para kazanması gerekiyordu ve bu yüzden pis işlere bulaştı. Bu nedenle, okula geri dönmek istediğinde Atagül Lisesi'ne düştü. Hayatının bu evresinde onun yanında değildim ama bir kardeş olarak sürekli onu uzaktan izliyordum," dedi.

"Sorunun Gökhan Erkan'laymış. Onu öldürdün, diğer kızların ne suçu vardı?"

Benim ne suçum var?

"Basketbol bursu... Üniversitede basketbol ile çok iyi bir burs alacaktım ve mezun olduktan sonra da o üniversitenin adı sayesinde iyi bir iş sahibi olacaktım. Annemi daha iyi doktorlara götürebilecek ve belki de tedavi ettirebilecektim fakat bir gün basketbol maçımız, Demir'in o sırada bulunduğu okullaydı ve sadece kazanabilmek için bizim takımın en iyi oyuncusunu, yani beni sakatlamak istediler. Maç sırasında blok yaparken bacağıma yediğim darbe yüzünden sakatlandım ve doktorum bana bir daha asla spor yapamayacağımı söyledi," dedi.

"Sakatlığının tenisten olduğunu söylemiştin..."

"Evet, basketbol deseydim Demir beni tanıyabilirdi. Zaten okula ilk geldiğim günlerden birinde ona tanıdık geldiğimi söylemişti. Adam, sakatlayıp spor hayatını bitirdiği diğer oyuncunun suratını bile tanımaktan acizdi," dedi.

"Seni sakatlayan o muydu?"

"Ta kendisiydi ve bitirdiği şey sadece spor hayatım da değildi. Her şeyimi bitirdi. Sakatlanınca okul beni attı ve derslerim de iyi olmadığı için başka hiçbir okula gidemedim. Bir yıl boşta kaldım. Savaş'la beraber annem için biriktirdiğimiz tüm parayı, ben tekrar yürüyebileyim diye bacağımın ameliyatlarına harcadık."

"Annen..."

"Annem öldü!" dedi sesini yükselterek.

Ne cevap vereceğimi bilemiyordum fakat tüm bu intikam işlerine neden olan olayları anlatmak, anılarının tekrar yaşanmasına sebep olmuştu. Bir katilden korkarken şimdi de üzgün bir katilden korkmaya başlamıştım ve nedense şimdikinin daha tehlikeli oluğunu düşünüyordum.

Arda'nın Ağzından

Oturduğum koltukta biri beni uyandırdığında sabah olduğunu gördüm.

"Kalk bakalım, bir şeyler ye," dedi Serkan Amca'nın arkadaşlarından biri ve tuttuğu poşetteki simitlerden bir tanesini bana verdi.

"Çay ocağından çay da al. Uyan bakalım, yine uzun bir gün başlıyor," dedi.

Simit için teşekkür ettim ve ardından çay ocağına ilerledim. Serkan Amca'yı çay ocağında görünce bir anda aklıma bir fikir geldi.

Büyük bir heyecanla "Gökhan Erkan'ın öldürüldüğü depoya baktık mı?!" diye sordum.

Güneş'in eniştesi, "Evet evlat, oraya ve çevresine çoktan baktık," dedi. Yine elimiz boştu.

"Demir nerede?"

"Kayıt odasında. Hâlâ kampüsün oradaki kayıtlardan nasıl bir şey bulunamadığını anlamaya çalışıyor. Senden rica ediyorum,-lütfen bir tatsızlık çıkarmayın. İkinizin de burada kalmasına izin veriyorum ama beni pişman ettirmeyin," dediğinde ona merak etmemesini söyledim.

Kayıt odasına girip Demir'i ve orada çalışan üç görevliyi daha gördüğümde, Demir'e selam verdim. Demir elimizde yeni bir şey olmadığını belli edecek bir şekilde başını iki yana salladığında, onun yanına yaklaştım ve simit isteyip istemediğini sordum.

Güneş kaçırılalı yaklaşık kırk yedi saat olmuştu. Öğlene doğru Ebru Teyze'yi görmek için onların evine gittim. Mert'le evde olmadıklarını görünce bendeki anahtarla evlerine girdim. Yaklaşık altı yıldır, bizim evin anahtarları Güneş'te, Güneş'in evinin anahtarları bende vardı. Sadece Güneş halasının evine taşındığı zaman bir anahtar değişikliği yaşanmıştı o kadar.

Salona ve gitar çalıştığımız yere baktım. Buradaki son çalışmamızın üstünden sadece üç gün geçtiğine inanamıyordum. Üç günde çok şey değişmişti.

Güneş'in odasına girdim ve yatağının üstüne oturdum. Duvardaki posterlerden tavandaki fosforlu yıldızlara kadar baktım. Yatağa uzandım ve tavandaki yıldızların, fosforlu gezegenler arasındaki yarışını izledim. Güneş'in de gece bunları izlediğini hayal ettim ve varlığını istedim.

Yatak onun gibi kokuyordu. Şeker gibi, tatlı ve güzel.

Kalkıp çalışma masasının yanındaki mantar panoya astığı fotoğraflara baktım. En ortada ailesiyle Disneyland'da çektirdiği bir fotoğraf vardı. İki yanından birinde halası, eniştesi ve Mert'le olan fotoğrafı, diğer yanında ise kafede kutladığımız benim onuncu yaş günü partimden kalan, ben iki elimle 'on' sayısını gösterip poz verirken Güneş'in bana sarıldığı ve güldüğü fotoğraf vardı. Fotoğrafta, Güneş'in başındaki pembe parti şapkası kaymıştı ve düşmek üzereydi. Tüm tatlılığına gülümsedim.

Onun yanında, müzikal ekibiyle İstanbul üçüncülüğünü kazandıkları andaki fotoğraf vardı. Güneş'in arkasında Demir duruyordu ve Güneş kırmızı, kalın bir kalemle Demir'in yüzünü kalp içine almıştı. Tekrar güldüm.

Kafede benim grubumla birlikte şarkı söylerken bir fotoğrafı, kardeşi Atakan doğduğu zaman onun küçük elini tutarken bir fotoğrafı, Esma ve Helin'le pijamalı fotoğrafları, Bodrum'daki sörfçü tayfayla çekildikleri bir fotoğraf, Demir araba kullanırken Güneş'in gizlice poz vererek çektiği selfie'ler... biz, tekrar biz, tekrar biz ve bu yaz Bodrum'da karşılaştığımız eski arkadaşımız Elif'le olan fotoğrafımız...

Güneş'le olan fotoğraflarımız telefonumda ve bilgisayarımda vardı fakat elimde basılı bir tane bile yoktu. Sanırım bir tanesini çalsam bana kızmazdı.

Onuncu doğum günümden kalan fotoğrafımızı, asılı olduğu iğneden kurtardım ve katladıktan sonra cebime koydum. Dopdolu olan mantar panoda boşluk kalınca kötü göründüğünü düşündüm ve Güneş'in çalışma masasından bir kâğıt aldım. Kalemliklerden birinden elime ilk gelen tükenmez kalemle, kâğıdın üstüne bir yazı yazdım ve ardından kâğıdı az önce çaldığım fotoğrafın yerine astım. Astığım kâğıt panodaki boşluğu kapatınca "Herhalde çok kızmaz," diye düşündüm ve karakola dönmeye karar verdim.

Güneş'in Ağzından

"Yani kısacası bana davamda haksız olduğumu söyleyemezsin," dedi.

"Haklı olduğunu da söyleyemem," diyerek cevap verdim. Hiçbir zaman birini öldürmek seni haklı yapmazdı.

"Ama hikâyemden etkilenmiş gibi görünüyorsun."

"Etkilendiğim doğru. Hadi Gökhan Erkan'ı öldürdün, tamam. Şahsen dünyadaki varlığından zevk almıyordum ve kendimce nedenlerim vardı fakat masum ve olayla bağlantısı olmayan kızları katletmek... Bunda ne kadar haklısın?"

"Hayatta birine zarar verebilmek için iki şey yaparsın: Ya zayıf noktasına saldırırsın, ya da sevdiği şeyleri elinden alırsın. Gökhan Erkan'a zarar vermiştim. Hayatta en çok değer verdiği şey kendisiydi ve ruhunu bedeninden ayırarak gerekli cezayı yerine getirmiştim. Konu Demir Erkan'a geldiğindeyse, ne zayıf noktası ne de sevdiği bir şey vardı. Onun da babası gibi kendisine çok değer veren biri olduğunu sandım fakat daha en baştan Atagül Lisesi'nde oluşu ve davranışları, bana hatalı olduğumu kanıtladı."

"Keşke vazgeçseymişsin," dedim konuşmayı uzatmak için.

"Vazgeçemezdim. Sonuçta bir işe başlamıştım ve bitirmeden bırakamazdım. Zamanla onu izledim ve hiçbir şey elde edemedim. Ta ki Cenk isimli geri zekâlının tekine rastlayana kadar..."

"Cenk de mi işin içindeydi?" diye sordum.

"Sizi kaçırdığımız ve Gökhan Erkan'ı astığım günkü görüntüyü hatırlamıyor musun? O kadar paralı adamı orada tutmak bütçe ister ve Cenk de bu bütçenin kaynağıydı. Tabii, sonrasında olaya polisler dahil olunca tüydü fakat baştan bana verdiği para hep benimle kaldı."

"Cenk'in Amerika'da olduğunu sanıyorduk."

"Öyleydi. Demir konusunda arkamı toplamak istedim fakat çevredeki hiç kimse bana sıcak bakmadı. Herkes ondan korkuyordu fakat geçen sene yaşanan olayları anlatmaktan da çekinmiyorlardı. Bu olaylarda adı en çok geçen isimlerden biri Cenk, diğeri ise Cansu'ydu," dedi ve bütün taşların yerine oturmasını sağladı.

"Yani Cenk'i buldun ve sana yardım etmeyi hemen kabul etti, öyle mi?" diye sordum. Ateş konuşurken dikkatini anlattıklarına verdiği için benim ellerimi kıpırdatabilmeye başladığımı görmemişti. Sürekli onu konuşturarak hem zaman kazanmaya çalışıyordum hem de vücudumu oynatmaya çalışıyordum.

"Demir'in adını duyar duymaz planın ne olduğu onun için önemli değildi. Hatta Demir'i alt etmek için Cansu'yu bile kullanabileceğimi söylemişti," dedi.

Dikkatini daha da dağıtmak için "Yalan söylemiş. O Cansu'yu çok seviyordu ve asla böyle bir şey söylemiş olamaz," dedim sırtımı dikleştirirken.

"Açıkçası bana öyle dedi ve ben de şans eseri bir gün Cansu isminde kahverengi saçlı, oldukça iyi fizikli ve seksi bir kıza rastladım. Kızın âşık olacak birine ihtiyacı vardı ve benim de sizin çetenize girmeye... Gerisi ise sadece rol yapmaktı," dedi ve ardından yarım saattir elinde çevirerek oynadığı silahına, diğer cebinden çıkardığı üç kurşunu dizmeye başladı.

"Ya Savaş? O anlamadı mı?" diye sorarak onu biraz daha konuşturmaya çalıştığımda, Ateş "Hayır. Kardeşini geri kazandığı için mutluydu," dedi ve ardından kurşun dizme işlemini bitirdi.

"Eee peki şimdi ne olacak? Sadece beni öldüreceksin ve cesedimi mi bulacaklar?"

"Ne oldu, beğenemedin mi güzelim?"

"Sadece senin gibi muhteşem bir zekâdan daha yaratıcı bir şeyler beklerdim," dedim.

"Ne yapmamı istersin? Seni parçalara ayırayım mı? İstiyorsan hepsini küçük bir çatal yardımıyla da yapabilirim. Hatta daha eğlenceli olması için anestezi etkisinin geçmesini de bekleyebiliriz, böylece daha çok çığlık atarsın. Ya da, sen Demir'in sevgililerinden birisin... Onu tatmin etmek zor olsa gerek. Belki de sana tecavüz ederim ve yeteneklerini konuşturmak zorunda kalırsın, ne dersin?"

Söyledikleri karşısında kocaman açılan gözlerimi görünce güldü. "Merak etme, seni öldürürken zevk almayacağım. Hatta öncesinde özür bile dileyeceğim. Acısız olacak, tek bir kurşun..." dedi ve başıma doğru nişan aldı.

Titrerken "Teşekkür etmem mi gerekiyor?" diye sorduğumda, cebinden kendi telefonunu çıkardı ve bir numara tuşladı. Telefonla konuşurken bana doğrulttuğu silahı indirdi ve tekrar elinde çevirmeye başladı.

"Alo, evet bir ihbarda bulunacaktım. Adım Cenk Kartaloğlu ve az önce yaklaşık on sekiz yaşlarında sarışın ve lacivert elbiseli bir kızı iki maskeli adamın zorla bir binaya götürüldüğünü gördüm. Kızın kim olduğunu bilmiyorum ama sanırım Anadolu Yakası'ndan Atagül Lisesi öğrencisi. Geçen seneki müzikal yarışmasından bana tanıdık geldi. Kızla şu anda bulundukları bina Avrupa Yakası'nda. Taksim meydanındaki en büyük iş merkezinin solundaki beyaz apartmandalar," dedi ve ardından teşekkür ederek telefonu kapattı. Sonra telefonun arkasındaki pili çıkarıp yere attı.

"Yanlış adres, takip edilemeyecek bir telefon ve Cenk'in ismi," dedi.

"Neden Cenk'in ismini ve soyadını söyledin?"

"Beni yarı yolda bırakmıştı, biraz da onun başı yansın," dedi.

Arda'nın Ağzından

Güneş kaçırıldığından beri yaklaşık elli saat geçmişti ve karakola gelen bir telefon herkesi ayağa kaldırmaya yetmişti.

Gelen telefon Serkan Amca'ya bildirildiği anda, Serkan Amca bir operasyon timi oluşturdu ve hemen plan yaptı. Acil bir toplantı düzenlendi ve tüm görevli kişiler o toplantıya katıldı.

Demir'le birlikte ihbarı yapan kişinin Cenk olduğunu duyduğumuzda şaşırdık ve toplantıya katılmak istedik. Toplantı büyük bir ofiste yapıldı. Binanın planı çıkarıldı ve planlar yapıldı. Olayların ne kadar hızlı ilerlediğini görüyorduk ve mutlu oluyorduk. Güneş'i kurtaracaktık.

Operasyon timi yola koyulmak için otoparka çıktığında biz de Demir'le onları takip ediyorduk. Demir, anahtarıyla arabasının kilidini metreler ötesinden açtı ve hızla yürümeye devam etti. Ben de onu takip ediyordum.

Serkan Amca beni omzumdan yakalayıp durdurunca şaşırdım.

"Nereye gidiyorsunuz?" diye sordu.

Demir de benim durduğumu fark edince durmuştu ve geri gelmişti.

Demir "Zaman kaybediyoruz,"dediğinde Serkan Amca "Hiçbir yere gitmiyorsunuz, merkezde bekleyeceksiniz," dedi.

"Nasıl bekleyeceğiz?" diye sorduğumda, Demir "Evet, bekleyemeyiz. Biz de geliyoruz," dedi ve arkasını dönüp arabasına yürümeye başladı. Serkan Amca beni bırakıp bu sefer onun arkasından gitti ve aynı şekilde onu durdurdu.

"İçeri," dedi.

Demir'in onu dinlemeyeceğini anlamış olmalıydı ki, bir memuru bizi karakolda tutması konusunda tembihledi ve ardından timle beraber karakolu terk etti.

Serkan Amca'nın ofisinde Demir'le birlikte oturmaya başladık.

Demir "Güneş orada, savunmasız ve kim bilir kiminle beraber... bizse burada oturup onu bekliyoruz," dediğinde içinden küfür ettiğini biliyordum.

"Aynı fikirdeyim, ben de gitmek istiyorum fakat yapabileceğimiz hiçbir şey yok,"dedim.

Keşke olsaydı.

Güneş'in Ağzından

Ateş sahte ihbarı verdikten sonra odadan çıktı ve uzun bir süre gelmedi. Bacaklarımı kımıldatmayı denediğimde biraz başarılı olduğumu düşündüm ve dakikalar ilerledikçe vücudumu tekrar hissedebilmeye başlıyordum. En az kırk beş dakikanın geçtiğini düşünüyordum ki odaya geri girdiğinde, elinde benim küçük çantam vardı. İçinde telefonumun ve diğer eşyalarımın olduğu çantamı gördüğümde telefonu bir şekilde eniştemi aramak için kullanabileceğimi düşündüm.

İyi ki Demir seçmelerdeyken çantama koyduğum eşyalarını ona seçmeler bitince geri vermiştim. Yoksa telefonla ulaşabileceğim kişi sayısı azalırdı.

"Sıkıldın mı?" diye sordu Ateş, bir yandan çantamdan telefonumu çıkarırken.

"Biraz, sen sıkıldın mı?" diye sordum. Hâlâ zaman kazanmaya çalışıyordum.

"Evet, oldukça fazla sıkıldım fakat şimdi biraz eğleneceğiz. PIN kodun ne?" diye sorduğunda, telefonumu tüm bu süre boyunca kapalı tutmuş olduğunu anladım.

"1907," dedim hiç beklemeden. Telefonumu açtığım anda yerimi tespit edebilmeleri kolaylaşabilirdi.

"Yarım saat boyunca çantamı mı aradın?" diye sorduğumda, bana "Bir saat, ve hayır. Cansu'yla telefonda konuştuk. Şu anda kuzenlerimin yanında, Ankara'da olduğumu sanıyor," dedi.

"Cansu'yla ne yapacaksın?"

"Tüm bunlar bittiğinde mi? Açıkçası tüm bu oyun yirmi dakika içinde bitecek ve ben de daha sonra beni yarı yolda yalnız bıraktığı için Amerika'ya, Cenk'in peşine gideceğim," dedi.

"Yeni bir intikam planı daha yani, onu da mı öldüreceksin?"

"Düşünürüz. Nasılsa uçakta çok boş vaktim olacak," dedi ve ardından telefonumdan, birini aramaya başladı.

Telefonun çaldığından emin olduktan sonra telefonu hoparlöre aldı ve kucağıma bıraktı. Demir'i arayan telefonum kucağımdayken Ateş, silahın güvenliğini kapattı ve silahı alnıma dayadı.

"Normal konuşacaksın, tek bir mesaj verdiğini bile anlarsam yirmi dakika beklemem," dedi.

"Güneş?"

Demir'in sesini duyduğum anda tüylerim diken diken oldu. Dudaklarımı araladım fakat söylemek istediğim onca kelimeden hangisini söyleyeceğimi seçemedim.

"Güneş, iyi misin? Neredesin? Enişten seni almaya geliyor," dedi Demir.

Cevap verememeye devam edince Ateş, silahı alnıma bastırıp beni dürttü. "Demir," diye fısıldadım.

Arda'nın Ağzından

Demir oturduğu koltuktan ayağa fırladı ve kulağında tuttuğu telefonu hoparlöre alıp masanın üstüne bıraktı.

Demir "Buradayım Güneş, seni bekliyoruz. Özel tim seni almaya geliyor..." dediğinde, Güneş "Biliyorum," dedi.

Demir "İyi misin? Onlar size gelirken benim yapabileceğim bir şey var mı?" diye sordu.

Güneş "Seni seviyorum," dedi zayıf sesiyle. Çok üzgündü ve sesi titriyordu.

Demir "Ben de seni seviyorum fıstık, iyi olacaksın..." dedi gülümserken. Gözleri mutluluktan dolmuştu. Bense hâlâ Güneş'in nasıl telefonuna ulaştığını ve Demir'i arayabildiğini düşünüyordum.

"Ben.. ben.. sadece sesini duymak istemiştim," dedi.

"Gelmemi ister misin? Buradan çıkıp gelebilirim, gelirken yanımda ne getirmemi istiyorsun?"

"Biraz üşüyorum," dedi Güneş, bana çok uzak gelen bir ses tonuyla.

"Tamamdır, ceketinle beraber geliyorum o zaman."

Demir gülümsemeyi bırakamıyordu. Sesi hâlâ normal çıkmasına rağmen, gözlerinden yanaklarına inan gözyaşları, onun mutluluktan ağladığını gösteriyordu.

Güneş *"Arda'yı da çok seviyorum, onu görürsen ona özür dilediğimi söyler misin? Son konuşmamız pek iyi bitmemişti,"* dediğinde, Demir bana baktı ve konuşmamam için işaret parmağını dudaklarını, üstünde tuttu. Başımı evet anlamında salladım ve konuşmayacağımı gösterdim.

Güneş'in yanında her kim varsa, onun Demir'le konuşmasını istemişti ve bu yüzden ona telefon vermişti. Şimdilik Güneş'in ve hepimizin iyiliği için o kişinin istediğini almasına izin veriyorduk.

Güneş'in Ağzından

Demir'den Arda'ya söylemesini istediğim şeyi söylediğimde, Demir "Söyledim say," demişti.

Konuşma durmuştu fakat ben telefonu kapatmak istemiyordum. Ateş onlara yanlış adresi vermişti ve neredeyse tüm karakolun o adrese gittiğinden emindim. Arda'yı bilmiyordum fakat Demir'in şimdilik karakolda olduğunu öğrenmiştim. Eğer ona nerede olduğumu belli edecek ufak bir ipucu bile verebilirsem... beni bulabilmesi için ona yardımcı olursam...

Yavaş yavaş Ateş'in anlamayacağı fakat Demir'in anlayacağı kelimeleri kafamda toparlamaya çalışırken, konuşma durmuştu ve Ateş her an bize telefonu kapattırabilirdi. Telefonu bir kez kapattı mı bir daha Demir'e veya bir başkasına ulaşamayacaktım.

Demir "Güneş, ben senden çok şey öğrendim..." diyerek söze başladığında derin bir nefes alıp verdim. Konuşmayı devam ettiriyordu.

"Sen bana yaşamayı öğrettin. Bir şeylerden ilk defa seninle zevk aldım ve ilk defa seninle mutlu oldum," dediğinde bu konuşmanın son konuşmamız olabileceği düşüncesi beni ağlatmaya yetmişti.

"Hıçkırıklarını duyuyorum, ağlama. Birazdan polisler orada olacak ve seni bana getirecekler. Her şey bitecek ve yine birlikte olacağız. Günlerce sensiz yaşamaya çalıştım ve her saniye öldüğünü düşündüm. Bu beni bitirdi. Şimdiyse sen yaşıyorsun ve seninle konuşuyorum, bu beni o kadar mutlu ediyor ki..."

"Demir, lütfen..."

"Hayır Güneş. Bitirmeme izin ver, sen bana sevmenin zayıflık olmadığını öğrettin. Her zaman güçsüzlük olarak gördüğüm duygular, eğer yeterince güçlüyse, bana destek vermeye başladı. Nefret eğer güçlü bir duyguysa aşk ondan kat kat daha güçlü ve asla bir zayıflık değil. Sen benim zayıflığım değilsin, sen benim dünyamsın. Sana âşığım ve hiçbir şeyin, hiç kimsenin sana zarar vermesine izin vermeyeceğim. Ben yaşadığım sürece kimse sana dokunamayacak ve ben hep senin yanında olacağım."

Demir'in bunları söylerkenki ses değişikliğinden ağladığını duyabiliyordum fakat Ateş, sanırım amacına ulaşmıştı ki telefonu kucağımdan almıştı. Kapatmak üzereyken "Demir!" diye bağırdım.

Ateş silahı tekrar alnıma dayadı ve ne söyleyeceğime dikkat etmem gerektiği konusunda bakışlarıyla uyardı.

"Efendim balım?"

"Büyük ihtimalle eniştemle dönerken kuzenime yetişemeyeceğim. Rica etsem Mert'i yuvadan alır mısın? Aaa.. bir de en sevdiği oyuncağı da yanında götürmeyi unutma, oyuncak arabayı yine evde unutmuştur..." dedim verdiğim mesajı anlamasını umarak.

Demir biraz bekledi, birkaç saniyelik sessizliğin ardından "Tamamdır güzelim. Sen hiç merak etme. Yakında görüşürüz," dedi ve telefonu kapattı.

Rahatlayarak sırtımı arkamdaki sert ve soğuk duvara yasladım.

Arda'nın Ağzından

Demir, telefonu kapatır kapatmaz cebine koydu.

"Mert yuvaya gitmiyor," dedim.

"Biliyorum ve en sevdiği oyuncak arabasını da ben kırmıştım."

"Yani öyle bir oyuncak yok."

"Öyle bir oyuncak yok, yuva yok fakat söylemek istediği şey ortada," dediğinde, koltuğunun arkasına asmış olduğu deri ceketini aldı ve giydi. Büyük bir hızla kapıyı açtı ve odadan çıktı. Arkasından gittim.

"Yani?!" diye sorduğumda, bana döndü ve buradan bir an önce çıkmamız gerektiğini söyledi. Ona çıkamayacağımızı, Serkan Amca'nın kesin emir verdiğini anlatmaya çalıştığımda, bana sessizce Güneş'in ihbardaki adreste olmadığını söyledi.

Boş olan kayıt odasına girdiğinde onu takip etmek ve parçaları birleştirmeye çalışmak haricinde bir şey yapmıyordum.

Demir son iki günde öğrendiği kayıt sistemindeki araba arama yerine girdi ve bana Doğukan'ı aramamı söyledi.

Neden olduğunu anlamayarak ona baktığımda "Hemen!" diye bağırdı ve kayıt sistemine tek tek aradığı aracın özelliklerini girmeye başladı.

Gri.

Minivan.

Doğukan'ı arayıp telefonu Demir'e verdiğimde, Demir hızlı bir şekilde Ateş'in plakasını sordu. Doğukan'dan aldığı cevabı ekrana girdikten sonra telefonu kapattı ve bana geri verdi.

Kayıt sistemi hızlı bir şekilde sonuç verince "Bingo!" dedi ve karakolun çıkışına doğru ilerlemeye başladı.

Mert'in en sevdiği oyuncak gri minivanıydı ve Ateş'in arabasının aynısıydı. Güneş'in vermek istediği mesaj buydu ve Demir'in onu anlayacağını biliyordu.

Demir'e onu anladığımı belli etmek için "Hemen buradan çıkmamız lazım," dedim.

Demir hızlıca kapıda duran güvenlik görevlisine çıkmak istediğini söyledi. Görevli onun tüm ısrarlarına rağmen izin vermeyince, Demir sinirlendi ve agresifleşmeye başladı. Güvenlik görevlisi onu yatıştırmak için diğer görevlileri çağırınca ben olaya dahil oldum ve Demir'in yanına gidip "Biliyorum, Güneş yüzünden çok streslisin. İstiyorsan gel bir kahve içelim, hem hava almış olursun... Ne dersin?" diye sordum. Demir bir anda ne yapmaya çalıştığımı anladı ve sakinleşmiş biri gibi davrandı.

Güvenlik görevlisine bakıp "Bir kahve alıp geliyoruz, çay ocağındaki kahvelerden bıktı artık," dedim ve izin vermesi için dua ettim.

"Hızlı olun ama," dediğinde adama gülümsedim ve Demir'le birlikte kendimizi Demir'in arabasında bulduk.

"Şimdi nereye gidiyoruz?" diye sorduğumda bana "Ateş'in minivanı park ettiği yere, yani az önce kayıtlardan öğrendiğim kadarıyla sizin kafenin oradaki alışveriş merkezinin otoparkına," dedi.

"İyi de o alışveriş merkezi daha açılmadı ki, hatta inşası askıya alındı..." derken sustum ve başımı evet anlamında salladım. Ardından "Sence Serkan Amca'yı ne zaman aramalıyız?" diye sordum.

Demir, arabayı son hızla sürüp tüm kırmızı ışıklardan geçerken bana "Park ettiğimiz anda ara ve nerede olduğumuzu, onlara verilen adresin yanlış olduğunu söyle," dedi.

Telefonum çalmaya başladığında Serkan Amca'nın aradığını gördüm.

"Sanırım adresin yanlış olduğunu çoktan anladılar," dedim.

Demir sağa dönmesi gereken yerde hiç yavaşlamadan sağa döndü; neredeyse kaza yapıyorduk fakat son anda kurtulmuştuk.

"Serkan Amca?"

"Boşuna buraya gelmeyin, adres yanlışmış. Güvenlik görevlisi de kaçtığınızı söyledi..." derken, onun sözünü kestim ve "Aslında katil Ateş, nasıl anladığımız uzun hikâye fakat Güneş bizi aradı ve teknik olarak onu Ateş'in kaçırdığını söyledi," dedim.

Serkan Amca "Ne?! Hemen karakola dönün! Hiçbir yere gitmeyin! Yanınızda destek yok,bir şey yok..."

"Hayır Serkan Amca, gitmek zorundayız. Sizin köprüyü geçip bu yakaya gelmeniz çok uzun sürecek ve o zamana kadar Güneş'in iyi olacağının garantisi yok... Şu anda Ateş'in arabasının park ettiği yere varmak üzereyiz ve Güneş'i..."

"Arda! Beni dinle ve hemen Demir'le karakola dönün! Hemen diyorum!"

"Üzgünüm ama yaptığım hatayı telafi etmek zorundayım..." dedim ve telefonumu kapattım. Tamamen kapattım. Serkan Amca'nın sürekli arayacağını biliyordum ve şu dakikadan itibaren artık hiçbir şeyi dinlemek istemiyordum.

Demir "Geri dönmemizi istedi değil mi?" diye sorduğunda ona, "Evet, ve işin iyi tarafı biz şu anda alışveriş merkezine iki dakikalık mesafedeyiz fakat Serkan Amca şimdi bir ekibe buraya gelmesi için emir verse, bizim asla önümüze geçemezler,"dedim.

Demir "Bunun iyi mi kötü mü olduğu konusu tartışılır ama..." derken, arabayla kaldırımın üstüne çıktı ve sürekli kornaya basarak kaldırımdan geçen insanların yoldan çekilmelerini sağladı. Ardından aslında araba yolu olmayan bir arayoldan arabayla geçerek doğruca alışveriş merkezinin yarı inşa edilmiş binasının önüne çıktı. Arabayı park eder etmez kemerini açtı ve arabadan indi. Güneş'in ceketini unutmadım ve elime aldım. Binaya girmeden önce cebimden çıkardığım fotoğrafımıza bakma ihtiyacı hissetmiştim.

Güneş'in Ağzından

Ateş, "Sana ağlamayı kesmeni söyledim!" dedi ve bana tokat attı. Hıçkırıklarımın duyulmasını engelleyebilmiştim fakat gözyaşlarım, görüşümü bozmaktan vazgeçmiyordu.

"O son konuşmayı neden yaptırdın ki? Beni zaten öldüreceksin fakat neden.. neden onları dinlememi sağladın?! Hani öldürmekten zevk almıyordun? Beni az önce öldürdüğünün farkında değil misin?" diyerek, ona bağırıyordum.

Gülümsedi ve bana yaklaşıp tam önümde çöktü.

"Güneş, Güneş, Güneş... intikam almak güzel. Ona sonunda kaybetme hissini yaşatacağımın düşüncesi bile tatmin edici fakat zaten yok olacak olan duyguları önceden bitirmenin ne anlamı var? Üzmek istediğin insanı sonrasında daha fazla üzebileceksen neden o şansı kullanmayasın ki?"

"Sen manyaksın."

"Hayır, bu yaptığım şey gayet mantıklı. Birine hemen kaybedeceğini söylediğin zaman o kişi üzülür. Fakat önce umut verirsen, kazandığı hissini ona yaşatırsan ve ardından onu yenersen... işte o zaman yok edeceği duygular dönüp dolaşıp onu yok eder. Ah, hayır.. Demir'i öldürmeyeceğim. Ona az önceki konuşmanızla verdiğim umut, senin cesedini görünce nefret, öfke ve hüzünle birleşip onu içten bitirecek. Tüm hayatı boyunca bir daha asla eski haline dönemeyecek ve işte o zaman kaybetmenin nasıl bir şey olduğunu anlayacak," dedi.

"Beni bulacaklar! Seni adi herif, beni bulacaklar ve bu çöplükten kurtaracaklar! Sonra da seni parça parça edip..."

"Hahahaha, söylediğin şeyler ne kadar da tatlı! Bu söylediklerinin son sözlerin olduğunu anlaman daha kaç saniyeni alacak acaba?" dedikten sonra namluyu çekti ve duvarlardan birine nişan aldı.

Silahtan çıkan kurşun duvarda sabitlendiğinde irkildim.

"Biri gitti, dört kaldı..." dedi gülümseyerek.

Bu psikopat herif on altı kızı öldürürken tereddüt etmediği gibi, beni öldürürken de etmeyecekti.

"İntikamını aldıktan sonra ne yapacaksın? İlgi çekmek mi istiyorsun? Paraya mı ihtiyacın var?" diye sorduğumda bacaklarımı birbirine yaklaştırdım. Az da olsa artık benim emirlerime uymaya başlamışlardı.

"Paraya elbette ihtiyacım olacaktır, bu yüzden Cenk'ten sonra..."

"Saçımdaki tokayı görüyor musun? Binlerce dolar değerinde ve onun karşılığında..."

Sözümü kesebilecek kadar yüksek bir kahkaha attı.

"Bak, gördün mü? Önce seni kurtaracaklarına inanırken şimdi de hayatın için pazarlık yapmaya başladın, sanırım vaktin geldi o zaman. Özür diliyorum Güneş,bu senin davan değildi fakat bana kendi davamda yardımcı olduğun için sana teşekkür ediyorum..."

"Dur! Söylemem gereken şeyler var..." derken, eğer konuşmama izin verirse zaman kazanmak için neler söyleyebileceğimi düşünüyordum fakat aklıma hiçbir şey gelmiyordu. Ateş yürüdü, bana yaklaştı ve ben hala yerde dururken silahı alnıma yasladı.

Silahın sertliğini bir kez daha yüzümde hissettiğimde gözlerimi sımsıkı kapattım.

Artık hiçbir şeyin anlamı yoktu. Demir'i, Arda'yı, eniştemi, hiçkimseyi beklemenin bir anlamı yoktu.

Her şey bir yana, en çok da yetişememek onların duygularını katledecekti, tabii benim katledilen bedenimden sonra...

"Lütfen..." diye fısıldadım gözlerimden akan yaşlar kollarıma damlarken. Kollarıma damlayan yaşları bile hissedebilmeye başlamıştım fakat artık zaman kazanmaya çalışmak benim için çok yorucu geliyordu.

Tekrar titremeye başladım fakat bu sefer soğuktan değildi. Ensemdeki her bir tüyün havaya kalktığını hissedebiliyordum. Her saniye benim son saniyem, her verdiğim nefes benim son nefesim, her düşündüğüm şey son düşüncem olabilirdi.

"İyi şeyler düşün," dedi.

En azından annemi,babamı ve Atakan'ı görebileceğim.

Tek tek hayatımda beni ben yapan anları, kişileri ve şarkıları düşündükten sonra belli kişilerin yüzlerini, sımsıkı kapattığım gözlerimin önüne getirdim.

"Hazırım," diye fısıldadım.

"Özür dile..."

Ateş'in sözünü, odanın kırılan kapısının çıkardığı ses kesti.

Arda'nın Ağzından

Önünde Ateş'in arabasının olduğu, inşası durdurulmuş alışveriş merkezine girerken akşamüstüydü ve güneş batmaya başlamıştı. Binanın üst katlarının hepsi açık olduğu için Güneş'le Ateş'in oralarda olacaklarını düşünmemiştik, bu yüzden doğruca aşağı inen merdivenlere yöneldik.

Demir, sürekli çalan telefonunu sessize aldı ve ardından flaşı açtı. Yerin altındaki gri duvarlı koridorlardan geçerken ne tarafa döneceğimizi bilmiyorduk ve rastgele ilerliyorduk. Hızlı olmamız gerekiyordu fakat nereye doğru ilerlememiz gerektiğini bilmediğimiz için hızlı olmak işimize yaramıyordu.

En sonunda yine ilk kullandığımız merdivenlere gelince daireler çiziyor olduğumuzu anladık ve durduk. Nereye gitmemiz gerektiğini konuşurken duyduğumuz silah sesi bizi uyardı.

Demir "Siktir," dedikten sonra koşarak sesin geldiği yöne doğru gitmeye başladı. Karşımıza inilecek yeni bir merdiven daha çıktığında tekrar aşağı indik ve ilerlemeye devam ettik. Güneş'in hıçkırıklarını duyarken hâlâ yaşıyor olduğuna inandım. Seslerin sol taraftaki koridordan geldiğini anladım ve sağ tarafa doğru bakan Demir'i, kolundan tutup sol tarafa çevirdim. Beni takip etmeye başladığını anladığımda kolunu bıraktım ve koridorda sessizce yürümeye başladık.

Kapısı kapalı olan odalardan birinin önünde durduğumuzda kesinlikle orada olduklarını anlamıştık. Demir doğruca kapının koluna davrandığında hızla onun kolunu tuttum ve aşağı indirdim.

Eğer kapı kilitliyse Ateş bizim geldiğimizi anlayacaktı ve anında

Güneş'i öldürecekti. Kapı kilitli değilse de hemen odaya girip olaya müdahale edebilecektik fakat kilitli veya kilitli olmaması durumları yüzde elli yüzde elliydi. Bu yüzden kapıyı her ihtimale karşı kırarak açmak hem Ateş'in dikkatini dağıtacaktı, hem de lehimize olacaktı.

Ben saniyeler içinde bunları düşünürken, Demir'in gözleri öfke saçıyordu. Bekleyemiyordu. Ona elimle beklemesini işaret ettim ve ardından çok yavaşça elimi kapının üstüne koydum. Yapıldığı malzemeye dikkat ettim ve ardından neresine tekme atarsam tek seferde kırabileceğimi hesaplamaya çalıştım.

Biraz açıldım, teep kick ile kilidin yakınındaki en uygun yere tekme attım ve kapı anında açıldı. İçeriye girdiğim anda Ateş'i Güneş'in alnına silah doğrulturken gördüm. O anda gördüğüm pozisyonun şokunu yaşarken, Demir, Ateş'in üstüne atladı ve silahı bırakmasını sağladı. Hızla Güneş'in yanına gittim ve bembeyaz olmuş yüzüne dokundum.

"Güneş.. Güneş bana bak..."

Güneş'in gözleri açıktı fakat yere sabitlenmişti. Konuşmuyordu veya kıpırdamıyordu.

"Şimdi ellerini açacağım," dedim ve ipi çözmeye başladım. Demir'e baktığımda Ateş'le dövüşüyor olduğunu gördüm. Güneş'in ellerini çözmeyi bırakıp Demir'e yardım etmeye gitsem, iş daha hızlı biterdi ama Güneş böyle şoktayken onun yanından bir saniye bile ayrılmak istemiyordum.

"Seni doğduğun güne pişman edeceğim."

Demir sahip olduğu hırsla zaten iyi gidiyordu.

Güneş'in ellerini çözdüm ve az önce ellerini açarken yere koyduğum kot ceketini yerden alıp ona giydirmeye çalıştım fakat kollarını kımıldatıp bana hiç yardımcı olmuyordu.

"Civcivim, hadi.. Gideceğiz," derken onu rahatlatmaya çalışıyordum. Ceket omuzlarında dururken sonunda kollarını yavaşça havaya kaldırdı ve ona giydirmeme izin verdi. Gözlerini yakaladığımda yüzü ifadesiz ve korku içindeydi. Neler hissedebileceğine dair en ufak bir fikrim yoktu, hiçbir zaman kendimi onun yerine koyamazdım. Dehşet verici bir durumda olmalıydı...

Güneş'i ayağa kaldırırken, onu kollarından tutup havaya kaldırmaya çalıştım fakat Güneş ayakta duramamış ve yere düşmüştü.

"Bacaklarım..." dediğinde, zayıfça kaldırdığı sağ elinin işaret parmağıyla yerdeki kırılmış şırınga parçalarını gösteriyordu. Ateş ona bir çeşit anestezi uygulamış olmalıydı. Arkamı dönüp Demir'le ikisine baktım. Odanın bir köşesine fırlatılmış silah gibi, Demir de Ateş'i o duvardan diğer duvara atıyordu. Demir'in kaşından süzülen kan, Ateş'in kırılan burnundan akan kanın yarısı kadar bile değildi.

Ayağa kalktım ve Demir'in yanına gidip "Bu orospu çocuğunu bana bırak," dedim.

Demir son bir kez Ateş'in kırılan burnuna kafa attığında Ateş acıyla inledi. Bu ona azdı bile.

Demir, Güneş'in yanına gittiğinde Ateş'in karnına yumruk attım. Çektiği acıyla karnını tuttu ve yere düştü.

"Hayır, düşemezsin... henüz düşemezsin..." dedim ve onu yakasından tutup tekrar ayağa kaldırdım. Ateş gülüyordu ve bana ters psikoloji uygulamaya çalışıyordu fakat dikkatim dağılmayacaktı. Yaklaşık bir yıldır bunun için eğitim görüyordum.

Tam dört kere sert bir şekilde kasıklarına dizimi geçirdikten sonra çenesine attığım yumrukla çenesi çıktı ve ağzından kan gelmeye başladı. Demir "Arda, gidelim," dediğinde, Güneş'i kucağına almıştı ve kapının önünde duruyordu. Güneş yarı baygın bir şekilde sayıklarken dikkatimi tekrar Ateş'e verdim ve onu yere attım. Son kez karnına yediği bir tekme ile rahatlamış olmalıydı.

"Arda, kapının parçalarını çek. Yoksa geçemeyiz," dedi Demir, kucağında Güneş'i taşırken.

Kapıya gittim ve az önce kırılan parçalardan geriye kalan ve kapıdan ayrılmamış sert parçaları da sökmeyi denedim. Sonunda buradan gidecektik.

Demir, Güneş'le birlikte kapıdan çıkarken, Ateş'in "Bu burada bitmedi Demir..." diye fısıldamasının ardından, başımı Ateş'in yattığı yere çevirdim. Elinde silah vardı ve Demir'e nişan alıyordu.

Tetiği çektiği anda tek bir saniye bile düşünmeden bir adım ileri attım. Demir'in sırtının hizasında duran göğsüm, yanma hissiyle canımı yakmaya başladığında ikinci silah sesini duydum.

İkinci kurşun da karnıma denk gelince dengemi kaybettim ve dizlerimi kırarak yere düştüm.

Sırtüstü uzanmaya çalıştım. Ben yere düşünce Ateş, silahı Demir'e doğrulttu fakat şarjör boşalmıştı. Demir, Güneş'i odanın dışına bıraktı ve Ateş'e doğru yürüyüp eline bastı. Silahı düşürmesini sağladı. Bu sefer silaha tekme attı ve Ateş'ten oldukça uzak bir yere gitmesini sağladı.

Ateş, başına aldığı bir darbeyle bayılmadan önce gülüyordu.

Silahın uzak bir yere atıldığını ve Ateş'in de bayıldığını gördükten sonra rahatladım, gözlerimi kapattım. Sol elim isteklerime cevap vermezken, hâlâ kullanabildiğim sağ elimi karnımda canımı acıtan bölgeye koydum.

Yarı inşa edilmiş binanın boş koridorlarında yankılanan polis sirenlerinin seslerine bir meleğin sesi karışınca gözlerimi açmak zorunda kaldım. Onu son bir kez daha görmek istiyordum.

Güneş yerde emekleyerek yanıma geldi ve beni yakından gördükten sonra bir eliyle ağzını kapattı.

"Hayır..." dedi az önce içinde bulunduğu şoku atlatmışken. Kolunu ve bacaklarını emeklerken kullanabilmişti. Bu, anestezinin etkisinin geçici olduğunu anlatıyordu ve beni mutlu etmişti. İyi olacaktı.

"Arda..."

Ellerini vücudumda hissettiğimde, sağ elimi karnımdan kaldırıp elini koyduğu yere götürdüm. İsteğimi kabul etti ve elini tutmama izin verdi. Hissettiğim ıslaklık kandı.

Demir hızlıca kapıdan çıktı, tüm koridorları inletecek bir şekilde "Aşağıdayız! Doktor lazım! Arda vuruldu!" diye bağırıyordu.

Düşünsenize, dünyada en çok sevdiğiniz kişiyle baş başa geçirebileceğiniz son anın bu olduğunu biliyorsunuz, söylemek istedikleriniz de hazır fakat sadece konuşabilecek güce sahip değilsiniz.

Aslında, hiçbir şey için yeterince güce sahip değilsiniz.

Tükeniyorsunuz. Solan bir çiçeğin her saniye ne hissettiğini anlıyorsunuz ve çektiğiniz acının eğer uyursanız geçeceğini biliyorsunuz. Sizi uyumaktan alıkoyan şey sarışın bir meleğin sesi olsa bile birazdan o sesin de sizden uzaklaşacağını biliyorsunuz.

Tekrar soruyorum, son saniyelerinizi yanınızda en sevdiğiniz insan varken nasıl geçirirdiniz?

Mavi gözleri, göğsümden ve karnımdan yayılan kanı kabul etmiyor ve her şeyin durmasını istiyordu. Ben gidince kendini suçlayacaktı. Ben nasıl o kaçırıldığı zaman kendimi suçlamışsam, o da ben gidince kendini suçlayacaktı ve ruhsal olarak tüm renklerinden arınacaktı. Yıkanmak isteyecekti, fakat yıkanırsa tüm zemine yayılmış ve onun vücuduna bulaşmış olan kanımın gideceğini bilecekti. Gittiğimi bilecekti ve üstüne bulaşmış olan kırmızı sıvının benden kalan son anı olduğunu düşünüp belki de saatlerce Demir'in onu ikna etmesini bekleyecekti.

"Bu... bizim son anımız değil Güneş..."

Sesimi duyması, hıçkırıklarını serbest bırakması için yeterli olmuştu. Bana yaklaştı ve titreyen elleriyle saçlarımı ve yüzümü okşamaya başlamıştı.

"Seni.. seni de kaybetmeyeceğim, bana bunu yapamazsın... bir tek sen kaldın..." dediğinde, dolan gözlerimi serbest bıraktım. Nefes almak güçleşiyordu. Karnımdakinden çok, sol göğsümün hemen altındaki kurşun kalbime zorluk çıkarıyordu ve çektiğim acıyı anlatabileceğim bir kelime yoktu.

"Özür dilerim, her şey için özür dilerim... Seni çok seviyorum... Sen benim çocukluğum, gençliğim ve geleceğimsin, lütfen beni bırakma... lütfen..."

Demir geri geldi ve Güneş'e "Bu orospu çocukları ikinci merdivenden de inmeleri gerektiğini anlayamadılar, hemen geliyorum," dedi ve geriye sadece boş koridorlarda yankılanan adım seslerini bıraktı.

Böylesine saf bir güzelliğin ağlama sebebi olmak kendimi kötü hissetmeme neden olurken başımı ona doğru çevirdim ve tüm gücümü toplayıp o anda en çok ihtiyacım olan şeyi söyledim.

"Civciv..."

Ağlayarak "Arda, buradayım... Bodrum'da karşılaştığımız Elif vardı ya, daha onunla buluşmamız gerekiyor," dedi fakat anlatmak istediği bu değildi.

Aslında gelecekte yapacağımız daha çok şey olduğunu anlatmaya çalışıyordu fakat tüm kelimeler basit kalıyordu. Umursamadım. Hayatımda ilk defa ona karşı bencil davrandım ve istediğim, son saniyelerimde ihtiyaç duyduğum şeyi söyledim.

"Bana şarkı söyle."

Son kelimeyi söyleyebilmiş olmanın beni mahvetmesiyle, göğsümdeki kurşunun hareket ettiğini hissedebiliyordum. Ben kıpırdadıkça vücudumun içinde ilerleyen küçük parça beni yok ediyordu.

Güneş, bir eliyle saçımı okşamaya devam ederken öbür eliyle de elimi tutuyordu. Az önce soğuktan ve şoktan titreyen elleri bu sefer tenine değen kandan dolayı daha sıcaktı.

Gözlerini sımsıkı kapattı ve açtı. Sanki açtığı zaman tüm bunların biteceğini ummuştu, fakat gördüğü manzaranın değişmediğini anlayınca dudaklarını birbirine bastırdı ve bana doğru eğildi. Kampüsün çıkışındaki tartışmamızın ardından ona söylediğim şarkıyı bu sefer o bana söylemeye başladı.

Fısıltı şeklindeki sesi melodi oluşturmaya başladığında gülümsemeye çalıştım. Gülümsemeye çalıştığımı görünce o da gülümsedi fakat ben hayatımda bu kadar hüzünlü bir gülümseme görmemiştim.

Ben hayatımda bu kadar saf, güzel, masum, beyaz, samimi ve meleksi bir gülümseme görmemiştim.

Sesi üzerimde ninni etkisi uyandırırken tüm benliğimdeki gücü gözlerimi açık tutmaya harcadım. Yüzünü bir saniye daha görebilmek için harcadığım enerji yüzünden beynim bana bağırıyordu fakat umrumda değildi.

Fısıldadığı şarkı nakarata ulaşamadan gözlerimi kapatmak zorunda kaldım. Onun muhteşem fısıltısını çok uzaktan da olsa duyabiliyordum.

Ama Güneş hemen yanımda durmuyor muydu?

Neden sevmenin zayıflık olup olmadığı, hep Demir'in konusuydu? Benim de bu konu hakkında birkaç düşüncem olamaz mıydı?

Sevmek belki de şu anda bu hayattan gidiyor olmamın açıklamasıydı fakat eğer sevmenin zayıflık olduğunu düşünseydim, daha en başta Güneş'i kurtarmaya gelmezdim. Gücünü asla hafife almadığım sevmek, şu anda hayatta en sevdiğim kızın hayatta en sevdiği adamı kurtarmıştı ve ben tek bir saniye bile tereddüt etmemiştim.

Demir'i kurtarmak Güneş'i kurtarmak demekti ve ben Güneş için her şeyi yapardım.

Meleksi ninni kesildiğinde kendimi boşlukta hissettim. Gözlerim kapalıydı ve açmaya çalışmak imkânsızdı. Duymayı veya kımıldamayı denemekse asla yapamayacağım bir şeydi.

Son hissettiğim şey, alnımın üstünde, civcivime ait olduğunu bildiğim yumuşak ve korkak dudaklardı.

46. Bölüm

Esma "Çok güzel oldun," dedi.

Helin "Elbise de giyebilirdin ama bu da çok yakıştı," dediğinde, Helin'in odasındaki uzun boy aynasına baktım. Önceki gün aldığım siyah, bisiklet yakalı, kısa kollu tulumu inceledim.

Helin "Ayakkabı numaramız aynı olduğu için şükretmelisin," dedi ve bana yüksek topuklu siyah ayakkabılarını verdi.

İtiraz etmeden giydim ve ardından Helin'in yatağına oturdum.

Esma'ya bakarak "Biliyorsun değil mi, baloyu Arda'ya ithaf etmemiş olsan gelmezdim," dedim.

Esma yanıma oturdu ve elimi tuttu.

"Arda bizim okulda değildi fakat tüm o müzikal yolculuğunda, neredeyse herkesle arkadaşlık kurmuştu. Atagül Lisesi onu tanıyor ve ona ithaf etmesem olmazdı," dedi.

Helin ortamın havasını değiştirmek için Esma'ya hangi şapkayı takacağını sordu.

Ameliyatlar için, Esma'nın başının arkasındaki saçlarından bir bölümü kazımak zorunda kalmışlardı ve bu yüzden bir şapka takarak dikişleriyle kazıtılan bölgeleri kapatabiliyordu.

Keşke benim yaralarım da bu kadar kolay gizlenebilseydi.

Okulun spor salonuna gelene kadar beni gören bir kişi bile Arda veya kaçırılmam hakkında soru sormamış,başsağlığı dilememişti. Verecek cevap sayımın oldukça aza inmiş olması beni mutlu ederken, spor salonunun kapısında bekleyen Demir de bana göz kırpmıştı.

"Demek okula önceden gelmek istemenin nedeni insanları susturmaktı," dedim ona sarılırken.

Demir "Bir şey değil, hadi içeri girelim. Gitmek istediğin anda çıkacağız," dedi ve elini belime koyup centilmence yanımda durdu.

İçeri girdiğimizi gören Burak, hemen yanımıza geldi ve Esma'ya "Bitebilecek tüm içecekleri tekrardan sipariş ettim, müzik sistemindeki sorun için tamirci çağırdım ve gitarı da sahnenin sağına sabitledim," dedi.

"Gitar mı?" diye sorduğumda, Esma bana döndü ve "Sana söylemedim ama..."dedi ve sahnenin yanında, gitar askılığında duran tamir edilmiş gitarı gösterdi. En son Özel Hayal Sanat Akademisi kampüsünün çıkışındaki otoyolda kırılmış ve terk edilmiş bir şekilde durduğunu sanıyordum. Geri dönüp aradığımda bulamamıştım, demek ki onlardaymış.

"Bu Arda'nın gitarı, nereden buldunuz? Kaybolduğunu sanmıştım," dedim gitara doğru ilerlerken.

Doğukan sahnedeki birazdan çalmaya başlayacak olan grupla bir şeyler konuşurken, geldiğimizi gördü ve sahneden indi.

"Demir'le tamir ettirdik," dedi.

Gülümsedim ve Doğukan'a sarıldım. Ardından Demir'e dönüp tekrar elini tuttum.

"Teşekkür ederim," dedim.

Esma "Akşamdan sonra gitar senindir," dedi.

Birilerini anmak için büyük boy posterlere, fotoğraflara, sözlere, gösterişe ihtiyacınız yoktu. Tek ve sembolik bir eşya her şey için yeterli, hatta fazlaydı bile.

Saatler ilerledikçe okulun balo için süslenmiş ve düzenlenmiş olan spor salonu kalabalıklaşıyordu. Bu arada Savaş ve Cansu kapıda nöbet tutup her gelen kişiye benimle Arda hakkında konuşmamalarını rica ediyorlardı.

Savaş'ın Ateş'in yaptıklarıyla hiçbir alakası yoktu ve temizdi. Ateş, her şeyi Savaş'tan gizli yapmıştı ve onu olaylara katmak istememişti. Polis tarafından uzunca bir süre sorgulandıktan sonra hem polis ona güvenmişti, hem de ben güvenmiştim. Savaş'a inanıyordum.

Ateş işlediği cinayetlerden dolayı hapse girmişti.

Cenk ise Gökhan Erkan'ın ölümünde rol oynadığı için sorgulanmak üzere Amerika'dan çağrılmıştı. Sorgunlandıktan sonra Ateş'in yanındaki yerini almıştı.

Cansu ise yine yanlış kişiyi sevmişti. Hayatı boyunca sürekli yanlış kişileri sevmenin cezasını ağır bir şekilde 'Hak ettim,' diyerek çekiyordu. Ateş'ten sonra psikolojik yardım almaya başladı ve Helin dahil olmak üzere hepimiz ona destek olduk. Onu aramıza almaktan asla kaçmadık.

Yüksek müzik kulaklarımı tırmalıyordu fakat diğer herkes eğleniyormuş gibi görünüyordu. Yemeklerin servis edilmesiyle birlikte ayakta duran insan sayısı azalmıştı. Beyaz örtü, mor kurdele ve şamdanlarla donatılmış yuvarlak masalardan birine oturduktan sonra bizimkiler de beni takip etti ve masaya oturdular.

Ayhan Hoca sahneye çıkıp mikrofonu eline aldı.

"Selam! Biliyorum, baloda öğretmen pek istenen bir şey değil fakat Çağatay Bey bu okulda öğrencilerin en katlanabildikleri öğretmenin ben olduğumu söyledi..." derken büyük bir alkış koptu. Alkışa katıldım.

"Teşekkürler... teşekkürler gençler. İyi kötü dört sene geçirdik. Tabii, bazılarınızla beş, bazılarınızla altı ve bazılarınız ise okula gelmeye tenezzül bile etmedi. Neyse, bitti gitti diyoruz ve mezun olan arkadaşlarımızı tebrik ediyorum. Yine sınıfta kalanlarlaysa eylülde görüşmek üzere," dediği zaman komik 'Yuh' sesleri salonu doldurdu.

Yanımda oturan Esma bana döndü ve "Birazdan beni çağıracak, ben konuşmamı yaparken seni de sahneye davet etsem çıkar mısın?" diye sordu.

Hayır anlamında başımı salladım.

"Konuşma yapmak istemez misin?"

"Hayır, gerçekten istemiyorum Esma," dedim.

Esma "Tamam, seni anlıyorum," dedi ve bana sarıldı.

Ayhan Hoca güldü ve ardından "Her şey bir yana, değinmek istediğim bir konu daha var. Bu harika baloyu her ne kadar biz yardım etsek de büyük ölçüde düzenleyen Esma Hilaloğlu'nu konuşma yapması için sahneye davet ediyorum," dedi.

Esma, masadan kalkıp sahneye doğru ilerlemeye başladı. Bizim masadakiler bağırarak ve ıslık çalarak tezahürat yaparlarken Demir ve ben sadece gülümseyerek ve alkışlayarak yetiniyorduk. Demir, aynı ciddi Demir'di ve sadece alkışlıyor olması alışılmadık bir durum değildi.

Bense duygularımı dışarıya yansıtmak konusunda hâlâ eski halime dönmeye çalışıyordum.

Esma, tüm dekorasyonla uyumlu mor renkteki mini elbisesi ve elbisesiyle aynı renkteki şapkasıyla sahnede duruyordu. Ayhan Hoca'ya sarıldı ve ardından mikrofonu eline aldı.

"Öncelikle yalan söylemeyeceğim. Atagül Lisesi berbat bir okul ve hiç kimse bu okulda okumak istemez..." diyerek konuşmaya başladığında herkes alkışlamaya başladı. Esma güldü ve ardından "... ama bu, rezalet okulda berbat insanların arasından harika dostluklar kurduğum gerçeğini değiştirmiyor," dedi.

Bizim masaya baktı ve gülümsemesini büyüttü.

"Kurduğum dostluklardan biraz bahsetmek istiyorum. Her okuduğunuz kitaptan bir şeyler öğrendiğiniz gibi, her tanıdığınız insandan da öğrendikleriniz olur. Ben, dostlarımdan çok şey öğrendim ve hele bir tanesi var ki... O kişi bana herkesin ikinci bir şansı hak ettiğini kanıtladı. Hayatınızın herhangi bir evresinde ne kadar dibe battığınızı düşünürseniz düşünün, yüzmeyi biliyorsanız her zaman nefes almak için yukarı çıkabilirsiniz. Güneş'in yeri benim hayatımda çok büyük ve o, bir arkadaştan bekleyebileceğiniz her şeye sahip. O benim hayatımda tanıdığım en güçlü insan. Güneş Sedef'i bir kez alkışlayabilir miyiz?"

Salon, Ayhan Hoca'nın aldığı alkış ve ıslıkların iki katıyla coştuğunda şaşırdım. Esma'nın benim için söyledikleri beni zaten duygulandırmıştı ve herkesin bana bakıp beni alkışlıyor olmasıysa, gözlerimin dolmasına neden olmuştu.

Demir beni yanağımdan öptü ve ardından alkışlamaya devam etti.

Esma, dikkatleri tekrar kendi üstüne çektiğinde "Dostlarımız diyorduk... çok değerli birini yaklaşık bir buçuk ay önce kaybettik ve balo davetiyelerinin üstünde adını gördüğünüz üzere, balomuzu ona ithaf ettik," dedi.

Burak,masada Esma'nın yerine,yanıma geçti ve bana "Videoyu burada oynatmamıza izin vermiştin fakat eğer fikrini değiştirdiysen..."

"Hayır, onu dinlemek istiyorum," diyerek, Burak'a cevap verdim.

Burak arkasını dönüp Esma'ya onay verince Esma konuşmasına devam etti. Burak eski yerine oturdu.

"Arda Akal, Atagül Lisesi'nde okumadı fakat çoğumuz onu müzikal ekibimize yaptığı katkılardan ve arkadaşlığından tanıyoruz. Kendisini kaybetmeden üç gün önce Özel Hayal Sanat Akademisi'nde Demir ve Güneş'le sahne almıştı. Söyledikleri şarkının videosunu izleyerek dostumuzu bir kez daha anmak ve onu bu güzel günde yaşatmak istiyoruz," dedi. Sahnenin üstünden beyaz bir perde indi ve projeksiyon çalışmaya başladı.

"Evanescence – My Immortal'ı mı söyleyeceksin?"

"Evet."

"Seni dinliyoruz."

Dev perdedeki yüzümü gördükten sonra kameranın sahneyi komple alacağı saniyeyi bekledim. Arada jüriyle yapmış olduğum gereksiz konuşmalar da geçince şarkı başladı ve Arda, gitarıyla birlikte kadraja girdi.

Dudaklarım aralandı.

Bu şarkı hep kaybettiklerimi hatırlatmıştı fakat bir gün bana Arda'yı da hatırlatacağını asla bilemezdim.

Bu videoyu ikinci izleyişimdi. İlk izlediğimde Burak bana getirmişti ve balo günü bunu perdeye yansıtmak istediklerini söylemişti. Videonun yarısını izledikten sonra ona onay verip bilgisayarı kapattırmıştım. Videoyu tam şarkının son sözlerinin bittiği yerde kesmeleri gerektiğini tembih etmiştim ve daha fazla karışmamıştım.

Videonun geri kalan yarısını izleyecek gücü kendimde hiç bulamamıştım. O günün gecesi bir polis aracıyla eve giderken halamla telefonla konuşmuştum ve ondan odamda Arda'ya dair fotoğraf, resim, kıyafet ne varsa bir kutuya koyup kutuyu dolabıma kaldırmasını istemiştim.

Bu beni bir süre idare etmişti fakat onu deli gibi özlediğimi biliyordum. Eninde sonunda bir gün fotoğraflara, ses kayıtlarımıza ve anılarımıza ihtiyacım olacağını biliyordum. Gücümü toplayacağım günün balo günü olduğuna karar verip kendimi kontrol etmiştim.

Şimdi, videoyu sonuna kadar izleyip, şarkıyı sonuna kadar dinleyip onu yaşamam gerekiyordu.

Video, tam da kesilmesini tembihlediğim yerde bittiğinde salondaki herkes susuyordu. Kimse konuşmuyordu veya alkışlamıyordu.

Burnumu çektim ve masada duran peçeteyi alıp yanaklarımı sildim. Kimse hiçbir şey söylemiyor veya alkışlamıyordu. Herkes bana bakıyordu.

Yüzümü sildiğim peçeteyi masanın üstüne bıraktım ve ardından ayağa kalkıp yavaşça alkışlamaya başladım. Büyük, beyaz perdenin üstüne Arda'nın müzikal ekibiyle olan bir fotoğrafı yansıtılmıştı. Fotoğrafta yine otuz iki diş gülümsüyordu ve onu hatırlayacağım hali hep bu olacaktı.

Benden sonra Demir ayağa kalktı ve alkışlamaya başladı. Tüm salon, perdedeki fotoğrafa bakıp alkışlamaya başlayınca orada görevimin bittiğini anladım ve rahatlayarak yerime oturdum.Esma sahneden indi ve tekrar masamıza oturdu.

Konuşması benim için de geçerliydi.

Sağımda oturan mor elbiseli tatlı kıza baktım. Kendinden önce başkalarını düşünmenin önemini ve masumiyetini bana öğretmişti.

Onun yanında oturan Burak; bana ölümle hayat arasındaki ince çizginin bile üstünden yürünebileceğini öğretmişti. Sevdiğimden asla vazgeçmemem, asla ümidimi yitirmemem gerektiğini bana o öğretmişti.

Karşımda oturan kırmızı elbiseli, kahverengi saçlı seksi kıza baktım. Cansu bana hatalarımı kabullenmeyi öğretti. Geçmişteki davranışlarımın farkında olup eğer istersem o hatalarımı düzeltmek konusunda hiçbir zaman çok geç olmayacağını gösterdi.

Doğukan bana iyi bir sırdaş olmayı öğretti. Arkadaşının ne kadar karanlık ve kötü sırrı varsa hepsini sakladı ve hiçkimseye anlatmadı. Demir, ben ve hepimiz böyle bir dosta sahip olduğumuz için şanslıydık.

Siyah, uzun saçlı güzel kıza baktım. Güzelliği, karizması ve kendine güveniyle rahatlıkla istediği konuma gelebilecek, çeteye girebilecek ve istediğini elde edebilecek potansiyele sahipken, diğerleri gibi sahte olmak yerine kendisi olmayı tercih etmişti ve bana daima kendim olmam gerektiğini öğretmişti. Vücudumla ilgili rahat olmayı ve sırtım dik bir şekilde ilerlemeyi o bana göstermişti.

Sahnenin yanına, Arda'nın gitarının durduğu yere baktım. Bana tüm hayatım boyunca kattığı şeyleri anlatmaya kalksam herhalde bir kitap yazardım, öyle değil mi?

O bana gerçek dostluğu ve gerçek sevgiyi öğretti. Destek olmayı, kollamayı ve savunduğum şeyin arkasında durmayı öğretti. Bana cesareti, ayakta kalmayı ve müziği öğretti. Sekiz yaşındayken, onun gitarın tellerini boş boş çekişini izlemekten zevk almasaydım belki de müzikle ilgilenmeye asla başlamayacaktım.

Arda bana fedakârlığı öğretti. Nefret ettiğim bir insanın hayatını sevdiğim insan uğruna nasıl kurtarabileceğimi gösterdi. Tereddüt etmemeyi ve değer verdiklerim için savaşmam gerektiğini öğretti. Kendi canım pahasına olsa bile pişman olmamayı öğretti.

Ve Demir... soluma dönüp onu izlemeye başladım. Kirpiklerinden, kollarında görünen damarlara kadar âşık olduğum ve kendimi sesinin her tonunda kaybettiğim Demir, bana gerçek aşkı öğretti. Engeller ne kadar büyük olursa olsun, ne kadar aşılamayacak gibi görünse de mavi gözlerinde gördüklerimin bana yaşattığı duygulara tutunup o engelleri aşabileceğimi gösterdi. 'Özel' olmanın ve kendini özel hissetmenin nasıl olduğunu gösterdi ve aşkın tüm o kalıplara sığdırılmaya çalışılmış cinsellikten ibaret olmadığını öğretti.

Demir, ona baktığımı fark edince bana "Sana bir şey söylemem gerekiyor," dedi ve beni yoğun düşüncelerimden çekti.

"Dışarı çıkalım," dedim ve beraber spor salonunun dışına çıktık.

"Sana âşığım, iyi idare ettin," dedi.

Dudaklarımı birbirine bastırdım ve ardından "Artık zamanı gelmişti, videoyu izleyebildim," dedim.

Demir, takım elbisesinin ceketinin cebinden katlanmış bir kâğıt parçası çıkardığında çıkardığı şeyin ne olduğunu fark ettim.

"Bunu sana bir buçuk ay önce vermem gerekiyordu fakat kaldıramayacağını biliyordum. Bugün de veremeyeceğim diye şüphelerim vardı fakat artık yok," dedi ve elinde tuttuğu katlanmış kâğıt parçasını bana verdi.

Kâğıdı elime alınca dokusundan dolayı aslında bir kağıt değil,- bir fotoğraf olduğunu anladım. Dörde katlanmış fotoğrafı açtım.

Arda'nın onuncu doğum gününde çektirdiğimiz fotoğraf vardı. Arda, ellerini açmış bir şekilde 'on' sayısını göstermeye çalışıp poz verirken, ben de gülerek onun boynuna sarılıyordum.

"Bu fotoğraf o gün Arda'nın cebindeymiş," dedi.

Gülümsedim ve ardından fotoğrafın arkasını çevirdim. Benim elyazımla fotoğrafın çekildiği tarih yazıyordu.

"İyi de benim odamdaki panoda olması gerekiyordu bu fotoğrafın..." dedim.

Demir "Belki de aynısından onda da vardır..?" diye sorduğunda ona arkasında yazılı olan tarihi gösterdim ve "Hayır, panomdaki fotoğraf... Oraya astığım her fotoğrafın arkasına tarih yazardım," dedim.

"Oradan ne zaman almış olabilir?"

"Sorun da orada, almış olamaz. Seçmelerin olduğu günün sabahında bu fotoğraf o panoya asılıydı. Adım gibi eminim," dedim.

Demir "Üç günlük sürede genelde benimle karakoldaydı fakat fotoğrafı almışsa sizin eve uğramış olmalı..." dediğinde, koşarak Demir'in arabasına doğru ilerlemeye başladım. Topuklu ayakkabılardan nefret ediyordum.

"Hey, nereye gidiyoruz?"

"Eve, ben yokken odama girmiş!"

Demir, arabasının kilidini açtı ve ardından o da bindi. Emniyet kemerimi takarken arabayı çalıştırdı. Ardından o da kemerini taktı ve yola çıktık.

"Sana bir şey bırakmış olabileceğini mi düşünüyorsun?"

"Düşünmüyorum, öyle umuyorum."

Apartmana vardığımızda asansörün en üst katta olduğunu görünce küfür ettim. Gelmesi zaman kaybına neden olacaktı ve bu yüzden ayakkabılarımı çıkarıp hızla merdivenlere yöneldim.

Demir, arkamdan yedi kat çıkarken tek kelime etmemişti.

Hızla kapıyı çaldım ve halam karşısında beni görünce şaşırdı. Onun yanından geçip odama girdiğimde Demir, halama neden eve döndüğümüzü anlatıyordu. Çalışma masama baktım, tüm kalemliklerimi boşalttım ve çekmeceleri karıştırdım. Değişik bir şey yoktu. Yatağımın altına ve arkasına baktım fakat oradan da bir şey çıkmadı. Kütüphanemdeki kitapların arasında başka ve tanımadığım bir kitap var mı diye bile baktım fakat sonuç alamadım. Halam ve Demir, odamın kapısında durmuş beni izliyorlardı.

Duvarlara ve tavandaki fosforlu yıldızlara dikkatle bakarken yine bir şey bulamamanın verdiği hüznü yaşıyordum. En sonunda yatağıma oturdum ve "Hiçbir şey yok," dedim.

Halam dolabımı açtı ve bir buçuk aydır dokunmaya korktuğum kutuyu çıkardı.

Demir "Fotoğrafı panodan aldıysa belki de panoya bakmalıyız," deyip yanıma oturdu.

Halamdan kutuyu aldım ve yatağımın üstüne koydum. Açmadan önce yatağımın üstünde bağdaş kurdum ve derin bir nefes alıp verdim. Elimi kutunun üstüne koyduktan sonra yavaşça açtım.

Arda'ya dair ve bana onu hatırlatan her şeyin bulunduğu, hatta başvurmasa bile bizimle birlikte kabul edildiği Özel Hayal Sanat Akademisi mektubunun bile olduğu kutudan en altta duran mantar panoyu çektim ve kutudan çıkardım.

Fotoğraflarla dolu olan panoda, Arda'nın aldığı fotoğrafın olduğu boşluğa bir kâğıt asılmıştı.

Arda'nın yazısıyla, yarım A4 kâğıdına yazılmış notu okurken tüylerim diken diken olmuştu.

"Civcivim; her neredeysen seni bulacağım ve eve getireceğim. Yaşadığın şokun ardından, ne kadar Nutella kaşıklamak istersen bu sefer sana izin vereceğim. Dilediğinde sana gitar çalmak konusunu kendime görev edineceğim ve daima yanında kalacağım. O konuşmamız bizim son konuşmamız değildi ve asla da olmayacak. Gerekirse o mafya babasıyla bile iyi anlaşacağım, yeter ki sen güvende ol. Başka hiçbir şey istemiyorum. Her ne kadar o deri ceketliden nefret etsem de sana sonsuz bir aşkla bağlı olduğunu biliyorum. O sana hep iyi bakacaktır.

Fotoğrafımızı çalıyorum fakat yenisini çektireceğimize dair sana söz veriyorum. Seni seviyorum melek. Seni kurtaracağız."

10 Yıl Sonra...

"Demir, sence de biraz hızlı gitmiyor muyuz?"

"Randevu on beş dakika sonra ve ben bir an önce oğlumun 'oğlum' olduğunu öğrenmek istiyorum," dedi.

"Demir! Şöyle söylemeyi keser misin? Kız ya da erkek, asıl önemli olan sağlıklı olması. Sırf Arya kız diye, ikinci çocuğumuzun erkek olmasını istiyorsun," dedim ona kızarak.

"Tamam güzelim, sakin ol. Sana takılıyorum sadece," dedi ve ardından kırmızı ışığın yanmasıyla arabayı durdurdu.

Arabadan dışarıyı izlerken gözüm yan duvardaki büyük afişe takıldı.

"Demir..."

"Söyle fıstık."

"Demir, bu Cansu mu?"

Camı açtım ve büyük afişe tekrar baktım. Cansu çok ünlü bir parfümün yeni yüzü olmuştu.

"Gerçekten o, helal olsun," dedi Demir ve ardından tekrar ışıkları izlemeye koyuldu.

"Mankendi, şimdi modellik de yapıyor herhalde," dedim ve ardından telefonumun zil sesini duydum. Arayan Helin'di.

"Gittiniz mi doktora?"

"Hayır, hâlâ yoldayız. Arya yaramazlık yapmıyor değil mi?"

"Yok, çok iyiyiz. Hatta Buğra sırf çocuk özlemini giderebilmek için işinden izin aldı," dedi.

"Süper o zaman, biliyorsun verdiğim büyük çantanın içinde

bezleri, oyuncakları, yedek kıyafetleri, her şeyi var. Yemek konusunda sıkıntısı yok zaten..."

"Güneş! Sırf henüz çocuğumuz yok diye çocuk bakmayı bilmiyor değiliz, rahatla ve randevuya odaklan. Tüm bunları bu sabah da anlattın," dedi gülerek.

"Özür dilerim, Arya'yı pek sık başka yere bırakmıyorum bu yüzden biraz paranoyaklaştım."

"Önemli değil, seni anlıyorum. Bu arada siz gittikten sonra araba galerisinden aradılar ve artık resmen oranın genel müdürüyle konuşuyorsun hayatım!"

"Sen ciddi misin? Bu harika bir haber. Zaten bekliyordun, tebrik ederim canım."

"Teşekkürler, teşekkürler..."

"Buğra'ya selam söyle olur mu?"

"Sen de Esma'ya söyle. Burak'la bir türlü aynı hastanede pozisyon bulamadılar," dedi.

"Söylerim, hadi öptüm canım," dedim.

"Görüşürüz."

Telefonu kapattığımı gördükten sonra Demir "O adamı sevemedim," dedi.

"Buğra'yı mı?"

"Evet."

Buğra, Helin'in nişanlısıydı. Demir ise hâlâ Doğukan'ın eskiden ne kadar mutlu olduğunu söyleyip duruyordu. On yıl geçmişti, mezun olduktan sonra Helin ve Doğukan aynen planladıkları gibi dünya turuna çıkmışlardı fakat döndükten sonra ayrılmaya karar vermişlerdi. Açıkçası Doğukan'ın şu anda nelerle uğraştığı hakkında pek fikrim yoktu fakat Demir bana basketbol antrenörü olduğunu söylemişti.

Sonuçta herkes lise aşkıyla evlenmiyordu.

Randevumuza on dakika geç geldiğimizde Demir geç kalmış olmanın ona verdiği utancı yaşıyordu.

"Özür dileriz Esma, bazı güzel kadınların hazırlanmaları uzun sürüyor," dedi bana bakarak.

Esma gülümsedi ve "Hâlâ bir yerlere geç kalmayı kendine yediremiyorsun, değil mi?" diye sordu.

Yavaşça muayene sedyesine oturdum ve ardından uzandım. Esma önündeki bilgisayarı açtı ve muayene için hazır hale getirdi. Ben de karnımı açtım.

"Arya neler yapıyor? Kuzum da gelseydi keşke bugün," dedi ve bana oldukça soğuk gelen jeli karnıma sürmeye başladı.

Demir "İyi, fazla hareketli. Sürekli piyanonun üstüne çıkmaya çalışıyor ve bir gün bunu biz yanında değilken de yapmaya çalışacak,yere düşecek," dedi.

Esma'nın karnına dokunup "Asıl seninki neler yapıyor?" diye sordum.

"Bebek iyi de, Burak'ı görmen lazım. Bebek daha doğmadan babalık yapmaya başladı. Geceleri karnıma masal okuyor. Burak kendi hastanesindeki pozisyonunu bırakabilse buraya,yanıma gelecek fakat oradaki çevresini çok seviyor. Hatta diğer cerrah arkadaşlarıyla beraber bir futbol takımı bile kurdular, arada maç yapıyorlar," dedi.

Demir "Şimdi siz Helin'i de kandırırsınız, o da bebek yapmaya karar verirse yandık," dedi.

Esma güldü ve "Helin pek çocuk istiyormuş gibi görünmüyor ama Arya doğduktan sonra bu konu hakkında ne kadar yumuşadığını gördük. Belki o da yakında karar verir..." diyerek cevap verdi.

Esma ultrason cihazını karnımda gezdirmeye başladığında heyecanım iki katına çıktı. Arya'nın cinsiyetini öğrendiğimiz günkü heyecanımın aynısını yaşıyordum ve herhangi bir sağlık sorunu olmaması için dua ediyordum.

Karnımdaki cihaz hareket ettikçe ekrana bakıyorduk. Geçen ayki kontrolden bu yana daha büyümüş ve gelişmişti. Demir, elimi bırakmıyordu.

Esma "Gayet güzel. Her şey gayet iyi gidiyor. Boyun kalınlığı da yerinde, sağlığı ile ilgili bir problem de yok," dediğinde Demir, elimi havaya kaldırıp öptü. Sonra tekrar sedyenin üstüne koydu.

"Eeee cinsiyetini söylesene artık!" dediğimde Esma bize bakıp gülümsedi.

Demir "Zaten yol boyunca meraktan zor dayandık..." dediğinde, Esma derin bir nefes alıp verdi. Bize baktı.

"Şimdiden yine müzikal bir isim düşünmeye başlasanız iyi olur, oğlunuz olacak!"

Esma'nın verdiği haberi duyar duymaz gülümsememi iki katına çıkardım. Çok mutluydum.

Demir "Düşünmemize gerek yok, ismi biliyoruz," dediğinde, başımı sola çevirip ona baktım.

"Sen... sen ciddi misin?" diye sordum.

Demir gülümseyerek 'evet' anlamında başını salladı.

Ona ne kadar teşekkür etsem azdı. Yattığım yerde doğruldum ve Demir de bana, eğildi. Alnını benim alnıma dayadı ve ardından öpüşmeye başladık.

Esma "Ama ben anlamadım! İsim ne?" diye sorunca dudaklarımızı ayırdık.

Gözlerimden süzülen yaşlar, pek çok duyguyu aynı anda barındırıyordu.

Demir'le aynı anda Esma'ya dönüp sanki önceden anlaşmışız gibi "Arda," dedik.

Yeni kitap Karanlık Lise - Gölgeler çıktı!